2022 年

山东大学党委宣传部

山大日记

Diary in Shandong University

主　编　桑晓旻

副主编　万广远

山东大学出版社

SHANDONG UNIVERSITY PRESS

· 济南 ·

山大日记

Diary in Shandong University

编委会

北京冬奥会上的山大人(李娟等 摄)(参见 2 月 5 日、21 日日记 宋超、于绪泽)

“三八”国际妇女节先进表彰座谈会(张丹丹 摄)
(参见 3 月 6 日、7 日、8 日日记 左凌燕、魏福兰、刘佳)

疫情期间“红马甲”的守护（冯洪彩、边琨、张丹丹 摄）（参见疫情防控师生志愿者日记）

山东大学齐鲁医院、第二医院援沪医疗队（参见 5 月 24 日、6 月 8 日日记 郝学喜、秦伟栋）

“金兰之谊”雕像落成(杨云雷 摄)(参见 6 月 17 日日记 徐小茗)

赴西部、基层和国家重点行业就业毕业生表彰大会(谢婷婷 摄)(参见 6 月 18 日日记 王鹤钧)

毕业典礼（谢婷婷、黄静、柳涵升 摄）

（参见 6 月 19 日、20 日、21 日、24 日日记 赵怡然、彭瑞、杨在政、侯小凡）

颁发“光荣在党 50 年”纪念章（张森 摄）（参见 7 月 1 日日记 尹元成）

教师节表彰（张丹丹 摄）（参见9月9日、10日、11日、12日日记 张存生、吕宁、李响、张清和）

新学期迎新（蒋晓涵、张云鹏 摄）（参见新生及迎新工作者日记）

收听收看党的二十大开幕会(参见 10 月 16 日日记 成皓然)

第七届齐鲁青年论坛(蒋晓涵 摄)(参见 11 月 11 日、14 日、15 日日记 成秀珍、王菊琼、任华英)

序　言

时光荏苒,《山大日记》陪伴山大人走进了第十年。重回首,揽尽收获与喜悦。2022年,是党和国家事业发展进程中的重要一年,也是山东大学各项事业发展取得新成绩的关键一年,《山大日记》汇聚了这一年不同山大人的讲述,珍藏别样的山大校史,呈现独特的山大故事。

这本书见证了山东大学这所百廿老校的踔厉奋发,也记录了山大人笃行致远的坚定步伐。2022年,《山大日记》与全国人民共同见证中国共产党第二十次全国代表大会的胜利召开,山大人深入学习宣传贯彻党的二十大精神,踏上充满光荣和梦想的远征。2022年,《山大日记》记录了学校坚持为党育人、为国育才,实现高质量发展的奋斗身影与丰硕果实,留住了将学校发展融入党和国家事业发展大局的共同记忆。2022年,《山大日记》见证了山大人心手相牵、共战疫情,一同分享山大人在各个领域、各项赛事中斩获佳绩的欣喜,一起凝聚当代青年在创新创业、学术科研、志愿服务中的先锋力量,持续激发山大人敢想敢做、善作善成的强大信心。2022年,山大日记网站访问量突破千万大关,也一起开启了进入新阶段的全新起点。

时间的脚步是无声的,总是在不经意间流逝,《山大日记》存在的意义,便是用记录让时间永恒,留住美好和珍贵。《山大日记》之所以能够不断前行,是因为其拥有无限生命力,生命力的源泉正是每一位作者、读者的关注和喜爱。"人间烟火气,最抚凡人心。"每一篇日记的撰写、阅读、传播、记忆,都代表着一段时光被镌刻和珍藏，只要还有人记得日记里的故事，那么它便永远不会消逝。一篇日记在山大 121 年的校史中只是沧海一粟，同时它也恰是山大文化的缩影——有百廿的风华、有学人的傲骨、有青春的赤诚、有探索的无畏，这一部由不同山大人记录的校史，不仅从中可以了解“从何处来”，亦是回答“到何处去”。多么有幸，山大日记走过的十年始终与新时代十年的伟大变革同频共振，始终是山大人与国家人民同呼吸共命运的生动印证。

生活就是一边回忆，一边前行。回头读一读这一年的故事，也许某个故事会重新启发你、感染你，为你带来更多干劲和动力。由衷地希望，当你翻开这本书时，每一篇写于 2022 年的文字，都能引出你关于这一年的珍贵回忆，引领你回到翩翩起舞的日子，从中汲取继续前行的勇气和信心。一路相伴，感谢同行。以后的每一天，《山大日记》将不忘初心，继续与山东大学和全体山大人一起，精耕细作，继往开来，勇攀高峰。

编　者

2022 年 12 月

目　录

1 月

2 月

3 月

4 月

5 月

7 月

8 月

9月

10 月

11 月

12 月

1月1日　星期六　晴

环境科学与工程学院20周年院庆参加者 · 于季元

今天，作为志愿者的我，参加了环境科学与工程学院20周年院庆。

我起了个大早，去会文南楼做院庆前最后的准备工作。本以为自己到得很早，没想到院庆大会的负责人早已开始准备。我和志愿者们先后加入工作中，先将大会要颁发的20周年奉献奖的奖杯安置好并反复检查，确保万无一失；再将为老师们准备的纪念册摆放整齐，等院庆签到时发给老师……负责人带领我们有条不紊地准备着，志愿过程中每个人都乐此不疲，希望为这次的20周年院庆尽自己的一份力。

院庆大会上午9点开始，8点半之后老师们陆续入场了。我们志愿者也跟着忙了起来，有些志愿者负责参会老师签到，有些志愿者则负责向老师分发纪念册，热闹的气氛瞬间充满会场。大会分为好几个议程，令我印象最为深刻的是老师们的致辞环节和颁奖环节，韩校长和景院长为获得20周年贡献奖的教师颁奖。作为志愿者，我端着沉甸甸的奖杯，在侧台看着日日相伴的老师上台领奖时的喜悦，很受感动。作为奠基人的他们，从建院以来就一直扎根在学院，他们兢兢业业，从青丝到银发，为学院的科研工作和发展作出了突出的贡献。这奖杯的背后，是无数个日日夜夜的辛勤劳作。大会最后，我还参加了研究生合唱团献唱环节。站上台，看着下面的老师们，每个人都将声音放到最大，把对环境科学与工程学院的感恩和对院庆的喜悦之情抒发得淋漓尽致。就这样，在悠扬的乐曲中，院庆结束了。

这20年是环境科学与工程学院从初见成效到熠熠生辉的20年，20

岁的学院依然年轻且朝气蓬勃，学院光明的未来也掌握在每一个“山大环境人”的手中，愿我们都不忘初心，砥砺前行！同时真诚地祝愿学院的老师同学科研顺利，幸福快乐，祝愿学院的明天越来越好！

作者：环境科学与工程学院2021级硕士研究生　于季元[①]

1月2日　星期日　晴

基础医学院教师・王新玲

走进2022年，我听到了习近平总书记的新年贺词，看到了万家灯火。此时，我的心中充满了感恩。

2021年12月26日下午，我像往常一样下班回家，只是感觉有些着凉，也像往常一样买了很多姜，准备熬姜汤驱寒。晚上，我喝了一碗姜汤后感觉有些发热，嗓子疼得严重了。于是，我迅速吞了一粒布洛芬胶囊，可能是太着急了，没有喝水，胶囊卡到嗓子，再喝多少水也咽不下去了。嗓子一动就恶心，我把吃的东西全吐了出来，感觉呼吸困难，已经不能平卧……

我的家人陪我去了山东大学齐鲁医院急诊科，耳鼻喉科急诊室李文明医生给我检查了喉镜，发现会厌水肿特别严重，肿得像个球，随时可能阻塞气道，导致呼吸困难和窒息。李医生非常着急地帮我联系了住院床位，并叮嘱我的家人注意事项和可能的风险。学医的我其实是早有准备的，只是不敢对家人说得太严重，怕他们有心理压力。我当时已经呼吸困难，却不得不在家人面前表现得乐观淡定。感谢李医生给我家人的耐心解释，给我的理解和关照。

① 若无特殊说明，本书作者身份介绍均为其发表日记时的身份。

在接下来的 4 天里，我的主管医生雷大鹏、李文明、曹晟达、张自伟，主管护士王晓及其他医护人员给了我精心的治疗和护理。住院第一天，我已经能平躺休息；住院第二天，虽然我的嗓音已经完全听不出来说话的内容，但是已经基本退烧，病情在慢慢好转；住院第三天，我的嗓音有所恢复，体温已经完全恢复正常；住院第四天，复查喉镜，显示会厌和喉头水肿已经消肿，医生说明日就可以出院了。终于，我痊愈了。在走出医院那一刹那，我看见了阳光、蓝天、奔波忙碌的人们……

感谢山东大学齐鲁医院耳鼻喉科一区的医生和护士给了我 2022 年的曙光和希望，他们关切的眼神和忙碌的身影给了我永恒的动力。我要像他们一样，去给更多的人带来更多的温暖和幸福。在医生的一生中，我可能只是一个普通的患者；但在我的一生中，他们却帮我渡过了一劫。这份感激之情给了我热爱自己、热爱生活、热爱工作的动力和源泉。

作者：基础医学院教师　王新玲

1 月 3 日　星期一　晴

新闻传播学院本科生 · 陈婉燕

床边的闹铃又开始一阵一阵地响了，我本能地四处寻找手机，关掉闹钟。时间过得真快，一眨眼就到了 3 号了，中华优秀传统文化英语解读的考试迫在眉睫，新闻传播学研究方法课的期末测试也步步逼近。我理了理思绪，它们告诉我，昨晚的挑灯夜读并不能挽救我那低得可怜的记忆程度。7 点半，为时不晚，抓紧时间，说不定还能唤醒几个知识点。

于是，这场“临时抱佛脚”开始了——我努力攻坚每一个看似陌生却早已刻印在我脑海中的单词和句式，一边看着手机中的词汇，一边叼着鸡蛋饼到达了考点。

考试正式开始，阅读理解选项令人觉得模棱两可，填词也令我不由得斟酌再三，段落翻译这个“拦路虎”也不甘落后——四段中有三段是复习时从未涉及的。也正因如此，作文中自然是佳句全无，所记句式尽付诸东流。但好在，这几天的复习并没有白费，每一道术语翻译题都是曾经熟记过的，段落翻译题也能通过所记词汇进行简单地逐句翻译。

考完试后，我给自己买了份水果捞，品尝着这份清甜，感受着考完试的轻松感。考完后奖励自己，一直是我多年以来的习惯。但考完一门自然要准备下一门了，我再一次捧起了《大众传播学研究方法》这本书，熟练地翻开重点标红的页面，逐字逐句地读了起来。

读到了测量的效度时，我不由地深思了起来。在课上，老师曾说，雅思、托福等英语考试是一种预测个人以后英语水平提高程度的测量手段。我想，这场中华优秀传统文化英语解读考试也是如此，所有的考试均是如此，它们以考试的形式而存在，以此测量我们的学习水平和程度。自学和自律能力是每一位大学生所应该具备的素养，而考试的存在，便是一把通往自学和自律的钥匙。

作者：新闻传播学院 2020 级本科生　陈婉燕

1月4日　星期二　晴

语言与文化田野调查小组成员·甘传昀

读万卷书，行千里路。理论学习与实践学习从来是一体两翼，不可或缺。在校学习的时间里，我们向来学的理论课程多，而实践课程少。本着知行合一的理念，文学院在 2021 年的岁末成立了语言与文化田野调查小组，依托学院老师们的课程，带领学生们参加田野调查实践，在夯实专业知识的基础上，更是给同学们一个实践探索自己学科兴趣所在的机会。

今天到山东工艺美术学院博物馆参观则是我们小组的第一个活动。本次参观由张树铮、岳立静、刘娟、张燕芬四位老师带队，与我以往自己独自一人随遇而安式的参观有所不同，这一次有了专业老师的带队，自是别有一番感觉。虽然这一次我主要负责摄像的工作，没有一直跟在老师们身边听他们讲解每一类艺术品背后的故事，但相比以往，依然有许多不一样的收获。

山东工艺美术学院博物馆里展览的主要是山东的民间工艺品，而民间手工艺可以说是民族活态的灵魂。陶瓷、玩偶、炕铺、婚服、车具等工艺品十分丰富而且非常精美，遍及衣食住行等多个方面，若仔细观察，多加思考，是很有可能从这些工艺品里边看到山东民间的观念、民间的工艺、色彩系统以及叙事方式等文化内容的。

参观中，老师们说得最多的一句话就是“这个我小时候见过”和“这个我小时候玩过”，然后便说起它们的具体用处或者玩法。而像织布机等手工器具，是我们所没有接触过的，几乎只能从课本中看到照片，更别说理解它的工作原理。就拿我自己来说，听老师讲了一遍，依然不明白其工作原理，只觉得相当复杂，织成一块布是十分不容易的。

此前我没有参观过像这样专门的博物馆，这次我有许多不同的感觉。如故宫博物院、南京博物院、山东博物馆等大型博物馆，所收藏的基本都是著名的艺术品，这些名画名品、金装银饰，大多以中华上下五千年的时间分门别类进行展览，给我一种宏大的叙事感。山东工艺美术学院博物馆则更多给我一种生活气息，里面的展览品有相当一部分是自己曾接触过的，感觉和它们的距离更为接近，也就更为亲切。虽然我对艺术连一知半解都没有，但仍能感受到深蕴其中的民族文化精神，从美术角度看，里边必然蕴含着许多我们可以挖掘的元素。

作者：文学院2018级本科生　甘传昀

1月5日　星期三　晴

护理与康复学院本科生·李锦良

这是2022年的第五天，也是我们年级最后一次进行核酸抽检的日子，终于抽到了我。清早起床，我拖着熬夜复习之后疲惫的身子，早早起床并按要求做了核酸检测。随着春节假期的临近，我身边的同学个个归心似箭，早早买好了回家的车票。但是也有个别同学，由于家乡位于西安或其他中高风险地区，暂时只能留在济南。面对此情此景，我真的希望疫情赶快过去，让我们大家都能早日恢复正常的生活。

踏着熹微的晨光，我买好早饭，又继续回到宿舍和舍友一起复习。今天下午我们要进行“内外科护理学”课程的考试，这可以说是我们这学期最难的一门课了，两本课本加起来有9厘米厚，知识点细碎庞杂，今天下午的考试也肯定不会容易。然而在考前，我也只能努力看看重点，并暗暗祈祷自己“考的全会”。下午上考场时，走廊上满是背书的人，大家的神情都是一样凝重。考试开始后，我凭着模糊的记忆，根据自己见习的经验，循着三年来自己摸索的答题套路，全神贯注地完成了答卷。

考试结束后，辅导员老师给我们开了班会，对我们寒假的各项工作进行了部署。而对于这个实习前的最后一个假期，我也有了自己的安排：参加家乡的“青鸟计划”实习。早在几天前，我就按照要求给家乡共青团投递过简历，这几天也已接到了相关的安排。根据要求，我们主要会参与社区疫情防控，这与我的专业相符，我也有在疾控中心实习的相关经验。相信大学阶段的第三份实习工作，也会带给我新的体验。

考完内外科，我本学期的专业课考试也结束了。随着实习的日子一天天临近，我对山大的眷恋也逐渐加深。希望我可以在接下来的半年里平安顺利地完成学业，可以平稳过渡到实习阶段，不负山大对我们的期许与培养。

作者：护理与康复学院 2019 级本科生　李锦良

1月6日　星期四　晴

空间科学研究院执行院长·陈　耀

此前，学校召集了一次专题研讨，就如何实施融合发展战略征集意见建议。我有幸参会，之后也一直结合所在学科情况思考，现借“山大日记”这个平台提供一些或许有用的建议，供交流。

屈指算来，第一次在此发文，竟是 4 年前参加省政协会议期间，抽空将当时开展的太阳爆发研究进展报告整理刊出两篇日记。那时，便意识到山大日记可以是一个很好的研讨平台。2021 年 4 月，在学校组织“山大日记上线八周年”活动时，我曾提交如下寄语：“‘山大日记’见证了普通山大人的每一天，有工作、有生活，有梦想、有故事；在学校推进一流大学建设、全面改革的进程中，‘山大日记’还成为思想争鸣、集体研讨的大平台。”

回到正题，为了实施学科的融合发展战略，我认为有以下工作需要推进：

一是要进一步解放思想，特别是要弱化所谓“单位所有制”有关观念。北京大学原常务副校长王义遒教授于 2021 年 12 月在《中国科学报》发文指出，“由于我国管理体制上实行单位所有制，即使在如学校这样的大机构内部，教学和科研所用的资源，以及绩效的分配评价标准也是以院系或部门为基点”。对此，我有感触。在该观念影响下，大家有很强的“你的、我的”“这个学院、那个学院”“这个校区、那个校区”等界限和利益划分，忽视了更高的“山大”思维。“学校也要起到中介调解作用。但因为各种情况千差万别，学校很难作出细致的具体规定。”我想，要想融合发展，必须要弱化或破除这一思想桎梏。只有进一步解放和统一思想，才能迸发行动伟力。

二是要加强顶层设计，构建新的学科发展和资源配置体系。这种体系强调目标导向与功能划分，显现的是教师教学人事关系与科研学科等工作关系相对分离。目前相关工作繁多，但大致可切分为两块：一是本科教学等有相对固定要求或范式的各项工作；二是以解决重大科学或应用问题、满足国家经济社会需求为目的的科研或学科建设等各项工作。两块工作有不同的定位或要求，一块相对固化、一块要求根据任务或问题去调动联合不同学科力量聚力攻关。其中，后者需开展“有组织科研”、推进“学科融合交叉创新”，要求“大团队、大平台、大人才、大成果”，是提升学术竞争力的关键所在。

三是要搭建“虚实”结合的融合发展平台。现有二级单位都是考核和利益主体，界限清晰。要想融合发展，可考虑在这些实体单位架构的基础上搭建新形式的平台。该平台不能成为一个与当前多数学院或研究院同等地位的主体单位，而是要能在一定程度上超越各利益实体而存在，有着虚实结合的特征。“虚”是指，依托该平台的大多数成员可具双聘身份，其人事编制等隶属原学院，教学任务也归原学院安排，但对于平台本身并不必建立像学院那样完整的党政班子。“实”是指，该平台被赋予了融合发展的责任，需承担“有组织科研、推进学科融合交叉创新”等任务，为保障其履行好该职责，需赋予其相应的权利和资源，除“人财物”等权限外，还要具备绩效分配权——平台所得成果，由平台依据成员贡献和发展需要分配至相关学院；同时，平台通过被赋予的权利和资源，组织多学院融合团队“干事创业”，进一步通过项目牵引任务带动，强化融合发展的能力，进入可持续发展的“正反馈”过程。

总之，融合发展平台是面向国家战略需求，以承接重大任务为抓手，组织多学院团队聚力攻关、交叉探索的场所，是将学院学科建设、重大项目组织实施、薪酬与评价等工作聚于一体的功能加强版，与各参与合作学院互为依托、一体发展，各司其职、各尽其责，共同服务于“做强学科、做强学院”，实现提升学术核心竞争力之根本目的。

四是要以科研机构改革为抓手、在实践中摸索路线。重大改革措施都需经事先摸索实践。为稳定前行，可结合学校当前正在开展的科研机构改革工作，无须新设机构，而是通过适当重组整合，选择建立改革先行区或融合特区，令其承担推动相关学科融合发展的责任，摸索符合本领域发展需要的融合发展模式和路径。

结合自己所在单位相关工作，我也有不少感触。一方面，攀登团队的建设和发展需要这样一个融合平台；另一方面，空间科学研究院的先行改革已 8 年有余，靠着学校的决策与支持，靠着在实践中不断完善的体制机制与运行模式，方取得成效。自 2011 年以来，我们又一直在思考和探索突破发展瓶颈的可能路线。在威海，结合校区条件“因地制宜”谋求融合发展，通过项目牵引、任务带动，铺开了与机电和信息工程学院、海洋学院等的交叉合作，正在踏实“理工融合发展、学科任务互促”之路。而学校“一校三地、融合发展”等大战略的提出，要求我们更加开放、包容、共享、共建、共赢，这为如何突破瓶颈、实现将空间学科做大做强这一历史使命指明了新的方向！

作者：空间科学研究院执行院长　陈　耀

1月7日　星期五　晴

吉语瑞图瓦当拓片展参加者·王　巍

今天，宣传部全体同志在中心校区知新楼25层，欣赏了徐超教授的“吉语瑞图瓦当拓片展”。这些秦汉瓦当拓片，是徐超教授为庆祝山大百廿校庆，将自己收藏多年的共120幅拓片奉献出来的。精美的瓦当拓片，让我们看到了世界建筑中绝无仅有的一代绝响，不仅从中欣赏到先民的多重艺术，更看到先民伟大的艺术创造力，看到中华优秀传统文化中的那种浪漫奔放、活力四射的精神。

《永受嘉福——吉语瑞图瓦当拓片展览》画面细致精美，文辞典雅吉祥，在方寸之间彰显文辞美、书法美、图纹美、设计美，可谓万千气象。徐超教授亲自给我们解读引导，让我们在参观中不由得发出阵阵惊叹。

徐超教授说：“吉语是指烧制在瓦当上的祝语颂词，它是汉代祝福文化的特别样式，经典吉语瓦当集中在西汉；瑞图是指烧制在瓦当上的图案图像，以秦汉时代最称经典；拓片是把原物上的文字或图像，通过捶拓技术展现出来的艺术品，这种利用宣纸、墨色和捶拓的二度创作，在原物文字或图像的基础上增加了许多新的艺术元素，比原物更具欣赏性，更具艺术魅力。”我们在这些瓦当拓片里，看到了先民们是怎样把一个“文”字，“化”到每个物件里，“化”到每个生活细节里。

徐超教授长期从事文字音韵训诂、书法与书法文化研究，书法、篆刻、绘画、装饰无不涉猎。他告诉我们，拓片上的每一点痕迹、每一次线条，甚至纹路的深浅、结构和疏密，都值得细细品咂，回味无穷。“瓦当拓片的摆放布局位置必须考究”，在展览布设时，徐超教授坐在轮椅上来回指挥，他用了整整一天的时间，一一调整了各品瓦当拓片的位置。120幅瓦当拓片的解释文字，是国际教育学院多名同学协助起草、修改，最后由徐超教授修改定稿的。

徐超教授还简单介绍了他的新作《四杯水——四题通百科，以“文”化天下》。徐超教授说，他从中国传统文化的大海里舀了四缸水，从四缸里提炼出四桶，又从四桶里舀出四杯，请大家品尝中国传统文化的味道，题目叫“四杯水”，实际上涉及百科知识，所以副标题是“四题通百科”，而百科的灵魂则是文化。今天的拓片展，不过是“其中一杯水里的一个核儿”。

整个参观过程中，徐超教授深厚的古文字功力、风趣幽默的语言解说，不时引得我们大家会心一笑。徐超教授告诉我们：“古人造字奥妙无穷，所以我们把古汉字称为‘智慧的渊薮’。自信源于了解、理解，了解了背后的智慧，就更有文化的自信了。美育教育已经提上教育日程，最方便的入口还是文化和艺术，希望我们一起去发现美、挖掘美、创造美、传播美。”

作者：宣传部工作人员　王　巍

1月8日　星期六　晴

文学院预科生·严　浩

考完试了，但是似乎不想让自己松懈下来。

翻开未来要学习的历史教材，开始预习。背完书，拿出那熟悉而又陌生的三年级语文教材，毫无教学经验的我，第一次尝试着备课。我很期待与喀什的小朋友交流，希望能在每一节课教给他们足够的知识，让他们能有更多的收获。我在脑海里反复模拟上课的实况，希望自己能给喀什的小朋友留下最好的印象。当然，远离小学课本已经很多年的我，重新拿起课本，还真的有点无从下笔。但是方法总比困难多，我寻求小学语文老师的帮助，在她的指点下顺利地展开了备课。也有新的小朋友预约了我的课程，我很期待和小朋友的相遇，希望能在这一次支教里，散发更多光和热，用自己的微薄之力，送去更多的曙光和希望。

临近中午，一个关于民族文化的社会实践小队在群里展开了讨论。有人认为我们应当树立一个确定的小的文化目标进行创造性转化，以确保这一次社会实践能拿出成果来。我对此发表了不同意见，我认为我们现在一无数据、二无调查、三无转化实践，贸然提前确立这个文化转化的小目标，有些不切实际。在我们的设计框架里，我们希望做一个长期并且真正能为我们少数民族地区发展作出贡献的项目。起步设计时有些艰难，大家要从无到有搭建起一个完整的行动框架和计划指南。辅导员张老师积极参与进来，活跃大家的思维，很快，我们就设计好了整个方案的初稿。我们对之后的调查充满了信心和希望，希望能为自己的家乡作出贡献。

实践小队约定好下一次开会的时间后，我又开始马不停蹄地准备党的十九届六中全会精神青年宣讲团的材料。党的历史和精神是那么浩瀚和伟大，我越学习，越觉得自己了解得实在太少，从而有了强烈的使命感和责任感。在学习党史的过程中，我自己的思想觉悟也在不断提高，我更加积极地向党组织靠拢，希望自己能够早日加入党组织，成为一名合格的中共党员。

当太阳落下，我回想这一天的工作，忙碌且充实。这个寒假，我将竭力做好每一项工作，给自己一份满意的寒假答卷。

作者：文学院 2021 级预科生　严　浩

1月9日　星期日　多云

管理学院“遇梦逐光”党的十九届六中全会精神宣讲团成员·杜一宁

今天，我和管理学院“遇梦逐光”党的十九届六中全会精神宣讲团的队员们一起来到济南革命烈士陵园和济南战役纪念馆，回顾党史并进行了党的十九届六中全会精神宣讲。

刚迈入济南战役纪念馆，我便被庄严肃穆的气氛包围。首先映入眼帘的是战士们奋勇攻坚的高大群体雕像，他们脸上的神情让我深感震撼。我们看到的第一句话是习近平总书记说的“红色基因就是要传承”。馆内丰富的红色教育资源，在革命传统和爱国主义教育方面发挥了积极作用。看着那静静陈列着的战士们的日常物品、枪械武器以及珍贵照片，我眼前仿佛出现了一位位为了新中国成立付出自己的鲜血乃至生命的中国军人。细看那一件件略微褪色的军装、那一张张模糊的黑白图片、那一把把威风仍在的长枪，它们仿佛在向我轻轻诉说着那些艰难岁月的人世沧桑。我们的党和先辈们浴血奋战，创造了今天的美好生活，所以我们应带着崇高的理想和坚定的信念，奉献自己的青春，为祖国发展作出自己的贡献。

我和宣讲团的队员们也在馆内外对一些前来参观的游客们进行了党的十九届六中全会精神的宣讲。他们都是抱着对党和先辈们的崇敬和热爱，来回忆历史、感受历史，而党的十九届六中全会正是总结了党的百年奋斗重大成就和历史经验，指明了新时代中国的发展道路及方向。我们同一些游客们交流了对党的十九届六中全会精神的认识及了解，大部分人并不完全了解党的十九届六中全会精神，通过对党的十九届六中全会精神的宣讲，能够让人们更加深刻地认识百年来党的奋斗历程，感受党给国家、社会及人民生活带来的巨大飞跃。

通过参观，我更加深刻地了解了党的峥嵘岁月和如今美好生活的来之不易，通过对党的十九届六中全会精神的宣讲，我也希望用自己的力量让更多的人了解党的百年奋斗历程及未来的光明方向。作为新时代的青年人，我更应该传承先辈的铮铮铁骨、接过先辈的精神火炬，更加坚定自觉地践行初心使命，不断在新时代长征路上劈波斩浪、行稳致远！

作者：管理学院 2019 级本科生　杜一宁

1月10日　星期一　雨夹雪

学生就业创业指导中心工作人员·宋　博

根据学校《关于开展寒假前校园安全检查的通知》要求，这两天，学生就业创业指导中心开展了安全“大检查”，查摆了“风险点”，并根据排查整改情况及时更新了部门安全隐患台账。中心领导带领我们各部门工作人员实地走访办公区域、招聘服务场地、学生创业活动场地等，对于所管理的区域进行了安全检查全覆盖，全力保障假期的校园安全。

安全工作是高校学生工作的重中之重，安全稳定也是学校一切发展的基础。近日，备受关注的陕西西安疫情已呈现动态下降态势，单日新增确诊病例已连续多日下降。但是，河南、天津等地的疫情防控形势仍较为严峻。学校广大师生在返乡过程中，个人防护切不可松懈，同时，牢固树立“一米线意识”也至关重要。

随着疫情防控进入常态化，我们的学习、生活和工作将不可避免地集中在某个公共空间内，因此，无论是在商场车站，还是在我们的校园里，都不能让“一米线”距离成为“摆设”。我们人人都要遵守，真正让“一米线”意识成为习惯。

“因为我爱你，离你要一米。”世卫组织专家多次强调，新型冠状病毒的主要传播途径是飞沫，这种病毒的可怕之处不仅在于传染性极强，更在于隐藏得极深。划定“一米线”，让人与人之间保持一米的安全距离，不仅是实施常态化精准防控的一个缩影，更有利于避免病毒通过飞沫等介质进行短距离传播。车站、机场、超市的人流量高，病毒传播的风险也在增大。因此，在公共场所与他人保持适当距离，不仅是对自己负责，也是对他人负责。

“有序来排队，间隔需一米。”其实“一米线”的设置并不是什么新鲜事。在银行、车站、政务服务中心等公共场所，往往都会在办事窗口和排队人群之间设置“一米线”提示。然而在现实中，有的人明明看见“一米线”的标识，却置若罔闻。就算工作人员多次提醒，也总是我行我素。归根到底，这都是社会公德意识的缺失。文明行为的养成体现在点滴小事中，也体现在对规则的遵守上。无论是公共场所禁止吸烟，还是在公共交通工具上设立老弱病残孕专座，种种规则的制定，都体现着社会文明的进步。

“距离产生美，一米不为过。”去年，《北京市文明行为促进条例》发布，公共场所“设置‘一米线’等文明引导标识”被纳入该条例。如此，将会进一步增强人们对“一米线”的敬畏意识，从而更能遵守公共秩序。我们学校也制定了疫情防控常态化下的种种规定，其中“一米线”的意识多次被提到：文明用餐保持安全距离，设置了隔离挡板；文明排队的一米距离，守秩序不争抢；文明办公的一米距离，少开会不聚集。

“一米线”就像一面镜子，折射着人们的规则意识；“一米线”也是一把尺子，丈量着人们的文明水平。期待我们每个人都能牢记规则、遵守秩序，让“一米线”意识成为习惯。

作者：学生就业创业指导中心工作人员　宋　博

1月11日　星期二　晴

科技创新大会报告聆听者·张文哲

今天，山东大学科技创新大会在中心校区举行，施一公院士受邀作题为“做诚实的学问做正直的人”的特邀报告，我有幸聆听。

施院士给人的感觉非常谦虚，非常亲切。他主要从亲身的经历和经验向我们讲述了他对科研工作者几点中肯的建议。

施院士首先讲到，做科研，时间的付出是必须的，想成为佼佼者，要比其他人多付出大量的时间和心血，而坚持的付出需要兴趣的支持。他聊到自己读博士的时候，也是从被动强迫学习到开始适应科研的枯燥，到领会科研逻辑的奥秘，逐渐入门后再到沉迷于科研，享受实验带来的乐趣。听着施院士深入浅出的讲解，类比自己现在的经历，我也慢慢有了共鸣。在博士入学前，我从未接受过正式的基础实验的科研训练。作为一名妇产科学专业型硕士，我一直在临床进行妇产科专业实践的培训，2020年博士入学才开始接触科研训练。开始的时候，我明显感觉到思路的差异，主要是既往的临床诊疗思路和科研思维的差异。不仅思路有区别，刚到实验室的我连基本实验技术也一窍不通。但是在老师的引导和师兄师姐们的帮助下，我逐渐感受到了解决一个又一个小问题的成就感。正如施院士所讲，实验室的工作需要连续的坚持，我在自己的科研生活中也慢慢找到了自己的实验周期，找到了自己读文献效率高的时间点，也找到了自己做实验效率高的时间段。我想，这一个个小的正反馈就是兴趣的原动力。

随后，施院士建议大家要有批判性的思维，他认为博士生涯本质上是通过科学研究探讨新的结论。但在实验过程中，负面结果是非常常见的，正确分析负面结果是成功的关键，而最重要的是得到有结论的结果。其实我对这个问题非常有感触，我想任何一个科研人都会遇到无数的实验失败，实验有突发状况或者实验结果无法说明问题等。我总结的解决方法就是：首先，要正视实验失败，失败不可怕，可怕的是没有继续的勇气；其次一定要熟练实验技术，需要自己沉下心去练；最后，要带着问题去做实验，如果是阴性结果不要盲目放弃，要认真思考这能说明什么问题，并且要详细记录每一次实验失败的过程和原因。我相信这将是我未来成长的动力。

最后，施院士还聊到科研人要有独立的人格，科研工作需要一心一意，需要持之以恒，同时务必谨记学术道德的底线不可触碰。这也和我的老师经常教育我们的一样，科研工作需要严肃认真对待。

施院士的讲座风趣幽默又充满哲理，我在他身上看到了一个科研大家独有的风范，他醉心科研，他爱学生、惜人才，有自己独到的治学之道。听完讲座的我受益匪浅，希望自己也能好好利用学校提供的优质资源，在科研道路上，学有所成。

作者：临床医学院 2020 级博士研究生　张文哲

1 月 12 日　星期三　阴

环境科学与工程学院硕士研究生·杜凯峰

连续两天的大组会暂时告一段落。在路上看到一些同学拉着行李箱往校门口走，心里有点羡慕，毕竟半年没回家了，又赶上过年，多多少少有点想家。每天来办公室的路上总能遇到那几只胖乎乎的小狗还有可爱的小猫咪，心情顿时会好许多。虽说刚开了组会，但是我也没有立刻松懈，毕竟昨天汇报也检查出自己还有许多不足。

仔细想来，这两天的汇报学到的东西还挺多。第一天是博士和研三的师兄师姐作汇报。他们做的实验多，经历的组会次数也多，所以汇报时能看出他们冷静不紧张，谈吐清晰，汇报内容的排版也是有讲究的，清楚图表的图例该放在哪里，字体颜色大小等让人眼前一亮。其中让我印象最深刻的是汇报内容的逻辑性很强，由浅及深，前后呼应，这也是接下来我的学习方向。第二天是我们研二的同学作汇报。开始是几个做模型的同学，他们讲的是某地区降水量的模拟，由前几年的数据来预测未来的空间降水量，涉及许多公式还有模拟组件。本来以为没什么可学习的，后来从中听到了关于一些物质指标的测定方法，可能以后用得到，我就记了下来。

很快到我了。在下面听倒是不紧张，走上去就有点慌乱，导致语速比较快，有几个地方出现了磕绊，不过总的来说还算可以。我以为准备得还算比较充分，可是老师们提问后，发现还有不少内容需要去补充。当时我导师也在下面，所以有一些答不上来的问题他就帮助我解答了。我感到有点羞愧，自己还是有待锻炼，下次争取可以自己作答。这也就要求自己在平时多注意发现问题，多去自己解决问题并及时整理。接下来，汇报的同学有做材料的，有做水污染处理的，有做模拟反应器的……我都从中或多或少学到了一些。组会结束以后，我针对问题作了思考。

两天的组会时间不长，但凝聚的都是每个人的知识精华，既能够针对我们上个阶段的工作指出问题、给予建议，又是一个上台展现自己、锻炼表达的机会。

作者：环境科学与工程学院2020级硕士研究生　杜凯峰

1月13日　星期四　晴

“科研我当先锋”专业实践活动参加者·张智棋

1月10日至13日，四天“泡实验室”的时光一晃而过，我也顺利完成了项目的第一部分。土建与水利学院“鉴土之瞳”社会实践团队部分成员在考试结束后选择留在学校，去追逐心中的科研梦想，团队成员在武科副教授的指导下进行黄土的微观图像扫描及对黄土微观结构的观察与学习，几天下来收获满满。

仍记得6个月前，武科老师带领我们开始“非饱和湿陷性黄土的微观效应研究”课题的研究，作为本科生的我们懵懵懂懂，虽有对科研的热情与憧憬，但专业知识的欠缺还是阻碍着我们前进的脚步。武科老师定期与我们开会交流，为我们联系试验的指导老师与实验室，给我们指引前进方向。而我们项目小团队研究了一篇又一篇晦涩难懂的论文，在这个过程中，我们明晰了概念也逐渐确定好了努力的方向。

今天上午9时，社会实践团队再次于山东大学山东高速集团工程技术中心集合，开始了土样扫描观察任务。显微镜通气、土样制作、放土样抽真空……长时间“泡”在实验室，我们对扫描电子显微镜（SEM）的操作也愈发熟练了起来。电镜扫描时，队员先将SEM图像放大到50倍视野，找到合适的土样位置，对图像进行整体的微结构观察扫描，观察后选取颗粒清晰无放电的区域，再将图像分别放大到200倍、500倍、800倍、1000倍等中等倍数区进行土体结构的定性分析。最后选取典型区域，将SEM图像放大到1500倍或2000倍，用于微观结构的定量分析。

值得骄傲的是，我们的团队成员在研究过程中，不断将思维和视野开拓，产生了更加“大胆新奇”的想法。我们设想将此次研究的成果置于一种便携式的仪器中，用我们的仪器便可实现对黄土湿陷程度的实时检测，为工程节约较长的工期。我们也在不断为我们的目标努力，尽力将我们的研究结果实物化，将所学知识“学以致用”，在科研中展现我们山大学子的青春风采。

作者：土建与水利学院2020级本科生　张智棋

1月14日　星期五　晴

“相约山大·励志启航”返校宣讲活动
参加者·林宏毅

山东大学始终秉承“学无止境，气有浩然”的校训，激励广大师生在学术和人生历程中勇于登攀，不断追求卓越。其崇实求新的校风深深地吸引了远在福建的我。

我已经在山大度过了一个春夏秋冬，这里的友谊和师生情让我感受到了家的温暖；浓厚的学术氛围和雄厚的师资力量使得这座百年学府人才辈出，生生不息。我积极响应学校号召，报名参加了今年“相约山大·励志启航”母校回访宣讲活动，想向学弟学妹们介绍山大，分享山大故事。

作为一名福建省回访团队的成员，我深刻认识到，福建学子对山东大学的招生政策停留在填报志愿书上，很多南方孩子基本不了解位于北方的山东大学。回访活动中，我们回访了团队成员的母校，向学弟学妹们宣传山东大学，提高山东大学在他们心中的知名度，并且向他们介绍校园环境及饮食状况，让他们更加了解山东大学、爱上山东大学，由此吸引更多学子报考山东大学。我们准备了一些我们的高考复习经验以及高考后如何正确填报志愿和选择学校的经验，向处于备考期的高三学弟学妹们分享。为了防止枯燥，我们还准备了生活在山大的日常生活故事，不仅充实了他们的复习生活，也增加了他们对于未来大学生活的憧憬和对于下阶段冲刺的决心。

虽远在福建，但是山东大学的气息仿佛就在身边，我们将牢记“学无止境，气有浩然”的校训，做一名合格的山大学子，共同期望山东大学拥有更加辉煌的前程。

作者：计算机与科学技术学院 2020 级本科生　林宏毅

1 月 15 日　星期六　晴

新一届中层领导班子上岗培训班学员 · 杨　玉

1 月 13 日，学校新一届中层领导班子上岗培训如期开班。我作为一名交流到校本部工作的干部，有幸坐在主会场，面对面聆听郭新立书记、樊丽明校长等领导们的教导，心中无比激动。回想 27 年前，我作为一名山大学子，在洪家楼校区度过了美好的大学四年，而后一路向东，成为威海校区学生工作队伍中的一员。27 年后的今天，我又回到熟悉的大本营，回到自己热爱的学生工作岗位，恍然如昨，老兵新传，重任在肩。

一天的培训，时间满满，收获满满。六位校领导分别从提升政治能力、打造忠诚干净担当新时代干部队伍、筑牢安全底线、“十四五”高质量发展、推进学校治理体系和治理能力现代化、中层领导班子任期目标责任制等方面进行生动教学，对新任处级干部提出新要求，寄予新希望。这份“重托”和“期望”沉甸甸、情切切，我深感责任重大，又深感使命光荣。

不禁回想起几天前，我自威海北站踏上西行的列车，奔赴新的工作岗位，开启新的人生征程。疾驰的列车上，在工作记录本的首页，我把习近平总书记在全国高校思政工作会议上强调的“四个服务”写下，作为我的工作追求。这几句话非常重要，只有深刻理解它的含义，才能深刻理解为什么“要坚持把立德树人作为中心环节”，才能深刻理解思想政治工作的核心内容，才能深刻理解高校应该“培养什么人、怎样培养人、为谁培养人”这个根本问题。

作为一名新“学工人”，全国高校思政工作会议召开以来，我在不同的岗位上看到，山东大学在习近平新时代中国特色社会主义思想的指导下，思政工作发生格局性变化，在实践中加强、在创新中发展，为学校事业高质量发展提供了有力支撑。作为一名曾经的老“学工人”，我深知下一步推进学校思政工作必须牢记“国之大者”，紧盯目标导向、问题导向、需求导向、效果导向，牢记“为党育人、为国育才”初心使命，不折不扣把党中央关于教育的决策部署落实到位。

一是要对标对表，提升能力，做政治上的明白人。党员干部的素质能力中，政治素养是最核心的素养，政治能力是首要能力，是各种能力的统帅和灵魂。如果没有过硬的政治能力作支撑，就难以把握好方向、把握好大势、把握好全局。郭新立书记在培训班的报告中，特别要求我们新任中层领导班子和领导干部，要认真学习习近平总书记关于教育的系列重要论述，反复研读，学深悟透。郭书记在报告会上甚至还点到了我的名字，并告诫：“如果学不好，就做不好学生工作。”这既是对我个人的要求，也是对学工部、武装部和辅研办新一届班子的期待，更是对全体学生工作队伍的教导。学校领导的要求既是鼓励，更是鞭策。我们必须加强学习，始终把政治能力建设放在首位，增强“四个意识”、坚定“四个自信”、坚决做到“两个维护”，不断提高政治判断力、政治领悟力、政治执行力。

二是要知重负重，敢当敢做，做业务上的内行人。樊校长在报告中总结了学校在“十三五”期间取得的成绩，“十三五”期间学校的学生工作也取得了长足进步，这是全体学工人员一张蓝图绘到底，一任接着一任干，接续奋斗出来的。我作为一名基层干部，为这些成绩的取得感到自豪和骄傲。樊校长在报告中指出，“十四五”期间，学校要以培养最优秀的本科生和最具创造力的研究生为己任，实施“六大工程”，培养堪当民族复兴重任的时代新人。我会接好历届班子传来的接力棒，坚持遵循教育规律，以“功成不必在我”的精神追求和“功成必定有我”的历史担当，系统推进，扛起责任，主动融入学校主责主业；坚持遵循思想政治工作规律，着力实施时代新人培育工程，全力推进“三全育人”到岗到位到家，全力推进落实“五育并举”，全力推进辅导员工作融合发展，把思想价值引领贯穿教育教学全过程和各环节；坚持遵循学生成长规律，注重理论教育和实践活动相结合，普遍要求和分类指导相结合，构建学生综合评价体系，用心用情守好学生安全，提高工作科学化精细化水平，当好山大学子的引路人，真正把学生培养为有思想、有情怀、有责任、有担当，德智体美劳全面发展的社会主义建设者和接班人。

三是真干实干，勇毅前行，做作风上的实在人。办好教育，方向是第一位的。几位领导在培训中都反复强调，要落实好立德树人根本任务，筑牢安全防线，强化纪律约束，深化依法治校，高校作为意识形态工作的前沿阵地，学工队伍责无旁贷。学工队伍是尖兵、是先锋，我就是班长、排头兵，手上经常是急事难事、大事要事。千忙万忙，不抓落实就是瞎忙；千招万招，不能落实就是空招；千条万条，不去落实就是“白条”。学工队伍在工作中能不能察实情、讲实话、出实招、办实事、求实效，能不能守好、把牢、畅通思想政治工作这条“生命线”，关乎学校政治方向。全体学工队伍特别是我，将紧紧围绕彰显党的领导最大优势，充分发挥党建引领推动重要作用，“一校三地”学生工作一体化谋划、一体化推进，确保同频共振、同向发力、同步前行，扎实推进党建与业务工作全过程、各环节深度融合，真正拧成“一股绳”，为确保高校始终成为“坚持党的领导的坚强阵地”守好一段渠、种好责任田。

千川汇海阔，风好正扬帆。站在新征程的起点，肩负着育贤育才的时代重任，肩负着各位领导、同事、战友对我的重托和期待，我一定会怀着不进则退的危机感、夜不能寐的紧迫感，践行“学习跟进、认识跟进、行动跟进”原则，加快实现职责责任由主要负责单一校区职能部门向牵头负责“一校三地”综合职能部门的转变，实现管理范式由单一专项管理向综合协同管理的转变，实现工作视野由校区层面向全校立德树人工作全局、全省高校学生教育管理大局乃至全国高校辅导员工作全局的转变，以高站位锚定方向，以宽肩膀扛起担当，以强定力抓好落实，在推动学校事业高质量发展中赢得优势、赢得主动、赢得未来，为强校兴国和实现中华民族伟大复兴贡献学工力量。

作者：党委学生工作部、武装部部长，辅导员工作研究会与思政培训中心办公室主任　杨　玉

1月16日　星期日　晴

数学学院“领航计划”课程助教·曾祥鹏

昨天，我参加了学院开展的“领航计划”第一期课程，主讲人是中国科学院数学与系统科学研究院的胡永泉老师。寒假开始前，我们各个年级就接到通知，学院的“领航计划”将在寒假开设三期本科生拓展类课程，分别是伽罗瓦理论及其应用、图论、代数拓扑及其应用。

我对这门课程很感兴趣，于是向负责老师报名并承担了助教工作。课程开始前，我提前打开了Excel表格，一一核对听课同学们的姓名。我仔细将线上参会人员与报名人员名单进行对照，顺利完成登记工作，并将人员名单截图保存，以便结课后制作参与证书。

由于这门课程需要近世代数的知识作为基础，而我还没有学习这门课程；加之老师用英文书写板书，更加提高了难度。但一想到自己的助教身份，又看到学霸们与老师交流研讨甚至对老师的讲义进行了补充证明，我又充满了追赶的动力。当老师在课堂上讲到诸如“分裂域”“素理想”这些我尚未学习过的概念时，我一边争分夺秒地拿出手机查询，一边继续观看电脑上的线上课程；英文板书有不理解的地方，我就先抄下来，课后再认真揣摩。我开始慢慢领略到伽罗瓦理论的魅力，这一切都得益于胡老师耐心细致的讲解。

通过此次课程，我的知识范围得到了扩展，同时我也对近世代数产生了强烈的学习兴趣。课后，我开始学习了解诸如“分裂域”“素理想”的数学概念以及抽象代数的思想，进一步领略数学的魅力。

学院实施“领航计划”旨在提高我们的科研能力、拓宽我们的学术视野。我也将以此为契机，在今后的学习过程中，将课堂内容与拓展知识紧密结合，将基础理论与科研应用紧密结合，不断增强发现问题、分析问题、解决问题的能力和水平，努力成为德智体美劳全面发展的社会主义建设者和接班人。

作者：数学学院2020级本科生　曾祥鹏

1月17日　星期一　晴

山东大学“知政明法”硕博宣讲团成员 · 郑　涵

由政治学与公共管理学院和法学院共七名同学组成的“知政明法”党的十九届六中全会硕博宣讲团赴山东省潍坊市潍坊一中对300余名师生进

行了宣讲。我们和老师、同学们进行了丰富多彩的互动和讨论，共同学习领会党的十九届六中全会精神内涵。

出发前，队长王武强同学组织团队成员线上讨论分工，商定实践地点，同时进行线下碰头，打磨实践方案，寻求团队指导老师的建议。我们做好了充分准备，认真学习了党的十九届六中全会的精神内涵，并制作了精良的宣讲材料。

宣讲开始后，首先由我为同学们讲解了党的十九届六中全会精神的时代背景和重要历史意义，讲述了建党百年来的马克思主义中国化的三次伟大飞跃，以及在理论指导下的中国共产党取得的辉煌历史成就。

为了体现团队的专业性和学科特色，团队成员任奕霖同学从法学角度出发，同大家讨论了党的十九届六中全会中关于依法治国的概念，特别是宪法这一根本大法对坚定人民法治信仰的重要意义。

队员潘江昊同学作为潍坊一中的毕业学子，从山大学子的视角，结合自己的亲身经历，和同学们交流了作为一名青年学生，如何用实际行动践行党的十九届六中全会精神，拉近了我们和同学们之间的距离，也让同学们有机会了解真正的大学生活，激发了同学们认真学习、积极进取的动力和信心。

作为青岛校区诗词文化大会的举办者，我也借此机会，结合高中同学们的学习状态和兴趣爱好，和同学们交流了古典诗词的学习要点，激发同学们学习、传承、弘扬优秀传统文化的主动性和积极性。

这次我们走进校园，不仅让同学们增强了对山大的热爱和了解，也让我们队员有机会从青年学生的角度去领悟党的理论精神和治理伟力。此后，我们将继续利用好本次寒假的时间，继续走进基层、走入学校。同时我们也拍摄了相关的讲解宣传视频，综合利用好线上线下的多样化方式，拓展受众群体，丰富宣传手段，提高团队宣讲的受众范围和影响力。

作者：政治学与公共管理学院2020级硕士研究生　郑　涵

1月18日　星期二　晴

经济学院"振兴强果"社会实践队成员·凌　雪

为了调查林果类企业的发展情况以及其在林果业发展中发挥的作用，1月18日下午，我按照计划前往临沂市鑫尚果品苗木有限公司进行调研。

在工作人员的带领下，我参观了公司的果品苗木基地。随后，我与公司的负责人王先生就公司的一些情况进行了交流。交流过程中，我了解到，公司的主营业务是培植苹果苗木。公司有一大片专门种植苗木的土地，并且苹果苗木的种类也非常丰富，有秦脆、华硕、维纳斯黄金等8个品种。公司的苹果苗木不仅种类丰富，而且具备许多优良性状，质量也很高，这些都是公司将苹果苗木的组织培养作为科研重点并投入大量努力的成果。此外，公司还建立了畜禽粪污收集处理中心，用有机肥代替化肥，整个流水线非常完善，在改善土壤环境、提高作物品质等方面发挥了重要作用。

在谈及公司宣传时，王先生告诉我，公司的主要宣传方式是通过自有或其他网站以及新闻媒体进行宣传。公司作为山东省水果科技创新团队综合试验基地、临沂市农业产业化重点龙头企业，形成了产前、产中、产后一条龙服务，提供了一批就业岗位，对周边林果业起到了示范、辐射、带动作用，并对促进当地林果业发展、激发当地居民的积极性产生了重要作用。而公司之所以能有如此大的发展，也离不开国家政策的支持。在调研过程中，我发现，国家不仅给予了一些政策性的支持，在资金方面，国家也给予了很大帮助，比如该公司部分项目的资金几乎完全来自政府拨款。此外，我也了解到，公司在人才引进方面成果不太显著，特别是科研型人才相对缺乏。但我相信，随着公司实力的进一步壮大以及各项措施的实行，会有更多的人才加入。

通过调研，我认识到，发展林果业是助力乡村振兴的重要一环，而林果类企业由于在新品种研发以及果品质量提升等方面具有相对优势，因而在林果业发展方面发挥着重要的、不可替代的作用，由此推动乡村振兴。随着林果类企业等产业主体的不断发展与完善，林果业必将取得显著进步。

作者：经济学院2020级本科生　凌　雪

1月19日　星期三　晴

青岛市人民政府办公厅跟班学习者·张　苗

在青岛市人民政府办公厅93天的跟班学习结束了，我重新回到了青岛校区。在熟悉的办公桌上，一边敲打出这篇“山大日记”，一边迈向我与山大相逢的第十年。

东流逝水，时光匆匆，荏苒的时光在弹指一挥间悄悄溜走。十年来，我从一个走在漫漫求学路上的“小山竹”，变成了一名走在建设山大、服务山大光荣道路上的教职工。为了顺应时代使命要求，推动办公室“三服务”事业发展，实现个人提升，我所在的青岛校区党工委（校长）办公室安排干部接力到青岛市人民政府办公厅开展为期三个月的工作锻炼。

正所谓，欲得其上，必求上上。青岛市人民政府办公厅政治过硬、作风优良、业务一流，为促进经济社会持续健康发展作出了突出贡献。为解码办公厅经验，学习办公厅做法，取回发展“真经”，自去年10月18日至今年1月18日，我在市政府办公厅文秘处、接待办跟班学习。93天里，在组织的信任和领导的支持下，我满怀感恩、牢记使命，向最好的学、同最强的学，深刻理解市政府办公厅“理政惟公”品牌内涵与意义，认真体悟梳理市政府办公厅相关处室的工作规范、作风和经验，反思对比自身存在的差距，研究谋划提升业务能力和工作水准的思路和措施，力求学有所获、学有所用。

我作为“先遣队员”，务必扎实工作、履职尽责，奋力跑好“第一棒”。围绕公文处理，我协助做好省级来文、内部文件的处理工作，力争拟办精准、运转顺畅；做好 2021 年度国务院、国办等文件的归档整理工作，力争严谨规范、颗粒归仓；协助做好山东省政务公开评估考核迎检工作，联络 17 个单位做好本年度青政发、青政办发 33 份文件政策解读发布及汇总上报工作，联络 45 个单位做好近 3 年度 495 份文件有效性汇总、公开工作，做好 4 期政府公报公开工作，对接做好政务公开平台信息发布流程，保障政府文件公开及时、信息透明；筹备并参与全省政府系统公文处理工作专题培训会议，协助做好市政府部门（单位）整治形式主义为基层减负调度工作，进一步增强了服务意识和程序意识。围绕接待服务，我协助做好《政务信息》《客情报告》的分送工作，确保精准到位、无一错漏；协助做好市政府领导，区市和部门、单位领导干部请销假管理工作，力求做到耐心细致、热情服务；协助做好综合文稿服务工作，文字水平得到进一步提升。

学习不仅是要有所感，更要善于转化成行动实践。我所在的校区党工委（校长）办公室作为贯彻落实学校党委、校区党工委决策部署的“排头兵”和改革攻坚的“先行者”，目前正聚焦服务青岛、服务主导型校区建设“两大突破”，积极转变服务理念，优化升级工作流程，搭建起一座让需求“上岸”、服务“下海”的“新栈桥”。而我立足“三服务”岗位，积极做好有关会议服务、公文处理和信息报送工作，有力保障各项工作落地见效，推动重点攻坚。下一步，我将结合所学所悟，发扬办公厅的先进经验做法，不断提高干事创业能力，为办公室做好坚强前哨和巩固后院、为校区一流大学“新引擎”建设贡献力所能及的力量。

还记得，樊校长在那年毕业典礼致辞时谈到，2019 届每一位毕业生，都充分绽放了青春的活力与神采，也必将有力托举起山大的希望与未来。

现在，我想回答：我们，从未止步；我们，一起向未来！

作者：青岛校区党工委（校长）办公室　张　苗

1月20日　星期四　阴

新一届中层领导班子上岗培训班学员·刘　斌

济南的冬天格外寒冷，冷冽的寒风在耳边呼啸而过。虽然已经放假，但校园里依然熙熙攘攘，“追求卓越，只争朝夕”的信念深入人心，干事创业的氛围催人奋进。作为一名新任的学院干部，我充满干劲又深感责任重大。学校举办的新一届中层领导班子上岗培训班，就像冬天的阳光，给我们带来了温暖，指明了前进的方向，擘画了发展的蓝图。近几天一直沉浸在学习、消化和领悟之中，我收获满满，受益匪浅。

到土建与水利学院工作，我由衷感到一种“回家”的归属感。我的本科和研究生学习都是在土建与水利学院，留校工作和成长的大部分时间也都在土建与水利学院和岩土工程中心，对学院怀有天然的深厚感情和亲情，对学院发展也有一股发自内心的热情和责任感。经过这次上岗培训的“洗礼”，经过这段时间与学院同事老师和学生的交流，这份朴素的亲情、热情和责任感得到了升华，于我而言，又有了新的体会。

一是要提高政治能力，打牢理想信念之基。郭新立书记指出，在领导干部干好工作所需要的各种能力中，政治能力是第一位的。在未来的工作中，我要进一步加强政治思想理论学习，深入学习党史、学懂弄通做实习近平新时代中国特色社会主义思想。克服党务、科研“双肩挑”中的时间冲突问题，坚持在干中学、学中干，不断提高政治站位、磨炼政治品格、提升政治“三力”，加快补齐自身政治理论水平的短板，着力增强解决复杂问题、应对复杂局面的能力。全力打造政治过硬、思想坚定、团结奋进、充满战斗力和正能量的学院领导班子，为全面落实立德树人根本任务打牢理想信念之基。

二是要坚持党建引领，凝聚奋进力量。土建与水利学院在党建方面基础扎实、成绩优异，探索了在工程一线建立党支部等卓有成效的组织新模式，岩土工程中心党支部入选全国党建工作样板支部和首批全国黄大年式教师团队，党建引领学院各项事业逐年攀高。要从这样厚实的成绩中汲取智慧和力量，沿着高水平党建引领高质量发展的路径坚定前行，将党建工作和学院中心工作有机结合起来，努力解决好基层党建“最后一公里”的问题，让党建与业务双融双促达到新高度，催生新成效。在近期交流中，我发现党支部在党建工作中有很高的热情，有的党支部通过与央企党支部共建，很好地解决了本科生产教融合育人和毕业出路问题；有的党支部探索出支撑工科力学教育的课程思政模式，获得省级立项支持……将基层党支部的积极性发挥好，将特色党建模式挖掘好、提升好，并由点到面铺开进而产生“规模效应”，应是打通土建学院党建“最后一公里”的好抓手。今后，我们将在党建工作谋划布局上下功夫，推动每个党支部“树立一个党建品牌，找到一个党建与业务互促互融模式，讲好一个党建成效故事”。尤其要发挥党建在攻坚克难中的“尖刀”作用，聚焦改革发展的痛点难点，关切师生关心的焦点热点，出实招、见实效，让师生在党建中找到参与感和认同感，产生获得感、幸福感和安全感，为学院内涵式高质量发展凝聚人心、汇聚力量。

三是要强化责任担当，推动内涵式高质量发展。正如樊丽明校长所言，新一届中层领导班子任期的四年，正是学校“十四五”规划和“双一流”建设方案全面落地实施的四年。能否抢抓“双一流”建设和“十四五”的发展机遇，是摆在我们面前的一道必答题，即将签订的任期目标责任书犹如督促我们前进的一道军令状。面对必答题和军令状，我将与院长等领导班子同志同心协力，以“国之大者”和国家需求为导向，做好超前谋划和顶层布局，全力落实好“立德树人”根本任务，着力解决好学院中学科发展不均衡、短板效应突出等瓶颈问题，实现人才培养、科学研究、社会服务等全方位发展。综观学院发展历程和前景，争取建成国家重点实验和重大科技基础设施是牵引学院可持续发展的“牛鼻子”；智能建造与智慧工程产教融合大平台是推动学科升级改造、激发发展新动能的“强引擎”；科学的评价激励机制是从根本上提升全院师生努力奋斗的“指挥棒”。我将以上三个方面作为工作重点，咬定青山不放松，力争成功，多层次推动学院内涵式高质量发展。

千里之行，始于足下。在学校党委的坚强领导下，我将接好学院接续发展的“接力棒”，始终保持对组织的忠诚敬畏之心、对班子的精诚团结之心、对师生的仁爱服务之心、对事业的拼搏进取之心，虚心学习，踏实工作，砥砺奋进，为实现山东大学“由大到强”历史性转变作出应有贡献！

作者：土建与水利学院党委书记　刘　斌

1月21日　星期五　晴

能源与动力工程学院党委副书记·李永卫

今天，我与辛公明书记、王小平副书记一起看望了学院几位离退休老教授。听老教授们讲讲当初建系的情形，讲讲学科发展的历程，讲讲老一辈能动人的故事，只觉得内心满满的感动。在学院读书 7 年，毕业 13 年，从没有像今天这样与学科如此贴近，也没有像今天这样真切感受到我们的学习工作是站在老前辈们的肩膀上进行的。他们倾其一生为专业的发展呕心沥血，为祖国工业的崛起不辞劳苦，他们培养的一届届“能动人”正以“大国工匠”的形象活跃在国家能源和电力行业。

龚海兴教授讲的一段往事，是我想记下来与学生们分享的。1972 年，国家援建也门技术教育，在也门创办了一所学校，从国内选拔教师去援教，当年山东省共选出 20 人，集体在北京大学学习了 3 年半阿拉伯语。学习班邀请了叙利亚的专家教授语言课程，时间紧、要求高，龚老师为了完成课程内容，每逢周末都会在未名湖畔全天学习。当时已经 30 多岁的龚老师，作为 20 人中仅剩的为数不多的教师，圆满完成了语言学习。1976 年，他赴也门进行了长达 8 年的支教工作，其间只休假 2 次，而当时两个儿子年龄尚小，由爱人在国内独自抚育。龚老师在也门教书期间，完全使用阿拉伯语教授专业课程，同时帮助其他老师进行随堂翻译，直到 1984 年回国。这种不计个人得失、全心服务国家战略的精神，不计辛苦劳累、全身投入专业学习的意志值得我们年轻人学习。

前辈们讲起往事都神采奕奕，讲起学校和学院的发展都关心切切。他们会随手拿起山大校报与我们讨论上面的新闻，也会给我们讲一段当年的趣闻，教导我们如何开展工作，谈谈他们的心得体会，看到老先生们身体康健、精神矍铄，我们也深感心安。时间原因，没有一一走访到，也无法再多听听教导，我和辛公明书记、王小平副书记交流感受，大家都觉得内心充满力量。老前辈们都是学院的“宝贝”，因为他们的关切和希冀，我们才更有动力和信心抓好“十四五”建设关键期，结合学科特色，以“双碳目标”为指引，奋力推动学院事业高质量发展。

作者：能源与动力工程学院党委副书记　李永卫

1月22日　星期六　雪

机电与信息工程学院本科生·丁霄涵

公交车依然停靠在站台，我静静地等待着它的启程。经历了智能车校内赛的我早已没有了回家的急切，而是情不自禁地回忆起参与比赛的点点滴滴。

最开始组装车模的时候，面对着堆满桌面甚至叫不出名字的零件，我们满头雾水。本以为这是最简单的环节，没想到我们还是高估了自己的动手能力。虽然最后根据教学视频成功地将车模组装了起来，但是也不由得对自己产生了怀疑：比赛那天，我们能让车顺利跑起来吗？

车模组装好后，我们开始学习例程。面对着大量复杂的代码，我们一度不知从何入手。智能车对初学者不算友好，未入门时，总觉得它以一种居高临下的姿态俯视着我，对我说：这你都不会吗？这个过程最考验人的心态。但幸好，我不是一个人面对这些困难，队友的鼓励是我坚持下去的动力。我们一起从最简单的例程学起，遇到问题相互讨论，根据我们的需求对例程进行修改，根据所学过的知识尝试自己写简单的程序。在备赛过程中，我深刻体会到团队的重要性，队友会给予你充分的信任，而信任，是有力量的。

我始终记得第一次成功驱动舵机后的欣喜，那一天阳光正好。第一次成功处理图像、第一次成功识别赛道元素……每一次进步的取得都让我们兴奋不已，我们的自信心也一点一点建立。之前的我从未想到自己也能成为智能车比赛的参与者，我不相信自己的能力，也不曾主动去探索和学习。但是在备赛的过程中我逐渐意识到，没有人一开始就什么都会，那些优秀的同学也是在不断学习、钻研之后才拥有了出众的能力。不要恐惧未知，要积极学习，主动去发现自己的短板然后不断努力去提升自己，遇到不懂的问题也要及时请教，而不是疑而不决。

我们最终完成了自己的代码，为最后的校内赛进行了较为充分的准备。从早上等候比赛时的紧张，到进入赛场后的从容，从比赛效果不及预期、不够理想的遗憾，到走出赛场时的释然，我们的实力的确还有很大的提升空间，我们还有太多的知识要学习，但我们也做好了继续努力、迎接挑战的准备。

车发动了，我看着在视野里渐渐远去的学校，非常感激它留给了我这样一段可以反复回望的经历。现在看来，智能车确实是一件值得一做的事情，它不仅带给我收获与成长，亦让我对未来的每一天充满期待。

作者：机电与信息工程学院 2020 级本科生　丁霄涵

1 月 23 日　星期日　阴

小树林支教团临沂队副队长·李志勤

萧瑟的风卷着沙砾，雾蒙蒙的街道充斥着泥土的味道，街上人影寥落。这是沂南最初给我的感觉。

前一天晚上，我备课备到了凌晨两点。早上 7 点多起床，去给孩子们上英语学习方法课。孩子们听得很认真，不管是大孩子还是小孩子，都在很认真地做着笔记。中午吃饭时，支教的志愿者阿姨对我们说：“你们这次支教对这些孩子们的影响真的很大，昨天我儿子主动过来跟我说，他的收获很大。你们真的打开了他们的内心，也是因为你们用心了。”

班长小解是个很活泼调皮的孩子，他有着小麦色的阳光肤色，活泼开朗地和同学们玩耍打闹。他会抱着橘子先问我们吃不吃，然后再给自己拿一些；他会先给同学们分零食，把自己的糖果全给了我们。他会在下完课后让我们先走，他说："我是班长，我来负责打扫卫生，排排桌椅啥的，志愿者哥哥姐姐都辛苦了，你们先走吧！"一口山东话，显得那样亲切。

晚上放学时，孩子们不舍得我们，跑出来送我们，明明已经关上了门，孩子们又把铁门推开。"没事的，12 个小时后又能看到我们啦，快回去吧。你们穿得单薄，小心别冻感冒了！"我们焦急地催促着他们，可他们却又全都一窝蜂地跑出来："我们要看着哥哥姐姐们全都走了我们再走，我们不怕冷。"那是零下 2℃的黑夜。霎时间，眼睛湿润了起来。

有些事不是看到了希望才去坚持，而是因为坚持才会看到希望。当雪开始融化，春天，也就不远了。

作者：艺术学院 2020 级本科生　李志勤

1 月 24 日　星期一　多云

"红研"八省红色寻迹团成员·金汉林

去年暑假，我作为山大管理学院"红研"专项团队的一名队员，曾与团队其他成员前往八省 11 地市寻访红色故土，重温峥嵘岁月，切身学习党史。今年寒假，为再续重走红色道路的使命，我赶在春节的钟声敲响前，来到了青岛党史纪念馆进行调研学习。

受疫情影响，纪念馆中仅有基本陈列展厅开放，其中以中国共产党人的艰苦奋斗史为主线，讲述了青岛自清末至今百余年的历史，陈列了共产党人用过的老物件与他们的珍贵影像。其中最让我难忘的，是早期团组织在青岛的建立与斗争。1923 年 11 月，中国社会主义青年团青岛支部于青岛成立，邓恩铭任书记，王尽美等人也在其中发挥了重要作用。他们团结了一批有志且热血的爱国青年，领导学生罢课游行，领导工人罢工起义，用各种方式组织青岛人民奋起反抗压迫，为青岛早期的革命斗争提供了丰富经验，奠定了组织基础。

结束了一天的旅程，我受益匪浅。在展厅中，青岛在新中国成立后的飞速发展与繁荣昌盛让人心潮澎湃，但更令我难忘的是中国共产党早期充满艰难险阻的革命历程。党组织从初步形成到正式成立，从流血牺牲到站稳脚跟，在革命根基尚未稳固的 20 世纪 20 至 30 年代，青岛的中国共产党人为了心中赤色的理想信念，不顾危险地奔走，不计代价地奉献，甚至付出了自己的生命。除了王尽美、邓恩铭等名留青史的烈士，如今和平的大地下，还安睡着无数为救亡图存而英勇牺牲的忠魂。我们作为大学生团员，不应忘记他们的牺牲，应该将他们的奋斗精神化作我们前进的动力，不忘初心、牢记使命，走好属于我们这一代人的长征路。

作者：管理学院 2019 级本科生　金汉林

1 月 25 日　星期二　多云

泉州侨批馆参观者 · 章伟婷

一月份的泉州已经渐渐褪去凉意，可能是因为对接下来的行程满怀期待，坐在公交车上的我感觉有些闷热。今天我要去 2021 年 10 月 14 日正式开馆的泉州侨批馆参观。我跟着导航在人来人往的中山路上找了半天，终于在路旁的一条小巷中找到了目的地，沿着仅能通过一人的街巷往里走，走了十几米便来到了侨批馆。虽然距离中山路步行街仅有很短的一段距离，但站在侨批馆前却好像来到了另一处空间，不远处主干道上嘈杂的人声仿佛离得很远。

泉州侨批馆是著名泉州籍旅菲华侨陈光纯先生的故居，于1921年兴建，为三层红砖古洋楼，是泉州近代早期番仔楼的典型代表。一进馆，就能看到一段习近平总书记对保护好侨批的重要批示，大厅里还简要介绍了侨批档案入选世界记忆遗产的相关背景。往里走，我来到“家国情怀”展厅，一封封满怀着泉州籍华侨的乡愁和思念，承载着他们爱国爱乡、乐善好施的“福建精神”的侨批档案映入眼帘。泉州籍华侨虽然身在海外，却心系家人，稍有积蓄就寄钱回家，每一封侨批都是维持和改善家眷生活的重要保障，充满了浓厚的思亲孝悌之情。同时，泉州籍华侨热心引导家人从事经贸事业，积极返乡投资产业，促进了家乡的经济发展和生活水平的改善。国家安定与个人家庭的幸福息息相关，除了家长里短，侨批档案中还有不少与国家命运联系的内容。泉州籍华侨支持辛亥革命，支援祖国抗战，投身解放事业，关注新中国发展，这些爱国主义精神在侨批中随处可见。来到“诚信守诺”展厅，我看到了那些闪耀着泉州籍华侨高尚操守以及经营有信、践诺有信道德信条的侨批档案。父母将诚实守信、勤俭节约等传统美德教给孩子的例子在侨批档案中比比皆是。最后，我来到侨批馆中的文创产品展览区，在这里可以看见陈列着好几本侨批档案编研成品。出版档案编研成果是侨批档案在构建海外华人身份认同上的开发利用方式之一。

在泉州侨批馆，我看到了侨批档案中海外华侨对中华优秀传统文化的认同、对家乡与族人的族群认同以及国家认同，共同构建起了完整牢固的身份认同体系，为探寻侨批档案与海外华人身份认同提供了大量实例，也促使我去思考二者之间的关系。

在我要离开的时候，一大群小学生在老师的组织下来到了侨批馆。希望孩子们通过侨批档案能够感受到海外侨胞的家国情怀以及艰苦创业、诚信守诺精神。

作者：历史文化学院2019级本科生　章伟婷

1 月 26 日　星期三　多云

“196 比特”宣讲团成员 · 封雨婷

北方的小年刚过，社区里遍布年俗的味道，不少楼门口已经高高悬挂起了大红灯笼。今天，我作为“196 比特”宣讲团的团队成员，要前往老年活动中心为社区居民进行一次“法治宣传进社区”服务活动。

我在前往社区开展普法宣传前做了充分的工作准备，联系当前疫情防控形势与当地疫情实时数据，聚焦疫情防控的法治宣传教育工作，推进创新式法制宣传。除此之外，我还考虑到本次宣讲的主要群体为社区中的老年人群体，所以主要围绕老年人比较关心的以房养老、婚姻、赡养、遗产继承等法律知识进行讲解，还特别搜集了一些相关的通俗案例讲给爷爷奶奶们听，并且在现场多次提醒他们要用法律来保护自己的合法权益。宣讲结束后，我也对爷爷奶奶们的疑难问题进行了耐心解答，获得了一致好评。

经过这次宣讲，我更加意识到老年群体具有一定的法治思维是非常有必要的，因为当前广泛存在着老年群体因法律知识储备不足而无法用法律武器保护自己合法权益的社会现状，这就要求我们要更加努力拓展传播路径，加大宣传力度，提高宣传水平，努力做到常态化、个性化、多元化开展法治宣传活动。

此次“法治宣传进社区”服务活动以实践活动为契机，提高了法律在社区居民心中的地位，提升了老年人的法律素养，使他们能够更好地运用法律维护好自身的合法权益，起到了很好的普法效果，同时也为弘扬敬老爱老的传统美德起到了积极作用。

作者：软件学院 2019 级本科生　封雨婷

1月27日　星期四　晴

新一届中层领导班子上岗培训班学员·马　奔

“过了小年就是年”，春节的脚步越来越近了。春天是一年的开始，是希望的象征，相信很多学院和部门都在利用假期时间谋划“十四五”时期的各项任务和新学期的工作。新一届中层领导班子上岗培训之后，我也进行了一些深刻思考，总结了一些心得体会。

一是对“国之大者”，了然于胸。高等教育历来是关系到国家发展战略全局的根本所在，党和国家事业发展对高等教育的需要比以往任何时候都更为迫切。高等教育的“国之大者”是要立足中华民族伟大复兴战略全局和世界百年未有之大变局，建设中国特色社会主义的一流大学，落实立德树人根本任务，培养德智体美劳全面发展的社会主义建设者和接班人。政治素养是第一素养，政治能力是第一能力。作为高等教育工作者，要增强政治意识，善于从政治上看问题，在实践中不断提高政治判断力、政治领悟力、政治执行力，对高等教育的“国之大者”要了然于胸，从“国之大者”的高等教育使命高度来指导实际行动，贯彻到履职的全过程，把战略的坚定性和策略的灵活性结合起来，系统谋划学院长远发展，统筹好发展和安全两件大事，实现高质量发展和高水平安全良性互动。

二是对“校之念者”，谨记于心。学校念兹在兹的是积极探索中国特色世界一流大学建设的山大道路，全面开创担当中华民族复兴大任的世界一流大学建设新局面。山大处于“五期叠加”阶段，部署了新一轮“双一流”建设的七大战略，制订了2025、2035和2050发展目标，解决了“做什么”的问题。近年来学校出台了一系列政策，如《山东大学深入贯彻落实习近平总书记给〈文史哲〉编辑部全体编辑人员重要回信精神 奋力推进哲学社会科学创新发展行动方案（2021—2025）》《中共山东大学委员会关于实施强院兴校行动的意见》《中共山东大学委员会关于进一步加强学生德育推进“三全育人”的实施方案》《山东大学服务山东高质量发展行动方案（2021—2025 年）》等十几份含金量很高的政策文件，这是学校在某一领域建设世界一流大学制订的指导性意见。客观地说，我对这些政策把握得还不够，执行得还不到位。对“校之念者”，谨记于心，也就需要对上级和学校政策能够熟稔于心，周密设计和运用好愿景与目标实现之间的政策工具，发挥政策最大效力。

三是对“院之为者”，踔厉于行。学院是办学主体，“强院才能兴校”，“强校是为兴国”，学院没有执行力，“国之大者”的使命、“校之念者”的目标不可能得到实现，所以要珍惜和用好赋予学院的办学自主权，踔厉奋发，致力于行。执行需要谋划，谋划需要创新，创新需要改革。条块结构是高校内部治理体制的典型特征，七大战略在学校层面各有主管部门，具体到学院就是全面工作，需要理解每一个战略的精神实质与政策后再谋划为学院的执行方案，能不能接得住和用得好战略发展的红利，学院要在自主性、能动性、创造性上下功夫，用习近平新时代中国特色社会主义思想“金钥匙”破解改革发展难题。

学院有政治学与公共管理两大一级学科，国家一流专业多，科研平台多，还承担着公共管理专业学位硕士培养任务等。一流学科和一流学院建设离不开一流师资队伍，“十三五”期间在师资引进和人才引育方面取得很大成绩，但近三年是教师退休高峰期，师资数量不足，引领学科发展的顶尖人才和杰出人才缺少将会是制约学院发展的重要因素。

如何建设一流师资队伍？学院积累的好经验需要继承，如“以才引才”“主动寻才”“关注青年人才成长”“引才伯乐奖”等。面对新形势，还需要尽最大努力来突破师资力量制约，坚持整体师资人数增加和高级人才引育相结合原则的基础上，吃透精神，用好用足学校人才强校战略和具体政策；与东北亚学院融合发展，发挥当代社会主义研究所、国家治理研究院、公共治理研究院等平台引才育才作用，统筹校区、学院、学科、平台、团队等力量形成引才合力；探索和实践海外高层次人才个性化服务和专门对接方式；把握和运用省市引进人才政策，为引进人才争取最好待遇；以用为本，加大柔性引才力度，特别是需要考虑学科交叉领域的柔性引进，如国家布局的新一代人工智能创新发展试验区要求开展人工智能社会治理试验，在与承担试验区的政府和企业合作过程中，发现企业相关学科高级研发人才柔性引进也是值得探讨的；借鉴其他高校学院的经验；加强师德师风建设和人文关怀；提高人才引进办事效率等。这些想法不见得成熟，还需要进一步充分研讨与达成共识，进而形成学院引进人才的操作指南。

“为者常成，行者常至”，学校“十四五”规划和新一轮“双一流”建设方案是对“国之大者”的“承诺书”，是战略的“布局图”，得到有效实施是最终目的，任期目标责任制是寻找实现目标的方法和手段的过程。尽管前进道路上充满挑战，相信在学校党委的坚强领导下，通过全体山大人的奋楫笃行，“我们的目的一定要达到，我们的目的一定能够达到”。

作者：政治学与公共管理学院常务副院长　马　奔

1月28日　星期五　大雪

“生命彩虹”支农支教调研协会线上支教团成员·马婉婷

“我们本次的寒假授课活动就告一段落啦，这也是老师最后一次给大家上课，如果孩子们还有什么想跟老师说的，可以在直播间留下来跟老师继续交流。”在我微笑着说完这句话后，便听到孩子们用稚嫩的声音回应：

“老师再见，老师辛苦了。”不舍与酸涩在一刹那涌上我的心头。

1 月 28 日，“生命彩虹”寒假线上支教小学组进入结课阶段，我也迎来了自己的“最后一课”。我负责山东菏泽周楼小学四年级语文课的教学任务，在最后一堂课，我向孩子们讲解了四年级下册的课文《海上日出》，通过整体感知、了解作者、字词学习、文章解析、手法鉴赏等多个模块带领学生们走近文章，体悟大自然的美丽与奇妙。课程最后，我将本星期所学习的所有文章的写作方法进行了归纳总结，带领学生们温故复习，并辅以习题加以巩固。

作为生命彩虹团队的新成员，这是我第一次展开支教教学工作。从第一节课的紧张羞涩到第一星期结束后熟练顺畅地讲述，再到现在与学生们形成良好的互动交流，一步步的蜕变见证着成长的痕迹。除此之外，我还常常去观摩其他老师的教学视频、请教教学方法，以弥补自身的不足，力求给学生们带来最好的课堂体验。在昨日的课堂中，我能够明显地感受到，一些学生回答问题的积极性变高了、听课更加认真了。

有人说，支教就是“用心里的火点亮梦想的灯。”于我而言，我也希望能够以我的绵薄之力，为学生们提供窥探宇宙的一角，带领同学们初探知识的海洋，告诉他们：“世界灿烂盛大，值得你去追梦。”我想，这也是团队口号“爱心支教，与梦齐飞”的内涵所在。由于疫情原因，寒假的支教活动只能线上开展，我希望待疫情过后，能够有机会进行实地支教，瞧一瞧学生们口罩下的童真笑容、赏一赏菏泽的牡丹花。山水有来路，此生终相逢。

作者：政治学与公共管理学院 2021 级本科生　马婉婷

1月29日　星期六　晴

“晋脉游踪”调研团成员·斗　豆

几日雨雪交加后，今天，运城市的大雪按下了暂停键，人们又活跃了起来。我们“晋脉游踪”调研团也完成了前期准备工作，对山西省内各类体现文旅融合及“文旅＋”的景点进行了整理，设计了对应实践地点的访谈提纲。今天下午，我开始了对鹽街和平常街的实地调研。

常平有个平常街，平常街里不平常。漫步在平常街上，脚下是青石地板，街道两旁是砖木卯榫结构的仿古建筑，里面入驻了各式商家。这里是以“关公文化”为底蕴的新型多业态步行街，一路走来，我看到的商户大多与关公有关，卖着关公秤钩豆腐和关公老豆腐的关公豆腐坊、出售各类当地炒货的关记现炒、当地特色小吃义井沾串、出售关帝家庙雪糕的具有关公文化特色的奶茶店……餐饮区域过去之后就是购物区，这一段主要是出售文创产品，像是关公保佑的祈福用品、国潮刺绣等。往侧边走就是娱乐区了，在关老爷文化会馆、鸣嘴茶馆、平常街小剧场，轮番上演各式短剧，向游客讲述关羽从出生到少年时期在河东生活、成长的故事。走到最后，我看到了一家最令我惊喜的店铺——密室逃脱。这家密室逃脱所有的密室结构和故事设计都以关公的生平为基础改编，真正让我感觉关公文化“活”起来了。

体验完平常街“不平常”的关公文化，我又来到以盐运文化为内涵打造的鹽街。相较平常街而言，鹽街规模小了不少，只是一条简单的步行街，但鹽街的特别之处是它沿整个街道展开的雕塑群，展示了舜耕历山、后稷稼穑、禹凿龙门、德孝文化等发生在这片大地上的历史。在这里，我对街道两旁的商家进行了一些简单采访，了解到这一片地区之前只是普通街区，政府规划后才成为景区，这里的商户之前只需向房东缴纳租金，步行街落成之后又增加了一定的管理费用。谈到人流量，老板说道，之前这里机动车、电驴、自行车都可以入内，现在只能步行了，一定程度上减少了人流。不过，也因为景区的落成，在节假日或其他特定场景下会吸引来大量游客，拉动消费。

以关公文化为底蕴的平常街和以盐运文化为内涵的鹽街，都是运城市“文化＋旅游”创意融合设计的具体实践。未来的文旅发展，应该找到文化的更多种表达方式，让河东文化不仅仅只有河东人民知晓。

作者：管理学院 2020 级本科生　斗　豆

1 月 30 日　星期日　晴

聚能沙龙参加者 · 王天睿

春节将至，连夜里的风都带着新年的气息，让我们心底充满了对未来的希望和期待。今天，怀着好奇与兴奋，我参加了主题为“薪火相传职点迷津”的线上聚能沙龙，聆听了石建泽、王诺胜楠、张巍、王子康和商健美五位学长学姐带来的就业经验分享。他们在不同的领域和岗位走出了异彩纷呈的职业道路，也使我不禁遐想人生的无限可能。

沙龙中，石建泽学长清晰明了地梳理了从毕业到就业的行动框架，详尽讲解了简历、网申、面试每一步的注意事项，并分享了工作带来的乐趣与收获。语调轻松活泼的王诺胜楠学姐使我感到十分亲切，她讲述了就业后对职场的全新认识，告诉我们要在双选会上“主动去聊”，为自己争取更多样的机会。张巍学长通过定向选调入职济宁市场监督管理局，他耐心讲解了如何准备公务员的竞聘，分析了公务员工作所需要的技能。王子康学长强调国家政策是衡量行业发展的重要标准，比如“双碳”目标会带来新能源领域的繁荣。商健美学姐则告诉我们，要“遵从你内心最真实的想法，坚定你的选择，坚定地走下去，实现你的人生价值!”

学长学姐的侧重点各有不同，但无一例外都把职业选择放在了第一位。我意识到，职业选择是一个需要考虑诸多因素的复杂问题，要求我们既有清晰明确的人生目标，又有广阔的视野，还得有成熟的心智，去挖掘自己的潜能，全面认识自己，看适合什么样的道路。

沙龙结束前，任宇老师作了令我获益匪浅的总结。任老师谈到，要作客观理性的职业规划，职业选择是个双向选择的过程，不仅要看自己能接受什么样的工作，更要看自己的硬实力如何、能胜任什么。这句话，把我从无边的遐想拉回了现实：理想固然美好，但我真能胜任理想中的职业吗？更重要的是，要在日常点滴中积累能力，不负时光，不负自己。

有人说：“人生是一条只能往前的河流。”既然如此，在新的一年里，就让我们为了那些彩色的理想，而奔流不息吧!

作者：能源与动力工程学院2021级本科生　王天睿

1月31日　星期一　晴

“心之动，爱之行”社会实践队成员·邓玉江

有人说：“寻找光、追随光、成为光。”我很幸运能被光照亮，在初三毕业升入高中的那个暑假遇到了光，光的名字叫“彩虹行动”。今天，我有幸成为像他们一样的光，去照亮别人，让这份光传递下去，生生不息。

现在的我还没有成为“彩虹行动”的一员，但不变的是那颗炽热的想要成为光的心。为深入贯彻落实习近平总书记寄语希望工程相关精神，我

参加了“希望小屋·山大担当”社会实践活动，成为“心之动，爱之行”团队的一员。

我负责辅导的孩子是读五年级的小熙，他是一个很可爱、懂事的男孩子。他还有个弟弟，他的爸爸妈妈由于工作原因不能长时间陪伴他们，所以需要我们进行学业辅导与交流陪伴。由于疫情原因，我们采用了线上一对一的辅导形式。通过与小熙妈妈的交流，得知小熙的英语基础比较薄弱，因此昨天，我做了一个简易的五年级下册英语 PPT，以方便今天的授课，同时也上网搜索找到了听力材料以及电子课本。带着喜悦又忐忑的心情，我开始了第一次正式的线上讲课。授课从早上 10 点开始，由于准备充分，没有出现太大问题，小熙也很积极地配合我。课上，我尝试着与他用英文交流，以此来提高他的英语水平。在最后半个小时，我们进行了线上答疑，对于他的疑问，我提供了一些解题思路。叮咚，12 点了，今天的课程顺利结束了。

光一定会降临，或早或晚。在未来，当我们站在成长的尽头，回首过往会发现，一路崎岖早已变得繁花盛开。

作者：药学院 2021 级本科生　邓玉江

2 月 1 日　星期二　晴

春节值守新疆项目成员·吴民睿

今天是壬寅虎年第一天，新年伊始，万象更新。我早早起床，与队员们一起开启农历新年的第一次晨会。与往常不同，除了惯常的探测任务外，春节的安全保障、疫情防控此刻更为严格。我们选择春节坚守第一线，就是要竭尽全力保障新疆项目过节安全和工作顺利开展。

过年回家，是每个中国人心中永远不变的感动与温馨。今年虽然不能与家人一起团聚守岁，但是我们 9 名值班的兄弟却也有不一样的收获。大家一起大扫除、贴对联、贴福字、挂灯笼、包饺子，一起擦洗设备、保养车辆、排查隐患，一起看春晚、抢红包……当除夕夜跨年钟声敲响的时候，我们吃着热气腾腾的饺子，互道一声“虎虎生威，虎年大吉”，对酒高歌、把手言欢，将新疆冬日的寒风萧瑟、戈壁冷清一扫而光，幸福满满。山东大学新疆项目负责人许振浩老师特意打来拜年电话，慰问春节期间坚守在生产一线的同事，询问我们春节期间的生活情况，对坚守岗位、辛勤劳动的职工表示感谢，并送来了节日的祝福。

以史为鉴，开创未来。2021 年是山东大学新疆项目部改革创新的重要一年，是“党建引领、深化管理”出成效的一年。在过去的一年里，山东大学新疆项目部各位老师组织我们收听收看了庆祝中国共产党成立 100 周年大会，重温“可可托海精神”，在红色教育基地“功勋矿坑”旁宣读入党誓词，各类活动令我们精神振奋，以更加饱满的热情开展工程技术攻关；开展了系统的制度管理、安全管理、技术管理等一系列深化改革举措，2021 年效益创收显著增长，全线技术人员得到了更可观的奖励和激励。能够成为山东大学优秀团队中的一员，我们由衷感到骄傲和自豪！

牛奋四蹄开锦绣，虎添双翼会风云。新年新气象，期望新的一年，在山东大学新疆项目部各位老师的带领下，发扬沪蓉西精神，踏石留印，抓铁有痕，决胜新疆，为边疆建设再创辉煌！

作者：齐鲁交通学院工作人员　吴民睿

2 月 2 日　星期三　晴

管理学院党委副书记 · 周　琳

这是一篇想写许久的日记，但又很怕自己笨拙的笔触写不出内心那些波澜与感动。

寒风中，南侧门两旁的保安老师边验“绿码”，边说出盎然笑语“老师，过年好”。听着这真挚的问候，迎着壬寅虎年的阳光，我决意鼓足勇气，为每个“他”礼赞。雨雪骤急的天气、凛冽酷暑的深夜、疫情防控的两年，每个校门边均有他们坚守的身影，见得多了，每个老师的口音、检查的风格似乎都熟悉起来。

最让我难忘的是，下雪天赶时间跑得慌了，戴着帽子体温升高，北门测温仪发出了预警，看门的大姐一边安慰我别着急，一边用手给我扇风，看着她那冻得有些紫红的粗糙的手，我莫名有些心酸。很快进了门，但那个大姐口罩后的笑眼，我始终记得。明德楼前，也有这样一个不知姓名的保安大爷，他会对经过的老师们敬礼并大声问候“早上好”“再见”，清亮的问候让人元气满满。

今天和我一起值班的是院办有口皆碑的“勤快人”朱老师。众所周知，由于学生们白天上课，所以学生活动往往安排在晚上。还记得去年 12 月时集中和学生们一起观看了影片《榜样》，朱老师等着活动结束，安全检查，关闭电源，离开时已是十点。当我感谢他时，他却笑着说：“这不是事，办公室工作就是给老师学生服好务的。”小到门锁维修，大到安全防护，这样的瞬间，我见到听到过很多次。一如在食堂里坚守着岗位，做出一顿精美年夜饭，让留校学生大加赞誉的他们，又何尝不是最可敬、最可爱的山大人？院学生会的文艺骨干曾经在朋友圈发过音乐厅二楼灯控室的徐大爷、马克思主义学院值班室周大爷给她带来的感动：“一直想分享这两位是因为，我觉得山东大学有很多这样平凡的小人物，他们可能被我们忽视了，甚至我在办完晚会的小总结里，都没有提到这几位。但是他们也在很努力地用自己的方式表达对这个学校的热爱，用自己的方式去和学生交流，维护自己的学生。”零点钟声前的春晚总结很让人动容：“每个人都是自己的英雄。”正是这样的用心用情，在平凡岗位上做自己的英雄，我们才拥有不平凡的光辉岁月。

习近平总书记在2022年新年贺词中说：“飞逝的时光里，我们看到的、感悟到的中国，是一个坚韧不拔、欣欣向荣的中国。这里有可亲可敬的人民，有日新月异的发展，有赓续传承的事业。”热血澎湃之余，通过这些可敬的身边人，我更加读懂了贺词真谛。“五大聚心工程”已在学校“十四五”事业发展规划中画出浓墨重彩的一笔，有温度的山大人，必将心怀“国之大者”，把握大势，敢于担当，善于作为！

作者：管理学院工作人员　周　琳

2月3日　星期四　晴

后勤保障部寒假值班人员・尹晓璐

虎年新春，万象更新，天朗气清，惠风和畅。一大早，我来到后勤楼值班，新的一年也是元气满满、干劲十足！

平日繁忙而熙攘的校园，今天有些安静，但依然干净整洁，物业人员没有因假期而懈怠，依然坚守在工作岗位上。

虽说是寒假值班，但也有工作需要处理。一是做好值班应急处理工作，密切关注各校区公共教室、食堂、浴室、开水房等各环节服务保障工作，紧盯疫情防控，保障留校师生医务员工健康安全；二是做好日常事务性工作，登录学校 OA 系统完成学前教育管理办法的文件流程，整理印发理论学习等材料；三是协助筹备部党委“聚焦节能减排、信息化建设”寒假工作务虚会，协助谋划新学期重点工作计划，构思起草服务联系校部机关、学院、科研机构机制的方案等。

忙忙碌碌的一天就这样过去了，把手头事情整理完之后，我停下来对一天的工作进行了简短的总结和思考。作为后勤保障部机关综合科的一名青年党员，我的体会是：一是要牢固树立“师生在哪里，后勤保障工作就主动到哪里；教学科研工作在哪里，后勤保障服务就跟进到哪里”的工作理念。二是事务处理要精益求精，把工作做严做细做实，在机关运行标准化的前提下，不断提高自身管理服务的精细化水平。三是要勤于思考、善于总结，提升综合能力，成为工作理念、综合知识、专业技能优秀的复合型服务保障人才。

我相信，大后勤、大服务、大保障也包括很多像我这种小小的力量，在后勤保障部部党委党建引领、文化铸魂的指引下，跟随后勤提质增效的脚步，追求卓越、奋楫笃行，为学校师生医务员工的服务保障事业高质量发展持续发力。

作者：后勤保障部工作人员　尹晓璐

2月4日　星期五　晴

控制科学与工程学院博士研究生·冉令霞

一年之计在于春，今天恰逢二十四节气之首——立春。原本以为自己起得挺早，可从餐厅吃完早饭赶到实验楼，发现大多数老师的办公室开着门亮着灯，已经进入了科研状态，控制学院的老师们时刻传递启路明灯般榜样的力量，让我感受到了更多正能量。打水路上遇到了和蔼可敬的李文振老师，李老师说学院领导让他来征求一下当前在实验室的学生们有什么需要的或想要的过年礼物。这一刻，我意识到，温暖的控制学院不仅让我们能学到控制相关的知识，还能感受到满满的温馨。

临近十一时，张承慧院长来到创新大厦实验室，慰问在校工作的学生，并给我们送些水果和薯片等小零食。张院长告诉同学们："郭新立书记昨夜巡查时发现春节期间控制学院仍有不少师生在努力工作，十分赞赏。郭书记说，春节期间，控制学院灯火辉煌，革命干劲冲天，要照顾好这些未来栋梁，并嘱咐我送上新春的问候和慰问礼包。感谢你们不舍昼夜地为学院发展辛勤耕耘，这不仅是落实学校十四次党代会提出的'追求卓越，只争朝夕'精神的具体表现，也是控制学院高速发展的根本保障。希望同学们铭记学校嘱托，不负青春韶华，在平凡的科研道路上勇毅坚守，书写科技报国新篇章。"

借着这次交流的机会，怀着祝学院越来越好的心愿，我大概梳理了一下春节前后几天的感触，深深地受益于学院老师们朴实低调并且一切为了学生的高尚品德。控制学院的老师们始终用细心与关心诠释着厚德载物，争分夺秒的同时却自愿将更多的宝贵时间用来培养指导学生们，老师们的主动支持与启迪关心，让我在遇到困惑时更加自信与坚定。老师们言传身教带领学生们发扬"质朴精勤、雄健卓越"的控院精神，同时竭尽全力引导构建和谐温馨的学习氛围，让学生们可以拥有友好互助的同学，还能获得从理论到方法的帮助。学院小伙伴们经常说：We are a team（我们是一个队伍）！

遥望张院长办公室，深夜一直亮着的灯如一面旗帜，驱走学生学术道路上的迷茫。这是学院领导用切身行动引导我们积极将"追求卓越，只争朝夕"体现在实际行动中。学院让平凡的我怀揣梦想，同时也愿意努力向榜样们学习为他人传递光与温暖，坚定成为控制学院“虎虎生威”的追梦人中的一个耕耘者。

作者：控制科学与工程学院2018级博士研究生　冉令霞

2月5日　星期六　晴

冬奥会开幕式参加者·宋　超

昨晚8时，第二十四届冬季奥林匹克运动会开幕式在国家体育场（鸟巢）举行。在这场万众期待的盛会上，176位来自全国各行各业的楷模代表和56个民族代表，在《我和我的祖国》的伴奏声中，共同传递国旗，燃起同一个梦想。我作为全国抗击新冠肺炎疫情先进个人代表，有幸参与其中。无比光荣，无比自豪！

4日上午10点20分，我们进行了集结，11点左右到达国家体育场，严格的安检后，我们进入正式演出的候场。简单的午餐后，我们静静等待正式的开幕式。

回想起我去年10月份接到被选中参加冬奥会开幕式的电话时，一度不敢相信。11月份得到确认参加的正式通知后，我一直激动地等待这一刻。今年1月中旬我们进行了第一次正式的场地彩排，并进行了第一次全流程彩排，我也是第一次知道我要参加的环节以及和我的队友，他们都是来自全国各行各业的先进楷模。在现场我有幸结识了保卫边疆的英雄，航天科技的精英，防沙治沙模范，七一勋章获得者，以及医疗、教育、公安、公交、体育、企业等各行各业的楷模。为了达到最终呈现出的惊艳效果，大家都忘我地投入，恪守纪律。

晚上7点30分，我们开始组队进场。前期虽然进行了多次排练，但是我还是有点紧张。这时候场上已经开始了热场的表演，在我们旁边候场的其他参演人员激情四射，热情高涨，感染了我们。听着场内热情的呼喊声，我不断调整自己的心态，当入场的指令从耳机传出时，我迈着坚定的脚步，踏着节奏走进场内。当自己被场内热情的氛围包围时，我的内心已趋于平静，只有无限的感慨和激动——这一刻，自豪感油然而生。

我们按照排练的节奏进入内场，当《歌唱祖国》的音乐响起时，国旗在我们手中开始传递。当国旗从我手中经过时，我感到传递的是对冬奥会成功举办的祝愿，对伟大祖国的祝福；更是在传递一种责任和担当，传递人民对国旗、对祖国的热爱。手手相传的方式，让我深深感受到了“国旗的分量”和“人民的力量”！当国歌响起时，我们每一个人都在大声歌唱，饱含热泪。“伟大”在这一刻给了我深刻的印象，让我回想起2020年我们从武汉抗疫现场撤离时，送行人群中响起的歌声；想起我们在机场离开武汉时，响彻万里的歌声；想起在隔离期间战友们在阳台上响起的歌声。祖国万岁，是我那一刻最深切的感受！

我们顺利完成了国旗传递任务，下场后我们和56个少数民族的代表、来自北京各大高校的青年学子在后台观看了开幕式。当中国奥运队进场时，年轻学子们自发地在后台又唱响了激动人心的歌声，歌唱祖国，让我看到了“00后”大学生对祖国的热爱。一起向未来，我们有希望。

作为一名普通医务人员，能够参加国旗传递的环节，我感到无上光荣。“人民至上”必将指引我不忘初心，将“人民健康”作为使命担当，努力践行为人民健康奋斗终生的誓言。

作为一名从1999年进入药学院的山大学子，到2005级药学的硕士，到在读的2020级公共卫生学院的博士，在这里，我感谢山大各位老师的教诲，让我能够一步一步成长，能够站在面向整个世界的舞台。山大，永远是我坚强的母校，我感恩山大，也为自己是山大学子而骄傲！

祝福北京冬奥会，祝福伟大祖国。2022，“一起向未来”！

作者：公共卫生学院2020级博士研究生　宋　超

2月6日　星期日　晴

党的十九届六中全会精神宣讲会参加者·赵　倩

迎春送冬，在这个还有点寒冷的春夜里，我参加了我们能动学院联合控制学院举行的党的十九届六中全会思想精神宣讲会。大会回顾和总结了党的十八大以来中国共产党在经济建设、政治建设、文化建设等方面取得的发展成就，也让我感受到了党带领我们在这个时代不断奋进、砥砺前行的决心。

“不忘初心，方得始终”，是我在观看宣讲时脑海中不断浮现的一句话。控制学院“志之所趋，无远弗届”宣讲团主讲人丁欣超同学带我们回顾了党的十九届六中全会公报全文和解读，从统筹国内国际两个大局到中国特色大国外交全面推进，从脱贫攻坚战全面打赢到民生保障有效改善，从改革开放不断深化到经济保持较好发展态势，从战胜多种严重自然灾害到社会大局保持稳定，还有新冠肺炎疫情防控，科技创新发展，一桩桩一件件，都是党坚守初心，无愧人民的体现。

能动学院“能动天巧”宣讲队主讲人朱秀峰同学进行后半部分宣讲。1921年，中国共产党成立，中国也开始发生改变。从建党到新中国成立，再到现在，这一路是曲折的，也是光明的。改革开放让中国来到了发展的快车道，高楼叠起，日新月异，经济增长，科技创新，让我们不断感受到国家的强大。生活在新时代的我们未曾经历祖辈经历的磨难，却享受了祖辈未曾享受的幸福，但后辈的幸福生活，正是历代共产党人奋斗的目标。朱秀峰同学展示了一张张能动学院实验室的照片，让我们见识了建设绿水青山的先进科技，也让我们明白了此时此刻，我们应该有觉悟和知识成为建设祖国的中流砥柱。在学院举行的一系列活动照片中，我看到了同学们在节能减排大赛中的身影，看到了学院老师们带领低年级同学感受节能科技的力量。作为一名“能动人”，我也应该用自己所学的专业知识助力中国绿色生态发展。

科技发展带来生活便利，也产生了数据隐私泄露的隐患。朱秀峰同学表示，我国目前针对这一点进行了许多法治方面的建设，包括加快立法，加强监督等。宣讲最后播放了能动学院同学拍摄的《大数据下的隐私》短片，引起了我们对于数据隐私问题的深思。

这是属于中国的新时代，也是属于我们青年的新时代。希望能在时代的洪流中看到众多山大学子不断耕耘、闪闪发光的身影。

作者：能源与动力工程学院2021级硕士研究生　赵　倩

2月7日　星期一　晴

“心行共映”硕博宣讲团成员·魏进红

习近平总书记在中共中央政治局第三十次集体学习时强调：“讲好中国故事，传播好中国声音，展现真实、立体、全面的中国，是加强我国国际传播能力建设的重要任务。”作为外院学子，如何加强理论武装，提升文化自信，提高对外传播能力，助力搭建中外友好交流的桥梁，是我们需要认真思索的问题。

这一学年，我有幸来到法国里尔政治学院进行为期一年的交流学习，在看到学校团委下发的关于组建党的十九届六中全会精神宣讲团的通知后，我选择了参加此次宣讲。起初，我是有点纠结的，因为时差和地点，我可能无法完全与国内其他成员协调配合开展线下宣讲工作，担心给团队带来不便。但与此同时，我更希望借助此次宣讲的契机，跟身边的海外留学生一同感悟党百年来取得的伟大成就和历史性变革。

2 月 7 日，我召集了来自山东大学、北京外交学院的国际交流生以及法国国立高等矿业电信学校的海外留学生朋友，开展以“百年奋斗启新程，初心不忘青年行”为主题的宣讲，将宣讲内容分为“不忘初心，赓续红色血脉”和“事必躬行，弘扬法治精神”两部分，力求做到学思用贯通，知信行统一。

首先，我与海外青年朋友一起回顾学习《中共中央关于党的百年奋斗重大成就和历史经验的决议》，聚焦中国特色社会主义新时代，结合当前新冠肺炎疫情全球蔓延，深入体会中国共产党始终坚持人民至上、生命至上的理念，以及把人民对美好生活的向往作为自己的奋斗目标。随后，通过对《民法典》出台背景、内容组成以及颁布意义的详细学习和讲解，我们在提升法治观念，增强法治意识的同时，深刻认识到中国特色社会主义法治文化建设取得的重要成就和深刻意义。

青年之间的思想碰撞往往会迸发出意想不到的火花。在交流中，我意识到大家对党史的学习和国内时事政治的了解并不深入，而我们作为“讲好中国故事”的生力军，是提升文化自信，增强民族自尊心、自信心和自豪感的关键所在。

百年信仰，青年传承。在宣讲过程中，我们深刻体会到党的光辉与伟大，为祖国取得的举世瞩目的成就感到自豪，也暗下决心励学敦行，争做可堪大用、能担重任的新时代青年，为让世界了解、认识、读懂真实的中国贡献青年力量。

作者：外国语学院2021级硕士研究生　魏进红

2月8日　星期二　晴

“星火小队”社会实践团成员·高正航

黄花皓气埋忠骨，翠柏英风映赤霞。春节期间，我和另外两位社会实践团队的成员田雨顺、刘清琳，怀揣着崇敬肃穆的心情，赴大青山胜利突围纪念馆，在瞻仰凭吊之余，追寻团史线索，于红色团史故事中汲取力量，唱响新时代青春之歌。

未到纪念馆，高大的纪念碑就已映入眼帘，耸立的大理石碑上镌刻着迟浩田将军题写的“大青山胜利突围纪念碑”。我们一行人怀着崇高的敬意，在纪念碑前向不惧强敌、奋勇抗争的英雄烈士们敬献鲜花并深深鞠躬，那一刻，英烈们舍生忘死、御敌于前的精神在我们一行人的心间激荡。

穿过纪念碑前的广场，一行人进入大青山胜利突围纪念馆参观。在参观过程中，最令我们动容的莫过于镌刻着三百余名烈士英名的黑色石碑。行行看去，列列读来，不由悲从中来，他们是谁的孩子，又是谁的父母！为了人民群众的未来，化作了石碑上的金色英名。大青山的每一寸土地，无不浸染着烈士的鲜血，沂蒙的山山水水，处处回荡着英雄的颂歌。

纪念馆后是青松翠柏静静掩映着的烈士陵园。陵园里安息着从革命斗争到新时代建设时期为党、为国家、为人民献出宝贵生命的英雄烈士们。烈士里，有许多是尚未成年的共青团员，他们在共产主义精神的引领下，在共青团初心使命的感召下，为了国家和人民的美好明天，让自己的生命永远地定格在了人生最美好的年纪。那一块块黑色冰冷石碑的背后，都是一条条鲜活的年轻生命啊！值得一提的是，在 2019 年凉山州木里火灾中壮烈牺牲的徐鹏龙烈士也安息于此，在无情的大火面前，年仅 19 岁的他毅然决然地战斗到了生命的最后一刻。“一个有希望的民族不能没有英雄。”当看到徐鹏龙烈士墓前摆满全国各地敬献的鲜花的时候，我们一行人深切感受到了尊崇英雄、关爱英雄的社会氛围。人民有信仰，民族有希望，国家有力量！

此次活动为我们带来了精神上的洗礼。我们生在红旗下，长在春风里，身为共产主义青年团的一员，我们更应接过时代的接力棒，传承革命精神，不忘初心、牢记使命，为祖国新时代建设增光添彩。

作者：管理学院 2021 级本科生　高正航

2月9日　星期三　雪转晴

“匠心拾遗”调研团成员 · 王泽妍

早春时节，忽逢落雪。原本计划对非遗传承人进行的采访，在这大雪纷飞的清晨里，似乎也更添了一份浪漫气息。于是，叫上友人，在这雪色与日色之间，开始寻找那第三种绝色——历史风尘之下非物质文化的底色。

我们首先拜访了江汉平原皮影戏省级代表性传承人刘守钦先生。刘先生已经学习皮影戏六十余年，如今年逾古稀，他和家人出资建立了潜江市唯一一家皮影馆，常年坚持着皮影戏的演出。看着刘先生笑着摆弄精致的人偶，我甚是感动。但是，皮影戏发展到现在遇到了瓶颈，发展资金不够、当下受众减少、传承后继无人等问题使得皮影戏的发展受阻。我看着老人银白的发丝，想到儿时曾与家人同看的皮影戏演出，心中忽然涌起一阵落寞。承载着巨大文化意义的非物质文化遗产，在新的社会文化语境下，是否真的行将消失？

带着沉重的心情，我们拜访了下一位非遗传承人，潜江道情市级代表性传承人朱绪姣女士。朱阿姨作为湖北道情大家周维先生唯一的嫡传弟子，秉承周先生的愿望与期许，将道情艺术传承并发扬光大成为她的初心与使命。朱阿姨向我们展示了她现在运营的微信公众号、抖音号、快手号等，并谈到，通过一些线下和线上的宣传活动，虽然道情艺术的受众仍不算多，但已经取得不错的成果。当朱阿姨拿着自制的渔鼓和简片在我面前展示时，我听着悠扬的曲艺，忽然感受到一种强烈的文化认同感，或许这也正是传承非遗的意义。想到朱阿姨拍摄的短视频还有视频下的评论，我忽然看见了希望。

采访结束时，雪已经停了，天地间，如水般澄澈。

走在回家的路上，我想着，这些非物质文化遗产经历了这么多年的光景轮换，玉垒浮云，星霜屡变，渐渐淡出了人们的生活；但是我知道，这些文化从未凋零，那些融入中国人血脉的文化基因，从来不曾真正消逝。

作者：文学院2020级本科生　王泽妍

2 月 10 日　星期四　晴

艺术学院（威海）党委副书记 · 宗文婷

坐在返程的高铁上，窗外景物飞逝。人在归途，心却还沉浸在山东大学济南、威海两地艺术学院昨天召开的发展规划研讨会的热烈氛围里。

虎年春节刚过，欢庆的气氛尚未完全褪去，早春的济南处处透着勃勃生机。假期中的洪家楼校区一片静谧，但艺术学院却是一派热闹景象。济南、威海两地艺术学院领导班子成员、系主任、办公室主任齐聚泉城，集体研讨、修订学院发展规划与任期目标责任书。

学校党委副书记王君松出席会议并讲话，从提高站位、明确方位、找准定位、积极作为四个方面对学院整体发展特别是如何做好新时代背景下的美育工作指明了方向。他要求我们从政治大局的高度思考美育工作的战略意义，明确当前所处的特殊历史方位，找准"综合性大学中的群众性美育教育"这个定位，全面落实关于美育工作的系列文件精神，积极作为才能大有作为。

艺术学院院长安宁主持了预备会，就会议议程和工作要求进行了说明。随后，与会同事按照工作分工展开分组讨论。同事们迅速进入角色，三个会议室气氛爆棚，短暂的午餐也不能间断大家讨论的热情，哪怕是往返于会议室与餐厅的路上，讨论也不曾暂停。

下午，同事们一边继续讨论，一边进行文字汇总，不觉之间，天色渐暗。当我们再次回到主会场进行集中汇总时，夜幕已经悄然降临。我们分享着一天的研讨成果，看着更加完善的发展规划与任期目标、更加清晰的实施路径和更加扎实的落实保障，每个人神采奕奕的眼睛都仿佛在说，艺术大有可为、美育大有可为。

非常感谢济南的同事们，他们紧张有序的前期筹备让研讨会得以顺利举行，也非常期待这次研讨会的成果之一——两地定期交互开展各个工作领域的现场研讨会早日落地。下次，我们威海见。

走出艺术学院，同济南的同事们依依惜别。夜色中的洪家楼校区别有一番意蕴，连空气都承载着厚重的文化气息。在这样的环境里，脚步不由自主地慢下来，驻足注目树木掩映的教学楼，一瞬间，仿佛看过了流转的四季。

这火花四射的一天、头脑激荡的一天、干货满满的一天让我感触颇多、收获颇多，我被大家感染着，也被大家感动着。这一天的所感、所得，为我的工作开启了新视野、开拓了新思路。当然，随之而来的有忐忑和压力，但更带给我信心和动力。

一年之计在于春，这个春天，我们携手绘制了充满希望的发展蓝图。同一个目标、同一份事业，为了共同的梦想、为了美好的明天，我们凝心聚力、只争朝夕，“艺”起向未来！

作者：艺术学院（威海）党委副书记　宋文婷

2月11日　星期五　晴

商学院辅导员·王萧涵

近日，根据学校工作安排，商学院学工队伍通过寒假读书班、集中领学和集体学习等方式，对习近平总书记关于教育的重要论述进行了系统的学习。作为学院的一名辅导员，也作为本次学习的一名领学老师，我感触颇深，也通过学习对自己的工作有了更深的理解和认识。

我所领学的内容是《习近平总书记教育重要论述讲义》的第五讲——坚持扎根中国大地办教育，这是总书记对教育事业规律性的深化认识，更是引领我国教育事业发展、办好中国特色社会主义教育的“指南针”“定星盘”。任何一个事物的发展都必须有适合其生长的环境和土壤，教育也是一样。通过学习，我认识到办教育要借鉴国外的有益经验，但同时必须坚持中国特色、必须根植于中国历史和现实的土壤办教育，接受中国政治、经济和文化的滋养，一切从实际出发，继承而不守旧，借鉴而不照搬，追赶而不追随。

日常和学生谈心谈话时，很多学生盲目地崇拜国外高校。学生为什么会觉得国外的“好”，难道真的是因为我们自己的“不好”吗？其实不然，我认为是在学生的日常学习和生活中，我们教育引导得不够，学生没有发现我们的“好”。作为一名大学辅导员，要为办好中国特色社会主义教育出一份力，需要从自我做起，要坚定文化自信。漫长的历史进程中，中国人民依靠自己的勤劳、勇敢和智慧，培育了历久弥新的优秀文化，高校学工人要学会用中华民族一切优秀的文明成果来教育学生，学会用社会主义先进文化引导学生，不断从中华优秀传统文化中汲取思想精华和道德精髓，让学生在良好的环境里健康成长，实现“入芝兰之室，久而自芳”的教育效果。

合上书本，脑海里依旧浮现着今天学习的内容。我们常说，习近平新时代中国特色社会主义思想是我们解决问题、破解难题的“金钥匙”，但如何用好这把“金钥匙”，就需要我们在不断的学习中体会、感悟和收获，将学到的“干货”转化为工作的实际成效、转化为立德树人的日常点滴。

这次学习更加激发了我对于辅导员工作的热情，也使我明白身上担子之重。新学期，我会将《习近平总书记教育重要论述讲义》作为自己的案头书，认真学习，不断提高思想认识和理论水平，努力开展好每项工作，只争朝夕。

作者：商学院工作人员　王萧涵

2月12日　星期六　多云

“红研”八省红色寻迹团成员·刘宇洋

奋斗百年路，启航新征程。作为“红研”八省红色寻迹团的一名成员，虎年伊始，我来到厦门地区第一个共产党员、福建省第一个党组织组建者——罗扬才烈士的雕像前进行参观与缅怀，以学习红色历史、继承先烈遗志、发扬英雄精神。

罗扬才烈士生于1905年，1925年春天加入中国共产主义青年团，并组织成立了厦门地区第一个青年团支部。“五卅运动”期间，他成立了“援沪学生军”，募捐钱物，支援上海工人运动。1925年冬天，罗扬才加入中国共产党，成为厦门第一位共产党员。次年，罗扬才和同仁在厦门大学成立福建第一个党支部并担任党支部书记。在罗扬才的领导下，轰轰烈烈的“罢山罢海”斗争正式开始，由罗扬才担任委员长的厦门总工会成了厦门革命时期的中坚力量。1927年，国民党反动派发动反革命政变，包围厦门总工会，将罗扬才抓捕。在狱中，罗扬才进行了不屈的斗争，临刑前他留下一封“就义书”，其中写道：“各位同志，不必为我悲伤，应踏着我们的血迹前进!”

我在罗扬才烈士墓前，相隔着百年的时空，追随这位将生命永远定格在22岁的革命先烈的步伐。了解了他在厦门亲手播种下的革命火苗，从厦门蔓延至整个八闽大地，燃烧成了熊熊大火。去时少年身，归来英雄魂！无论是站着就义的陈延年，还是慷慨赴死的罗扬才，他们在生命的尽头，所思所想或许都是一样的：少年自有少年狂，身似山河挺脊梁。

青春正好当勉励，百年不变赤子心。这些燃烧着生命、为党史留下壮阔一笔的伟大先烈们，用信念与生命铸就了中华民族的革命之魂，他们才是当代青年应当不断学习与追随的“偶像”。通过此次参观学习，聆听厦门革命志士抛头颅洒热血的英雄事迹，我更加深刻地认识到要把党的历史学好、团的历史学好，以革命先烈为榜样，见贤思齐，牢记历史，不忘初心，把党史、团史学习焕发的热情转化为踏实奋进的激情，为中华民族伟大复兴贡献自己的力量。

作者：管理学院2019级本科生　刘宇洋

2月13日　星期日　雪

七海公益志愿者·李江楠

早晨醒来，拉开窗帘，窗外银装素裹，大雪纷飞。回过身再看一看手机，才发现已经13号了。时间总是过得飞快，不知不觉，回家已经一个多月，寒假的线上支教活动也进入了尾声。

早在放假前，我就与一些伙伴组队，为参加鲁喀支教专项活动做准备，期待着这一次支教之旅。放假后，借助于七海公益平台，我成为一名支教志愿者，并与一位一年级的小朋友成功结对，建立了一对一的长期教学辅导关系。经过一个假期的了解与磨合，我们也培养出了十足的默契。

上午9点55分，我像往常一样提前5分钟进入了腾讯会议，小朋友也已经早早等待。开启摄像头，打开麦克风，向小朋友打个招呼："瑶瑶，早上好！"那边一个稚嫩的声音传来："老师，早上好！"简单的问候开启了新的一天的教学。在结对之初，我觉得相比于高二高三的学生，辅导小学生或许会更加轻松一些，但是之后的教学过程告诉我，并不是我设想的那样简单。小孩子玩心重、忘性大，让她在我的课堂集中注意力，并且坚持四五十分钟，不是一件易事。但是面对那写满了认真的脸庞，我只能更加细心、耐心，竭尽全力让我们的课堂更加精彩。

在课前，我会提前设计课堂内容，制作精美的PPT，或者结合讲授内容准备一些小游戏；在课上，我会与她进行许多互动，并尽可能多地给予赞扬或鼓励，培养她对于学习的兴趣。一个小时很快过去，我们从数字6和7的“分与和”讲到其加法与减法的应用，并且通过一些练习题，在巩固知识的同时加深理解。

下午两点，我们再次来到课堂，一起学拼音、认汉字。其实小朋友在学校已经学习了拼音，但是我深入了解之后发现，她的写法和读法还有一些问题，而这些问题或许是因为当地教师的口音，或许是因为家长的疏忽。而我作为一名大学生志愿者，就需要运用我的知识和能力，帮助小朋友纠错，培养新的、良好的学习习惯，这也是这次支教的意义所在。之后我们一起认了汉字，学习了新的古诗，小朋友也非常认真，对于我前一天布置的任务都完成得很好。在这些内容全部结束之后，今天的教学任务也完成了。

课堂结束了，但是我今天的工作还远远没有结束，做工作总结，确定明天的安排，备课，预约会议，联系家长等，琐碎而充实。还有一个星期就要返校了，但是支教并没有停止，因爱而聚，为爱而行，我们一直在路上！

作者：药学院2019级本科生　李江楠

2月14日　星期一　阴

河北故城抗疫志愿者·姜瑞森

步入寒假，人们都沉浸在春节的喜悦之中。但我不曾想到的是，我的家乡河北故城，却迎来了疫情的挑战。在那之前，我们被无数白衣天使护佑着，与病毒始终保持着距离。但是今年春节，我切切实实体会了一波与病毒距离咫尺的恐惧。

大年三十的中午，丰盛的团圆饭刚摆上餐桌，祥和的气氛却被一通电话打破。这是村里的通知：封村！开始全员核酸检测！也就在当时，我意识到了事情的严重性。随即，我通过河北省卫健委的公众号得知了此次故城疫情的详细信息。我深知，这是我们这个小镇面临的一次挑战。脑袋里想起了 2020 年初那些奔赴武汉的逆行者，想起了在形势与政策课上辅导员对我们党史、校史的教育，我坚定地加入了村里疫情防控志愿者的队伍。那也是我步入大学以来，第一次作为一名山大人在我生活的这片土地做些事情。

大年初一，在这个没有鞭炮声的春节里，我们协助村里消毒，负责统计村内全员核酸检测与返乡人员情况。一千多人，我和我的另一个朋友一起，为解决纸质统计人数不全的问题进行了线上统计。完成当天的任务准备休息时，已经是晚上 11 点半了。但是我们并未觉得劳累；相反，我从未像那时一样，感觉到为他人奉献的快乐。

大年初二，为了更便利地服务大家，我跟村支书提议："我们直接拿着电脑在外面吧，做一个我们登记一个。"随后我们将统计工作推到了村口最前线。

大年初三，迎着凌晨 5 点半的微光，我们背着电脑，身着防护服，在村口防疫一线"驻扎"下来。全村村民的姓名、身份证号、联系方式等信息，在我们的统计下入了库。

在这家家门头紧闭，看似没有年味儿的新年中，我却感受到了人间最为温暖的情感所在。在这方土地成长的我们，身着防护服为每家每户代买年货；镇政府为村里配送物资，环环相扣，将每份真挚的温暖送去家家户户。每当我所叩之门打开的时候，我看到的只有充满感激的眼神。就这样，忙忙碌碌，却又充实幸福。

今天，距离病例确诊已经过去了 13 天。村里开始发放通行证，允许每天每家出来一人，冷清的街道逐渐有了车辆行人。人们相互问好，互道平安，满脸笑容。大家都期盼着在正月十五元宵节之日，能够解封村子。

最后，我还想说，疫情面前，只要我们团结一心，服从指挥，一定能够战胜新冠肺炎病毒，让生活回归正轨。

故城加油！

作者：机械工程学院2021级本科生　姜瑞森

2月15日　星期二　晴

剑桥大学哲学硕士课程预习者·余海鹏

元宵节，故乡的破晓较此前来得更早。我依稀听见鸟鸣，以及前日冰雪冲破松叶束缚接触地面的声音。老人说，元宵节是春节的最后一天，也是新春真正的开始——昭示希望、光明与生命。

早起，伴随着小提琴的旋律开始一天的学习。前些日子，我被剑桥大学政治与国际研究系（POLIS）正式录取为哲学硕士（MPhil）。在确认了剑桥大学个人系统的相关消息后，今天，我正式开始了硕士课程的预习。

在英国大学的政治学硕士学位中，剑桥大学政治与国际研究哲学硕士在诸多方面与众不同。作为研究性、学习性并重的学位，剑桥大学为政治与国际研究哲学硕士提供了丰富的教学与图书资源，让学生能够选择自己感兴趣的特定领域进行深入的研究和探索。在山东大学的本科学习、国际组织实习、志愿者工作与科研经历中，我看到了乍得、刚果（金）、南苏丹等欠发达或发展中地区人民所经历的战争、冲突、饥荒、社会政策的错位以及结构性不平等所造成的苦难，当前国际安全与地区发展依然存在诸多矛盾，我希望有所作为。

从高中到大学，我始终坚信政治学是一门追求人类更高文明与发展的学科，是一门同时具有理论深度和实践效益的学科，是贯穿历史砖瓦与时代气息的学科。在山大求学期间，新闻专业培养了我扎实的社科基础和敏锐的学术视野，山东大学国际组织人才领航计划实验班为我叩开了政治学的大门。如亚里士多德所言："政治的目标是追求至善。"希望在硕士以及博士毕业后，我能够继承剑桥大学优秀的政治学研究传统，结合在山大期间培养的人文情怀，深刻认知现代政治秩序及其建构，为人类的政治文明作出贡献，为我所关注的国际和平、安全与发展作出自己的努力。

百廿山大，气有浩然。临近毕业，再次感谢学校为我提供的资源与平台。选择求学于山大，就是选择了系统的专业知识、坚实的理论基础与严谨的治学态度。从国内一流的学者授课，到国际前沿的学术体验，山大为我提供了充足丰富的学习资源；从联合国青年领袖精英班优秀学员，到气候行动亚太青年对话中国青年代表，山大提供的平台让我在探索成为一名优秀社科人的道路上不断前进。正是这些积累，帮助我叩开了剑桥大学的大门，继续前行。

今天早些时候，我在学术论坛上认识了不少剑桥大学未来的同学，他们来自五湖四海，有着不同的学术背景，学术目标迥异，但殊途同归："为天地立心，为生民立命，为往圣继绝学，为万世开太平。"希望与他们成为好朋友，一同为人类文明的进步而努力，在未来的国际舞台上，发出山大学子的声音。

Ad astra per aspera（颠簸路途通繁星）。今天是元宵节，也是冰雪消融的日子。新的一天，就从阅读昆廷·斯金纳（Quentin Skinner）的著作开始吧。向文明与生命致敬，共勉。

作者：文化传播学院2018级本科生　余海鹏

2月16日　星期三　晴

“山大春晖梦晋之舟”支教队成员·赵灵虎

今天，是我带队赴山西省吕梁市文水县刘胡兰镇大象小学进行支教工作取得阶段性成果的一天。

与大雪初晴的天气一样，此刻我的内心也充满愉悦。因为我们支教队与一群素未谋面但十分惹人喜爱的小朋友度过了一段难忘且意义非凡的日子——我们“山大春晖梦晋之舟”支教队为小朋友们带去了为期八天的支教课程。

今天总结整理支教工作时，我被支教队员们认真负责的工作态度和小朋友们孜孜不倦的学习态度深深感动了。时间回到1月24日那晚，离别之时，支教队员和同学们都表达了对彼此的不舍。支教队为同学们准备了新年礼物和奖品，送去了美好的祝福，小朋友们向支教老师们表达了感谢……

在这短暂的八天里，有说不尽的感动。一定要说有什么不足的话，那就是队员们所说的：“时间太短了，如果陪伴小朋友们的时间能更长一点就好了。”这八天，有的支教队员为了给小朋友们带去更好的课程体验，把自己的家人当成学生，一遍又一遍地试讲；有的支教队员第一次参加支教，不熟悉上课软件，于是开启了直播课自学模式；还有的支教队员为了保证支教活动正常进行，加班加点地备课，凌晨一两点的漆黑深夜也成了支教队员的“老伙伴”。为了解决支教过程中存在的问题，支教队不辞辛劳进行每日总结，大家畅所欲言，为支教队想办法，为队友提建议……

三言两语无法描绘队友们尽职尽责的工作态度，但我想说的是，感谢与你们成为队友。我们因为对志愿活动、支教活动的热爱走到一起。我们都知道，短期支教并不能为小朋友传授太多系统的知识，但却能尽力为他们解答疑惑，分享成长经验，帮助他们开阔视野、增强信心，使他们明确理想目标，帮助他们树立正确的世界观、人生观、价值观。

“尘埃之微，补益山海；萤烛末光，增辉日月。”希望我们能够乘梦晋之舟，助童心之梦，有一分光，发一分热。

作者：管理学院 2020 级本科生　赵灵虎

2 月 17 日　星期四　阴

“青鸟衔钰，齐鲁筑梦”团队成员·吕凯歌

一笔一墨田园画，一味一艺故事情。今天是我在手绘年画博物馆进行青鸟计划实践活动的最后一天，一路走来，几多兴奋，几多感慨。

印象中这间博物馆前几年才建造而成，仿古的院落充满情怀而不乏生机。而我仅仅通过一天的馆员体验就爱上了这里，从此开启了由博物馆“观赏者”到“工作者”再到“创造者”的角色演变之路。

博物馆的日常实习工作并不繁重，内容却比较复杂，以信息录入、活动策划与宣传、布置活动场地为主。其中，我还以讲解员的身份参与了学习体验中心的几场主题活动，在引导和服务观众参与活动的过程中真切地感受到工作者设计每个体验环节的用心。

通过与馆内老艺术家及文艺工作者的接触和交流，我逐渐了解到他们身上所肩负的使命之大。优化观众的参与体验，并在此基础上将博物馆打造成充满活力的社区空间以更好地传承非物质文化，是他们不断追求的目标。管理人员在和我沟通工作内容的时候，会强调专业能力及专业特色的学以致用，鼓励发挥自己的专业特长，为博物馆注入活力。因此，不同专业的小伙伴在这里都能找到自己的“存在感”。我也借此机会向工作人员

提出了符合自己专业特色的意见，并由此学会处理事情时要理论联系实际，从校园中走向社会。

不仅如此，在文艺工作者的帮助下，我还创作了属于自己的手绘年画。老师耐心地讲解着工艺品创作的过程，这也让我第一次近距离地接触到非遗技艺，也逐渐明白传承非遗的意义所在。

回来的时候已是黄昏，窗外的落日很美，我还在回味这几天的活动。文艺工作者的创作确实辛苦，博物馆的故事也的确鲜为人知，但我们确实是在做一件很“高大上”的事情。因为我们始终努力在为这个世界留下一些值得回忆的东西，我们想通过一件件的文化艺术品重现历史，通过文物的故事展现时代的风貌，更重要的是通过一代代人的努力将这份文化传承下去。如果国家博物馆是民族的祠堂，那么这座手绘年画博物馆就是我们当地的祠堂，是用来留住乡愁和传承艺术的。

我想，手绘年画博物馆建立的意义本就不在于要把它打造成多么著名的景点，而更在于对手绘年画这一非遗文化的传承和弘扬，以此来守护当地人民的根和魂。这是我们的工作，更是我们的使命。

作者：药学院 2020 级本科生　吕凯歌

2 月 18 日　星期五　晴

研究生院、研工部工作人员·于　帆

虎年新至，万象更新，春风送暖，盛世佳景。一大早来到办公室，我马上就开始了高基报表季度填报工作，在起草各项报告的同时，继续做好研究生新学期日常管理服务。寒假期间，研究生院、研工部的同事们按照工作计划时刻保持战斗状态，持续抓好党建，促进各项业务工作开展，积极谋划确保开好新局。

午餐时间，走在校园里，发现校园环境又改善了许多。碧蓝如洗的晴空下，高大洁净的知新楼显得格外气派，道路两旁的大树在朝阳下更显生机勃勃。看到一尘不染的校道和车位满满的明德楼停车区，我知道，整个校园早就做好了迎接琅琅读书声的准备。

这蒸蒸日上的景象是每位山大人奋斗的结果，他们用文化铸魂，用自信追梦，追求卓越，只争朝夕，蓄势谋远。在学校党委领导下，近年来学校发展突飞猛进，扎实推进落实“七大战略”“十大任务”，积极探索中国特色、世界一流、山大风格的发展道路，加快推进“由大到强”历史性转变，着力打造国家战略科技力量，精心培育山大学派。学校圆满完成“双一流”首轮建设任务，学术基本面进入国内高校第一方阵，整体实力及主要办学指标接近或进入世界 200 强。作为一名山大人，我无比自豪，无比自信。

作为一名研究生院、党委研究生工作部的青年党员，我要深刻把握“两个确立”，自觉践行“两个维护”，坚持党建引领，坚守初心，锤炼党性，把握大局。推崇和践行精耕细作的匠心文化，更好立足自身岗位，勤于思考，做好教育管理服务工作。我相信，有着家国情怀、热爱教育的山大人，在党建引领、文化铸魂的指引下，凝心聚力，一定能够以昂扬的精神面貌，给学生们一个明亮的未来，为国家输送一个个栋梁之材，为中华民族伟大复兴源源不断地贡献山大力量。

作者：研究生院、研工部工作人员　于　帆

2月19日　星期六　晴

青岛校区春季学期返校学生·王　珺

风，如战马般在铁轨旁呼啸；复兴号，如火龙般在原野上奔腾，在冬季的田野上奔腾啊，驶向那混沌的远方，却又如火炬照亮光明的未来。

下了龙腾虎跃的复兴号高铁，上了畅达幸福的青岛地铁，换承两次地铁，登上11号线。不知道其他学子有没有这样的感触，每当11号线驶出鳌山卫站，地铁广播播报“下一站，山东大学站”时，一股强烈的、浓郁的归属感总会油然而生。似火，比火还热烈；似水，比水还柔情——就如到家了一般亲切。我透过地铁车窗，望眼欲穿！凤凰居首先映入眼帘，接着蹦出鲸鱼般流线型构造的综合体育馆、古朴又现代的博物馆，然后是振声苑，最后是标志性建筑图书馆。我犹如在冬奥赛场为运动健儿加油助威般欢呼雀跃：“到山大了，到山大了！”同行的好友互相确认过眼神，是啊，到家了，我的山大我的家！

校园微公交载我驶向校区南门。下车后，志愿者们顶着寒风为返校学生进行引导、行李安置、身份查验等工作，现场不慌不乱，井然有序。在环境学院报到点，辅导员王靖鸥在现场工作着，志愿者逐一核对我的姓名、48小时核酸检测阴性证明以及“校园通”报到成功的界面。报到点的爱心服务站特别暖心地为志愿者和同学们提供白开水、姜糖水，医生身着厚实严密的防护服，冒着严寒逐一为我们进行核酸检测……

新的学期就要开始了！回顾上一学期，有许多收获，也有不少遗憾。上学期学习成绩并不理想，于是我寒假在家痛定思痛，提前预习下学期课程，同时又学习了论文写作的相关知识。大三下学期非常关键，2022年对我而言，又是十分关键的一年。就像三年前的高考决定了我会到哪个城市、哪个大学学习，2022年又将决定下一个3年或者是5年、6年，我又会到哪个城市、哪个大学继续求学。既有风险与挑战，又有乐趣与希冀。

雄关漫道真如铁，而今迈步从头越。

写到最后，身旁友人对我说起，是不是快到百日誓师大会了？我突然一愣，不禁感慨，百日誓师大会都过去 3 年了！直到现在，我依然感激当时班主任选择了我化用的毛主席的诗句作为誓师的标语——“今日长缨在手，六月缚住苍龙”。是啊，今日长缨在手，今秋缚住苍龙！2022，加油向前冲！

作者：环境科学与工程学院 2019 级本科生　王　珺

2 月 20 日　星期日　晴

商学院新生辅导员・姜文立

律回春渐，新元肇启，2 月 19 日，学校开启了春季学期学生返校工作。二月的威海，寒风瑟瑟，风雪交加。返校前一天，我在年级群里再三嘱咐学生一定要增添衣物，做好保暖。学生们纷纷回应，告诉我期待第二天的见面。一大早，学院党委书记于培丽，党委副书记郭晓妮、韩鲁青带领我们商学院辅导员队伍赶赴现场，迎接返校学生。早晨的室外温度低至零下 6℃，即使已经穿上了最厚的衣服，我也被冻得哆哆嗦嗦。但是寒风冷雪难挡大家的工作热情，为了给学生们营造一个温暖温馨的返校氛围，我们精心布置了报到场地，准备了供学生拍照的商学院标志牌，立起了“平安入学，商学守护”的疫情防控宣传海报。寒风把手都冻僵了，但是场地也变得与众不同了。

一切准备就绪，我们迎来了第一位返校的学生。学生开心地拿起“商学院”标志牌照了一张相，我们为学生贴上“虎虎生威新学期新开端”的贴纸，并送上新学期的祝福。老师们仔细询问了学生返校途中的情况，嘱咐学生落实戴口罩、常通风、勤洗手、不聚集等疫情防控常态化要求，配合学校做好各项疫情防控工作。学生笑着说，返校旅途虽然辛苦，但是进入校园后看到热情迎接的老师、精心布置的报到点和充足的防疫物资，内心感到无比踏实、温暖。

返校的这两天正好是威海最冷的两天，北风呼啸，风雪交加。但是寒冷的天气并没有阻挡住山大人的工作热情。校区各部门通力合作，准备了充分的防疫与御寒物资，用厚厚的帷布将四面透风的帐篷围好，让老师们与学生们都能在萧瑟的北风中，感受到山大人最温暖的力量。

值班间隙，我打开微信朋友圈，看到学生家长们纷纷发了送别孩子的朋友圈，我看到了家长们对孩子的祝福与不舍；放下手机，我能透过学生们青春洋溢的面庞，看到孩子们对新学期的期待与欣喜；转头看看正在忙碌的同事，我感受到山大人对学生的热爱和对工作的热情。作为一名入职一年的年轻辅导员，那一瞬间，我的心里涌动着一股暖流。在未来，我也要把这种温暖的爱在工作中继续延续下去，努力按照学院学生工作精细化管理的要求，以实而又实、细而又细的态度，本着“学生为本”的理念，充分了解学生的思想动态和心理需求，做好学生思想价值引领、人文关怀、学业规划和就业指导工作，用心陪伴学生成长。

作者：商学院辅导员　姜文立

2月21日　星期一　晴

冬奥会志愿者·于绪泽

2022年北京冬奥会已经落下帷幕，在冬奥会做志愿服务的经历却令我久久难忘。

自从知道冬奥会举办的具体信息后，我就特别想成为一名冬奥会志愿者，为这场盛会尽一点绵薄之力，所以我一直在留意有没有为冬奥会服务的机会。后来，家人了解到北京冬奥会奥组委对外联络部需要一些志愿者翻译参加开、闭幕式外国友人的信函，我一得知这个消息就立即报名了。幸运的是，我顺利通过考核并被录用了。

虽然学了十几年的英语，但当真正用于实践时还需下一番功夫。翻译工作不是简单的词对词的直译，要注重情感的表达，要理解作者的心情。这就要求我用词需要斟酌，很多时候需要反复体会和推敲才能达到最佳。外联部的工作人员给我们提过要求：涉外工作无小事。这就要求我们在工作中不但要有专业的能力，更要有严谨细致的作风。

除了信函的处理，我还做了一些国外对冬奥会的报道信息的搜集翻译整理工作。我在网站上查找与冬奥相关的新闻，这项工作相对繁杂，我需要把这些信息进行整理分类，这就需要我有更多的时政储备。我每天需要在各大新闻网站浏览国内外的新闻时事。2008 年我国成功举办了夏季奥运会，如今，我们为全世界的运动员奉献了一场无与伦比的冬季奥运会。中国做到了对世界的承诺，为全世界奉献了一场团结、科技、绿色、简约、精彩、安全的运动盛会。作为一名中国人，我由衷地为自己的国家感到自豪。

我在此次冬奥会志愿活动中切身体会到了志愿服务的精神即奉献，能为他人奉献是幸福。作为数学学院志愿服务部的一员，我在这个集体中学会了用自己的力量帮助别人，第一次体会到了奉献的快乐。这个集体教会我，一个人的价值不在于他拥有多少，而是他被多少人需要。如果我们能用自己的知识和力量为他人、为国家和社会做一些工作，如果我们能够被更多的人需要，我们一定是幸福的。北京冬奥会中，成千上万的人在参与保障这项活动，我所做的微不足道，与其说我为冬奥会做了什么，倒不如说我在冬奥会中收获了什么。感谢学院让我成长，感谢冬奥会给我力量。

作者：数学学院 2021 级本科生　于绪泽

2 月 22 日　星期二　晴

教学促进与教师发展中心工作人员·黄晓丹

俯首冬去，仰首春来。在这个生机焕发的季节里，新学期如期而至。开学后，校园重新热闹起来，一片欣欣向荣、生机勃勃之感。我怀着愉悦欢快的心情参加了本科生院教学支持科新学期的第一次工作会议。参会者集体学习了校领导 2022 年春季学期工作会议上的讲话，总结分析了前期工作，谋划研究了全息教学应用、课程中心平台迁移等重点工作。大家普遍认为，经过近几年的高效建设和发展，包括教育教学技术保障在内的各方面工作都已经具备了较为扎实的基础和相对完善的体系，进一步精耕细作，以实现高质量内涵发展是自然且必然的努力方向和目标。会上各位同事积极发言，共谋建设发展，我深刻感受到科室上下团结一心、共同奋斗的良好态势。

回顾寒假期间的工作，教学支持科按照工作计划全力推进一校三地全息教室建设，我校成为首个将全息技术应用于教学实践的国内高校。在赵玉宝科长带领下，李俊鹏等老师近一个多月时间都奋斗在理综楼和董明珠楼全息成像采集教室和全息成像还原教室的建设一线。2 月 17 日凌晨 3 点，当全息影像完美呈现时，大家欢呼雀跃，一个月的疲劳在这一刻一扫而空。

新学期的序幕刚拉开，科室每位成员都已规划满满。栾莹老师在趵突泉校区独挑大梁，放弃周末休息时间支持教师教学需求；王皓老师积极优化录播教室软硬件，设计升级方案，提升教学录像录制质量；王超老师调研 LMS 系统，规划课程中心平台替换方案，消除平台隐患；全体成员共同研究雨课堂和腾讯会议融合等在线教学新应用，我做好了课程中心平台的系统和应用备份，完善了业务巡检方案。工作会议中大家热烈讨论，不知不觉一个下午很快就过去了，有满满的成就感，更有对接下来工作的清晰规划和干好工作的自信。

二月崭新的阳光，吐露芬芳的枝桠，和煦暖人的春风，山大用自己春天的美好欢迎每位家人回家。奋斗的号角已吹响，让我们继续笃定前行，向着世界一流大学的目标前进吧！

作者：本科生院工作人员　黄晓丹

2 月 23 日　星期三　晴

社火演出观看者 · 朱炜明

“不点花灯月不圆，不要社火难过年”。这是流传在我的家乡河湟地区的一句谚语。每年的正月末，在青海，大到省会西宁，小到每个村镇都要举行社火表演。各地的社火演出沸沸扬扬、浩浩荡荡，将节日的气氛渲染得异常热闹红火，变成了一个热闹非凡的“狂欢节”。

因为疫情防控要求，社火暂停两年了。而今年在做好防疫工作的前提下，社火便热热闹闹地“耍”起来了。我何其有幸能够参与到这狂欢当中。

早上，我和伙伴们约好一起出发到附近的表演点观看社火。社火来源于对古老的土地与火的崇拜。“社”，为土地之神，“火”，是传说中的火神。所以社火表演者祭祀过火神后，会从火神庙里出发，到田地里去演出。所谓“锣鼓不响，庄稼不长”，还没到庙门，就听见了震天的锣鼓声。前来观看的人们已经围了一大圈，我们急忙赶过去，生怕抢不到好位置。

只见庙里“灯官大老爷”端坐在火神殿前，各个社火角色扮演者位列两旁，聆听“吩咐”。灯官由村里德高望重、能说会道的人装扮成县令的模样，头戴乌纱帽，乌纱帽正面贴“槽头兴旺”，背面贴“一品当朝”或“五谷丰登”的红纸条，蟒袍玉带，穿戴整齐，一髯长须，威风凛凛。灯官是沿途祭祀、祷告的主持者，不参加社火里的表演。每到一个地方演出前，灯官致吉祥词，演出时，端坐香桌后面观看演出，并祈求来年风调雨顺、国泰民安。

“胖婆娘肚子大，怀的是福儿福女；马报子骑白马，报出个天下太平；八仙家唱道情，为百姓送财赐福；乘高台、点状元，表万古忠孝贤良……”灯官老爷吩咐完各个角色应负的责任和义务后，随着一声鞭炮响，锣鼓齐鸣，社火正式开始了。报儿从庙门中奔驰而出。他戴着高尖帽，反穿羊皮袄，背插五色令旗，骑马来回奔驰于各个会场之间，报道社火的到来。报儿骑在马上边走边唱：“报儿报得好，明年柴垛高”，“报儿报响，钱财万两”。接着就是“灯官大老爷”骑在青牛上，洒着干羊粪和大枣，以求风调雨顺、国泰民安。跟在灯官后面的是哑巴、胖婆娘、货郎儿等角色，为即将到来的舞龙舞狮队驱开人群、“打场子”。

“哑巴”在社火中扮演皇帝的角色，湟源民间有“哑巴不说话，社火里面他为大”的说法。他的脸用锅灰大油抹得油黑，穿着大鞋子，腰间系着铃铛，反穿皮袄，手执烧火棍，一语不发，在场上随意起舞，还会出其不意地将鞋甩向观众。我们这里有“哑巴”的鞋子打到谁，谁就会交好运的说法。这不，我们在人群中刚站了一会儿，就有一只大黑鞋子从头顶飞过，激起人群一阵欢呼。还有“胖婆娘”指着我和伙伴们，对怀里的玩具娃娃说，“这是舅舅，舅舅抱一下，祝舅舅明年也生一个像你一样的胖娃娃”，引得周围人哈哈大笑。

高跷、旱船、舞龙、舞狮、八仙祈福等表演精彩绝伦，现场锣鼓声、掌声、欢笑声不绝于耳。热闹的社火表演展现了人们对美好生活的热爱与向往，饱含着浓浓的年味和新春的美好祝福。

作者：文学院2018级本科生　朱炜明

2 月 24 日　星期四　晴

哲学与社会发展学院博士研究生 · 刘日新

作为一名校外住宿的学生，想要去图书馆上自习确实不是一件容易的事情。我和我家先生都是在读全日制博士研究生，我是文科生，他是医学生。平时，我会在家里或者学院提供的场所自习，他则在实验室做实验，很少需要前往图书馆。然而近日，他需要写毕业论文，我也希望能和他一起学习，互相监督，因此我们都需要图书馆的安静气氛。

本来我俩约好早起去图书馆自习，但是打开图书馆公众号发现，当天的座位已经约满，只好作罢，在家学习。等到中午，我们再次打开手机，仍然没有太多合适的空位，仅剩文理馆一楼没有充电插座的座位还空着。无论如何，在学校总比在家效率高，于是我俩成功“占”好两个挨着的座位。

开学以来，这算是第二次“正经”来图书馆自习。文理馆门口的花香香的，像是欢迎我们归来。想想以前，确实很少在文理馆自习，竟然都不知道门口有一枝香气扑鼻的腊梅。文理馆相对蒋震图书馆要“老”一些，之前因为考虑到爬楼以及充电的问题，我俩几乎没有去文理馆学习过。然而今天，我们的一下午属于这里，学习很顺利，效率也比在家高很多。我家先生说他把毕业论文中最麻烦的图表做完了，而我则安安静静地翻译了一下午，直到电脑电量不足，才关机回家。

为了以后能更好地利用图书馆的资源，我主动请缨熬夜到 12 点占第二天的座位。然而，人算不如天算，晚上 9 点半我就进入梦乡，睡得“不省人事”。我家先生见状，只得扛过熬夜的重任。他坚持到半夜 12 点发现，需要到第二天早上 6 点才可以预订座位。经过这一番占座风波，两个校外住宿的同学，终于彻底搞明白了学校的图书馆座位申请系统的奥秘。要想拥有合适的座位，我们需要改变作息，早睡早起。既让学业得到保障，也使身体日益强壮。

在此感谢图书馆老师聪明的设计，也希望更多的校外同学了解这个“抢座”奥秘。愿我们的新学期学业精进，越来越好。

作者：哲学与社会发展学院2019级博士研究生　刘日新

2月25日　星期五　晴

威海校区教务处工作人员·袁　伟

忙忙碌碌的工作间隙，猛一抬头，发现今天是新学期教职工正式开学第八天了。恍惚间觉得寒假并没有来过，因为从假期到开学好像不需要过渡，我和周围的同事们早已投入马不停蹄的工作中。

王湘云处长总是这样要求我们：“勤学习，善思考，能发力，会发声，打造一支懂教育的教育教学管理与服务队伍。”寒假正是可以静心思考、沉心研究的好时光。这个假期里，身边很多同事始终坚守在工作岗位上，有的工作在办公室里，有的工作在家中，有的工作在路上，不论身处何地，都在为工作忙碌着。作为威海校区教务处教学研究科的一员，这个寒假里有一项新的工作任务——文稿编审。前期校区教务处为了凝练校区教育教学改革成果，总结教育教学实践经验，促进成果经验交流与推广，在全校区征集了优秀本科教育教学改革论文，老师们投稿踊跃，一共收到了六七十篇稿件，我们充分利用寒假时间将这些文稿进行了审核、编辑。

因为假期里还有其他事情忙碌，为了完成所有的工作任务，必须养成抓住每个碎片化时间高效工作的习惯。开学前，我基本完成了文稿编审任务，只剩一篇稿子需要作者进一步修改后再返给我们。前几天，这位老师把改完的稿子交了过来，但刚开学事务繁多，直到今天我才审完了最后这篇文稿。结束这项工作的那一刻，我的心情明媚起来。目前，领导和其他同事还在为书稿整体设计与编辑的工作而忙碌，我们各个审稿小组的编审工作已近尾声，期待着这些文稿能够早日集结成册，印刷出版。这将是2020年以来校区教务处编纂出版的第七部教育教学研究类编著。及时总结经验做法，积极推广管理服务理念，是打造懂教育的本科教育教学管理与服务队伍的必经之路。通过系统思考，不断总结，凝练提升，这些成果将成为校区工作的展示台，也将成为今后工作的助推器。

抬头望着窗外，春天已经悄悄到来。埋头继续工作，给自己定一个规划，许一个小心愿：新的一年，强身健体，勤奋学习，高效工作，快乐生活。把种子种在心里，带着希望上路，愿努力过后有收获……

作者：威海校区教务处工作人员　袁　伟

2月26日　星期六　晴

双学位选修者・杨钰哲

清晨的阳光照进宿舍，转眼间，开学已有一个星期的时间了。虽然今天是周末，但我仍像平常一样早早起来，去上金融辅修课。

走在去往图书馆的路上，明显感受到冬季的寒风已经收起了它的锋芒，虽然天气仍有些寒冷，早晨的太阳仍照得人暖暖的。选修金融双学位已经两个学期了，我已几乎不记得悠闲的周末是什么样子，从开学到期末都忙忙碌碌。对经济的兴趣和对未来的考虑促使我选择了双学位，虽然不得不付出更多的时间，但收获也是实打实的。通过上个学期的努力，我不但兼顾了辅修的课程，本专业的学习也没有落下，这个结果给了我很多信心。

7点半，我就已经在图书馆等待腾讯会议开始了。因为辅修的同学遍布各个校区，我们需要通过线上的方式完成课程。而辅修又不能与本专业的学习起冲突，老师们常常需要快速完成教学任务。隔着屏幕，我们与老师的交流本就不便，快速的教学节奏则更容易让人分心，一不留神就会跟不上课程进度。好在屏幕那边的老师尽心尽力，将教材上密密麻麻的字浓缩成PPT上的几小段话，深入浅出地讲解着每一个知识点，讲课的话语间充满激情，牢牢抓住了我的注意力。同时，经过之前的历练，我也渐渐适应了这种高强度的上课方式，大部分时间都能够集中注意力认真听讲。今天的课听得非常顺利，我学到了许多新的知识。下课后去吃饭的路上，晚风拂去了一天的疲惫，又一个紧张的学期开始了，但我对此充满信心。

开学的第一个星期是很顺利的，我已经渐渐找到上学期忙碌的感觉，带着对新学期的憧憬，认真完成了第一周的课程。“潇洒自在”的生活似乎一去不返了，取而代之的是一种极度的充实感。既然作出了选择，就要对自己的选择负责到底。雄关漫道真如铁，虽有风险和挑战，但我相信只要战胜它们，光明的未来就在面前。

新学期，新气象，我会坚定地奋斗下去，一步步踏实地走向远方。

作者：环境科学与工程学院2020级本科生　杨钰哲

2月27日　星期日　晴

空间科学与物理学院副院长·凌宗成

早春时节，乍暖还寒，我有幸参加了中层领导班子任期目标专题培训讲座，内容包括樊丽明校长关于学校融合发展战略和学科交叉融合、李术才副校长关于科研组织和重大项目团队建设、张承慧院长关于学院治理等多位领导和专家的讲座。这些精彩的报告让我有种如沐春风的感觉，也让我对于学校的学科建设和未来发展有了新的期待。

传统学科的交叉融合是时代发展的必然结果，新的科技革命早已打破了原有的学科界限，面向重大科学与工程前沿问题的研究必须要打破原有的研究范式，善于吸收和迁移其他学科的研究方法，用于传统学科领域的开拓和创新，甚至孕育产生全新的交叉学科。关于学科交叉融合我也略有一点体会，下面结合所从事的空间科学研究领域进行阐释。

空间科学是利用各类航天器研究太阳系天体、行星际空间及至整个宇宙空间的物理、天文、化学及生命等自然现象及其规律的科学。以 1957 年第一颗人造卫星的发射成功为标志，空间科学逐步发展起来。空间科学作为一门新兴交叉学科，早已成为国家航天强国战略的重要组成部分。习近平总书记曾经提到，必须推动空间科学、空间技术、空间应用全面发展。如今我国已经成为空间技术大国，但在空间科学方面，我们相比美欧还落后很多。2022 年 1 月 28 日，国务院新闻办公室发布《2021 中国的航天》白皮书，重点介绍了未来五年我国航天事业发展的主要任务，以深空探测领域为例：我们将开展探月四期任务，嫦娥六、七、八号飞往月球极区开展极区探测，以建立国际月球科研站为目标的中国后续月球探测计划已跃然纸上；我国的行星探测工程也在天问一号火星探测的基础上，分别进行小行星探测任务的实施，如火星采样返回、木星系探测等任务的关键技术攻关等。这些紧锣密鼓的深空探测任务是未来空间科学发展面临的历史机遇，我们必须努力抓住。

作为一名深空探测与行星科学研究领域的“老兵”，自 2008 年以来，我有幸参与了大多数国家深空探测的相关任务。我所在的空间科学与物理学院、空间科学研究院一直致力于响应国家战略需求，深入参与相关深空探测任务，并取得了一定成绩。2021 年，我所负责的行星科学团队参与了“天问一号”火星探测器着陆任务，收到了来自航天五院的感谢信；我们团队代表山东大学申请到了嫦娥五号月球样品，目前正在抓紧开展样品光谱学和矿物化学分析工作。

根据学校工作安排，空间科学与物理学院、空间科学研究院被列为支撑单位参与建设化学与物质科学一流学科，这对于我们空间科学方向是极大的支持和鼓励。希望在未来五年，面向国家重大战略需求，做好学科交叉融合，将传统的化学、物理学方法应用于空间粒子、行星物质的探测分析以及空间物理规律的发现阐释，争取做出空间科学领域一流原创成果。同时我们也期待，通过做实学科交叉融合，助力学校化学、物理学、地球物理学等学科的建设，培养空间科学领域优秀后备人才，助推航天强国建设。

作者：空间科学与物理学院副院长　凌宗成

2 月 28 日　星期一　晴

升旗仪式重温入团誓词活动领誓人·李斯特

今天，是 2 月的最后一天，也是 2022 年第一学期第一次升旗活动举办的日子，哲学与社会发展学院承担了此次升旗任务，我很荣幸能够担任本次升旗重温入团誓词活动的领誓人。

得知此次任务后，我怀揣着激动的心情认真诵读入团誓词直至熟背，感受到中国共产党和共青团对我们的殷切期盼。当我怀着无比崇敬的心情踏上一级级台阶时，我深深感受到了勇担使命、责任在肩的信念。

“遵守团的章程，执行团的决议，履行团员义务，严守团的纪律”，这四小句是要求我们的行为符合中国共产主义青年团的基本准则；“勤奋学习，积极工作”，这是共青团对我们学习和工作态度上的要求；“吃苦在前，享受在后”，这是共青团要求每位团员要甘于奉献、吃苦耐劳、不懈奋斗，“为共产主义事业而奋斗”，这是共青团对我们未来无限的期盼，要求我们要将小我融入大我之中，号召全国各地一群又一群共青团员为了一个共同的目标而拼搏奋斗，带动身边同学共同进步、共同奋斗！

通过重温入团誓词，有一种神圣在心中激荡，有一种信念在心中流淌，有一种责任在心头升腾，有一种激情在心底燃烧。重温入团誓词，让同学们跟随领誓人大声地含出庄严的誓词，就是要唤起每位团员的团员意识，时刻牢记自己是一名共青团员，自觉加强组织性、纪律性，进一步加强我们大家的向心力和战斗力，使这种信念深深植入我们的日常学习和生活之中。

此次重温入团誓词活动结束之后，团员们纷纷表示收获很大。尽管入团誓词内容并没有发生改变，但当年在国旗下庄严宣誓的我们却一天天成长着。我由当初稚嫩的初中生成长为一名大学生，我相信在本次重温誓词活动后，每一位团员都能够深切感受到对团组织的归属感。

迎着微风，我们在金色阳光中举起右拳；面向未来，我们将入团誓词内化于心、外化于行，一同携手奔向共同的目标！

作者：哲学与社会发展学院 2021 级本科生　李斯特

3月1日　星期二　晴

亚洲校园冬令营参加者·暴林云

在刚刚过去的寒假里，我报名参加了亚洲校园线上冬令营活动。时间飞逝，昨天上午的结营仪式后，此次线上短期交流项目便画上了句号。

亚洲校园（CAMPUS Asia），是亚洲大学生交流集体行动计划（Collective Action of Mobility Program of University Students in Asia）的简称，是由中、日、韩三国政府主导实施，三国教育部门联合制订，旨在促进中日韩大学学术交流与合作和学生流动的项目。山东大学的环境学院、齐鲁交通学院和土建学院，长崎大学，成均馆大学联合申报了“中日韩联合培养基础设施建设领域顶级工程师项目”，为期五年，我有幸入选了其中一个冬季线上短期交流的子项目。

整个冬令营项目为期十一天，各个学校分别讲授关于本国语言、文化、基础设施（如水资源、建筑、智能）的课程，并在最后进行汇报展示和结业仪式。在学习中、日、韩语言文化的过程中，我逐渐了解到了不同国家的现状和生活方式。东亚国家有悠久的历史和共同的祖先，我们之间虽然有一些差异，但也有很多共同之处。比如，韩语和日语是汉语演变而来的，因此一些词句与汉语的发音近似，使得我们更加容易理解。对美食，我们有着相似的口味，像寿司、炸鸡、炸酱面等。教授们介绍了本国的灾后废物处理回收、城市规划、智能建筑技术、芯片、X射线CT探测等技术，交流了三国科技发展的异同。我们也进行了多次小组讨论和分工，我与韩国和日本的朋友们进一步沟通，更好地了解了他们的文化和科技。

我的专业是环境工程，所以我更加关注水、大气、固体废物、土壤等方面的课程，我能用我已有的知识更好地理解这些内容。在一位日本教授的课堂上，我对他所讲授的灾难废物的管理非常感兴趣。因为日本处于地震带，他们在自然灾害的预防治理以及灾后废物的处置回收方面积累了丰富的经验。

快乐的时光总是短暂的，但在这段时间里我们都学到了很多。我将铭记这段宝贵的经历，并在学有所成的将来投入到东亚地区基础设施建设与可持续发展中去。

作者：环境科学与工程学院2019级本科生　暴林云

3月2日　星期三　晴

能源与动力工程学院硕士研究生·王玉琢

最令我开心的一件事情，莫过于收到了外方院校的提名信。从1月初收到入学通知书，到拿到提名信，这两个月每天都在忙着准备各项材料、毕业论文，拿到提名信后，我的内心非常激动。

2021年是山东大学成立120周年，学校举办了许许多多的校庆活动，其中对我意义最大的就是10月11日至13日举办的“全球友好学校交流周”。在参加这次交流会之前，我没有找到合适的导师和目标院校，为此我很着急。上午开幕式结束后，在食堂南侧还有友好学校教育展。正因为这一场教育展，我通过和外方院校的各位代表进行了交流，确定了自己的目标院校。下午回到千佛山校区后，我立刻在国家留学基金委举办的“IGSF国际研究生奖学金信息说明会”中，线上预约了这所学校的面试。11月中旬，我怀着忐忑的心情参加了面试。整个面试过程我们聊得很开心，外方导师也留下了我的联系方式。后来又经过一次复试，外方导师决定招收我为博士研究生，并帮助我申请CSC的合作奖学金。

收到提名信后，觉得自己浑身又充满了力量。正如研究生院常务副院长刘国亮教授在宣讲会上所讲，越来越多的学子在国家的支持和帮助下走出国门看世界，新时代的中国青年也应该厚植家国情怀，克服重重困难，努力汲取国外先进的科学文化知识，学成归国后为祖国的发展挥洒自己的青春、贡献自己的力量。在此真诚感谢我们的祖国和国家留学基金管理委员会，为我们提供弥足珍贵的平台；感谢山东大学尽一切努力，为学子创造一个又一个如此宝贵的机会；感谢研究生院李天一老师全天候在线，为我们耐心细致地解答一个又一个问题。

作为一名中国青年和山大学子，我感到无比幸福和自豪。在接下来的申请中，我将尽最大可能把每一份材料做到最好，祝愿自己可以顺利通过国家留学基金委的审核，让我可以在未来为祖国的发展和建设贡献自己的一份力量。

作者：能源与动力工程学院 2019 级硕士研究生　王玉琢

3月3日　星期四　晴

放风筝活动参加者·吴启迪

为了强身健体，丰富同学们的生活，我们班的团支书申瑞组织了一次“描绘青春，放飞理想”的画风筝、放风筝活动。得知要一起放风筝时，我跃跃欲试。

放风筝前一天晚上，我们班的同学在教室集合准备在两个空白的风筝上“创作”。看着空白的风筝，大家都陷入沉思，我的大脑也一片空白……突然，王莹同学灵光一现，只见她手起笔落，画了一个栩栩如生的冰墩墩，大家连连叫好。随后，另一个空白的风筝也完工了，与“冰墩墩”相比，这个风筝多了一点凌乱美。大家拿着画笔齐心协力的样子，我感觉就是青春的样子。

蓝天白云，晴空万里。且观清风托纸鸢，扶摇飞满天。上午9点半，大家陆陆续续来到风雨操场。我和室友拉着“冰墩墩”跑了一圈又一圈，但是无奈风力不足，只要停止奔跑，风筝就会落地，我们试了一次又一次，都以失败告终。大家累得气喘吁吁，我从中悟出了一个道理，放风筝如果有风，那么风筝比较容易飞上天；但是如果风力不足，只要我们不停奔跑，风筝也不会落下。人生也是如此，有了天时地利人和，就较容易成功；但即使坎坷遍地，只要我们不放弃，向前努力，人生之“筝”一样可以翱翔天空。在一次又一次的失败之后，丰潇迪从操场的东北角跑到西南角，终于成功放飞了卓越班第一只风筝。大家累并快乐着，小小的风筝好像是我们卓越班每个同学的理想，为了理想能展翅飞翔，辛苦一点又何妨。

放风筝这个活动好像为我们量身定制一般，趁东风放纸鸢，也是我们描绘青春，放飞理想的样子！

作者：机械工程学院2019级本科生　吴启迪

3月4日　星期五　晴

兰剑公司实习者·杨智豪

十五层楼高的穿梭车行进不息，上百辆AGV叉车井然有序；机械臂将包裹拆开重装，电子眼让分类精确便捷。在自动化物流的“黑灯工厂”中，机器的轰鸣声、车轮的嘶嘶声在黑暗中此起彼伏。这一切，都在计算机大脑的控制下有条不紊地运行。

这家由山大学子创立、坐落于山东济南的兰剑智能科技股份有限公司，成功将穿梭车高度世界纪录从 28 米提高到 45 米，将数十米长的工件加工精度改善到正负 2 毫米的误差范围内，将运输车的跟车距离缩短到仅有 1.5 米。我有幸参加了控制学院组织的在兰剑公司的实习。

往日的工厂留给我们的印象，是刺鼻的粉尘，以及工作人员身上满是油污的工作服。但现代自动化技术在解放双手的同时，也在悄然改善着我们的环境：大理石的地面倒映着光辉，白色机器臂在铿锵舞动，手持平板的工作人员身着一尘不染的蓝色工作服……

最让我难以忘怀的，是兰剑集团董事长，这位往日的山大学子的山大情怀与山大精神：毕业后看到国家物流技术薄弱而立志于“赶英超美”的昂扬斗志，带领团队自主研发达到世界领先水准的创新干劲，在一次次失败后推倒又重来中绽放的不屈斗志，广纳山大学子培养人才的母校情怀……

“公家设立学堂，是为天下储人才，非为诸生谋进取；诸生来堂肄业，是为国家图富强，非为一己利身家。”风云际会的时代，需要我们贡献更多的中国智慧；波诡云谲的环境，更需要我们来筑牢国家安全与强盛的基石。作为伟大的革命战士，成仿吾等老一辈战士搭建起中国的血与肉；作为新时代山大人的我们，更应传承山大给予我们的情怀与担当，构建起中国未来的魄与魂！

功成不必在我，功成必定有我。期待我们用智慧与双手，打破技术封锁的铁链，为中国的和平崛起贡献山大力量。

作者：控制科学与工程学院 2019 级本科生　杨智豪

3月5日　星期六　晴

“暖春夕阳红”志愿活动参加者·魏　甜

今天是第59个学雷锋纪念日，我报名了“暖春夕阳红”志愿服务活动，关怀慰问高龄老人们。早晨6点50分，我们一行7人就坐车前往目的地——济南善德养老院。

为了保证活动顺利进行，老师们已经提前告知了我们注意事项及部分老人的信息。一路上，我就在想着如何与爷爷奶奶们交流，逗他们开心，也害怕自己会让他们感到无趣。可这些顾虑在见到他们的那一刻，烟消云散。

一位82岁的老人见到我们后，把带队老师簇拥入怀，如同见到亲人般亲切。而当老师将我们介绍给老人们时，他们脸上堆满了笑容。那一刻，我明白了，对于老人来说，不需要做很多，陪伴就已经足够。老人们亲切地拉着我们的手，讲述他们的故事。他们或是抗美援朝老兵，或是退休医生，或是退休教师，每个人都有着精彩的故事和丰富的人生阅历。一边讲着故事，一边向我们传授一些人生经验，鼓励我们努力学习，为社会作贡献。他们慢慢讲，我们认真听，仿佛是跨越时代的传承。那一刻，我明白了，对于这些老人们来说，不需要说很多，倾听就已经足够。

下午，我们帮助行动不便的老人们转移到多媒体教室，大家围坐一团，互相展示才艺。有老爷爷高唱戏曲，有老奶奶流利地唱起俄语歌，有老奶奶现场飙高音，让我们自愧不如。在欢快的歌声与笑声中，我们结束了此次活动。

此次活动，让我更加明白了志愿服务的意义，更让我懂得了助人为乐的含义。我总觉得老人们给予我的远远高于我给予他们的。“常来啊！”老人们说。“常来！”我们说。这是约定。

作者：第二临床学院2020级硕士研究生　魏　甜

3月6日　星期日　晴

山东大学妇女工作先进个人·左凌燕

春拂三月，一切都是暖洋洋的。校园里的花草树木也悄悄露出头来，舒展一下筋骨，等待一场春雨的滋润。新学期开始不久，工作依旧紧张和忙碌，在“三八”妇女节到来之际，我很荣幸被评为山东大学妇女工作先进个人，心里格外温暖。

珍惜这份荣誉的同时，我也倍感忐忑，总觉得还有很多的同事比我更出色，作为工训中心的女工代表，这份荣誉更应该大家共享。我参加工作30年，担任女工委员、负责工训中心妇女职工工作12年，工作岗位的调整见证了我从一名普通基层女工到为女工服务的“娘家人”的成长。在女工的婚姻、家庭、工作、生活中，我见到了她们的故事，感受到了她们的情绪，也收藏了很多经验，女职工的每一次变化都有可能是她们人生的重要节点，在这个节点中的遇见、陪伴，让我们更好地感受命运起伏，体会生活中的难忘印迹。

山东大学女教工占据“半壁江山”，而作为学校实践教学单位的工训中心，女职工只有13人。巾帼不让须眉，我们以“工训娘子军”的响亮名号冲锋在实践教学一线，没有人因为自己是女性而在工作上退让，没有人因为自己是女性而辜负工作岗位赋予我们的光荣。我们常常一起讨论思考女性在家庭、社会、国家的位置，思考新时期的职场女性应如何更好地解决好工作、家庭和个人成长的矛盾冲突，思考女性与其他客体的关系。几乎每个“她”身上都蛰伏着强大的能量，自尊、自信、自立、自强，我们在互相学习中对工作产生更深层的认同，从而更投入、更快乐、更加美丽动人。

“春蚕吐丝，细雨润田”，妇女工作从来不是轰轰烈烈，而是用我们的温暖去滋润世界。我们坚韧执着，把女工的冷暖放在心上，对女职工家庭生活给予更多关爱，维护女工权益，做女工的知心人、好姐妹。我们努力拼搏，凭着对工作的热爱、珍惜与忠诚，开展富有时代特色的活动，渲染出女工的缤纷色彩，用我们特有的方式彰显女工的特色，在平凡的工作岗位上挥洒出光和热。

展望未来，我们用荣誉与大家共勉，默默耕耘在第一线，赓续自强精神，精耕细作，扎实推进实践教学发展，以行动建功新时代，以奋斗创造美好生活，在工作岗位上赢得出彩人生。

作者：校工会、妇委会工作人员　左凌燕

3月7日　星期一　晴

山东大学“三八”红旗手·魏福兰

阳春三月，万物复苏，一派生机勃勃的景象。今年三月，我的生活更因这个女性专属的节日“三八”国际妇女节而增加了一抹亮丽的色彩。在这特殊的节日里我依然忙碌地坚守在教学、科研与临床的岗位上，这让我感受到了一如既往的快乐。为学生答疑解惑、指引方向，为患者排忧解难、健康护航，这正是作为一名光荣的“三八红旗手”最值得自豪和幸福的事情。

作为一名27年前便与山东大学结缘的山大人，能在医学之梦开始的地方施展抱负，并将自己所学所感倾囊教于更多学生，看着他们的医学梦想逐渐开出灿烂花朵并在四海结出硕果，这是件多么幸福的事啊。27年来，我身处其中，在本科、硕士和博士阶段不断成长，工作后更是毫不犹豫重回母校怀抱，一心一意努力成为山东大学发展之路上的见证者和推动者。二十余年来，我所见证的山东大学口腔医学院不仅在硬件设施上有了质的提高，更是因过硬的科研水平与临床技术在国内外口腔领域打出了自己的一片天。眼见如今的学生不仅享受着最新的科研与临床设备，还能依托学校直接接触最前沿的研究结果和临床技术，真是打心底里为学生和母校感到高兴。我深知这样巨大的成就不是一朝一夕所得，更不是个人凭一己之力实现的，而是无数山大人义无反顾、奉献青春与热情共同铸就的。我不过是浪潮里的一朵浪花，总想着在前进的路上再走一点，合着山东大学这股浪潮走得更远。

作为学院和科室负责人，我在着力进行人才梯队建设、提高专业技术水平和医疗服务质量的同时，不忘深入了解学科发展动态，加强学科资源整合和研究方向凝练，组织学术交流项目，为推动口腔学科发展再上新台阶献计献策。医者仁心，我不仅因认真负责的态度赢得了患者的尊敬和信赖，也注重及时掌握本专业最新动态与最先进治疗理念，将国内外先进理念融入临床工作中，成为山东省口腔正畸学科学术带头人。科研求索，我尽力做到临床和科研齐头并进，按照泰山学者青年专家的工作目标及岗位职责，带领团队在牙齿移动骨改建及干细胞组织再生研究领域不断创新，不仅深入进行机制研究，更着力于科研成果的临床转化。授业解惑，在临床和科研中，我充分调动学生的主观能动性，秉承因材施教的理念，培养了众多优秀学生，他们站在新的高度，遍布四海，成为各自岗位的中流砥柱。

我很感激在前进的每一段路程中都得到了学院、学校甚至政府的认可，让我有幸获得山东省“最美健康守护者·省级最美医生”、山东省优秀医师、山东大学优秀临床教师、齐鲁医学优秀教师、口腔医学院优秀教师、口腔医学院最美教师等荣誉称号，还带领团队获得山东省科技进步二等奖及山东省医学科技奖二等奖，这些沉甸甸的荣誉是对我最大的激励。守其初心，始终不变，我将在自己的工作岗位上继续前进，在教学领域坚守讲台，以身作则，言传身教的同时将更多前沿知识融入课堂，创新授课形式与内容，为学生提供更加灵活多样的课堂，推动“后浪”们继续奔涌前进。在科研领域，我将一如既往，潜心钻研，加强学科建设，将本专业相关前沿研究与国家战略需求相结合，把研究内容由实验室真正地应用到临床，让科研成果成为真真正正起到作用的新技术。在临床工作中，我将继续秉承病人至上的理念，以一贯的严谨态度，尽我所能让更多患者露出满意的笑颜。

梧高凤必至，花香蝶自来。作为山东大学这个蓬勃发展的大家庭的一员，我同所有同窗和同事一道，满载使命感、成就感、荣誉感。在这个特殊的节日里有机会分享自己的所见所感确是十分荣幸，让我们的梦想与山东大学的未来一样欣欣向荣。

作者：口腔医学院（口腔医院）副院长　魏福兰

3月8日　星期二　晴

全国“三八”红旗集体成员·刘　佳

迟日江山丽，春风花草香。阳春三月的校园里花儿绽放，到处都是生机勃勃的景象。在这样一个美好的春日里，我们迎来了国际劳动妇女节。我每年都会格外期待这个节日的到来，因为这个特别的节日会给我们带来一些女性专属的美好。与以往不同的是，今年我们的这份期待中又增添了一份坚定厚重的力量。

在“三八”国际劳动妇女节即将到来之际，马克思主义学院被评为全国“三八”红旗集体，消息传来，大家都备受鼓舞、倍感振奋。我作为马克思主义学院的一名思政课教师，是这个光荣集体中的一份子，听到这个消息也感到无比的骄傲和自豪。思政课教师承担着为党育人、为国育才的神圣使命。我们这个集体在年人均授课近300课时的基础上，还积极投身科学研究、学生培养和理论宣传等各项工作，并都取得亮眼的成绩，为推动习近平新时代中国特色社会主义思想“进教材、进课堂、进头脑”提供了巾帼智慧，贡献了女性力量。获评全国“三八”红旗集体，既是学校和学院的光荣，也是属于每一位在马院辛勤耕耘的女教师的光荣。

功不唐捐，玉汝于成。获得荣誉不是一朝一夕的事，其背后深藏着集体的持续努力和奋斗。今年是我来到学院工作的第六个年头，在今天这样一个特别的日子里，我的脑海中浮现出许许多多关于我们这个集体的平凡而感人的画面。在抗击新冠肺炎疫情的过程中，我们勇于进行教学方式方法创新，克服各种困难，保障在线教育任务顺利完成，为抗击疫情作出贡献；当青岛校区出现排课困难时，女教师们没有退缩，克服各种困难去青岛校区上课，完成教学任务；在学校组织的庆祝中华人民共和国成立70周年和中国共产党建党100周年合唱比赛中，我们也留下了美丽的身影……而更多的时候，我们都在三尺讲台默默地耕耘着，用实际行动践行着作为一名思政课教师的初心使命。

作为全国“三八”红旗集体的一名成员，我也切实感受到，这份殊荣带给我们每个人新的使命和责任。想到这里，我又感到这份荣誉是沉甸甸的。在今后的工作中，我们将继续以“六个要”“八个相统一”的标准要求自己，守好思政课立德树人的“主阵地”。

作者：马克思主义学院教师　刘　佳

3月9日　星期三　晴

空间科学与物理学院副院长·李　凯

今天我在线上给学生们上了课，处理完一些日常事务，开始回想自己这段时间以来的工作。担任空间科学与物理学院教学副院长已有两个月，我从一开始的迷茫、忐忑，到现在的方向初定、思路渐明，这离不开学校的专题培训，也离不开学院各位同事的鼎力支持，更离不开各位院领导的耐心指引。这期间，我对教学工作也有了一些自己的体会和思考。

教学工作担负着人才培养的重任，在高校工作中占据基础地位，是大学教育的主体。通过学校组织的专题培训会学习，我领会到要提高学院本科生培养水平，落实立德树人根本任务，必须加强课程思政建设。为此，学院需切实提高政治站位和思想认识，引导教师准确把握知识传授和价值引导，充分认识课程蕴含的思政育人价值，注重科学思维方法的训练和科学伦理的教育，培养学生探索未知、追求真理、勇攀科学高峰的责任感和使命感。在后续的教学工作中，应充分发挥教研室、教学团队、课程组等基层教学组织作用，建立课程思政集体教研制度，鼓励并支持杰出人才带头开展课程思政建设。

专业是本科人才培养的基本单元，是建设高水平本科教育、培养一流人才的“四梁八柱”。学院应加强一流专业建设，对标国际一流水平制订专业人才培养方案、大力加强课程建设与教学改革、统筹规划实验教学条件建设。同时，课程体系应适应新时代对人才培养的新要求，调整优化专业结构，建设综合性、问题导向、学科交叉的新型课程群，提升专业内涵发展能力。

课程作为专业教育的基本要素，是人才培养质量的重要支撑。在课程建设方面，学院应抓住国家、学校大力支持一流课程建设的机遇，下力气抓好课程建设，创新课程理念、课程内容和教学模式，优化重构教学内容，破除课程千校一面，杜绝必修课因人设课，淘汰“水课”，立起课程建设新标杆，建设具有思想性、高阶性、创新性和挑战度的“一流课程”，通过课程建设，全面提升课堂教学水平和人才培养质量。

教育教学改革对提高人才培养水平发挥着重要作用。因此，应强化科研育人功能，探索将科研成果转化为教学资源的长效机制。引导教师将科研资源、科研项目、科研成果与课堂教学、实验实践、竞赛训练、毕业设计紧密结合，促使学科前沿知识与实际问题转化为本科教学内容走进本科课堂教学，激发学生专业学习兴趣，把学院教师的科研优势转化为教学优势，实现教研相长，以科研促教改，以教改促创新，以创新促内涵提升，助力提升人才培养水平。

在新的岗位，踏上新的征程，我将不忘初心、牢记使命，精耕细作，秉承学校“为天下储人才，为国家图富强”的办学宗旨，为学校实现“由大到强”历史性转变贡献一份力量。

作者：空间科学与物理学院副院长　李　凯

3月10日　星期四　晴

“梅”文化授课教师·王晓燕

暖阳已来，春到枝头。学校里赏花的人多了起来，最近开得最好的还要数中心校区南门的梅花。于是，我琢磨着，如何将这一树树梅花转化为教育教学资源。通过把校园风景转化为课程，一方面与同学们交流除了直觉欣赏外还可以从哪些角度去欣赏梅花之美；另一方面希望同学们在爱梅、赏梅的同时，理解“梅”的文化传统，理解山东大学在校园内广植梅花的意涵与期待。

于是，我在课程上做了一番设计。首先，我翻了植物学的书，了解到梅花的栽培种植等知识，《山大草木图志》一书也让我更深入地了解了学校的梅花。其次，我从乐府诗、唐诗宋词中精心挑选了 6 首与梅花相关的诗词，比如王安石的名句“遥知不是雪，为有暗香来”、陆游所言“一树梅花一放翁”以及张孝祥“试问梅花何处好”，等等；又从古代名画中找到王冕的《墨梅图》、汪士慎的《梅花图》和吴昌硕、齐白石的《红梅图》，等等。此外，我还找到了李祥霆老先生持唐代古琴“九霄环佩”弹奏《梅花三弄》的音视频。为了增强体验，我还准备了一份“九曲红梅”茶。至此，丰富的教学材料基本准备好，而这堂课的要义，是引导同学们提炼“梅”的精神。

教学主题由一个谜语引出，顺势说起同学们朋友圈中的梅花，说起学校栽种梅花的几处地点，一起背诵了古诗词中有关梅的名句，通过历史解读古诗词中的“梅”，了解国人对梅从药用到观赏并赋予其“古梅一树雪精神”人文品格的过程。接着，我们一起观赏了古今画家笔下的梅花，请同学们比较画中梅和学校的梅花有什么相同和不同之处，从画中学习如何赏梅，当我们去看梅，除了梅花，还可以欣赏什么？赏梅的时候，人们实际上在欣赏什么？同学们给了我很多惊喜，互动频繁。同学们说，“四君子”和“岁寒三友”再也不是“名词解释”了；有一位同学说，我终于理解那尊汉白玉的“大哉孔子”像前为什么要栽种梅花了；另一位同学说，原来“为天下储人才，为国家图富强”校规石两侧的梅花有这番寄托。

这堂课在一片诗意、画韵、茶香与琴声中结束。我建议同学们把书本中、诗词里、画作上的梅变成自己眼中、鼻尖、心中、用脚步探寻的梅。很快，我们的课程群里出现了一张张同学们在校园内探梅的照片。

山大的草木与山大人紧密相连，它们也是山大的象征。解读好这些草木以及这些草木背后的人文理念，有关山大的校园文化，也有关中国的文化传统，这既需要同学们的思考与脚步，也需要每一位“园丁”对学校的关注与热爱。

作者：国际教育学院教师　王晓燕

3月11日　星期五　晴

工训中心生产实习亲历者·庞　博

为期三周的生产实习即将接近尾声。生产实习是我所在的控制学院依托工程训练中心联合开展的一门必修课程，回忆三周的点点滴滴，我感到习以为常的实习生活弥足珍贵，也愈加体会到生产实习带给我的不同于其他专业课的独特收获。

在生产实习过程中，工训中心共为我们开设了常规电器、造纸与水处理、工业机器人、智能制造、数控车、数控铣、电加工、激光雕刻、汽车、医工等十个实训项目，内容丰富，模块合理，传统技术与现代技术相结合，所有的项目都让我受益匪浅，深刻体会到实践、实习对专业学习的重要性。令我印象最为深刻的当数工业机器人的实训。此前，我仅仅了解六自由度工业机器人是在当代工业场景下应用非常广泛的一类机器人，涉及多领域知识的交汇。但在工训中心开展的实习项目，却让我深入地体验到了工业机器人是如何与我所学的自动化专业知识进行结合并应用的。

工业机器人的实训对我来说收获很大，授课老师知识面广博，从六轴工业机器人入手，将机械设计、电力电子设计、控制理论的应用、计算机原理与接口技术、程序设计、电机学与拖动技术等专业课中的核心知识进行串联，无疑是一次很好的复习，也是从一个系统工程的高度，统筹规划了我所学的专业课知识。通过拆解工业机器人，再进行组装，了解内部结构与传动结构，分析传动原理，了解基本结构与工作流程，观察其使用的PMSM电机，了解现代工业场景下的电机选用与电路设计，这无疑是学以致用的最好体现。知道了学有何用，才能够更好地理解与掌握所学知识内容。一次次旋转螺丝的工作虽然枯燥，且长时间不得不站立操作，但我认为这更是一种锻炼，正如工训中心所挂的标语“传承工匠精神、厚植工匠文化”，这正磨砺了我们的工匠精神。

进入二十一世纪的第三个十年，工业自动化智能化进一步深入推进，生产流水线上各式各样的智能化自动化的工业机器人，将人们从复杂、单一、危险的工业现场解放出来。那么，工业界的老前辈们对于一道工序日复一日、精益求精的工匠精神，是否还值得发扬呢？毫无疑问，工匠精神是需要继续发扬的。工匠精神鞭策着我们自动化的同学，在所研究的领域精耕细作、求实创新，经过积年累月的不断钻研，从而实现在某一关键领域的重大突破，让更多人得益于自动化。

宝剑锋从磨砺出，梅花香自苦寒来。经过在工训中心的实习，我更深刻地理解了作为新时代工科学生所肩负的责任与使命。这次实习，不仅从知识上，而且从精神上，都极富教育意义，我也渐渐理解了学院在大三下学期这个学业任务极其重要的时间节点上安排生产实习课程的良苦用心。非常感谢工程训练中心为我们提供的丰富的实习项目，由衷感叹这是一门不可多得的优秀课程体验，希望我们的生产实习课程进一步传承。

作者：控制科学与工程学院 2019 级本科生　庞　博

3月12日　星期六　雨

齐鲁医学院工作人员·王琳琳

看看零星飘雨的天，记起医学融合与实践中心的小伙伴们正在加班，奋战在此次申请答辩学生资格审核前线，于是，我偷偷溜去八号楼，门虚掩，屋内热火朝天，我默默举起手机记录瞬间。

微信“叮咚”声不断。学校研究生教育群正在统计线上课程准备进度，“‘医’家人”群内的小卢老师正在汇报临床医学12家医院学生们上周考勤情况。美丽、温婉的小卢老师于2022年的元旦调离齐鲁医学研教办，入职第二临床学院担任研究生秘书，但她仍延续全部临床医学研究生培养事务，这是源于离职时的那一份承诺：做好新人，带起新人。平凡的研究生教育管理人员，浓厚的齐鲁医学情，早已将临床医学“传帮带”精神刻入基因。

思及此时，已至中心花园，春雨微歇，杏花点点。翻看复习昨晚微信中与李老师关于学生咨询学术成果审核流程的一段讨论，回放李老师语音，我的嘴角再次上扬。李老师声音甜美、不卑不亢、思路清晰、有理有据、工作细致、原则清明，想为李老师点一万个赞。

下周硕士研究生复试大幕开启，郑老师是不是也要开启“惯性焦虑”了？细化志愿报名系统的总设计，抠细节、提OA、走流程、搞测试……希望顺利上线使用，一切如你所愿。

整理手机相册，两面锦旗的照片仿佛闪烁光芒。想起数日前，齐鲁医学堂学生报名医师资格考试遇到问题，紧张焦虑地打来求助电话。寻亲朋、问好友、打咨询电话，最终，济南市卫生健康人才交流服务中心人才开发部帮助我们解决了问题。开发部的洪老师听完我们的情况后，二话不说，短暂请示、迅速反馈，由齐鲁医学院集中出具证明，最终帮助学生们顺利完成报名。跟随学生送出两面锦旗，素未谋面的一群人终得一见。回想至此感慨不止：如此高效、务实、行云流水般一串操作，竟是只知姓氏程王洪，不晓“恩人”真面容。

思绪飘忽，戛然而止。突然哼唱出一句“位卑未敢忘忧国”，心想“调子是否过高”？摇头，并不。一个部门、一个学院、一所大学、一个城市、一个国家、一个民族，乃至全世界，有名垂千古、耳熟能详、家喻户晓的清晰面庞，但更多的是默默无闻、兢兢业业、无私奉献的背影，他们或许从未站于台前，但他们却将精耕细作融入日常，将以质图强扛在肩上。这种平凡，无比动人，因为他们，让这个世界、这个城市、这所学校，多彩、可爱、温暖、真实。

今日，想谱这曲“凡人歌”，致敬“看不见”的他们和我们。

作者：齐鲁医学院工作人员　王琳琳

3 月 13 日　星期日　多云

空间科学与物理学院学生党支部“学科营”学业帮扶活动参加者 · 苏一航

今天，是我加入空间科学与物理学院本科生党支部“学科营”学业帮扶活动的第三天。此时此刻，夜深人静，看着电脑桌面上的授课 PPT，我不由得回想起这些天经历的点点滴滴，一股暖意流淌翻动，涌上心头。

三天前，我听说学院本科生党支部在招募党员和积极分子为学弟和学妹们开展志愿帮扶活动，内心的渴望迅速被激发起来。但是在渴望之下，我的心里也充斥着一份小小的担忧；一方面我的语言表达沟通能力不是很强，从没有在公众场合表达和演讲的经验；另一方面我对讲课的流程和框架不够熟悉，对如何准备无从下手。一时间，紧张、担忧等各种不安的情绪交织在心头，手上总是不知所措地更新着手机的最新消息。

静静地，我不禁回想起 2019 年刚来到学校的那个夏天。那时候我还是一名懵懵懂懂的新生，对学业发展、生涯规划没有太多的思考，也是源于参加了“学科营”学业帮扶的系列活动，我才对未来有了更清晰的认知和规划。永远记得两年前的那个清晨，绚烂的朝阳洒在党员学长学姐身上，他们在讲台上滔滔不绝、激情饱满地为我们讲解，那一刻，我觉得他们是那般闪耀……我突然意识到，曾经有那么多优秀的学长学姐在关心关爱着我们，此时此刻，我还在犹豫什么？身为一名积极分子，更应该在此时此刻跟党员们一起站出来、顶上去！于是我主动请缨，火速报名加入了“学科营”的大部队，希望尽自己的绵薄之力，把这份情感、这份期望、这份暖意传递下去。

前期的准备对于我这样一个“新手”而言显然不太轻松，于是我虚心向其他党员干部求教，吸取他们的经验方法；联系学弟学妹，询问他们的实际需求。结合着反馈意见，我利用午休时间制作了授课 PPT，逐点、逐步地梳理了需要分享的核心内容。此外，我还预约了腾讯会议，提前调试设备，并邀请舍友作为我的听众，反复进行了模拟讲解。完成了这些前期工作，我的心也踏实了些许。

下午，在漫长、焦急而紧张的等待之后，讲解环节正式开始了。我主要是以“大学生英语”“近现代史纲要”“军事理论”三门偏记忆型的科目为切入点，结合着自身经验，从日常学习和期末复习两方面着手，向学弟学妹们分享了经典的学习 App 以及如何准备等级考试的技巧等。虽然因为紧张导致语速稍快，但整体进行得还算比较顺利，最让我欣慰的是把想表达的重点、要点都详尽地传递给了学弟学妹们。

讲解结束后，我的心久久不能平静。一方面，第一次从“听众”的身份转换为“主讲人”，虽然最初心里有种种不安和紧张，但自己最终还是下定决心勇于突破了自己的舒适圈，给了自己一份尝试、挑战和历练的机会；另一方面，我也更深切地感受到“为人民服务”是一件多么愉悦和自豪的事。

这一次，我成长了，也成熟了。小时候在心里种下的红色理想的种子，现在已经长成参天大树，可以为别人遮蔽风雨了，它必将时刻警醒着我不忘初心，必将时刻推动着我砥砺前行！后续，我将继续投入到“学科营”的学业帮扶活动中，尽己所能地帮助他人，让这份红色的温暖持续传递。

作者：空间科学与物理学院 2019 级本科生　苏一航

3 月 14 日　星期一　多云

生态艺术疗愈教育课程参加者·张艺涵

当我们能够把覆盖在心灵之上的遮盖物一一去除掉，允许幸福的光芒在闪耀，那就是疗愈在发生。

——迪帕克博士

今天，我上了生态艺术疗愈教育第一节实践课。之前没有抢到，退补选时才好不容易抢到。又听同学说这门课十分有趣，但实践课要穿得朴素一点，最好能在泥土里打滚，我打趣：“那我偏要穿得光鲜亮丽，好在那天艳压群芳。”

课前，我早早到达集合地点，风很大，人不是很多，老师素面朝天显得很年轻，但听那些已经上过一节理论课的同学说，老师是学哲学的。我诧异，暗暗观察，老师的谈吐温柔有气质，只见面几分钟，便喜欢上了。

愈园这片土地比我想象的要原始，也要脆弱。平面上一堆堆石头是之前的同学从土中犁出来的，可这还远远不够，还有无数块拳头大小的石头和板结的土块深埋在土壤之中，像根根尖刺，将本就脆弱的土地扎得伤痕累累。而我们需要做的，就是治愈这块土地。

老师先给我们讲解了堆肥的原理：将学校食堂的生厨余收来，在堆肥箱中一层落叶一层厨余、一层木屑一层落叶，经过时间的发酵，里面的温度会不断升高，之后回落，最后变成土壤肥沃的原料。随后老师让我们准备长短粗细适中的树枝，用碎枝机打成木屑。终于明白了老师为什么让我们穿能在土里打滚的衣服。一排排张牙舞爪的树枝不规则地堆在地上，我们要在其中不断穿插前行，寻找合适的树枝。但我很喜欢这种劳动的过程，它能让我短暂脱离现代社会的桎梏，全神贯注于眼前的劳动，就好像和我千百年前的祖辈在对话。

堆完肥后，大家的任务是一起将土地再犁一遍，将一小堆一小堆犁出来的石头堆到一起。同伴犁地，我转移石头。虽然知道这个活动不轻松，却没想到自己的体力这么不支，铲了没几次，这种机械式的弯腰用力，然后抬铁锹倒石头，已经让我的腰无声“抗议”。但看到周围的同学们都在埋头苦干，我们也不肯停歇，男同学们推来了小推车，工作效率一下子提高了很多。

最后，老师让同学们去挖一块藏在土地下的大石头，不知道这块石头在这里静静躺了多久。老师说将来会把它用于建螺旋花园，也算是物尽其用了。以后这片土地上会有池塘和小木屋，土地上会种谷子和豆科植物，有綦江生态农友邮寄来的豌豆老种子，有敖汉生态农友邮寄来的五彩谷子种。谷子回馈给自然生物和土地，豆子用于固氮，以后即使我们毕业很多年后，这片土地也会一直存在，代表着生生不息的传承。

一块土地上的作物，一部分是给天上舞动的精灵，一部分是给脚下厚重无言的土地。我们的目的很单纯，就是治愈这块土地，没有将任何人类的直接利益掺杂进去。想想数年后这块土地被治愈的样子，自然的肥料、肥沃的土壤、长势喜人的作物、天空中盘旋的鸟儿，这是各种生命的欢歌。我想与此同时，被治愈的，还有我们的心灵。

作者：环境科学与工程学院 2021 级本科生　张艺涵

3 月 15 日　星期二　晴

数学文化节组织者 · 王雅祺

阳春三月，生机盎然。下课后的我从弘德大道匆匆走向知新楼，不觉春已深。是的，这是筹备数学文化节的最后一天了。

为了纪念中国古代数学家祖冲之，2019 年 11 月 26 日，联合国教科文组织在第四十届大会批准宣布 3 月 14 日为“国际数学日”，该日子正是起源于圆周率 π。

本次数学文化节，围绕“喜迎党的二十大，πDay 向未来”主题，确定了“特色活动 π 送”“砥砺奋进正当时，青春献礼党的二十大”主题教育和“π 节主题党团日”三个版块。作为学生会主席，我带领学生会和社团同学们共同策划了“特色活动 π 送”的相关工作。例会上，大家集思广益，力求创新，提出了数学文化展板的创意并制订了可操作性强、趣味更浓的特色活动——汉诺塔、九连环、鲁班锁、数字华容道、魔方大师和欢乐 24 点等。针对目前疫情形势，我们准备了线上活动作为应急预案——“数成一 π”课堂笔记大赛，向各学院同学征集数学相关科目的笔记；“诗情数意，给数学人的情书”，主题包括献礼党的二十大、歌颂国家、母校情结、爱情、友情、亲情、师生情等。同时，为响应“厚植山大文化基因，塑造绿色文明校园”绿色学校创建活动，我们选取生态瓶、多肉植物作为部分奖品，旨在向同学们传递简约适度、绿色低碳、文明健康的生活理念和生活方式。我们还定制了印有数学学院 Logo 的支架笔、帆布袋和卡套，向更多同学展示数学之美。此外，我及时跟进两项活动的具体安排，确定奖品的种类样式、明确主题要求，并将问题及时向学院反馈。

这是我作为学生会的一员，第二次参与数学文化节的准备工作，而心境却是大不相同了。我从只负责数独游戏、撰写新闻稿的工作人员，成为整个活动的幕后协调者。与社团成员深入探讨，通过不断尝试制订规则；跟进社团例会，倾听诉求，了解实际状况并加强联络；站在不同的角度思考问题，将细节一一落实，搭建起老师和同学们沟通的桥梁，一帧帧，一幕幕，都是我一周以来努力的真实写照。

联合国教科文组织自然科学助理总干事贝杜埃勒曾言：“数学的技术应用奠定了我们当今生活的所有领域。”本次数学文化节不仅为同学们提供了别开生面的数学主题活动，还展示了数学学科之美妙，传递数学文化之韵味，进一步落实“三全育人”“五育并举”，引导同学们欣赏数学的美，建构起“我与数学”心灵的沟通。

作者：数学学院 2019 级本科生　王雅祺

3 月 16 日　星期三　多云

艺术学院（威海）辅导员·刘　楷

晚上 7 点 35 分，刚刚把 2020 级学生一日三检两报告发给负责的老师，我就听到了微信消息的提示音。

打开手机，一条学生的消息映入眼帘：“楷叔，前两天通过您发的线上平台订的药收到了，还以为要过好久，谢谢您！”

没过两分钟，手机铃声响起，接起之后，我还没来得及说话，就听到电话那头一连串的“谢谢，谢谢，刘老师，太感谢了，帮了孩子大忙了，我们隔得远，鞭长莫及，学校能替孩子安排这么周到，这下我们更安心了”。问及孩子的姓名，我才知道这是刚才发微信给我说拿到药的学生家长。谈话中，家长说她远在重庆，孩子关键药品欠缺，一筹莫展之下得知我们通过校区团工委线上“学生权益直通车”平台帮助学生购买到了应急药品，解决了学生的燃眉之急，感动得无以言表。

在家长的感谢声中放下手机，我内心充斥着柔软和温暖，不只为了学生的这一句谢谢，更是因为在疫情这特殊时期，家长的一句安心是对学校、对辅导员工作莫大的理解与支持，更是对山东大学的信任与肯定。

威海这次突如其来的疫情让人措手不及。3 月 8 日起，为了保证校区师生员工的生命安全，学校实施封闭管理。在这种形势下，校区从上而下，众志成城，加大物资储备，坚持以学生为本，集中力量解决学生诉求，全力保障了校内学生的正常学习和生活。就在威海这座城市按下暂停键的特殊时期，作为学生的辅导员，即便知道学生们的生活学习一切正常，但还是会因为无法与他们在一起，心里无形之中便多了一份担忧和牵挂。

居家期间，我爱人笑我变成了“手机控”，手机不离身，其实我是真怕错过学生的消息，万一这条消息是寻求帮助的消息呢？学生们的消息我第一时间回复了，学生们在学校里就会心安好多，他们会觉得楷叔是和他们在一起的。年级大群里，我天天都要发一些“唠叨”，提醒他们加强体育锻炼，注意宿舍通风；舍长群里，我努力多设计一些有趣的手势，让学生们晚上点名之后可以成为朋友圈可发的“素材”；在每天的线上见面会上，我会尽可能和学生们开些“没大没小”的玩笑，以此来减轻他们的心理压力。我希望我所做的这些可以让学生们安心地在这特殊阶段正常的学习和生活。

这次疫情让我从另一个角度审视辅导员的工作：学生工作无小事，作为辅导员，我们的每一句话、每一个举动都会给学生们带去或好或坏的影响。不用怀疑，辅导员真的很重要。

疫情之下，我们感受到了病毒带来我们的困顿和无奈，但也收获了温暖和感动。就在写下这段文字的时候，我收到了家长的微信："特殊时期，山东大学通过实际行动彰显大学之道！这是山大之温暖，山大之热情，山大之智慧，山大之浪漫。"

希望疫情过后，春暖花开，我和学生们校园再见！

作者：艺术学院（威海）辅导员　刘　楷

3月17日　星期四　晴

新闻传播学院本科生·覃义洲

下课铃声响起，背上背包，跨上自行车，我向着院楼的方向疾驰而去。一路哼着小调，快乐的情绪充斥着全身的每个细胞，今天终于有机会去院里的小农场一探究竟啦！

和学长学姐集合完毕后，我们一起去办公室和老师交流关于小农场工作安排的事宜。老师对我们讲了许多，使我认识到新时代劳动教育以及新闻传播专业对于文化传播的现实意义所在。

在和老师的交谈中，我们对小农场的建设作了一些简单的规划，要种什么植物，开花结果之后可以用来做什么，从中可以传播什么样的文化等。老师说，劳动教育不仅让我们亲自下地去感受体力劳动的不易，更让我们学会运用自己的专业知识，做好我们的"劳动工作"。作为新闻传播学院的学生，我们要多体验多尝试，接触多元的文化，了解不同的视角。

探讨中，小农场未来的样子已经一点点浮现脑海：高高的棚架，圆胖胖的葫芦高挂架上，薰衣草的香气洋溢在空气里，牵牛花顺着管道爬了满墙……带着满心的期待和畅想，我们绕过院楼，来到那片小田地上。映入眼帘的是黄灿灿的正开得茂盛的白菜花，小蜜蜂振翅纷飞其中，一片生机勃勃、春意盎然的景象。不愿这样的美好被乱糟糟的枝叶破坏，我们说干就干，将墙上掉下的宣传画、树上掉下的枝条等一一拾起扔掉，还给小菜苗"喝"饱了水。阳光下，微风里，小菜花轻轻摇晃，像心情极好的小朋友扭动着身体。学姐举起相机，帮我们记录下了这美好的一刻。

两个小时的交流和劳动，让我对劳动的认识愈加清晰。劳动，不只是简单的下地劳作，还有背后对建设工作的规划和准备，这是我们作为新闻传播学院学生，将这份劳动精神及其所承载的文化传播出去的重要任务。我愿和老师、同学们一起，将我们的小农场建设得越来越好，将这份精神和初心努力传承下去。

作者：新闻传播学院2021级本科生　覃义洲

3月18日　星期五　阴

威海校区"心手相牵——山大人共读一本书"活动参加者·鞠程芳

昨天下午4点，威海校区学生处孙丽霞老师在微信群里发出"心手相牵——山大人共读一本书"的邀请，孙老师是我在校学生会工作时的指导老师，基于对孙老师的充分信任，我就扫码进了群。这次活动需要领读

《抗击新型冠状病毒·大众自我心理评估及实用心理防护手册》中的内容，我瞬间有点懵，我能行吗？语调平平的我，感觉没法完成这个任务。于是，我偷偷地跟孙老师说，我太业余了，可不可以让我找台里的主持人帮忙录制。孙老师回复："本色出演就可以，最主要是通过山大人的声音把心理防护知识和对同学们的关爱传递出来。"本色出演，我想我可以。

晚上 8 点，我参加了孙老师组织的领读人网络会议，通过孙老师的介绍，我了解到本次活动是母校为了更好地引导学生们同心聚力做好疫情防控而组织的暖心行动。校友们非常支持这个活动，建群不到 30 分钟，就有近 20 位校友入群，申请参加本次活动。校友们在群里纷纷表示，在当下开展山大人共读一本书活动很有意义，我也为能加入此次活动、为母校和学弟学妹们做点事而感到无比骄傲。在孙老师的组织下，我们选择了自己要领读的部分，我跟 2021 级学弟沈天健结对领读，那一刻，我觉得把自己赶到了"架子"上，没了退路。

晚上休息前，我反复阅读了几遍，找了找感觉，好像还行，进群后发现，刚刚找到的自信在校友们超级专业的声音中瞬间灰飞烟灭。原来参与领读的校友中有山东卫视等专业媒体的工作者，还有当年校园著名主持人、校园十大歌手，大家都太优秀了。我忐忑了一晚上，最后决定不管怎样，既然已经答应了孙老师，那就尽力而为。

今天上午，我找了一间空办公室，开启了我人生的第一次领读。开始的时候，我气息不稳，重音不准，节奏感觉也不对，反复录了几遍都不行，有点崩溃，也有点不甘心。于是，我又进群听了孙老师对于录制音频的指导，这才找到了感觉，又录了两遍，才算结束。我听了听，虽然跟校友们的录音依然有太大的差距，但已经是我的最好水平，于是发给了孙老师。

这次活动于我而言，不仅仅是一次全新的尝试，更是一场疗愈。读这本书，让我对疫情和疫情中大家的心理状态有了更深的了解，特别是我读的那一段写到有些人会反复洗手，说的好像就是我和我的同事。之前我还跟同事开玩笑说我们这么频繁地洗手，可能是心理出问题了，但读了这篇文章，才知道我们离强迫症还差很远。

领读的同时，我把这本书的电子版转发给了在母校做辅导员的老公，让他分享给他的学生。近期，我需要到一线采访，老公居家办公，孩子在家上网课。老公虽然在家，但他比平时还忙，有协调会、调度会要开，学校疫情防控相关信息要及时传达到每一个学生，防疫措施要反复宣传，学生的心理要随时关注，出现问题要第一时间解决，还要给学生上网课。老公虽然在家，女儿却成了一名“留守儿童”，写完作业后，自己拍照上传，自己录视频。几乎每天晚上十一二点我给老公打电话时，他都还在为学生工作忙碌着。这段时间，山大的每位老师都是这样夜以继日地工作，用他们的努力，将疫情挡在校门外，为学生筑牢坚实的生命安全线。

能和大家一起心手相牵，共读一本书，让我恍然回到大学时代，这种感觉非常好。虽然我的领读水平有限，但这本书读完，真的有意犹未尽之感，期待将来有机会能再跟大家一起共读，一起学习。愿学弟学妹们都能以梦为马，不负韶华，流年笑掷，未来可期。

作者：文化传播学院2003级校友　鞠程芳

3月19日　星期六　阴

党委保卫部工作人员·张继国

一场春雨过后，冷空气席卷泉城，而济南周边地市也遭遇了疫情“倒春寒”。早上刚过7点，我就佩戴好自己的工作证件和口罩，来到校门口开展工作。

为了将疫情阻击在校门之外，党委保卫部按照学校疫情防控工作要求，全力把好人员出入校防控第一关。因此，学校全面加强了校门管控，要求预约审批入校的外来人员、车辆及车内每一名驾乘人员都必须佩戴口罩，接受身份核验、测体温，查验健康绿码、行程卡、48 小时内核酸检测结果，严禁教学科研急需或提供基础生活保障以外其他各类外来人员入校。

今天温度降到了零度，在室外站了一个多小时后，我双脚冻得有些麻木，口罩也因为呼吸和不断提醒进出人员变得又湿又冷，但我身边的同事们依旧严格按照学校的要求认真进行查验和解释工作。执勤期间，我能深切感受到校门管理工作的不易。面对个别不理解的人员，执勤的同志都耐心解释，细致地开展查验工作。值得一提的是，经过这段时间的管理和宣传解释，可以明显感受到大家的理解和支持，安保队员的执勤行为和语言越来越规范，出入校园的人员也逐渐适应了进出校园的流程，校门出入秩序得到明显改善。

虽然当前天气依然寒冷，但这正是我们党委保卫部展示战斗力和执行力的时刻。天气寒冷阻挡不了我们工作的热情，我相信，我们党委保卫部的每一名职工都是久经考验的战士，是能够攻坚克难的斗士。我们的职业素养、自身职责赋予了我们直面急难险重工作的动力。我们会直面当前的困难，努力筑牢校园防控疫情第一道防线，在关键时刻展示党委保卫部队伍的风采。

作者：党委保卫部工作人员　张继国

3 月 20 日　星期日　阴

"医路心桥"讲座参加者 · 黄沪莲

寒潮再次席卷而来，天气阴沉。其实阴沉的又何止是天气，作为一名临床医学生，面对学习与科研的压力，心中自然也不轻松。看到齐鲁医学院举办"医路心桥"心理健康系列活动讲座——"心理健康对医学职业生涯及人生的意义"的海报，我顿时眼前一亮，希望能通过这场讲座，听听专家的讲解，驱散迷茫。

讲座开始，齐鲁医学院研究生教育管理办公室的秦老师首先总结了当前同学们在考研、就业、临床、科研等方面可能存在的问题。她简明扼要的分析，句句落在我的心头，如醍醐灌顶，暖意浓浓。我体会到，健康的心态是提高自身免疫力和加强疫情防控的一个重要"心理口罩"，当前，我们更要照顾好自己的心理和情绪，安排好学习与生活。

讲座中，来自北京大学第六医院的主讲嘉宾张卫华教授重点介绍了心理健康的定义及基本知识、心理健康问题的自我救助与专业诊治等内容。他帮助我们理解自我、体察人性。其中，张教授结合案例讲解了常见的焦虑和抑郁的临床表现、评估、鉴别与自我调整，并勉励作为医学生的我们，努力学习，夯实职业生涯基础，踏踏实实做研究；积极发现并调整自我心理健康问题；理解自我，悦纳自我，提升心理健康的境地，心有山河，胸怀天下。

通过聆听讲座，我体会到，只有理解自己，明了自我内心需求，忽略环境的影响，走好自己的道路，才能摆脱精神内耗；只有注重界限问题，做自己专业内的事情，依法行医，尊重患者的决定，才能在临床随访中让患者理解并接受自己；只有以身边优秀的同学为榜样，认真观察，采取行动，才能逐步缩小差距，提高信心。

总结环节，秦老师这样讲到："齐鲁医学院的办学宗旨是'培育医学精英，护佑人类健康’，我们都是齐鲁医学人，老师希望在同学们成长的道路上，为大家的心理健康搭建一座桥梁，你们护佑人类健康，老师们守护你们的健康。”听到这段话，心里再一次暖暖的。在今后的学习生活中，我要化消极为积极，把复杂简单化，回到起点，驱散雾霭，储存阳光，收获美好；锤炼自己，脚踏实地，夯实基础，担当使命，为健康事业不懈奋斗。

作者：第一临床学院2018级本硕连读学生　黄沪莲

3月21日　星期一　晴

科学技术研究院工作人员·毛　毳

早春三月，百花盛放，嫩柳新绿，校园里处处显现春的生机。昨日，是国家自然科学基金集中申报期的最后一天，随着科学基金网络信息系统中单位承诺书显示“已接收”状态，学校2022年度国家自然科学基金项目集中申报工作圆满收官，对于我这个“基金新兵”来说，这是一份来之不易、精耕细作、辛勤耕耘的成果。

百廿校庆一结束，我正式来到科研院国家基金部报到，从一名求学7年的山大学子转变为学校一名科研组织管理工作者。刚刚步入岗位，一切熟悉又陌生。学生时期，我就对国家基金有所了解，觉得基金完全是靠科研人员自己的努力。但当我真正接手工作，在跟领导和同事沟通学习的过程中，我才发现原来一个有效的科研组织可以让项目产生“1＋1＞2”的效果。另外，基金管理是一个长期的过程，项目培育、立项、结题，每一项任务都需要精耕细作，保质保量，在这个过程中，不仅需要管理的知识，更需要专业知识的支持，这让我深感责任重大。

冬天播种。按照“全程、提前、有组织”“人才、重点、一对一”的工作思路，从去年10月份，我们便开始谋划2022年国家基金申报组织工作。首先是对杰青优青等人才基金项目进行摸底，提前摸清了人才苗子储备情况。其次，为了调动二级单位组织申报国家基金的积极性与主动性，我们与近20个学院一对一动员交流。由于每个学院有自己的学科特点，每去一个学院之前，我们都会提前准备大量资料，整理出这个学院往年的申报和资助情况，以便能够精准服务，为老师们提出更多建设性的意见。最后，我们针对不同项目类型、多种人员结构，在一校三地陆续开展了7场申报宣讲动员会。会上邀请了不同研究领域近20位国家杰青、优青等专家跨校区分享经验，以促进不同学科间的交流，体现山东大学的整体综合优势。另外，面对疫情防控对宣讲工作带来的困难和挑战，今年的宣讲动员会采用的是线下参会与一校三地现场直播相结合的方式，极大地方便了那些因时间、地区冲突而无法现场参会的科研工作者。

春天育苗。转眼来到了3月，每年这个时候应该是每个申请国家基金的老师和基金管理工作者最忙碌的月份。在这段时间，老师们会专心撰写标书，而我们在想尽一切办法助力老师们。年前，我们便根据指南制订了一份详细的《形式审查表》，帮助老师自查，减少形式错误。3月6日，集中审核工作正式开始。为解决往年形式审查过程中需申请人提交多次纸质材料的难题，落实巩固“我为群众办实事”实践活动成果，今年所有申报项目全部采用“无纸化”方式进行形式审查。由30余人组成的形审工作小组，每日加班加点，事无巨细，本着“吹毛求疵”的态度，对申请书的模板使用、简历信息、附件内容等诸方面，按照基金委的要求进行了严格细致的审查。在14天的时间里，工作小组对2700份电子版申请书进行了五轮形审。为了真正实现让教师“少跑路”，每一轮形审结束后，所有的审查意见会通过电话或微信反馈给科研秘书和老师。每到反馈意见的那一天，整个形审现场热火朝天，电话铃声“茉莉花”响彻不断，我们耐心解答着每一个问题，只为老师们最终能提交上一份完美的申请书。

仲夏收获。集中申报期暂告一段落，但基金申报并没有结束，而是全年无休，目前还有第二批联合基金项目、重大研究计划、优青（海外）等项目的申报组织工作正在进行中。衷心祝愿每位老师都能心想事成，在今年结出累累硕果。

时光不负赶路人，新学期我会继续以追求卓越，只争朝夕的姿态，将精耕细作融入工作的方方面面，为学校实现“由大到强”历史性转变贡献一份力量！

作者：科学技术研究院工作人员　毛　毳

3月22日　星期二　晴

威海校区疫情防控志愿者·贺鹏志

我想，我们正行走在一个特别的春天里。

拿起手机，几句话跳进我的眼里：“今日降温，同学们上午10点去做核酸检测时，别忘了及时增添衣物，注意保暖。”“现在现场核酸检测的人很少，同学们可以过来。”“没有拿到条形码的不要着急，我现在取回来送给大家！”……好多个日日夜夜了，辅导员高若甫老师句句朴实温暖的话语，牵动着我们每一个人的心。

打开衣橱，手摸索着厚实的衣物，脑海中不禁浮现了那个下雪的夜晚。我站在楼道里，看到高老师从风雪中跑来，怀揣着叠得整整齐齐的核酸检测条形码，生怕条形码被雨雪打湿。从他手中接过核酸检测条形码的那一刻，我感受到的是一份以前从未感受过的情感力量，浓浓的、厚厚的。在疫情防控过程中，高老师始终奋战在一线，每次紧张有序的核酸检测、每天雷打不动的线上“面对面”，高老师始终陪伴着我们、宽慰着我们，不厌其烦地宣讲当前的疫情发展形势和学校的防疫政策，了解大家的所需和所求，用实际行动带给我们莫大的鼓励和支持，我想这就是担当、情怀。我们经常亲切地称医务人员为“大白”，其实在周围，守护我们的“大白”有千千万！

曾经，我也如高老师一样，是一名保资辅导员，对学生工作有着深深的牵挂；如今，我也想成为别人的“大白”，让周围人有彼此依靠、并肩奋战的温暖。于是，我主动报名党团先锋突击队，担任“战时”辅导员助理，协助辅导员老师处理各类台账信息整理和核酸检测等相关事宜。在宿舍，我加入了“管理服务网格化”工作小组，成为一名“网格员”，承担起宿舍“一日三测”健康打卡、“周四卫生日”清扫、“网格化”信息报送和“线上学习”督查等工作，尽自己的微薄之力，将各类政策、精神转化成同学们的“学习生活导图”，让周围的同学更安心、更安全。

在这场疫情防控阻击战中，我想，我们每一个人从来都不是局外人。这些天，校区领导温暖的走访督导、保卫处严阵以待的守望、后勤处默默无闻的坚实保障、辅导员不曾停歇的提醒叮嘱……校园内的“守护者”都在用信念、坚守铸成防疫的安全防线，用责任和担当凝聚起众志成城的磅礴力量。在这样的特殊时期，当我看到周围的同学每日都在有序安稳地进行线上学习和科研活动，当我听到朋友伙伴都在积极响应践行着各项防控政策，当我感受到左邻右舍都在为彼此加油鼓劲儿……这一切都成了这片土地上最来之不易、最动人的风景。

持之以恒，方能慎终如始。作为一名学生干部，一名新时代的大学生党员，我要胸怀忧国忧民之心、爱国爱民之情，不断奉献祖国、奉献人民，以一生的真情投入、一辈子的顽强奋斗来践行爱国主义情怀。这种情怀绝不是空想、不在言语，而是扎扎实实的干劲。后面，我也将和老师、同学们一道，咬紧牙关，全力以赴，克服麻痹思想和松劲心态，不断巩固来之不易的向好局面，坚决打赢这场疫情防控阻击战。

这个春天，很特别，很难忘，教会了我成长。

作者：空间科学与物理学院 2020 级硕士研究生　贺鹏志

3 月 23 日　星期三　晴

赋能讲坛参加者 · 林凤强

今天，我参加了第三十六期赋能讲坛。讲坛由能源与动力工程学院青年创新创业中心主办，刘江伟博士为我们作报告。

本次报告以线上形式进行，我满怀期待地进入了线上会议室。不一会儿，参加成员数就超过了 100 人，由此可见，同学们对本次的知识拓展有着强烈的兴趣与热情。这次的报告题目为“从飞机发动机到金属增材制造技术”。刘老师的 PPT 内容丰富有趣而且精彩易懂。报告过程中，刘老师提到了一个问题：航空发动机叶片怎么做？这个问题勾起了我强烈的好奇心：航空发动机叶片是什么形状的？进行切割可以制作出来吗？一个个问号 360 度立体环绕着我的大脑，使我有一点迷茫。正当我百思不得其解时，刘老师给出了精彩的答案。她用制作雪糕来进行类比，点出了它们的共同点：都是用模具制作的，成型快且精度高。这种与生活贴近的类比浅显易懂、生动有趣，让我领悟到了“灵感来源于生活”的真谛。

而后，刘老师又提出了一个问题：如何加工得到一个金属零件？根据我在金工课上学到的，我猜可能是机械加工和铸造成型。刘老师随后也提到了这两个方面，当听到自己的答案正确时，内心的欣喜与愉悦真是藏也藏不住。在电脑前，我忍不住对着屏幕比了一个耶。但紧接着，刘老师又点出了这两个方面的不足，然后提出了潜在的解决方案，即金属增材方案。在介绍此方案时，刘老师播放了电影《十二生肖》中熔融沉积制作生肖兽首铜像的一段视频，详细地向我们介绍了金属增材方案的具体流程，看完后我才知道，3D 打印原来也是金属增材的一种。最后，刘老师又向我们介绍了金属增材制造技术在航空、医疗和模具方面的应用。我感觉这种技术在医疗方面的应用对人类有很大的益处，进一步的研究应该会更大程度地造福人类，增强人类的幸福感。

通过这次报告，我认识了飞机发动机和金属增材制造技术，并对它们有了深入的了解，对我上金工课有很大的启发。希望自己日后上好金工课，好好学习发动机技术，脚踏实地、步履稳健，为发动机事业作出贡献。

作者：能源与动力工程学院 2021 级本科生　林凤强

3 月 24 日　星期四　晴

前沿交叉科学青岛研究院党务秘书·郭　彪

今天下午，在学校 2022 年度教职医务员工党支部书记集中培训中，郭新立书记作了题为“点燃党建‘红色引擎’，筑牢支部‘战斗堡垒’”的主题报告，就进一步加强教工党支部工作进行了深刻阐述。北京大学化学与分子工程学院党委书记马玉国、同济大学交通运输工程学院教工第一党支部书记朱兴一分别围绕“做思想引领、学科带头的‘双标杆’”“一流党建引领一流学科发展的探索与实践”，交流了党建工作标杆院系、“双带头人”工作室建设的经验心得。

作为前沿交叉科学青岛研究院机关教工党支部书记，我认真参加了培训。对照郭新立书记的深刻阐述和兄弟院校的经验分享，更感觉到工作的差距和不足，也对进一步加强和改进工作认真进行了思考，有了初步的想法。

我们研究院是学校比较年轻的新建教学科研单位，在四年多从无到有、由小到大，努力推进高质量发展的过程中，“办好山大的事情，关键在党；办好研究院的事情，关键在党”逐步成为全体师生的高度思想共识和鲜明行动指向。

近期，青岛疫情形势严峻复杂，在学校党委的坚强领导和青岛校区党工委的有力指导下，我们在封闭管理的校园环境下，扎实做好疫情防控应对处置各项工作，切实把维护好全体师生的生命安全和身体健康作为各项工作的首要任务。从推进成立院内留校教职工临时党支部、设立党员先锋岗，到群内接龙、相互提醒按时参加核酸检测、自觉做好体温监测，从校园内外联通，推进疫情防控工作无死角、无漏洞，到统筹有序重点抓好相对校园封闭管理环境下实验室安全、扎实推进年度研究生招生复试相关工作，研究院的每一位党员、每一位师生都切实把做好疫情防控应对处置工作作为检验初心使命、弘扬山大精神的实践战场，让党组织的旗帜和党员的身份更为鲜明地彰显在研究院的每一项工作中、每一条战线上。

在这个校园里，默默立足本职岗位、踏实尽责的人很多，我们只是其中普遍的一员。他们中，有坚守在教学科研一线潜心育人的老师，有坚守抗疫一线的管理服务团队成员，有始终陪伴在学生身边呵护成长的学生工作队伍，有为了保障留校师生正常生活秩序默默奉献的服务保障人员，这些背影的坚毅和执着构成了这个可能算是相对特殊的春季校园中最为亮丽的底色。

视频里的女儿似乎一天一个样，吃着辅食皱着眉头的样子甚是有趣。这个春天里，她可能和很多小朋友一样，对爸爸、妈妈忽然不在身边没有太过直观的印象，只会捧着手机镜头乐呵呵地看着。那份笑容给坚守着的我们平添了无穷的动力。

新闻说，当前山东省疫情防控形势趋稳向好，但远未到喘口气、歇歇脚、乐观放松的时候。我们还要继续努力，坚信春天一定会到来。

作者：前沿交叉科学青岛研究院工作人员　郭　彪

3 月 25 日　星期五　小雨

青岛校区疫情防控党员突击队成员 · 赵启鹏

今天，小雨。不觉间，已在校区坚守了 14 个日夜。

回想 3 月 12 日下午，校区疫情防控指挥部通知，立即组建一支机关党员志愿者队伍，投入校区疫情防控的第一线工作。一个小时的时间，这支由 21 名机关党员组成的志愿者队伍组建完成。当晚 23：00 前，这支队伍雨中逆行，舍小家顾大家，驻扎到了各自的办公室。

“同学，请戴好口罩”，“同学，请按照 1 米线排队”，“同学，请按地面标识进出”，一日三餐时间，志愿者耐心又认真地维护着就餐秩序。“老师，您辛苦啦”，一句感谢，温暖着志愿者的心。

食堂工作人员人手少、任务重，大批“战备”物资亟须帮助卸运。1000 箱方便面、400 袋大米、6 辆货车满载的保障物资，志愿者中的男同志们立即成立党员突击队，主动扛起了重担。

仓库在二楼，没有电梯怎么办？突击队员们肩并肩站在狭窄的楼梯上，架起了一道人梯。一个又一个几十斤重的货箱，在突击队员高举的双手中不停传递。每一位队员都努力把箱子举得更高一些，只是为了让上面的同志能节省一些力气。在青岛三月料峭的寒风里，突击队员们脸上满是汗水，衣服也已被汗水浸湿。擦干脸上的汗水，来不及换下湿透的衣服，他们又投入了各自的工作岗位：师生核酸检测数据统计、财务报销、研究生复试安排、实验室安全检查……

在这些急难险重的临时任务面前，没有一位队员喊过苦和累，只有一句句接力的回复："收到"，"我可以去"，"我能行"。我想，在困难面前，不退缩、向前迈，这不就是我们机关党员担当的本色吗！

进校前，我给志愿者们发消息时提醒，"请带好充足的个人生活用品，做好打持久战的准备"，当时并未曾想，这一战，已近半月。回首看去，学工队伍、后勤保障队伍、机关党员志愿者队伍，大家撇下了家人与孩子，勇毅战斗在校区抗疫的最前线，我们，召之即来、来之能战、战之必胜！

看到同学们擎着雨伞迈步在校园中，我在想，有这样一群坚守者、逆行者，默默擎起一把无形的伞，一定能够守护好这一方校园。

风雨过后，便是彩虹。期待明天的艳阳与春风。

作者：青岛校区组织宣传统战部副部长　赵启鹏

3月26日　星期六　晴

国家自然科学基金形式审查工作人员·孙　婕

因为在学校科研院国家自然基金部4年多的工作经历，今年三月，我被抽调参与形审工作。再次从事熟悉的工作，不同的形审方式，触发了我对本项工作更深层次的体会和领悟。

第一个领悟是要深领规则，做精耕细作的实干者。今年是我第五年参加形式审查工作，每年面对老师们专业性指导需求，我对形式审查工作也有了更深刻的理解：形式审查不单是为了顺利通过初筛，而是将高质量、高标准的材料呈现在评审专家面前。面对诸如“代表作该不该放”“参与项目如何规范填写”等问题，我由原来的循规蹈矩严格按照申请书规定来，到深刻了解老师们的填写初衷并从专业角度挖掘填写建议，最大程度了解老师们的申报诉求，突出申报优势，帮助他们更好地呈现项目精髓。

第二个领悟是要专业领航，做本领过硬的实践者。国家自然科学基金管理工作是高层次知识管理，需要不断学习；是学术管理，需要不断思考；是专业管理，需要不断研究。“工欲善其事，必先利其器”，在国家自然科学基金形式审查期间，我们会接收到老师们的各种提问，主动提高业务水平，成为申请人的“活指南”，才能保证问题解答和服务水平专业且权威。在基金管理知识学习过程中，我切实经历了“见山是山，见水是水，见山不是山，见水不是水”的认知过程。为了更好地掌握申报和申请流程，我主动开通项目申请人申报账号，探索填报申请书，以更好地了解系统申报过程和撰写要求；梳理学校老师的专业背景和研究方向，学习专业知识，找准项目团队与各类型项目的最佳结合点，为申报人员提供全方位服务保障到科学专业的精细化服务，业务能力的提升让我的工作稳步专业化。

第三个领悟是加强谋划，做踏实的付出者。2022 年形审全部转为线上审核，键盘敲击声和鼠标点击声代替了往年哗啦哗啦的翻书声，而曾经参与全过程的我感受颇深，深知此次变化不易。犹记去年此刻，在完成集中审核工作后，为践行“我为群众办实事”理念，我们开展了针对教师、科研管理人员国家基金全过程管理的调查问卷，针对建议中提到的“形审反复打印申报材料导致无法静心修改”等问题，国家自然基金部定下了 2022 年申报全面“线上办”，切实为科研人员“减负”的目标。确保学校近三千份的申报材料按时保质顺利完成，挑战巨大、压力巨大，审核团队精耕细作、加强谋划，从明确政策变化、设计方案、理顺要点，到科研秘书培训、形审演练，经历了数轮细致完善的讨论和验证等筹备工作。

第四个领悟是提升格局，书写“春华秋实”底色。此次形审工作圆满结束，带给我的经验和思考使我触类旁通。去年 9 月，根据学校安排，我从机关职能部门转入学生工作队伍。在角色转换的过程中，我从服务教师的科研组织管理工作者到围绕学生、服务学生的组织者、实施者和指导者，工作内容、服务对象发生了变化，但用心工作、用爱奉献以及更大的事业格局和积极向上的工作态度不应有变。

辅导员工作是一项神圣的职责和使命，我将把管理岗的所学所想更好地运用到辅导员的工作中，主动融入学生，努力成为学生健康成长的知心朋友；立足岗位，初衷不改，踔厉奋发，笃行不怠，树立以学生为本的理念，把握工作的重点和难点，精耕细作，在繁杂的工作中不断探索和实践，全身心地投入学生工作。

作者：晶体材料研究院工作人员　孙　婕

3 月 27 日　星期日　晴

2021 全球中文教学微课交流展示特等奖获得者・宋玉硕

又是一年三月，却是我第一年与山大的春天相遇。10 点钟的课间休息，我的思绪漫无边际的游离，突然收到导师的祝贺消息，“特等奖”三个字映入眼帘，让我又惊又喜。定睛好久，才想起对我的导师表达感谢，向朋友们分享这一好消息。

从去年立冬到今年春分，历时四个月，作为微课大赛参赛者之一，我深深地感受到每个获奖作品的背后都是每一位参赛者和指导教师的默默付出。从微课的选题，到每个教学环节的设计、字稿的敲定，再到最后的成品，每一句话，每一帧课件，每一幅动画，甚至每一个表情动作，都经过了导师反复的指导和参赛者反复的打磨、推敲。念念不忘，必有回响，凭借着对这份专业的热爱和严格的自我要求，每位参赛者不断与指导老师探讨求教，一步步坚定前行，正是那些看似枯燥的准备和操练铸就了最后“不负有心人”的可喜成果。

得遇良师，何其有幸。我的导师张云老师是一位专业又细腻的老师，从参赛前对我的鼓励，到准备过程中一遍又一遍对我的耐心指导。最初设计时，几乎每日一稿，每日一通话，从最初散乱的想法，到最后呈现出完整流畅、充满设计的微课，张云老师一步一步引导，总能一语点通我停滞的思路，给予我思考的方向和具体的建议。在复赛阶段，我有幸分配到北京语言大学的导师指导组，北京语言大学的五位老师温暖亲切，苏英霞老师在春节假期中仍与我讨论微课的修改、打磨之处，倾听我不成熟的想法，给予我专业的指导建议，每一次的交流都让我如沐春风。

在整个参赛过程中，我遇到的所有老师都对我谆谆教导，情真意切，身旁朋友也志同道合，相携相助。身处国际教育学院这个温暖的大家庭，我得到了大家的全力支持，真切的关心与帮助，正因为他们，我才有机会获得这一奖项。此次的微课大赛，让我关注和思考了以前学习中没有注意过的问题，对专业的理解也更加深刻；我也将学到的理论知识真正运用到教学之中，在专业知识、教学技能、微课录制剪辑等方面，从一个教学小白慢慢成长起来，这也是我最大的收获。

凡是过往，皆为序章。研学之路漫漫而修远，我会将所有收获、反思、进步、感恩打包进行囊，继续潜心学习，上下而求索，期待交出下一份满意的答卷。

作者：国际教育学院2021级硕士研究生　宋玉硕

3月28日　星期一　晴

山大第二届智造未来（歌尔杯）创新大赛参赛者·刘京杰

最近，我们课题组几个人参加了山东大学“歌尔杯”创新大赛，从比赛报名到项目整理，再到答辩结束，时间不算太久，但收获颇丰，感慨良多。

由于本次赛事是机械工程学院和校外企业联合举办，因此，参赛队伍里多是机械类的项目技术，例如各类应用型机器人、无人机等。我们作为为数不多的化学院参赛队伍，更多的是针对基础油气能源领域的应用和研究。当看到获奖名单里我们的项目排在一等奖第一位时，我们甚至不敢相信，激动、惊喜和幸运，萦绕在每一位队员的心中。回想这段参赛经历，我们依然历历在目、久久难以忘怀。

本次比赛中，我们选择了一项崭新的技术方法，目的是重点突出新意；但也正是一个“新”字，注定这是一条充满挑战的道路。它作为油田化学领域的一项新技术，从石油开采到稠油降粘，再到油田废弃物的清洁处理，应用广泛。此外，我们通过这项技术已经和中国石油天然气集团有限公司的油田建立了项目往来，并取得了良好的应用效果，这也是我们参加比赛的底气和信心来源。老师们也特别看好本技术的可行性和广阔前景，在答辩环节给予了许多有价值的建议。

比赛小组内，我们几个成员分工合作，进展得比较顺利。在之前工作的基础上，我们搜集大量的资料和文献来论证我们的技术，在项目计划书的撰写和答辩 PPT 的制作过程中，我们越发感觉到这项技术的意义。联想到日常所做校企合作的项目，我们也有体会。平时导师会结合项目提到“碳中和”“碳达峰”等国家战略，而我们反应平平，认识还达不到这样的高度。但在这次的资料搜集中，我们更能看到校园外的广阔市场中，环境保护和资料合理利用的重要性和复杂性。能源领域，尤其是油气资源的开发利用，还有许许多多的地方需要新的技术去完善、去改进、去弥补。

在比赛的最后，我们给出了“推动实施生态环境战略，服务国家生态文明建设”的宣言。这不仅仅是口号，更是一种行动，行动体现在我们的研究生生涯甚至更久的未来里，行动体现在日常的项目中、实验上、科研里，行动更体现在“把论文写在祖国大地上”。

作者：化学与化工学院 2020 级硕士研究生　刘京杰

3 月 29 日　星期二　晴

空间科学与物理学院教师 · 丛伟艳

受疫情影响，教学工作再次由线下转为线上。对于老师来说，并不慌乱。经过了 2020 年的春天，我们已经掌握了线上教学的基本技能，积累了一定的教学经验，如何把线上教学做得更好是当前线上教学的关键。

这一学期，我承担着“原子物理学”课程的教学任务。回想起近期的线上教学，我产生了很多感悟和思考。在线上教学中，学生与老师“只闻其声，不见其人”，如何集中学生注意力、调动学习积极性、保证学习效率和效果，是老师们首要关注的问题。为达到更好的教学效果，我从教学内容、师生角色、考核方式等多个方面进行了调整。

根据教学方式重组教学内容，科学合理分配教学学时。对于在线自主学习，我会结合知识难易程度和对应视频长度，进行学时安排，保证学生相对轻松地完成学习内容，防止出现学习疲劳情况。学生完成在线自主学习后，我开始课堂教学授课，包括知识点串讲讨论、例题习题讲解讨论、内容拓展补充等，在授课时用思维导图对知识点进行串联，同时在课件中加入动画功能，引导学生梳理知识逻辑，帮助学生构建自己的知识框架。

做好“老师从讲授者到引导者，学生从聆听者到主体参与者”的角色转换。为了更好地让学生进行在线自主学习，针对每次的学习内容，我都会凝练出相关问题发布给学生，以培养学生的思考能力。在课堂教学中，以教学视频谈题、答题卡限时答题、章节测试的形式，及时检验学生对知识的掌握情况以及运用知识解答问题的能力，也帮助他们查错补漏，进一步理清解题思路。

借助现代工具，多途径监督学生学习，保证学习效果。除了随机邀请学生回答问题外，我还会借助教学工具进行不定时限时签到等活动检查学生的真实上课情况。每次自主学习完成后，我会要求学生以小组为单位提交学习任务书，并随机抽取学生进行讲解，将回答表现记入平时成绩，在保证学习效果的同时也培养了学生的团结合作能力。此外，借助课程 QQ 群和慕课平台问答讨论区可以及时解答学生问题，做到沟通无障碍、答疑不缺席。

将思政教育融入教学全过程，培养学生科学自信和创新精神。原子物理学课程的建立遵循了实验—理论—验证模式。在众多理论的建立过程中，许多年轻科学家都作出了巨大贡献。比如年轻的乌楞贝克和古德史密特在他们二十几岁的时候提出了电子自旋假说，成功解释了碱金属原子光谱的精细结构。我国科学家吴有训以系统、精湛的实验为康普顿效应的确立作出了重要贡献。将这些生动的科学故事融入教学内容，可以很好地培养学生的民族自豪感和科学自信心，鼓励他们以敢于创新的精神开展学习和科研。

作为一个线上教学的新手，必定存在很多不足。但我相信，在同学们的帮助和共同努力下，大家齐心协力、众志成城，一定能圆满地完成教学任务。

作者：空间科学与物理学院教师　丛伟艳

3月30日　星期三　雨

第十七届“挑战杯”全国特等奖团队队长·陈鹏飞

第十七届“挑战杯”大学生课外学术科技作品竞赛全国终审决赛已落下帷幕。昨天晚上，得知我们团队获得了全国特等奖的优异成绩，泪水禁不住夺眶而出。成绩来之不易，唯有“拼搏”与“感恩”贯穿其中。

说到“拼搏”，更多的是大家一起努力的结果。我们的项目起源于在社会实践中发现的“食用菌菌渣资源化利用”这个鲜有人关注的社会问题，但是项目推进并不像预想之中那么顺利。在付宜强、陶宏两位指导老师的帮助下，团队从课题的细化、理论视角的引进、模式的构建以及证明材料的获取方面多次调整打磨，最终确定了“产业耦合”“超循环”两个全新的研究视角。在调研过程中，受疫情影响，数据收集工作也变得异常困难，团队成员打了几百个电话，通过联系当地的同学完成了36个实践地的调研问卷，获取了数百份一手数据，构建出了菌渣超循环利用模式的绩效评价体系，成功在聊城市进行试点。

正是如此，团队成员练就了“云调研”“云会议”完成任务的过硬功夫。此次国赛终审决赛采用线上答辩，大家经常一起线上熬夜整理答辩，一遍遍雕琢PPT，一遍遍修改答辩稿，针对专家提出的修改意见不断演练问答话术，许多次电话、会议，都是到手机没电才结束……

备赛虽然艰辛，但幸好有校区团工委、学院还有各位辅导专家的一路陪伴和帮助。校区团工委张文学老师多次为我们组织针对性模拟答辩和专家辅导，帮助我们协调场地，解决各种突发问题。两位指导老师在每场培训环节都陪着我们，一遍遍地帮我们打磨细节、完善内容。正式答辩虽然只有短短的10分钟，但是我们知道，为了最后一刻的完美发挥，学校、指导老师，还有我们团队每个成员都为此付出了大量时间和精力，最终我们的“挑战杯”之旅也画上了圆满句号。

第十七届“挑战杯”的主题是“科创先行，强国有我”，我们的项目以解决菌渣污染，推定其资源化利用为目标，服务于美丽中国建设。“挑战杯”是当代青年展示自我、追逐梦想的大舞台，能与来自全国各高校的优秀学子同台竞技对我来说是宝贵的经历。“挑战杯”期间，我们对于菌渣资源化利用的思考不断深入，如何改进模式、如何衡量模式绩效、如何提出针对性解决方案等问题也在辅导专家、指导老师一轮轮的指导中不断完善、逐步成熟。

比赛虽然结束，但我们的项目仍有继续深入的必要。希望在不久的将来，我们真的能够实现既定愿景，解决菌渣环境污染与资源浪费问题，把论文写在祖国的大地上！

作者：商学院2018级本科生　陈鹏飞

3月31日　星期四　晴

洪家楼校区学生志愿者·侯启航

“济南市新增无症状感染者!”这一新闻标题赫然出现在手机屏幕上。我意识到，疫情防控是一场不能懈怠的赛跑，容不得丝毫犹疑、侥幸。

按照属地关于“暂停堂食”的有关要求，为了确保餐厅秩序，外国语学院的几名志愿者在校区志愿服务工作组和学院团委的号召下，迅速组成了一支食堂秩序维护志愿者团队，而我有幸成为其中一员。想到之前刚刚认真地学习了疫情志愿者培训专题课程，志愿者培训手册里的一个个条目清晰在目，想到我的同伴们在洪家楼校区的不同场景里也身着红马甲给大家带来守护，我坚定地接过任务，希望尽自己所能，守护身边同学们的健康。

来到食堂，我们发现食堂已经贴好了各种提醒标识。于是，我们分工合作，分别在三食堂东厅、三食堂西厅、七食堂和民族餐厅站岗，引导同学们打包带走，提醒同学们间隔一米排队以及佩戴好口罩。我们的工作也得到了食堂工作人员的肯定和同学们的感谢。

在志愿服务空闲之余，我能感受到校园紧张的氛围，却又处处井然有序。可以想象，这背后离不开众多志愿服务人员的默默付出：洪家楼校区教师志愿者对突发情况迅速作出反应，辅导员老师们住进了学生宿舍，后勤保障人员、公安保卫人员实现校园全方位覆盖……作为学生志愿者，穿上红色志愿马甲，站在食堂的我们就好像身披战甲，踏上“战场”。能够为校园疫情防控真真切切地献出一份力量，我们感到开心。疾风知劲草，而今正是我们青年志愿者以责任和担当践行青年使命之时，只要每个人都行动起来，坚定信心、凝心聚力、协同发力，我们就一定能打赢这场疫情防控阻击战。

“春风杨柳万千条，六亿神州尽舜尧。”希望我们早日战胜疫情，尽赏春日美景。

作者：外国语学院2020级本科生　侯启航

4月1日　星期五　晴

经济学院本科生·杨陈晨

3月29日晚上，我收到了SOA北美精算师考试的邮件，准备已久的考试终于要在4月1日开始了。想到准备了这么久终于要“上战场”了，内心甚至还有点激动。我认真查看了考场，心里盘算好出行方案，又复习了一会考试内容，就安心地上床睡觉了。

3月30日早上，当我打开手机时却傻了眼，“所有课程都改成线上授课”，“济南新增4例阳性感染者”……看着周围老师、同学们正忙碌地开展各项工作，我心里却默默地犯起了难。我深知最近疫情防控形势的严峻性和学校人员密集的特殊性，稍有不慎就会造成很大的损失和危害；但自己准备了这么久的考试，如果就这么放弃了，真的是非常可惜。就在我纠结万分时，我想起之前辅导员老师在走访宿舍的时候对我们说，学校针对疫情防控作了充足的预案，有任何困难和需求都一定要相信学校，及时向学院、学校反映。

于是我就向学院说明了我的情况，本以为这将会是个漫长的等待过程，但令我非常感动的是，学校、学院疫情防控专班的老师们针对我的情况，反应迅速，在对疫情风险作出严格研判的同时，充分考虑我的需求，开启绿色通道，不仅同意了我的出校申请，还为我细致地规划了考试路线、安排了送考车辆和隔离酒店。今天一早，学院校外居家办公老师的专车已等候在门外，准时将我送至考点。在我奋笔疾书两个半小时之后，老师又将我点对点地接回指定酒店进行为期 3 天的隔离观察。参加完一上午考试的我早已饥肠辘辘，高效快速办理了入住之后，酒店工作人员分发了热腾腾的饭菜，还有水果和消毒物资等。

吃着可口的饭菜，看着整洁的房间，回想着这两天的点点滴滴，我的思绪不断地翻动。一时间，我感到一只强大的臂膀在我焦虑无助之时，撑住了我，是山大啊，是这个山大人称之为家的地方；一瞬间，我感到我不是一个人在战斗，我身后有一群团结一心、孜孜辛劳、不知疲倦、只为山大人好的家人们，在我身边为我遮风挡雨，不求回报。考入山大，真的是我莫大的幸运。

“南风知我意，吹梦到西洲”，真心希望春天的脚步快些、再快些，快点吹散这场阴霾。我们全体山大人心系一处，手挽手，脚步铿锵，目光坚定，一定会打赢这场疫情阻击战！

作者：经济学院 2019 级本科生　杨陈晨

4 月 2 日　星期六　晴

机关志愿者 · 张贵梁

小时候，我总是期盼生日的到来，因为会有美味的蛋糕、可口的饭菜和心仪的礼物。现在却越来越畏惧庆生，仿佛身边所有事物都在提醒自己：青春年华又流逝了一年。但令我惊喜的是，在刚踏入 29 岁的今天，我在校园里度过了一个值得铭记的生日，而这是山大温暖的大家庭给予我的。

在严峻的疫情防控形势下，校园里的一切工作还在井然有序地开展着，虽然是周六，部里的同志们仍然埋头在办公桌前忙碌，有的在统计信息，有的在组织会议，有的在进行谈话。午饭时间，部长特意对大家说："今天是个特别的日子，是部里某位同志的生日。"真没想到，自己都忘记的日子，却被领导和同事们记得清清楚楚。更意外的是，部里还为我举办了一场别开生面的生日会。

傍晚时分，在部长的带领下，大家去户外运动，扫去一天工作的疲惫。运动尽兴之后大家分头准备，有去食堂买菜买饭的，有去超市购置饮料零食的，还有负责摆桌弄设备的，转眼间，一顿丰富的晚宴就摆在了我的面前。组织部（机关党委、党校）11 名在场的同志们共同举杯，既是为我庆生，也庆祝这温暖有爱、互帮互助的集体生活。我们边吃边观赏了电影《狙击手》，看得我们热血沸腾而又心生感慨：此时此刻莫不也是一场战役，不过面对的是更加"阴险、狡黠"的新冠病毒。

深夜躺在床上，我的心情久久不能平复，思绪又一下子拉回到本周三，大家舍"小家"顾"大家"，毅然决然地投身到校园疫情防控一线工作中。学校按照上级通知执行更加严格的疫情防控要求后，迅速而又有条不紊地落实各项防控举措。机关志愿者们不辞辛苦，一直干到凌晨，只为了把早已准备好的防疫和生活物资第一时间送到师生医务员工手上。大家由衷感受到学校党委带给我们的关爱与温暖。

"贵梁，你测核酸了吗？老葛，你信息确认了吗？老崔，你需要……"分管办公室的冯老师不厌其烦地提醒我们。作为一名女同志，她巾帼不让须眉，一声声关切的询问，使我们感觉安心、踏实。

毛泽东同志曾在文章中写到，"文明其精神，野蛮其体魄"，越是在特殊期间，越是能激起各位留校人员的运动热情：有的人喜欢跑步，就去操场上行步如风；有的人喜欢羽毛球，就在羽毛球馆一分高下；有的人酷爱篮球，就在球场上挥汗如雨；教职医务员工们体魄越强健，斗志越昂扬，学校疫情防控就越有源源不断的动力保障。

疫情终将过去，春天即将到来。我们永远都会铭记，在这场全校疫情防控保卫战中，深入一线同甘共苦的学校各级领导、任劳任怨不图回报的师生志愿者、互相关爱互相鼓励的同事同志、默默无闻甘心奉献的服务保障人员……我们的战斗状态始终昂扬向上，我们的追求目标始终卓越一流，相信经此一“疫”，全校师生建设担当民族复兴大任的世界一流大学的信念必将越来越坚定、道路必将越来越宽广！

作者：党委组织部工作人员　张贵梁

4月3日　星期日　晴

第十七届“挑战杯”大学生课外学术科技作品竞赛一等奖团队成员·袁小清

第十七届“挑战杯”大学生课外学术科技作品竞赛终审决赛结束了，虽然时间跨度很长，但我们对科研项目的推进、材料支撑上的完善一点也不敢怠慢，一直在持续。在指导老师张鹏的带领下，参赛期间，我们又先后发表了4篇相关论文，目前共计发表15篇SCI论文。这些成果为我们的“挑战杯”决赛奠定了扎实的理论基础，我们团队最终也获得了全国一等奖的好成绩。

这次“挑战杯”终审决赛恰好在疫情期间，由于三个答辩成员中只有我一个人在校，所以很担心项目成果不能完美呈现。好在学校对此次活动非常重视，临近决赛期间，校区团工委每天都会组织线上模拟培训辅导，邀请专家不断打磨提升我们的整体问辩和语言表达技巧，使我们的答辩水平有了很大的提高。同时，张鹏老师和申新老师一遍遍地观看我们的模拟预演，哪怕是一个眼神、一个动作，都一一作出指导。我的另外两位队友都各自克服困难，对项目进行充分排练，齐心协力在线上“云”端演示答辩。我们是小组中第一个出场的，大家镇定自若、自信满满地完成了整个答辩过程。

从最初的学院选拔开始，我们一路过关斩将，一直到最后的国赛终审。一路走来，我受益良多。作为团队的主答辩人和核心成员，在老师和课题组成员的指导和帮助下，我在演讲技巧、沟通表达和科研能力上都得到了大幅提升。同时我也意识到了团队协作的重要性，有些任务仅靠一个人是无法完成的，项目的成果离不开每个人的努力。每位成员各司其职，充分发挥自己的长处，共同为一个目标而努力，才可以达到最好的效果。

我会永远铭记这次经历，感谢领导老师和同学们的持续支持和大家的共同努力。

作者：空间科学与物理学院 2019 级本科生　袁小清

4 月 4 日　星期一　晴

历史文化学院辅导员·李　婧

自开学以来，基于疫情防控常态化的形势和要求，我曾多次在线上与学生家长沟通和交流。昨天，我召开了学生家长的线上交流会，把学校当前的疫情防控举措、学生管理服务情况及时向家长们作了汇报。

此次线上会议进行得很顺利。在汇报中，我详细介绍了当前学校疫情防控的相关举措，包括保证线上教育教学、进行多轮核酸检测、准备应急处置流程、充分确保物资供应等，在宿舍管理、快递、外卖服务等方面尽可能做到没有防疫漏洞，筑牢校园安全屏障。会议结束后，家长们给予的回应让我非常感动："李老师讲得很好，学校和老师做得很到位！我们家长很放心，谢谢，老师辛苦了！"不禁感慨，一个家庭一份牵挂，一份支持一份信任，当学校、老师和家长们一条心一股劲时，还有什么是战胜不了的呢？

三周前，疫情波及山东省，学院第一时间发布了《致学院学生家长的一封信》，从加强思想引导、提供情感支持、督促健康管理、全程接种疫苗等方面发出了倡议，希望既能提高学生家长对学校疫情防控的认识和重视程度，协助做好学生教育管理工作，也给家长吃个定心丸，对学校的疫情防控要求给予理解和支持。当我在学生家长群里把信发出后，马上就收到了学生家长的反馈。第一位学生家长回复："收到！学校家长共同携手，战疫情，渡难关，老师辛苦。"随后群里开始接龙，还有家长回复："历史文化学院太温暖了，谢谢老师。"当看到这里的时候，我心中同样感受到了来自学生家长的温暖。能够得到学生家长的理解和信任，是对我们工作最大的肯定。于是，我在心里默默地下定决心，一旦出现紧急情况，我一定要留在学校里，和学生们在一起，当好学生们的"校园家长"，跟同事们、家长们一起守护好学生们的生命安全和身心健康。

没想到封闭管理真的来了，我身为两个孩子的妈妈，感受到了压力，左手是家庭，右手是学生，哪头都想照顾好。最后，我还是选择了跟学生们在一起，因为只有在校内坚守岗位，我才能安心，才能及时应对学生突发的状况，不辜负家长们的信任和支持。留校后，通过进驻宿舍，与学生面对面交流，帮助学生处理特殊情况，带动学生丰富校园文化活动，我感觉自己和学生心灵的距离更近了。当然，我绝不是个例，每一个值守在学校的同事，都是舍小家顾大家，坚守在校园疫情防控第一线；每一个居家办公的老师们，也同样以线上工作的方式肩负起育人的使命。

一直以来，历史文化学院落实立德树人根本任务，深入推进"三全育人”综合改革试点工作，不断畅通家校联络，促进家校协同。我们建立了各年级学生家长群，搭建线上的交流平台；我们举办“同心课堂”，邀请学生家长为学生作讲座，充分整合家校社资源；我们发挥新媒体优势，向家长传递信息、征集文稿，都得到了家长朋友们热情的回应，家校协同育人体系不断完善。

当前面对疫情防控的巨大压力，在学校党委的严密部署下，在学生家长的支持配合下，在全体教职医务员工的努力奋战下，我们坚持“动态清零”不动摇，抓细抓实各项防疫工作。坚决打赢这次疫情防控阻击战，我们信心十足！

作者：历史文化学院辅导员　李　婧

4月5日　星期二　晴

软件学院辅导员·孙朋朋

校园封闭管理的第七天，也是离开孩子们的第七晚。以前总盼着孩子们快点长大，这样我就可以舒舒服服地睡个整觉，但当真的离开他们时，我竟然睡不踏实。

从学生宿舍出来回到学校安排的房间，和正准备睡觉的孩子们视频了一会儿，听着孩子们叫“妈妈”“妈妈”，我心里酸酸的，不由想起七天前的场景。3月30日一早，接到学院通知，全体辅导员立即到校全员在岗，校园进入封闭管理状态。虽然之前做好了心理准备，但当我提着行李关上家门的那一刻，还是不由得生出很多担忧——“两个孩子一个3岁，一个才1岁，第一次和我分开，今晚他们能睡得安稳吗?”“小宝还没有断奶，他找我怎么办?”“孩子哭闹的时候爸爸搞得定吗?”但是现在的形势由不得我优柔寡断，我的学生们还在学校里等我，他们也是刚刚离开家门的孩子，我必须回学校去，跟学生们在一起，这是我作为一名辅导员的职责。

其实不仅仅是我，很多同事也是克服了重重困难坚守在学校。校领导、院领导都和我们坚守在一起，让我们有了主心骨；有的同事夫妻二人都坚守在学校，留下即将中考的孩子自己一人在家；有很多年轻的妈妈和我一样，虽然不舍但为了学生留在学校……大家都记得自己的初心和使命，逆向前行，与学生们在一起。我们都是最可爱的人。

这七天，每一天都是忙碌且充实的。全面摸排各类数据，精准掌握学生的具体情况；督促孩子们每日按时做核酸；进一步梳理校园封闭管理期间各类管理政策，明确处理流程；召开线上年级会、线上家长会、线上舍长会、班委会部署工作；每日深入学生宿舍，了解学生们学习生活情况，提醒大家多通风、重防护；关注线上学习情况，晨起督促，并对学业困难学生开展重点帮扶；关注学生心理健康，开展心灵讲座，注重人文关怀；以“铸魂”“固本”“强身”“润心”“培元”五大育人工程为引领开展多样活动，丰富校园生活……没有轰轰烈烈，只是做好每天的日常工作。特别喜欢一句话，“每天把简单的事情做好了就是不简单，每天把平凡的事情做好了就是不平凡”。千条线一根针，工作平凡，但可以有72变，上得了讲台，进得了宿舍，懂得了心理，谈得来政策。虽然工作琐碎，但尽心尽力地把学生的小事、心事当“大事”，让学生吃下“定心丸”，我们都是不平凡的平凡人。

这七天，我收获了太多感动。感谢学校学院领导们为我们提供了周到的生活保障，让我们感受到了关怀和温暖；感谢我的兄弟姐妹们，大家一起并肩战斗、互相支持；感谢家人的支持，“去吧，家里有我们，放心，不用牵挂孩子，照顾好自己”；感谢我的学生们的关心，“老师，你在学校陪着我们，小弟弟妹妹怎么办” “老师需要什么东西随时和我们说就行”……这些点点滴滴，几次让我潸然泪下。我们都是幸运的人。

春风渐暖，校园里樱花含苞待放，学生们的笑脸依旧……愿花开疫情散，我们可以和思念的人拥抱；愿人生多喜乐，山河更无恙。

作者：软件学院辅导员　孙朋朋

4月6日　星期三　晴

文学院党委副书记·王　萌

“本科生目前多少人在校?”杜泽逊院长问。“577人。”我回答。党政联席会上，杜院长听我汇报了学生工作目前面临的困难和压力，眉头一皱，陷入了沉思。

时近正午，所有的会议议题都已经研讨完毕，大家正准备结束的时候，杜院长突然说道：“我们得为学生做点什么。我有一个想法，请诸位同仁指正。”于是杜院长将文学院成立师生互助小组的理念抛了出来：学院根据本科生的年级和人数将学生分成50多个小组，每个小组大约10人。然后从学院教师中招募50名左右的志愿者，每位老师负责一个小组。小组选出学生小组长和副组长，在学校封闭管理期间协助老师开展丰富多彩的线上活动，以纾解学生因封闭管理带来的焦虑和困惑。在座的院领导还未等院长说完，都纷纷表示赞同。

于是，我们学生工作团队按照学院党政联席会的要求，迅速展开调研。4月5日下午，辅导员召开了线上学生座谈会，充分了解学生的意愿和诉求。这个工作设想在获得同学们的一致认可之后，我们连夜拿出了互助小组的工作方案。

4 月 6 日上午，杜院长专门组织学院的青年教师召开了一次线上会议，对这个工作方案进行论证和修订。与会的 20 余位青年教师一一发言，结合自己的专业和封闭管理期间的个人经验提出了很多有针对性和实操性的建议，使得互助小组成立的宗旨和具体路径更加明晰完善。大家明确了小组成立的目的是在校园封闭管理期间，通过教师的关心和交流让同学们能更好地感受到学院的人文关怀和温情守护，更好地体悟“斯文在兹”的文化使命和“成己达人”的人生价值；确定小组活动的主题应以学生的需求为主，主题来源不限，由师生共同拟定，主题确定后，教师要积极参与、主动引导，提供相应的智力支持和条件保障。

下午 4 点，互助小组活动通知发出仅仅一个小时，学院就已经有 50 余名教师报名，我不禁长舒了一口气：老师们的参与热情和奉献精神真让人感动。下一步活动的具体组织和开展对我们来说是一个挑战，但这是我们身为师长的使命和责任。

本来为活动方案拟了一个引言，但行文风格与成型的文件有些不同，未纳入正文，这是与学生一起草拟的，故附于此，以此勉励大家：

孔子云：“饱食终日，无所用心，难矣哉！不有博弈者乎？为之，犹贤乎已。”昔夫子与众弟子陈蔡之厄，颠沛造次，而弦歌不辍，斯文不坠。世事变幻，白云苍狗。人生离合，绮丽诡谲。蠢动含灵，形生有情。君子不器，应物无方。圣贤寂寞，泽被万姓。豪杰乘势，功罪千秋。修身齐家，淡泊明志。百艺随身，道不远人。温柔敦厚，诗书延学。疏通知远，礼乐易良。诸子奋进，因事而新。莺声日暖，麟趾春深。

作者：文学院党委副书记　王　萌

4月7日　星期四　晴

学生心理健康教育与咨询中心工作人员·曹丽丽

清晨的天气有些阴凉，洪家楼校区繁花盛开，微风习习。洪家楼校区共有2900多名本硕博学生，心理中心只有我一个人驻守，因此，我比往常醒得更早。一早，我照例先到各学院，跟老师和辅导员们交流讨论每日学生心理状况。

快到中午11点时，一阵急促的电话铃打断了我们的交流，我知道这是有学生找我咨询，电话沟通后，我立即赶到现场。见到学生，我先用简单、温和的语言安抚他，耐心地陪着他，慢慢地，学生敞开了心扉。我跟他一起分析和讨论了情绪最为低落时，自我照料和稳定的方法；带他一起做了情绪稳定化练习，帮助他把强烈的感受平复下来；随后，围绕他最困扰的问题，讨论了应对和改善的方法。一个半小时的沟通后，学生逐渐平和，整个人放松下来，我们商定后续定期开展心理咨询。随即，我跟学院沟通了协助就医、后期关心交流等内容。终于，一颗悬着的心，慢慢放下来了……

匆匆赶回办公室吃了几口饭，下午是几个日常咨询。有因学业问题而失眠的，有因情感问题而痛苦的，也有不知如何与舍友处理矛盾的……生活不易，每个人都面临更大的挑战，需要坚定信心、提升士气、共渡难关。身为心理老师，尽管有更多的调节方式，我们也会感到疲惫、压力和肩上巨大的责任。前来咨询的学生很多，每天的咨询都是满的。整体而言，学生是平和、乐观的，能够积极参加各类活动，主动调节身心，但也会有一些大大小小的状况出现。我们中心开展了各类线上心理讲座、沙龙等活动，尽量满足学生的心理需要。紧急情况时，我们也协助学生进行线上心理就医、取药等工作。我们的工作得到了学校领导和各部门的支持，这让我深深体会到学校以学生为中心的育人理念。我也深切地感到我们所有驻校人员是一个集体，一个有凝聚力和向心力的大集体，大家相互支持，共同努力为学生做好服务。学校封闭管理以来，我感受到大家的关心和关爱，在这样共克时艰的日子里，心里感动着、欣慰着。

傍晚，家人打来电话。即将12岁的老大，说自己认真地上了一天网课，期待着妈妈能很快回家一起庆祝生日。4岁的老二问妈妈什么时候回来，一口气说了很多很多想让妈妈一起做的事情……我心里酸酸的，用轻松的语气告诉她，还有很多的哥哥姐姐需要妈妈陪伴，妈妈忙完就回去。挂上电话，我忍不住流泪。其实，所有驻校人员都会挂念家人、思念孩子，就把这当作继续工作的动力吧。

写完工作记录，开完线上视频工作例会，我拖着疲惫的身体走到操场。操场上满是参与各类活动的同学，阳光的笑脸，欢快的笑语。我想，无论是在校的学生还是驻守校区的老师们，都该多出来参与集体活动、进行运动和交流，这是最简单有效的调节身心的方法。

回住处时，看到美丽的校园，闻到丁香花袭来的阵阵香气，感觉很充实。美景正当时，在这么美好的季节里，愿我们在有限的空间里，互相支持、互相鼓励，安心充实地度过每一天。

作者：学生心理健康教育与咨询中心工作人员　曹丽丽

4月8日　星期五　多云

“幸福创业”课程学员·张芙荧

时在中春，阳和方起。今日的空气中依旧弥漫着独属于春日的温柔，确实是吹面不寒杨柳风的好时节。回想昨天晚上的线上幸福创业课程，我依旧印象深刻。

疫情防控形势下，我们的学习和生活发生了很大的改变。比如我们的课程由线下转为线上，课上的小组展示需要组内提前协商、轮流开麦；而在课余时间，大家并没有因为疫情而感到焦躁，校园里令人欣喜的变化也悄然增加，越来越多的同学选择了一种“沉浸式”的校园生活——在操场和体育馆来一场“沉浸式”的健身运动，在遵守疫情防控的前提下前往自习室或图书馆“沉浸式”学习，在春日晴朗的午后“沉浸式”逛学校、欣赏学校里的一草一木……作为小队的队长，我深刻感受到了分工合作和团队的巨大力量。课程从一开始的团队组建和分工，到后来的幸福创业点子探索与优化、市场调研，在每次课中，我们小队全员参与、全情投入，在课程负责老师的指导下，持续完善项目的想法，并且也聆听了其他小组的展示，在思想火花的碰撞中汲取他们的长处。

开课伊始，在团队分工时期，大家确实迷茫，不知道团队中哪个位置适合自己。我们小组在孙大永老师的指引下，通过客观理性的分析，并根据每个人的性格特点和能力长处，为每一位小组成员找到了适合自己的位置，从而避免了主观臆断。

这节课是关于市场调研。对于个人来说，市场调研是个庞大并且无从下手的工作。我们对调研进行合理分工，例如让小队的客户官进行客户期望调研、市场官进行市场分析和调研，发挥每位成员的长处，提高效率并减少每个人的工作量，从而发挥出了团队的力量，这让我体会到了什么是“1＋1＞2”。

回想着“幸福创业”课程开课至今的一点一滴，我思绪万千并且收获良多。这门课程像是带领我进入一个全新的世界，在线上基础理论直播课和线下实践课堂中，我学到了很多新知识，例如幸福创业理论方法、精益创业理论、积极心理学、团队分工合作等。老师倾囊相授，将理论和实践有机结合，我们全员参与、发挥所长。同时，我也开始思考

“幸福”二字，我想，大学生创新创业确实应该把幸福作为“切口”，直击人们需求的痛点，在奋斗和创造中让他人和自己都收获幸福，创造美好生活。

幸福都是奋斗出来的。愿我们一路学习，一路收获，一路奋斗，一路幸福。

作者：护理与康复学院 2021 级本科生　张芙荧

4月9日　星期六　晴

本科生院工作人员·孙　磊

“老师好，程老师已经将证明材料办好了，谢谢他，也谢谢您!”“这样大家就都放心了，祝你一切顺利!”“谢谢老师，麻烦您了!”我放下手机，心里总算踏实了。

两天前一阵急促的铃声，使我从似睡非睡的午休中清醒过来。电话里传出女生略带哭腔的焦急声音，问询后得知，女生是 2019 届英语政治双学位班毕业生，正在办理留学手续，突然接到对方通知，要求尽快提供一份转专业证明材料。眼看截止时间临近，而她对于具体要求以及如何办理都不清楚，所以非常着急。我先安抚了她的情绪，随后，让她与使领馆及对方学校沟通确认具体要求；我则立即联络居家办公的学校业务负责老师和外国语学院教务秘书，确认院校两级业务对接，由程云龙老师协助办理。

望着远处知新楼上的时钟，时间的漩涡把我的记忆拉回到了 3 月 30 日。突如其来的封闭管理，教学由线下转为线上，不过幸好学校防控有准备，岗位工作有预案。即使开始时确实因暂时的信息不对称引发了一点小麻烦，但是按照疫情防控、安全工作、事业发展三位一体工作思路，正常的教学运转很快就被拉回忙而不乱、紧张有序的节奏中。

教学事务办公室居家办公的同事们更是一刻不得闲，每天提取各级单位、各个部门几万条课程数据；负责成绩管理的老师专门为办公电话开通了呼叫转移功能，担心惊醒襁褓中的孩子，眼睛只能一直盯着静了音的手机；还有负责学籍管理、暑期学校管理、国际学生和综合业务的老师，他们都是一台电脑开展工作、一部手机处理业务，即便是晚上紧急联系，他们的手机也及时接通。

在校内坚守的同事们，更是尽全力保障教学的开展。忘不了，晚上11点多开完会的领导回到办公室吃泡面的情景；教发中心老师每天指导督导员在线听课，并且总是第一时间将督导情况通报发布在各个工作群里；招办老师被偷拍到在开视频会议的时候偷偷啃冷馒头，因为几分钟之后面向全国考生的另一场招考咨询会就要开始了；还有我们的同事每天从早到晚守在中控室里巡视教室情况，时不时地通过教室里的小喇叭，提醒同学按照“防疫四件套”的要求做好防护；综合办的老师一边运送物资，一边安慰着视频那边哭着喊着要爸爸的一双儿女……

在教室、在食堂、在体育场上协助防疫的一个个“红马甲”志愿者……这些天来的一幕幕景象如浮雕般在脑海中划过，做而不说、笑而不语，如此鲜活、丰富生动。我想，这就是我们山大人的担当。

作者：本科生院工作人员　孙　磊

4 月 10 日　星期日　晴

“为奉献者奉献”疫情防控专项志愿服务

参加者 · 尹鑫宇

草长莺飞的四月，万物向阳生长。然而疫情防控形势严峻，教职医务员工们留守校园，共筑防疫屏障。我加入了“为奉献者奉献”疫情防控专项志愿服务活动，为留守校园教职医务员工的未成年子女提供线上学习辅导，让我能够为抗疫工作者们奉献自己的一份爱心。

今天，我给一位三年级的小朋友上了一节线上数学课。课前，我与家长及时沟通联络，确定好教材版本和授课内容，然后紧锣密鼓地开始备课：阅读教材、制作教案、准备课件、调试设备，在这个过程中，我既忐忑又紧张，担心自己习惯以大学生的视角看待问题，难以让小朋友明白解题的内在逻辑，给他的学习造成困扰。

幸而经过精心准备和反复练习，课程进展顺利而流畅。经过简单的自我介绍，我了解到这是一个爱思考、喜欢数学的孩子。课前的交流沟通拉近了我们之间的距离，也消除了我之前的担忧。课程伊始，我以口算除法练习题导入，了解学生的知识掌握程度，发现了一些易错点和知识漏洞；在正式授课时，我循序渐进，先通过习题让小朋友自己思考探索，再一步步引导小朋友感知题目背后的规律，最后通过反复强化练习突破重难点，并以总结顺口溜、整理做题规律的方式教授做题技巧。刚开始上课的时候，小朋友还不太熟悉除法的运算，但是随着课程推进，他的做题速度越来越快，正确率越来越高。当课程快到结尾时，小朋友已经可以流畅地口算出各种题目了，这节课的效果非常好。和小朋友道别之后，我心中洋溢着满满的成就感，不仅是因为精心准备的课程达到了良好的效果，更是因为通过这种方式，能够为辛勤工作的教职医务员工贡献一份绵薄之力，我感到非常幸福。

疫情期间，留守校园的教职医务员工不辞辛劳，舍小家顾大家，坚守在疫情防控第一线，他们是逆行者、是坚守者、是奉献者，为我们大学生正常的生活秩序提供保障。这次线上授课，使我有机会回报他们的爱心、表达自己的谢意。看着小朋友稚嫩的面孔，听着小朋友清亮的声音，我相信没有一个冬天不会过去，没有一个春天不会到来。所有人携手前行，共克时艰，明天一定会更好。

作者：经济学院 2018 级本科生　尹鑫宇

4 月 11 日　星期一　晴

后勤保障部副部长、洪家楼校区疫情防控和安全工作指挥小组副组长·梁　勇

今天清晨，春光和煦，清风舒扬。我在洪家楼校区公教楼前小广场参加了洪家楼校区志愿服务先锋队临时团支部主题团日升旗仪式。当鲜艳的五星红旗冉冉升起，一股无形的精神力量在心头油然而生，使我心潮澎湃……十几天来大家齐心协力共同防疫的场景也在脑海一幕幕闪过。

在学校实行封闭管理之初，洪家楼校区疫情防控迅速从“演练”状态转入“应战”状态。封闭、消杀、储备物资分发，餐饮、医疗、超市……留守洪家楼校区的大后勤保障队伍的每一位“战友”都在各自岗位紧张有序地忙碌着，确保事事落实到位，每个环节无差错，每个角落无遗落。

这十几天，在学校物资采购组的大力支持下，校区办和校园物业全力以赴，全面解决了校区留守教职医务员工的住宿问题，彰显了山大温度、山大速度和山大力度；暂停堂食之后，校区迅速启动自动售饭机与宿舍楼

前的外卖点，志愿者们轮番上岗维持就餐秩序，广大师生的餐饮需求得到有效保障；齐鲁医院医疗队、山大二院核酸检测队伍入驻校区，方便师生就医，加速全员核酸检测。“本店库存充足，请大家理性消费”，朋友圈有同学把超市粘贴的标语发出，并配文“是SDU给的安全感”。由此，我心里也感到无比温暖……

当然，这其中也不乏遇到一些困难：物业和保安中部分人没有校园卡和智能手机，于是我们和校区食堂沟通，由物业公司和保卫部通过自制饭票并加盖公章的形式代替现金应急处理，问题得到了及时解决。学校还出台暖心政策，为留守服务保障人员办理临时校园卡、免收管理费、免费洗浴，并发放生活补贴至员工个人账户。师生理发需求迫切，于是我们紧急整理房间、补刷墙面、配备必要物资，开发预约小程序，点对点转运理发师，成立并运行了一个临时理发室……

校区指挥长、校党委副书记陈宏伟经常深入一线，走访慰问驻校区核酸检测医务人员和齐鲁医学院医务人员，为他们送上了牛奶、水果、饼干等慰问品，对他们的辛勤付出表示感谢。同为服务保障的兄弟姐妹，我想，无论是医务人员，还是后勤保障人员，或是全体师生医务员工，只要我们齐心协力，认真贯彻落实学校疫情防控政策，定会渡过难关，迎来温暖的春天。

面对目前疫情防控的严峻形势，我想，唯有迎难而上，才能迎刃而解。在学校党委的领导下，学校疫情防控安排部署在校区得到全面贯彻落实，服务保障方面的困难一一破解，留守校区师生医务员工住得安心、吃得放心，团结一心共同面对这场没有硝烟的疫情防控阻击战。我相信，我们的负重前行是为了广大师生的岁月静好，风雨后的彩虹会更加绚烂，刺桐花会更加美丽！

作者：后勤保障部副部长　梁　勇

4 月 12 日　星期二　小雨

人事部工作人员·耿　婕

呼呼的风声伴随着密集的雨点敲击着窗户，将我从睡梦中叫醒。看了一眼手机，凌晨 3 点。果然变天降温了，留守的同事有没有新的需求？看来今天上午，不仅要按照原定计划送去生活用品、急需药品，还要一早再一次分头点对点地联系留守人员，询问他们的身体状况、衣物情况，帮他们从家里取送御寒衣物。这也是我们校外志愿服务队这段时间心中最大的牵挂。

最及时的响应，最周到的服务，让校内坚守者感受到家的温暖。自 3 月30 日学校实行封闭管理以来，根据疫情防控应急预案，人事部（人才办）13 名工作人员及志愿者驻守校园。作为兼职负责人事部工会工作并且已经在人事部工作了 17 个年头的我，在完成居家办公任务的前提下，如何更好发挥人事部（人才办）工会的作用，成为校内留守同事的坚强后盾？这是我必须要认真考虑的问题。

在部领导的支持下，人事部（人才办）工会及时组建了校外志愿服务队。志愿服务队由 6 名校外居家办公同事组成，覆盖各业务中心，按照家庭住址相近原则分成三个工作小组，“一对一”了解衣物送收意愿，采购需要的药物、生活用品，通过学校规定的物资通道转送校内留守同事。同时，我们协助留守人员处理校外家中事务，解决生活困难，保证他们安心坚守岗位，为学校疫情防控工作贡献力量。

最默契的配合，最严谨的态度，让大家在不同的战场上展现担当。不知不觉接近半个月，不管校内留守还是校外居家办公，每名同事都把此次抗击疫情作为一次大考，检视自我、锤炼自我、提升自我，想尽一切办法、克服一切困难、完成一切任务、争取一切胜利。在这一段时间里，人事部（人才办）坚持做到疫情防控、业务工作两手抓、两手硬，校内校外上下同心，稳步推进人才大会筹备、国家级人才项目申报、人员招聘、能力提升、绩效改革、聘期考核、评价改革等重点工作，加快推进信息化二期建设，没有因为特殊情况就放松了要求、放低了标准、放慢了速度。在这次疫情防控大考中，通过一桩桩志愿服务工作的开展，一件件工作任务的校内外协同顺利完成，也拉近了同事们之间的感情。当远远看着驻守同事们的笑容，校内外同事隔门相望相互挥手的动作，此时此刻，我感受到了莫大的鼓舞，感受到我们开展校外志愿服务的意义所在。把单位当家来建、把工作当事业来干、把同事当亲人来对待。这是团结奋进、人人为我、我为人人的力量！

自新一轮疫情防控阻击战打响以来，学校党委坚决贯彻党中央决策部署，守土有责、管理有方、服务有策、保障有力，守护了校园安全，保障了师生健康。作为一名人事人才工作人员，新时代新征程上，我们既要全力以赴答好人事人才服务发展这道“必答题”，更要淡定从容答好疫情防控这道“加试题”。凡我在处，便是山大。阳和启蛰，品物皆春。

作者：人事部工作人员　耿　婕

4 月 13 日　星期三　晴

校史馆、校友馆参观者 · 黄婷婷

四月的阳光，使每一株草都翡翠繁生，在土地上写着明日之诗，诗章湛蓝一如海洋。

昨天，学校里春色满园，我跟同学们一起在校园里取景拍摄微团课视频。当在校友馆门口取景的最后一段视频马上就要结束时，几位老师伴随一段说话声进入画面。我们熟练地暂停拍摄、挪开机器。

当我看清站在门口的是校党委书记郭新立老师时，感觉自己何其幸运。之前见到郭书记都是在各种全校大会上，这还是第一次这么近距离地见到他。当问清楚我们的拍摄原因之后，郭书记邀请我们走进馆内拍摄。“同学们还没进来过吧？来吧，进来我给你们讲一讲。”一眼被老师们看穿了心思，我们又激动又羞涩，一起跟着郭书记进了馆内。

馆内的墙上挂着山东大学建校以来的许多照片，郭书记带着满眼的自豪向我们介绍这所学校：“这是刚刚改为‘国立山东大学’时的校门，现在在青岛。从山东大学堂到国立山东大学，其实经历了很多次更名、易址，才成了现在的样子。”“这个是原山东工业大学的校门，现在的山东大学是合并了三所学校之后，才有了这样大的规模和强大的学术实力。”……走到二楼校友馆，我们被门口大屏上滚动的照片吸引了。“这是我们学校校友的照片，等你们毕业之后也都会在上面，都是优秀的校友！”在郭书记解释之后，照片上的人和看照片的我们就有了奇妙的联系，因为我们都来自山东大学，她以自己独有的方式，记住了每一个曾经培养的孩子。

进入二楼展厅，有整整一面墙的杰出校友介绍，郭书记告诉我们：在单枪匹马开创奥运先河的刘长春的背后，是山东大学体育学院的教练员陪他一起训练、参赛；罗荣桓投笔从戎，打了一场场胜仗，成为中华人民共和国的开国元帅……

当站在感应装置下听到《我的山大我的家》旋律响起的时候，当郭书记和蔼地与我们合照并且让学生站在中间的时候，当郭书记说学校一切“以学生为主体”的时候，我深刻地感受到了这所学校的魅力。她以自己的方式向每一位孩子展示着她的骄傲，以最亲切的方式与每一位孩子交流。

最后，我们跟着郭书记走出校友馆，表达感谢后满怀激动地完成我们的拍摄。拍摄的最后一句话是“作为新时代的共青团员，我们要努力学习基础知识，永葆初心，砥砺奋进”。再次说出这句话的我们，明白这不是一句口号，而是每一名山大青年应该具备的责任担当。

我们顺利拍完视频，心满意足地收工，走向灿烂又浪漫的四月，满怀希望与喜悦！

作者：化学与化工学院 2020 级本科生　黄婷婷

4 月 14 日　星期四　晴

疫情防控校外工作组成员 · 焦其波

今天，是我在校外工作组工作的第十六天。南院的树，从来时的新芽初现到现在的亭亭如盖。每天，我们在与校园近在咫尺的地方遥望校园，为了学校师生的安全努力工作、默默奉献。

3 月 30 日上午，学校驻济 6 个校区实施封闭管理，我被安排居家办公，接到通知后我匆匆复制办公资料，按时走出了校门。不知道为什么这次离开学校时的心情不同往日，出了南门，回望了一眼高耸的知新楼，凝视了一会儿“为天下储人才，为国家图富强”的办学宗旨，与留校办公、正在校门内等候家人送衣物的同事相互摆了摆手，也算是与学校的暂时作别，忽然一种“君问归期未有期”的失落与惆怅涌上心头。

学校疫情防控校外工作组有 10 余名成员，主要承担保障特殊情况急需外出的学生临时住宿、周转，以及校门外工作的保安住宿等任务。3 月 30 日下午 5 点半，学校党委副书记、纪委书记、校外工作组总指挥陈向阳向工作组全体成员发出“临战动员令”，要求大家即刻进入战时状态。我作为其中一员，很快便投入工作。

两周来，校外工作组全体人员手机 24 小时待机，全天候安排值班值守，以应对各种突发事件。4 月 1 日晚 11 点 50 分，联络员延宏的手机忽然响起急促的铃声，原来，软件园校区一名学生突发高烧，需紧急出校送医。延宏随即拨通了当晚战备值班驾驶员师傅的电话，仔细叮嘱他穿好防护服、做好车辆消杀等关键事项。汽车在空旷的马路上飞驰，牵动着大家的心……当驾驶员师傅送学生看完病，再安顿他入住酒店后，延宏接听到报平安的电话，此时手机时间显示已是次日凌晨 4 点多。

校外工作组的驻点酒店承担着师生入校“缓冲周转点”职能，酒店驻点组努力为入住学生提供“一人一策”式服务保障，以精细化、个性化的温情服务为学生减轻疾病的痛苦、减少独居的寂寞，使其安心完成周转。有同学因患有多种腰部疾病外出就医入住酒店，其腰间盘突出正处于急性发作期，酒店床垫软、空间小，桌椅配备等均不适合康复需求，随即工作组协调联系齐鲁医院康复科，但康复科已暂停开放。随后，工作组又积极联系校医院，将其转诊省立医院东院治疗，并协调酒店尽量为其改善居住条件。目前，该同学病情已好转，在酒店静养待返校。截至 4 月 13 日，校外工作组累计出动保障车辆 350 台次，完成 238 名师生员工的周转保障任务，酒店每天都演绎着山大人“校外之家”的温馨。收到完成周转顺利返校的同学们发来的感谢短信时，是驻点组工作人员最开心快乐的时刻，大家相视而笑，觉得一切辛苦和付出都是值得的。

通过这段时间在校外工作组的工作经历，我更加深刻地认识到，作为山东大学的一份子，无论身处校内还是校外，只要心系山大、情系师生，围墙铁门阻隔不住山大人齐心奋战、共克时艰的坚定决心。教职医务员工有的“住守”校园，与广大师生同吃同住，为在校学生撑起一片蓝天；有的居家办公，一张屏幕化作三尺讲台，为众学子传道授业解惑；有的奋战在防疫一线，用责任和担当践行着“白衣天使”的神圣使命。而我们，虽置身校外，但仍为筑起校园安全防护屏障不舍昼夜……

凡我在处，便是山大；有你在时，那便是家。在这个特殊的春天，看校园花开灿烂依旧，听书声琅琅环绕枝头，你、我、他携手并肩，共同用心守护着我们的“家园”……

作者：巡视工作办公室工作人员　焦其波

4 月 15 日　星期五　晴

后勤保障部校外工作组成员 · 肖文杰

“爸爸几点啦?”幼儿园大班的儿子跑过来问我。

“11 点了。”我拿起手机看了看对他说。

“爸爸，咱们过一会儿要给老奶奶送饭了。”

“是啊。”

……

望着儿子跑步远去的身影，心里倍感欣慰。学校实行封闭管理至今已有半个月时间，作为后勤保障部校外工作组的成员，除了每天的日常工作，我还承担着一项“特殊的使命”——负责为一名留守校园同事的母亲送饭。

如同往日一样，11 点 30 半取到午餐后，我便骑上我的电动车，带着儿子一起踏上了送餐的路。路程并不算远，但我每次都会骑得很快，只希望老人家能够早点吃上热腾腾的饭菜。到了单元楼下，儿子显得比我更有责任心，车还没停好就跳了下去，先我一步跑到四楼，等待我到了之后，他便轻轻敲门、双手给老奶奶递饭、微笑着说再见，一气呵成……孩子真的长大了，懂事了不少。

下午 5 点半，这一次正好赶上老人家在楼下晒太阳。我索性坐下，和她闲聊了一会。老人家今年 88 岁了，满脸慈祥，身体还算硬朗，她说每天都会听广播，眼睛有些花，所以不大看电视。想到她可能没有智能手机，我便打开微信与同事视频聊天。看到儿子，老人家开心地笑了，而同事的眼里，眼泪却在不停地打转。这一幕感动了我，鼻子一酸，眼泪也差点落下来。疫情面前，又有多少山东大学的同事们舍小家顾大家，他们放下年长的父母、年幼的子女，放下家里的一切事务，义无反顾地投入到工作中。

按照学校和后勤保障部党委的要求，后勤保障部成立了校外工作组，旨在为校内留守的同事们提供各项服务，其中韩民同志和张明月同志同时加入了齐鲁医学院牵头组建的服务保障组，为齐鲁医学院校内人员用药等提供服务保障。用组长解国同志的话来说，咱们的同事们在校园内为师生提供服务保障工作，我们校外工作组就要好好地为校内的后勤服务保障人员提供优质的后勤服务保障工作。

上下同欲、内外同心，我们必将打赢这场疫情防控阻击战。在此，也真挚地对留守校园的同事们说一声：你们辛苦了！

作者：后勤保障部工作人员　肖文杰

4 月 16 日　星期六　晴

在线教学分享者·邵春燕

上完本周最后一节课，腾讯会议中热烈的讨论声还在回响。回顾线上授课以来的种种，尤其是学生们的快速适应，让人无比感慨。

目前课程转为线上。自 2019 年就开始慕课和混合式教学建设，对于线上教学如何开展，我并不陌生。但是学生们如何适应长期的线上教学，是当前教学形态下最迫切的话题。

让人惊喜的是，伴随新技术成长的学生们，学习能力和互联网运用能力远超想象。在慕课的支持下，他们自学理论知识，独立完成作业。之前，慕课所节约的时间全部用于课堂的深度讨论，而现在，这些时间转变为云端的多边互动，借助多种社交平台开展文字、语音和视频等全方位的交流。线上课堂中，看着学生们的屏幕共享，听着他们对文本逻辑的分析，尤其是大家在线提供的富有建设性的修改意见，我深刻地感受到在线教学的优势：全员参与！相对于实体课堂中“一提问就低头”的现象，线上教学设计使学生可在同一时间内通过在线平台发表个人意见，最大程度实现了课堂的充分参与和观点的实时共享。

有的课程没有建设慕课，只能采用直播教学。没有了实体课堂的眼神交流，学生们的理论知识掌握情况就无法通过课堂观察与互动而获得。为全面了解学生的理论学习和应用情况，更为了激发参与热情和学习兴趣，我借助多年课程资源建设所积累的丰富的资料，布置了形式多样、注重合作创新的项目式作业：电影评论、方言配音、微电影拍摄、方言录音、民间故事搜集、实验案例查询与评论等。打开平台作业，听到学生们用不同的方言说出相同的语句、用诙谐生动的家乡话为电影或动画片配音，看到学生们洋溢着青春活力的笑容在洪家楼校区的满园春色中录制视频，才发现线上教学不仅没有削减教学效果，反而更加充分地实现了学习自主性和“以用促学、学以为用、学用一体”。

当下，学生们在课堂上全员参与、热烈讨论、深刻反思、实时分享，在课下精心设计丰富多彩的高质量项目式作业，有理论、有实践、有竞争、有合作，让人耳目一新，也让我们发现了学生们的适应能力和无限潜力。

作者：外国语学院教师　邵春燕

4 月 17 日　星期日　晴

春禊大典国乐华服展《神州汉裳，兴承礼脉》节目表演者·李明芮

今日天朗气清，惠风和畅，青岛校区举办了“芝兰三月三”活动。上巳节俗称三月三，是古代举行“祓除畔浴”活动中最重要的节日，人们结伴去水边沐浴，称为“祓禊”，此后又增加了祭祀宴饮、曲水流觞、郊外游春等活动。

今天，青岛校区的各大社团、学生组织都在九曲花街设立摊位，各施所长，举行游园会。有国学社的汉服知识挑战和描画花钿活动，有器乐社的民族乐器体验，可以领取题字作画的折扇纸伞，还能品芳茗、听音乐、赏舞蹈……现场活动丰富，热闹非凡，随处可见身着汉服的同学，男同学手持一把折扇，“哗”地一声帅气展开，女同学一手举油纸伞，一手持团扇，优雅地流转于各个摊位之间，人映花，花衬人，美不胜收。

春禊大典则是在芝兰亭举办的“芝兰三月三”的开幕式，作为春禊大典的压轴节目——国乐华服展《神州汉裳，兴承礼脉》更是备受瞩目。《神州汉裳，兴承礼脉》是国学社与DS器乐社联合出演的汉服走秀节目。我们器乐社的成员演奏了《国家宝藏》开场曲《象王行》，磅礴大气的中国大鼓，高亢铿锵的琵琶、中阮，清脆动听的竹笛，宛转悠扬的二胡，行云流水的古筝，先逐一演奏，后层层递进，引人入胜。身穿各式汉服的国学社成员逐一亮相。女生或手持团扇或手持纸伞，风吹裙动，宛若蝴蝶；或手持灯笼、书简，随音乐舞动。男生则手持折扇，风度翩翩。当最后一个音落下，全场响起了经久不息的掌声。

作为一名大一学生，第一次参加“芝兰三月三”就能登上这样的舞台，我既激动又紧张。在演奏琵琶的过程中，我非常享受这个舞台，沉浸在音乐和演出中，难以自拔。虽然前期的排练耗费了大量精力和心血，但

是在这一刻，一切疲惫都烟消云散，只有顺利演出的成就感留在心间。“仰观宇宙之大，俯察品类之盛，所以游目骋怀，足以极视听之娱，信可乐也。”今日的视听盛宴，信可乐也！

作者：环境科学与工程学院2021级本科生　李明芮

4月18日　星期一　晴

云上音乐会演出者·曾　玥

当我轻轻关上屋内的灯时，我知道，这周的云上音乐会已经圆满结束了。

因为疫情防控的原因，许多丰富多彩的线下活动被迫停办，直到前几天，我受邀代表我们Season Echo艺术团参加云上音乐会。这次的音乐会以线上直播演奏的方式，与其他音乐爱好者合作，带来一场听觉盛宴。

前期准备中，我努力思考着什么样的曲子会给大家带来温暖和鼓舞，或者在平淡的生活中为大家增添一些乐趣，还有哪些曲子在线上演奏的过程中可以最大限度地展现出最好的效果。最终，我选定了四首曲子，分别是我的原创作品《写给蓝白色的歌》《SOS一个忧伤者的求救》《囍》《Battle Field 1942》。为了在现有条件下达到最好的演出效果，我还对一些曲目进行了二次创编。

在正式演出的云上歌房里，虽然只能通过云上传音的方式和大家见面，但能够和各个校区热爱音乐的同学们进行交流，也令人格外愉悦。参加这次云上音乐会的是各个校区艺术类社团的骨干成员，每个人都进行了精心准备。他们在音乐会上一展歌喉，悠扬的歌声驱散了心头的薄雾，每一句歌词在此时此刻都显得格外情真意切。而我和 Season Echo 艺术团的其他成员，则通过器乐演奏为大家送上了别样的节目：流畅甜美的《写给蓝白色的歌》，我用原创表达着对抗疫前辈的仰慕和对医学的热爱；小提琴、钢琴合奏的《起风了》，婉转的旋律随晚风飘荡，给人以无限遐想，思绪随乐声回到快乐的时光……

一个人的力量虽然微不足道，但能用音乐与热爱带给大家以心灵的安慰和欢乐，尽我所能为疫情防控出一份力，于我而言也是一件有意义的事情。

疫情终将退去，希望我们日后能相聚于繁茂的夏季，共享晚风与音乐交织的欢愉。

作者：护理与康复学院 2019 级本科生　曾　玥

4 月 19 日　星期二　晴

威海校区教务处工作人员·祝　君

胜日寻芳泗水滨，无边光景一时新。4 月 6 日起，威海校区部分公共教室开始开放，供学生们自习使用。作为威海校区教务处最年轻的一员，我主动请缨，担任楼宇秩序安全协调管理员。此项新工作，对于初入职的我来说，有些压力，但更多的还是期待，因为我坚信自己能把工作做好。近半个月以来，我一直在不同的楼宇间穿梭，回忆起这段不同以往的时光，感触良多。尤其是想起教室开放的第一天，我还特意穿戴得比以往更正式一些。回想起那一幕，幸福感油然而生，因为这是我参加工作以来，第一次站在如此多的学生中间。

此时的威海，正是樱花当令的季节，图东教学楼与图西教学楼周围的樱花盛放如十里锦绣。闹钟还没响，我就已经起床出门，生怕睡过了时间，影响学生们进入教室学习。早上 6 点，我准时出现在办公室，再次核对并打印各教学楼进出口二维码，确保正确无误后，我立刻动身前往图西教、图东教、商学院楼张贴。

6 点 45 分，待各楼区老师集合完毕，大家协同配合，完成开门前最后的物资补充。看着几位临近退休的老教师眼神中的坚毅、认真与严谨，我心中充满敬意。随着第一个学生展示签到码，顺利通过体温检测，我们的工作在忙碌中有条不紊地开始了。签到队伍中，我帮助签到不成功的同学查找原因，比如是否用错企业微信扫码、是不是校园网信号的问题等。在组织入场的间隙，我匆匆看了眼时间，马上 9 点了。第二班上岗的同学已到位。换岗之前，我与值班同学再次梳理了工作流程。此后每两小时换岗，我都要确保值班同学掌握工作要求。组织学生们进出楼门看似简单，但简单不等于容易，只有我们用心呵护，用情奉献，才能守护校园安全。

根据以往经验，学生们晚上在公共教室学习的热情会更为高涨，因此，我匆匆吃过晚饭，便赶往商学院，抓紧时间投入到工作中。进入教学楼的同学明显比白天增多了不少。这时，我发现商学院门外光线不足，于是我及时调整了进楼二维码的位置，极大地提高了学生们的进场速度。晚上 9 点 40 分，离开教室的同学明显增多，为了避免聚集，我们扩充了商学院北门作为出口通道。在这一过程中，我们发现学生们在扫码过程中会有所停顿，不能做到“随扫随走”，我们马上加印了多张二维码，提高了通行速度。熙熙攘攘的背包在灯光下渐行渐远，视线模糊的那一瞬间，自己仿佛回到了学生时代。

晚上 10 点 20 分，学生们都离开了教学楼，门卫大爷已经上楼清场，后勤消杀工作人员开始全面消毒，我也结束了一天的工作。躺在床上看见“微信运动”的步数已超过两万，心中感慨万千。虽然工作繁杂，但是看到一张张对未来充满憧憬的脸庞，一双双对知识充满渴求的眼眸，我内心增添了许多安宁。

去年十二月份入职的场景仿佛就在昨天。幸得多位老师领路，使我渐渐熟悉了工作流程。虽然要学习的东西还有很多，但我会一直“在路上”。我认识到细节、条理、规范、创新是工作平稳运行的法宝。在疫情防控常态化的今天，现实因素对我们提出了更高的要求，只有牢记职责与使命，转变理念，创新方法，精耕细作，不忘初心、迎难而上，才能做好疫情防控和安全稳定工作，推动事业发展迈上新台阶。

作者：威海校区教务处工作人员　祝　君

4月20日　星期三　晴

国际中文日系列活动志愿者·刘玉彬

今天是中国农历的第六个节气——谷雨。雨生百谷，春夏更替之日，仓颉造字之日。同时也是第十三个国际中文日。

当我看到“国际中文大家庭”一年一度的志愿者招募通知时，我立刻打开共享文档，在最熟悉的文化板块填写了自己的名字。学习汉语国际教育专业整整七年，无论在国外孔子学院实践，还是在国内实习，我结识了众多中文爱好者和国际中文教师。每年国际中文日，我们都如同迎接春节一般精神抖擞，准备文化节目，展示教学成果，分享一年以来的丰硕果实。站在硕士学习时光的末端，我还能有机会为国际中文日贡献一份力量，尤为激动。

在“云”访多彩中华文化活动中，很开心能够作为“小助理”跟老师一起策划活动内容。从活动初期的框架，到每一版块的人选确定，到每一个脚本的细化，再到形象设计等，老师严谨认真又充满热情的工作态度深深感染着我，“一定要努力办好这次活动”的念头每天一大早就唤醒我投入工作。在活动筹备期间，学院给予我充分的信任和帮助，在遇到道具困难时，及时帮我们沟通、协调、借用，解决了我们物资上的难题。我既做脚本策划，又做活动展示，也做活动主持，需要与多位本科生、硕士生、留学生沟通服饰搭配和妆造设计，并且需要协调大家参与排练的时间，每天忙忙碌碌却感到前所未有的充实和快乐。因为部分同学课程较多，乐器组的同学常常放弃午休时间前来排练，下了晚课后又练到知新楼锁门。留学生小伙伴们都十分给力，从收到脚本开始就认真熟读、背诵台词，录制时能够饱含深情地演绎文化场景，让我们倍感惊喜。今天下午看到视频时，之前每一天的进度细节历历在目，在激动之余，更多的是感动，被每个人点点滴滴的努力与帮助深深感动。

在“世界青年说”特别论坛中，我作为嘉宾与七位本专业的前辈和友人一起分享了国际中文教育教学不同领域学习与实践的经历与心得。大家对国际中文相关事业的热情与责任感、使命感如同我们专业道路上的点点星光，每个人深爱着、践行着自己对中文的初心和使命，照亮了学弟学妹们对专业未来发展的憧憬。四位留学生的中文学习经历令人敬佩，他们的青春记忆因为与中文结缘而闪闪发光。窦敬壹学姐创新探索中文智慧教学新路径的开拓精神，松松学长扎根中文教育的广阔视野与深刻见解，梦晨学姐丰富多彩的海外志愿经历，再次拓展了我对国际中文教育事业的认知。我跟大家分享了我在泰国孔子学院的文化教学经历与源于汉服兴趣的文化类系列微课制作过程，希望能够为学弟学妹们之后的选择和研究提供一些参考与借鉴。我一直记得徐超教授的话——“掘井必至清冽深”，热爱的事情总会闪闪发光。

在今天上午与斐济逸仙中学的语言文化交流活动中，我同斐济中学生直播互动，向他们介绍了中国传统服饰、拜师礼、功夫乌龙茶的冲泡方式等，琳琪学妹和欣涛学弟的“无声”配合让我们的直播展示圆满成功。这是我第一次几乎脱稿用中文、英文直播介绍中国文化知识，直播开始前我一直焦虑，担心自己发音不准、英文表达不流畅的问题，但当我看到屏幕前的同学们积极举手互动、纷纷起身“正冠肃立”同我一起行拜师礼时，我的紧张感逐渐消失，之后的茶艺解说便逐渐轻松活泼起来。这是一次难忘的“教学技能”挑战，我却也收获了满满的成就感。

今晚，国际中文日系列活动逐渐落下帷幕。坐在电脑前，回顾近两周以来的照片、视频和微信消息，最让我感到温暖的就是学院的人文关怀。活动中，学院老师们的支持、宣传、鼓励，都如同山大校园里的春日暖阳般温柔，让我更加深爱国际教育学院这个温暖的大家庭。我相信学院的每一位校友，都会因为有这样坚实的后盾，在未来的道路上迈出更坚毅的脚步，追随自己热爱的事业。

披星戴月，奔赴山海，交流互鉴，五洲同行。中文，共筑美好未来。

作者：国际教育学院2019级硕士研究生　刘玉彬

4月21日　星期四　晴

户外合唱课参加者·牛玥心

肩上背着书包，手里拿着早餐，我们漫步在校园的小路上。这一路，我们能看到春天的来临，能闻到校园的花香，能听到河水的流淌，能感受到春风的温柔，透过手指仿佛也能触碰到那一抹温柔的春光。

早上8点，大家陆续来到上课的草坪上，迎着朝阳，伴着绿树和花草，以这节浪漫的合唱课开始新的一天。“一日之计在于晨，一年之计在于春”，而我们的户外合唱恰好在这美好的春日的清晨。

我们的合唱课可不只是一节简单的合唱课，大家需要做的也不只是唱歌。孔南老师会为我们设计许多有意思的环节，让课上的我们很自由、很放松，让我们可以随音乐尽情舞动，感受音乐和大自然带给我们的美好。

我们这种特别的上课氛围，经常会吸引许多路过的人驻足观看，大家都会不约而同地拿起手机记录下这节有趣且美好的合唱课。不仅如此，我们还吸引了一位外国语学院的同学加入这节户外合唱课。

我喜欢孔南老师为我们选的作品。“如果明天就是下一生，你将如何度过今天?”这是我们合唱曲目《如果明天就是下一生》的一句歌词。

我们每个人都不知道下一秒会发生什么，也不知道明天需要面对什么；我们的生活有了更多的不确定性。我们能做的就是过好当下的每一分每一秒，珍惜身边的亲人朋友，不留遗憾地度过我们的一生。“我用温暖守护生命，让浪花留了痕。”这也体现了医务工作者对我们无声的守护，是他们无私的付出，才让疫情得到了迅速控制。

如果这首歌是我对疫情防控的感悟，那么《我喜欢》就表达了我对疫情结束的期盼。“我喜欢暖冬的太阳，我喜欢初春的青草，我喜欢午后的庭院和一旁发呆的秋千。”因为疫情，这些原来看似平常的景象对于一些在隔离中的人们来说也变得遥不可及。“我喜欢八月的夜晚还在营业的游乐场，我喜欢热气球飞上西边的天空，我喜欢每一朵暮云，每一株绿树。”这一切对于现在的我们来说还是奢侈的。每次唱到这首歌，我的眼前就浮现出疫情结束、阴霾散去的场景，仿佛我已经敞开了怀抱迎接我喜欢的一切。

现在的合唱课对我来说不只是一节课，它更像是失望后的一个惊喜、冰冷中的一丝温暖、黑暗中的一束阳光，大家一起用不同的音符描绘出一幅美丽的画卷。

作者：艺术学院 2020 级本科生　牛玥心

4月22日　星期五　晴

威海校区学科建设与研究生教育办公室
工作人员·邬　迪

千淘万漉虽辛苦，吹尽狂沙始到金。随着最后一名学生的录取工作结束，威海校区2022年度硕士研究生复试录取工作终于画上了圆满的句号。虽然负责此项工作已是第五个年头，但回首这一个月以来的线上复试录取工作，我内心久久不能平静，感触颇深。

3月上旬，威海突发疫情，整个城市按下了暂停键，为2022年度研究生复试录取工作带来了前所未有的严峻挑战。学科建设与研究生教育办公室在学校党委、招生委员会、疫情防控领导小组和研究生招生工作领导小组领导下，结合威海市疫情防控形势和校区实际，第一时间响应和部署研究生复试工作，重点针对教师居家线上复试这一新挑战精心组织、精准施策、精细服务，在确保安全性、科学性、公平性的基础上，统筹兼顾、精准施策、严格管理、强化责任、科学选拔，全力协助各招生单位做好疫情防控形势下研究生复试各项工作，保障了工作的顺利进行。

科学谋划，精心组织。校区第一时间制订了《山东大学威海校区2022年硕士研究生招生考试复试录取工作方案》，成立了校区招生考试复试录取工作领导小组。同时，为加强各部门间的联动，校区还成立了考试安全突发事件应急处置工作领导小组，明确了各单位职责及任务分工，以应对全新复试录取模式下可能出现的各种突发情况的应急处置。我们积极协调各招生单位，加强部门间信息沟通，建立协调联动机制，建立应急保障机制，共同做好疫情下复试准备和防范处置工作。

多措并举，精准施策。3月下旬，在威海市疫情向好，但不确保在复试期间可以解封的形势下，我们第一时间形成多种预案报上级审批，并组织各招生单位提前做好多种准备和预案。同时，我们对各招生单位研究生复试录取工作进行专项督导检查，要求各招生单位认真开展工作自查。3月25日，鉴于威海市疫情防控形势，校区最终决定复试工作在线上进行。针对研究生复试前期准备工作的复杂性和特殊性，我们对各招生单位进行了线上培训，从组织机构、复试安排、试题命制、人员选聘、流程优化、安全保密、培训指导等方面对复试工作进行讲解，传达复试工作要求，梳理线上复试工作流程，强调线上复试工作重点和突发情况处置办法。我全程参与、协助各研究生招生单位在正式复试前面向全体考生以及复试工作人员开展多次实战演练，针对演练过程中发现的问题提出意见和建议，确保整个复试过程的安全、规范、有序。

坚守岗位，精细服务。此次疫情发生后，我立即与校区各研究生招生单位进行沟通，要求各单位在网站上公布居家办公人员的电话、电子邮箱等联系方式，以畅通联系咨询渠道，及时为考生答疑解惑，做好政策宣传工作，确保复试工作顺利推进。鉴于疫情下个别考生的特殊情况，我们加强对特殊考生的关爱帮扶，妥善为其安排复试环境，坚持以考生为本，切实为考生提供人性化关怀和全方位服务。

一路走来，已从春分走到了谷雨。雨生百谷，播种忙碌，精耕细作，累累收获。天下大事，必作于细。秉持“精心、精准、精细”的工作理念，怀揣“日日精进、久久为功”的信念，我将全力以赴做好接下来的每一项工作。

作者：威海校区学科建设与研究生教育办公室工作人员　邬　迪

4月23日　星期六　晴

“阅读一小时”活动组织者·郑致静

为了迎接4月23日“世界读书日”，图书馆策划了一系列的文化活动，在一校三地九个分馆分别开展与推进。

我在青岛分馆开展其中的“阅读一小时”活动时，觉得不如把活动扩展成读书分享会，让不同读者分享自己的读书心得与感悟，把“独学”变为“共读”，让有趣的灵魂互相交流与碰撞，兴趣相同的人互相启发、兴趣不同的人互相补充，岂不妙哉？

为了严格遵守防疫政策，我们的活动没有过多宣传，仅分享在了几个读书群里。活动开始前我有点忐忑，既怕来的人太少起不到活动效果，又怕人太多造成聚集。庆幸的是，我们的读者仿佛猜得透我的心思，活动开始时，陆续来到会议室的读者恰好16位，符合隔座就位的要求。

来自校区六个学院的16名读者，又恰好是8名研究生、8名本科生。大家彼此并不熟悉，但当话题涉及读书时，气氛便顿时热烈起来。同学们不仅分享自己读过的书，还畅谈自己在书里得到过的心灵滋养、通过读书改掉的不良习惯和匡正过的人生目标。有同学说，读了《娱乐至死》一书，自己戒掉了爱刷小视频的习惯，几乎摆脱了对电子产品的依赖；有同学说《非暴力沟通》让自己的性格变得温和柔软；一个自称有阅读障碍的同学推荐《偷影子的人》，立即引起另一位同学的共鸣，遥相击掌；政管学院的一位男生推荐《大国大城》，刚阐述完自己的感想，立即有位法学院的女生反驳，双方就书中涉及的“城镇化”“公共服务”等内容辩得不亦乐乎，其他读者听得如痴如醉、大呼过瘾；正在写论文的同学推荐了《教授为什么没告诉我》，让同样为写论文而苦恼的同学如获至宝。

当一位身材瘦小、衣着朴素的女生在谈到自己喜欢的书时，语言流畅如溪水一样潺潺流淌，双眸散发的光亮，让我想到了那句“腹有诗书气自华”。是的，当一群喜爱阅读的人一起讨论时，他们思想的火花碰撞闪耀，互相交汇时散发的能量，才真的称得上“聚是一团火，散作满天星”。四月的校园极美，但最美的还是这些喜爱读书的人。

快乐让时光变得短暂，本来预计一个多小时的活动持续了近两个小时，大家还意犹未尽，这也让我坚定了继续组织此类活动的信心。如果说读书是精神进食，那么读书会便是精神的聚餐，我愿意为校区读者组织更多这样的心灵聚会。

作者：青岛校区图书馆工作人员　郑致静

4月24日　星期日　晴

齐鲁医学微电影《寻》工作人员·房　超

好多次被问道：“我们的微电影什么时候能上线啊？”“我也满心期待。”每次我都这么回答。作为一名从微电影立项拍摄到组织策划、拍摄及后期制作全程跟进的工作人员，这一年，我见证了她从无到有的每个成长瞬间，也在一次次的精雕细琢中如同爱一个孩子一样爱上了她，对她的未来充满憧憬。4月24日，当我们齐鲁医学院首部宣传微电影《寻》上线被朋友圈刷屏，当推文在短时间内阅读量迅速破万，当《人民日报》客户端、光明网、中国新闻网等纷纷转载，当天南海北的观众们校友们纷纷留言抒发大爱之情时，回想起《寻》的诞生，我百感交集。

最深的感触首先是感动。学院决定拍摄微电影后，我们在脚本的制作上费了很大的精力，不是缺乏素材，而是太难抉择。齐鲁医学百余年薪火相传、生生不息，涌现出太多感人的故事和鲜明的人物，如同一颗颗璀璨的明珠，在历史的沧海中等待我们去采撷。重温齐鲁医学的峥嵘岁月，与医学前辈展开超越时空的心灵对话，再次感受“博施济众，广智求真”的古朴与厚重，再次领悟“大医精诚”的不懈与执着，我们有着太多的感动，也更坚定了要把这份感动与更多人共同分享的决心与信心。

其次是感恩。微电影的拍摄始于去年5月初，历时一年的策划制作，得到了齐鲁医学院领导们的坚定支持，大家群策群力、攻坚克难，一起想办法，一起出思路，反复商讨，反复打磨，力争呈现精品。尤其是从微电影立项到最终上线，整个过程得到了易凡副校长的全程指导与大力支持，大到框架结构小到细枝末节，《寻》的诞生凝聚着他的太多心血与殷切期待。同样值得感恩的是，山东大学这个大家庭给了我们无限温暖，微电影在上映过程中得到了校内众多领导和部门的支持，宣传部、保卫部、后勤保障部等在拍摄上热情配合，在资源上无私援助，在建议上中肯专业，在宣传上积极高效，为微电影立体化呈现提供了极大的帮助。

最后是感谢。脚本素材收集时正值暑期，为最大限度地还原历史，我们采访了多位见证过历史的老先生以及齐鲁医学史的研究专家。他们不畏酷暑欣然应约，对我们提出的问题耐心解答，还有的老教授为我们送来了他多年潜心研究的成果，这一份份沉甸甸的希望和嘱托，我们铭记在心。影片的拍摄中，我们得到了多位教师同仁和同学们的帮助，拍摄时正逢济南多年不遇的大雪，滴水成冰的天气里，为呈现出最佳的影片效果，大家穿着单薄的演出服出镜，以非专业的身份展现出了专业的高度与素质。还有我们的制片公司，一次次打磨不惧烦琐，那句“只要对片子有提升的建议，都要修改，都表示感谢”的承诺，给我们增添了推出精品的力量与底气。

百千感触，纸短情长，《寻》是对百年芳华齐鲁医学的致敬，也是对明天的期许。继往开来，我们共同期待，齐鲁医学再启新篇章，未来更辉煌！

作者：齐鲁医学院工作人员　房　超

4 月 25 日　星期一　晴

“山岩云端自习室”线上学习打卡行动
参加者·陆昱烨

线上自习室平台里一项一项待办被划掉，手机上的倒计时转得飞快。坐在窗前，眼帘下碧绿的树叶渐渐被染上金光，从窗棂中钻进来的风由清晨的微凉变为正午的温热，继而又成为傍晚的熨帖。生活因学习而变得宁静而美好。

校园封闭管理之下，最苦恼的当是日子的枯燥与乏味。缺少了线下的课堂互动，学习的注意力难以集中，迷茫也开始悄悄弥漫在我的心间。正巧在朋友圈看到 SDU 研支团公众号推出的“山岩云端自习室”线上学习打卡活动，不由得眼前一亮。当我重回到学习本身时，躁动归于沉寂，充实替代忧思，方觉时光知味，岁月沉香。

“山岩云端自习室”将同学们分为备考屋、毕业屋与普通屋，供同学们在网络平台上选择学习并互相监督、互相勉励，在奋进求学、积极乐学的氛围中，一同成就更优秀的自己。每日同学们都可在线上自习室里进行学习计时与打卡，每晚 10 点由各负责人将截图上传到群里统计时长。在不能聚集的情况下，一起学习的快乐与收获莫过于此。

我从活动初始便参与其中，每日都能从你追我赶、良性竞争的打卡记录中看到同学们学习的热情与充满青春活力的姿态。而我也做到了静下心来，全心全意投入学习中，并没有因为疫情而无所适从。虽然活动还在进行中，但我希望当三周的活动告一段落后，我仍能像在打卡时一样，将养成的良好学习习惯保持下去。为学无间断，如流水行云，日进而不已也。

我想，生活是水，水不等于诗，水受热而产生水汽，水汽在阳光的照耀下化作七彩的虹，这美丽的虹才是诗。“山岩云端自习室”线上打卡活动起到的正是将水化为虹的效果。在物质富足的当下，精神成了不可或缺之物，一旦灵魂踯躅于荒芜的囹圄，其结果必然沦为“二八定律”中沉默的大多数，而学习，恰恰是解放灵魂的云梯。书到无穷处，笑看云起时。快乐需要我们孜孜以求，从书本中习得，而不是单调、无聊的重复每天的生活。

作为一名大一的学生，山东大学第24届研支团师兄师姐是我们的榜样，比我们有着更为丰富的人生阅历，正是知晓学习的重要性，他们才希望我们能将“学习”一词落到实处，积极乐学。研支团通过组织学习打卡活动，激励更多的同学们将时间置于学习上，与学习共生，与书本同行，以丰富的精神食粮填补灵魂之空缺。

这段难忘的学习之旅，更使我明白，在努力丰富自己的同时，我们更不应忘记自己的责任。作为新时代青年，心中的星火当同为一个中国燎原，心有热忱，与时偕行，朝霞与鹰隼齐飞，少年共中华同辉。

作者：艺术学院2021级本科生　陆昱烨

4月26日　星期二　晴

《隔离不隔爱，我在学校很好》视频拍摄者·杨甜甜

柳枝摇曳和青春的憧憬联系在一起，每一位山大学子都有和这个校园相联系的梦与记忆。我是历史文化学院的一名学生，和大家一起生活在这里，走过弘德大道的林荫，吃过食堂的饭菜，听过似懂非懂而又引人深思

的讲座，也会坐在明亮的图书馆中，奔跑在夜晚的操场里，或和朋友漫步校园来一场谈天说地的浸润之旅。

时间走到 2022 年 4 月，“同心战疫”是这个春天里的共同奔赴，疫情阻挡了我们的脚步，但却阻挡不了爱与进步。和老师学长一拍即合，我拿起手中的相机，想留下悄然挺立于春日里的好光景，想记录校园里平凡而又温暖的一天。

走进知新楼 A 座 10 楼，我看到驻守校园的学院领导、辅导员、机关老师和专业老师志愿者，他们又一次和我们在一起，线上线下，楼里楼外，白天悉心指导，黑夜平安守护；走进宿舍楼，我看到宿管阿姨、保安叔叔每天重复着室内室外不遗漏的清洁消杀工作，一丝不苟，认真周全；走进熟悉的齐园餐厅，从负一楼到四楼，每天都有着香甜的饭菜，种类多样，营养美味。

“你们只管好好学习”，这是我听到最动听的话。他们是静谧校园的温暖守护者，从雪花纷纷到春雨飘飘，这是在山大最暖心的陪伴。

相机中还出现这样一群青年，他们遵守学校防疫要求，认真完成每一次核酸检测；他们心怀“国之大者”，学习、研究不放松；他们穿起红马甲，积极投入到校园日常防疫志愿服务中；他们充满活力，将汗水挥洒在运动场、体育馆和健身房中，将笑声弥漫在校园的角角落落……春光无限好，恰与少年同。从从容面对到迎风绽放，我在他们脸上看到了山大学子该有的样子！

一帧帧，一幕幕，每一份素材都饱含温度，当我将这些片段串联起来时，所有的温暖都涌进心间。“读书不觉已春深”，校园穿梭间不经意的惊鸿一瞥，是我们穿过春风的遇见；“平芜尽处是春山”，追寻诗和远方的路上，最美最热烈的风景就在身边。视频记录着校园里平凡的一天，而这些鲜活的故事却如同汪洋里的一滴水，折射着山大精神与品格。

这是一片沃土，无论何种梦想都能自由生长；这是一块宝地，每一位学子都被悉心呵护成长。山大的美，在于楼宇花间的古朴韵味，更在于其深厚的人文关怀和兼容并包的学风。

隔离不隔爱，我想告诉大家，我在学校很好，很安心！

作者：历史文化学院2021级硕士研究生　杨甜甜

4月27日　星期三　晴

国际教育学院教师·甘　甜

“我离开中国20多年了，很多最新的流行语都没听说过了。听你的课正好也让我补补课，我和我的女儿都很喜欢你的课。”收到学生家长的邮件时，我和同事正在讨论学生们最近课上的表现。那一刻，我突然意识到山东大学的美国AP中文课程不仅为美国的青少年们提供了一个学习中文的平台，也为部分华裔学生的父母——身在海外的游子们提供了一个重新认识家乡的机会。

这是我第二次担任美国AP中文课程的班主任了。美国AP即美国大学预修课程（Advanced Placement），是由美国理事会在高中阶段开设的具有大学水平的课程。本次美国AP中文课程是在教育部中外语言交流合作中心支持下，由山东大学主办的国际中文线上课程。尽管有了第一次AP课程的成功经验，团队的老师们仍无丝毫懈怠，早早地就开始了新一轮的课程准备工作。在准备中国文化主题教学的过程中，备课组紧跟时事，结合青少年群体的兴趣爱好和上一轮教学过程中的心得体会，持续打磨课程内容。

今天是我和学生们认识的第六周。在过去的五周里，我们讨论了很多关于中国社区、中国传统文化和中国科技的话题。在介绍中国社区活动的环节，我们团队的老师拿起自拍杆现场录下了在公园跳广场舞的叔叔阿姨们的身影，叔叔阿姨们在镜头里还热情地与美国的学生们打招呼，双方在我们的中文课上完成了一场“跨越时空的对话”。在分享中国传统文化时，我们和学生们一起看汉服秀，讨论传统汉服如何在现代焕发生机。“云游齐鲁”主题课上，我们带学生们一同游济南名泉、观青岛红瓦、赏泰山日出，领略中国的锦绣山河。“科技改变生活”主题课上，我们带学生们云体验复兴号智能高铁和“冬奥专列”，探讨“樱桃专列”带来的乡村振兴和冬奥会上的各种黑科技。这种以真实语料建设教学资源的模式是我们团队的一次创新探索，力求帮助海外青少年近距离感受中国的文化与魅力。一轮轮的打磨，一次次的研讨，所有的辛苦都在得到学生、家长和同行们——美国对外汉语教师认可的那一刻化作了喜悦与自豪。

在一次课上，有学生问：“老师，我想穿汉服去参加我们学校的舞会，你知道在美国哪里可以买到汉服吗？”这让我感受到，中华文化一直在凭借其独有的魅力吸引着来自全世界的爱好者们。而我们，作为国际中文教师，不仅是中文的传播者，更是中华文化的传播者。我们也希望能够通过山东大学 AP 中文课程给海外青少年们提供一个亲身接触和体验中华文化的机会，努力讲好中国故事，传播中国声音，展示一个真实、立体、全面的中国。

作者：国际教育学院教师　甘　甜

4 月 28 日　星期四　小雨

东北亚学院本科生 · 李星润

“同学你好！来稿已收到。稿件会收入《第三届四川省韩国学学术会议论文集》，其他具体的安排请等待后续通知。祝好！”看到这封邮件时，我一颗悬着的心终于落下。

一年前，我受同学邀请参加国外媒体对中国扶贫故事报道的研究项目，有机会与来自日语、国际政治等不同专业的成员相聚一堂。在大家的一同努力下，项目“旗开得胜”，最终获批国家级大学生创新创业训练计划。一年以来，我们彼此之间一起交流、学习、进步，在拓宽知识面的同时，也锻炼了自己的学术基本功。

通过与团队其他成员的交流和磨合，我接触到了很多韩国语专业知识之外的东西。我们来自不同的专业，其他成员都是各专业的佼佼者，“术业有专攻”，彼此之间想法的碰撞、思维的对话促使我们不断前进，产生许多创意。经过彼此的交流，我学习到了许多关于国际传播这一领域的背景知识和方法论，拓宽了自己的国际视野；同时，从“中国扶贫故事”这个主题出发，我对我国的国家形象构建现状了解了更多，意识到当前增强我国国际话语权的迫切需要。更加重要的是，我们可以为国家的对外传播提出自己的思考，为国家更好的发展贡献青年力量。

诚然，学术的道路上布满荆棘。我们作为学术“小白”，在方法运用、理论分析等方面仍然存在不足和缺陷，在深层次的问题研究过程中常常举步维艰。但是，在东北亚学院各系所老师、前辈的帮助下，我们少走了许多弯路，也跨过了许多“门槛”、打破了许多“瓶颈”。正如论文中要有参考文献，我们的研究过程中也有数不尽的“巨人肩膀”助力我们攀登。

科研训练既是一场学术的提升，也是一场耐性的修炼。通过一年的学习，我获得了许多宝贵的经验，明白了不仅要坚守创新的宗旨和训练的初衷，还要秉持严谨的态度和务实的作风。青年一代是民族的希望。我还要继续“修炼”，在学海徜徉，养浩然之气。

作者：东北亚学院2019级本科生　李星润

4 月 29 日　星期五　晴

“绿创未来”环境类专场招聘空中宣讲会

主持人 · 刘　源

昨天，为了更好地服务学生就业，我们环境科学与工程学院联合环境研究院组织了山东大学“绿创未来”2022 年环境类专业专场空中招聘宣讲会，会议由环境学院研究生会就业实践部承办，我很荣幸地担任了本场宣讲会的海报设计者以及宣讲会主持人。

会议伊始，学院党委书记刘健介绍了环境学院的发展历程。他说，学院一直高度重视就业工作，受疫情影响，此次招聘会只能“云端相聚”，但环境学院会一如既往地做好企业与学生之间沟通的桥梁和纽带。随后，我负责宣讲会的流程推进，依次请各企业进行宣讲，同时收集同学们的反馈。因为参会单位众多，宣讲会分为上午、下午两部分，我主要负责上午部分的主持。我陆续向同学们介绍了济南市环境研究院等十二家用人单位，各用人单位也对单位的基本情况、发展目标、人才计划、薪酬福利体系进行了介绍，通过留下联系方式、建立招聘沟通群等方式实现与学生们的持续沟通。值得注意的是，很多用人单位中都活跃着山大往届的优秀毕业生，他们既是我们的学长学姐，也是我们就业路上的先行者、探索者，他们的就业经验以及人生建议给了我们很大的帮助。

虽是空中宣讲会，但线下会议场地仍是座无虚席，与会同学不仅有 2022 届应届毕业生，也有不少低年级的同学。虽说就业成功与否在于个人知识的沉淀与职业素质的培养，但好的平台也会提供莫大的助力。环境学院给学生们提供了良好的就业平台，也多次通过举办优秀毕业生就业经验分享交流会、简历大赛等活动培养学生对于可迁移能力的锻炼。

通过本次宣讲会，我对未来的职业发展方向有了更清晰的把握，同时，我感觉到了在国家政策方针的支持下，环境类专业的就业有了更加广阔的舞台，我们是时代的受益者，也将会是时代的缔造者。

作者：环境科学与工程学院2021级硕士研究生　刘　源

4月30日　星期六　阴

文学院学年论文一等奖获得者·宋怡琳

4月的最后一天，山大文学院一年一度的学术盛会——学年论文报告会，在老师和同学们的共同努力之下顺利落幕。虽然受疫情影响，报告会仅能以线上形式举办，但是大家的学术热情依旧高涨。同学们的论文提交量逐年递增，所提交的论文也都质量颇高。报告会邀请了马文、张红军、张树铮、刘林、程相占、李剑锋、黄发有、孙学堂、李开军、丛新强、马兵、吴柱等学者担任评委。每位同学的报告结束后，老师都会进行细致深刻的点评，肯定论文的可赞可取之处，同时也为同学们指明进一步完善的方向。

岁月如梭，今年是我在山大文学院的第四个年头，也是第三次参加学年论文报告会，但却是第一次作为博士参会。有幸得到老师们的认可获得一等奖，对我来说是极大的鼓舞。一方面，学年论文报告会可以培养同学们的问题意识，让大家能够在阅读中发现问题、解决问题，提高学术论文写作能力，同时提高大家整合梳理论文要点从而流畅表达的能力；另一方面，可以让同学们通过其他人的报告了解本专业的研究热点，学习和借鉴他人的研究思路和研究方法。此外，在研究生阶段，大家大多只专注于自己的研究领域，而学年论文报告会汇集各专业的论文报告，也可以开拓大家的学术视野。他山之石，可以攻玉。总之，在历年的学年论文报告会中，我都收获颇丰。

我的学年论文聚焦的是章丘和利津方言清入字归派方向不同的问题。学界对这一问题早有关注，但目前看到的研究成果多数都是运用传统语音学方法来观察调类和调值的变化，对于正处于逐渐消失变化中的入声来说，这样的观察还不够细致。经过与岳老师的多次讨论，加之受到刘文老师关于声调感知论文的启发，我们决定将传统语音学与实验语音学研究方法相结合，对这一问题展开研究。

在论文的写作过程中，我遇到了重重困难：实验难设计、疫情影响调查进度、实验数据与预期不同、论文完成的关键阶段因为一些原因情绪很差等。岳老师一次又一次不厌其烦地和我一起讨论，为我理清了研究思路；更是用他的阅历和经验，让我得以快速摆脱困扰，全身心投入到学术中来。能在研究生阶段遇到这样一位导师，实属我之幸事。

春归大地天渐暖，虽然当前济南的疫情还未完全消散，但困难终将被克服，未来总是值得期待。愿大家在这个春天均能：所得皆所期，所失皆无碍！

作者：文学院2021级博士研究生　宋怡琳

5月1日　星期日　晴

临床教授体系遴选工作人员·李　畅

2022年度临床教授体系遴选和医学突贡评审会结束时，我踏出齐鲁医院共和楼的大门，抬头看看久违的蓝天，长长地舒了一口气。校园封闭管理与居家办公给这次遴选工作带来了前所未有的困难与挑战。回首这一个月，各项工作从手忙脚乱到有条不紊，再到现在疫情防控常态化下各项事业的有序推进，我的心态也慢慢稳定下来。校内校外同事协同联动，让我对学校取得疫情防控胜利和事业发展都充满了信心！

校园封闭管理的四月，是医学人事人才工作繁忙的四月。疫情防控的同时，人事工作也必须高质量完成，临床教授体系遴选、医学突贡专家和护士节优秀典型推选等，几项重要专项任务必须在五一假期前完成。

3 月 30 日是齐鲁医学院人事人才办公室发布 2022 年度临床教授体系遴选通知的第二天，一早，学校通知校内全面实行封闭管理，校外老师居家办公。作为管理岗的我，既要完成人事人才办公室的本职工作，也要出勤校外工作组接送学生外出就医的任务；作为两个娃的妈妈，不仅要照顾孩子们的学习情绪，还要照顾他们的饮食起居；作为控制学院刘老师的爱人，更要兼顾他的科研及教学工作。突如其来的一切，让我每天处于手忙脚乱之中，心态也一度崩溃。以前在校内，我和同事们团结一起肯定能顺利完成工作，但是现在，面对校园封闭和各项疫情防控要求，如何按时、安全地收取校外申报材料，如何协同组织专家和职能部门复核，如何让校内领导实时掌握申报情况，如何开展校内外专家线上评审，如何统计选票……各项环节的实际挑战让我内心久久不能平静，产生了焦虑和紧张的情绪。

经过几天的调整，我终于慢慢适应，并逐步学会如何安排好疫情防控、完成工作任务和履行家庭责任。白天接送外出就医的学生，顺便去校外工作组办公点收取临床教授体系的申报材料，晚上处理办公室日常工作，截至 4 月 15 日，共收到来自附属医院和教学医院 215 份申报材料。为了提高效率，我反复研究申报条件的核心要点，设计共享审核表格项目，以减少重复工作；之后组织专家建立线上审核工作群，并按岗位、类别及单位对申报材料进行编号，把电子版按分工发送给审核小组成员，校内校外线上线下同时对申报材料进行复核。对于工作中的困难，校内的领导和同事会实时和我联系，配合有序，快速推进。

离评审会的日子越来越近，压力也与日俱增。我白天联系各单位补交证明文件，晚上等孩子们安睡后，全身心投入的工作时间才真正开始。感谢我的先生每晚陪我分类整理汇总资料，紧张的复核工作持续了 10 天，最后几天凌晨 1 点前没有休息过。不过相信校内同事也一样，我随时和校内领导同事联系，都能得到迅速回复。

因为涉及十几家医院，申报的医生都很关心，专家必须进行充分讨论，为了实现评审最优效果，我们研究确定了校内校外同时设立会场，通过线上投票的方式进行评审。最后终于在医科人才工作专家组遴选评审前，圆满完成了复核任务，共评选出 131 位临床教授及副教授。

千淘万漉虽辛苦，吹尽狂沙始到金。校内校外高效联动，线上线下有序分工，使得本次临床教授体系遴选工作完美步入尾声，后续服务工作也在有条不紊地进行中。疫情、封闭管理、居家办公不能阻挡我们前进的脚步，近期“5 · 12”护士节典型推荐工作也紧张开展起来。

愿疫情早日散去，回归正常；愿山河无恙，人间皆安！

作者：齐鲁医学院人事人才办公室工作人员　李　畅

5 月 2 日　星期一　晴

“毕业班经验分享活动”参加者 · 潘佰春

5 月 2 日，“喜迎党的二十大宣讲会”“毕业班党员经验分享活动”在学长学姐们的引领下有序进行。此次宣讲会鼓励我们立足自身，勇于承担自身责任。学长们的学习经验分享指引着我们前进的方向，为我们答疑解惑。

活动第一部分中，学长为我们讲述党的二十大的时代背景。我们已经实现了第一个百年奋斗目标，现在又要开启全面建设社会主义现代化国家的新征程。党的二十大对国家的发展十分重要，我们要以严肃认真的态度去对待，做到圆满完成大会各项任务。为迎接党的二十大，党中央开展“关于党的二十大相关工作网络征求意见”工作，融入广大人民的力量，不断推进全过程人民民主。此次大会的召开，将凝聚党和人民的力量，为实现第二个百年奋斗目标全力以赴。

活动第二部分是由毕业班党员为我们分享他们的学习经验。学长们为我们讲述了他们的学习经验，鼓励我们稳扎稳打、踏实学习。面对课程多、难度大等问题，他们建议我们多问、多看、多思考，认真学习，以饱满的姿态应对考试。此外，学长们还为我们详细讲述了推免的相关政策以及考研的相关准备，鼓励我们从各科的学习入手，查找相关资料，认真督促自己；为我们讲解了辅修相关事宜，让我们认真对待，仔细思考，慎重选择，这对现在的我们来说具有很大的帮助。活动最后，学长们还为我们讲述了职业规划，无论是升学还是就业，我们都需要拥有过硬的技能，这就需要我们在平日里的学习生活中认真努力，成为一个优秀的人。所以，奋斗无处不在，我们要从日常的学习开始，为未来的道路做好准备，迈向理想的新征程！

作者：能源与动力工程学院2020级本科生　潘佰春

5月3日　星期二　晴

国际教育学院本科生·张铭心

今天是我进入淄博市高青县李官方舱隔离的第二天。不同于昨日凌晨被通知隔离时的慌乱无措，我现在的心情十分平静，而这份平静来源于在整个转移隔离过程中默默奉献的人们，是他们给了我足够的底气与安全感。

因为前一晚睡得很踏实，早晨6点，我便醒了，却没想到此时负责核酸检测的工作人员早已穿戴好整套防护装备，准备为我们进行核酸检测。方舱里的温度几乎与室外一致，清晨还让人觉得寒冷，从十点开始就热了起来。方舱服务群里开始有同学反映空调没有遥控器的问题，负责人郭勇老师针对每一位同学提出的问题都进行了耐心的答复。一个多小时后，空调的遥控器便陆续送到同学们的手中。下午两点正是最热的时候，穿着防护服的“大白”们仍在为同学们提供着服务。吹着空调的我无法想象，30多度的气温和炎炎烈日下，那一身不透气的防护服内是怎样的难耐，而路过的工作者向我挥手的样子是那样欢快，我却因此红了眼眶。

件件有着落，事事有回应——这是隔离中的我切实感受到的：中午有同学反映吃不惯馒头，晚餐中就出现了米饭；有同学反映水不够喝，一大桶水马上送到；我收到的饭菜永远是热的，那手心里感受到的温热，是人情的温度。作为学生，我们能做的是配合安排，加强自我管理，但不能忘记此时的一日三餐、岁月静好，是有人为我们负重前行。一首小诗，送给奔波在方舱之间的“大白”们：

大白

他们都叫“大白”

隔着一层护目镜

我看不见他们的眼睛

但我能清晰地听见他们的声音

或清亮，或沙哑
或温柔，或有力
或欢快，或沉稳
大白负责实现小窗子里的愿望
他们走得很慢，背影圆乎乎的很可爱
可是这厚厚的防护服里藏着多少汗水
我也看不见

致敬每一位在疫情中为我们带来阳光的工作者，防护服隐去了他们的身形，他们却消解着我们的不安。致敬学校和学院的老师们，除了在外面奔波的“大白”，许多老师都与我们一起隔离在方舱，给予同学们精神上的关照。也致敬每一个在隔离间中向阳而生的同学，毗邻而居的同学们用丰富多彩的线上活动为隔离增添乐趣。这一桩桩一件件的“小事”都在告诉我：“你不是一个人，我们在一起。”

作者：国际教育学院 2021 级本科生　张铭心

5 月 4 日　星期三　晴

五四青年节活动参加者・曾怡玮

今天是五四青年节，我们在方舱隔离中共同度过了这个节日。

自出现疫情以来，山大人以冷静、果决的态度沉着应对每一次未知的挑战。我们收拾行囊奔赴德州，走进这座有着厚重历史的城市。相较于刚启程时面对未知的恐惧与担心，如今的我们在医护人员的关心与老师们的帮助之下逐渐找到了平稳的生活方式。每天起床开门就能见到防护面罩下盈盈的笑眼，耐心地指导我们克服采集鼻拭子的不适；“大白”们定时送来热气腾腾的饭菜与必要的生活物资，甚至还能为寿星们准备惊喜小蛋糕，和大家一起合唱生日歌。我们虽然离开校园，但依旧能够正常地上课休息；虽然住在独立的单间，互相关爱却没有被隔离。

在今天这个特殊的日子里，学校邀请德州市委党校党史党建教研部孙建老师为大家线上讲解德州的革命文化。孙老师分别从冀鲁边区概述、冀鲁边区抗战史、冀鲁边区抗战的地位作用等多个角度系统地为我们讲解了德州在抗战期间的情况。在孙老师细致的讲解与分享中，我仿佛回到了抗战年代，体会到青年力量对于中华民族的非凡意义。

紧接着，班级团支部以“五四青年节”为主题，以线上会议、观影等多种形式，打破隔离的界限，向大家展示建团百年来热血青年的奋斗史。我们都被真实的史料与改编的影视作品所打动，更被当时青年的智慧与担当所折服。团支部也创新性地提出视频传递的方式，利用现有的设备给“大白”们拍摄、剪辑感谢短片，以微薄之力感激在战疫过程中默默付出的人们，希望我们能够在特殊时期相互支持、共同攻克难关。

随后，学院组织大家一同观看了 CCTV 1“奋斗的青春”五四青年特别节目。我们通过歌舞、短片、文字讲述等多种形式了解各辈青年在历史长河中的突出贡献，更深入地理解他们在中华民族伟大复兴征途上的担当作为。

我们虽然被局限于方舱的一隅之地，但我们能够通过各种形式表达青年的所思所想，奋进的脚步不因隔离而停歇。时光不老，奋斗不止。吾辈当志存高远，书写大美复兴华章。

作者：管理学院 2020 级本科生　曾怡玮

5月5日　星期四　晴

毕业班经验分享活动参加者·刘思远

温度逐渐攀升，在五月的天里，风儿也慢慢变得火热。柳絮在兴隆山的校园内肆意纷飞，时而飘落在青砖小路，风起后又翻腾起，滑过往来学子的衣衫，再随气流一再升起，最后归于绿茵草地。昨天傍晚时分，打过饭，我想着晚上的活动，脚步逐渐轻快……

晚上 8 点，我们的毕业班党员分享活动正式开始，多名学长分别从夏令营、保研、考研等多个方面，以过来者与朋友的角度和我们展开交流，使我受益匪浅。

学长们的讲解都细致入微，仅是夏令营方面就从准备材料、推荐外校、时间线、面试技巧、面试经历等多个部分深入讲解。有一名学长罗列出了他在面试时考官问的一些问题，其中令我印象最深刻的是“一个矿泉水内有水汽，利用流体力学知识回答如何排除水汽”。流体力学作为我们能源与动力工程专业的专业课之一，我一直以来都倾向于认为它是阳春白雪，需要十分强大的理论知识支撑才能掌握明白，而且认为解决的可能都是与宏大项目有关的问题，却没想到它也能与我们的生活息息相关。这也提醒了我，专业课的学习不应该只停留在书本和习题中，还应该深入到我们的生活中。

在学长们的分享中，我从侧面感受到英语的重要性，而对于英语水平的评定也不应只停留在试卷与日常对话中，还应包含我们的专业知识。我也更加下定决心，要加强对英语的学习。

一位学长 PPT 中的一句话令我十分感动：“你们已经经过了大大小小的考试，相信通过你们的努力，也会通过这次普通而又重要的研究生入学考试。”是的，考试确实都是普通的，其实学习中的每一件事都普通而微小，但就是这些小事，构成了我们书写未来的画笔，成为我们未来生活中最坚实的后盾。

作者：能源与动力工程学院2020级本科生　刘思远

5月6日　星期五　晴

疫情防控留守教师志愿者·王鑫煜

荷风送香气，竹露滴清响。立夏时节悄然而至。在校园封闭管理的日子里，对时节的变化也少了一些敏锐。往昔喧闹的校园好似一座“孤岛”，隔绝的不只是病毒，还有热火朝天的人间烟火气。作为学院疫情防控志愿者，我义无反顾收拾好行囊，打包丢进办公室，与其他留守老师们一同抵抗这场没有硝烟的“战役”。

在校园封闭管理期间，活动范围的缩小、生活作息的转变、与家人的隔离的确给自己的生活带来了或多或少的影响，但是我时刻都能感受到山东大学对师生生活和心理方面的重视，看到了学校多举措、多方位为留守教工和学生的细心考虑。因疫情期间采取线上授课方式，师生之间面对面沟通交流减少，为搭建起师生沟通桥梁，学院开展本科生导师“五个一”关爱学生活动，让我们教师更好地发挥了学术引领作用。我也受邀为能动学院本科生作了一期赋能讲坛，就我所研究的课题“有机电子器件微纳尺度热输运”给学生进行知识普及，活动得到了众多学生的积极参与，有效拉近了我与学生们之间的距离。此外，昨天李术才副校长为能源与动力工程学院全体教师作专题辅导，系统分析了新一轮国家重大科技创新布局，鼓励老师们深度思考如何将科研与国家“双碳”战略有机融合，使我更加明确了学科发展方向和建设重点，对未来项目的申请和学术研究的开展更具信心。

学校对师生的关怀不仅仅是注重群体，更是事无巨细地落实在个人。今天吴臻副校长特地来到我们学院走访，仔细询问我最近的生活和工作情况，谈到了疫情结束后走出校园、走向国际去开阔学术视野的愿景，我感到无比温暖，并受到了强烈的鼓舞。校领导的暖心到访让我深刻体会到学校对于我们青年教师的珍视，一点一滴、一举一动的关怀，让我对山大力量坚信不疑，它总能在我困顿之时平息焦躁并指明方向。近期我学习了习近平总书记到中国人民大学考察时的重要讲话精神，感受到了习近平总书记对于青年人的殷切希望和谆谆嘱托。在疫情肆虐的严峻时期，作为新时代高校青年教师，我们更要快速成长，义不容辞地在自身岗位上发光发热，反哺学校乃至国家。

虽然我们的校园暂时封闭了，但是这座“孤岛”并不孤寂，因为它有一个个激昂奔跑、肆意跳动的青春，有一天天三点一线甘于寂寞的自我沉淀，有一句句“我在山大挺好的”的乐观从容，有山大速度和魄力，有学校领导的温暖慰问和防疫工作者的不辞辛劳，有全体师生凝心聚力的决心和坚持。我会继续做好本职工作，守护着这片净土，相信最终会拨开云雾见天日。

作者：能源与动力工程学院教师　王鑫煜

5月7日　星期六　晴

苏州研究院工作人员·钱　晨

今天是平凡的一天，当阳光投向大地的那一刻，我像往常一样，在独墅湖畔、星湖街边、若水路上，与各位同事温暖相遇，开始新一天的工作。

今天也是不平凡的一天。2012 年 5 月 7 日，苏州研究院揭牌成立。2022 年 5 月 7 日，研究院建院 10 周年，同事们在欢声笑语中，共同为研究院 10 周年庆生，共同祝福母校的明天更加美好。

回忆起 10 年前的今天，我拿到人生的第一份 Offer（录取通知），怀揣着一颗激动的心，购买了一张南飞的机票，从山东大学千佛山校区出发，开启了崭新的人生旅程。

9 年前的今天，我带着回报母校、服务家乡的想法，也承蒙领导、同事的厚爱，有幸加入苏州研究院大家庭。正如离家的游子，终于回到魂牵梦萦的故乡，我也终于回归温馨的山东大学。

苏州研究院是一个活力满满的集体。十年间，志同道合的我们，怀揣梦想，带着山大人的自豪和荣光，相聚在一起，为了共同的理想和未来，互相支持、相互鼓励，亦师亦友、并肩奋斗，仰望星空、脚踏实地，心怀诗与远方，成就美好的彼此。

作为研究院发展规划办的一员，每日工作看似普通而平凡：对接校内团队、联络合作企业、策划双创活动、构思科创平台……但努力就像是光点，看似平淡，历经点滴积累，终能熠熠生辉。在学校的支持和院领导的带领下，可爱又可敬的同事们在一起共同努力，获得了一项项成绩：从国家级众创空间，到国家一流本科课程；从江苏省众创孵化载体十强，到苏州市十佳科技服务机构……我们心中的自豪感油然而生。

十年风雨兼程，十年青春如歌。回首往昔，我们感到自豪；展望未来，我们满怀希望。就让我们以饱满的热情、积极的状态和科学的方法，精耕细作，认真努力做好每天的工作，在平凡的工作岗位，共同成就在苏州的山大人不平凡的梦想。

作者：苏州研究院工作人员　钱　晨

5月8日　星期日　阴

“Coffee Time 院长读书会”组织者·常晓梅

回想周五举办的 Coffee Time 院长读书会活动，作为组织者，活动至今令我印象深刻。

Coffee Time 学术与文化交流系列活动是联合理学院 2021 年创办和着力打造的特色常规性活动，面向联合理学院全体师生，通过线上、线下相结合的方式开展，旨在加强山东大学和澳大利亚国立大学两校师生之间的交流与互动，增进同学们对海外文化与留学生活的认知与理解，营造浓厚的国际化学术与文化氛围。活动目前已举办了八期。本期以世界读书日为主题，邀请学院三位院长与大一学生分享读书与人生成长的故事，解答学生读书路上的疑惑，在轻松愉快的气氛中和学生交流互动。恰逢今年首届全民阅读大会举办之际，习近平总书记向大会致贺信，贺信指出：“阅读是人类获取知识、启智增慧、培养道德的重要途径，可以让人得到思想启发，树立崇高理想，涵养浩然之气……希望全社会都参与到阅读中来，形成爱读书、读好书、善读书的浓厚氛围。”贺信充分体现了党中央对推动全民阅读、建设书香中国的高度重视。学院举办本次活动正是落实习近平总书记的重要指示精神，加强阅读引领，培育阅读风尚，推动学院师生阅读走向深入、增强实效的举措。为此，我心里不禁有些小紧张，感到责任在肩。

作为受邀嘉宾之一，我在活动中和同学们分享了自己翻译并由外语教学与研究出版社出版的一本世界文学名著《德伯家的苔丝》和一段英国访学的经历，就文学作品与英语学习、理科与文学等关系谈了一些个人想法。学生们看上去很感兴趣，听得很入迷，对于另外两位院长的分享，以及谈到人生感悟、价值观、个人学业和职场发展等也都非常认同，气氛活跃和谐，听众中不时传出此起彼伏的笑声和赞同声。学院党委书记梁奉军高度关注本次活动，通过腾讯会议于线上参加了活动。事后听他说，在多个教室里，学生们集体线上参与，聆听院长们的读书和人生故事。这令我喜出望外，备受鼓舞。

在随后的师生互动环节，同学们踊跃分享自己的读书心得和方法，以及在校学习近一年的体会和收获。从他们的发言中，我看到了有思想、有态度、有行动的青年一代正在成长，他们身上彰显着青春蓬勃的力量，完全没有“佛系”“躺平”等标签的痕迹。他们奋勇向前，追求卓越，他们将是不负众望、独当一面、勇担大任的强国一代，我不禁为此感到欣慰和自豪。

不知不觉已经到了中午 12 点，活动在最后一个环节——学生扫码荐书“你最想读的两本书”中匆忙结束了。看到学生们带着意犹未尽的表情不舍地散去，我下定决心要继续扎实办好 Coffee Time 品牌活动，为更多的学生提供机会，使其在学术与文化的交流中快乐学习和成长，更加自信自强地走向社会、走向未来。

作者：澳国立联合理学院副院长　常晓梅

5 月 9 日　星期一　多云

方舱云端婚礼参加者 · 李欣泽

夏山如碧，夏水如蓝。当初夏的第一场雨在云烟氤氲中从天空袭来时，我期待已久的婚礼也如期而至。过去，我曾无数次在脑海中憧憬过自己婚礼时的场景，但从未想过我们的婚礼是以这样特殊的形式举行。

我和胡成在山大相识相知、相恋相许。我们一起看过山大的日升日落、云卷云舒。棠棣皓雪，曲水亭榭，山大校园里的每一处风景都是我们爱情故事的见证者。时至三月底，婚礼的筹备工作已然到了最后的阶段，婚礼也在我满心的期待与喜悦中悄然临近，但是济南市出现的疫情却让现场婚礼变得遥不可及。面对突如其来的疫情，我们面临着筹备婚礼和防疫志愿工作的抉择。有大家才有小家，在疫情防控的关键时期，作为党员和青年教师，我们一致决定与其他教师和疫情防控志愿者一起坚守疫情防控的第一线。临近婚期，我与经济研究院的老师和同学们一起来到了高青隔离点。在学校领导的关心、淄博工作组临时党委的关怀以及防疫工作人员的帮助下，我们能够以云端婚礼这样一种简约而又完美的形式，在2022年5月8日如期举行线上婚礼。我们的爱情也因此刻彼此共同的牵念而更加刻骨铭心，使我们更加坚信爱不延期。

昨天，郭新立书记和樊丽明校长也在百忙之中抽出时间参加了我们的婚礼，为我们送来了珍贵的新婚祝福。同时，两位领导也勉励我们继续弘扬中华民族美德，发扬新时代山大精神，在生活中互相支持，在工作中牢记使命，共创生活的甜蜜、事业的辉煌。校领导暖心的祝福让我们感受到了学校的悉心关怀。我们也决心继续坚守岗位，为学校的疫情防控和“双一流”建设贡献一个小家庭的力量。

山大既是我们求知问学的神圣学府，也是我们收获爱情的牵丝红线。在山大求学时，我们始终牢记和秉承“学无止境，气有浩然”的山大校训；新时代的山大精神也激励着我们追求卓越、不负韶华。在成为山大的老师后，在山大“为国育贤”的精神感召下，我们继续为培养更多的优秀学子而努力。同样，也是在山大，我们同各位学子都经历了相信光、追逐光、成为光、散发光的人生蜕变。一路追光的人，也是不断发光的人。未来，我们也将同全体山大人一起，继续在实现中华民族伟大复兴的光辉事业中发光发热。在方舱隔离期间，我看到了同学们始终遵守疫情防控纪律，积极配合和协助学校和方舱工作人员的防疫工作。“凡我在处，便是山大；有你在时，那便是家。”他们在隔离期间的一举一动、一言一行都展现山大学子乐观的心态、坚持的信念、担当的精神。他们不负青春，不负山大。

“从来没有什么岁月静好，只是有人替我们负重前行。”我们感恩高青县委县政府和方舱工作人员的付出。黎明前的黑暗也许会让你感到害怕，但是总有一道光会驱散阴霾照向你。正是广大的“最美逆行者”让我们相信人间值得，相信星河滚烫，相信只要憧憬光明就不会惧怕黑暗。高青让我们感受到了文化的厚度、生命的宽度、奉献的温度、瓜果的甜度，使得我们奔向幸福之路的历程顺利圆满，给了我们婚礼时刻“稳稳的幸福”。

新婚是人生的一个里程碑。一路走来，我们的成长和进步离不开父母的谆谆教诲和辛勤付出，他们把我们培养成人，一直默默地支持我们、包容我们。感谢父母教会我们为人处世的道理，让我们明白做人的真谛，让我们满怀爱和包容面对生活，满怀责任和担当迎接挑战。随着角色的转变，我们也将承担起家庭的责任，一起携手前行，奔向幸福。

在这样特殊的时期，我很幸运拥有这样一场特殊的婚礼。昨天的婚礼没有婚纱礼服，但漫天的祝福汇成了一片灿烂的花海。正因为如此，我更加珍惜这一美好时刻。最后，我们再次感谢所有人的关心、关怀、支持和帮助。愿山河无恙，让我们共克时艰！

作者：经济研究院青年教师　李欣泽

5月10日　星期二　多云

管理学院校外志愿服务团队成员·康　宁

今天，关心山大的每个人都在以自己的方式记录。中心校区师生经过有序转运异地隔离的九天，终于“载归济上”！曙光在望，但战斗并没有结束。

要科学战疫，守护校园安全，此刻仍不能放松对人员流动的严格管理。刚刚结束转运之旅，中心校区仅剩200余名教工志愿者，从今天开始，他们要共同完成万余名返校师生的送餐、送水等生活服务。教工志愿者齐上阵，从郭新立书记、樊丽明校长到学院院长，都出现在这支志愿送餐队伍当中，并肩作战，共克时艰，将热乎乎的饭送到了刚刚回家的师生手中。大家在朋友圈纷纷为这份山大担当、山大温度而感动点赞，也异口同声地表达着对送餐志愿者们的感激与心疼。我分管的新媒体中心的大二小姑娘发出的感言代表了大家的心声：“学校和方舱的爱，让我们离开和回来都是好天气。愿：初心不忘，山河无恙！”

作为学院一线的宣传工作人员，虽因小区封控驻守校外，但我在日常的新闻采编中，深感志愿者队伍的不容易，那些动人的故事至今依然历历在目。3月30日，志愿者接到学校紧急通知后，仅携带着必需的生活品进驻校园，第一时间投入到战“疫”前线，成为最美逆行者。每个清晨，他们准时碰头，最优化地配置工作内容——有的维护食堂购餐外带秩序，有的协助校超搬运大宗物资，有的认真巡查用水用电安全，有的协同消杀通风，更有人随队奔赴各城，以“辅导员”新人的角色，与学生、“大白”守望相助。今晚有幸读到了一位留守青年志愿者的战疫日记，其中写道：“看到几位老师刚下网课就冲过来加入我们送饭的队伍中，心里暖乎乎的，有沉甸甸的感动。风雨同心、齐心战疫的坚定力量应该就是现在我们的样子吧！我想像其他志愿者一样，无论早晚，不问西东，始终坚守，随时待命。只要学校有任务，只要群里有消息，必定冲锋在前，为学生亮起爱的明灯!”

这段感情是真挚的、浓烈的，我深有体会。作为学院校外志愿服务团队的一员，我曾经陪同旧疾复发的学生出校就医，回忆起半夜坐在学生的床边，看着她安心睡去的脸庞，真的觉得一切辛苦都值得。虽远不及校内志愿者工作忙碌，但作为校外志愿服务的排头兵，我随时准备着响应召唤，冲锋在前。在今天的热搜文章《亲爱的山大学子，欢迎回家!》中，我读到了这句：“每个普通人都灿若星辰，微小但释放着自己的光芒，交织成灿烂的烟火。”我想，这也是对志愿服务最美好的诠释吧。

在今天的中国共产主义青年团成立100周年庆祝大会上，习近平总书记的讲话让我心潮澎湃：“青年之于党和国家而言，最值得爱护、最值得期待。青年犹如大地上茁壮成长的小树，总有一天会长成参天大树，撑起一片天。”时代各有不同，青春一脉相承，吾辈定当自强不息、踔厉奋发，就如火炬之光般的志愿精神，在历史的接力赛中代代传承。

作者：管理学院工作人员　康　宁

5月11日　星期三　阴

口腔医学院口内二支部书记·吴峻岭

两天前，作为院党委委员，我参加了学院（医院）党委理论学习中心组学习。会上，院党委书记吕波传达了5月5日中央政治局常委会会议有关精神，部署了学院（医院）疫情防控重点工作安排。习近平总书记在重要讲话中指出，要持续巩固来之不易的防控成果，全力守护好人民群众生命安全和身体健康。首次经历疫情“大考”的济南，近日终见“疫散花开”之势。作为一名党员、一名医生、一名疫情防控一线的工作人员，要比他人更能感悟“来之不易”这四个字凝聚了党和国家付出的多少心血，蕴含着广大医护人员和社区工作者付出的多少努力。

回想起三月下旬，学院（医院）接到上级通知，需要抽调医护人员参与集中隔离点志愿服务工作和社区核酸采样工作。我第一时间报了名，得到的回答竟是“报名人员较多，暂无法安排”。遗憾之余，我的内心也充满感佩，这就是我们共产党人，是我们山大口腔人的担当与力量，是我们落实疫情防控举措时的严谨细致和“若有战，召必至”的义无反顾，这彰显了共产党人鲜明的政治底色和山大口腔人的精神基因。

四月下旬，我终于有机会成为社区疫情防控志愿者中的一份子。在核酸采样过程中，手消、采样、封管，伴随着一遍遍重复的话语和规范的操作，试管盒一排排“站”满；一个个“大白”全副武装，携带着物资上门采样。汗水模糊了面屏、湿透了衣衫，但是大家没有抱怨、没有退缩，唯有护佑人民群众生命健康的信念愈加坚定。

记得有一次我们小组为一对 90 多岁高龄的夫妻上门采样，他们看到我们连声说“你们太辛苦了，谢谢你们”，还拿出水果招待我们。暖心的话语和温暖的举动瞬间驱散了疲劳。虽累犹荣，能为疫情防控略尽绵薄之力，付出再多也值得。在这一刻，“为人民服务”几个字在我心里有了更加生动而具体的含义。无论是教书育人、治病除痛，还是白衣执甲、逆行出征，只要群众需要，山大口腔人就会马上行动！

感谢学校、学院（医院），也感谢同事们、社区工作者的关心和爱护，因为有了你们，虽苦犹甜。也感谢每一位为抗疫付出的人，大家一路同行，共担风雨。虽然因为疫情的羁绊，我们甚至都没有来得及好好拥抱这个春天，但我们已经走了这么远的路，相信在党和国家对疫情形势的科学研判下，在坚持“动态清零”方针的指导下，未来的每一步，一定会更加精准，更加扎实。“历尽天华成此景，人间万事出艰辛”，只要冲破眼前的阴霾，我们终会抵达“疫散花开”的光明彼岸。

作者：口腔医学院口内二支部书记、口腔综合科主任　吴峻岭

5月12日　星期四　阴

第二医院护士·张　萍

为纪念第111个国际护士节，弘扬南丁格尔救死扶伤的人道主义精神，5月11日，山大二院举办了2022年“共筑天使梦，一起向未来”——“5·12”国际护士节表彰暨先进事迹报告会，我很荣幸参与其中。

每一年的护士节都给我留下了不同的回忆，从最初的兴奋，到后来的欣慰，过往画面在给年轻一代护理人授帽过程中一幕幕浮现，让我感慨万千。作为一名有30年工作经历的护士长，在今年的护士节活动中，我参加了由护理部组织的为新一批护理人冠冕礼帽活动。正值中国共产主义青年团成立100周年，我面前一张张稚嫩但坚毅的面孔，完美印证了习近平总书记在庆祝大会上对中国青年的描绘，作为老党员的我也感受到了中国青年一代的蓬勃朝气。

5月12日当天，表彰大会的余温还没散，我们乳腺外科医疗团队又迎来一份惊喜。由副院长余之刚带领的医疗团队给予我们如家人般的关怀与祝福，除了蛋糕，还有精心准备的巧克力和花束。巧克力代表科室里的每一位成员，一大捧花束寓意相亲相爱一家人，幸运绳捆绑在一起，祝愿科室每位亲人生活幸福甜蜜，科室团结友爱的氛围永不消散。更让我感动

的是一位患者朋友，送给我们用永生花做成的独角兽和小熊，她对我说："护士长，住院后亲眼看到了你们忙碌的工作日常，原来你们的工作如此琐碎且繁重。独角兽代表了纯洁高尚，小熊代表了强大坚韧，正好今天过节，当作礼物送给你们，表达感谢。"听到她这么说，平时工作的辛苦与委屈烟消云散。

对我来说，今年是比较特殊的一年护士节，因为疫情，我的护理队员们还有在上海、在社区、在学校支援抗疫未回家的，我欣慰与担忧并存：欣慰于我们科室的青年骨干可以为社会尽到自己的一份力量，担忧于他们长期离家在外以及与病毒近距离接触的危险，但我对他们胜任工作的信心不曾动摇半分。

感谢社会，感谢医院，感谢学校，更感谢我的同事们、家人们，因为大家的共同付出，才让济南 2022 年的春天异常美丽动人。蔷薇花如期开放，相信在党和国家的带领下，我们必将迎来更加阳光灿烂的夏天。

作者：第二医院乳腺外科护士长　张　萍

5 月 13 日　星期五　晴

小树林支教调研团成员·刘　畅

首夏犹清和，芳草亦未歇。光影荟萃，绿水回波，风暖昼长，万物繁茂。这个夏天，山东大学小树林支教调研团再次启程，用热爱成就新的故事。

今天，是准备工作正式完成的日子。这是我第一次带领队伍进行支教，在过去的两周内，队员们通力合作，认真高效地完成了每一项团队建设工作。我们针对支教前的准备工作制订了详细周密的计划，切实落实好每一项具体工作，从支教信息收集到队名队徽设计，个人任务积极督促确保人人完成，团队任务鼓励参与提升团队凝聚力。虽然大家彼此并不熟悉，但线上团建活动中的自我介绍和互动游戏，让每一位成员都展示了自己的风采，从陌生到熟悉。对支教共同的热爱在每个人内心涌动，在彼此的相处中传递，并生生不息。队名和口号的确定，来源于每一位成员的想法；队徽和队旗的设计，依托于每一位成员的思考与创新。今天上午，我们的队伍建设工作已全部完成。队名结合了支教地的名称和我们的期望，取名为“聊望队”，队徽和队旗的设计工作也已经完工。队徽上，生机勃勃的翠绿象征着教育传承不息，清透明丽的湛蓝代表着热爱永不畏怯，大手小手相牵，支教的路上，与爱同行。

下午，我们进行了第二次试讲工作。为在正式支教过程中准确把握授课进度，短短 8 分钟的试讲也需要大家按照完整课程进行备课，图文并茂的教案上印刻着大家的努力与认真，试讲过程中的每一次互动、每一次答疑都是对知识的仔细研磨。试讲开始，我们是老师，我们也是学生。有人试讲时，其他队员都认真听讲，在互评表上记录优缺点，在督促他人查缺补漏的同时，自己也取长补短，提高团队整体教学水平。“教育是一棵树摇动另一棵树，一朵云推动另一朵云，一个灵魂唤醒另一个灵魂。”这句话，深刻体现在聊望队的每一位成员的身上。对于我们而言，支教不仅仅是问题的解答和知识的传授，更是热爱的传承、灵魂的碰撞，是一场心与心的交流。

何其有幸能与志同道合的大家在支教的路上遇见，保持着永不褪色的热爱，一同奔赴未来。

作者：护理与康复学院 2020 级本科生　刘　畅

5月14日　星期六　晴

“红马甲”志愿者·邢小震

学校封闭化管理期间，我留守中心校区，在完成线上教学任务之余，尽己所能给学人做义工。5月10日，万余名学生返校进行静态管理后，校党委书记郭新立、校长樊丽明带领260余名留守教职工义无反顾地穿上红马甲，做起了服务师生的志愿者。

上午10点40分，闹钟响了，穿上红马甲，出发！我骑上门岗老苏的电动车直奔北大门。

上午10点50分，洪家楼校区和千佛山校区给中心校区学生送午餐的大巴准时抵达北区学生宿舍的缓冲区。“红马甲”们把车上的午餐转运到宿舍楼门口。转运车先到15号楼下，十几个志愿者经过几天的送餐，已经非常默契。宿舍楼没有电梯，“红马甲”们自然地分成两队往楼上传递打包好的餐盒，上百次的一接一递已然有了节奏，一位“红马甲”笑着说：“肌肉有了记忆，闭着眼都传不错。”本不爱运动的我，几天下来肱二头肌竟然有了酸爽的感觉，心里又一次暗下决心，等下周二解封之后一定要拾起那对久违的十公斤的哑铃。

这栋楼送完餐后，得知这批“红马甲”都是化学院的老师们，我混迹其中引发大家好奇：“你是哪位?”我急忙回答“艺术学院的自由人”，大家都笑了起来，我赶紧跑去后面的16号楼。

16号楼已传递完了第一波，正在等第二波午餐的到来，有位老教授被一群年轻的老师围着，边擦汗边说“不累，我还能爬几趟”，声音洪亮，身子骨看着就挺硬朗。我们几个“红马甲”便与门口的保安聊起来，听保安滔滔不绝地说起来：“山大就是名校啊，为了让大学生们吃上热饭，连书记、校长都亲自提着饭，都那么大年纪了，真好!”看着他羡慕又好像自豪的样子，我心里感慨着：“是啊，真好!”

等第二波午餐送完，看了一下时间，11点22分，饭正热。几个层长下来取民族餐，那个微胖的楼管大姐果断又不失慈爱的声音响起："听话啊，好好吃饭！趁热！"

下午16点20分，"红马甲"继续就位……

作者：艺术学院美术系主任　邢小震

5月15日　星期日　晴

校学生职业发展联盟负责人·霍泓屹

早上8点，一声清脆的微信提示音响起，新的一天开始啦。今天是审校就业寻访录的截止时间，山东大学学生职业发展联盟（简称"职联"）各审校小组组长陆续将优秀校友采访稿汇总发至微信群内。疫情阻隔了彼此的距离，却阻挡不住我们工作的热情。几天前，职联在经过学生社团工作总结评比、社团星级答辩后如愿圆梦，获评"五星级学生社团"和"山东大学十佳学生社团"。作为职联主席，我见证了这个组织的成长，一路走来纵使沿途荆棘遍野，亦无惧前行。

答辩前夜的场景历历在目，职联指导教师李抗老师叮嘱的话语仿佛还在耳畔："要思考怎么把几十页的社团总结浓缩到3分钟的答辩里，如何用精简凝练的文字、感情充沛的表达来呈现职联的定位和特色，展示职联的重要性和影响力……"李老师反复强调的高度、站位、使命、担当，让我幡然醒悟，这才是我们社团成立的初衷和工作的主线。李老师言语中透露出来的，满是她对学生对团队的期许，更像是母亲对孩子"爱之深，责之切"的呵护。那一晚，我连夜翻新了答辩材料，从模板到标题，从文字到图片，从理念到实践，重新梳理职联这忙碌的一年。当天的答辩环节行云流水、一气呵成，像是内心积蓄已久情感的抒发，亦像是身后团队的力量喷薄而出。

回想职联走过的这一年，有欢声笑语，有挑灯夜战，有相互扶持，有全员奋战，实现了个人价值，更凸显了团队底蕴。

深耕职业规划，提升职业能力。我们积极响应国家就业优先政策和学校“最暖温情守护”服务理念，通过“职业生涯规划大赛”和“职慧公益课程”普及职业规划，通过“就业指导工作坊”和“求职训练营”提升求职技能，通过“行业探索营”和线上“职业体验实践项目”拓展行业视野。崇实求新，引导同学们从教室课堂走向职业世界；以增强学生生涯探索兴趣和职业规划能力为己任，帮助同学们树立起正确的成才观、择业观，为就业服务工作保驾护航。

发挥朋辈优势，服务身边同学。我们通过举办各类学生活动，将想法付诸实践，将生涯意识根植于学生们的内心深处。“职业生涯体验周”开展生涯探索，“山大学子名企行”探索国之重器。下一步，我们将与班级生涯发展委员、生涯发展志愿服务队协同联动，在全校掀起“职业生涯探索”热潮，展现青春力量。

弘扬山大精神，探寻成长目标。我们在“山大视点”网站和“山大职联”“山东大学就业”“山东大学”官方公众号等学校各大媒体平台撰文推送 67 篇，以活泼生动的形式，努力呈现给学生们职业最有趣的一面。一次次会议的细致讨论，是共同努力的见证；一个个想法的蓬勃涌现，是集思广益的成果；一版版方案的精心策划，是综合能力的体现；一场场活动的有序开展，是责任使命的凸显。“毕业生典型风采展示”宣扬榜样领航，“第十五届校友寻访”推动薪火相传……一路走来，我们增进了彼此的默契，更塑造了职联的“家”文化，为这个团队注入了灵魂。

“人生万事须自为，跬步江山即寥廓。”回望在就业中心和职联的两年工作经历，我无疑是幸运的。这里不仅赋予我无可比拟的学习经历和成长机遇，更使我收获了为人处世的自信与直面未来的底气。踏实勤勉，俯首甘为孺子牛，是就业中心的底蕴，更是对我价值观的塑造。我们相信，唯有以“小我”发展融入“国之大者”宏伟蓝图，让青春在奋斗和奉献中绽放绚丽光彩，才能实现每个人的价值最大化。尽己所能帮助更多学生，这是我们不变的初心。

作者：学生就业创业指导中心 2019 级本科生　霍泓屹

5 月 16 日　星期一　晴

国际青年交流大会参加者·庄向华

前两天，作为山东省青年联合会的一员，我非常荣幸应邀参加了在泉城济南召开的国际青年交流大会。会议以“青春山东，共享未来”为主题，中外各领域专家学者汇聚论坛，采取线上线下结合的研讨对话模式，聚焦青年群体，激发青春力量，并结合全球和中国的新发展格局，探讨国际经贸趋势、技术创新产业转型等热点问题。

聆听会议发言，我深刻感受到了青春澎湃的激情和青春飞扬之节奏。在人类共同发展的宏大格局中，青年是推动社会进步的主力军。通过线上视频和线下报告，我们看到不同国家、不同民族的青年以富有朝气、积极向上、勇于进取的心态，以不畏艰难、敢闯敢拼、砥砺前行的精神，通过个人的努力、集体的力量创造了一个又一个奇迹，谱写了青年人奋斗与激情的新篇章。会上，中国青年代表、冬奥冠军武大靖回忆和分享了自己比赛和训练过程中遇到的无数困难，以及拼搏后获得成功的艰辛，勉励广大青年要有不服输迎难而上的精神，并向全球青年发出“奋斗者，正青春，携手一起向未来”的号召。

青春由磨砺而出彩，人生因奋斗而升华。作为一名医护人员，我身边无数青年人用实际行动给家人、给国家和民族交了一份漂亮的答卷。面对突如其来的新冠肺炎疫情，各行各业的青年积极响应党的号召，踊跃投身疫情防控工作中。2020年赴武汉的山东大学第二医院援鄂抗疫国家医疗队中，青年人占到了80%，年龄最小的是22岁的护士小妹妹。在病毒肆虐的重症病房，这些年轻人没有一个人退缩，在最累最苦的工作岗位上，每个年轻同事都不畏艰险、冲锋在前，每个人都说：我年轻，让我来！在充满危险和压力的前线，这些年轻的“90后”用实际行动改写着人们的认知。

此次上海疫情反复，医院年轻的医生和护士争先恐后，踊跃报名。在危急时刻，医院再次派出由36名中青年医生和护士组成的援沪医疗队，远赴上海，抗击疫情。医院里留守的年轻同事一直坚守在抗疫一线，他们或是主动报名支援检测核酸，或是坚持驻守在医院病房，或是主动参与社区志愿者服务，用青春力量面对疫情挑战。我的每一位青年同事都用自己的实际行动谱写了最美的诗歌，展现了当代中国青年的担当精神，我为他们感到深深的自豪和骄傲。

在向优秀青年同事学习的同时，我自己也备受鼓舞。在这种朝气蓬勃发展的时代环境下，我将发挥个人主观能动性，不断提高个人业务和工作能力，胸怀理想、提升本领，有担当、有格局，求知、作为、建功、立业。医学是一门经验科学，我还将做活各项工作的“传、帮、带”，帮助团队中的青年人成长，这是我义不容辞的工作，也是我作为青联委员的责任。想到这儿，我不由得感觉热血沸腾，顿生无限激情，迫不及待地想做些事情，为国家和社会贡献自己的力量。

“青春如百卉之萌动，如利刃之新发于硎”，期待与各位亲爱的青年朋友们团结起来，担当起党和人民赋予的历史重任，不负伟大历史使命，共同实现美好中国梦。

作者：第二医院内分泌科主任医师　庄向华

5 月 17 日　星期二　晴

暑期交流项目面试者 · 刘烁荣

经过一个多月的准备，今天，我参加了牛津大学暑期交流项目的面试。

刚开始选择这个项目时，我还非常纠结，一是害怕自己的英语水平不过关，听不懂全英文的课程；二是觉得自己没有把握通过面试，担心会有挫败感。但是在与辅导员和学院老师沟通后，我思考良久，终于下定决心，报名参加了此项目。

之后，我就开始了漫长的准备之旅。准备好所需材料和各种证明，等来了校内选拔，随后令我害怕的面试环节终于来了。

接到面试通知后，我就开始咨询学长学姐，为面试打好基础。同学帮我查找了牛津大学的资料，我自己又准备了几个可能被问到的小问题。舍友看出了我的紧张，不停地安慰我、鼓励我。晚上 7 点 55 分，我进入线上会议室等候。当听到其他面试者精彩流利的回答时，我紧张得手心冒汗。我对自己产生了怀疑："我会不会听不懂英文提问?""会不会回答不上来?""面试老师会不会觉得我不够资格?"带着内心的忐忑，我紧张地等待着。当听到面试老师用不太流利的中文喊我的名字时，我深吸一口气，打开了自己的摄像头和麦克风。

面试正式开始。老师先让我作了自我介绍，随后又问了我对于项目的了解和自己的思考，还有我的兴趣爱好等。我的紧张情绪被老师幽默风趣的话语化解了，我也流利、自信地回答了老师提出的问题。面试结束，我松了一口气，心里的一块石头落了地。

虽然不知道结果如何，但我对自己的表现非常满意。可能我不是最完美的面试者，但是我通过努力，发挥了自己最好的能力。我想，结果并不重要，重要的是体会过程。我从中收获了与平时截然不同的体会，这是最难得的。

在接下来的日子，我会更加严格要求自己。让我们一起静候佳音吧！

作者：护理与康复学院2021级本科生　刘烁荣

5月18日　星期三　晴

博物馆副馆长·肖贵田

今天是国际博物馆日。今年的"5·18"国际博物馆日中国主会场活动在湖北武汉举行，全国各地博物馆代表齐聚一堂。我早早醒来，准备参加本次盛会的开幕仪式，领取一份众多博物馆人歆慕不已的重要奖项证书——"全国博物馆十大陈列展览精品"优胜奖。

一年一度的"全国博物馆十大陈列展览精品"颁奖仪式是国际博物馆日活动的重头戏。山东大学博物馆今年申报的"百年学府、文韵齐鲁"展览经前期多重筛选、评议，成功入围"全国博物馆十大陈列展览精品"推介项目终评名单。5月14日，央视CCTV 13午间新闻以"山东大学：百年学府里品文韵齐鲁"为题，播报了山东大学博物馆作为高校博物馆入围此次活动终评的消息，并对我馆作了简短介绍，这无疑增加了我们获奖的信心。方辉馆长和我满含期望地启程前往武汉，参加15至16日的十大陈列展览精品终评会。

这次有来自全国的39家单位参加终评会汇报，竞争十分激烈。受疫情影响，会议分为线上和线下两种汇报方式，每家单位汇报时间为12分钟，自定形式和内容，并面向全国观众线上直播，这充分体现了博物馆包容、创新、可持续发展的理念。方辉馆长代表博物馆作了汇报，既是参评汇报，更是形象展示，反响甚好，熟悉的人纷纷发来信息“点赞”。17 日中午，我们收到了获奖消息。

今天上午，虽然我只是参加登台领奖这个简短的环节，但心情依然非常激动。要知道，能在全国 3.6 万个展览中突出重围，实属不易。年度“全国博物馆十大陈列展览精品”相关奖项是全国各类博物馆、纪念馆梦寐以求的荣誉，是我国博物馆行业最高荣誉奖项，至今已历经十九届。第一次获此殊誉，对于山大博物馆同事而言，不仅是一份肯定，也是一份骄傲，更是一份激励！对于博物馆和学校而言，这是一次在全国平台上展示自身形象的极好机遇！

为国育贤，展百廿山大初心；稽古启新，览万年齐鲁文韵。参与十大陈列展览精品活动是学校探索博物馆高质量发展的起点，正如今年的国际博物馆日话题——“博物馆的力量：潜力与能力”，如何通过文物和展览，为高校学科教学、为群众美好生活、为社会创新发展、为世界文明互鉴，去发挥博物馆的力量，需要我和同事们进一步思考和实践。

作者：博物馆副馆长　肖贵田

5 月 19 日　星期四　晴

全国大学生软件创新大赛特等奖指导教师 · 王春鹏

不久前，全国大学生软件创新大赛圆满落下帷幕。经过激烈角逐，机电与信息工程学院参赛队伍总分位列全国第一，获得了两项全国一等奖；其中一支参赛队伍获得本届唯一的特等奖、创业潜力奖，捧回了 12 万元现金大奖，创造了学院和威海校区参赛以来的最好成绩。回想这一路走来的 8 个月，与同学们并肩战斗、共克时艰，作为指导教师的我，内心久久不能平静。

初赛时，校区共有 17 支队伍参赛。学生们的项目创意天马行空，参赛热情也十分高涨。经过 3 个月的激烈竞争，11 支队伍成功入围全国前 60 强。大家也更加不遗余力地为后面的比赛做足准备，一切似乎都进展得十分顺利。然而，三月份威海突如其来的疫情打乱了大家正常备战的节奏。由于校园实施封闭管理，实验室临时关闭，设备支持和线下指导的缺失给学生们的项目实操带来了不小的困难和挑战。因为项目进展受阻，学生们的情绪有些焦急。我一边安抚学生们的情绪，鼓励大家克服万难，利用网络和一切可以利用的资源及时沟通与交流；另一边也积极跟学校、学院对接。在得知备赛困难的情况后，学院领导立刻研究制订了详细的解决方案上报学校。经过防疫专班批准，我在第二天便返回了实验室，驻校为学生们进行参赛项目指导。

在驻校的这段时间里，我一边准备大赛材料，为同学们的比赛项目提供尽可能多的帮助；另一边做好防疫台账记录、实验室进入人数控制、每天 3 次环境消毒和设备检查等工作，确保实验室和大家的安全。实验室的居住条件较为艰苦，只有一张小小的行军床与我为伴。数不清多少个凌晨和深夜，我独自一人面对电脑屏幕，奋力敲击键盘而忘记了吃饭，躺在那张狭小的行军床上辗转反侧。不规律的作息饮食，加上对孩子的挂念，牙龈肿胀充血成为我的常态。备赛的压力和与家人的分离经常让我感到十分疲惫，但是每每看到同学们认真备赛、努力拼搏的样子，我就感到自己重任在肩，浑身又充满了干劲，希望自己多做一点，帮学生们多增加一点胜算。

终于，功夫不负有心人。全国 20 强总决赛名单公布，学院共有 4 支队伍晋级总决赛，这也是参赛以来，校区晋级队伍数量最多的一年。在决赛中，学生们的作品获得了评审专家的一致好评。看到大家相拥庆祝、欢呼雀跃的样子，回想这 8 个月有笑有泪的曲折历程，我感到欣慰、自豪，坦然、坚定。未来，我会继续做好学生竞赛指导工作，让更多的学生参与竞赛，在竞赛中学习、收获、成长。

作者：机电与信息工程学院工作人员　王春鹏

5月20日　星期五　晴

文学院本科生·张子文

最近一直在毕业论文、考试和工作之间反复横跳，今天是个难得的清闲日子。时间在不知不觉间流走，我的大学生活余额已不足。好久没能和朋友一起在校园里走走，谈天说地。

走在路上，我们谈到了过去。那是我们在山大留下的难忘回忆：军训的口号、晚会的掌声，还有和朋友在一起的美好时光。在山大，我们认识了许多人，经历了许多事。这些经历都成为一个个音符，在名为“大学”的乐章上，错落有致，演绎成动听的音乐。

走在路上，我们谈到了未来。大家会在不同的城市，从事着不同的工作，追逐着自己理想的生活。朋友想的是田园牧歌，我想的是繁华市井。我们都怀着美好的憧憬，渴望为这充满活力的时代，添上自己的一笔。

回到宿舍，我打开电脑，看到一片“狼藉”的桌面——那是毕业论文留下的痕迹。我打开论文，按照指导老师的意见作了最后的修改。在毕业论文写作期间，恰好赶上一场公务员考试的笔试和面试，紧张的复习备考工作拖慢了我的论文进程。指导老师在了解情况后，通过腾讯会议的方式，集中解答了我在写论文时的困惑，告诉我论文写作的学术规范以及应当避免的问题，并表示将尽可能为我提供支持和帮助。老师还提醒我一定要注意锻炼和休息，不要熬夜，保持身体健康。真的很感谢我的指导老师，在他的鼓励和帮助下，面对考试和论文双重焦虑的我得以静下心来，全力以赴地准备考试。最后，我顺利通过了考试，并继续和我的指导老师保持密切沟通，进行论文写作。

在四年的大学时光里，我感恩遇到的每一位老师。“师者，所以传道授业解惑也”，老师在传授给我们学术知识的同时，也给予我们无微不至的关心。请让我在这里道一声：老师您辛苦了！

刚准备关电脑，收到了朋友发给我的消息。是刚才我们一起散步时，他拍下的山大风景。我们最终会离开山大，但不论走到何处，我们始终是山大人，有着母校赋予的自信和底气，便无惧前路漫漫！

作者：文学院2018级本科生　张子文

5月21日　星期六　晴

济南市槐荫区疫情防控指挥部志愿者·郭源源

4月初，在看到学院招募流调志愿者时，我毫不犹豫地报了名，作为中共党员与公卫专业的研究生，我们理应先上。当时济南市的疫情形势复杂严峻，我相信每一名医学生都会和我一样，想将自己所学的专业知识应用于抗疫实践。4月17日，在学院领导和老师们的嘱托与欢送之后，我们前往槐荫区，开始了这段抗疫志愿工作的征途。

到达指挥部后，我被分配到流调溯源小组，参与电话流调和现场流调、转运信息推送和外区协查函收发、流调报告的撰写以及轨迹风险点的梳理等工作。在实际工作中，我经常还要处理许多突发事件，半夜被叫醒是常有的事。流调工作几乎是与时间赛跑，必须做到快速准确，不出差错，这极大地考验了我的细心和耐心。电话流调工作是整个流调溯源工作中最基础的一个环节，在一次次的电话流调、轨迹梳理中，我学会了如何与他人有效沟通，学会了如何在清晰表达问题的情况下毫无遗漏地记录信息。在工作中，虽然遇到了很多不配合的情况，但这一次次的经历也使得我快速成长起来，学会了安抚对方情绪，学会了利用最少的时间完成最全面的工作。

在工作组的办公桌上，电脑屏幕来回滚动着待排查人员的信息名单，地图上不断标注一个又一个风险点，我们一刻不停地进行电话流调，梳理每一条轨迹线索，追踪每一名密接人员信息数据。所有人都一直奋斗在工作第一线，晚上加班到凌晨两三点是家常便饭，早上不到七点又立马投入工作，困了就在办公室支起简易床睡一会儿。特别是在新发病例涌现的时候，新发病例的调查和既往病例的信息任务叠加，晚上只能休息三四个小时，靠着一杯一杯咖啡让自己保持清醒，调动自己最饱满的状态，以获得最精准、及时的流调信息。

时间过得很快，匆匆忙忙一个月就这样度过了，济南的疫情形势也在逐渐变好。回到学校，回望这一个多月的经历，仿佛就像一场梦，见过的每一个人、听到的每一句话，都让我深感疾控人的责任与使命，也饱含着我对槐荫区的深深留恋。第一次亲身参与一线流调工作，用己所学为生活学习的城市作了一点微薄贡献。这段经历使我真正熟悉了流调溯源工作的流程，逐渐成长为一名合格的流调萌新，这对我而言是宝贵的学习和实践经历，使我加深了对公共卫生专业的认知与理解，不仅夯实了流行病学的基础知识，也在前辈们的言传身教中学到了许多宝贵的经验和方法，为未来科研工作的开展提供了许多思路。

作者：公共卫生学院2021级博士研究生　郭源源

5月22日 星期日 晴

崂山生物多样性调查项目负责人·郑培明

一大早，驱车行驶在滨海大道上，温暖和煦的阳光洒在远处的崂山上，一片生机勃勃。今天是第29个“国际生物多样性日”，主题为“共建地球生命共同体”。作为项目牵头单位负责人，我受邀参加了青岛市生态环境局主办的“青岛市国际生物多样性日主题活动暨崂山生物多样性保护优先区域生物多样性调查启动仪式”。

崂山生物多样性调查项目的启动，标志着我省第一个陆域生物多样性保护优先区域生物多样性调查正式进入实施阶段。崂山生物多样性保护优先区域包括崂山、华楼山、三标山及周围支系山脉，该区域是我国同纬度地区植物种类最多的地带，生物区系过渡特征明显、生态系统多样、生物种类繁多、遗传成分复杂，具有极高的自然生态保护和科研价值。

生物多样性是人类社会赖以生存和发展的基础，是生态文明建设的重要内容。2021年10月，习近平总书记在联合国《生物多样性公约》第十五次缔约方大会（COP15）上作了题为“共同构建地球生命共同体”的重要讲话，为加强全球环境治理提出了中国方案，指明了应对环境挑战、打造清洁美丽世界的合作之道。山东省及青岛市相继出台文件和方案，持续推进生物多样性优先区域的本底调查。

自2016年山东大学生态学科搬迁青岛以来，我们团队在王仁卿教授的指导下，先后开展了山东省生态系统现状总体评估和崂山、胶州艾山、蓬莱艾山、莱山围子山、烟台海防林、海阳招虎山等多个省级自然保护区的科考，胶东半岛大大小小的山头都留下了我们团队的足迹。科学考察是个苦差事，团队通常在野外一待就是十多天，炎热、暴晒、蚊虫叮咬这些都是常规动作，对于“90后”“00后”的研究生们来说是个不小的挑战，但是大家每次都能顺利地完成预定科考任务。当然，科考中更多的是团队的默契配合和相互照顾中的欢声笑语，还有眼前的绿水青山和鸟语花香。因为我们都懂得这项工作的重要意义，我们正在摸清这些保护区的生物多样性“家底”，践行着“绿水青山就是金山银山”的生态文明理念。

生态文明建设是新时代“五位一体”总体布局的重要一环。我们作为生态人，有幸参与到生物多样性与生态保护当中，深感责任重大。生物多样性保护任重而道远，我们一直在行动……

作者：生命科学学院副研究员　郑培明

5月23日　星期一　晴

政治学与公共管理学院教授·李昕蕾

今天召开了研究生经验分享会，国内考博和申请国外博士成功的研究生与学弟学妹们分享经验，我也结合自己当年留学德国的经历谈了读书治学与论文设计方面的经验，想同学们之所想、急同学们之所急，鼓励大家要不畏困难、正心诚意。

前几天读到习近平总书记给南京大学留学归国青年学者的回信，我备受鼓舞。习近平总书记的回信立意高远、情真意切、内涵丰富，对如何成为一名让党放心、人民信任、学生喜爱的高素质青年教师提出了明确要求，为教学科研一线的青年教师指明了奋斗方向。

坚定“四个自信”，用好课堂教学“主渠道”。李四光、程开甲等老一辈科学家以实现中华民族崛起的初心使命投入到新中国建设当中，百年党史和抗击疫情的成功经验，更让我们坚定了中国特色社会主义道路自信、理论自信、制度自信、文化自信。作为一名青年教师，我从内心深处觉得必须在课堂上向学生们讲清楚“中国共产党为什么能，中国特色社会主义为什么好”，把坚定“四个自信”融入课堂教学全过程。为此我重视在课堂教学中发挥课程思政对课程建设的引领作用，将价值塑造、知识传授和能力培养融为一体，在国际关系理论与案例分析、国际公共安全与危机治理等课程中将中国理论、中国案例、中国自信深度融入课程体系。今年 3 月，我成为学校思政课教师的一份子，着力实现课程思政与思政课程同向同行。

咬定立德树人根本任务，守好教学育人“责任田”。作为一名青年教师，应当努力为学生全面成长厚植土壤，在育人责任田中精耕细作，做到为党育人、为国育才；通过科学的教学设计、灵活的教学手段、开放的教学方法，激发学生们的内生学习动力，把课堂变得更有生命力。我也同时注重发挥科研对学生成长的带动作用，通过自己先后主持的 3 项国家社科项目，手把手传授给学生们做好科研的方法和路径，开拓他们的思路和视野。今年有两名培养的硕士毕业生赴国内“双一流”高校和国外知名大学攻读博士学位。

锚定国家战略，当好青春奋斗“孺子牛”。习近平总书记指出，要心系“国家事”、肩扛“国家责”。作为一名青年教师，要明确使命和担当，以报效国家、服务人民为自觉追求，服务国家战略。近日，教育部印发了《加强碳达峰碳中和高等教育人才培养体系建设工作方案》。实现碳达峰碳中和，是贯彻新发展理念而进行的一场广泛而深刻的经济社会系统性变革，对加强新时代各类人才培养提出了新要求。结合自己在气候变化、清洁能源治理以及生态理论方面的研究，我也在深入思考如何将习近平生态文明思想贯穿于人才培养体系全过程和各方面，培养具有国际视野和扎实低碳知识，善于讲好“中国绿色方案”的青年人才。

站在“两个百年”的交汇点，青年教师恰逢其时，我们更应充分认识到肩负的职责，以报效国家服务于民为己任，勇于承担时代使命，踏踏实实做好教学科研工作，奋发图强、砥砺前行。

作者：政治学与公共管理学院教授　李昕蕾

5 月 24 日　星期二　晴

山东援沪医疗队员·郝学喜

回到济南隔离休整已经两天了。回望沪上 50 个日夜的坚守，回首两年前的黄冈逆行，一次又一次整理传染病防治的体会，一次又一次回想起那些感动的瞬间。10 天后，我们就将回归原来的生活轨迹，回到熟悉的门诊和病房，回到家庭日常生活中。我准备充分利用难得的休息时间调整出最好的状态迎接后面的工作。

在休整的酒店里，拉开窗帘，阳光格外耀眼。透过窗户向外看，远方的树林已是绿荫如盖。如果此刻走在静谧的树林里，阳光透过绿叶，树荫下应该是斑斑点点。清风徐徐，如母亲温柔的抚摸，这是大自然最慷慨的馈赠。

4 月 3 日，山东援沪医疗队集结出发奔赴上海，5 月 22 日返回济南西客站，又是一个 50 天。居民小区核酸检测点、徐汇区的方舱、上海第八人民医院，在点线之间穿梭，山东 1000 多名援沪医疗队员忙碌在春夏之交的阳光中、阴雨里。

离沪返济，悠悠的黄浦江在眼前静静流淌，白云在蓝天上飘浮，一脸惊讶地盯着寂静的外滩，只是蓝天白云不知道，此时的寂静正在酝酿着人潮涌动的喧嚣。在即将发动的大巴车前，眯着眼睛、笑意盈盈的小男孩比心祝福的姿势，在那一刻成为我们心间的永恒。高楼窗户里飘扬的五星红旗，那抹艳丽的中国红让我们心潮澎湃，那是中华儿女共同的精神力量。

4 月 3 日，从济南出发，怀揣一片赤诚之心；5 月 22 日，从上海返济，竟有一份无法割舍的情愫在潜滋暗长。当列车徐徐开进济南地界，近乡情更怯，一股暖流在心中涌动。矗立的高楼、往后退却的树木、匆匆的行人，竟是那样熟悉和亲切，竟然不自觉地脱口而出："大山东，我回来了，我们回来了。"

此时此刻，我在酒店里休整，上海全面解封的日子越来越近，东方明珠的璀璨、上海外滩的人流即将回归。济南大街上，已是车流滚滚，人流也滚滚，大概率晚高峰堵车也开始了。在我的老家聊城，麦浪滚滚，麦穗摇曳着自己的身姿，展示着自己的成熟和骄傲；年迈的父亲是否在门前的树下坐着马扎子，知道儿子已回到济南，放松了心情，满脸喜悦，期盼着儿子早点回家；女儿想爸爸是一定的，脑中闪现女儿穿着小纱裙，笑靥如花。人气，人间烟火气，才是生活中最大的希望。

不知不觉我们已经和疫情斗争了三个年头。疫情发生以来，党和政府统筹疫情防控和经济社会发展，“人民至上、生命至上”是党和政府对人民最长情的宣誓和告白。我们取得了武汉阻击战的胜利，我们取得了大上海保卫战的胜利，我们扑灭西安、郑州、辽宁等局部暴发的疫情，成为全球为数不多的正向发展的经济体，疫情防控方法日益娴熟，经济调控手段日益多样化。党和政府始终把“人民至上、生命至上”作为施政的出发点和落脚点，在这场伟大的社会实践中，把抽象的理念化作具体的行动，行动又反过来印证理念的正确。“人民至上、生命至上”刻进我们的身体、刻进我们的血脉、刻进我们的基因，成为我们这个民族战胜艰险最恒久的力量。

历史的车轮滚滚向前，一刻也不会停息。如果说伟大，我们讴歌生命的生生不息、奋斗不止；如果说平凡，那就是我们整日的忙忙碌碌、太阳的东升西落。

大上海寂静的外滩即将恢复往日的繁华，医院里的同仁笑容可掬地等待我重返工作岗位，家里的女儿正开心地等待我回家，聊城老家夕阳下的炊烟袅袅，这些都是激励我、鞭策我前进的力量。

作者：第二医院医生　郝学喜

5 月 25 日　星期三　晴

学生心理健康教育与咨询中心工作人员 · 孙浩令

晚上 8 点，“山大心理”公众号准时更新，“回音树洞”栏目正式开启，在 5 月 25 日这天与大家见面，开始又一段心与心的陪伴之旅。

这个栏目的结缘大概是一年半前的事儿了。某天，宣传团队的一个小伙伴说，“表白墙”上有些同学会提出自己最近遇到的困惑，很多热心的同学会给予回应。遗憾的是，这是一个谁都可以发言的地方，有意无意中，有些回应反而造成了二次伤害。所以，他提出，公众号是不是可以推出这样一个栏目，在专业老师的把关下，给同学们提供求助和互助的空间。于是，我们开始考虑各种可能。

今年校园封闭管理期间，除了常规的心理咨询、课堂教学外，心理中心根据师生的心理需求开展了各种内容丰富、形式多样的心理沙龙，并且增设了多种心理支持服务。除了老师们一对一回复的心理支持邮箱继续营业外，多个校区都推出了线下或线上树洞，成立了心理工作志愿服务队，中心校区还开设了朋辈热线，让接受过一定训练的志愿者们开始了自己的心理助人之旅，在帮助同学的同时自己也获得了成长。至此，我们相信这是一个可以尝试的事情。

于是，在 5 月 25 日“大学生心理健康日”这天，“回音树洞”正式与大家见面，希望能够通过这个平台的搭建，为想要求助的同学提供一个出口，为有助人之心的同学提供一个入口，充分发挥朋辈的力量，让维护和提高心理健康素养成为每个人都可以做的事情。

近几年，作为一名心理工作者，我能够切切实实感受到国家和社会对于心理健康的重视。尤其是疫情以来，越来越多的人开始关注自身和周围人的心理健康，也有越来越多的同学表示出对于助人、自助的兴趣和热情。如何更好地发挥朋辈的力量，让助人者和被助者都能够有所得、有价值，是心理中心一直在思考和探索的议题。如果说“朋辈辅导技能培训”“朋辈辅导技能大赛”提供了理论武装，那朋辈热线、树洞回复则提供了实践的平台。

心理助人从来都不是只有专业人士才能做的事情，理论基础和专业技术固然重要，但一颗赤诚的助人之心同样重要。因为有些时候，助人的过程并不像想象中那么完美，而是充满了磕磕绊绊和挫折打击，仅有热情没有坚持和价值感，同样做不好助人工作。正如心理工作志愿服务队一名同学所说：“第一次帮扶的过程或许不够完美，自己处理得或许没有很好，但是学到了很多，收获了很多，自豪感满满，能帮助他人真的是很值得纪念的事。”谨守“善行、责任、诚信、公正、尊重”的原则，从理论和技术上不断充实自己，从实践中不断进行反思，我们都可以成为助人者并且做好助人这件事。

在爱自己这件事上，“525”不会是一个终点。路漫漫，有你一起，此行不虚。

作者：学生心理健康教育与咨询中心工作人员　孙浩令

5月26日　星期四　晴

艺术学院本科生·王芊惠

今天是任贤义老师为我们上国画——山水基础的第一堂课。任老师首先给了我们一本推荐书目《芥子园画传》，这本书综合了历代名家的手迹，是每一名学习国画同学的必读书目。任老师说，著名画家齐白石的启蒙书就是这本，《芥子园画传》也成就了一代又一代的国画名家。

课上，任老师的心情和我们一样激动。他说，为了和大家早早地见面，在学校通知校外教职工入校日期时，他就开始为入校做准备。他还说，这样面对面的授课可以有更好的传授效果和沟通体验。今天的授课内容是临摹《芥子园画传》中的“树谱”，为此，我特地去洪家楼校区图书馆借了这本书，厚厚一本，我知道这是中国书画千年历史结成的精华。

翻开“树谱”，我震惊于这本书的全面、严谨、细致。历代名家们把所有树木种类的表现方法都集中在了这本书里。“大混点”“小混点”“芭蕉叶”，线条极具力量，讲解体系俱全，就连旁边注释的字迹也像是一件艺术品。

中午下课时间，老师把我们的作业收上去，为我们进行一对一的点评。任老师与我们认真细致地交谈，颇为亲切。虽然是第一节课，但我深刻体会到了中国画的魅力。看似简单的形态勾勒，实际上需要气韵生动的表现；看似简单的材料，实际上蕴含着使用方法的大学问。

下课铃响起，任老师为我们拍了合照。“人生不相见，动如参与商。今夕复何夕，共此灯烛光。”作为国画专业的学生，我们肩负着传承传统文化和创新传统绘画的使命。期待接下来三周的课程，我相信自己一定会收获许多。

作者：艺术学院 2021 级本科生　王芊惠

5 月 27 日　星期五　晴

文学院硕士学位论文答辩者 · 林蒙初

五月的末尾，夏天悄然而至。紧张已久的毕业论文答辩终于在今天正式落下了帷幕，意味着我在山大七年的求学之旅，自此画上句号。

与往年不同，春季突如其来的疫情打乱了大家的节奏，本该线下进行的毕业答辩，最终以线上的形式开展，但这并不影响大家对这次答辩的重视。为保证答辩顺利进行，早在一周前，学院就事无巨细地制订了答辩的流程，让同学们能安心准备自己的答辩内容。今天早上，参与答辩的老师和同学们也都早早进入了线上会议，耐心等待答辩的开始。本次答辩除了学院里几位熟悉的老师，还邀请到了方言学领域的专家赵日新老师和高晓虹老师。这让我在感到紧张的同时，也更加期待老师们对我论文的指导。

今天参与答辩的一共有七位同学，秉持着语言学专业认真、细致、严谨、务实的学术风格，答辩会照例从早上8点持续到了下午6点。每位同学完成15分钟的论文陈述后，6位老师依次对论文进行了全面、深入的点评，既肯定了同学们所作的研究工作，同时也针对论文中出现的大小问题，为同学们指明进一步的完善方向。

语言学的老师们很亲切，答辩整体氛围较好。在答辩开始之前，老师们为了缓解大家紧张的情绪，一直笑着与大家沟通。在答辩过程中，老师们提问题的方式和语气也很温和，充分顾及大家的心情，让我们能更自如地阐述自己的研究内容。

线上答辩的确有很多不方便的地方。语言学的论文篇幅较长，老师们通过电子设备阅读论文十分辛苦，无形中增加了评议的难度。而我们作为学生，最重要的一次答辩不能与老师们面对面交流，同样也感到遗憾。虽然答辩存在诸多限制，但令我感动的是，老师们依然努力给了我们仪式感。在答辩的最后环节，答辩秘书刘老师宣读答辩决议书，几位老师都笑着为我们鼓掌祝贺，用截图代替了合照，留存了这个宝贵瞬间。最后，答辩主席赵老师还让同学们分享了答辩结束的心情。在那一刻，我本以为自己会感到如释重负，可开口的瞬间，想到的却是这些年与文学院，与语言学的老师、同学们相处的点滴瞬间。

“尊学术，重情义，尚风骨。”在山大求学的这七年，文学院带给我的不仅是专业的学术知识，严谨治学的学术态度，更赋予我作为中文人应有的人文情怀和处世风范。今日之后，我也将带着文学院的精神风貌，昂首迈入人生的下一个阶段。

作者：文学院 2019 级硕士研究生　林蒙初

5 月 28 日　星期六　晴

朋辈心理辅导技能大赛参加者·胡安冉

在收到辅导员老师的祝贺后，我才知道自己在上周举办的第一届“同龄人”朋辈心理辅导技能大赛中获得了个人赛第一名的好成绩，对此，我感到十分开心与荣幸。

此次比赛是为充分发挥朋辈心理辅导的作用，提升朋辈群体的心理互助能力，同时检验之前对于学生骨干的线上心理培训成果，力求在全校范围内营造积极担当、朋辈互助的良好氛围。所以，在接到此次比赛的通知之后，我首先联系了四名在此前培训中表现优异的同学组成比赛小队。虽然大家对于比赛题目范围很广而略有忐忑，但都纷纷表示一定会积极备赛，努力争取好成绩。

正式比赛分为第一轮和第二轮，第一轮从题库中随机抽取 20 道题，全答对进入第二轮。第一轮较为简单，以常识题为主，我也是较为轻松，以“快准狠”的姿态顺利拿下。第二轮有 80 道题，题目涉及的知识面很广，有一些心理方面精准的理念、思想和代表人物，还有一些基于现实生活的分析题，在注意总体答题时间的同时还要注意每道题不能超过 30 秒无操作，这给我带来了不小的挑战。交卷之后，我的内心有些七上八下。此次比赛能够取得第一名的好成绩，我有些意外，但感觉更多的是对自己心理知识的积累、赛前认真备赛和做题时认真分析对待的鼓励与嘉奖。

回首过去近一年任职班级心理委员的经历，几多欢笑、几多辛苦、几多收获。这次成绩的取得，是对我过去开展班级心理工作的肯定，更进一步坚定了我做好心理委员的决心。我将继续认真学习，积极参加心理委员培训和各种心理讲座，努力提升自己的心理健康专业知识，构筑良好的人际交往关系，让更多的同学愿意向我敞开心扉，及时留意发现同学中呈现的心理异常现象，给予力所能及的帮忙，努力做一个优秀的心理委员！

作者：环境科学与工程学院2021级本科生　胡安冉

5月29日　星期日　小雨

春晖社“泉润淄林”支教队成员·赵子菡

今天，天朗气清，碧空万里，春晖社开展了今年第一次募捐义卖和“三行书信”活动。

中午11点半，我来到中心校区齐园南门的展台，看到络绎不绝的人群，心里不由欣喜。待到午饭点，几名春晖社成员穿上“红马甲”，向吃完饭的同学们发放传单，宣传春晖募捐义卖和“三行书信”活动。

本次募捐义卖所有物品没有标价，参与者可以捐款购买一些小物品或参与展台游戏捐爱心，所得捐款都将用于本次暑期支教或购买教具、捐赠物资。同时我们也鼓励驻足的同学为支教地的孩子们写下“三行书信”，用书信传情，用笔触传达温暖。

当看到一个又一个捐款奉献爱心的人、一个又一个写下真挚话语的人、一个又一个不畏骄阳坚持坚守的春晖人……我的心里溢出了满满的爱与感动。

不仅有学生参与募捐，还有老师为自己的孩子挑选礼品玩具，积极为公益事业作出贡献。令我印象最深的是，有位男生步履匆匆，却在看到支教义卖展台的时候折返回来，详细地向我们询问支教的相关事项，并积极捐款献爱心。他还写下一封书信，笔画飘逸但遒劲有力，字迹间蕴含着期待与寄望。他表示，尽管自己捐献不多，但一直会支持公益事业。

待到中午最热的时候，春晖社负责人带给我们夏日解暑神器——冰淇淋，让我们在宣传的同时也得到一丝清凉和舒适。

那些在阳光下熠熠生辉的瞬间，都值得纪念。

希望的种子会长成参天大树。也许一个人的力量是微弱的，但如果这份力量汇聚起来，就足以成为改变一个孩子的希望与未来的力量。也许是不经意的驻足，也许是小小的善举，也许是几句温暖的话，都可以让素未谋面的孩子，在阳光下快乐地读书和成长。

这次义卖展台让我看到了许许多多陌生人温暖的善意，也让我更加坚定地相信，温暖的灵魂终将相遇。期待着暑假前往淄博的两周支教时光，也期待着遇见更多温暖的灵魂，和他们一起，享受支教旅程的奇妙经历和爱心碰撞的瞬间。

我愿化春，送子清晖。支教是一项有意义的事业，而对于这样值得与热爱的事情，就要做到极致。

作者：化学院 2020 级本科生　赵子菡

5 月 30 日　星期一　晴

文化传播学院本科生 · 韩仔锦

今天是为山东大学“砥砺奋进守初心　青春献礼党的二十大”主题活动之大众健美操项目拍摄视频的日子，天朗气清，艳阳高照。参与录制的同学们陆续到场，虽然都是清爽的白上衣黑裤子，却也穿出了每个人独特的韵味。在等待的过程中，有的同学复习着需要录制的舞蹈动作，或是和别的同学交流动作的细节。我在一旁看着他们，想起了那些晚上在文学楼前练习的时光。

第一次排练时，大家彼此还不太熟悉，我作为头一回“上任”的老师也有些紧张。和我一起教学的另一位同学见状，非常从容大方地拍了拍手，将注意力集中在我和她身上，带着大家开始做热身运动。渐渐地，我也没有那么拘谨了。与大家一同热身后，我们便开始了舞蹈的学习。一个小时的时光很快就过去了。

此次活动主题为“以舞育人，舞动青春”，通过开展群众性体育活动、搭建学习平台，达到寓教于乐的目的。大众健美操教学灵活，采用“线上+线下”的模式——领队和负责人拍摄视频让成员们自主学习，同时我们也根据教学进度适当安排小规模线下集训，以规范学生的舞蹈动作，稳固训练成果。参与的同学们积极配合、认真学习，努力使舞蹈动作更加标准流畅。那几天的训练时光里，我们逐渐熟悉动作，也逐渐熟悉彼此。大家的态度都很积极认真，学习的效率也逐渐提高，我们的教学也逐渐熟练。

终于来到了今天——成果验收的时间。今天的晴朗天气十分适合拍摄，但是阳光有些强烈，不过我们并没有就此却步，而是在充足的光线和绿树蓝天下完成了视频的录制。经过剪辑加工后，视频的效果很不错。大众健美操活动不仅有利于陶冶学生的美育情操，更落实了以体健人、以美化人的理念。我们通过此次活动既锻炼了身体，又收获了友情，同时展现了当代青年朝气蓬勃、意气风发的模样，这个经历让人难忘。

作者：文化传播学院 2020 级本科生　韩仔锦

5 月 31 日　星期二　晴

“春蕾计划”捐助活动参加者·任朝霞

青岛的初夏，太阳格外明亮，温度特别舒爽，像极了我现在的心情——因为第三年“春蕾计划”青岛校区捐助活动已经顺利完成！本次受捐贫困女童 54 人，捐助金额 3 万多元，参与捐助的老师从学术大咖、青年教师到职能部门工作人员都有，共有 9 个单位 37 人参与。自 5 月 20 日发出通知至今仅 10 余天，所有捐款全部到位。这几天我在工作之余，不断地和各位捐助者交流沟通，明确捐助意向，并通过即墨区妇联将受捐女童信息梳理清楚，找到适合的捐助者。截至昨天中午，所有捐助信息及捐助款项已经全部转交即墨区妇联，她们也承诺将以最快速度发放到受助女童手中。

“春蕾计划”是 1989 年在全国妇联的领导下，中国儿童少年基金会发起并组织实施的资助在读贫困女童的社会公益项目。资助标准是小学生每年 400 元，初中生每年 600 元，高中生每年 1000 元。三年来，青岛校区参与捐助活动的人数逐年递增：2020 年捐助者 11 人，受捐女童 12 人；2021 年捐助者 19 人，受捐女童 23 人；捐助金额成倍增长，活动的影响面也越来越广。

越来越多的老师踊跃加入捐助行列，老师们的积极呼应真的让我非常感动。作为即墨区妇联兼职副主席和青岛校区捐助活动的发起人，我当仁不让，每年捐助一名高中生，今年是第三年。也有不少其他老师持续捐助三年，有的单位捐助的孩子有 20 多人。有的老师一得知有这个活动就迅速加入进来；有的老师选择每年捐助两个或三个孩子；有的老师与资助的孩子结成对子，除捐助外还积极探望；有的老师承诺将从小学一直资助到孩子读大学……还有几位参与捐助的老师曾经就是捐资助学的受益者，现在已经成长为我们学校出色的青年学者了。他们特别感动于曾经得到的捐助，也希望将这种爱传递下去。每一位老师的捐助都饱含着他们至真至纯的良善心意，更重要的是老师们将这件事坚持了下来。中华传统美德“幼吾幼以及人之幼”再次在这宜人的季节里散发出温暖人心的力量。这份爱心不仅仅是对一个女童、一个家庭的救急之举，更是对这个孩子未来一生的鼓舞。

山东大学作为这方土地的文化灯塔，带给人们广泛深远的引领。而来自每个老师的爱则像美丽动人的小桔灯，驱除暂时处于困境的孩子们眼前的迷雾，照亮其前行的道路。参与捐助的学者们还计划待疫情结束后，与被资助的孩子们进一步交流，邀请他们到山大校园参观实验室、给他们开展科普讲座等，通过不同方式在孩子们心中埋下向往科学的种子。授人以鱼也要授人以渔，两者都很重要。爱心凝聚力量，希望成就未来！

“只要人人都献出一份爱，世界将变成美好的人间。”老师们的爱，一定会在这个六一儿童节带给孩子们美好的感受，而这份爱在明年、后年……还将持续。

仁心常存，大爱无疆。愿你我，都能被爱和温暖包围；愿你我，都有爱洒向人间。

作者：青岛校区资产与实验室管理处工作人员　任朝霞

6月1日　星期三　晴

环境科学与工程学院博士研究生·段丕俊

晴朗的早晨，温暖的阳光洒在山东大学青岛校区。今天是“六一”国际儿童节，打开微信“青春山东”公众号，我看到了习近平总书记致中国儿童中心成立40周年的贺信。

习近平总书记代表党中央向全国广大少年儿童致以节日的祝贺，祝全国小朋友们“六一”国际儿童节快乐。习近平总书记也在贺信中肯定了40年来中国儿童中心在儿童教育事业工作，坚守为党育人、为国育才的初心使命，落实立德树人根本任务，服务广大儿童；同时也勉励更多儿童工作者，做儿童成长的引路人、儿童权益的守护人、儿童未来的筑梦人，用心用情促进儿童健康成长、全面发展。

习近平总书记的贺信温暖诚恳，同时也很激励人心。儿童是祖国的花朵，也是祖国的未来，让孩子们健康、快乐、茁壮地成长，关系到民族的发展。曾经的支教经历也让我看到了孩子们身上无限的可能性，我们要给予孩子们正确的引导、细致的关怀和耐心的教育。习近平总书记强调，“世界上最难的事情，就是怎样做人、怎样做一个好人。要做一个好人，就要有品德、有知识、有责任，要坚持品德为先。你们现在都是小树苗，品德的养成需要丰富的营养、肥沃的土壤，这样才能茁壮成长。”由此可见一个好的成长环境至关重要。事关教育问题，我们需要格外仔细和小心，保证孩子们健康成长。正如习近平总书记指出的那样：“每个人都是从孩子长大的。实现我们的梦想，靠我们这一代，更靠下一代。少年儿童从小就要立志向、有梦想，爱学习、爱劳动、爱祖国，德智体美全面发展，长大后做对祖国建设有用的人才。”这为今后的儿童教育工作指明了方向，帮助孩子们树立志向、确立梦想是激发孩子们内生动力的重要途径，有助于孩子们主动快乐学习进步。

今年的六一，我以一个学习者和老师的心态度过，希望自己在将来能为周边的儿童带去积极的影响，也希望孩子们能够快快乐乐、健健康康长大，将来能够拥有一个幸福人生！

作者：环境科学与工程学院2020级博士研究生　段丕俊

6月2日　星期四　晴

美英澳国际教育项目毕业生·邹文卿

昨天，山东大学美英澳教育项目2022年毕业典礼举行。我荣幸地作为学生代表发言，当典礼完成的那一刻，坐在屏幕前的我瞬间泪目。

不期而遇，更让人牵肠挂肚。难以忘记在一年前，我高中毕业，决定走出国留学这条路。真是三生有幸，我在山大美英澳教育项目结识了一群追逐梦想、志同道合的青年。在相同的年纪，他们对未来的向往与规划深深感染着我，让我心中的迷茫瞬间烟消云散。

每一滴汗水终有回报。感谢班主任老师给予我的信任，我作为课代表与大家在线上、线下相互陪伴、共同努力，邮箱中的每一份作业都承载着沉甸甸的梦想和无数的汗水。有这样一群志同道合的朋友，我们朝夕相处，互相鼓励，逐渐克服了内心的不安，心中剩下的只有坚定的目标。还记得初学雅思的疑惑与艰辛，我惊讶于大家的恒心与毅力，英文歌曲、美剧、英文原著都成为提升英文水平的途径，心仪的offer（录取通知）到手的喜讯如春风拂过。

一年的时光犹如白驹过隙，于我而言，来到这里是一次美丽的意外；但现在，我更愿意相信这是命运最好的安排。山大敬业负责的任课老师，任劳任怨、无微不至的班主任，专业体贴地为我们规划的留学老师，遇见他们是出国前最美好的事。安静有序的自习室、青春飞扬的田径场、静谧雄伟的兴隆山，我也都在心底默默珍藏。

“2021级的所有同学们，我们一起度过的时光是美好的，在未来的日子里，愿我们有坚韧的定力，也有温厚的善良；永远心怀感恩，不被情绪控制，收获一个更好的自己。”关闭摄像头后，我才意识到这段旅途真的到达了终点站。我即将远行的朋友们，大家在一起度过的时光可能不会通过成绩、人气、点赞或者是收藏夹被记住，但是我们之间的关系、你的故事和人格的闪光点，都是时间留下的宝藏。

这一切都将成为年少时的梦，像朵永不凋零的花。任岁月席卷，往事仍能像初见一般，激起我心中的波澜。我还记得最开始同学们走进教室时那带点茫然、带点紧张的眼神。可在最后，我们有些许伤感，不得不离开。踱下教学楼，走过操场，穿过食堂，经过绿树红墙、欢声笑语，流连在路的尽头，我们一再回望。这或许是我们第一次，也许是最后一次，以从未有过的无比珍惜又无比肃穆的心情，把眼光望向校园的每个角落。

离别的时刻终于来临，我们匆匆收拾行李，匆匆地告别。虽然我的心中充满淡淡的忧伤，但更多的是对未来的美好憧憬。这不是结束，而是新征程的起点。真正的强者会在顶峰相见，愿届时我们都能有所作为。路漫漫，愿君一路繁花相伴，前程似锦！

作者：经济学院英美澳国际教育项目2022届毕业生　邹文卿

6月3日　星期五　晴

东印度洋综合科学考察共享航次参加者·李永光

作为一名环境专业的学生，我有幸参与了中科院南海海洋研究所“实验6”号科考船的首次远洋科考航行。不久前，这次历时近三个月的东印度洋之旅落下了帷幕。回顾这个历程，我深入学习了海洋知识，也感受到了海洋科学考察的艰辛与趣味。

亲身经历海洋科研工作，我的感受是的确辛苦，但又乐在其中。作为地质采样组的一员，我的工作地点是船舶甲板，工作中最大的困难来源于船的晃动，因此取泥仪器的止荡绳装备必不可少。对于海上工作，我们始终牢记：事无巨细，安全第一。个人安全帽、救生衣、劳保鞋的穿戴必不可少，海上烈日之下的物理防晒也是必不可少。此外，由于站点停靠时间不确定，地质取样持续时间长，很可能会夜间作业，因此合理规划时间、保持作业时良好的精神状态也十分重要。每当按部就班地完成一次作业，看到采水器、采泥器里的样品，再抬首望去，看到满天的繁星，或无际的碧蓝，或初升的旭日，内心不禁感到欣慰与满足。

劳累之外，收获满满。这次科考航行，我学习了一些海洋科研仪器的使用，比如我取样常用的CTD仪、深海重型取泥器、多通道柱状沉积物采样器等，另外还了解到了生物拖网、多联网、海上浮标等仪器的布放、收取和样品采集。更重要的是，在整个航次过程中，我通过与周围的老师、硕博师兄师姐们交流，学到了很多科研方法和学术知识，这对我以后的科研之路帮助很大。科研之余，运动室和观景甲板是我最常去的场所，我可以在跑步机上面挥汗运动，也可以在甲板上惬意地观赏海上风景。烈日下的海天一色，夕阳下的万道霞光，黑夜中的浩瀚星河，在我眼前一一展现。

向海图强春潮涌，奋楫追梦正当时。海洋科考船作为探测与研究海洋最重要的平台，已然成为实施海洋强国战略的重要保障。“实验 6”是国内首艘中型地球物理综合科学考察船，此次首航对于其海上综合作业能力的检验具有重要意义。对于我个人而言，这既是一次海洋科研的学习研究过程，又是一次难忘的旅行。非常感谢我的导师倪寿清教授能够给我这次出海机会，让我能够探索海洋，助力海洋生态研究。

作者：环境科学与工程学院 2021 级硕士研究生　李永光

6 月 4 日　星期六　小雨

环境科学与工程学院本科生 · 黄宇涵

每年农历五月初五的端午节，是集祈福辟邪和饮食娱乐为一体的传统节日，人们吃粽子、赛龙舟、挂艾草……端午无疑是男女老少都期待的民俗大节。昨天是端午节，家在本地（青岛）的我回到家中与父母一起度过了愉快的一天。想着我的室友们家在外地，无法回家与家人们一同过端午，于是昨天晚上我从家中带回了粽叶和糯米等，准备今天和室友们一起包粽子。

上午，我们兴致勃勃地聊起了各自家乡的端午习俗。我突然想起，儿时妈妈总会在端午的头一天晚上，趁我睡着时悄悄在我的手腕和脚踝上系一根五彩绳，家乡话叫作“五索”，根据民俗传说，等到端午后的第一次下雨天把它在雨中剪断，它就会变成一条龙保佑我们平安。于是我们找出了各自的针线盒，刚好凑出了红、黄、蓝、白、黑五种颜色的线，每种颜色取两股并到一起，使劲拧成一股系在手腕上。儿时觉得有些土的“五索”，在今天看起来倒是十分好看呢。

早早地，我们便开始了今天的重头戏：包粽子。我从未自己包过粽子，但是室友芬芬在家中和奶奶一同包过，有她这个经验丰富的“老师”在，我们便信心满满地来到了自助厨房准备大展身手。粽叶已经提前处理好了，简单清洗沥干后，我们首先将红枣、红豆清洗干净。我们昨晚已经在宿舍泡好了糯米，一切准备就绪，便正式开始包了。我们互相学着样子，将粽叶卷成圆锥形握在手中。芬芬告诉我们，折出一个角塞在里面，这样粽子角才不会有米漏出来。我们一层层地铺入糯米、红枣和红豆，最后把粽叶折过来，再把几个角折下去、窝起来、包严实，再用细线将粽子缠结实。这样，一个粽子就包好啦。原来包粽子也没有想象中那么难嘛！我们包了大大小小的好几个，也算是熟能生巧，越包越好看。煮了接近一个小时后，粽子终于出锅了，我们激动地将粽子拆开品尝，味道香甜软糯。作为南方人的室友昨晚还在跟我们“辩论”说咸粽才是最好吃的，如今尝到自己包的红枣粽子后，笑容在她脸上像花儿一样绽开。

真是没想到，今天午后便下起了雨，我们看着手上的五彩绳，不约而同地说道：“我们等下次下雨的时候再摘掉吧！”说完便一起笑了起来。

作者：环境科学与工程学院2020级本科生　黄宇涵

6月5日　星期日　晴

萤火支教团负责人·宋传平

今天，我们团队迎来了“志愿有我·让爱飞跃万山”鲁喀专项社会实践活动结项评比答辩的日子。今天的答辩者是我们团队的刘霜霜同学，她从前期准备、中期教学、后期总结三个方面介绍了我们的实践。

山东大学萤火支教团成立之后，我们就开始在朋友圈进行宣传推广，让更多的家长和中小学生加入课业辅导群，让更多人了解到我们的支教团队，让更多孩子能够学业进步、健康成长。我们还建立微信群解答家长或学生们的疑惑，并建立负责制度，根据每个学生的特点，为相关学生或家长匹配相应的支教老师，帮助学生预约团队开设的课程，如有问题可以找相应的老师沟通。我们团队还特意制作了宣传视频，让家长和学生对团队成员有一个初步的了解，为进一步的支教活动做好充分准备。

在中期教学阶段，我们认真备课，根据每个学生不同的基础，设置不同的教学模式。我们会精心准备每一堂课，让同学们能够在教学中有收获，并采用趣味教学方法，利用各种视频、软件等为学生们准备精彩有趣的课程，提高学生的兴趣，激发学生的好奇心。本团队成员学科背景不同，涵盖汉语言国际教育、对外汉语、社会工作、社会保障、马克思主义哲学专业，并且每个人都有自己擅长的教学科目。我们也结合自身专业和学科特长，帮助学生更好地吸收知识。我们定期开会总结教学感悟，分享自己的教学经验和不足，相互学习，不断改进教学方法，丰富教学内容，让学生能够在本次支教活动中取得进步。

根据我们统计的教学数据，本团队总课时数为 968 课时，平均每人课时数为 107.6 课时，超额完成了项目规定的教学任务。参与本团队的学生数量为 14 人，包括小学生 1 人、初中生 12 人、高中生 1 人，针对学生的需求开设了语文、外语、数学等课程。我们在注重课业辅导的同时也会关注学生的心理健康和人际关系，酌情进行心理辅导和亲情陪伴等。

回顾本次支教，在和学生的交流学习中，我也发现了自身存在的很多不足。当好一名教师不是一件简单的事情，感谢山东大学给予我这次线上支教机会，让我从中成长与学习！

作者：哲学与社会发展学院 2020 级硕士研究生　宋传平

6月6日　星期一　晴

马克思主义学院硕士研究生·杨　慧

今天，在导师徐国亮教授的指导下，我们由师门兄弟姐妹组成的“清风徐来”学术团队相聚云端，开展了题为“时政热点解读与经典名著导读”的读书交流会。

读书会开始，徐老师对大家提出了殷切希望，鼓励大家多研读经典著作，提升理论素养，积累学术话语，紧跟时代前沿，提升学术研究的深度和广度。同时徐老师也向我们传授了讲好思政课的经验，告诉我们讲好思政课既要有“深度”，又要有“温度”。要增强思政课的“深度”和“温度”，需要不断研读马克思主义经典作家的著作，研读红色传记、红色经典，在课堂中多运用经典著作和红色故事，把道理讲深讲透讲活。徐老师的学术指导和殷切希望使我受益匪浅，备受鼓舞。

随后，陈芝宇师姐以习近平总书记在中国人民大学考察和在庆祝中国共产主义青年团成立100周年大会上的重要讲话为文本，从中国共产党引领青年运动这一视角作了相关导读，使我们全面掌握了中国共产党引领中国青年运动的重要意义、百年历程和基本经验。张芳师姐对喜迎党的二十大的相关选题进行了深入解读，郑志康师兄进行了相关补充。师哥师姐为我们提供了很多有意义的学术研究方向，拓宽了我们的学术视野。解超师姐和赵培尧师姐为我们导读了《共产主义原理》和《关于费尔巴哈的提纲》，使我们对经典原著的产生背景和主要内容有了更为深刻的理解。老师和师兄师姐精益求精的研究精神，令我十分钦佩。

读书交流会不仅是和老师沟通交流的方式，也是一个学术思想碰撞的平台，让我们的眼界更加开阔，学术上有更多的进步。期待下次读书会的到来！

作者：马克思主义学院2020级硕士研究生　杨　慧

6月7日　星期二　晴

回乡收麦者 · 张芳奥

"走！"

母亲急促的声音让我心头一紧。我立马换上干活的衣服，抄起叉子和镰刀，发动了电车就往外走，心想：那个时刻终于还是来了。

家乡麦子的收割往往就在一刹那，尤其是遇上这种阴晴不定的天气。自从上大学后，我几乎每年都在期末考试的复习中度过麦收季节，无法分担家里的压力。现在，正值毕业季，我终于在本科最后一年赶上了这麦浪滚滚的六月。

本来计划今天要收割田里的麦子，但是一天时间过去，除了母亲出去了几趟，还没有什么动静；加上时已黄昏，我就更加放松了警惕。此刻突然接到命令，我只得第一时间赶赴麦场。去往田里的路上，我才从母亲的口中得知：今天来的收割机少，收割的人少；明天收割机也不会多，但由于明晚可能下雨，收割的人就会多起来。如果明天再割，我们很有可能排不上队，到时候碰上下雨就麻烦了。因此，今晚完成收割，是我们唯一的选择！

所谓"世事洞明皆学问"，果然如此！

虽然联合收割机自动化程度很高，但收割机工作时我们也不能袖手旁观。我们到达时收割机也刚刚到达，简单沟通后就开始了作业。随着发动机启动，轰隆隆的机器开始喷出大量麦糠尘土，一时间犹如浓霾蔽日，乌云压城。尽管如此，我们仍然需要紧跟在机器后面，扶起倒伏的麦子以使它们下次进入收割仓。除此以外，田地的边边角角是收割机割不到的地方，还需要我们人工收割。收割机绕着田地一圈一圈地跑，我们在收割机背后的"浮云"中一圈圈地"巡逻"，太阳也在我们的背后一点点落下。待到天边泛红、红日沉底之时，收割机归于平静。它安静地立在地头，就像一头刚刚吃饱的钢铁巨兽在田间眺望。突然，他张开了自己的“深渊巨口”，夹杂着尘土的麦粒一下就喷了出来，很快就堆满了守候在它旁边拖拉机的车厢。

此时天已蒙蒙黑了，过磅这项工作只得在车灯的照明下进行。满载着麦粒，我们直接到收购处售卖。满车过磅、空车过磅、计算、出票，经过一项项熟悉无比的步骤，我们终于拿到了收购凭据。至此，我们的心才算真正落下，这同样预示着我们的春收告一段落。

收获的工作就快完成了，也快到了与家乡短暂告别的时候。我将返回学校，与心心念念的校园深深地告别。四年的大学时光如流沙一样快速消逝，我对定格了那么多让我怀念的日子的校园早已有了深厚的感情。山大，我将归来；山大，我将离去。深深的眷恋永远留在心底！

作者：文学院2018级本科生　张芳奥

6月8日　星期三　晴

齐鲁医院援沪医疗队队长·秦伟栋

2022年6月7日，是一个让我们36名齐鲁医院援沪医疗队队员铭记一生的日子。从4月3日驰援上海执行抗疫任务，到5月22日圆满完成任务平安返济，再到“10＋7”的隔离期结束，一共67天。我们终于回家了！

昨天下午，齐鲁医院副院长韩辉、院党委办公室主任高飞和医务处副处长汪彤专程到隔离酒店迎接我们，院党委书记侯俊平、院长陈玉国等，在妇儿综合楼广场前等待大家的到来，这无不显示着医院党委对我们的重视与关怀。当我接过陈玉国院长亲手递过来的鲜花，看着一张张熟悉又亲切的面孔，复杂的情感瞬间涌上心头。虽有千言万语却不知如何表达，除了激动就是感谢：感谢医院党委对我们的信任，感谢齐鲁医院大家庭和社会各界对我们的关爱，感谢家人对我们的理解和支持，感谢战友们的相互扶持和团结协作。此外，我心中还有对科室同事的愧疚。我在援沪期间耽误的工作只能由科室其他同事代为加班完成，我被他们默默付出而没有丝毫怨言的精神深深感动着，在今后工作中我会尽力弥补。合影留念时，院领导们特意站在了队员们周围，对大家的重视让我们由衷感到温暖。

正如侯俊平书记所说："党和国家需要我们到哪里，我们就奔赴哪里；哪里需要我们的医疗保障，我们就战斗服务在哪里。"此刻，援沪抗疫的一幕幕又在我脑海中浮现……

4 月 3 日，齐鲁医院援沪医疗队深夜抵达上海虹桥站。看着昔日繁忙的站台如今空空荡荡，加之穿梭往来的"大白"们，就像看到上海这条受伤的巨龙在艰难喘息，我的内心感到些许凄凉。面对此情此景，我们更坚定了打赢这场疫情防控阻击战的决心。我们 36 名队员在上海虹桥站留下了铮铮誓言："齐鲁精神，敢打必胜，疫情不退，我们不回！"

初到上海，面对着奥密克戎毒株传染性强、隐匿性高以及队员水土不服等重重困难，医疗队第一时间成立了临时党支部，董辉同志任书记，我任副书记。我们坚持党建引领，统一了思想、凝聚了力量，在日后抗疫工作中切实发挥了党支部的战斗堡垒作用。在党员先锋模范带头作用下，队员们也积极向党组织靠拢，共有 10 人递交了入党申请书。

4 月 6 日，医疗队接到的第一个任务是核酸采集。队员们克服采样点分散、高温高湿、滴水未进等困难，经过一天的奋战，圆满完成了核酸采样任务。任务结束后，医疗队收到了一封感谢信，上面写着"感谢山东医疗队援助上海，做好防护，一切平安——上海龙南佳苑"。虽然只有寥寥十余字，却让队员们倍感温暖和振奋。

4 月 7 日，医疗队正式整建制接管龙耀路方舱医院。队员们在工作中处处敢于争先、勇挑重担、主动解决棘手的难题。经过36天的全力以赴，我们共救治无症状和轻症患者2369人，创造了6小时收治近400名患者的齐鲁速度，牵头制订了《龙耀路方舱医院工作手册》，建设方舱教室，构建人文方舱，举办了16期齐鲁系列科普讲座，推行医护患共同管理方舱的新模式，共有15人获评“方舱之星”荣誉称号。

5月8日，接指挥部通知，我们再次转战到上海市第八人民医院。我们是山东援沪医疗队第一批次进驻支援的。此时队员们离家已经一月有余，非常想念家人。但再次接到新任务，大家都主动请缨：“我是党员，我打头阵!”“我有援鄂经验，我先来!”“我临床经验丰富，更适合护理危重患者!”……这是一群多么可爱的年轻人啊！他们想念家乡、思念家人，却仍然争先恐后地冲锋陷阵。我相信，凭着这样的担当和勇气，再艰巨的任务我们也一定能完成。在定点医院，我们开展了营养支持治疗、俯卧位通气、床旁超声检查等诊疗措施，大大提高了患者的救治率。其间，医疗队36人获得上海市八院“荣誉职工”称号，4人在山东省援沪医疗队学术活动中作了学术汇报，已完成研究性论文2篇，发出了齐鲁医院声音，贡献了齐鲁医院智慧，提供了齐鲁医院方案，得到了前线指挥部、兄弟医院及患者的肯定和称赞。

经过50天的艰苦奋战，齐鲁医院援沪医疗队用实际行动诠释了“博施济众，广智求真”的齐鲁医学精神和“敬佑生命，救死扶伤，甘于奉献，大爱无疆”的医者誓言。接下来，我们将继续弘扬“生命至上，举国同心，舍生忘死，尊重科学，命运与共”的伟大抗疫精神，在医院高质量发展大潮中继续冲锋在前、奋斗在前、奉献在前，以昂扬的斗志和饱满的热情为医院高质量发展和健康中国战略贡献力量，以实际行动迎接党的二十大胜利召开。

作者：齐鲁医院副主任医师　秦伟栋

6月9日　星期四　晴

档案馆（校史办）工作人员 · 苏红燕

今年6月9日是第十五个国际档案日，这一天的工作因为国际档案日的到来而变得丰富多彩起来。

档案馆（校史办）特别制作了国际档案日主题宣传网页。今天，我在档案借阅室为师生和校友提供档案服务的同时，指导目前正在实践学习的6名档案专业学生参加了学校举行的档案与校史知识竞赛答题活动。我还认真聆听了2022年"6·9"国际档案日线上专题讲座"构建新发展格局"，线上学习了"档案社媒讲述中国故事"（庆祝国际档案日专场）主题会议精神。

今天早晨7点半左右，我到达办公室，开始一天的工作。早到的同学则和我一起打扫借阅室卫生。我充分利用档案借阅工作间隙，和学生分享了国际档案日有关知识，指导学生登录档案与校史知识竞赛答题网址，进入题库认真学习，并和学生们一起参加竞赛答题。学生们表示，通过参加档案与校史知识竞赛，自己确实进一步学习了习近平总书记对档案工作的重要批示精神、新修订档案法相关知识以及山东大学校史上的革命故事和光荣传统，是一次非常好的档案知识普及和校史校情教育。

充分发挥档案馆、校史馆作用，结合实际工作注重强化育人，是档案馆（校史办）落实三全育人工作要求，教育引导青年学生争做堪当民族复兴重任时代新人的重要举措。而具体到提供档案服务利用工作的我们，在努力提升自身素养的同时，有责任和义务去用心用情搭建育人平台，通过加强对助管学生接听电话、沟通交流、档案业务等方面的培训，不断提升一名档案工作者的育人能力。

服务是档案工作的立身之本。上午9点之后，借阅室里开始忙碌起来：接听来自四面八方、口音不尽相同、需求各异的档案查询电话，引导对方准确提供查阅信息；在保证准确记录信息的基础上，充分利用馆藏档案信息化建设成果，做到准确快速查档；查档时做到严谨细致、一丝不苟；遇到查询不到的档案，多尝试几种方式、多查询几次；认真完成教育部学位认证中心学历学位认证；热情接待来馆查档人员，查档过程中指导学生站在档案利用者的角度思考和解决问题。我经常和同学们交流，档案查询一定要共情，要带着真诚的情感，让校友能够感受到母校对他们的关注和热忱。这样，作为一名档案工作者的职业责任感便会自然而生。

党建与业务相结合。今天下午，我在继续学习党的领导下中国教育改革发展成就和趋势的同时，着重学习了 2022 年第七届档案社交媒体圆桌会议主题精神。会上，特邀专家级嘉宾介绍了具有重大影响的红色记忆、世界记忆、古村落记忆项目成果，展示了运用档案社媒讲述中国故事的典型范例。《打造新场景　讲述好故事》报告中提到，让档案活起来、火起来，让档案工作既有意义、更有意思。《基于特色档案资源　打造宣传服务品牌》报告则从红色档案开发、擦亮微信新名片等方面，提出将馆藏特色与地域特色相结合，编研开发档案资源，打造宣传服务品牌。书到用时方恨少。一想到 6 月 10 日还能在 2022 年全省档案文化建设学术论坛上再享学术盛宴，心情还是非常激动。

学习，永无止境；工作，笃行致远。为党管档，为学校守史，为校友和师生医务员工服务，是我们高校档案工作人员的职责和使命。在第十五个国际档案日这样一个特殊的日子，用文字记录一天的工作、学习和感受，以此激励自己：不忘初心、牢记使命，不断提升档案与校史服务质量与水平，充分发挥档案存史资政育人价值，为实现学校档案事业创新和高质量发展作出一己贡献。

作者：档案馆（校史办）工作人员　苏红燕

6 月 10 日　星期五　雨转晴

校医院健康管理中心护士・孙　婕

6 月 9 日午间，我正在体检大厅整理教职工体检材料，很意外地接到历史文化学院辅导员周老师的电话。周老师热情地表示一会儿要来医院，对前段时间学校封闭化管理期间我坚持为他的一名行动不便的学生上门采集核酸表达感谢……

电话挂断后，我的思绪一下被拉回到 4 月 3 日。那是校园因疫情防控实行封闭化管理的第六天，早上我正在中心校区邵馆核酸检测点工作，突然接到护士长电话，说历史文化学院有一位腿部骨折不能下床活动的同学，安排我去宿舍为其采集核酸样本。我快速给同事交接好眼前的工作，拿起所需耗材，直奔学生宿舍楼。了解了这名同学的伤情，我知道他无法在较短时间内恢复正常行动，而疫情当下，核酸检测是师生每天必须经历的“科目”。于是我主动给同学表示，我们将每天上门帮他采集样本，嘱咐他不必担心，放心休养，好好学习。中心校区师生多，我们的采样队员力量有限，为了不耽误采样点的正常工作，我和同事卢雅文、张晨自发排好班次，瞅准中间时段人数不太多的时候，插空跑去宿舍给这名学生采样，然后尽快返回岗位工作，这一跑就是 50 多天……

大约半小时后，周老师来到了医院体检大厅。他说：“我特意代表学院及我们同学，来感谢您跟您同事在过去 50 多天对学生的照顾和帮助。在那么特殊忙碌的情况下，天天坚持到宿舍为学生采样，辛苦你们了。”

那段时光，学校实行封闭化管理，我们和师生共住校园，每一位师生都是我们的亲人；大家同心协力共克时艰，每一位师生都是我们的战友。发挥专业所长，为校园和师生健康保驾护航，就是我们医务人员的担当和使命。时空转换，但那段特殊的经历却注定难忘。

周老师和学生的感谢，如夏风抚过的一股清凉，既是对我们工作的认可，也是激励我们继续前行的力量。未来的日子里，我和同事们将不负信任，运用自己的所学，继续为师生健康保驾护航。

作者：校医院工作人员　孙　婕

6月11日　星期六　晴

高等医学研究院研究生招生宣讲会参加者·吕尚格

六月，是收获的季节，也是很多学生新一段人生旅程的开启。临近毕业季，学院新一轮的招生宣传工作也在如火如荼地进行。2021年的暑假，我入职高研院，负责学院研究生管理工作，从一名临床专业的学生转变为学生辅导员。这也是我第一次参与学院的招生宣传工作，我们开展了形式多样、内容丰富的宣讲会。昨天，我收到了一封来自山东师范大学本科生谭书宜的邮件，里面真情实感地表达了她在参加我们学院组织的线上研究生招生宣讲会之后的收获。从一名外校本科学生的反馈和感悟中，我对我的工作有了更多的认识，感触颇深。

信件内容如下：

这是一次能与山大高等医学研究院的老师面对面交流的机会，作为2023年考研学子的我有些许紧张，但更多的是期待。

……

这次宣讲不仅让我坚定了考研的决心，也让我领略了科研的魅力。科研长路漫漫，需要持之以恒的坚持，要做好死磕到底的心理准备。科研是对未知领域的探索，不能故步自封，要敢于挑战未知。对于实验中遇到的困难，要想办法积极解决。希望我能朝着现在的目标走下去，也希望下次再写到山东大学高等医学研究院时，我可以很自豪地宣布，这是我在的学院！

这封信件，我反复读了多遍，欣喜于学生对高研院的肯定、向往和憧憬，学院可以作为他们努力的目标，成为他们漫漫考研路上前进的动力；敬佩于宣讲会上各位教授的精心准备，将高深的学术研究内容用生动有趣的方式介绍给这群还没有深入接触实验科研的本科生，能让他们对未来的科研学习产生兴趣；感动于我们整个学院同事的团结一致，有着共同的使命感与主人翁意识。我也见证了学生们的成长，很多实验室都是从无到有壮大起来，学生是实验室的建设者，我同他们一起收获，分享着他们夜以继日努力工作取得成果的喜悦。

同时，我更自豪于学院的蓬勃发展。高等医学研究院，一处坐标济南、归属山大、汇聚生物医学高层次人才的科研单位，有充满朝气的年轻研究生导师，有前沿可行的科研思路，有精密的仪器平台支撑，有宽松和谐的团队。作为一个 2017 年才刚刚成立的“年轻”学院，高等医学研究院富有活力与朝气，科研氛围轻松活泼。我们期待更多优秀的学子加入，让心动变成行动，点亮你的未来！

作者：高等医学研究院工作人员　吕尚格

6 月 12 日　星期日　阴

教育部首批新文科项目开题汇报人 · 刘洪东

周五，学校组织首批教育部新文科研究与改革实践项目开题研讨会，我作为项目主持人之一全程参加了会议。2021 年，为落实新文科建设工作会议要求，全面推进新文科建设，教育部启动首批新文科项目申报工作，山东大学19个项目获得立项，立项数量居全国第一。学校本次立项的项目涉及多个学院，不仅有文科学院，还有数学学院、计算机学院、药学院等多个理工医科学院，项目的选题和种类也非常多元。众多项目的立项不仅反映出学校对本科人才培养工作的高度重视，也是学校近几年围绕新文科建设主动谋划和积极行动的必然结果。

我之前参加过多次项目的开题会，但像今天这种项目集体开题的形式还是第一次，充分体现了学校对新文科建设的重视程度。除教育部高教司领导和学校的校领导外，本科生院还邀请了校内外多位知名专家进行点评。各个项目主持人非常珍惜这一难得的学习机会，会前都做了充分的准备，会上对各自负责的项目进行了详细汇报。各位专家对项目逐一点评，给出了有针对性的意见和建议，为项目的顺利开展指明了方向。这次集体开题会也是各个项目主持人互相学习、取长补短的好机会。

整整一天的开题会参加下来，虽然有些疲惫，但收获满满，我也加深了对项目的理解和认识。正如樊校长在最后总结时所说的那样，新文科项目是国家级教改项目，要站在全国的高度思考和设计，不仅要解决山大的相关问题，更要为解决全国某一类的问题提供可参考的经验。作为项目主持人，我们要进一步提高站位，要有强烈的问题意识和鲜明的问题导向，不仅要开展具体实际的实践，更要进行相关的学理研究。以我主持的“专业＋双外语”高层次国际化人才培养创新与实践项目为例，教育部高教司从2018年起就把公共外语教学改革作为工作重点，要求有条件的高校开设第二外语和第三外语，培养“一精多会、一专多能”的高素质复合型国际化人才。前期我们也在全校范围内进行了广泛调研，学生的确有学习第二外语的需求，但如何在英语占据绝对主导地位的今天，为学生提供更多的语种选择又能保证学习效果，这的确不是一件容易的事。2021年，我们与相关学院合作，尝试推出了“英法双语与全球胜任力”微专业，便是一种积极的探索。我们希望能够通过新文科项目的研究发现合适的路径，为国内高校的多语种公共外语教学改革提供可借鉴、可复制的思路和模式。

这次开题是新文科建设从理念到行动迈出的重要一步，作为项目主持人，我感觉肩上的责任重大。学校在各个方面提供了支持，我们要把项目做实做好，而且还要抓紧完成，让更多的学生尽快受益，以项目推动文科的创新发展。

作者：外国语学院副院长、教授　刘洪东

6 月 13 日　星期一　晴

打击乐露天音乐会演奏者 · 刘　诺

昨天是令人兴奋又紧张的一天，因为这天是打击乐露天音乐会举办的日子。

前段时间，我们和吕方格老师一拍即合，准备开一场露天音乐会。这是入校四年来从未尝试过的新鲜事儿——夏日、阳光、音乐，每一个词都足以让人心动。六月的济南，炎热又干燥。“已经很久没有下雨了，天气预报显示那天可能有雨。”露天音乐会，最难控制的变量就是天气，我们一边积极准备着，一边在为天气担忧。

终于，音乐会如期而至，天气预报是多云。下午 1 点，我们到达艺术学院，和搬家公司一起将乐器装车运往中心校区。在去中心校区的路上突然滴落了一些雨点儿，让我的心慌了一下。“到了场地先不要急着卸车，先借雨棚，确保乐器的安全。”吕老师有序地引导我们做着音乐会前的准备工作。抵达中心校区后，我们第一时间联系公安处，并在学院领导的帮助下借到了雨棚，公安处的老师们帮助我们一同把雨棚撑起来。在安顿好乐器的一刹那，我心里的石头终于落了地。

随着演出开始的时间越来越近，阴云散去，阳光挥洒在校园，我们索性将雨棚撤去。灿烂的阳光洒在木质的琴板上，我们的心情也从紧张变得轻松。越来越多的同学驻足观看，期待着演出的开始。

音乐会在下午5点半正式拉开序幕。我作为主持人开场，并向大家介绍了马林巴这件旋律打击乐器。第一首曲目是马林巴与钢琴合作的《马林巴协奏曲》，随着钢琴第一个和弦弹下，动听的旋律开始在校园里蔓延。《灯火里的中国》这首时代新曲经过我们的改编，成为马林巴与钢琴的三重奏版本，献给美好的祖国。*Always with Me* 是电影《千与千寻》的主题曲，钢片琴、颤音琴、木琴这三种旋律打击乐器以及铃鼓、三角铁、音树这些无固定音高的打击乐器，使这首乐曲变得更加活泼生动。*The Last Dance* 是本场音乐会的最后一首曲目，马林巴与打击乐组的配合令人兴奋，音乐会在现场观众们热烈的掌声中结束。

这是一次形式新颖、风格独特的音乐会。在音乐会中，我和打击乐专业的同学们既是演奏者又是主持人，我们不仅介绍了演奏曲目，还对音乐会所使用的乐器进行了普及介绍和演示，让在场的观众能够更近距离地了解每一种乐器，感受属于打击乐的独特魅力。这样特殊的经历也是对我们综合素质的考验与历练。

四年的本科生涯即将落幕，把一场不同凡响的音乐会献给每一个热爱音乐的人是我能想到的最佳毕业方式。“唯乐不可以为伪”，愿我们都能在音乐这片净土，保持热爱。

作者：艺术学院2018级本科生　刘　诺

6 月 14 日　星期二　晴

政治学与公共管理学院硕士研究生·齐浩杉

阳光明媚，暖风和煦，初夏的青岛，正是宜人的好时节。我行走在红瓦绿树之间，思索着日程安排。

周一上午的第一节课，是山东大学讲席教授、著名国际关系学者秦亚青教授的“国际政治研究方法”课程。我早早来到教室，再次阅读了这节课需要讨论的文章，等待着课程开始。10 点 10 分的课，秦老师总是会提前到场。在点评作业环节，秦老师除了总体点评外，还会将我们的作业打印出来，并在旁边详细地批注。在讨论环节，我们要找出所读文章的自变量、因变量和其中的因果关系，最好是能够用一句话概括出这篇文章。此外，秦老师还鼓励我们对学习的文章进行批判，挖掘其他自变量，在原文的基础上进行自己的创新。“删繁就简三秋树，领异标新二月花”是秦老师经常重复的一句话，简练和创新，正是秦老师对我们青年国政人的要求。

课堂上，同学们都很珍惜与老师交流的机会，先后举手发言。怀着一丝忐忑的心情，我举手汇报了我对于本周阅读材料的思考。在我发言完毕后，秦老师对我的想法表示肯定，随后指出了其中的不足，鼓励我继续思考下去。在与秦老师的对话中，我心中的忐忑与紧张早已散去。老师和蔼的语调和启发式的评价，激发了我对于知识的渴求。

下午是马荣久老师教授的“国际组织与国际制度”和“外交政策分析”课程。去年 10 月，山东大学成立了全球治理与国际组织研究中心，旨在将中华传统文化和全球治理结合，促进中华文化的创造性转化和创新性发展，进而形成系统性的思想理论体系，探寻全球治理的中国路径。这一中心的成立，也为我们提供了许多学习的机会。在“国际组织与国际制度”课堂上，马老师详细分析了国际秩序构建的制度动力以及多边秩序面临的挑战和困境，并与我们一起探讨了多边秩序的未来之路。通过课堂讨论，马老师提出了许多启发性的问题，并鼓励我们继续思考。“外交政策分析”这门课，是我根据兴趣选择的选修课，课程是小班教学，授课形式以讨论为主。本周讨论的主题是“媒体对国家外交政策的影响”，马老师首先让我们发表自己对这一主题的看法，大家纷纷畅所欲言，我在充分表达自己观点的同时，也学习了其他同学对于这一问题不同角度的看法。在学生讨论之后，马老师肯定了我们的看法，随后向我们教授了学界关于这一议题的经典研究和最新成果，并辅之案例作为解释，引发了我们新的思考。

随着下课铃声响起，一天的课程于黄昏时分结束。踩着夕阳长长的影子，听着身边同学讨论课上的内容，仍觉意犹未尽。路灯亮起，鹅黄的灯光点亮了随处可见的山大校训：学无止境，气有浩然。我告诉自己，要始终保持求索的热情，在国际关系专业的学习中不断思考、不断进步，终有一日，跬步积累已至千里，终会实现心中的浩然壮志。

作者：政治学与公共管理学院 2021 级硕士研究生　齐浩杉

6 月 15 日　星期三　晴

青年志愿者联合会“雏鹰起飞”志愿服务队成员·李修源

最近，“中国青年志愿者”微信公众号公布了 2022 年全国“七彩假期”志愿服务示范团队名单。当看到我们队伍的名字和其他四支来自山大的队伍一同名列其中时，我顿感荣耀，又觉责任在肩。

我们此次对接开展志愿服务的直西社区，与中心校区仅一墙之隔。近几个月，济南疫情防控压力较大，许多医护人员在医院中昼夜不断地坚守岗位，社区工作人员也尽职尽责地坚守在阻断疫情传播的“最后一道防线”上。他们舍小家顾大家的精神，让我萌生了为他们照顾好小家、辅导防疫一线人员子女学业的想法。一呼百应，我提出这个想法后，得到了老师们的大力支持和青年志愿者联合会小伙伴们的踊跃响应。大家有的教主课，有的讲团史，有的上书法，有的带运动。经过精挑细选，我和其他9名成员组成了山东大学青年志愿者联合会“雏鹰起飞”志愿服务队，通过了团中央青年志愿者行动指导中心和中国青年志愿者协会秘书处的审核遴选，成为其中的示范团队，将陪伴社区中的小朋友们度过一个灿烂的“七彩假期”。

在申报“七彩假期”示范团队之前，我和青年志愿者联合会的小伙伴们就参与了许多志愿服务活动。回首我精彩纷呈的“志愿服务年”，从去年的援豫线上志愿服务，到“重头戏”120周年校庆，再到“12·5”国际志愿者日；从寒假的“希望小屋”活动，到新学期的返校准备、雷锋月活动，再到疫情期间的一系列志愿服务……我全身心投入，乐在其中，成长在其中；增长了见识，锻炼了能力，增长了才干。这一次的入选，并不是我做志愿服务的终点，而是又一个新的起点。希望无论在什么岗位上，我都能坚守志愿服务初心，取得新的成绩，无愧于山大“志愿红”。

从两年前刚入学时的门外汉，到一年前的小跟班，再到现在的熟练手，在志愿服务这条路上，我越走越坚定、越走越自信。即将在山大开启第三年的征程，我希望能在这条路上继续坚定前行。

作者：马克思主义学院2020级本科生　李修源

6 月 16 日　星期四　晴

齐鲁交通学院硕士研究生·张　涛

校园的日子总是短暂的，眨眼就要毕业了。回望这三年，一多半的时间不在学校，还有些许感慨。在外虽有时无法享受学校的便利，但如果让我重新选择的话，我还是会毅然决然去到工程现场。

还记得两年前要去工程现场时的新鲜感和激动心情，但当新鲜感褪去，我开始思考：我为什么来到这里，我应该怎么做？慢慢地，我找到了答案。

从成昆铁路到昌景黄高铁再到川藏铁路，在工程一线开展科研和参与项目，最大的感触就是“接地气”。“纸上得来终觉浅，绝知此事要躬行。”来到现场才知道，我们真正需要解决什么问题、真正需要做什么研究。当开展具有针对性和贴合实际的研究，并且研究成果能为现场建设提供一些帮助时，我会更加感受到这样做的意义和价值，同时带来的成就感也会驱使我更加努力。

工程现场给我带来的不仅仅是学识水平的提升，更是个人品格的锤炼。我们经常凌晨三四点进隧道进行三维激光扫描；在涌水严重的情况下进行探水作业；在海拔 3000 多米的工程一线，我们克服恶劣的高原环境开展现场试验。这些经历都塑造了我坚韧的性格和吃苦耐劳的精神，提升了自己应对各种问题的能力。这些将会是伴随我一生的财富，并且在国家重大工程建设中贡献自己的一份力量，也极大地充实了我的人生。

仔细回想这三年的经历和成长，更多是得益于山东大学岩土中心和导师石少帅教授的培养。石老师扎根现场十余年，具有非常丰富的工程经验和十分敏锐的科研嗅觉，一直是我的榜样。他的科研态度、思考方式、为人处世，都以行动的方式教育着我、影响着我。三年前，我非常幸运地加入岩土中心这个大家庭。岩土中心秉承“坚持理论结合实践、解决重大工程难题”的培养理念，积极为学生创造良好的实践条件。尤其对于我们工科生来说，我们以国家社会需求为导向，在理论联系实际中快速成长。岩土中心团队“特别能吃苦、特别能战斗”的科研作风也深深地影响着我、激励着我，使我拥有了充实且有意义的三年硕士生涯。三年来导师和岩土中心对于我的知识水平的提升和精神品格的塑造，让我今后的人生无比受用。

最近拍了很多照片，努力留下很多人和很多景的记忆，唯一遗憾的就是至今和石老师没有一张比较正式的合影。但遗憾也是一种美吧，因为我们重叠的这段人生中，都在为实现自我价值而努力奋斗。

“为天下储人才，为国家图富强”，山大的办学宗旨是通过我们个体的努力去推动和实现的。不管是在课堂、实验室还是在工程现场，我们山大人秉承着“学无止境，气有浩然”的校训，以不同方式贡献着我们青年人的力量！未来也一样，我们还将以不同的身份，在不同的岗位上传承和光大山大人的精神。

作者：齐鲁交通学院 2019 级硕士研究生　张　涛

6 月 17 日　星期五　晴

趵突泉校区“金兰之谊”雕像落成揭幕仪式参加者·徐小茗

仲夏时节，蓬勃葱茏，瞻仰前贤，跨越时空。6 月 17 日，我作为学生代表，有幸参加了山东大学趵突泉校区“金兰之谊”雕像落成揭幕仪式，聆听老师讲述老舍先生和侯宝璋先生的友谊故事，见证了这一座校园文化新地标的开启。

揭幕仪式上，两位先生的友谊故事和家国情怀深深震撼了我。他们一位是文坛巨匠，一位是病理学先驱，齐鲁校园是他们相遇相知的起点，金兰之谊是他们坚固友情的写照。在这里，他们共同耕耘《齐大月刊》，志趣相通，及至日寇侵华，他们又相继奔赴各自领域的“战场”，投身国家兴邦大业，鞠躬尽瘁；此后即使天各一方，仍惺惺相惜，彼此问候。互相牵挂又各自精彩，我认为，最美好的情谊不过如此。这 15 分钟的揭牌仪式或许会影响我一生，让我对交友与求学都有了更深的理解。

雕像揭幕后，当我第一眼看到他们的时候，仿佛感受到了一种神奇的力量。这或许就是雕塑的独特魅力所在吧，能让人身临其境地置身其中。我静静瞻仰了许久，仿佛时光流转回到了 90 多年前，我正目睹他们在齐鲁校园相处的点点滴滴，看到了他们各自在文学和医学领域探索和奋斗的身影。

在这座充满着故事的校园里，我常常漫步中心花园，穿过林荫小路，沉醉于这座校园的古朴和韵味。百余年来，经过岁月沧桑和时代流转，在这片医学沃土上积淀形成了“博施济众，广智求真”的人文气质和精神品格。我想，这种精神一定会一直激励着我，让我不忘一名公卫人和山大人的担当，追随前辈脚步，永葆奋斗之心，为医学事业和守护人民安康贡献青春力量。

作者：公共卫生学院 2021 级硕士研究生　徐小茗

6 月 18 日　星期六　晴

赴西部、基层和国家重点行业就业毕业生表彰大会发言代表 · 王鹤钧

昨天，在“勇担时代使命，筑梦伟大征程”山东大学 2022 届赴西部、基层和国家重点行业就业毕业生表彰大会上，我作为奔赴国家重点行业就业毕业生代表发言，倍感荣幸。55 年前，我国第一颗氢弹成功爆炸；55 年后，我国完全自主设计建造的首艘弹射型航空母舰——“福建舰”成功下水，我心中的情感更是汹涌澎湃。我更加坚定了我的选择，献身国防，报效祖国。

我即将前往中国工程物理研究院（简称“中物院”）开启新的人生征程。中国工程物理研究院地处四川绵阳，是国防工业的“长子”。拥有强大的国防实力是中华民族屹立于世界民族之林的底气所在。希望我能够接过中物院先辈手中的接力棒，为祖国撑起一把保护伞。

回想起我第一次来到济南这座城市，就首先拜访了辛稼轩祠、解放阁等景点。随后，我在遍布济南大街小巷的先贤壁画中，感受到了这座城市浓厚的文化底蕴以及人文情怀。诸位先贤具有的美好品质与高尚品德，这些始终被济南人民所铭记。

后来，我很幸运地通过了山东大学的研究生复试，成为山东大学硕士研究生当中的一员。母校“学无止境，气有浩然”的校训中对于知识和技能、道德情操与精神境界的孜孜追求始终激励着我；母校“崇实求新”的校风中对于“朴实无华，与时俱进”的严格要求始终鞭策着我；母校“为天下储人才，为国家图富强”的办学宗旨中关于“天下观”和“国强观”的宏伟胸襟与气魄始终感召着我。把个人的命运与国家民族的命运紧紧联系在一起，早已融入山大人最深层的血脉之中，成为每个山大人应有的底色。

去年夏天，正值中国共产党建党 100 周年、山东大学建校 120 周年、

软件学院建院 20 周年，我在软件学院举办的重温入党誓词活动中，和学院的党员同志们一起，面向党旗，再一次握紧右拳，庄严宣誓。入党誓词中那句“为共产主义奋斗终身，随时准备为党和人民牺牲一切”深深地烙印在我心底。

在攻读硕士学位期间，我的导师戴鸿君老师曾不止一次地对学生们说：“做研究应更注重实用，要明白自己为了什么而做研究。不要仅仅只想着要将某个问题的某项指标提升若干个百分点，然后就可以发一篇文章；而更应该想这个研究具有哪些现实意义，这项研究可以为世界带来哪些改变。”不仅如此，戴老师还经常组织实验室的同学们观看爱国主义电影。我印象最深的一次是观看电影《横空出世》，讲述一群中国科学家白手起家、艰苦创业，在内无经验、外断支援的艰苦条件下，最终成功引爆我国第一颗原子弹。老师的谆谆教诲使我坚定了报效祖国、服务人民的理想信念，于是我最终选择加入中国中物院工作。

三年的时光如白驹过隙，转眼间，我即将离别母校，踏上新征程。我会牢记母校教诲，发扬山大精神，低调做事、踏实做人，求无境之学、存浩然正气。今日，我以山大为荣；明天，希望山大能够以我为荣。

作者：软件学院 2019 级硕士研究生　王鹤钧

6 月 19 日　星期日　晴

本科生毕业典礼毕业生代表·赵怡然

“很荣幸能够站在这里，作为本科毕业生代表发言。”这句话我练习了近半个月的时间，在 6 月 19 日的毕业典礼上，终于有机会在台上说了出来。

在上台的前一天，我还在为毕业生代表这个身份感到“心虚”。我并没有出色的演讲技巧，没有惊艳的成绩，我能否代表全体本科毕业生呢？但走在校园里，我看到了无数和我一样的面孔，勤奋向上、努力学习、积极参加校园活动。我想，我能够代表这些平凡而认真生活的毕业生们。所以，我想上台，展示我们毕业生朝气蓬勃的精神面貌，表达我们的志愿与抱负。

站在台上，是学校和理想给了我底气。我和同学们一起回忆了优美的校园环境、优质的教学资源。各校区的壮丽图景在我脑海中浮现，在取之不尽的学术资源中流连忘返的记忆重现，老师的谆谆教诲如在耳畔，在实习中的收获与感悟也涌上了心头——是山大这个家陪伴和支持我们，成长为如今的气质与模样。成人成才后，最好的感恩方式就是以实际行动担当起中华民族复兴大任。所以，我代表毕业生们发声：请母校放心，我们必当不负使命，共同为时代交上一份满意的山大答卷。

回想起四年前，我怀着对陌生环境的胆怯、在异乡的苦闷、见识浅薄的自卑，踏入了山大的大门。入学后，学长学姐们接过我的行李，让我感受到新环境的温暖；同学们相互陪伴、彼此支持，求学路上的欢笑与泪水，让我在山大有了踏实的感觉；课堂上老师传道授业，点燃了我对知识的热忱，明确了学习的方向；辅导员生活上的照顾、情绪上的支持，让我把“回学校”慢慢说成了“回家”。临别在即，宿舍的行囊已打包完毕，我心中的行囊却还有很多的留恋无法收拾。那就留下一份祝愿，莫愁前路无知己，从容踏入人生新篇章。

这个毕业季对我来说并不平凡。三月起，突如其来的疫情打乱了很多同学的返校计划；五月初，中心校区的同学们又共同经历了隔离转运，在方舱里完成了毕业论文。但现在，我又能好好地拥抱每一位同学，当面说一声再见，拥有了完整的毕业季。艰难困苦，玉汝于成，相信经历过不平静的我们会更能品鉴出平静生活的滋味。在这背后，是学校和众多老师为我们保驾护航，陪伴我们走完了四年最后的山水一程。我会继续怀着感恩之心出发，在平凡的日子里心怀美好梦想，展示新时代山大人的风貌。

作者：历史文化学院2018级本科生　赵怡然

6月20日　星期一　晴

研究生毕业典礼毕业生代表·彭　瑞

“每年夏天，我们都要经历一场离别。”

今年，毕业季的主人公是我。那天，在嘈杂的奶茶店里接到导师打来的电话，通知我准备在研究生毕业典礼的发言稿。来不及细品刚到手的奶茶，我开始构思，心里就一个念头：“一定要好好写。”

回忆霎时有些汹涌。

那一天，我初次与导师见面，他像一个羞涩寡言的大男孩。但我第一篇论文的习作，就被他批注得满满当当，我都分不清当时是感动多些，还是打击多些。

那一天，我抱着校长奖的材料走进研究生院办公室，老师们几乎淹没在一屋子文件里，正忙得热火朝天。我在一摞摞垒得很高的材料后面，听到高正老师的声音穿越而来，借机认识了许多为学生科研实践工作服务的老师，才知道各类人才培养的过程并不简单，暗暗赞叹老师们的干练稳健。

准备稿子的过程中，我也想起近年来的疫情，好像它对我的影响并不大。我已习惯了实验室与宿舍的两点一线，校园里相对封闭的管理和保护，也让我更加专注。只是到了午餐晚饭的点，校门口的石板地上，会“生长”出好多五颜六色的外卖，然后陆续被我们“收割”回去。还有那一场万人大转移，我们接过的盒饭、零食上，还都留着书记、校长、学者教授们手上的温度……

这几天，老师们陪伴我一起打磨发言稿，锤炼表达。他们的话，就像一个小铲子，轻轻地给我松了松土，让我的情感破土而出。毕业典礼前，我与稿子形影不离，一有空闲就打开看看。它承载了一个理科生对母校最直接最浓厚的感情，我说的每一个词、每一个句子背后，都是我的经历，我曾经的悲喜与温暖。

6 月 20 日，夜幕降临，暑热高温并没有随着太阳落下而消退。3000 多名毕业生同学们按方阵就座，大家拉起横幅，挥舞标语板，手中闪烁的是荧光棒，眼里闪烁的是内心波澜。在这个晚上，我代表大家讲述，告诉师友，我们会带着传承与爱，坚定前行。

此时此刻，毕业典礼结束，我眼前闪过刚才的星辰之下，所有老师和同学们注视的目光。我想，也许他们听了我的故事，会回想起自己的科研经历，回想起自己的导师，回想起母校的培养与自己的使命，也回想起我们曾在疫情之下守望相助、风雨同舟的难忘经历；他们，也愿意和我一起喊出“孜孜以求，保护家国”的誓言。

最后记下一个小开心：在操场与校长合影，背景是毕业典礼上炫美的灯光，比日出灿烂，比白昼温和，我永远难忘。

因为临别时的发言，我也似乎与母校重识了一回，这是我在山大最后的时光里收获的惊喜彩蛋。对母校诉说肺腑之言，这也是我能献给母校微小但最真挚的毕业礼物吧！

作者：物理学院 2019 级博士研究生　彭　瑞

6月21日　星期二　晴

威海校区毕业典礼参加者·杨在政

夏至已至，毕业将别。6月21日上午，我们迎着烈焰骄阳、踏着青春脚步，见证了独属于2022届全体毕业生的毕业典礼。这一天，注定要深深烙印在我的心里；这一刻，注定要激励着已成为山大校友的我们更好前行。

当序典环节的毕业视频响起时，我的思绪一下子回到了四年前。那是2018年的9月，秋风微吹，晚霞交映，一批稚嫩的新生坐在图书馆广场上，享受着迎新晚会带来的无限遐想。那一夜，我搬着凳子，沉浸于“夜，山大；耶，山大”的兴奋与喜悦，幻想着未来四年独一无二的大学生活。而今天，我依旧搬着凳子坐在广场上，只不过晨光的照耀仿佛将一切美好的回忆固定于此刻，又仿佛将所有前行的力量沉淀在这陪伴四年的凳子上、在这每次集会的广场上、又在这古老而年轻的母校上。的确，与四年前不同的是，黑夜变为了晨曦；它改变的，是一代稚嫩且坚毅、温暖且善良、勇敢且智慧的青年人，是充满朝气、充满力量、充满韧劲的我们。

典礼在毕业生代表们的激昂歌声中拉开帷幕，即便我的思绪变幻万千，也很难不被这充满仪式感、极具山大特色的大会现场拉回。我享受着此时此刻，不仅因为它是我的独家记忆，也因为它是那样郑重、那样应景、那样别致。周边的毕业画板与旗帜同山大红交织在一起，唱响了青春赞歌，昭示着未来华章。尽管现场骄阳似火，但是即将离别的我们热情更高。我再一次聆听了校长的谆谆教诲，志存高远、持之以恒、知行合一的嘱咐直击内心深处，这确实是我在山大的四年求学路上所闻、所见、所学、所获的人生财富。

毕业典礼就是我们大学的最后一堂课。当校友代表分享他的人生阅历，当校领导们表达殷切期望，这无疑是母校再次给予我们的支持与鼓励。一声山大人，一生山大人。当“常回家看看”的话语传入耳中时，我想，在场的大家应当同我一样，在离别前行时的难过之中，更多地融汇出了一份责任与担当。山大人常说，“凡我在处，便是山大”，这是真正意义上的校友之义，也是我辈应当继续传承发扬的山大品格，更是我辈赓续砥砺的山大基因。

会后，我作为省级优秀毕业生代表参与了学位授予仪式。在校长给我拨穗、同我合影的那一刻，我深深地感受到：这一环节对我来说不仅是那一串穗方向的改变，而是我思想幼稚至成熟、行动犹豫至坚定、求知有限至无境的转变。

文心湖旁，玛珈山下，四年篇章已翻过，美好明天正启航。且歌且行且珍惜，愿山大的明天更加辉煌，愿我们的青春更加绚烂。

作者：法学院（威海）2018 级本科生　杨在政

6 月 22 日　星期三　晴转多云

山东大学前任校长·樊丽明

2017 年 7 月 18 日，我受命重回母校担任山东大学校长。对个人来说，能在崇实求新的山大工作，是一生的光荣；能与师生结下深厚情谊，是一生的幸运；能为“强校兴国”作出应有贡献，是一生的自豪。五年来，我以对党负责、对事业负责的态度，全身心投入工作，尽心竭力，恪尽职守，与新立书记和各位班子成员、广大师生医务员工一道，坚持党委领导下的校长负责制，努力推进山大各项事业焕发了昂扬向上的生动气象。以“爱国报国、忠诚奉献的家国情怀，勇挑重担、开拓奋进的担当精神，坚韧勇毅、不务虚功的崇实品格，敢为人先、追求卓越的创新素养”为核心的山大精神，已深深熔铸在我的血液里。在卸任校长的时刻，千言万语浓缩为三句“心里话”。

第一句话是“诚挚感谢大家的厚爱”。我在山大学习、工作了30多年，受益于百廿学府的培养锻炼，获得了校内校外的理解支持。一校三地的一草一木、一砖一瓦，多少人、多少事已经成为难以割舍的心之所系。我要衷心感谢党中央、中组部、教育部和山东省委省政府对我的关怀、信任和培养，让我躬耕这座具有光荣传统的老校、名校，为母校发展、为建设高等教育强国奉献自己的绵薄之力；我要衷心感谢每一位班子成员，我们为了共同的事业、共同的目标、共同的愿景风雨同舟、攻坚克难，组织实施了提升人才队伍、推进立德树人、加快“双一流”建设、扎实服务山东、改进办学条件、落实疫情防控等各项重点任务，没有辜负历史和人民的期望；我要衷心感谢每位师长和全体师生医务员工，你们高度信赖、坚定支持，让我始终铭记肩上的责任，时刻以“追求卓越，只争朝夕”作为鞭策，不忘初心、奋勇前行；我要衷心感谢广大海内外校友以及社会各界人士，你们的真挚情谊和鼎力相助，让我无时无刻不心生温暖、感恩感念。从大家的身上，我学到了很多很多。同时，受能力水平和客观条件限制，还有一些想做而未能做好的事情，对同志们也有关心不够的地方，谨请大家理解、谅解！

第二句话是“始终怀念奋斗的时光”。习近平总书记指出，幸福都是奋斗出来的，奋斗本身就是一种幸福。这五年，我们在奋斗中“坚守初心”。我和同志们一起，始终牢记习近平总书记谆谆教诲，团结带领和紧紧依靠全校师生医务员工，深入践行“为天下储人才，为国家图富强”的初心使命，撸起袖子加油干，一张蓝图绘到底，以“追求卓越，只争朝夕”的奋进姿态推动学校发生了新的喜人变化。2021年，学校百廿校庆前夕，习近平总书记给《文史哲》编辑部全体编辑人员回信，这是对山东大学的巨大鼓舞，我与全校师生医务员工一样深感振奋和幸福。这五年，我们在奋斗中“守正创新”。我和同志们一起，坚持以习近平新时代中国特色社会主义思想为指引，按照学校第十四次党代会部署，大力落实“七大战略”，全面并超额完成首轮“双一流”建设任务，整体实力及主要办学指标进入世界200强，“中国特色、世界一流、山大风格”的发展道路愈发清晰宽广。这五年，我们在奋斗中“争创一流”。我和同志们一起，始终突出“育人”，积极构建“大思政”育人格局，着力强化专业内涵建设，全面深化培养模式改革，深入实施“人才强校”，高层次人才队伍实现倍增，五年来培育了8万余名富有山大基因的时代新人；始终坚持“顶天”，自觉履行高水平科技自立自强的使命担当，国家“双一流”建设学科数实现倍增，重要平台、项目、奖励和重大标志性成果持续涌现；始终踏实“立地”，按照“服务山东战略就是服务国家战略，服务山东发展就是服务国家发展，扎根齐鲁大地创建世界一流大学”的理念，着力打造“山大系”品牌，成为服务社会主义现代化强国强省建设的重要力量。回首五年，我们团结奋斗，在不断扬弃、不断创新、不断超越中，推动山大焕发了勃勃生机，我满怀欣喜和欣慰！

第三句话是“衷心祝福山大的未来”。现在，山东大学已经站上了守正创新、争创一流的全新起点，改革发展难题正在加快破解。我与大家一样，对山大的未来充满信心、满怀期待。我坚信，在以习近平同志为核心的党中央坚强领导下，在新立和术才同志的直接带领下，经过全校师生医务员工的团结奋斗，山大人必将铸就新的历史伟业，百廿学府必将书写新的历史辉煌，建设“担当民族复兴大任的世界一流大学”的宏伟蓝图一定能成为美好现实。山大是我毕生热爱的母校，是念兹在兹的精神家园，我的心永远和山大师生在一起，我的山大情结将永存心间、永远不变。“凡我在处，便是山大。”我将永远心系山大、关注山大、支持山大，为山大的每一项成绩、每一步发展点赞喝彩。从今天开始，我对山大的爱，将转化为默默的祝福，衷心祝福山大明天更加灿烂辉煌，衷心祝福老师们、同志们工作顺利、家庭幸福、生活美好！

（编者注：6月22日，在山东大学教师干部大会上，中共中央组织部宣布了中共中央、国务院的任免决定，樊丽明不再担任山东大学校长职务。临别之际，樊丽明发表感言，表达对山大的深情厚谊和美好祝福。）

作者：山东大学前任校长　樊丽明

6月23日　星期四　晴

文学院教授·胡友峰

陆放翁有一名句："万卷古今消永日，一窗昏晓送流年。"带着对未来的憧憬和对别离的伤感，我们迎来了2022年毕业季。昨日与我的学生M君话别，校园往事仍历历在目。作为文学院的一名授课老师，值此离别之际，再将我在文学院毕业典礼上的最后一课"用爱与智慧呵护生命的意义"与我的学生们分享，并送予2022届诸君。

当新冠病毒侵入山大校园时，人间大爱让我们感受到新时代的伟大力量；当"内卷"和"躺平"令我们无所适从时，正是山大文学院老师启迪的智慧助力大家共克时艰。作为同学们的授课老师，本人既无成功的人生经验可供分享，亦无成熟的人生信条可供传授，因为回首人生路，可以说我大部分时间都是在挫折与失败中度过的。不过幸运的是，每次跌倒，我都要竭尽全力挣扎着站起来。正如各位今天亲眼所见，我是站在这里，而不是蹲在这里，给大家送上毕业祝福的。思来想去，我最有把握的还是自己教授的课程，所以还是从我授课的内容说起吧。

我总共为本届文学院的同学上过四门课：西方文论史、媒介文艺学、

《判断力批判》导读以及《理想国》导读。在座的本硕博同学大概都选修过其中一门或多门。今天毕业之后，同学们各奔美好前程，可能很难再有机会重返校园听我和同仁们讲课。所以我希望能在这个难忘的时刻，带领同学们重温一下上课内容，我将其归纳为五个要点，与大家共勉。

第一个要点：真理是一个爱智慧的过程。从2000年读研开始算起，我从事学术研究工作已经22年了。在这22年里，我遭遇过许多尴尬，特别是与专业有关的尴尬。当别人听说我从事美学研究时，绝大部分人认为我是一位画家；剩下为数不多的，则坚信我是研究美容美发的。哪怕是今天，如果有人问起："美学是什么?"我最多也只能提供一个非常抽象的回答：包括美学在内的所有学科都是对真理的一种把握方式。那么什么是真理呢？我的理解是：真理就是爱智慧的过程。当然，这种"爱"并不是日常生活意义上的"爱欲"，而是具有哲学意味的"友爱"。追求真理的过程，是一种彼此尊重和欣赏、温和且理性的热爱。这种爱不以占有为目的，而是以相互激励、共同进步为目的。通过爱而共同进步就获得了智慧，也就接近了真理。

第二个要点：正义是一个恰当的结构。在《理想国》中，柏拉图为感性、血气与理性在人的心意结构中的位置划定了一个疆域，当三者处在恰当的位置上时，就意味着心灵的正义和个体的正义。所谓恰当的位置，就是理性要规范感性，理性的反思要压制感性的欲望。与柏拉图不同，尼采动态处理了日神和酒神精神，寻找两者之间的动态平衡。我想对大家说的是：若无激情，伟业无以善始；若无理性，壮举不能善终。激情与理性需要找到一个平衡点，那就是爱和智慧。激情需要理性来调配和引导，理性也需要激情来巩固和强化，爱和智慧就是这两者之间的融合剂。

第三个要点：未经省察的人生是不值得过的。2500年前，当孔老夫子站在河水边感叹"逝者如斯夫"时，地中海沿岸的一个狭小城邦正在上演一场思想史上的著名申辩。面对雅典公民法庭"败坏青年，不信本邦之神"的指控，苏格拉底发出了"未经省察的人生是不值得过的"呼喊。这是苏格拉底从容赴死之前，在人类思想史上留下的最为振聋发聩的声音。这句话始终值得大家反复玩味：我们不能为成功而不择手段，面对人世间的各种诱惑，我们需要理性省察，省察自己的人格是否完善，生命是否有所辜负。我认为，这就是我们文学院院训“尚风骨”的精义所在。

第四个要点：死亡是一个必然会降临的节日。这是史铁生在《我与地坛》中的一句经典名言。至今还记得去年我在解读这篇文章时泪洒讲台的情景。大家要明白，在诸神离弃的时代，只有诗人（也就是我们人文学者）才能守护我们的精神家园。我们无论选择化死而生、向死而生，还是逆死而生，都需要尊重生命、尊重自己，因为死亡是一个必然会降临的节日。我们需要“生当作人杰，死亦为鬼雄”的英雄气概，更需要“化腐朽为神奇”的坚定力量。

第五个要点：爱情是可以通向神话的。在座的各位中，有些可能已经在校园里收获了爱情，对于尚在寻觅的同学，我也祝愿你们都能收获完美的爱情。但爱情真的可以通向完美的神话吗？在去年上映的上海方言电影《爱情神话》中，爱情不仅没有变成神话，反而被人间烟火搅得支离破碎。我们大可不必为此沮丧，因为柏拉图在《会饮》篇中，为我们找到了爱情通向神话的密码——攀登爱的阶梯。这是一个爱智慧的过程，当我们到达阶梯的顶点，鸟瞰爱的汪洋大海，也就达到了神话境界。爱情虽然是世俗并充满原欲的，但同时也放射着理想的光芒。我认为，世上并不存在值得不值得爱的问题，只存在喜不喜欢的问题。只要你喜欢，就勇敢地追求，去攀登爱的阶梯，最终就会实现爱的神话。

重温完以上课程内容，我们发现，无论是真理、正义、生命、死亡，还是爱情，都与爱和智慧紧密相关。先哲们的洞见并未穷尽人生的真谛和意义，但在我们追求智慧的航道上设下了航标。我们要沿着这些航标勇敢前行，去奋力开拓自己的人生。此外爱与智慧还同人类命运的终极走向休戚相关，让我们用大爱惠及世间万物，用智慧去创造，拯救当今世界的重重危机和灾难，这既是对个体生命的超越，又是抵达人生意义的至善之境。此外，我还想和同学们讲一点新的内容，虽然不是考试范围，但也极其重要，需要同学们谨记在心。那就是何谓幸福？柏拉图认为理性沉思的生活最幸福；康德认为得享幸福须先配享幸福；伊拉斯谟则认为，一个人成为他自己便是抵达了幸福的最高点。但所有幸福的共同前提是必须拥有德性。没有德性，幸福就失去了根基。在无数遍温习哲人们关于爱与智慧的箴言之后，我的感悟是：幸福就是心满意足、心想事成；幸福不在于拥有名声地位，金钱财富，而在于拥有爱与智慧之时的满足感。

同学们，上完这最后一课，你们就要踏上新的征程，接受更大的挑战。同时，我们的师生关系也面临着一个转变：我们不仅是师生同道，还是江湖同道。当你们放歌江湖之时，我想对杜甫《春日忆李白》中的最后四句诗稍作改动，送给各位同道好友："济南春天树，江湖日暮云。何时一樽酒，重与细论文。"

挥别不舍的青春，踏上新的旅途吧！朋友们，江湖再见！

作者：文学院教授　胡友峰

6 月 24 日　星期五　晴

青岛校区毕业典礼毕业生代表·侯小凡

一晃又四年，匆匆又夏天。伴随着蝉鸣夏至，我们 2022 届毕业生的毕业典礼如期而至。

半个月前，我得知自己要作为本科生代表在毕业典礼发言，内心充斥着喜悦与激动，然而在准备发言稿、练习发言时，心中却又有了几丝胆怯与忐忑。半个月里，是老师的指导、父母的支持、朋友的鼓励以及深刻的自我审视给了我信心与底气，所以今天我才能昂扬自信地走上舞台，代表毕业生诉说我们的故事与心声。

随着毕业典礼的进行，回忆逐步涌上心头。四年前，我怀着无限憧憬来到了崂山脚下、鳌山湾畔的山东大学青岛校区，在政治学与公共管理学院开启了我的求学生涯。到现在，1370 个日日夜夜记载着我从一个青涩懵懂的大一新生到踌躇满志的本科毕业生的点点滴滴。永远忘不了振声苑里教授学者的风范、图书馆里学习研讨的乐趣、博物馆里厚重的文化积淀，也忘不了在田径场艰难跋涉“3000 米”、在华岗苑潜心求教“问题集”、在凤凰居挑灯夜战“考试周”……回望这四年的成长，我对自己的所爱所求日渐明晰，从学术“小白”成长到有能力参编教材、发表论文，从懵懂无知成长为市优秀大学生、省优秀毕业生，从毫无经验的学生干事成长为十佳学生会、优秀班集体的负责人，是山大崇实求新的校风、政管知政为公的情怀、教师循循善诱的教导，引领鼓舞着我找寻到了自身定位，并在山大成为更好的自己。

写到这里，我的脑海中涌出太多感谢的话语：感谢山大为我提供的宝贵发展平台，感谢教师孜孜不倦的教诲，感谢校园里后勤保障工作人员的默默付出，感谢父母无条件的支持与爱护，感谢同窗四年的陪伴与鼓励，感谢自己的坚持与努力……

典礼上的毕业视频与毕业歌曲拉满了毕业的氛围，我的眼眶也逐步湿润。四年美好的本科时光就此结束，我也即将踏入人生的下一段旅程。我在心中暗暗发誓：定将继续携带“家国情怀、担当精神、崇实品格、创新素养”的山大基因一路前行，努力成为可担时代重任的山大人。

作者：政治学与公共管理学院 2018 级本科生　侯小凡

6 月 25 日　星期六　晴

能源与动力工程学院党支部书记 · 杜文静

昨天对我来说是一个重要的日子。我和团队其他老师带领学生们去长清实习，同时作为党支部书记，我带领支部与实习单位山东华昱压力容器有限公司（简称“华昱公司”）党支部举办了“庆七一”党建活动，依托前期合作基础，建立“党建联学共建基地”。揭牌活动得到了学院党委的大力支持。

在“党建联学共建基地”揭牌仪式上，我介绍了两个支部之前的合作情况。2019 年以来，双方就能源高效利用、强化换热设备以及高效储能系统等方面开展了技术合作。在学校与公司领导的支持下，华昱公司成立了“文静工作室”。以我的名字命名工作室，让我既感荣幸又感责任在肩。“文静工作室”是一个校企合作纽带，也是近年来学院产学研融合发展的一个试验点。工作室成立以来，与公司技术人员合作开展的基于熔融盐蓄热供热系统设计以及板式换热器性能优化等方面均已获得市场认可。当前，国家的“双碳”战略是能源学科和能源企业发展的重要契机，但是理论科研和实际产品之间仍然会存在很大的距离。在机遇与挑战面前，基层党支部更应该发挥先锋模范作用，带领党员同志不断攻克科研和生产难关，为先进能源产品的研发保驾护航。华昱公司党支部在支部书记兼董事长张立新同志的带领下，在支部建设和作用发挥上做出了很好的成效。此次基地揭牌，将开启校企党建共建的新模式，也必将促进双方的持续合作。

张立新同志借揭牌仪式，结合自己成长和创业经历为与会人员上了一堂生动的党课。他以几张老照片串讲了创业过程的艰辛。他讲到，作为一名企业经营者，尤其是作为一名共产党员，坚定不移听党话、跟党走，愿意帮助任何一位有困难的大学生，自己也随时做好把企业捐献给国家的准备。在他身上，总能看到一名共产党员的初心和担当，也让我更加坚信党建基地建设的必要性和重要性。学院党委副书记李永卫也代表学院参加了此次活动，希望双方以“党建联学共建基地”的建立为新起点，未来充分发挥党建工作的先进性，不断丰富“党建+”工作体系新内涵，以“双碳”战略为指引，在各方面合作中结出丰硕成果，为党的二十大献礼。

揭牌仪式前，我带领学生们来到公司车间开展了生产实习。学生们在现场看到了直径两米六、长度十米的热网加热器，看到了设计精巧、体量苗条的板式换热器，见识到了“焊接”“卷扎”“激光切割”和“无损探伤”等这些课本上经常出现的名词，对“换热器原理与设计”课程中的理论有了更加深刻的理解。学生们的感叹与惊讶的声音、豁然与开心的面庞，让我有种浓浓的成就感，即使是一名“老教师”，依然有种小激动。

“党建联学共建基地”揭牌仪式和学生实习顺利完成，我的内心仍然激情澎湃。在离开华昱公司前，我又去了一趟“文静工作室”。由于疫情原因，已有些许时间没到这里了。一切依旧，岁月静好，真诚做事，心自坦然。

作者：能源与动力工程学院党支部书记　杜文静

6月26日　星期日　雨

学生心理健康教育与咨询中心辅导教师·马道伟

刚结束一个咨询，办公室的电话响了。电话是一位辅导员老师打来的，他说有个同学情绪低落，希望能得到及时的帮助，我立刻就答应了。经过近1个小时的咨询，学生情绪稳定了，脸上不再挂满泪水。辅导员老师临走时交给我一封感谢信，是一位转介过来向我咨询的学生写的。

说句实在话，收到手写的感谢信，心里是说不出来的温暖与感动。学生的认可，是对我工作的最大肯定。

我从事心理咨询工作马上就 20 年了。20 年间，我已经很难记清楚每一位学生的脸，也已经很难记清楚自己到底见证过多少学生的辛酸苦乐。我唯一能记住的是看见学生带着问题成长时的欣慰，是听到学生说“谢谢老师”时的开心，是帮助学生后的释然。

记得有一天，主任在群里问：“哪位老师开了电影赏析课?”

我心里一沉，以为课程哪里出了问题，赶紧询问，结果主任说：“我在校园里散步，听到两个女生在讨论这门课，并对老师给予了高度肯定，说老师幽默睿智，为此还特意去约了咨询。”

我一直觉得来自学生的认可与肯定，才是作为一名老师最高的荣誉。这几天，随着毕业季的到来，心理中心也开始陆续有学生来告别，有的女同事捧着学生带来的鲜花满脸笑意。或许在这一时刻，我们都能深刻地体会到工作的价值与意义。

在很多同学甚至老师的眼里，心理咨询好像很神秘。其实简单地说，就是心理咨询师了解到来访者在心理适应方面出现问题之后，运用心理学知识方法为需要解决问题的咨询者提供心理援助的过程。咨询师通过细心的倾听、耐心的疏导、专业的分析，给来访者提出恰当的建议；或是在一次又一次温暖的陪伴中，和来访者一起寻找解决问题的对策，让来访者获得改变的智慧与勇气，尽快恢复心理平衡。

就如写下这封感谢信的同学，正是因为我的疏导以及自己勇敢作出改变，才使得她走出坏情绪的影响，慢慢从迷茫中找到方向，重新积极乐观地面对学习。所以我们要认识到，在日常学习和生活中，每个人都难免会遇到各种各样不顺心的事情而影响心情，这些不良情绪的产生是很正常的。只要积极主动寻求专业帮助，及时求助，就一定能够摆脱不良情绪的困扰。

中心的每一位老师都和我一样，愿意用自己的所学，尽力去帮助每一个前来求助的学生，希望他们都能直面问题，带着问题成长，培养理性平和的健康心态。我们认真对待每一个电话、每一封邮件、每一个声音，或许做得还不够，但我们一直在努力。

希望每一位同学都能健康快乐地成长，即使偶尔会遭遇困扰，也不要担心：山大心理中心一直在这里，我和其他心理咨询师都会温暖相伴，与大家一起拥抱阳光！

作者：学生心理健康教育与咨询中心心理辅导教师　马道伟

6月27日　星期一　晴

齐鲁交通学院硕士毕业生·刘福民

“未觉池塘春草梦，阶前梧叶已秋声。”转眼间，硕士阶段的求学之旅便已到尾声。我的毕业季有些不同寻常，工程现场成为我撰写论文和答辩的主战场。

学期伊始，在遵循当地防疫政策的前提下，我背起书包踏上了去边疆的行程。初春的工地还很冷，我稍作休整，便前往地质条件复杂的现场开展科研工作。撰写毕业论文的压力，使我心中的一根弦时刻紧绷着，但好在有现场这个“宝库”。论文需要样品，就在现场采；需要数据，就在现场测。老师的指导是我的“强心剂”，论文每完成一部分内容，都会得到严谨的修改和批注。最终历经50多稿后，我完成了毕业论文。

记得论文答辩的那天我是第一个。在忐忑的心情中，我早早就起床调试远程设备，同住的现场技术人员也起床开始了一天的工作。一个多小时的汇报回答时间很快过去了，紧张的心情渐渐消失，随之而来的是一种难以言说的情绪。当会议结束和评委专家们告别的那一刻，坐在屏幕前的我瞬间泪目。我想到了不懈努力挥洒汗水的过往，想到了即将奔赴天各一方的同窗，心中有太多不舍。千佛山下办公室灯光如白昼，戈壁滩上隧道外落雪似飘絮，是这个阶段最美好的回忆。那一刻，我的心情就像一条平静流淌的河流，感谢来时的涌泉之恩，期待前方的波澜壮阔。

接下来，我的博士阶段的学习仍将在这里开启。实践出真知，实践长真才。我的导师许振浩教授常教导我们，搞科研要落地，要把所学和所研究用于服务国家建设，把个人的成长融入国家需求中去。从研一到现在能一直参与新疆的工程项目，我感到十分幸运，在老师的带领下日复一日、年复一年地开展现场科研攻关和技术咨询让我受益良多。我也决心继续用实际行动践行“把论文写在祖国的大地上，把科技成果应用在实现现代化的伟大事业中”的伟大号召。

今年适逢中国共青团成立 100 周年，青年人的未来征程必定任重而道远。期待我们一起厚植家国情怀，弘扬山大精神，强化使命担当，科研报效祖国。在过去的三年里，我求学在山大、成长在山大、收获在山大；未来，我还将在这个无比广阔的舞台施展才干，贡献力量。

祝愿全体毕业生毕业快乐！祝愿辛勤指导学生的老师们事业顺利！

作者：齐鲁交通学院 2019 级硕士研究生　刘福民

6 月 28 日　星期二　晴

山东大学第二医院见义勇为护士·温　卿

前天，我在百花公园为一名突发心跳骤停的市民进行心肺复苏，挽回了他的生命。让我没想到的是，这件事引发了广泛的社会关注，我也收到了很多来自领导和亲朋好友的肯定和鼓励。面对突如其来的赞誉，我内心反而特别平静：我是一名医务工作者，有专业的急救知识，遇到需要帮助的人，这是我分内的事，我责无旁贷。

回想起那天的事情，我到现在依然记忆犹新。那一天，济南天气异常闷热，大概早上6点40分，我在百花公园正在晨跑，突然看到前面围着一群人。过去一看，一名跑友被大家扶着，瘫软地坐在地上，脸上、腿上都有擦伤，面对大家的呼喊毫无反应。“不会是心跳骤停了吧?”第一反应告诉我，这位跑友的情况非常危急。我一个箭步冲过去，一边蹲下一边大声喊：“把人放平，醒醒，能听到我说话吗?”看到他没有任何反应，我又把手放到他的颈动脉处，没有任何波动，胸廓无起伏，心跳骤停！我的脑海里瞬间闪过：必须立即胸外心脏按压。看了一眼他的口腔，并未发现分泌物，我将跑友的头偏向一侧。“快帮忙拨打120。”我一边向旁边的人喊着一边开始了抢救。

抢救跑友的几分钟时间，在我看来就像是经历了一场与死神的赛跑。虽然内心极度紧张，但是脑海里唯一的信念支撑着我——我一定要把他救活！经过大约两分钟的复苏后，跑友的心跳恢复了，并逐渐有了意识，我也松了一口气。十分钟后，跑友终于呼吸均匀，脉搏有力，意识完全恢复，对我拱手说“谢谢，谢谢”。随后，“120”赶到，我跟医护人员交代了一下病情就离开了。

没想到这件事给我带来了那么多的赞誉。其实，我仅仅是当时施以援手的其中一个人；在我做这些的同时，好多热心人都在帮忙，有打120的，还有提供药物和水的。是大家的共同配合，才赢得了这场与死神的赛跑，救回了一条鲜活的生命。

有人问我，当时救人的时候有没有犹豫？我想说，我没有犹豫。虽然社会上偶尔会遇到施救的人受到攻击和伤害，但是我在学校和医院受到的教育告诉我：生命，比任何事情都要重要，值得我付出一切去争取。

记得2002年，20岁出头的我从山东大学护理学院毕业，来到了山东大学第二医院工作。参加工作的 20 年，正是山东大学第二医院起步、快速发展的阶段。医院坚持党建引领谋发展，为年轻人搭建快速成长平台，也激发了年轻人干事的动力。医院涌现了很多感人的救人事迹，被媒体赞誉为“有温度的医院”，向上向善也成为每一位医务工作者的共识。在救治“非典”患者、救治汶川地震伤员、援助武汉和上海抗击新冠肺炎疫情等重大任务中，医院都体现了“国家医疗队”的责任与担当。患者的口碑胜过金杯银杯，在我工作的 20 年里，我时刻牢记医者大爱。看着一位位患者肯定和鼓励的眼神，身为医务工作者，我很骄傲；身为山东大学第二医院的医务工作者，我更加自豪。

今天上午，被救者来到医院，送来了锦旗。“去鬼门关走了一圈，结果山东大学第二医院不同意，又把我拉回来了。我很感谢关键时刻拉我一把的温老师，人间还值得我继续留。”听着他幽默的话语，大家都笑了。人与人之间的信任，人与人之间的和谐相处，有时就是一次援手、一句暖心的话、一次责无旁贷……医患关系也很简单，用我们的真心、用我们的专业知识、用我们的责任担当，随时随地守护一方平安。

我是医者，治病救难，职责所在！

作者：山东大学第二医院血液净化科主管护师　温　卿

6 月 29 日　星期三　晴

外国语学院俄语专业教师 · 王钦香

不久前，教育部印发《教育部办公厅关于公布 2021 年度国家级和省级一流本科专业建设点名单的通知》（教高厅函〔2022〕14 号），外国语学院俄语专业入选国家级一流本科专业建设点，这个消息让俄语系全体师生激动不已。

山大俄语专业已经走过了70多个年头，这里培养出了一批专业基础扎实、人文素养深厚的俄语人才。如今，他们在外交部、人民军队、政府部门、地方外事办、教育界、各种类型企业等不同领域发挥着自己的才能，展现着山大俄语人的别样风采，俄语系以自己培养的学生为荣。

于我而言，俄语系就像家一般亲切。我依然清晰地记得2009年春天来俄语系参加考研面试的情景。4月初的济南春风拂面，柳絮飘扬，洪楼校区更是绿意盎然，生机勃勃。俄语系的老师们都特别亲切，让我这个从外省赶来参加面试的考生倍感温暖。2009年9月，我如愿进入自己心仪的山东大学，成为俄语系的一名研一学生。三年时光里，我在这里汲取知识、结交朋友，丰富自己的人生阅历，感受浓浓的师生情和同学情。2012年3月，国家留学基金委划拨给山大俄语系一个公费去俄罗斯高校攻读博士学位的名额，我顺利申请到了这个珍贵的名额。2012年11月，我带着亲人师友的嘱托踏上了赴俄求学之路。留学期间，我一直谨记自己是山大俄语人，母校需要和俄罗斯高校建立合作时，我也积极帮忙联络，以便中俄学者的合作与交流顺利实现。可以说，没有山大俄语系，就没有我的留学之路，更不会有今天能够站在母校讲台上教授俄语的王老师。感恩山东大学！感恩外国语学院！感恩俄语系！

现在想来，何其有幸，我可以和昔日那些和蔼可敬的老师们一起共事，也在他们的包容和庇护下渐渐成长。无论是在工作中，还是在生活中，他们都给了我莫大的鼓舞和帮助，我可亲的俄语系同事们永远都是我最坚实的后盾。我们一起给学生传道、授业、解惑，我们也聚力共谋俄语系的发展。

2016年学成回到母校母系之后，我主要教授低年级的精读课程。不同于其他外语，俄语的语言变化比较繁杂，语言内部结构和汉语的截然不同，这些因素都给学生的学习带来了困难。我在授课过程中会带着学生一遍遍复习那些变化不规则的动词，读得多了，学生也就记住了，不再觉得变化不规则动词是难以逾越的鸿沟。由于我们的学生都是零起点学习俄语，我会要求他们在掌握好语音语调的基础上把 1 至 2 册所有的课文都背下来，这是学好俄语的基础。每次批改学生作业时，我坚持给每一位同学手写作业评语，多是鼓励他们的话语，目的是让学生感受到老师对他们的学习给予反馈和关心。

如今，俄语专业获评国家级一流本科专业建设点，这对俄语系师生而言是莫大的肯定与激励。我们将俄语系老师们敬业爱岗、踏实勤奋的精神薪火相传，相信俄语系的明天会更加灿烂。

作者：外国语学院俄语系助理研究员　王钦香

6 月 30 日　星期四　雨

管理学院旅游管理专业班主任 · 孙晋坤

管理学院旅游管理专业 2018 级的 28 名本科生毕业了。记得当我听到今年本科毕业生离校的确切日期时，心里还是“咯噔”了一下。他们是我作为班主任的第一届学生。

初次与他们相识，是我入职山大的第三个月，正值他们的大三下学期。在学院询问我是否可以接任 2018 级旅游管理本科生班主任一职时，我欣然答应，但心里却很忐忑，不知我是否可以胜任。我的导师章锦河教授在我临行前嘱咐：做好科研固然关键，但站稳讲台则更为重要，要用心做好教育这项伟大的事业。因此，作为一名刚入职的青年教师，我对担任班主任一职满怀敬畏。

担任班主任后，每次和学生交流，我都会被他们的青春洋溢、求知若渴、积极上进和活泼可爱触动。上学期我给他们讲授城市旅游开发一课，对教学经验不多的我而言，上课时他们那一双双目不转睛的眼睛是鼓励我树立讲台自信的关键。为了解决个性化的学业问题，我们班建立了全年不定时的约谈活动，知新楼 B 区 6 楼的小桌椅是我们的流动据点。从腼腆、真切和渴望成长的他们身上，我看到了曾经的自己，也深刻地认识到做一名合格的灵魂工程师是多么重要和富有挑战。临别之际，学生们主动要求举办专业经验分享会，把一路走来的所思所想所得分享给学弟学妹们。一句句真切的叮嘱，一个个贴心的细节，一次次知无不言、言无不尽之后仍觉不够……我又一次被他们对“旅游大家庭”的用心和浓浓的爱所感动。

旅游管理是最富想象力的专业之一，也旨在培养出富有想象力和人文情怀的社会栋梁之材。在传统的学科分类逻辑下，不易确定旅游管理的位置。它是一门新兴的、跨学科的、综合的学科领域，目标是解决一个区域或地方旅游发展相关的社会、经济、文化和生态等的全方面问题，因此需要借助管理学、经济学、社会学、文学、历史学、心理学、地理学、人类学、生态学、GIS（地理信息系统）、交通运输学、医学等多学科的理论与方法，取人之长，融会贯通。更重要的是，它还需要丰富的想象力来支撑旅游业和旅游活动的创意与创新。经过四年的修炼，我在 2018 级旅游管理本科生身上看到了天马行空的想象力、开阔前沿的宏观视野以及浓浓的人文情怀，令人欣慰。在文化和旅游学系历届师生的共同努力下，旅游管理被评为国家级一流本科专业，并在软科 2022 年中国大学学科排名中获评“A＋”等级（山东大学共 15 个“A＋”专业）。在山大的四年成长都将成为他们继续磨砺修炼、攀登高峰、体验人生的坚实基础。

最后，衷心地祝福我的同学们。不管未来的路上有多少酸甜或苦辣、坎坷或平顺，愿你们的心中永远保有一方诗和远方的田野。

作者：管理学院教师　孙晋坤

7月1日　星期五　晴

"光荣在党50年"纪念章获得者 · 尹元成

在"七一"之际获颁"光荣在党50年"纪念章，我感到非常荣幸和激动。

去年，在庆祝建党100周年之际，党中央决定颁发"光荣在党50年"纪念章，并作为一项经常性工作，即每年"七一"都要集中颁发一次。这是党中央对老党员的关爱和温暖，由此极大地激发了老党员的荣誉感、存在感和使命感。

我于1961年大学毕业，被分配到国防科委下属的核试验基地。1963年，以两弹一星元勋程开甲院士为首的专家组，组建了核试验基地研究所，于是，我被分配到研究所第一研究室，从事大气层核试验测试研究工作。我参加了我国首次原子弹试验和首次氢弹试验，后又参加了我国十多次核试验。1979年11月底，我转业到当时的山东工学院，后改名为山东工业大学，从事物理教学工作，直到1995年退休。

我和这次获得纪念章的老党员们一样，50多年的时间里，在党组织领导下，在国防建设事业、党的教育事业等领域的工作岗位上，历经风雨，勤勤恳恳、任劳任怨地为党的事业、为国家建设付出了毕生的精力。可以说，今天我们国家的富强、我们军队的强大、我国人民生活的改善，都与我们这些老党员一生的奋斗分不开。现在，党中央颁发"光荣在党50年"纪念章，就是对我们这些老党员对国家贡献的一种肯定和表彰。

现在，我们都老了，还能不能发挥一个党员的先锋模范作用？对这样一个问题，我想了很久，觉得要做一些实事是不可能了；但是，我们可以以身作则，听党话、跟党走，始终和党中央保持一致，以影响和教育下一代子女，或周围的亲朋好友。

现在的世界形势非常复杂而多变，社会和网络上众说纷纭，谣言四起。此时，我们就应做到不信谣、不传谣，以党中央的声音为准，言行要和党中央保持一致，做到不忘初心、牢记使命，成为一个永不褪色的老共产党员。

作者：离退休处退休教师　尹元成

7月2日　星期六　晴

趵突泉校区红云公寓倾听小屋负责人·薛红云

一阵电话铃响起，电话里传来一个怯怯的声音："老师，是红云倾听小屋吗？我想预约！"

"是的，同学，我是红云倾听小屋的红云老师，很高兴接到你的电话预约，感谢你的信任，你看你什么时候方便，我在小屋等你。"

这是红云倾听小屋成立三个多月以来，我接听预约电话的场景。

2022年3月23日，在领导的支持和同事们的配合下，学生公寓创立了首个倾听小屋，到目前为止已经有十几个同学通过邮箱、电话预约或直接来访的形式来到小屋倾诉心声。

每次接到学生们的电话，我既高兴又紧张。高兴的是，我又有机会可以帮到有需求的学生了；紧张的是，我每次面临的都是不同类型的学生，不知道他们是一个什么状况、需要解决什么问题，我是否能顺利帮助他们？在没有见面之前，我的心里会有无数个问号。但是，我知道，孩子们能有勇气来到我这里，把他们的心里话告诉我，是对我莫大的信任。

我告诉自己，一定要带着一颗爱心，真诚地倾听他们心里的困惑，真正地走到他们的心里，尽最大努力帮助来访的每一个孩子。作为一名母亲和一位宿舍管理工作人员，我习惯性地把每一位来到我这里的学生都叫作孩子。

为了更好地帮助学生，近几年来我一直不断地学习心理学方面的知识，但我更深刻地体会到作为一个倾听者，爱心和助人之心比技能技巧更重要！

三个多月的实践证明，学生们对这么一个可以倾诉心事的地方非常喜欢。我接待的十几个孩子，每一个都是怀着满满的期待而来，带着收获、希望、爱和力量而去。在小屋经过一两个小时的交流后，有的孩子流下激动的泪水，心里暂时放下了沉重的包袱；有的孩子重新找到了自信，感觉忽然充满了能量；有的孩子获得了自助的方法；也有的孩子虽然情绪得到了暂时的疏解，但还需要更专业的心理咨询与帮助，我会诚恳地向他们提出转介的建议。

特别是在疫情期间，学生们的情绪更不容易得到疏解，我会根据学生们的需求调整谈话时间和谈话方式。有时孩子们比较忙，预约时间和上班时间冲突，我就调整自己的业余时间，来满足孩子们的需求；有的孩子比较害羞，希望电话谈，我就会在双方都方便的时候电话交流；有的孩子习惯用邮件的形式，为了不错过每一个孩子，我每天都会看好几次邮箱，这是以前都没有过的工作习惯。

记得学校解除封闭管理后，有的孩子问我："老师，倾听小屋还开放吗？"我很坚定地告诉同学们："只要同学们有需求，红云倾听小屋就会开展下去！"不为别的，只为了孩子们的那份信任。

我会不断地学习，努力丰富自己的心理学专业知识，给我所关心的孩子们更多的关心关爱，帮助他们获得成长的力量。真心希望每一位山大的孩子，每一天都过得快乐！

学生的平安健康，是我作为宿舍管理人员，作为山大的一名普通教职工最朴素的心愿。

作者：学生公寓管理部工作人员　薛红云

7月3日　星期日　阴

“泉心”赴临沂支教队成员·韦永拼

昨天上午，山东大学泉心爱心社举行了支教动员大会，社长孔令通主持会议并希望大家在支教过程中能够收获成长，提升自己，有所感悟，带着一份责任、一份爱心，将爱传递给孩子们。开营仪式中，新庄镇太和村王涛书记表达了对泉心爱心社的欢迎与期待。

上午，孩子们沉浸在小铁杉的年轮故事中，品味故事，了解人生轨迹，领悟到事情有好坏两面之理，收获知识与力量、爱与成长。在下午的音乐课上，听到孩子们稚嫩的歌声，我忽然发现，太和村的孩子和我们、和城市里的孩子一样，他们天真、善良，同样对这个世界充满好奇，只不过他们的世界很小，小到骑电瓶车20分钟就可以绕村一整圈。希望正如孩子们所唱的那样，“明天会更好”，孩子们的明天一定会更好！

第一天的支教结束了，很累也很快乐，有挫折也有感动。面对孩子们真挚的面庞和渴望知识的眼神，我知道，我这次的支教经历是难忘又有意义的。听着孩子们的一声声“老师”，解答之后的一声声“谢谢”，我心里涌出无限的感动与温暖。我心里默默想着，接下来的支教时间里我不仅要成为他们课堂中的好老师，也要成为他们生活中的好朋友，希望我们可以交换彼此眼中的风景。

泉心爱心社十三载光阴，以感恩之心为初衷，以传承之道为己任。我认为支教征途的意义，是建立起孩子们与广阔天地的连接，开辟通往灿烂远方的路径。支教是一场幸福的遇见，亦是一场爱与被爱的修行，每个孩子的眼底都有万丈光芒和星辰大海，美好的事物经过时间的酝酿和打磨，才会愈加可贵。期待接下来的支教生活！

作者：化学与化工学院2021级本科生　韦永拼

7月4日　星期一　晴

海洋学院本科生 · 张诗晗

一晃两三年，匆匆又夏天。走在绿荫下，我与同学相伴踏上归途，再次路过校训石离开校园时，便意味着我的大学“余额”已仅剩一年。

校园，永远不是楼群的简单拼接，也不只是知识的简单传授。它的每一棵树、每一朵花、每一间教室、每一处角落，都有着自己的故事。回想我与海洋学院结缘的三年，脑海中浮现的是充实、鲜活、开阔和带给人的蜕变……

走在路上，我们谈到了过去，那是我们怀念的时刻和难忘的记忆。何其幸运，我选择了海洋科学作为我的专业，并开启了自己“问海求真，谋海济世”的求学之路。尤记得在海洋科学导论课程中初探这门专业的新奇与憧憬，我们惊叹于海洋孕育无限生命，感慨于深处蕴藏丰富资源，专注于探寻和保护生态价值。在不断了解海洋、认识海洋、经略海洋的过程中，我们通过多次出外实习的机会真正走近这片蔚蓝，出海、登山、测样、采集……我们知行并重、学思结合，将所学所想用实验来证实、用实践来体验。

走在路上，我们谈到了现在，这是最后一次交专业课的期末答卷。再次回顾前三学年“早八人”与“实验人”的反复横跳，不禁觉得多了一丝鲜活和生动。在张老师的海洋学课程中看待海洋的深度和广度，在祝老师的动物学课程中学习“舌尖上的海洋”，在刘老师的实验课程中学习专业剖鱼手法，在珊珊老师的生理课程中将知识与生物体紧密结合，在“惊奇海洋”项目中体会海洋文化宣传与科普的重要性，在一场场“海豚计划”活动中相互启迪、夯实基础，在一个个科研课题中体会将知识应用于实践的欣喜与满足……至此，郑重交上最后一份分子生物学的答卷，本科期间的专业课程便已全部结束。但这期间的所学所得已成为我充实、成长的基础，更不断加深我对海洋科学、生命科学的专业责任和情怀。

走在路上，我们谈到了未来，这将是我成为海洋学院学子的第四年。经过知识的整合与积累、老师的启迪与指导，我逐渐在浩瀚的海洋中找到方向，明确了自己更为感兴趣的领域，也更深刻体会到“做科研是为了解决实际问题”这句话的深刻含义。等再次返校回来，我依然会喜欢时常到威海的海边走走，感受它的浩瀚、神秘和富有，将自己对它的好奇心、探索欲注于未来的学业与科研中，续写我与海洋科学的故事。

习近平总书记说过：“海洋经济发展前途无量。建设海洋强国，必须进一步关心海洋、认识海洋、经略海洋，加快海洋科技创新步伐。”作为一名海洋科学专业的学生，我深知这段话所赋予我们的责任。希望未来的我们，都能够无惧征途漫长，为这充满活力的时代增添自己的力量。

作者：海洋学院 2019 级本科生　张诗晗

7 月 5 日　星期二　雨

研究生暑期学校“明月与作耳边珰”课程主讲人·肖春楠

汲典籍精华，传中华文化。昨天下午，我与硕士研究生王安钰学姐一起，作为主讲人参加了 2022 年山东大学国际教育学院研究生暑期学校“明月与作耳边珰”文化耳饰设计课程，通过项目介绍、文化耳饰展示与设计、感悟交流等活动，传递文化创新意识，推动中华优秀传统文化创造性转化、创新性发展。

课程伊始，我们带大家从总体上了解了文化耳饰项目的初衷，从文化、市场、大学生能力锻炼三个方面分析了设计文化耳饰的价值。我们设计的耳饰从中华优秀传统文化、中国古典文学中汲取营养，而且制作工艺优先选取中国传统工艺、非物质文化遗产等，致力于设计出“行走中的中国文化”。我们在课上着重讲述了耳饰的文化价值，希望可以提高学生的文化传承与文化创新意识，让中华优秀传统文化在新时代焕发出新的活力。

“授人以鱼”更要“授人以渔”。在详细介绍了文化耳饰的设计理念之后，我们从创造性转化、创新性发展两方面向大家介绍了如何设计一款文化耳饰。如何抽取一个特定文化符号的相关元素，创新出贴合符号本身的文化产品，用更贴近年轻人的方式传播中国优秀传统文化？我们总结了“三本”原则：立足产品受众本身、立足文学素材本原、立足客观条件本体。在每一部分的讲解中，我们都列举了相关事例，使课程更加生动形象。

“见之不若知之，知之不若行之。”文化的传承不应停留在理论，更要深入实践中去。我们安排了课堂实践环节，请同学们运用所学知识，设计一款自己喜欢的文化耳饰并交流分享。虽然我们只是进行了1个课时的讲解，但是同学们已经可以很好地设计一款文化耳饰了。张同学从李白《清平调词三首》获得灵感，提取“牡丹、露珠、阑干”元素，设计了“花想容”耳饰，并从元素入手，阐述设计理念，进行了很好的分享。同学们的分享交流也加深了大家对于文化耳饰设计的理解。

立足汉语国际教育专业，我们需要在国际上更好地传播中华优秀传统文化；立足炎黄子孙的个体，我们有责任传承我们传统文化的精华。希望能通过文化耳饰设计项目，通过“明月与作耳边珰”课程，让优秀文化在我们手中发光发热，也让更多的人加入传承发扬中华优秀传统文化的队伍中。

作者：国际教育学院2020级本科生　肖春楠

7月6日　星期三　雨

研究生支教团成员·刀彦月

盛夏的太阳总是格外的明媚，而分别的时刻也总是在这样明媚的日子里。

一年前的夏天，我在中心校区的风雨操场上和一万多名毕业生一起合唱《山大我爱你》；在往后的日子里每想起山大时就会想起这首歌。一年后的今天，在给确山县老臧庄小学100多个孩子准备的最后一节课上，我也为他们唱起了这首歌，孩子们悄悄地抹着眼泪，而我不舍地看着他们每一个人的脸，声音也慢慢变得哽咽……这一年是我一生都难以忘记的时光。

还记得一年前坐了9个多小时的列车，在一个夜晚来到了即将支教一年的老臧庄小学。作为队长的我，义不容辞地选择了唯一的乡村小学，但学校的建设条件却让我惊讶。原来是母校的捐赠，让这所周围只有农田的学校成为确山县数一数二的标杆校园，心中的自豪感油然而生。我同时也了解到，虽然硬件设施很好，但学校老师的教学压力很大，所以我便承担起了一年级的美术课和四、五、六年级四个班的英语课，成为拥有学生最多的老师。

一年级的小朋友们是最可爱的一群孩子。每次在我来上课前，他们都会来办公室接我。春天我们画各种各样漂亮的花朵、放风筝，夏天就画冰箱、画海底世界，秋天我们捡落叶做叶子画，冬天我们给舞狮画上缤纷的色彩。在小小的教室里，无数的畅想，冲破了屋顶飞到宇宙之外的世界，最后又落到了纸面上，用五颜六色的画笔填满了纯白的纸。

四年级的同学们是一群很特别的学生，他们上小学的四年来，每一年都有一位来自山大的支教老师。在山大百廿校庆时，我让孩子们写一写

“我最喜爱的‘山岩’老师”。四年级的孩子们给每一位来自山东大学的老师都写了一封信，当我把这些信寄给学长学姐时，他们都非常感动，还特意录了视频祝福孩子们，希望孩子们努力学习、志存高远。

六年级的两个班，是我在教学上关注最多的一群孩子，他们即将迎来人生中的第一次重要考试——小升初选拔性考试。但他们接触英语的时间不到三年，基础比较弱，所以需要额外讲授很多知识。为了保证课堂进度我难免严肃，但在毕业离别之际，六年级的孩子们却给了我好多好多的惊喜，让我至今都深深感动。

其实与确山的缘分早于支教这一年。最让我骄傲和激动的就是时任校长樊丽明来老臧庄时问我为什么选择来确山支教，我回答：“因为我是管理学院文旅系的学生，本科的时候跟着我们专业的老师们做过确山的相关规划，对确山很有感情，所以第一选择就是在这里支教!”她对我们的工作表示了高度认可。

支教这一年，我们开展了许多活动，积极运用专业技能为当地的乡村振兴作出贡献。

关于党史学习教育，我们开展活动，走访乡村扶贫企业等事迹，被《河南日报》、青春确山等媒体报道。我们给老臧庄提琴厂设计的宣传标语，现在就贴在工厂的门口。我们为农民企业家“红薯姐”设计的宣传方案，也发布在她的抖音上，每一个孩子都用自创的童谣为家乡代言。我们发起的联合新疆、山西两个服务地开展国家公祭日的主题活动，得到中青网西部志愿汇的关注与宣传。我们延续了“梦想导师”品牌项目，利用在山大筹集的六百多本书，搭建了“筑梦书屋”。书屋里有一道醒目的横幅：“山大百廿传墨香，书屋共筑学子梦。”在我写下这个句子时，心里非常感激母校对当地乡村教育的帮助，也深切期盼着我们能够将母校的帮助转化成梦想的种子，播种在每一个孩子的心里。

这一年奔赴乡村教育，缘于热爱。这一年，我给了孩子们我所有的爱意，也收获了孩子们好多好多的爱意，这些爱将会点亮我们彼此未来人生的道路。谢谢这一年，谢谢我的100多个孩子们，能成为你们的老师是我一生的幸运。

作者：管理学院2022级硕士研究生　刀彦月

7月7日　星期四　晴

“感知高新　芯系未来”访企拓岗活动
参加者·张子睿

7月7日，山东大学微电子学院“访企拓岗”调研观察团第一天的企业调研与考察开始了。作为二队队长，在提前与企业和研究院对接后，我带领团队成员开启了实践之旅。

上午，我们前往联暻半导体（山东）有限公司，在经理江爱会的带领下参观了公司，并对江经理进行了访谈。我们从公司展厅了解了企业的发展过程，细致了解了其母公司台湾联电集团（UMC）各个分公司的业务范围，并观察了不同应用场景下的芯片与晶圆。之后，江经理带着我们去往会议室，给我们详细讲述了联暻半导体作为一家IC设计服务公司的服务范围、目标客户、营业各项指标以及人才招聘的要求等内容。

讲解结束后，我就人才面试的内容向江经理询问：“我们青年学生，特别是微电子行业的学生应当注重哪些品质的培养？”江经理有些凝重地告诉我们，不少学生毕业工作后普遍存在浮躁的现象，单纯为了薪资就反复跳槽，不肯沉下心来深耕。她认为，尤其是我们微电子行业，更需要放平心态，多积累专业知识，让自己不断升华，要相信“花香蝶自来”的道理。江经理的教诲在一定意义上给我们提了醒，告诉我们要扎实学习知识，不断积累与提升。

下午，我们去到山东中科先进技术研究院，在人力资源部工作人员的带领下参观了中科先进院的医疗康复研究中心、新能源与汽车电机控制系统事业部以及人机智能协同系统研究中心。在那里我们见到了脑电波控制康复辅助装置、新能源汽车电机控制系统、外骨骼助力辅助系统等高新技术，各研究中心的工程师也都十分耐心地给我们讲解知识和演示成果。

之后，我们在会议室与科研管理部的副部长韩玉杰进行了座谈，当得知韩部长本科也毕业于山大时，我们瞬间感觉很亲切，她也十分亲切地说自己是我们的大师姐。在交谈中，韩部长用自己在复旦读研以及毕业走上工作岗位的经历告诉我们，作为大学生，我们要趁着年轻多学、多问、多沟通、多尝试，不断挑战自己，寻找各种自己感兴趣的方向，挖掘自己人生的无限可能。与此同时，她也告诫我们，要不断夯实自己的知识基础，一旦选择好了未来的方向，就要在这个方向静心研究，要有“十年磨一剑”的精神与耐性，而这与上午江经理的思想不谋而合。

一天的访谈很快就结束了，我们在参观的同时接触到了高新技术。更重要的是，我们从经验丰富的前辈那里学习和聆听到的教诲，足以让我们静心沉思，让我们思考如今的大学生活，也让我们体悟未来的人生方向。

作者：微电子学院2020级本科生　张子睿

7月8日　星期五　晴

山东大学文科科研管理创新专题培训班
学员·付立华

今天的济南，蓝天如画，骄阳似火。我在中心校区参加了“文科科研管理创新专题班培训”，培训重点围绕文科实验室建设、新型高校智库建设、科研评价管理机制改革等内容进行交流研讨。此次培训是山东大学为推动学校事业内涵式高质量发展，围绕“精耕细作”的理念和思路设计的专题培训和课程之一。

培训持续了一天的时间。教育部哲学社会科学重点实验室清华大学计算社会科学与国家治理实验室副主任孟天广和浙江大学区域协调发展研究中心副主任、中国西部发展研究院常务副院长董雪兵分别为大家讲授了“文科实验室建设专题”和“高校智库建设专题”。学校人文社科研究院的黄凯南院长带领大家深入学习了《面向2035高校哲学社会科学高质量发展行动计划》和山东省《“十四五”时期哲学社会科学发展规划》中的重要中长期规划精神，并通过丰富的科研组织工作实际案例，向我们传授了如何形成学院健康良好的“科研管理生态链”等宝贵经验。学习结束后，学员们围绕今天培训的主题和内容，结合所在学院的科研工作，进行了热烈的分享和讨论。

可以说，今天一天的培训很实际、很实用，也很有实效。“实际”是因为培训内容都是围绕我们各个文科学院目前的实际工作和实际科研急需所展开的；“实用”是因为我们这些科研管理者和服务者们马上就能将学习内容用于所分管的工作之中；而“实效”是在于通过今天的专题培训，有助于提升我们的科研组织能力，以有组织科研推动学校人文社会科学的创新发展。

通过今天的学习，我对学院的科研管理和组织服务工作有了新的认识：一是要在科研管理工作中不断学习并进一步坚持运用习近平新时代中国特色社会主义思想这把“金钥匙”解决遇到的实际问题。二是珍视并利用好山大文史哲深厚的历史底蕴，抓住“新文科”发展机遇，尤其是加强科研服务国家战略和服务社会的能力，探索建立一种“科学研究＋决策咨询＋社会服务”的科学研究创新机制，提升学院的科学研究核心竞争力与社会影响力。三是在国家提倡建设哲学社会科学实验室，推动科研组织模式、科研方法、科研范式重大变革的有利条件下，在我们学院“新文科和社会治理智慧融合实验室”一期建设的基础上，精心谋划和建设第二期和第三期的实验室建设项目，充分发挥新文科实验室在学院实践教学、科学研究、人才培养和服务社会中的实际作用。四是在近年来学院国家社科基金项目立项方面取得较好成绩的基础上，进一步加强科研组织立项的过程管理，注重科研投入和产出比。下阶段学院科研工作要聚焦于大团队组建、大平台建设、大项目培育、大成果产出，争取在科研方面取得更高质量的内涵式发展。

作者：哲学与社会发展学院副院长　付立华

7月9日　星期六　晴

山东大学人事与人才专题培训班学员 · 王焕杨

今天要参加学校“践行精耕细作，提高治理能力”专题培训最后一天的课程。尽管培训上午8点半才开始，尽管是周末，但我还是像往常一样早早醒来，赶在高温来袭前，驱车来到学校。

近几年，学校组织了一系列针对各类人员的能力提升计划，我自己是切切实实的受益者。从五年前的第一期机关青年干部骨干培训班开始，我几乎每年都会参加一两次系统的业务能力培训，每次都受益匪浅。我的体会是：一定利用好这些机会，在工作中边干边学，有针对性地练习，努力让自己变得更优秀、更高效，这样才能提升工作效率及工作质量，也可以让自己从工作中获取更大的成就感。

上午，人事部三位分管领导分别围绕博士后工作、人才队伍建设、职称制度改革等作专题报告。每位报告人都做了精心准备，报告数据翔实、分析透彻、结论明确，让我们对于相关工作有了更系统的认知。下午，我参加了工学组的分组讨论，工学各学院及科研机构分管人事人才负责同志、人事秘书等进行座谈交流，大家讨论具体工作中遇到的问题、分享工作经验、提出工作建议，直至下午 6 点结束讨论时，同事们仍觉得意犹未尽。

听完上午人事部的工作报告以及各院系同事们的分享，结合三年来集成攻关大平台人才队伍建设实际，我也有了一些体会。一是更加理解人事人才工作的极端重要性。中央人才工作会议专门提出，要加快建设国家战略人才力量。战略科学家、一流领军人才的培养使用，对于学院、学科、学校发展的意义正变得越来越重大，二级单位必须解放思想，增强责任感、使命感，用足用好国家、省市、学校等层面各类支持举措，才能在新一轮改革发展中把握机遇。二是二级院系要进一步增强自身治理能力。通过近几年放权赋能改革试点，如岩土中心等机构取得了可喜的发展成就，让我们看到校、院互动配合下，强院兴校改革带来的实际效益。但二级单位要想充分用好自主权，也必须不断强化内功，提升治理能力，在做好成果积累的基础上，上下齐心，既要鼓舞干事创业的拼劲，又要保持咬定青山的定力。三是发展是硬道理。交流中，大家也一致认为，随着改革走深走实，就必然伴随着这样那样的问题，但只有发展才是解决疑难问题最好的办法，甚至是唯一路径。

培训结束走出会场，发现“火炉”济南的高温依旧。七月来临，2022

年时间的绳索已在中间打了个结，正是借此培训，总结上半年工作、做好下半年计划的最好时节。

作者：集成攻关大平台副主任　王焕杨

7 月 10 日　星期日　多云

空间科学与物理学院党委书记 · 迟　涛

周末想起前两天晚上收到一位学生家长的感谢短信，心里有些感动。几个学院、部门为学生做了一件普通的小事，本是分内职责，却得到了家长的充分理解和高度认可。

我们学院 2018 级天文与空间科学菁英班的一位本科毕业生入学时是济南校本部另一专业的学生，在大一下学期通过考试，进入威海校区空间科学与物理学院天文与空间科学菁英班学习。兴趣是最好的老师，这位学生在校表现优秀，成绩优良，参加上海交通大学的研究生夏令营表现优异，获得直博机会。学生接到通知，要在近期向上海交通大学提交政审材料和转交档案，但她要在 7 月下旬经二次审核后才能毕业，学生的父亲就与学院进行了沟通，希望学校能够帮助解决问题。

学院分管教学的副院长和辅导员第一时间向我汇报了相关情况。我通过电话联系了此前在本科生院工作的一位老师，向他咨询了有关程序。他秉持“首接负责制”的工作理念，当即提供了本科生院分管负责人的手机号。7 月 7 日晚 6 点，我打通电话，介绍了我们学院学生存在的困难，本科生院在半个小时内给我回了两个电话，说明了该生的情况、学校在毕业季之前对各类学生毕业事宜的研究意见以及我们学院需要做的事情。因为这是在我们山东大学一校三地首次出现这种情况，7 月 8 日上午，本科生院又通知了威海校区教务处、学生原所在学院和空间科学与物理学院各自的工作任务。威海校区教务处很快将本科生院会议精神通知到我们学院，学院也在第一时间把学校的决定告知学生家长。家长担心暑假期间会耽误资料邮寄时间，便打电话到学院办公室寻求帮助，在工作人员的协助下拨通了我的手机号。我理解家长急切的心情，很快安抚了家长，并把学校为了学生所做的工作详细向家长作了解释。家长很感动，表示学校本着有利于学生成长的原则勇于担当、主动作为，积极研究方案，全校一盘棋，这种工作作风让他铭记在心。

在后续的具体工作中，两个学院的辅导员及时沟通配合，顺利完成了学生档案和政审材料的邮寄工作。

回想这 28 个小时，山大不同校区四个部门和学院的领导、老师与时间赛跑，通过云端研讨方案并合作实施，帮助学生顺利解决了问题，得到了家长和学生的认可。我们只是做了一件应该做也必须做的事情，家长却对我们表达了极大的理解和支持。“我们家长和孩子也会永远记得山大的好!”这句朴实的语言，激励着我们继续为了学生发展勇于担当、踏实前行。

作者：空间科学与物理学院党委书记　迟　涛

7 月 11 日　星期一　多云

研究生教育管理专题培训班学员 · 张江华

7 月 5 日开始，学校开展了为期一周的处级干部“践行精耕细作　提高治理能力”专题培训。聚焦学校中心工作和重点任务，学校党委组织部

（党校）围绕“精耕细作”的理念和思路设计专题和课程、开展分类培训，精心准备了相关报告、讲座、研讨，邀请高层次专家学者到学校讲学，并分类分专题与兄弟学院交流分享工作经验，以提升处级干部应对复杂局面和抓落实的履职能力，推动学校事业内涵式高质量发展。

7 月 7 日是研究生教育管理专题，我作为管理学院分管研究生教育的副院长全程参加了今天的培训与交流活动。在上午的报告会上，《学位与研究生教育》主编周文辉教授以“新时代研究生教育高质量发展的管理担当”为主题，从研究生教育形势与政策、管理经验借鉴、满意度调查和研究生教育管理研究等方面系统介绍了 2013 年至今我国研究生教育工作的发展过程以及研究生管理经验借鉴等内容。刘国亮院长以“立德树人，守正创新，人才培养新赛道奋勇争先——新时代研究生教育高质量发展回顾与展望”为题，对山东大学近 10 年研究生教育工作进行了详细的梳理和总结，并对研究生教育的未来发展和趋势进行了分析。下午，在刘国亮院长的带领下，社科组围绕着“新时代高质量研究生培养路径”进行了专题研讨和交流。

通过一周的培训和交流学习，我这个刚接手研究生教育工作半年的新人，对研究生教育工作有了更加全面透彻的理解。研究生教育工作的初心是育人，重点是“立德树人、服务需求、提高质量、追求卓越”。我们究竟要做什么样的研究生教育工作者，新时代背景下我们要培养什么样的研究生？经过此次培训，我有了自己的初步答案。新时代的研究生教育工作者，要善于听，听学生的需求、听社会的反馈、听国家的号召；要勤于学，学好政策文件、学好报告和经验；要敏于思，多观察服务对象、早发现问题、常思考方案措施；要精于行，做好调研、抓好落实、写好总结。

具体到管理学院的研究生教育工作，如何通过我们的努力培养研究生成为“具备家国情怀、全球视野，引领未来的管理精英”，是学院研究生教育工作的使命和终极追求。学院将持续探索构建“需求牵引—方式多样—能力提升—质量保障”四位一体的综合培养框架；通过建立硕博贯通培养机制、科研创新能力评价多元化评价标准、国际学分认定等措施实现研究生高质量培养；加强研究生导师队伍建设，通过导师团队改革，优化导师队伍结构，建立对导师的动态管理机制；严格研究生质量管理，推动生源质量提高、细化培养过程、重视学位工作，着力研究生培养质量的保障与提升。

我想，好的教育工作，绝不是凭借喊破嗓子的一时虚火，而是要靠我们日常工作中润物无声的真功巧力，要看我们回归常识、回归本分、回归初心、回归梦想的坚持和笃定。教育是发自心底的热爱，热爱学生、热爱工作、热爱学校、热爱祖国。我希望未来能成为一名兵将帅三位一体的合格研究生教育工作者，即成为国家研究生教育工作的兵、学校有担当敢作为的将、研究生心目中学术和人生引领的帅。

作者：管理学院副院长　张江华

7月12日　星期二　雨

本科生教学管理专题培训班学员·王　伟

在这流金铄石的热烈盛夏，学校党校和本科生院联合举办了“本科生教学管理专题班培训”。本次培训紧紧围绕立德树人根本任务，强化一流本科教育在学校事业发展中的核心地位；落实“三新一高”要求，开展本科教学审核评估，推进高质量本科教育体系建设；适应世界一流大学办学定位，加强学生全球胜任力培养；坚持改革创新，深入推进“以学生为中心”的课堂教学改革。

每一天的培训内容都非常充实，参加培训的老师们全神贯注地听、专心致志地记、举一反三地思考，都感到收获满满。培训期间，学校教学促进与教师发展中心主任张树永教授作了题为“以审核评估推进一流本科建设”的专题讲座。他带领大家学习了新一轮审核评估的指导性文件、流程及质量评价理论，详细介绍了现代教育质量核心理念的“五个度”及由老“三中心”向新“三中心”的转变；回顾了学院质量建设的进展和不足，指导各学院做好学院本科教学体系的设计，督导教师形成正确的教学设计并正确使用 OBE 评价。本科生院副院长姜兆亮教授作了题为“新形势下的课堂教学改革”的专题讲座，强调各学院要建立高阶性、创新性、挑战度“两性一度”的标准，实施全方位课堂教学改革工程，让课堂“活”起来，并计划实施非标准学业评价改革工程，提高学生的综合素质及能力。本科生院副院长王立祥教授作了题为“医学课程的混合式教学改革及山大实践”的专题讲座，从医学混合式教学的发展史，到现在实际教学中应用以及混合式教学模式在人才培养中呈现的显著效果，阐述了混合式教学模式在教书育人中的重要性，并结合实践讲述了灵活多样的医学教学模式，线上学习＋线下答疑、线上学习＋线下实践、线上学习＋病例讨论，给予医学生更广阔的学习空间。最后一天的培训中，我们聆听了香港城市大学前协理副校长程星教授关于“全球胜任力培养的制度安排”的报告，从全球胜任力的概念出发，寻找出可能与全球胜任力相关的元素，例如从国际招生、通识课程、教学方式、课外活动、国际化教育及就业指导等方面营造能提高学生全球胜任力的培养环境。

通过本次培训，我个人受益匪浅，并生发出诸多工作思考。例如：如何将原来的以教师为中心、以教为中心、以供给为中心及时顺畅地转换成为以学生为中心、以学为中心、以需求为中心，需要学院、中心各个部门的协同合作，精耕细作，从根本上转换；如何从教学内容、教学方法及教学模式三管齐下一起做工作，让课堂更有吸引力；如何继续发展和优化混合式教学模式；在当前医学教育的执业医师考试模式下，如何做到非标准化学业评价改革在医学教育中的精准定位；等等。

“纸上得来终觉浅，绝知此事要躬行。”在今后的工作中，我将谨遵本次学习的指导思想，在本科教学工作中努力做到勤于学习、善于思考，勇于实践、敢于创新，让莘莘学子对学校有着葵藿倾阳的挚热情怀。

作者：医学融合与实践中心副主任　王　伟

7月13日　星期三　晴

山东大学能力提升项目管理者工作坊学员·肖一冰

“各位同学好！欢迎大家参加‘走在前、开新局’2022年山东大学能力提升项目管理者工作坊……”收到工作坊班主任巩老师和宗老师在群中的欢迎信息，我又抑制不住地激动起来。

几天前，作为负责教师能力提升项目的教学促进与教师发展中心的一员，我报名参加了人事部和管理学院共同举办的山东大学“能力提升项目”管理者工作坊。这期工作坊既能够帮助我学习获得管理者必须具备的专业知识，还为各部门搭建了共同发现问题、探讨问题、解决问题的研讨交流平台，是一个难得的学习机会。

第一天的日程紧凑而丰富。开班仪式后，管理学院方政老师为我们作了题为“行动学习理念应用及案例研讨”的分享讲座。方老师结合具体案例，详细说明了开展结构化研讨的重要意义、实施步骤和关键结论。我印象最深刻的是方老师提出的问题：“现在的学生较以前的学生有哪些变化？变化的原因是什么？面对越来越新的一代，教师该如何应对？其他教师的经验是否或如何让别人行得通？”思考着这些问题，我逐渐认识到随着社会科技发展和经济进步，学习者必然会不断变化，这就要求教师在教学中不断进行“自我升级”，以便更好地与飞速变化的学习群体共情。作为我所处的负责教师教学能力提升的教学促进与教师发展中心来说，这些因学生变化而变化的教师便是我们面对的群体，如何帮助他们更好地面对新学生、新环境、新变化，提升老师们现代化教学能力和水平，是必须引起我们深思且奋力探索的重大问题。

前期，教学促进与教师发展中心举办了“2022 年山东省高校教师培训管理者高端研修班”，通过专题讲座、小组研讨、项目任务、学习反思、班级展示交流等混合式教学方式，组织来自省内各本科院校的 67 位高校教师培训管理者进行了理论与实践相结合的研修，获得了一致好评。在这个研修项目设计初期，教发中心提前作了学情分析，针对学员的需求及特点制订了完善的计划和方案。教发中心组织优秀案例的分享，给其他高校管理者以启示。我们利用成果导向、参与体验、小组合作等多元研修活动，促使学员在学中做、做中学。学员们结合所在高校的实际情况，探索建立并不断创新和优化本校教师发展工作机制和发展模式。教学促进与教师发展中心在设计研修项目时，充分考虑到“授渔”的重要性，对今天方老师课上提出的问题“A 的成功经验一定适用于 B 吗”作了提前预设。一方面通过分享国内优秀教学促进与教师发展中心案例，帮助学习者借鉴成功经验；另一方面通过分析从无到有的教师发展模式建设过程，预设问题、困难和应对措施，引导大家找到适合自己的发展之路。

经过三个小时的聆听，如沐春风，收获满满。作为教学促进与教师发展中心的一员，不仅需要具备行政人员的管理能力，还要有专业人员的学术能力。我将好好珍惜此次学习机会，努力提升自己的专业素养、综合素质和工作效率，为教师的全面发展提供更加优质的服务。

作者：教学促进与教师发展中心工作人员　肖一冰

7月14日　星期四　晴

“艺响泉城”社会实践队成员·翟　洋

今天是“艺响泉城”社会实践队开展线下活动的第四天。为了传承与弘扬中华优秀传统文化，使其在现代社会得到充分的宣传与发展，我们在曲水亭街开展了“射御算筹传千古，六艺今用承古今”活动，以趣味游戏的形式，让人们能够更近距离地接触传统文化中的稷下六艺。

活动前，为了保证活动兼具趣味性与文化性，我与其他小组成员就“射”“御”“数”三项活动的形式展开讨论，最终敲定活动的开展形式分别为：射——弓弩和投壶游戏，御——滚铁环，数——算盘计算。

微雨刚过，盛夏的曲水亭街带着些许清凉。与社区负责人商量好活动场地后，我与其余四位小组成员便开始摆展台、拉横幅、放物资，一切井然有序地进行着。

不一会儿，一切准备就绪，我们便开始向游客宣传。一开始，游客面对我们这种新颖的文化传播形式还有些疏远之感，只有少数人驻足询问。可没过多久，越来越多的游客被我们的趣味活动所吸引，纷纷驻足体验。

我负责的是射箭、投壶与滚铁环的场地；这三项活动十分受游客欢迎，尤其是射箭与投壶，前来体验的人络绎不绝。起初是一些家长带着孩子前来体验，每当这时，我都要上前去教小朋友怎么上弦、如何放箭、怎样射击，孩子们玩得非常开心。随后，孩子们的家长以及一些成年的“大孩子”也加入了我们的文化体验活动。有一位大哥箭箭中靶，颇有养由基“百步穿杨”的风采，引得一众旁人喝彩。投壶的游戏则是看着简单却鲜有人投中，我曾经玩过，知道非常困难；可今天却见到一位叔叔三投三中，让我惊羡不已。

时间在不知不觉中流逝，我倚在石凳上，望着眼前的景象：人们射着箭、投着壶、滚着铁环，欢乐的笑声飘荡在曲水亭街上空。这时似乎年龄的差异已经不明显了，当接触到自己民族的优秀传统文化时，人们有的只是沉浸其中的享受。我想，这就是我们活动的意义，也是传统文化的价值所在。

作者：电气工程学院2020级本科生　翟　洋

7月15日　星期五　晴

“中国银行杯”青岛创业城市合伙人百企训练营参加者·路凯凯

今天，“中国银行杯”青岛创业城市合伙人百企训练营“数字营销”主题集训正式开班，经学校推荐，我作为一名大学生创业者参加此次集训。此次训练营活动由青岛市人力资源和社会保障局、中国银行主办，旨在加快建设“青春之岛、创业之城”，汇聚政策、资本、产业资源等要素为青岛市优秀创业企业赋能，为优化青岛市创新创业生态环境、助推“双招双引”攻势增加新的动能。

开营的第一天就让我收获满满，线上线下的学习和实地参访使我对创业的理论知识和实践方法有了进一步的了解和认识，视野也变得更加开阔，同时也结识了其他高校志同道合的同学们。

上午，训练营邀请了亚洲区块链研究院副院长赵永新、里程碑创投投资总监刘少栋为我们授课，在课程设置上安排了学习《数字营销5.0》、资本问道等环节，通过训练营“数字营销”主题集训，为我们深入解读了营销的五个阶段，鼓励我们大学生创客借助各类视频直播、网络电商等数字创新创业平台尝试投身、实践创业创新活动。这堂课令我受益匪浅，增加了我对大学生创新创业的认识，能帮助我在以后的创业中少走不少弯路。

之后我们前往特锐德公司实地考察学习大企业文化和互联网云平台经营模式，参观了新能源生态展厅与云平台监控中心等地，听取了部门负责人关于公司发展历程、充电网技术体系及阶段性成果的介绍，并实地观摩了智能充电演示过程及智动柔性充电弓、智动柔性充电机器人等产品，帮助我们最大限度地提升创客创新创业实训经验。

经过一天充实的训练营生活，我对大学生创新创业和数字营销方面的知识有了一些深入的认知。自从“大众创业，万众创新”的口号提出之后，无数的大学生投入到了创新创业的活动中。作为其中的一员，我在与其他的伙伴们一同创业的过程中，也逐渐有了新的感悟和思考。对于一名创业者而言，不仅仅要低头做事，还要把握时代的趋势，寻找政策背后的市场。疫情虽然对创业市场造成了一定的影响，但是我们要学会在这场危机中寻找新的机遇，发现问题并解决问题，利用好信息技术和数字营销的方式不断实现新的突破。

作者：法学院2020级研究生　路凯凯

7月16日　星期六　小雨

2022年“汉语桥”英国“中文培优”项目学生夏令营教师·孙腾飞

今天，为期两周的2022年“汉语桥”英国“中文培优”项目学生线上夏令营圆满闭幕。在教育部中外语言交流合作中心的支持下，本次夏令营由山东大学和国内其他15所院校共同完成对英国64所中学1500余名中学生的中国语言文化教学与交流任务。闭幕式上，英国驻华大使吴若兰评价该项目是“中英两国大使级关系建立 50 周年旗舰人文交流项目”，我们学校对接的达特福德文法学校（Dartford Grammar School）作为英方学校代表在闭幕式上发言，其中，还特别感谢了山东大学。那一刻，在闭幕式山东大学分会场的我们特别开心也特别感慨，回首两周以来的时光，既有挑战，又充实快乐。

接到今年的夏令营任务后，我们建立了由教师、管理人员、志愿者组成的教学与管理团队，召开了无数次碰头会，商讨活动方案。青少年是中英两国关系的未来，英国青少年学生希望了解当代中国的发展，我们也愿意向他们展现真实、立体、全面的中国。山东大学分营的学员是英国英格兰地区 4 所知名中学的上百名 12 岁至 13 岁学生，我们要在近 40 课时的时间里，向他们讲清楚中国发展的故事、社会进步的故事、青年成长的故事，同时，还要考虑国内国外多部门协作、时差、线上平台等方面的挑战，以及青少年隐私保护、涉外礼仪等方面的要求，时间紧、任务重。我们对夏令营课程的教学内容进行了精心设计，充分体现语言、结构、功能、文化、体验多维度的特性。

在过去两周的时间里，我们通过“熊猫与动物园”“运动与现代生活”“中国校园生活”“历史与文化遗产”等主题开展中国语言文化教学，走进泉城济南介绍当代中国城市发展，走进中国家庭并请同龄中国青年分享学习和生活经历，走进中国的社会教育机构济南市妇女儿童活动中心并举办专场音乐会，走进中华传统文化研究与体验基地开展齐鲁特色和山大特色的文化体验项目。英国的老师和同学们纷纷表示，尽管无法来中国实地学习体验，但丰富、立体的教学内容和多元、活泼的呈现形式让大家既学习了中国语言文化，也对中国生动的发展现实有了进一步了解，期待明年能来中国、来山东大学。

正如教育部中外语言交流与合作中心静炜副主任在夏令营闭幕式上所说，中文培优项目已成为中英两国民心相通的“汉语之桥”。作为国际中文教育一线的青年老师，我和我的同事们愿意为中英青少年人文交流的沃土播撒种子，培育美丽的汉语之花，浇灌自己的青春之泉，直至果实成熟，愿中英青少年人文交流之树长青。

作者：国际教育学院孔子学院专职教师　孙腾飞

7 月 17 日　星期日　晴

“后浪”青春宣讲团队员·曹若萱

暑假骄阳似火，我们的宣讲活动也热火朝天地开展了起来。今天，我所在的山东大学“后浪”青春宣讲团联合台州学院“筑梦溪夏”实践队在仙居县横溪镇中心小学开展主题宣讲活动。

上午 8 点，我们准时来到横溪镇中心小学。活动伊始，王辉副校长对山东大学“后浪”青春宣讲团的到来表示了热烈欢迎。其后，叶美珍老师从少先队大队辅导员的角度肯定了本次“喜迎党的二十大”主题宣讲活动对孩子们爱国情怀培养的积极作用。

之后就是和小朋友们面对面的交流，我从“喜迎党的二十大，一起向未来”“伟大党史我来说”“争做新时代好队员”三个模块出发，用尽可能通俗易懂的语言为小朋友们讲解了相关的时政知识、中国共产党的诞生与发展以及争做新时代好队员应当具备的品质。宣讲结束后，竟然还有几位小朋友找我要签名，那一刻，我的内心充满了幸福感、责任感与使命感。

宣讲报告会结束后，我带领小朋友们开始参与诸多和喜迎党的二十大相关的课程活动。朗诵班的小朋友们用真挚的语言抒发了对祖国母亲的爱；美术班的小朋友们用多彩的画笔描绘了精彩的“中国瞬间”；音乐班的小朋友们用稚嫩的歌声表达对祖国美好未来的憧憬和祝愿；书法班和武术班的小朋友们同样用自己的方式展示自己的“小主人”姿态。课程活动结束后，小朋友们热情高涨，并在明信片上写下了对党、对祖国、对未来的自己想说的话。

“秉纲而目自张，执本而末自从”，认真学习贯彻习近平新时代中国特色社会主义思想，迎接党的二十大的胜利召开，可以从小培养小朋友们“爱祖国、爱家乡、爱生活”的美好情怀。本次主题宣讲活动通过寓教于乐的方式，让小朋友们在多种轻松的学习形式中树立正确的理想信念，学习红色精神，童心向党跟党走，在带给他们知识的同时，也激发他们的爱国情怀，为红色精神的传承注入积极的新生力量，我对能参与此次活动深感荣幸。

作者：计算机科学与技术学院 2021 级本科生　曹若萱

7 月 18 日　星期一　晴

山东大学学生社团指导中心“领风者”宣讲团成员 · 章馨元

“青春心向党，奋斗新征程”，我很荣幸在今天能够为济南长清万祥社区的孩子们上一节关于党史的思想教育课，孩子们也满怀热情，准备倾听本次宣讲。

我问自己，也问孩子们，为什么我们要学习党史？可以从《旧唐书·魏徵传》找到答案：“以史为镜，可以知兴替。”从古至今，中华民族从未放弃过书写我们自己的历史，而党史，是一部离我们最近的、用顽强的意志和不屈的精神书写的奋斗诗篇。当前路困难重重时，党史告诉我们长征万里、冰封雪飘都未能阻挡住革命先驱的意志，这世界没有一条路不能用双脚去丈量；当我们迷茫不知方向时，党史会告诉我们要透过现象看本质，寻找事物的核心联系与内在规律……答案不止一个，看着孩子们认真思索的表情，我想，未来的答案，将由我们、由你们、由祖国代代的脊梁共同去书写。

随后，我为孩子们讲解了党史的重要内容，为孩子们播放了中国近代百年间的变化。一道道澄澈的目光凝视着屏幕，他们看着砖墙瓦房变成了千万间广厦，他们听着哀求和叹息化作铿锵的言语，他们望着贫穷和闭塞变成了自信与开明，他们的眼中逐渐写满了自豪与骄傲。孩子们不会忘记，是中国共产党的领导改变了中国的命运，没有共产党就没有新中国。如今，我们可以骄傲地对革命先辈们说："这盛世，如您所愿；这未来，不负所托。"

最后，我为孩子们播放了《没有共产党就没有新中国》这首歌，孩子们情不自禁地跟着哼唱起来："没有共产党就没有新中国，共产党辛劳为民族，共产党他一心救中国……"

歌声逐渐飘远，孩子们心中对党的崇敬与爱戴却永不褪色，一首歌、一堂课、一段历史的背后展现的是党对人民的关照与保护，无时无刻不给人以启迪。在接下来的篇章，就让我们接过先贤手中的笔，细细谱写属于我们这一代的故事。

作者：管理学院2021级本科生　章馨元

7 月 19 日　星期二　阴

齐鲁交通学院交通系党支部书记 · 蒋红光

近日，央视《新闻直播间》对山东大学在云南省滇中引水工程中的校企协同攻关工作作了专门报道，现场画面如此熟悉亲切，一种身处国家重大工程现场的自豪荣幸之情在我心底涌出。

滇中引水工程是位居我国重大节水供水工程之首的超级引水工程，全线总长 755.44 公里，横跨青藏高原东麓和横断山脉地区，共有 58 座主隧洞、120 条施工支洞，山体地质复杂多变，内部水体丰富、突泥涌水频发，施工难度非同一般，拥有“六项世界之最”和“十大世界级技术难题”。为了解决滇中引水隧洞工程重大灾害预报预警及治理关键难题，云南省联合山东大学等单位建立了地下工程重大突水突泥灾害防控协同创新中心。我于今年 2 月来云南滇中引水工程挂职，主要负责十大世界级技术难题的科研组织、62 项科研课题的管理，以及 26 个科研攻关单位与政府、业主和施工单位的协调。

为了能摸清现场真实的工程问题，在抵昆的第三天，我与同事们踏上了现场调研之路。这里是全国干旱最严重的地区之一，山路两旁山体裸露风化严重，偶有浅层坡面坍塌，让人很难与云南“四季如春、风光绚丽”联系起来。问题隧洞基本都在深山里，我们往往要开上两三个小时的盘山路才能调研一两个隧洞。之前虽经历过不少现场科研项目的磨炼，但接触这么复杂的水利工程，我还是第一次。在昏暗的隧洞里，水流过膝、头顶四下渗水，一步步走向隧洞深处时，我真切体会到了这份任务的艰险。看着常年在这险境中奋斗的建设者和科研人员，一种超越生死的敬佩之情油然而生。当看到正在突水冒泥的掌子面时，科研工作者的本能让我一时间顾不上危险，快步走到破坏面、涌水点，通过手电筒仔细观察每一处细节，询问灾害发生过程和工程措施，不知不觉中衣服已被“水帘洞”淋湿。在五个多月内，我们调研了30多个难题隧洞，召开现场交流会、课题进度调度会30余次，走访了10余家课题牵头单位，为接下来的工作提供了可靠的决策依据。

山东大学科研团队所在的主战场——XLS隧洞，被称为“世界地质博物馆”，囊括了九大世界级难题，是整个滇中引水难度最大的控制性工程。在海拔2500米、20多度斜坡的隧洞里面作业，容易出现高原反应，而山大岩土中心团队硬是把实验室扎根于此，能吃苦、肯钻研，第一时间发现并解决“卡脖子”难题。在看到实验室上面醒目的“为天下储人才，为国家图富强”标语时，我骄傲地向随行人员解释，这就是我们山东大学的办学宗旨，祖国需要我们在哪里，我们就扎根到哪里。坚守现场的山大人才是真英雄!

在云南挂职这段时间，济南和山大都经历了疫情防控最难的时期。我的爱人是公共卫生专业的医生，也忙碌在济南防疫一线，我时刻惦念家中的亲人们和学校的同事们。作为一名基层党支部书记，我深知越是困难时期，越能锤炼党性，越能发挥党员先锋模范作用。这段时间，李术才校长和学院党委多次关怀问候，鼓励我要以党建引领、推动项目建设和工作开展。这让我更加坚定了克服困难的决心和信心。在此期间，学院获批了教育部“智能建造与智慧交通”新专业，院领导“精耕细作”布局新专业建设和发展，激励我们交通工程系教师牢牢把握机遇。在支部的组织下，我们形成了带头认领问题，党建与中心工作同谋划、同部署、同落实、同检查的工作机制。与此同时，校企合作也正有序推进：一是依托滇中引水国家重大工程，共同申报国家重大课题；二是共同申报校企共建省级科研创新平台，助力学校融合发展战略，始终走在国家“千校万企”协同创新伙伴行动的前列。我依旧坚持定期组织研究生组会，探讨科研进展，鼓励学生成长。

调研路上，曾经有这样一幕令我印象深刻：一位年轻的母亲背着嘴角有些干裂的孩子在田地里挑水浇地。对当地百姓来说，滇中引水工程立项的意义不仅仅是解决水资源短缺的问题，它更是振兴经济、支持山村教育、惠泽万代的伟大工程，承载着云南人民近百年的梦想。虽然对长时间离开家人而心存愧疚，但与这位母亲的艰辛相比，与多年用水困难的千万滇中百姓相比，与多年来常驻引水工程一线的各单位科研人员相比，我所经历的微不足道。想到这里，我顿时觉得“润泽滇中”的意义深远。

我们奋力掘进一米，距离滇中幸福美好的明天就更近了一大步。只有身处其中，才深知每一米的掘进都是奋战在一线的科研工作者用所学所能，经历无数次失败和艰难险阻才实现的。4 月 25 日，习近平总书记在中国人民大学考察时曾指出：“希望广大青年用脚步丈量祖国大地，用眼睛发现中国精神，用耳朵倾听人民呼声，用内心感应时代脉搏，把对祖国血浓于水、与人民同呼吸共命运的情感贯穿学业全过程、融汇在事业追求中。”作为一名高校基层党支部书记，我将谨记习近平总书记的嘱托，扎根中国大地，扎根一线，牢记立德树人根本任务，在服务国家重大工程的过程中不断锤炼本领，在青春的赛道上奋力奔跑，争取跑出当代青年的最好成绩。

作者：齐鲁交通学院党支部书记　蒋红光

7 月 20 日　星期三　雨

“微光汇聚希望”社会实践队成员 · 吴玉锟

今天，我们“微光汇聚希望”社会实践队与市中区希望小屋的负责人和孩子们一起去了章丘欢乐荟，在那里度过了愉快的一天。

早上，我打车抵达济南市秀山小学。清晨的阳光是留给早起的花朵的，它温润了露珠，使得露珠更加滋养花朵。

上午9点左右，我们跟随队伍上了车。车上，在领队的带领下，我们和希望小屋的孩子们做了自我介绍，相互破冰。我和辛国浩还带着孩子们玩垃圾分类的游戏，这个游戏既拉近了我们的距离，活跃了气氛，也激起了孩子们的兴趣，同时提高了孩子们的环保意识。不知不觉间，目的地快到了，我们只能在孩子们意犹未尽的目光中收拾道具，结束了游戏。

目的地是章丘区华侨城欢乐荟，下车后，我们照顾了几名晕车的孩子，给他们分发了水。渐渐地孩子们神色好转，圆圆的小脸上浮现了红润，欢声笑语再次开始飘荡。

随后，领队分好了组，在工作人员的带领下，我们带领整齐的队伍，首先参观了国家宝藏奇幻空间，历史在艺术与技艺的传承中浮现。从讲解中我们了解了陶瓷的上釉技术，见识了我国古代先进的陶瓷制作技术。我也和我身边的小朋友们交流起这些陶瓷艺术，以我的浅见，努力为孩子们分享一些有关陶瓷的小故事。午饭前，我们还观看了蛋壳陶寻亲记的演出，孩子们欢呼雀跃，笑声回荡场馆，让人喜悦。当然，安全措施必不可少，我们全程负责小朋友的安全，避免他们掉队或出现意外。

午休过后，我们排队去体验了360极限飞球，随后又去参观了中国国家地理探索中心。我带着孩子们挑战了一些极富趣味性和挑战性的小活动，同时也趁机给小朋友普及了一些地理知识。

欢乐的时光总是短暂的，不知不觉间就到了离开的时候。我们带着所有孩子的合影留念，踏着夕阳乘车归去。

书上说，“在实践中实现自我价值”。以前对此话的任何怀疑都在今天的活动中彻底消弭。因为在这样的活动中，我不仅找到了我的用武之地，也找到了真正的快乐。

作者：电气工程学院2020级本科生　吴玉锟

7 月 21 日　星期四　晴

第二临床学院迎新工作志愿者 · 许心和

按照学校关于专硕开学工作的部署，今天是第一批新生也就是专业型硕士研究生同学开学报到的日子。老师们前面数日的调研、联络、统计等各种工作，都是为了给今天的报到工作积累最准确、最可靠的数据。我们学院专业型硕士研究生人数较多，前期工作量较大，老师们挨个与同学们联系，反复确认他们的健康状况和行程信息，整理出来了大家需要的信息表。这不仅是对自己的工作负责，也是对学校负责，更是对学生的生命健康负责。

今天早上不到 8 点，我就到了集合地点——山东大学第二医院文会楼门前。我们志愿者们一起摆好口罩、洗手液、酒精、纸巾等防疫物资。按照分工安排，我主要负责给前来报到的新生测量体温。我测试了一下提前准备的测温仪，确认无误后把整个流程又熟悉了一遍，生怕因为自己的一个小疏忽给同学们带来不必要的困扰。

尽管人手紧张，但是我们的服务并没有打折扣。查看健康码、行程卡和核酸检测阴性证明，体温检测，行李消杀，核对身份，核酸检测，领取物资等一系列流程下来，学生就能回到宿舍，直至核酸检测结果出来。另外，由于帮忙转运行李的志愿者比较辛苦，我们选择轮流转运，每次听到同学们跟我们说“谢谢”的时候，心里就会十分开心。一天下来，我们一共迎接了 68 名专业型硕士研究生新生。

今天真正让我“煎熬”的，不是工作量，而是炎热的天气。早上太阳出来后，气温立马升高，到了中午，气温已经达到 37℃。整个上午，我们坐西朝东，在炙烤中度过。学院提前给志愿者准备了矿泉水、雪糕等解暑饮品，中午还送来了午餐，保证大家更好地完成工作。

值得一提的是，上午在我搬行李的时候，王浩南老师看我满头大汗，递给了我一块雪糕说："心和，歇一会。"上午 10 点的时候，我看到王老师的微信步数已经超过一万。他是我们所有工作人员中最忙碌的：走到每一个工作点位向大家了解报到情况，和我们一起托运行李，给大门外面的新生家长解释学院的防疫政策和报到流程……这种工作认真负责、任劳任怨的态度值得我学习。

作者：第二临床学院 2018 级本科生　许心和

7 月 22 日　星期五　晴

青鸟计划"学归泰山，成就未来"活动参与者·王琳岩

今天，泰山区团委联合区委组织部、区人社局举办青鸟计划"学归泰山，成就未来"大学生暑期社会实践活动的启动仪式，我有幸参与其中。

去年暑假，我就了解到山东各级团委推出了"青鸟计划"，为山东籍的学子提供实习和就业岗位，但遗憾错过了报名时间。今年暑假，我第一时间通过青鸟计划小程序报名"青鸟计划"暑期实习岗位，及时关注信息，终于如愿以偿参加"青鸟计划"。截至今天，我已经在泰安市泰山区水利局进行了两周的实习，时间刚好过半。

上午 9 点，会议在泰山区工人文化宫召开。通过此次会议，我了解到泰山区人才引进政策、区人才政策取得的成效以及青鸟计划社会实践开展情况。此外，返家乡创业代表与大学生代表作了经验分享。下午 2 点，一百余名青年学子集体乘车参加"返家乡感知行"活动。我们先后参观了安家庄村红色教育基地、中华优秀传统文化产业先行区和永昌志合科技园，

收获满满。

返家乡创业代表的分享让我感触颇深，她硕士毕业于山东农业大学，放弃了济南优厚的工作条件，毅然回到农村扶助家乡农业产业。青涩褪去不见，晒得黝黑的皮肤见证了她深耕土地的辛劳与付出。我敬佩返乡就业创业的大学生前辈们，也立志学习他们身上不怕辛苦、一心为民的崇高情怀，争取早日为家乡发展作出一份贡献。

回顾两周的实习经历，我曾参观泰山区水资源教育基地，参与创建文明城市志愿活动，前往行政审批局交接资料，协助整理水资源相关文档等，工作虽小，但十分有意义。在这些重要而繁杂琐碎的工作背后，我也体会到基层政府工作人员的不易以及为人民服务的初心使命。

“青鸟计划”给予了我们返乡大学生参与体会基层工作、用自身所学服务社会的机会。我一定会抓住“青鸟返乡”的机遇，切实提高自己的工作与沟通能力，继续在未来两周的实习工作中保质保量完成任务。

作者：管理学院 2020 级本科生　毛琳岩

7 月 23 日　星期六　晴

本科招生录取工作人员·于佳林

又是一年本科招生录取季，今年是我第二年参加招生录取工作。“年年岁岁花相似，岁岁年年人不同”，相同的是学校的高标准、严要求，是全校师生对高质量生源的热切期盼，是全体录取人员牺牲暑期日夜工作的奉献精神。

上半年严峻的疫情防控形势对招生宣传工作提出了重大挑战，尤其是校园封闭管理期间，学校多次开会研讨招生拓展工作，根据疫情防控形势制订了一系列教育拓展举措。

4月，强基计划招生宣传期间，本科招办徐主任按照平均每天两场的频率集中宣讲，据不完全统计，宣讲会观众人数累计达6.2万，最终今年强基计划录取考生质量再创新高。5月，本科招办留守人员刘老师不仅独自完成了招生计划编制等招生工作，还承担了来自学校和本科生院其他部门的相关工作，用行动展示了一名共产党人的责任担当。本科生招办男老师们舍小家顾大家，在校内朝夕工作，女老师们工作生活两不误，居家办公的同时照顾中考的孩子、生病的家人。让人不禁感慨“哪有什么岁月静好，只是有人替你负重前行”。6月，各拓展组积极参与了多平台的85场次线上招生宣讲咨询会。有的学院是书记亲自宣讲，有的学院派出了泰山学者青年专家、教授、博导。高考前后，几乎每天晚上和周末都有山东大学的分省宣讲。后期，各拓展组又到重点高中开展线下咨询。春种一粒粟，秋收万颗子。在招办和各拓展组的共同努力下，相信今年的招生一定会保质保量完成。

今天已经是集中录取的第16天，录取考生已超招生总额的80%。秉承公平、公正、公开的录取原则，本着对每位考生负责的态度，录取工作组人员两人一组，相互监督共同检查，保证高质量完成每个省份的录取工作。录取期间，每天下午5点，各小组整理统计当天数据，及时将录取信息公布在网站上。不少省份习惯晚上投档，无论多晚接到信息，工作人员都会回到录取大厅进入工作状态。遇到问题及时跟各省份招生考试院沟通确认，做完回去常常已是深夜。面对家长和考生关于录取的不解与提问，工作人员总是细心指导，耐心地解答每个问题。

目前，第一批录取通知书的发放工作正在积极筹备中，几天后录取通知书将奔赴全国各地，送到2022级新生手中，期待9月山大校园相见。

作者：济南教育拓展组成员、国际教育学院工作人员　于佳林

7 月 24 日　星期日　晴

“银龄计划”支教教师 · 王书鹤

今天早上收到我所支教的喀什大学同事发来的问候短信，浓浓的温情让我感动，思绪又回到天高云阔的新疆、回到终生难忘的支教岁月。

去年 10 月 2 日，我带着学校的嘱托，带着自己在山大积累的教学、科研经验来到新疆喀什大学。可以说支教生活丰富多彩、紧张快乐，我也与喀什大学师生结下了深厚友谊。

一年中，作为一名退休教师，我为新疆喀什大学物理与电气工程学院近 400 名学生讲授了四门课程。教学中我看到了学生对知识的渴望，课堂上学生聚精会神、场场爆满。按照支教合同全年授课 64 学时，我主动多承担了两门课的教学任务，每周还安排了一次答疑，因为我想用有限的时间传授给学生更多知识。

喀什大学年轻教师较多，我和物理与电气工程学院两个专业教研室中的七位中青年教师结成“传、帮、带”对子，他们听我的课，我也听他们的课，互相点评，互帮互教，其乐融融。一年中，我分别给喀什大学和物理与电气工程学院作了两个报告，主要讲授“课程思政和教书育人”，受到了喀什大学的重视和老师们的喜欢，并先后接待了十多次中青年教师的来访。

喀什大学和物理与电气工程学院对银龄教师十分重视，经常问寒问暖，对我们的生活和工作给予无微不至的关怀，他们将我们作为专家对待。一年中，我还参与了物理与电气工程学院的学科建设工作和喀什大学的教师职称评定工作，教学、科研项目的立项和评定等工作。

去年我 72 岁，在喀什大学 50 余名银龄教师中年龄排第四，最大的一位 74 岁。这个年龄为什么还要到西部支教？是因为年轻的时候我有个心愿，当时国家有号召，到边疆去、到艰苦的地方去、到祖国最需要的地方去建功立业，退休之前我这个心愿没有实现。退休的时候我还有一个强烈的愿望，就是要继续站在讲台上。前几年我一直受聘于济南的一所高校，去年教育部出台了银龄教师支援西部高校计划，我从内心里拥护，这不是为我们这些身体还好的退休教师提供了一个发挥余热、重登讲台的绝好机会吗？也正好圆了我青年时期的心愿。于是我就说服家人，毫不犹豫地报了名。支教一年我深切体会到，教育部的银龄教师支援西部高校计划是个好计划，是件利国利民的大好事。

去年9月在学校召开的银龄教师西部支教座谈会上，陈宏伟副书记给我们提出期望，我当时也表态，要努力工作，教育好孩子们，为边疆出点力，要不辱使命，为山大争光。支教一年中，我尽可能把山东大学的良好校风带到喀什大学。经过不懈努力，本学期末，我被喀什大学评为"教学先进个人"，并颁发了荣誉证书。在此特别感谢学校和离退休处的同志们，他们时常给我发来暖心的短信。我还要感谢我的老伴对我的支持。

从今年5月以来，喀什大学特别是物理与电气工程学院的领导多次表示，希望再续签协议，下学期继续支教，我也接受了邀请，为此我要再次向学校提出申请，希望能批准。我也再表决心，在新的学年里，我将更加努力，不辱使命。我真的还想再教二十年。同时也衷心期盼志同道合者，与我一道体验银龄支教教师平凡而不平淡的退休生活。

作者：信息科学与工程学院退休教师　王书鹤

7月25日　星期一　晴

山东大学学生春晖社“梦萦泉城”支教队队员·张　宇

随着今天上午结营仪式的完成，我在济南市长清区万德街道万祥社区的支教活动圆满结束。还记得刚来到支教地的时候，我怀着一份忐忑、一份期待，为了克服1～4年级学生年龄和认知跨度大的困难，我在每节课前都会尽可能准备一些合适的视频短片和PPT，希望能认真教好每一节课。

在这上课和课业辅导的14天里，作为一名兴趣课老师，我和1～4年级的10位小朋友一起遨游在自然科学的海洋中。我们一起认识太阳系八大行星的模样，见识到“史蒂文森2-18”这颗人类目前已知最大恒星的宏伟，通过世界地图对世界地理有了初步了解。我展示了一份中国地图，强调了中国地图所必须标注的关键位置，如台湾省及澎湖列岛、阿克赛钦地区等，让孩子们明白了“中国虽大，但一点也不能少，地图虽小，但一点也不能错”。通过这份中国地图，我生动形象地对他们进行了一次爱国主义教育。这门课程激发了同学们对科学的浓厚兴趣，我希望同学们长大以后能为人类科学的发展贡献一份力量。

讲授文学课的老师章馨元讲解了王勃的《送杜少府之任蜀州》这首古诗。在此次支教活动即将结束、大家即将分别的时刻，这句诗也让我感慨万千。尽管支教生活只有短短两周，但我不会忘记我们一起上课时积极互动的时光，我不会忘记他们对知识的渴望，我更不会忘记结营仪式上他们表演节目和主持时出色的表现……

人生有很多个征途要走，每走一段都有一种领悟，都会收获一些经验。两周的支教生活转瞬即逝，我们都将踏上为梦想而奋斗的新征程。习近平总书记指出：“青年一代有理想、有本领、有担当，国家就有前途，民族就有希望。”此次支教活动，为孩子们带去了知识和希望，让我感受到肩上的责任，今后让我们共同努力，浇灌属于自己的理想之花。

作者：商学院2019级本科生　张　宇

7月26日　星期二　阴

联合国青年领袖精英班学员·李昕澎

联合国青年领袖精英班（GYLA）无疑是一场梦一般的旅程。在师长的引荐下，我与许多优秀的同龄人一道参加了联合国青年领袖精英班。

感谢组织者们的精心筹划和老师同学们的共同付出，让我们能够与大洋彼岸的同学在云端相识、碰撞思维、交换感想。GYLA课程对我个人综合能力提升、未来职业发展规划都是弥足珍贵的，优秀的学长学姐从这里走向世界，而来自世界各地的联合国前辈们又站在那一端，充满真诚地分享。我在这里聆听海外知名学者和一线工作者分享真知、传递经验，收获知识、开阔视野、认识世界。在这个充满VUCA① 的世界，我们对于未来难免迷茫，这时全新可能性的意义是空前的，理想并非那样遥远，而是正向我们展开。

在GYLA项目中，我有了特别的经历，就是加入新闻宣传组，负责新闻稿写作。虽然我此前就有新闻宣传的经验，但在紧张的课程安排下与大家合作，以一天为周期制作出精美推文的成就感是前所未有的。真正的挑战性在于需要一边听全英文的课程，一边同步将主要内容和关键细节记

① VUCA即volatility（易变性），uncertainty（不确定性），complexity（复杂性），ambiguity（模糊性）的缩写。

录下来，并在每一节课结束之际基本完成写作。听力与写作之间的互相干扰和严格的时间限制都是需要考虑的因素，我因此得以长时间保持专注，抢在时限前完成任务。这无疑也使我获得珍贵的锻炼机会。

我对嘉宾 Ms. Kitamirike 的分享印象深刻，她的家乡布索加地区是乌干达最贫困的地区之一，拥有全国最高的未成年怀孕率，辍学率也相当惊人。她深感痛心但并未就此止步，而是以此找到了努力方向。糟糕的现实激发了她改变现状的强烈意愿，她一步步开始关注女性权益问题，最终成为人权律师和社会活动家。她用实际行动告诉我们，只要有了方向，就能找到实现它的途径。

我为嘉宾们所从事的职业而动容，尽管他们身处全球各地，工作职责不同，但他们都有着在国际组织的工作中为人类的未来发展贡献智慧，协调国际关系，维护世界和平，促进世界各国经济、科学、文化等领域发展的共同使命。而其中的中国声音也尤为可贵，中国作为联合国重要的成员国，在规则制定、机制创新、承担职责等方面都作出了重要贡献，也召唤着更多青年人的参与。GYLA 之旅能让我们充分认识和了解国际平台的重要意义，我也乐观地相信在新一代人的共同努力下，更多的中国声音会被世界听到和认可。

作者：文学院 2020 级本科生　李昕澍

7 月 27 日　星期三　晴

“暖社亲友邻”社会实践队队长 · 刘诗雨

为传承弘扬中华优秀传统文化，让传统文化深深植根在基层中，今天，我作为“暖社亲友邻”社会实践队队长前往贵州省毕节市大方县慕俄格街道北郊社区开展“传统文化进社区之皮影体验会”社会实践活动，教居民们如何绘制并表演皮影，同当地居民一起领略传统文化的独特魅力。

活动开始前，为增进与小区内居民的沟通交流，加强活动宣传效果，我设计了一款活动特色海报张贴于小区宣传栏处，并向往来的居民分发活动传单，向他们详细解释活动的内容及形式。不论老幼，居民们对于本次活动都抱有很高的兴趣，不一会儿即召集了不少人参加活动。

此后，我在社区内布置好皮影绘制操作台，邀请居民们前往操作台正式开启活动。我首先向大家简要介绍了一下皮影戏的历史。皮影戏是中国民间古老的传统艺术，始于战国，兴于汉朝，盛于宋代，元代时期传至西亚和欧洲，可谓历史悠久，源远流长。一张栩栩如生的皮影需要经历选皮、制皮、画稿、过稿、镂刻、敷彩、发汗熨平、缀结合成等八道工序，手工雕刻3000余刀才能完美地呈现在看官眼前。听闻此处，居民朋友们的脸上无不浮现出惊叹之色，就连我自己，也不禁为传统文化底蕴之深厚所倾倒、所自豪。

介绍完毕，来到大家最为期待的皮影绘制环节，不少居民朋友模仿着古时皮影的配色耐心细致地一笔一笔描画。望着他们认真的神色，我突然感觉到时光慢下来了，仿佛又回到许多年前，烛火摇曳中，制皮影的能工巧匠在灯下一刀一划雕刻下繁复的花纹，一笔一画勾勒出灵动的神态，令人心生钦佩。

待绘制完成后，居民朋友们争相展示自己绘制的皮影，想象力丰富者更是直接举起皮影自导自演，给大家上演了一出好戏，逗得满堂欢笑连连，赢得掌声阵阵。

欢笑声中，活动圆满结束。回想这段时间的筹划准备工作，人生之新体悟油然而生。在这之前，我从未接触过这一传统文化，而在学习传播的过程中，我一点点地了解到它独到的魅力所在，不仅自己学到了非常多的新知识，对本土的传统文化景仰之情进一步加深，同时也将这一份快乐传递给大家，这是一件令我感到十分幸福的事。

小爱暖社区，共连邻里情。在这个暑假，我将继续带领暖社亲友邻团队，传承、弘扬中华优秀传统文化，展示中华文明风采，让学习传统文化的种子在基层中生根发芽。

作者：护理与康复学院 2020 级本科生　刘诗雨

7 月 28 日　星期四　阴雨

能源与动力工程学院工作人员 · 王　颖

昨天是 2022 年度本科学生最后一个批次毕业审核提交给学校的日子。一大早我就赶到办公室，在前两天多次审查学生各门课程成绩的基础上，登录教务系统进行学分统计并审核，根据学校毕业审核的要求，提交审核结果。按时完成任务后，我长舒了一口气，等学校审核通过，通知学院领取学生们的毕业证书和学位证书，再通知同学们将证书领走或按要求邮寄，本年度的毕业审核工作就顺利完成了。

正在想着接下来的工作内容，很意外地接到一个广西打来的电话，竟然是刚刚被录取的 2022 级一个新生家长打来的，说到因为孩子对录取的专业不太喜欢，这几天一直郁郁寡欢。家长在网上查找到联系方式，想咨询一下山东大学转专业的相关政策。我首先对孩子被山大录取表示祝贺，再对家长为山大培养优秀人才表示感谢，然后就山东大学新生入学后特色班选拔以及第二、三学期转专业的相关政策进行了简要的说明解释。家长又问了工科学生的就业前景以及在校的生活、学习等情况，我也根据我所了解的情况一一进行说明。接近 40 分钟的通话后，家长对孩子未来 4 年的大学生活有了初步的了解，也对孩子未被心仪的专业录取而释怀。

放下电话，想到我在学院从事教务工作四年来，从最初因不知如何回答学生或家长提出的各种问题而惧怕被问，到现在能驾轻就熟地解答种种问题，一路走来，在学院领导和同事们的关心和帮助下，边工作边努力学习，也涉猎了方方面面的信息。教务工作繁杂琐碎，却容不得半点疏忽。从新生入学到毕业，从课程到成绩，关系到学生的切身利益和人才培养的方方面面，同时也要面对学生、家长、老师提出的各种要求和问题。学校也在强化一流本科教育在学校事业发展中的核心地位，推进高质量本科教育体系建设，以适应世界一流大学的办学定位，这对教务工作提出了更高的要求。

活到老，学到老，看着学生们充满朝气或熟悉或陌生的稚嫩面孔，我的心也年轻着，一路向前。

作者：能源与动力工程学院工作人员　王　颖

7月29日　星期五　晴

山东大学学生唐仲英爱心社社长·吕千禧

“开始的开始，我们都是孩子；最后的最后，渴望变成天使。”我最后一次唱响这首《新航学校的日子》，是在山东大学学生唐仲英爱心社商河“梦之翼”暑期成长夏令营结营联欢会上。

《新航学校的日子》改编自歌曲《北京东路的日子》，是山大唐社34名支教团成员送给孩子们的离别礼物。在临近分离的这几天里，大家牺牲了午休时间，在午间例会后一同排练了好多遍，只希望在最后道别的时刻，能够带给孩子们最好的表演。

我们的节目排在本次结营联欢会的最后，为了给学生们一个惊喜，之前的几次彩排我们都未曾参与。现在，就是我们表演的时刻。

伴随着群里一条“大家去候场吧”的通知，我们摘下了统一发放的山大口罩，前往候场间就位。人手一个气球，代表着我们对学生青春飞扬的期待。在主持人的介绍下，我们排好队伍，缓缓上场。

我对于这种演唱其实并没有太大的自信心，但我的学生们给了我很大的鼓励。“细数从相识到离别的期限原来只有十天，其实过程当中一点一滴都值得纪念。”唱着这句歌词的时候，话筒刚好递到我手里。我原本还只是怯怯小声地唱着，但当我往学生那边望去时，看到他们正冲我比着大拇指。那个瞬间，我突然有了无限的自信。

我突然想起初次见面时学生们的拘谨与羞涩，想起他们后来的大方与活泼；我突然想起第一天我努力记忆他们名字的艰难，与初次喊出他们名字时学生们的惊喜与意外；我突然想起我的学生把他得来不易的奖励糖果分我一颗时的甜蜜，还有收到他们写着真心话的记忆卡片时的喜悦；我突然想起，十天的旅程是这么短，短到现在就是说再见的时候了……

“我们终将分离，各自奋斗（在）商河、山大不同的地点。”正如歌词里唱的这样，唱完这首歌，挥完最后一次手，鞠好最后一次躬，我们就要转身离开，各自继续在商河或山大努力奋斗。学生们继续留在商河县新航实验学校为中考做准备，而我，则要带领山大唐社返回山大，继续行走在公益之路上。

我愈唱愈感动，跟着社员们，用我最大的嗓音，喊出了那句“唐社我爱你”；用我最大的力气，将手中的气球，把对学生们的祝福，扔到了高空中。我站在台上，看到有几个坐得近的学生，已经红了眼眶，还倔强地不肯让眼泪流下。

“3、2、1，鞠躬。”随着我们对学生们的最后一次鞠躬，2022 年山大唐社商河“梦之翼”暑期成长夏令营落下了帷幕。

或许多年过去，学生们可能不会记得我的名字，我也可能不会记得夏令营的细节，但我相信，我们都会记得2022年盛夏，我们互相带去的感动，以及彼此最灿烂的笑容。

作者：口腔医学院2020级本科生　吕千禧

7月30日　星期六　晴

机械工程学院退休教师·范波涛

今天，我翻看着日历，八一就要到了，这是全体军人的节日，我曾是这个伟大军队的一员。

“手握一杆钢枪，身披万道霞光，我守卫在边防线上，为我们伟大祖国站岗……”每当我耳边响起这熟悉的旋律，就想起跟随我多年的那支冲锋枪。

作为一名军人，枪，不仅是亲密朋友和第二生命，更是一种信赖和责任。有人说，身为军人，枪永恒的睡眠是军人最终的夙愿，而军人永恒的使命是让枪保持高度的清醒。我们在云雾满山飘的东海海岛上，手握钢枪为祖国站岗，无悔军旗下的誓言。

我当兵第一年是通信员，第二年我下到班里，担任副班长，配给副班长的是冲锋枪。当班长将这支冲锋枪交给我时，我觉得很神圣，军人的责任感便油然而生。这支枪，木制枪托的漆已部分脱落，抚摸着这透着烤蓝的枪身，感到这支枪，既冷酷又热血，既无声又有情，它的冷酷无情是对来犯之敌，它的热血有情是为保家卫国。我从这支枪的枪口，仿佛看到了一股杀气。我不知这支枪经历了什么，但无疑这支枪是忠贞且光荣的。这支枪将伴随我度过整个军旅生涯，它是我无声的战友，我爱这支枪。

这支枪，跟随我到工地，到训练场，到集训队，跟随我从一个班到另一个班。在赤日炎炎的酷暑，趴在被太阳晒得滚烫的靶位上，汗水顺着帽檐往下淌，军装湿透了；在寒风凛冽的冬日，趴在冰凉的靶位上，北风吹透了冬装，浑身冰凉，但我们依然坚守着，枪的缺口准星始终瞄着前面的目标。从老班长带我们训练，到我带战士们训练：工兵训练、射击训练、投弹训练……训练是艰苦的、枯燥的，但手中有钢枪，心中有使命，苦中也有甜。

当连队宣读我退出现役的命令时，意味着我军旅生涯的结束。我最后一次擦拭着心爱的冲锋枪，抚摸这熟悉、冰凉的枪身，即将告别我热爱的军营，与鲜红的帽徽、领章分别。人生不忍是分别，人生难言是再见。多么依依不舍，我将人生第一个吻，献给了伴随我整个军旅生涯的、我亲爱的无声战友——冲锋枪！

我退伍几十年了，军队经历了现代化建设，士兵手中的枪也经过多次更新换代，更先进了，更符合现代战争的需要，但我还是经常魂系梦牵地想念我的那支冲锋枪，我最亲密的战友。伴随我军旅生涯的冲锋枪，虽然不知你现在何处，但你永远在我心里。不论何时祖国需要，我定会履行军人的承诺，召必回！我依然和你做战友，我心里永远记着你的枪号：2030140。

这一串数字，看似是无声的、冰冷的，但却是有情的、热血的。它不仅刻在枪身上，从我接枪的那一刻起，这一串数字，就永远刻在了我的心里。它既是我军旅生涯的见证，又是我人生道路上不可忘却的记忆。

歌声嘹亮，军旗飞扬，有强大的军队，有强大的国防，我们伟大的祖国，一定会走向繁荣富强！

作者：机械工程学院退休教师　范波涛

7月31日　星期日　晴

“译旅同乡”社会实践队成员·韩东宏

“烟波与客同樽酒，风月全家上采舟。莫问台前花远近，试看何似武陵游。”这是曾经任过济南知府，唐宋八大家之一的曾巩先生在诗中描写的百花洲。百花洲作为济南的古文化胜地与网红打卡地，吸引着许许多多的游客。尽管天气炎热，却没有抑制住我们“译旅同乡”社会实践队成员的热情。此行，我们不仅要亲身体验百花洲的魅力，更要实践调查这一风景区的文化传播方式，感受其文化影响力。

我们在繁华热闹的泉城路集合，南边的恒隆广场和远处的高楼无不体现出济南的现代风格，而北边一栋栋古建筑则体现着传统之韵味。从弥漫着人间烟火气的芙蓉街穿过，越往里走，城市的喧嚣便少了一分，空气中也多了一丝清香。不久，一条清澈的小河映入我们眼帘，哗哗流淌的泉水似一位热情的导游，引导着我们向前进。我们和泉水相伴，不知不觉就来到了百花洲。

一片广阔的湖水波光粼粼，路边的小商铺悬挂着各种各样的古式玩物。“看，那边有鹅!”一位队员激动地向我们喊道。我们快步而去，果然，一群鹅与鸭子三五成群地在水中嬉戏，甚是有趣。一位队员按捺不住激动的心情，攀着石头，俯下身子，将手放入水中，轻轻地划着，满脸微笑地对我们说道，这水真凉。

在树荫底下静坐小憩之后，我们一行人又走向古朴典雅的古建筑群。中国共产党早期主要领导人之一瞿秋白的父亲的故居就坐落于此。瞿秋白是伟大的马克思主义者，卓越的无产阶级革命家、理论家、文学家和宣传家，中国革命文学事业的重要奠基者之一。在参观瞿秋白父亲的故居时，我们深刻地感受到了革命先辈的舍生取义与默默奉献。在宣传瞿秋白的英雄事迹时，百花洲街区采取了现实与虚拟相结合的方式。首先利用微信小程序进行游戏问答和闯关，使我们大体知晓该英雄事迹；然后，故居内有3D投像技术对具体的历史事件进行讲述，让我们对瞿秋白的英雄形象形成更为具体的认知。

百花洲畔民居民巷的古朴气息为百花洲增添了人文魅力，而且每一处街巷基本保留了原来的格局，并都有独特的人文故事。我们发现，这些人文故事通过百花洲小程序有机串联起来，现代便捷的科技应用，为文化宣传起到了促进作用。但我们也注意到，小程序的宣传中只有汉字，并未使用英文。作为一款与百花洲历史文化息息相关的小程序，语言的单一性会使其宣传功能受到局限。我们小组成员一致认为，可以在小程序中加入英文介绍，并添加语言选择的功能按键，以方便外国友人进一步了解百花洲的历史文化。

岸畔翠柳依依，池中碧荷涟涟，远处院落相映，此洲风景独绝。百花洲之行，我们收获颇多，不仅深深地感受到了自然与人文之美，而且也实现了我们实践调查的目标。希望我们继续努力，在接下来的社会实践中，为传播中华文化提出更多新思路、新方法。

作者：管理学院2020级本科生　韩东宏

8月1日　星期一　晴

经济学院“情溢社区”社会实践队成员 · 赵慧琳

今天，我所在的经济学院“情溢社区”社会实践队继续前往济南市历城区山大路街道区直东社区开展“百队百场进社区”活动。

在开展完第一场活动之后，队友们陆陆续续开始本年度的暑期实习。

我们小队能去社区参与社会实践和服务的机会不多，但是队长温宇欣一直与区直东社区的工作人员保持联系，为我们协调合适的时间。在总结第一场活动经验的基础上，我们决定再次前往社区，为了更好地提供社会服务，我们丰富了第二场活动的内容和形式。

下午一点，全体成员到达社区会议室。因为今天是全民核酸日，现场来了很多做核酸的人。在社区工作人员讲完今日活动的注意事项之后，队员们佩戴好口罩，到排队做核酸的队伍周围维持秩序。一组队员在队伍附近提醒前来做核酸的人们注意保持一米间隔，佩戴好口罩；二组队员则帮助工作人员录入核酸检测的信息，以便核酸采样工作能够有效、快速地开展。在 30 多度的高温之下，我们几个队员都感到酷暑难耐，更何况是穿着防护服的核酸检测人员，我们感觉身上的责任又增加了几分。

我们深知这份工作的艰辛及重要性：一方面要保证检测的相关信息准确，另一方面也要做好自我保护。仔细一想，相比于奋战在一线的医务人员，我们所经历的艰苦要远远小于他们。作为一名大学生，这个时候更需要我们站出来，为社区贡献自己的一份力量。在核酸检测接近尾声时，我们又协助社区里的老人在手机上绑定医保卡。社区的老人对于智能手机的使用还不是很熟练，对于电子医保卡的操作也不是很熟练，于是我和我的几位队员耐心地为他们讲解如何使用电子医保卡，并协助他们在手机上录入自己的姓名和身份证号等个人信息，帮助老人成功绑定电子医保卡。这样一来，老人在出门看病就医和买药的过程中即使忘记带卡也能通过手机上的电子医保卡来解决，为他们的生活提供了极大的便利。此外，我们还提醒他们要注意保护个人信息，勿轻易相信陌生来电。一位老奶奶不停地和我们说谢谢，我们心里满是感动，并告诉老奶奶不用谢，这些都是我们应该做的，有什么问题可以及时问我们。

活动结束前，为了帮助创建文明社区，我们几个还在社区协助工作人员捡垃圾，为创建一个文明、干净、卫生的社区环境尽自己的一份力。

回校的路上，我一直在想，社区实践活动提高了我们的社会实践能力，引导我们接触、了解社会，增强了我们的社会责任感和社会适应能力。“艰辛知人生，实践长才干”，在未来，我也会更加积极主动地加入社区服务和实践的工作中去。

作者：经济学院2020级本科生　赵慧琳

8月2日　星期二　晴

2022年暑期辅导员能力提升培训 第一期学员·赵婧婧

在美丽的威海校区，学校组织开展了两期暑期辅导员队伍能力提升培训，我有幸作为第一期学员参加了此次培训。五天的培训干货满满，让我受益匪浅，不仅收获了理论知识，更收获了思想洗礼、情感升华和心灵荡涤。

培训的理论有高度。东北师范大学党委书记杨晓慧从编写组成员的角度，为我们深入解读了习近平总书记关于教育的重要论述，让我更深刻地理解辅导员在新时代做好立德树人工作的历史背景和重大意义。此外，他还分享了东北师范大学在辅导员队伍建设和能力提升方面的做法和经验：几乎所有的辅导员都在研究中工作、在工作中研究，都有感兴趣的课题做，都有所归属的科研团队，学工队伍中涌现出了优青、杰青等国家级人才……就像校党委副书记王君松在总结中讲到的，东北师范大学的经验值得我们学习，除了实践的沃土，更需要政策方面的顶层设计。就在第一期培训结束的第二天，学校党委会通过了辅导员队伍建设的“1＋N”方案，对辅导员的职业发展作出了更加详细的顶层设计。相信在学校党委的坚强领导下，在全体学生工作人员的共同努力下，我们山大辅导员一定会取得更丰硕的成绩。

培训的实践经验有厚度。校党委常委、宣传部部长桑晓旻，青岛校区党工委（校长）办公室主任宋作标以及资深媒体人等结合工作经历分享了教育方法和经验，“山大最美女团”辅导员带来的谈心谈话工作坊，帮助我进一步学习到开展网络思想政治教育、校园舆情和危机处置、谈心谈话的方法和技术。我深切感受到他们的职业情怀和职业能力：“不怕不急”的理性，“舍我其谁”的担当以及谈心谈话中的绵绵发力、久久为功。

培训的情感有深度。培训中，我们集体观看了电影《守望青春》。电影改编自时代楷模、大连海事大学辅导员曲建武老师的真实工作经历。电影内容涵盖了从事辅导员工作常常会遇到的情景和挑战，我在观看时几度泪流满面，被影片中刘老师对学生的用心用情所触动。时代和环境在变，学生群体也在变，唯一不变的是刘老师对学生深深的爱以及看到学生成长成才后的喜悦和成就感，这也是我们做辅导员的职业价值。其中所展示的辅导员对学生、对职业的那份热爱，值得我们每一位新时代辅导员学习和践行。

或许是守护学生安全健康的心弦一直紧绷着，或许是工作以来已经习惯了“两眼一睁，忙到熄灯”的常态，在这五天里，我得到了久违的放松和充盈。放松是因为长时间的坚持、努力和付出被看到、被认可、被鼓励，充盈是因为通过听报告、工作坊、团建等方式获得理念更新和情感支持。作为一名工作了15年的辅导员，这次培训让我能对照习近平总书记对新时代教育工作者提出的要求，对照身边榜样人物的先进事迹，再次叩问自己当初做辅导员时的初心，再次明确辅导员的职业价值和使命，再次思考自己未来工作的努力方向。我相信所有参加此次培训的同事都会和我一样，会带着对学生深深的爱，带着对这份职业的热忱，继续充满智慧和能量，努力前行。

作者：公共卫生学院辅导员　赵婧婧

8月3日　星期三　晴

2022年暑期辅导员能力提升培训第一期学员·韦福林

近日，我有幸参加了学校组织的第一期暑期辅导员培训暨工作研讨会。在学校的精心安排下，培训研讨活动主题清晰、内容充实、形式丰富、节奏明快，既有对党的教育政策的权威解读和对学校建设发展的战略展望，也有对当下思政工作要点任务的针对性梳理和对辅导员工作能力提升的专项辅导。一校三地的学工同仁坦诚交流、碰撞思维、取长补短、互通有无，在让人收获满满的同时，对此后如何更好地开展工作也产生了更进一步的思考。

做好新形势下的学生工作，要保有更加清晰的紧迫感。正如东北师范大学党委书记杨晓慧和校党委常委、宣传部部长桑晓旻等专家在专题辅导报告时所强调的，新时代国际国内形势纷繁复杂，思想政治工作面临的新任务、新挑战和新斗争更加严峻。出征的号角已经吹响，要“用对力气、用足力气”来解决好这些新问题、新困难、新阻碍，我们需要在思想上时刻“绷紧弦”，在行动上“拉满弓”，持续应对“本领恐慌”，时刻鞭策自己吃透新政策，锚准新方向，学习新本领，掌握新技能，适应新要求，作出新贡献，以更好地回答“培养什么样的人、如何培养人、为谁培养人”这个高校思想政治工作的根本问题。

做好新形势下的学生工作，要树立更加厚实的责任感。党和人民的宏伟事业，既需要当代人的坚守，也需要下一代人的接续。在聆听青岛校区党工委（校长）办公室主任宋作标和范蕊、王璐璐等几位老师对工作技巧技能提升的针对性辅导时，我的感悟尤其深刻。在“立德树人”根本任务中，学生辅导员从事的是基层工作，是直接对“人”的工作，因而在服从党和国家的战略大局以及学校建设发展中心任务的同时，应该更加注意培养“基层智慧”，注重对学生的个体关怀，把日常工作落实落细落小，经营好这“一丝一缕”“千条万线”，“讲道理”和“办实事”并重，把关心和关怀手把手地放到学生的心窝里，温暖学生的大学生活，影响学生的一生。换言之，学生辅导员既要能够“自上而下”地理顺学生工作体系，更应当学会如何“自下而上”地夯实学生工作的基础，让“责任”这两个字在实践中愈发地具象和坚实。

做好新形势下的学生工作，要怀有更加深刻的荣誉感。培训中，大家集体学习观看了以曲建武老师事迹为原型制作的影片。我深刻感受到，“人民教师无上荣光”是对曲建武老师事迹最生动的诠释。作为高校学生思想政治辅导员，我们应当向曲建武老师看齐，让这份荣誉感更加立体和生动，既要有“为党育人、为国育才”的政治高度，把“听党话、跟党走”内化为辅导员坚守的政治生命；还应当蕴含着“春风化雨、润物无声”的深厚情感，让学生“成长成才的人生导师”和“健康生活的知心朋友”成为镌刻在内心深处的使命烙印。这份荣誉感所承载的质朴真情和深厚意蕴，就能够焕发出更加灿烂的时代光芒，成为我们在青年大学生中点亮理想之灯、发出信念之光的火种。培训期间，学校党委学生工作部部长杨玉详细讲解了学校辅导员队伍建设的“1＋N”方案，这既是学校党委对辅导员队伍的亲切关怀，更蕴含着对辅导员队伍的深切期望，为我们新时期的工作指明了方向。

习近平总书记指出：“青春孕育无限希望，青年创造美好明天。”当前我们比历史上任何时期都更接近中华民族伟大复兴的目标，广大青年学子的命运与国家、民族和人民的命运比以往更加紧密相连，教育、鼓励和引导青年大学生将蓬勃向上的青春力量凝聚到国家富强和民族复兴的宏伟蓝图之中，唱响激昂壮丽的青春之歌，是我们作为学生辅导员的神圣职责和光荣使命。

作者：翻译学院辅导员　韦福林

8月4日　星期四　晴

山东大学对口东营市普通话培训助教·薄雨昕

唐代诗人贺知章一句“乡音无改鬓毛衰”，是落叶归根的感慨，也从侧面反映出方言对人深刻的影响。但自古以来我国政治、经济、文化交流都存在一个共同语，历史上的共同语称为雅言、通语、官话、国语等，在信息化的今天，普通话更是发挥着重要的作用。此次我作为助教参与山东大学对口东营市幼儿园教师和保育员普通话培训项目，更加深切地意识到普通话推广的意义。

推广普通话是我国的一项重要国策。20世纪五六十年代，国家通过方言普查活动制定各地学习普通话的指南，当时山东大学在山东省的推普工作中起到了引领作用。时至今日，推普工作又一次如火如荼地进行，本次普通话培训项目是山东大学与东营市在文化教育方面的合作，也是服务山东发展、贡献山大力量的平台。

这次普通话培训对我来说意义非凡，因为它与我的两个“家”紧密相连，一个是养育我的家乡东营，另一个是教给我文化知识的山大。怀揣着为家乡做点实事的期待，我第一时间就报名参加了这个项目，顺利通过了面试考核，成为一名助教。早在七月中旬，文学院针对助教开展了为期五天的专业培训，语言学知识和普通话学习的各项技巧完善了我们的知识结构。最后的教学试讲考核，也让我们对实际教学有了一定的把握。

今天我以助教的身份给学员们上了普通话培训的第一堂课，课前我给学员们布置了普通话摸底作业，反复听学员们发来的朗读录音文件，大致确定学员们的普通话受到方言中鼻化、单元音等特点的影响，并有针对性地进行备课。课堂上，我帮助学员找到普通话发音问题的根源所在，对症下药、逐个击破，学员们认真配合、及时反馈，取得了不错的课堂效果。

“知行合一”，知识来源于课堂，也在实践中淬炼。我的专业方向是方言学，本次普通话培训项目就是一个学以致用、实践提升的好机会，我们在帮助学员学习普通话的同时也实现了知识转化和个人能力的锻炼。此外，在培训项目的前期筹备过程中，文学院老师们认真严谨的工作态度、实事求是的专业精神，无论在治学还是工作方面都给予了我们很大的启发。以知促行、以行求知，相信在培训结束后我们都将获益匪浅。

在接下来的培训过程中，我将保持耐心、细心和责任心，也有信心顺利完成自己的辅导教学任务，为本次普通话培训的圆满完成添砖加瓦，为服务山东贡献青春力量。

作者：文学院2020级硕士研究生　薄雨昕

8月5日　星期五　晴

山东大学国际化工作队伍能力提升研修班学员·黄伶俐

八月盛夏，我有幸参加了学校组织的国际化工作队伍能力提升研修班，前往位于西子湖畔的浙江大学华家池校区继续教育学院，与领导老师们一起交流学习。对我来说，这是一次难得的“充电”机会，也是接手外事工作以来的第一次培训，内心十分激动。

三天的培训日程安排得非常紧凑，五场讲座、一场现场参观，中间还穿插着班级小组研讨。第一场讲座，浙江大学国际联合学院（海宁国际校区）院长助理、教育教学部长周金其分享了浙江大学国际化办学的实践与思考，校区的独特办学理念、教育模式、目标定位，怎样突破发展瓶颈成功开办海宁国际校区，等等。其中，他们与爱丁堡大学合作成立联合学院的经验与故事让人印象深刻。为了谈成合作，一年飞往国外 12 次，这种锲而不舍的精神、务实的态度令人敬佩。浙江大学医学院副院长、科学技术研究院副院长柯越海分享了“四新”背景下医学院关于学科建设与国际合作路径的探索与实践，即怎样依托多学科的协同优势，交叉汇聚新医学，实现浙大新医科“双通道”培养。浙江大学计算机科学与技术学院陈德人教授为我们分享了“互联网＋”时代的大数据创新与应用。上海交通大学国家战略研究院客座研究员王善平为我们分享了全球疫情环境下国际政治经济形势和外交战略。课堂上，教授专家们渊博的学识、开阔的视野、全新的理念、风趣的授课方式、耳目一新的幻灯片令我印象深刻，可以看出他们备课的细致和用心。教授专家们从当今疫情冲击下的国际经济贸易形势变化到世界格局的重新塑造，深入浅出地为我们讲解了世界百年未有之大变局背景下，中国的自身发展、面临的国际形势和为推动构建人类命运共同体所作的贡献。

培训是短暂的，但收获是充实的。培训让我站在了一个崭新的平台来审视自己的工作，并对自己未来的学习目标有了更加明晰的定位；不仅让我拓宽了国际化视野，增长了见识，也认识到国际化工作是一项政治性很强的工作，强化政治意识、增强政治敏锐性、提高政治鉴别力将更有利于工作的开展。作为一名外事秘书，我一直在积极摸索和思考，怎样更好地贯彻落实国际化战略，怎样才能服务学者更好地开展国际交流合作，怎样发挥我院优势，拓宽渠道来搭建更好的海外交流学习平台，为学生们创造更多更好的学习机会，这是我需要进一步考虑的问题。培训虽然结束了，怎样把学到的知识、理念进一步消化为自己的营养，指导今后的工作，我想我需要做的还有很多很多。

作者：前沿交叉科学青岛研究院工作人员　黄伶俐

8月6日　星期六　晴

全国高等医学院校第二届大学生形态学绘图大赛获奖者·崔嘉慧

医学是一门博深的科学，又是一门伟大的艺术。作为一名热爱绘画的大一医学生，我有幸代表学校参加了全国高等医学院校第二届大学生形态学绘图大赛，同学校的其他两名获奖同学一起，出席了在海口举办的颁奖会议。

依稀记得4月份校赛的情景，从小热爱绘画的我看到预赛的通知时便无法按捺心中激动的情绪，迅速翻动着手中厚厚的系统解剖学课本，渴望从中找到珍贵的灵感。我的目光很快被脉管系统吸引，经过反复的斟酌后，我选择了绘制课本第184页的心脏后下面观，同时结合了我们当时正在学习的骨学的手骨部分。随后，我认真研读了往届的获奖作品，在与指导老师宋玉玉教授进行反复沟通后，确定了大致的绘画思路。

我的灵感主要来源于中国国粹京剧文化，将京剧中的蝶姿手势与人类心脏进行有机结合最终绘制而成。作品中，传统文化与解剖图的结合独具韵味，手部呈蝶姿托起心脏，四周以生机勃勃的花与蝴蝶作为衬托，象征生命的美好与宝贵。希望能够通过该作品彰显出医者仁心，呼吁人类以爱与关怀呵护生命，以善与责任爱惜芳心。

此次比赛不仅提高了我的绘画技术和专业课学习水平，更令我以画会友，结识了一大批志同道合的医学生朋友。颁奖典礼上，同学们的优秀作品令我惊叹，大家对医学与绘画的共同热爱令我欣喜。这不仅是一场艺术的狂欢，更是一场学术的盛宴。

健康所系，性命相托。何其有幸能够步入神圣的医学学府学习，何其有幸能代表齐鲁医学院参与国家级医学绘画大赛。我愿执丹青妙笔，绘医者仁心，予医学以艺术，于艺术寻科学。

作者：护理与康复学院2021级本科生　崔嘉慧

8月7日　星期日　晴

齐鲁医院胃肠外科实习护士·许智超

在胃肠外科实习的两周时光转瞬即逝，这两周承载了我太多难忘的回忆。

我难忘这里可爱的病人。胃肠外科主要收治的是胃肠肿瘤的病人，每一位病人的背后都有着自己独特的故事。最让我印象深刻的是一位80多岁的老爷爷，他是一位退休后仍坚持教学十几年的高三数学老师。“夜深腹疼颠覆颠，白昼美食口难咽。噬骨吸髓身暴瘦，几回梦里见魔阎。照妖镜下原形现，中分化腺癌病变。金刀落处魑魅去，阳光依旧彩霞天。”这是他在病床上生日当天的创作。与他创作的诗一样，老爷爷出院的那天，精神矍铄，阳光明亮，病房亮堂。

管道、肠外营养和刀口疼痛是压在胃肠外科病人身上的三座大山。腹腔、胸腔、盆腔、髂前的引流管、尿管，再加上经鼻插到胃肠道的胃管、PICC管、输液岗等，每一条管道单拎出来都会让人痛苦万分，更别提病人手术后都必须带着多条管道；与此同时，病人还要忍受刀口的疼痛，甚至有的病人在手术后需要打杜冷丁才能勉强睡去。手术后的病人不能经口进食，只能通过静脉输液将营养素输入体内，浓度比普通盐水高几十倍的营养液，对病人的血管考验极大，经常会有肿胀、疼痛的情况发生，留置针一天一换也是家常便饭。两周，刚好是一个病人从住院到出院的大体时间，我见证了病人从入院对未知的迷茫，到做完手术后在监护室的虚弱，再到从监护室转到普通病房慢慢休养、日渐恢复的全过程。看着病人在我们的治疗和护理下渐渐康复，我从心底感到欣喜与自豪。

我难忘这里可亲的带教老师。她们或耳提面命，为我们讲解护理知识；或鼓励我们大胆操作，将护理技能落在临床实处；或关心爱护我们，让我们按时下班，好好休息；或带我们熟悉医院和病房结构，更好地融入齐鲁医院大家庭。她们将自己数十年的临床经验无私地教授给我们，让我们在短短两周的时间里尽可能多地学习了本科室的专科知识。

我难忘在胃肠外科的每一次护理操作。胃肠外科是我第一个实习的科室，我在这里完成了数不清的人生中的第一次护理操作。我忘不了第一天上午处理用物时被针刺伤的慌乱，忘不了第一次徒手掰开安瓿的顺畅，忘不了第一次顺利注射操作的激动，忘不了满怀信心备皮却被带教老师查出差错的窘迫，忘不了给病人测血糖时看到“HI”字样（血糖高到超出血糖仪检测范围）的手足无措。

胃肠外科是我学习知识和临床实践结合的起点，这里承载了我人生中太多的第一次，我永远忘不了这里的挑战，也永远忘不了这里的温情！

作者：护理与康复学院 2019 级本科生　许智超

8月8日　星期一　晴转阴

硕博服务团东营队队长・宋海涛

“黄河落天走东海，万里写入胸怀间。”黄河是中华民族的母亲河，保护黄河是事关中华民族伟大复兴和永续发展的千秋大计。

作为一名东营人，我生长于渤海之滨，亲睹城市的变迁发展，有幸成为“服务山东·山大方案”山东大学硕博服务团东营队的队长，于8月2日至8日开启了以“解锁变迁密码，厚植生态底色，绘就黄河流域高质量发展的齐鲁画卷”为主题的实践之旅。

聚焦生态保护，我们前期积极联系生命科学学院博士生导师郭卫华教授，充分了解了黄河三角洲的生态环境现状和面临的主要问题，认识到了黄河流域生态保护的重要性。在与东营市自然资源和规划局、东营市发展改革委员会等政府部门的座谈中，我们对东营市生态保护方面具有的优势和成效有了更多了解，对“以开发促保护”的发展理念有了更深的感悟。

8月3日下午，我们联合中国海洋大学实践团队一同前往黄河口生态旅游区参观学习，从黄河口鸟类科普乐园、黄河三角洲生态检测中心，到天然柳林木栈道、远望楼、码头，切身感受黄河入海口的生态自然之美。

立足城市发展，我们先后到梦立方、东营市胜利大学生创业园、科瑞集团、山东广域科技有限公司进行参观，并与负责人进行交流，感受科技创新与企业管理合力的成功样板。8月5日，我们参观了东营区现代高效农业产业园，学习生态优先助推高质量发展在农业方面的建设成果，我们前往园内专设的直播间，详细了解了产业园生产、销售的农产品并亲身体验网络直播带货。

8月7日，我们来到垦利区董集镇杨庙社区开展实地调研。我们来到黄河南展区历史文化展厅，展厅分为“南展由来”“南展工程”“担当之迁”“幸福之迁”“振兴之路”五部分，我们虽为迁建的困难所震撼，更惊喜于如今的幸福社区。

让我久久难忘的是，杨庙社区草编合作社里的王秀荣奶奶，她回忆起习近平总书记来考察的时候，她就在这编织屏风，习近平总书记还亲切地同她聊起“编一个要多久，累不累”等家常话。王奶奶年近古稀，仍精神矍铄、笑容满面，让我体会到黄河南展区民众搬迁后的幸福感。

烈日灼暑，不负路途；黄河入海，山大有为。为期一周的实践活动不断更新着我对东营市黄河三角洲生态保护和高质量发展的认知。作为新时代青年，践行初心使命，锤炼本领修为，为黄河流域高质量发展、山东加快现代化强省建设贡献山大智慧。

作者：文学院2021级硕士研究生　宋海涛

8月9日　星期二　雨

内蒙古风电项目管理服务参与者·刘志学

八月的内蒙古草原，百草丰茂、牛羊遍野，处处生机盎然。我有幸跟随导师丁荣贵教授来到中广核内蒙古兴安盟100万千瓦风电项目现场，为该项目提供管理服务。

该项目是央企革命老区重点扶贫项目。在与项目经理交流的过程中，我们了解到在推进国家“双碳”目标实现的过程中，风电等清洁能源的利用是其中的关键因素。该项目立足当地实际，通过核心科技的创新，实现了我国新能源领域的多项行业首创，产生了巨大的经济效益和环保效益。

座谈后，我们一行人驱车赶往位于草原深处的项目现场。项目远离市区，随着道路向草原延伸，沿途风光越发沁人心脾。但是逐渐消失的手机信号，草原上粗犷的风以及蜿蜒曲折、崎岖不平的道路，还是让我们感受到在草原开展项目的不易。就是在这样的基础条件下，项目工程人员发扬艰苦奋斗的精神，克服重重困难，保证了项目顺利执行。经过3个多小时的跋涉，我们终于抵达了项目现场。

我们在工作人员的带领下参观了变电站、发电机组和中控中心。在变电站，一个个“大风车”产生的电正源源不断地汇集于此，然后通过特高压技术传到千家万户，高压产生的电流滋滋的声响令人震撼。在发电机组，草原上猛烈的风吹得人站不稳当，站在100米多高的风车前，3片长达76米的巨大扇叶从头顶划过，像武士挥舞着长刀。风车、电塔、草原和山坡上成群的牛羊，构成了一幅科技与自然和谐交融的画卷。在中控中心，数字化系统正实时显示着整个园区的动态，这极大提升了工作人员的工作效率。参观过程中，工人介绍项目的价值时流露出的自豪和幸福感让我难忘。国家每一个重大项目的实施都对经济社会发展以及人民生活水平的提高起到显著的推动作用。

我作为团队成员已经参与过包括北京大兴机场项目、宁夏煤制油项目、云南石化炼化项目等6个国家重大工程项目的项目管理咨询工作。在这一过程中，我们用实际行动努力践行习近平总书记“聚焦国家重大需求，将论文写在祖国大地上”的要求，同时亲身感受到时代进步、国家发展给我们的经济社会带来的巨大改变。在服务国家发展的征途上，我相信我们大有可为、大有作为。

作者：管理学院2017级硕士研究生　刘志学

8月10日　星期三　雨

小树林支教团临沂队成员·魏钰昕

世间因少年挺身向前，而更加瑰丽。时间飞逝，转瞬已是来沂南县石崇崮大院支教的第七天。7天时间里，我们线下7名队员和线上10名队员高度配合，为孩子们带来了充实丰富的课堂。

正式上课前，依据队员共同制定的奖惩制度，我们对昨天表现突出的孩子们进行表扬，并对迟交手机、熬夜玩手机等现象进行了批评。自奖惩制度与课堂表现相结合以来，孩子们的学习劲头大有提升。

上午，刘阳海博和时德富两位队员线上讲授了地理课。两位老师围绕考试中的重点内容读图答题来设置课程，讲解各具特点，海博的温柔引导以及德富的逻辑严明都深深吸引了孩子们。课堂讨论环节紧张热烈，孩子们在做题互动环节积极主动抢答，线下队员积极配合线上互动，学习气氛浓厚，达到了良好的课堂效果。下午是由王昕欣带来的英语音标课，她一边讲解英语音标一边分享自身学习经历，既有信服力，又有亲切感，讲课娓娓道来，让每个孩子快乐地接受原本十分枯燥的元辅音学习。随后是由陈曦为孩子们讲解初中数学，陈曦围绕着一元二次方程的定义、易混易错题展开讲解，题目设置合理，难度由易到难，并且陈曦讲课风趣幽默，互动性强，给孩子们带来了精彩充实的课堂体验。今天我没有讲课，于是就帮助调试上课设备、积极维护课堂纪律以及带动学习氛围。

晚上是愉快的自习时间，也是我们和孩子们充分交流沟通的关键阶段。我努力做到在讲题的同时，潜移默化地将解题思路、学习方法、学习态度和精神传递给孩子们，这也是提升沟通能力、打开孩子们心扉的关键所在。晚上 10 点结束晚自习，我们会对一整天的表现和感悟进行复盘，对第二天的课程安排和细节进行协商。大家认真细致，展现了山大学子高度的责任心。

保持一颗纯粹宁静的心，抱着和孩子们共同成长的念头，所有的问题都会迎刃而解。相信那些小小的挫折，只不过是为了将璞玉和钻石打磨得更加莹润晶亮。

作者：文学院 2020 级本科生　魏钰昕

8 月 11 日　星期四　阴

全省高校新入职辅导员示范培训班学员 · 李　虎

8 月 7 日至 10 日，我参加了由中共山东省委教育工委举办的全省高校新入职辅导员示范培训班，受益匪浅。这次培训主题明确、内容翔实、形式丰富，同时也为我们指明了辅导员队伍未来努力的方向。

把握形势，提高认识，提升育人“深度”。培训中，山东省委党校科学社会主义教研部主任、教授张传鹤带我们系统学习了习近平总书记关于意识形态工作的重要论述，对党的教育政策进行了权威解读。这进一步深化了我们对意识形态工作重要性的认识，要求我们持续强化理论学习，提升自身素质，提高政治站位，增强育人意识和能力；要在实际工作中准确分析研判形势，强化阵地意识，牢牢掌握意识形态工作领导权。

关注价值，创新路径，提升育人“广度”。山东大学马克思主义学院副院长、教授郑敬斌在讲座中基于青年价值观实际，对新时代思想政治教育创新路径作出展望。我深切体会到，在社会环境和价值观变迁影响下，辅导员工作要因时、因事、因势而为，不断拓宽工作广度，同时提高工作针对性，努力做到润物无声、科学实效。中国政法大学研究生工作办公室主任、教授张永然为我们分享了法治化视野下的高校学生教育管理的工作路径。他强调，新时代青年学生的价值观念、行为方式愈发多元化、个性化，思政工作要“法理情”并用，坚持以事实为依据，以法律为准绳，要讲明道理，以理服人，同时注意真诚沟通和体现人文关怀。

结合实际，增强能力，提升育人“效度”。山东大学心理健康教育与咨询中心主任、学工部副部长范蕊从自身思政工作的具体实践中提取了多个真实、鲜活、经典、共情的案例，系统介绍了谈心谈话原则、准备工作、具体流程等，从多个角度展示了众多实用的谈心谈话技巧。青岛职业技术学院教育学院院长、教授郑洪利结合心理学理论和科学研究实际，对大学生心理危机的预防和干预进行了系统分析。辅导员是做“人”的工作，面对学生的求助，我们要有足够的能力去沟通、引导、解决，要把解决思想问题和解决实际问题结合起来，强化工作实效性。两位老师的分享为我们提供了很好的理论参考和现实借鉴，为我们做好学生教育管理工作，应对心理危机事件提供了“关键一招”。

聚焦发展，明确定位，提升育人“信度”。培训中，山东科技大学电气与自动化工程学院党委副书记范俊峰畅谈了高校辅导员的初心和使命。他提到，辅导员要做好工作谋划，善抓工作落实，树立系统思维，踏实走好专业化、职业化发展路径的每一步，要在服务大局中发挥个人价值。高校辅导员工作研究会教授夏晓虹对新时代高校辅导员专业提升与职业发展提出了中肯意见，为辅导员科研选题、论文写作指明了方向。作为一名高校学生辅导员，我们要不断培养和提升科研能力，增强科学研究的自觉性，探索思想政治教育工作的新路径、新方法，努力成为值得学生信任、信赖的辅导员，努力在人才培养、团队进步、学科发展等方面贡献思政力量。

这次培训让我备受鼓舞和激励，我看到了党和国家对我们的重视，看到了社会和学校对我们的期待，更看到了我们可以施展的广阔平台。未来，我们要在工作中持续深耕，创新挖掘，提高政治站位、保持清醒认识、自觉广泛学习、主动担当作为，做到有素质、有能力、有创新、有效果，努力产出更多惠及新时代大学生群体和服务学校、社会建设发展的思政成果，提高工作实效性和影响力，推动思想政治教育工作创新性发展，实现创造性突破。

作者：历史文化学院辅导员　李　虎

8 月 12 日　星期五　晴

武汉市社区疫情防控志愿者·程诗琪

今天，我结束了为期 7 天、共计 28 小时的社区志愿服务。

7 月底，武汉市江夏区在常态化便民核酸检测中发现 4 例无症状感染者，各单位反应迅速、决策果断，江夏区实行三天临时性管控措施，全市各社区、街道网格员也忙碌起来，对有过江夏旅居史的市民开展排查，并对境外、省外的来汉、返汉人员进行摸排。

在得知社区人手紧缺后，我报名担任志愿者，来到武汉市江岸区后湖街道兴业社区，协助社区网格员进行武汉市联防联控疫情防控平台信息排查、扩面核酸检测、居家健康监测人员台账整理等志愿服务。

报到第一天，我就接到了任务，整理前一天晚上大数据排查发现的途经中高风险区的本辖区居民台账，此批次共 24 人。熟悉政策之后，我开始逐一联系此批居民，通过电话核实其身份信息、家庭住址与具体的行程，通过微信群统一告知居民当前政策并了解监测情况。随后，我将居民的基本信息与街道各级负责干事信息填入表格，为每个人建立翔实的纸质档案以供保存。

随后几天，我在微信群内提醒这 24 位居民进行一日两次的体温上报，及时发布街道“单人单管”核酸检测时间、地点等信息，及时询问、记录他们的核酸检测结果，并耐心回答居民的问题。在社区委员们的细心指导下，我学会了操作武汉市联防联控疫情防控平台，并尽己所能，协助开展该平台上的信息排查。

在给 14 天无核酸灰码人员致电问询的过程中，我了解到高龄独居老人在炎炎夏日前往采集点进行核酸检测的困难，还有共用一个智能手机的老两口做完核酸难以证明的无奈。在外地来汉、返汉人员中，有因为工作原因需要高频往返于各个城市的机长、空乘人员、地铁系统维修人员等，也有趁假期外出游玩的一家子；有积极配合社区工作、较好地采取疫情防控措施的居民，也有接到排查电话后感到不耐烦或拒绝告知行程和个人信息的居民。

在记录了居民朋友们当前遇到的困难后，社区也积极采取应对措施，并取得不错的效果。为解决核酸检测点少的问题，社区根据相关政策，定期在各小区设置临时核酸检测点，并在 7：30—11：30 与 17：00—22：00 两个时间点为居民提供核酸检测。为解决没有智能手机的老人儿童出入公共场所不方便出示核酸证明的问题，社区印制了核酸检测卡，标明检测时间并盖章。

通过在社区工作拨打出的数百通电话，我更加了解疫情防控工作中一位位基层工作者的辛苦与付出。体谅、理解、相互传递善意，倾听更多人的经历与诉求，携手共建更和谐的社会，是我们共同的愿望。

作者：护理与康复学院 2020 级本科生　程诗琪

8 月 13 日　星期六　晴

“百廿青马”宣讲团成员·曲玥枫

为深入宣传习近平生态文明思想，引导社会公众和广大青年更好地理解把握碳达峰碳中和目标，普及核技术应用相关知识，构建新发展格局，实现高质量发展，今天上午，我走进中国工商银行洛阳分行开展了“强国有我，‘核’你一起”宣讲活动。

在碳减排的大背景下，核能供暖也“走入”了我们的生活。为了适应新形势下银行等金融机构对于新能源领域的知识需求，我在宣讲前查阅了大量的资料，在宣讲时有意识地将侧重点放在了碳中和与金融机构的关系上面，比如新形势下企业政策如何与国家政策相呼应，碳中和概念如何影响金融业等。这些主题在很大程度上激发了企业员工代表的热情。现场气氛活跃，员工代表们积极参与现场互动，并且结合本单位的发展状况提出问题，发表自己独到的见解。

为了增强讲解效果，我特地录制了关于核能供暖的讲解视频，以便更加具体地解答大家关于核能供暖的疑问，比如核供热站的安全性、核能供暖未来能否大规模普及等。为了吸引听众，我还在宣讲时播放了趣味科普小视频。本次活动通过系统讲解和答疑，让企业员工进一步加深了对核技术应用的理解。

“行之力则知愈进，知之深则行愈达。”作为“百廿青马”宣讲团的一员，我致力于成为新时代的宣传者和践行者，走向祖国各地，于宣讲中了解社会、认识国情，用独具特色、丰富多样的形式面向社会公众开展宣讲活动，以实际行动助力科学更好地融入人们日常生活，引导社会公众尤其是广大青年学生深刻认识党和国家实现碳达峰碳中和目标的决心与进程，为国家未来的高质量发展贡献自己的力量。

作者：外国语学院 2021 级本科生　曲玥枫

8 月 14 日　星期日　晴

“传古韵、墨客行”社会实践团队成员 · 戴佩颖

“君不见黄河之水天上来，奔流到海不复回”，“天生我材必有用，千金散尽还复来”……这些我们耳熟能详的诗句中蕴藏着无穷的文化魅力，

吸引着无数中外学生。为了传播中华传统文化，探索跨文化交际的可行方式，我们来自不同校区的三个实践团队共同组成的“墨客行”团队策划开展了国际学生唐诗线上体验营。8 月 14 日，为期一周的“狂放诗仙李太白——唐诗体验夏令营”活动已到尾声。

上午 9 时，体验营最后一日的第一课“诗仙的豪迈放酒之歌——《将进酒》”正式开始。经过反复修改、讨论，我们小组的成员克服了《将进酒》篇幅较长、理解难度较大的问题，通过情景导入、知识拓展等方式帮助国际学生理解诗篇，并对不易理解的部分作了溯源讲解。同时，我们围绕“酒”这一意象，展开了一系列相关解读与拓展。

第一堂课结束后，本次暑期夏令营的最后一节课“兼容并蓄——中国戏曲文化”正式开始。在本课中，我们作为老师带领同学们领略了丰富多彩的中国戏曲文化。我们首先以国际学生较为熟悉的《贵妃醉酒》为引，一同欣赏京剧之美。接着，我们向学生们解释了戏曲的定义、角色行当、脸谱等相关知识，加深了学生们对戏曲的了解，最后又与学生一同回顾了中国戏曲的发展历程，引导他们继续了解富有魅力的中国戏曲文化。

课后，我们感触颇多。中国戏曲文化博大精深，我们在备课过程中尽可能地准备充分，也学习到许多知识。除了直播授课之外，我们也通过后期的剪辑和调整尽力为学生们提供比较好的复习材料，希望通过我们的努力能让更多学生了解、喜欢中国文化。

“狂放诗仙李太白——唐诗体验夏令营”活动已到尾声，但“墨客行”团队全体成员仍然会继续探索跨文化交际与文化传播的多种方式，为传播中华文化贡献自己的力量。

作者：翻译学院 2021 级本科生　戴佩颖

8 月 15 日　星期一　晴

江西上饶社区疫情防控志愿者·夏禹佳

近期，全国疫情呈现多地频发抬头趋势，8 月 10 日以来，江西省贵溪等地也先后出现疫情，疫情防控形势严峻复杂。江西省各级政府要求迅速组织全员核酸检测，科学布点、有序组织、精细实施，做到“不漏一户、不漏一人”。我的家乡所在的江西上饶疫情防控指挥部要求两日内在全区进行一次常态化区域核酸筛查。

作为一名前不久提交了入党申请书的山大学子，我感到肩上的责任，于是向社区申请加入志愿者队伍，在旭日街道惟义公园核酸采集点贡献自己的一份力量。最近的“三伏天”，可谓“千里蒸笼”“万里烧烤”，但医务人员依旧穿着厚重的防护服，为广大市民开展核酸检测。在疫情面前，他们用自己的实际行动践行着“人民至上、健康至上”，诠释着医者勇于靠前、敢于担当的精神。

我所在的核酸采集点承担了附近千余名居民的核酸检测任务，时间紧、任务重。在一一询问每个前来做核酸的居民是否从省外或南昌返回，并引导他们到特定窗口的时候，我感受到了浓厚的责任感；帮助年纪较大的爷爷奶奶们人工登记的时候，我耐心地向他们解释需要填写的内容和注意事项，这样小小的举动也让我的一天很充实。从凌晨 5 点半开始工作，到晚上 10 点收工回家，长时间的志愿工作免不了带来身体上的疲惫，但我心里的自豪感与成就感是无可比拟的。

习近平总书记曾对青年一代谆谆教诲：“未来属于青年，希望寄予青年。”身为当代青年，在疫情面前，需要为打赢疫情防控阻击战积极贡献力量。这次志愿者经历还让我在服务社会的同时收获了许多社会经验。我认识了许多人，有活泼健谈的门卫大叔，还有不怕吃苦、甘于奉献的医护叔叔阿姨们；我还结交了许多朋友，也学到了很多，让自己的眼界更加开阔，让暑假充实又有意义。我在增强实践和创造能力的同时，也让自己的思想进一步得到了升华。从庚子年初武汉疫情暴发，山大人“逆行”出征武汉；到山大全体师生上下一心做好疫情防控、齐鲁医院科研助力疫情防控；再到许许多多山大青年学子在祖国各地同心战“疫”，担任疫情防控志愿者，山大人不忘初心、砥砺前行的奋斗精神在延续。我们用实际行动助力疫情防控，只要我们众志成城，相信疫情防控阻击战的胜利终将属于我们。

作者：信息科学与工程学院2020级本科生　夏禹佳

8月16日　星期二　晴

第七届中国研究生智慧城市技术与创意设计大赛一等奖团队成员·张琪玥

周末，第七届中国研究生智慧城市技术与创意设计大赛正式落下了帷幕。我所在的“智检小队”携“长距离引水隧洞裂损病害水下智能检测装备”项目，与全国高校2034支团队同场竞技，代表山东大学入围全国总决赛，并在决赛中脱颖而出，以总排名第三的优异成绩勇夺全国一等奖，我们的导师韩勃教授也荣获优秀指导教师奖。

研究生智慧城市技术与创意设计赛以智慧城市为主题，其中定向赛道由政府和企业提供命题，优先解决在智慧城市实际建设中面临的技术和创意痛点问题。国家一等奖荣誉的背后，是我们课题组成员多年的不断尝试、课题组工作的不断累积和精进。

回想去年初入校园，在韩勃老师的引导下，我第一次接触到了长距离引水隧洞检测这一项目课题，从零基础开始了我的项目学习。经过与老师讨论，我们组成了现有的“智检小队”，我在师兄的带领下将现有工作整理成为初赛所需的材料，怀着忐忑的心情提交到系统。经过一个多月的等待，我们成功入围了决赛。然而，受疫情影响，决赛从原定的去年 12 月一直推迟至今年 8 月才正式确定开赛。半年的推迟对我们而言是挑战更是机遇。经过这一年的学习、调研和试验，我对所做的项目有了更深的理解和感情。如果说初赛的我在这场比赛中是一名学习者，那么决赛的我更像是一名选手。前前后后，从联系相关公司调研整理机器人资料，不断地尝试和优化图像识别和诊断模型，到最后临近决赛反复雕琢 PPT 和修改答辩稿，这一年之中有过怀疑和迷茫，但老师的指导和师兄们的支持都为我最后的准备注入了力量。

正式的答辩虽然只有短短 10 分钟，但是我们知道，为了这一刻的完美发挥，学校、指导老师和师兄们都曾为此付出了大量的心血。本届赛事是当代研究生展现创新和实践能力的大舞台，来自全国各高校的优秀学子都展示出了独有的风采。决赛现场评委老师们的提问都很准确和专业，虽然有些部分我没能很好地应答，但是评委老师们还是指引着我更深入地思考，这些宝贵的经历都使我收获良多。

我们代表山东大学第一次在该项竞赛中获得了优异的成绩。当最后的颁奖典礼宣读到山东大学时，我激动万分。

相信自己所坚持的，坚持自己所选择的。国赛虽然画上了圆满的句号，但我们的项目仍在深入研究中。未来充满着无限的机遇和挑战，我相信国赛的成绩只是我们科研征途的一个良好开端，未来仍需笃学慎思、明辨尚行，承担起我们土建人的责任，响应时代召唤，将论文写在祖国大地上。

作者：土建与水利学院 2021 级硕士研究生　张琪玥

8 月 17 日　星期三　晴

检察院实习生・靳如意

“今天的审讯到此结束，你可以离开了。”

审讯员最后一句话音落下，旁听的我也如释重负——一天的实习工作结束了。在济宁市高新技术开发区人民检察院实习的第一天，我感到无比充实。

时间拨回到早上 8 点，我怀着激动忐忑又期待的心情来到了检察院。一楼的大厅里，挂着习近平总书记说过的一句话：“努力让人民群众在每一个司法案件中都能感受到公平正义。”这让初出茅庐的我感到更加热血沸腾，工作的使命感和责任感也油然而生。

根据我提出的“哪个部门比较忙、比较缺人，就把我安排到哪里帮忙”的请求，我被分配到了刑事部。负责带我的检察官助理非常热情，向我介绍了检察院的日常工作，并且提出了保密要求。我了解到人民检察院的职能主要是对危害公共安全等重大犯罪案件行使检察权；对于公安机关侦查的案件进行审查，决定是否逮捕、起诉或者不起诉；对于刑事案件提起、支持公诉；监督公安机关、人民法院和监狱、看守所的活动是否合法。

介绍完之后，检察官助理交给我许多卷宗，让我上午仔细翻阅一下。于是我开始仔细翻阅那些厚厚的卷宗。有些案件让我很受震动，有些案件案情比较普通，但是我从中学到了许多，比如记录的格式、程序等。厚厚的多本案卷研读完毕，我在不知不觉中记了好多笔记，学到了撰写、整理案卷的许多技巧，收获颇丰。

下午，负责带我的检察官助理要去市看守所提审，也带上了我去旁听。因为疫情原因，提审一律在线上进行。对于检察官来说，我们的任务就是与嫌疑人沟通交流、核实公安机关的笔录并且追问一些细节。在提审过程中，我被审讯员的细心、耐心和专业素养深深折服。同时，嫌疑人认罪和悔罪的态度也让我受到震撼。我的法治意识得到了进一步加强，也更加认识到遵纪守法的重要性。

第一天的实习结束了，我在实践中感受到了不同于在校学习的工作氛围。检察官们勤勉敬业的工作态度、助理们细致耐心的处事方式，都让我印象深刻。在这里，手上一本本的卷宗不再是教材书本上冰冷的案例，而是一个个鲜活的、真实发生在身边的事情。而我们法律工作者的任务，就是使普通人与法律建立联系，让我们与法律的距离更近一步，让法律能够真实地作用到、服务到我们每一个人的身上。

法律工作者是严谨务实的。在之后的实习中，我也会秉承这样的工作态度，运用好专业知识，知行合一，在实习岗位中充分锻炼自己，继续学习并认真完成我的工作。

作者：法学院 2021 级本科生　靳如意

8 月 18 日　星期四　晴

“SDU 值此青绿”调研团成员·和子龙

党的十八大以来，以习近平同志为核心的党中央加强对生态文明建设的全面领导，持续推动生态文明理论创新、实践创新、制度创新，提出了一系列新理念新思想新论断。这是我们党对生态文明建设理论认识的重大飞跃，为推进美丽中国建设、实现人与自然和谐共生的现代化指明了方向，提供了指引和根本遵循。

“绿水青山就是金山银山”“美丽中国”“新发展理念”“双碳战略”……对于身处新时代的每一个中国公民而言，这些理论一定不会陌生。而作为科学社会主义专业的学生，这些理论更是与我形影不离。趁着暑假回家，我实地参观了家乡丽江市玉龙县的厨余垃圾处理中心，切实感受到了这些理论的贯彻落实以及习近平总书记所强调的“要坚持两手发力，推动有为政府和有效市场更好结合”。

午饭后，我来到了餐厨垃圾处理中心。中心负责人很热心地向我介绍了中心的基本情况，并带我了解了餐厨垃圾科学、绿色处理的整个过程。餐厨垃圾从运输车上卸载后，就进入了一条高效的处理流水线。首先是人工分拣出玻璃、塑料等非厨余垃圾，之后经过机器脱盐脱油、破碎脱水后，垃圾就被送入堆肥间，由高效分解可腐有机物的菌种进行发酵，最后，垃圾就变成有机肥料，真正实现了全流程资源化利用。常言道“百闻不如一见”，看着厂间的整套机器有序运行，我仿佛进入了一个实践的全新世界。

据负责人介绍，该餐厨垃圾处理中心与玉龙县人民政府达成合作，主要负责处理玉龙县核心区域内的厨余垃圾，也覆盖了周边地区。中心采用分类化、无害化、减量化、资源化、智慧化的模式，适合城镇餐厨垃圾集中处置。有机垃圾资源化处理系统通过“预处理＋好氧制肥＋废气处理＋废油提取＋废水处理”工艺，使有机垃圾变成资源化产品（有机肥和生物柴油原料）。

我从这一政企合作的生动案例中，切实了解到了城市餐厨垃圾的现代化处理过程。做好厨余垃圾处理，将有助于推动“双碳战略”的实现，建设美丽中国。

作者：政治学与公共管理学院2020级本科生　和子龙

8 月 19 日　星期五　晴

“山东好医生”称号获得者 · 左秀丽

8 月 19 日，我们迎来了第五个“中国医师节”，今年医师节以“‘医’心向党、踔厉奋进”为主题。全国广大医师和医务工作者深入贯彻落实习近平总书记重要讲话和指示批示精神，按照党中央决策部署，发扬优良医风，刻苦钻研医术，让“敬佑生命、救死扶伤、甘于奉献、大爱无疆”的职业精神进一步弘扬。作为一名医务工作者，我倍感自豪。

医师是人民健康的守护者，是“健康中国”“健康山东”建设的主力军。做医生要有一颗赤子之心，无论工作几载，无论身居何位，一定要脚踏实地、严谨细致地完成本职工作，成为一名“靠谱”的医生。做医生要有一颗创新之心，善于思考、主动学习临床新技术并将之推广，为人民生命健康保驾护航。做医生要有一颗仁爱之心，做有“温度”的医生，不仅要有好的技术，更要有好的服务，设身处地站在患者的角度去思考问题，温柔和善地对待每一位患者。我想，这是对坚持“人民至上、生命至上”理念的生动诠释。

依稀记得，我刚参加工作的时候，消化科最难的疾病之一是小肠疾病。因为技术难度大、双人操作复杂。于是，我带着问题去日本学习小肠镜单人操作技术，现在消化科已经有 10 位医生可以熟练操作单人小肠镜，并在国内率先开展了多项新技术。全国各地不少医生都慕名来我们中心学习，能把好的技术推广给更多的医生，造福更多的患者，对一名医生来说，是一件幸福的事情。

康德有一句话：“有两种东西，我们越是经常、持续地对它们反复思考，它们就总是以时时翻新、有增无已的赞叹和敬畏充满我们的心灵：这就是在我之上的星空，居我心中的道德法则。”如果说踏实做好临床工作满足了我们心中的道德法则，那么科研工作就是“我们头上的灿烂星空”，能抬头思考星空的人是更崇高的人。但是，做科研要“经得起折磨”，就像恋爱一样，有可能会失恋（做一段时间发现没有结果、方向错误），有可能会被拒绝（投稿被拒），可能长时间得不到想要的结果，但是请大家相信，山有顶峰、湖有彼岸，一切皆有回甘！

正值今天，我有幸获得了2022年“山东好医生”荣誉称号，这个奖项对我而言是莫大的肯定和鼓励，同时也是鞭策。这不是我一个人的荣誉，而是我们科室、我们全院同道的荣誉，我只是幸运地成为大家的一个领奖者。感谢我的老师，为我树立了榜样；感谢我的同事们，对我的支持和包容；感谢我的患者，只有当患者带着无限信任将健康和生命相托的时候，我才是一名真正意义上的医生。我会再接再厉，不负这份荣誉和托付，用一生去履行“健康所系、性命相托”的誓言。

如今，山东大学和齐鲁医院正处于一个发展机遇期，在学校党委和医院党委的坚强领导下，各项事业蓬勃发展。今后，我将努力为捍卫人民生命健康、为“健康中国”“健康山东”建设作出更大贡献，坚守从医初心，书写无悔人生。

作者：齐鲁医院消化科主任　左秀丽

8月20日　星期六　晴

“鉴韩启华”调研团队长·崔莹佳

时光飞逝，不知不觉“鉴韩启华”调研团暑期社会实践活动已经接近尾声。本次社会实践活动以“新冠肺炎疫情背景下韩国产业链安全政策及其对我国影响”为主题，共分为政府调研、企业走访、专家访谈与问卷调查四个部分。作为团队队长，在带领队员躬身实践的过程中，我收获颇丰。

7 月 1 日上午，我带领队员前往威海市商务局开展首次实地调研活动，并对商务局工作人员魏来进行了采访。在交流过程中，我清楚地了解到近年来中韩之间日益广泛的贸易合作领域以及紧密的经济联系。在随后对吉林省延吉市起亚汽车维修有限公司负责人的采访过程中，我了解了目前为止韩国产业链安全政策对中韩两国汽车产业合作的影响较为有限，目前两国经济合作的主要障碍仍为新冠肺炎疫情造成的人员流动困难。此次采访调研打破了团队开展实践前大家预想的假设，也为我们后期的实践开辟了新的思路。

在 7 月 8 日至 18 日的学者访谈阶段，我们采访的各位老师分别从自己深耕多年的专业领域出发，就团队实践主题发表了自己的见解。其中令我印象最为深刻的便是来自鹿儿岛国际大学的康上贤淑老师的回答，康上老师从“中日韩产业链重构”的角度出发，指出此次韩国出台产业链安全政策既警醒了中国提高本国自主研发能力，也促使中国借此次机会积极学习三星、SK 海力士等韩国半导体企业的人才吸纳策略。康上老师的回复使我进一步意识到了此次韩国产业链安全政策的出台，对中国而言既是挑战也是机遇。

在大家的共同努力下，我们合作设计了研究问卷，并在政府、企业以及学者范围进行发放，就“韩国产业链安全问题”广泛征集相关人员的看法。最终收集有效问卷 100 余份。在最终形成的问卷分析报告中，大家不仅对设计的选项分布情况有了更加清晰直观的了解，还收获了许多补充性答案，进一步拓宽了我们的研究思路。至此，“鉴韩启华”调研团的实践工作圆满完成，开始进入实践报告的撰写阶段。

本次社会实践活动的顺利开展，有利于我和团队成员深入了解自新冠肺炎疫情暴发以来韩国产业链安全政策对我国造成的影响，从而有针对性地提出相应的对策，为保障我国产业链及经济安全提供智力支持。

我希望自己也能够学好本领，为祖国的自主研发和未来发展献出一份力量。

作者：东北亚学院2020级本科生　崔莹佳

8月21日　星期日　晴

“微光·炬火”支教团成员·宋　玟

初夏第一朵花儿的开放预示着千朵万朵花的出生，就在这个盛夏，我将全部的热情赋予那些天真、稚嫩的孩子们。我清楚地记得那天和队员们第一次团建，每个人都动手包了属于自己的粽子，转眼间秋意渐浓，蝉鸣稀稀，我度过了难忘而有意义的夏天。

小小的遗憾是因疫情防控没能去往那个村庄，我们只能通过腾讯会议直播的方式给孩子们讲课。因授课方式改变，我们不得不修改之前的方案，但这并不影响授课如期开始。从无到有，授课群里一点点多起来的孩子们让队员们充满信心，动力十足。

我在团队中担任的是美术老师，苏霍姆林斯基说：“孩子只有生活在游戏、童话、音乐、幻想、创作世界中时，他的精神生活才有充分价值。没有了这些，他就是一朵枯萎的花朵。”我在授课期间一共有四节大课，从美术中的绘画讲起，分为点线面与色彩。在备课的时候，我希望孩子们通过我的讲解，能更深层次地了解其中蕴含的丰富知识，所以我选择的案例多为卡通形象，其中也不乏名家大作，这样一来便能勾起孩子们对于知识的好奇，也会开阔他们的美学视野。

我们支教团是一个温暖的大家庭，大家都尽职尽责，各司其职，队长们更是尽心尽力，每一处细节、每一版方案，都少不了他们的倾心投入。最温暖人心的环节莫过于为成员庆生，我和璐璐老师都被偷偷送上了惊喜，孩子们也会打开麦送上稚嫩又真诚的祝福。那一刻，感觉自己好像融化在云朵里，整个世界都是暖洋洋的。

如果有人问支教真的有意义吗，我会给出坚定的、积极的回复：是有意义的。虽然短期内我们看不见孩子们的成绩突飞猛进，正向的回馈也总姗姗来迟；但支教更深层的意义是在孩子们的心中种下一颗蓄势待发的种子，我们为这种子松土、浇灌，细心呵护着，期待有一天他们能开出明艳的花，结出甜蜜的果。对于我们来说，尽自己的一份力让孩子们多接触一点新的知识、多拓展一些新思路，多感受一点世界的善意，这都是我们支教的意义所在。

作者：艺术学院 2020 级本科生　宋　玟

8 月 22 日　星期一　雷雨转晴

山大滇中引水工程专项超前地质预报项目部成员 · 李志强

今天，回想起上周六发生的事情，仍然心潮澎湃。那天，我起了个大早，发现窗外乌云密布，大理的天气复杂多变，不一会便雷雨轰鸣，我不禁又习惯性地担心起来，如此大的降雨，滇中引水工程的高风险隧洞是否会因为地下水的突然增加而出现突水突泥风险？随即，我打开了各个标段微信信息群查看现场情况。雷雨轰鸣中，忽然接到了监理和现场的紧急通知，滇中引水工程大理段有两个隧洞上游出现地质险情，急需探明掌子面前方地质情况，对前方的地质风险进行评估。我立马报告山东大学滇中引水工程专项超前地质预报项目部（简称“滇中预报项目部”）的各位老师。聂利超教授和杜毓超教授当即决定从丽江火速赶来进行现场应急探测。

险情就是命令，责任重于泰山。冒着雷雨，我们穿过两个小时山路辗转到了现场，进入隧洞，一眼望去隧洞内积水洞段长度已经超过1公里，平均洞内积水深度快没到了膝盖。由于洞内积水太深，无法行车，我们当即决定涉水徒步进洞。浑浊的水下全是各种碎石、碎块，每前进一步都异常艰难，一步没踏实就有摔倒的危险。洞线长，通风不畅，洞内空气极差，蓝色的口罩没几分钟便变得乌黑。经过50分钟的涉水跋涉，终于到达掌子面。粗略估算隧洞涌水量约1万方/每天，现场存在巨大的突水突石风险。经过简短的会商之后，我们决定采用完全自主知识产权的地震波法SAP及激发极化法TIP立即对掌子面前方的地质情况特别是含水构造开展探测，克服了洞内出水、空气混浊、高温、缺氧等困难，大家顶着浑然天成的“烟熏妆”高质量地完成了探测任务。

出洞后，我们立刻又驱车前往约50公里外的1＃隧洞上游开展下一轮应急抢险……

经过现场一天的忙碌，回到项目部大理分部的时候已是晚上9点，聂利超教授又立马带领我们开始了数据处理、综合研判等工作，直到深夜。其实，这样的事情在山东大学滇中引水超前地质预报项目部经常发生，这只是山大人在滇中引水工程中普普通通的一天。

滇中引水工程是国家172项水利工程之首，直接惠及滇中约1112万人口。从丽江到楚雄，大家的印象是风情万种的丽江古城、玉龙雪山，流连忘返的苍山洱海；而对在滇中的山大人来说，以香炉山隧洞为代表的一系列深埋高风险隧洞，以及施工过程中面临的突水突泥、塌方等地质灾害风险都是严峻挑战。

自滇中引水开工以来，工程现场到处都有山大人奋斗拼搏的身影。杨磊教授、聂利超教授、杜毓超教授、蒋红光副教授、白继文副教授、任玉晓、范克睿、刘聪、陈安东、屠文峰、鹿伟等一批山大人长期驻守在工程最前沿，用行动践行着山东大学“舍我其谁”的担当精神，在秀美的彩云大地上书写着山大人的风采。

“你们山大是我们的眼睛、耳朵，是我们工程安全掘进的有力保障。”这是我在滇中引水现场听到的最多的一句话。这既是对我们山大人的认可，也是沉甸甸的责任，更是滇中引水工程一线对我们山大的期望。我们滇中预报项目部秉承岩土中心创立以来的优良传统——“脚下沾满泥土的老师才是好老师，要把论文写在祖国的大地上”“服务国家需要脚踏实地，理论联系实际攻坚克难”。发扬岩土中心“特别能吃苦，特别能战斗”的科研作风，在滇中调水工程承担起新时代年轻人的责任，深入参与滇中引水一线现场，用自己的脚步、汗水与专业知识在滇中现场兑现着“哪里有风险，哪里就有山大人”的诺言。

作者：岩土中心博士后　李志强

8 月 23 日　星期二　晴

山东大学首届“校友招生宣传大使”· 徐玉芹

校友办找我约稿，让我写写担任招生宣传大使所做的工作，我一开始婉拒了。因为很多校友都在为母校做事，所做的也不仅仅是招生宣传。大家之所以关注到我，主要是因为我的职业——记者这个身份，本身就有“先天优势”。后来想了想，确实应该写点东西，但不是写我做了什么，而是写母校给了我什么。我想说的更多的是回报。

曾经有人问，你对山大的感情为什么这么深？我说，那是因为我从山大得到的太多。可以说，我在媒体成长的每一个关键节点，都离不开母校师长、校友的厚爱、引领与帮助。

有三件事我至今记忆尤深。

第一件，是我被导师“踹”进学校读了三年研究生，并在这三年里完成第一次转型。

导师唐锡光教授一直是我敬重的师长。一个偶然的机会一起吃饭，我坐在他旁边，他突然问我为什么不去考个研究生。我说主要是没时间。他说，你本科是英语专业，又在媒体工作这么多年，怕什么？就这样，2011年，我算是被唐老师一脚“踹”进学校，又读了三年的书。而这三年里，除了补充专业知识、探究自身与外界之外，我在唐老师的指导下完成了从传统媒体人到新媒体人的第一次转型。

2011年唐老师招了三个研究生。研一的时候他就要求我们三个做公众号，我心里犯怵，但还是硬着头皮开始运作第一个公众号，定位是自己最擅长的高考政策解读，也是当时山东第一个高考公众号。我至今还清晰地记得唐老师当时像给小学生批改作业一样，在每篇微信后面给我留言，告诉我要怎样、不能怎样。就这样，我从一个只会用电脑写稿的“小白”，做出了山东第一高考公众号。我离开老东家时，那个公众号粉丝数涨到了16万。

做高考交流QQ群，也是受导师的点拨。高考交流群帮我解决了纸媒无法解决的互动问题。我与用户的沟通，从过去热线咨询阶段的“一对一”，转变为QQ群里的“一对多”。与此同时，我完成了垂直用户的原始积累。

研究生三年，我完成了传统媒体人的第一次转型。

第二件，“老徐话高招”从“单人直播”转型做访谈直播，母校老师给我做“陪练”。

因工作变动，2019年2月初，我到了《齐鲁晚报》，开始尝试在齐鲁壹点做直播。由于前期积累了专业经验与大量垂直用户，以及多年做现场讲座的经验，直播对我来说并非难事。后来报社海选培养视频节目，“老徐话高招”成功入选。“老徐话高招”一开始是单人直播，通过半年努力，“老徐话高招”成功破圈。

2020 年 1 月，一场突如其来的新冠肺炎疫情打乱了人们的生活，也打乱了高校招生宣传的原有套路与节奏，急需一种新的宣传手段来代替。而经过一段时间的直播锻炼，在积累了大量专业经验、拥有庞大粉丝群体的基础上，“老徐话高招”迅速推出“招办主任访谈”。截至 2021 年 7 月 30 日 17 时，“老徐话高招”共推出直播节目 226 期，仅齐鲁壹点客户端收看总量便达到 3240 万，成为齐鲁壹点“金牌直播栏目”。而到 2022 高考季结束，“老徐话高招”专题收看总量达到 8015 万，得到了高校、高中、考生及其家长的高度认可。

然而，如今的金牌直播栏目当年的第一期访谈是在山大诞生的，当时的访谈嘉宾是时任本科生院院长、本科招生办公室主任刘传勇，时任本科招生办公室副主任徐志全。因直播经验不足，那期访谈内容虽然精彩，但由于收音不好，播出时声音很小。每每想起这件事，都无比愧疚。与愧疚相伴的，是我对母校老师愿意给我做“陪练”的感激。再到后来，“老徐话高招”只要有档期，时任本科招生办公室主任刘传勇、现任本科招生办公室副主任徐延宝等就会到直播间支持。

可以说，“老徐话高招”能够取得今天的成绩，离不开导师唐锡光教授的指导和母校师长们的支持与帮助。

第三件，是我第一次在咨询会上做大型连场直播。

2019 年 6 月 26 日《齐鲁晚报》高招咨询会，那是我第一次把“老徐话高招”直播间“搬”到咨询会现场，在咨询会现场访谈高校招办主任，不间断采访了十几位招办主任。同样因为经验不足，现场遇到了一些问题。有惊无险地完成直播后，刚打开手机，我便收到物理学院张承琚教授的留言。

张承琚教授全程收看了直播，针对那场直播给我提了五条意见，包括声音问题、准备工作不充分等，一针见血。他说："我一直很关注你的新闻和节目，特别是与山大和教育有关的。我认为你很会抓点，把人们关注的、社会关注的点找得很准；再就是有教育情怀和山大情怀；第三是很投入，工作精益求精。所以，对你必须要高标准严要求。但愿对你有帮助！"

张教授的五条意见和当时的留言截图，我至今保留在手机里，时刻警醒自己。

当然，母校师长帮助我成长的例子远不止这三个。

在疫情发生之前，我是常常回学校的。工作中遇到难题时，回学校找老师倾诉，寻求解决办法；回学院听大咖们的讲座，那些讲座有时会让我茅塞顿开；心情不好的时候，回学校在小树林坐一坐，或者约同学去红门咖啡聊聊……即便不回学校，身边也有很多山大人。

常常有一种感觉，尽管我们已经走出山大，但山大从未远离，永远在我们身后，是我们最强大的后盾。而当母校需要我们时，我们必然也是义无反顾。也许大家的方式不同，但无论哪一种方式，都是校友对母校的心意。

我家书架上有一本书，书名叫《我亲爱的新山大》，是中文系 1956 级毕业 50 周年纪念册，项怀诚、张毓熙学长主编。当时我有幸参加了 1956 级校友的返校座谈，聆听了项怀诚学长和其他学长们对母校的深情回忆。那些故事，以及后来许多关于山大的故事，都被我用到了稿件和直播中。

许多山大故事，正在被讲述。

也有越来越多的人通过这些故事，了解山大。

让我们一起把山大故事讲给更多人听。

作者：齐鲁晚报·齐鲁壹点记者、新闻学 2011 级研究生校友　徐玉芹

8 月 24 日　星期三　多云

“劳友记”调研团队长 · 袁嘉怡

整理完社会实践调研材料，“劳友记”调研团第二阶段的线上、线下调研也宣告顺利结束。记得刚成立“劳友记”调研团的时候，我心中有一丝不安，但身为队长的责任告诉我，要合理安排好其余 14 位队员的任务与工作。为了让身在祖国各地的调研队员更深入地了解调研任务，我在每次开团队会议前都精心做好准备，争取让调研团的队员们心往一处想、劲往一处使。

回想这个八月，“劳友记”调研团陆续开启了对于外卖员的实地调研。盛夏时节，被网友戏称“迁到赤道边”的山东体感温度高达 40℃，我作为山东调研团的一员，也参与到调研中。队员们与外卖员同处一片烈日下，尝试厘清他们与我们生活的关联，触摸这份职业自身的脉动。把他们称为“霓虹下的赶路人”或者是“追赶时间的骑士”一点儿也不为过。在我们的调研中，考虑到外卖员的工作性质，成员们总要瞅准时机开口，开场白往往是：“我们是调研团的成员，能不能占用您一分钟的时间？”超过一半的受访对象只能苦笑着摇摇头：“不好意思，我连一分钟的时间也没有啊！”说罢便匆匆骑上电动车，踏上追赶时间的旅途……

因此，为了不影响外卖员们的正常工作，我们只好选择正在等餐的外卖员开展调研。他们拿到调查问卷低头认真填写的时候，我们观察到，近 40 度的气温下，他们仍严格按要求着工装、时时刻刻戴着头盔，他们的额头上总是布满密匝匝的汗珠，嘴边却总挂着朴实的笑容。他们身穿“黄金矿工”或者“蓝骑士”的衣服，骑着电动车驰骋在大街小巷，衣服在烈日下完全被汗水浸湿，为每一单微薄酬劳的积少成多努力着……面对镜头，他们还有些不好意思，口中重复着“还行啊”“挺好的”，即使面对紧张劳累甚至不被理解的工作，他们仍然笑面人生，这怎么就不值得我们学习呢？

目前，我们还在继续进行“劳友记”调研团的总结工作。通过社会实践，我们致力于了解当前背景下零工经济的发展现状，开展问题探究以更好地保护外卖员的合法权益，更好地促进零工经济的发展。相信在我们的共同努力下，一定能够实实在在地帮助到外卖员，使他们在工作中更具获得感和幸福感。

作者：商学院2021级本科生　袁嘉怡

8月25日　星期四　雨

“微光·炬火”支教团成员·徐　璐

28个日夜转瞬即逝，15名支教队员之间的自我介绍与相互告别犹在耳畔，40名小朋友的纯真笑容永存心间。“微光·炬火”，我暗自呢喃着支教团队的名称，短短的一个月，我们的这点微光能做出什么成绩呢？或许只愿自己的话语和行为，在这群终将散入人潮中的孩子们心中种下一个个可能发芽、最终长成参天大树的念头。所谓“微光点点，聚而成炬；累土不辍，丘山崇成”大概就是这意思吧。

如光幻影，似梦成真，支教生活就像电影中的一帧帧画面，在我的脑海中循环播放，想来仍然感动不已。

想起和一同承担数学教课任务的魏老师第一次交流备课时，由于太久没有接触小学数学课程，我们手足无措。“是按照课纲讲呢，还是以趣味数学为主呢？”“孩子们的年级不同，该怎么分配难度好呢？”“上课的时候和小朋友们互动，他们会理我吗？”一系列的问题摆在我们面前，最终反复商讨，只能决定先就几个耳熟能详的数学问题展开讲解试一试。不曾想，第一节数学课便格外成功：小朋友们对于解答数学问题十分热情，每个小朋友仿佛都有自己的奇思妙想。听他们一个个道来，我越发感到钦佩与兴奋。鸡兔同笼、面积问题、路程问题……后来的课程愈发顺利，我们就这么一个个的问题解决下来，由浅入深、反复变换。我同小朋友们讲道："数学的奇妙之处就在于万变不离其宗，每一类问题，你都能发现它的规律所在，这便是我们要掌握的数学思维。"嘴里这样叮嘱道，心里却在想，"我们的生活不也如此吗？"黄昊队长常讲的那句话——"育人，遇自己"，我开始逐渐领悟。

我又想起那一天——只是静静地回到电脑前坐着，和小朋友们一起等待着千蕙老师的语文课，却听到队长昊哥的呼唤。接下来的几秒钟时间，我不明所以地打开摄像头与麦克风，迎面而来的却是大家的祝福："祝璐璐老师生日快乐！"听着每个支教队员还有小朋友们真诚的祝福，阳光、温暖和关心，在那一刻我似乎都拥有了，一不小心就将欢喜盈满整个心房，而生活也被这样一个惊喜瞬间点亮。后来的一天，团队的玟玟老师也收到了同样的惊喜。在这个大家庭里，我们每个人都毫不吝啬地传递内心的热情与爱。

15 年的学生生涯，28 天的支教生活，从学生到老师，从接受到传授，角色的转换，也让我开始静下心来思考支教的意义，开始思考到底什么是教育。或许，"真正的教育，不是注满一桶水，而是点燃一把火；真正的教育，是让孩子看得清脚下的路，并拥有抵达远方的能力"。

作者：法学院 2021 级本科生　徐　璐

8月26日　星期五　晴

长三角校友企业家联盟大会暨智能制造行业校友会成立仪式参加者·张四化

上周，我很荣幸应邀参加了学校上海校友会组织发起的山东大学长三角校友企业家联盟大会暨智能制造行业校友会成立仪式，感触至深。活动在苏州举办，来自全国各地的100余名校友企业家和学校多地校友会组织代表参加了这次隆重的会议。

会议现场，大家看到胸前戴着会议标牌的校友们，都会热情地主动打招呼，像是多年未见面的老朋友、老同学相聚一样。会议间隙，三五校友组成一群，我也融入其中，和比自己高出十几个年级的老校友们交流攀谈起来。虽然大家很多都是第一次见面认识，但是在山东大学这一共同身份符号的背景下，我们在交流的时候没有一点陌生感，反而更多了一种亲切感和归属感。

这次会议活动主要分为两个环节。第一环节中，活动组织者和主要发起者、上海校友会秘书长刘素文师姐介绍活动相关情况，并代表长三角校友会联盟主席、苏州校友会会长王群力学长致辞；山大上海校友会执行会长李纪玺学长和长三角校友会联盟轮值主席、安徽校友会会长艾迁学长分别在致辞中祝贺行业主题校友会的成立；山大校友企业家俱乐部理事长李宇兵学长代表企业家俱乐部对活动举办表示祝贺；学校党委副书记王君松代表学校向与会校友介绍了学校近期发展情况，并对关心学校事业发展的广大热心校友给予祝福与感谢。随后，王书记与学校合作发展部吕明新部长为新成立的智能制造行业校友会揭牌与授旗。整个环节流程顺畅自然，活动的主持人由软件学院2008级龚凡校友担任，她落落大方又专业的主持风格为本次活动的顺利开展增彩不少。

活动的第二环节包括校友企业家主题报告和专题沙龙分享两个部分。

在广大校友的期待中，李纪玺学长作为威派格智慧水务公司的创始人董事长，交流了公司如何利用工业互联网数字化手段一步步艰难摸索探寻提升业务品质的发展路程；金现代信息产业股份有限公司董事长黎峰学长以行业产业智能技术发展和当前软件低代码开发工具的应用为主题，分享了他对于智能制造产业未来发展前景的看法。随后，天鹰资本董事长迟景朝和百度公司副总裁李硕两位校友分别从数字制造产业投资角度和工业制造与信息智能技术融合发展视角，分享了各自睿智独到的见解。他们四位也是本次山大智能制造行业校友会成立的主要发起人。

四场主题发言可以说是干货满满，信息量巨大，让我深深感受到在不同产业发展过程中，企业是如何引领和顺应社会发展需要的，是如何在激烈的市场竞争环境中脱颖而出持续进步的，是如何运用信息技术探索改造传统生产制造行业的，是如何借助资本市场资源促进工业产业升级发展的。几位分享人的主题报告视角虽然各有不同，但是都不约而同地聚焦到当前阶段如何实现数字化智能技术与行业产业具体实际应用场景融合匹配，以推动解决行业产业关键问题这一内容上来。

在专题沙龙分享会上，上海交大附属第一人民医院耳鼻喉科主任董频学长介绍的智能机器技术在专业医疗器械上的改造应用临床实例使我惊叹不已。随后，复旦大学计算机学院教授汪卫学长介绍了自己从事数据智能方向的研究与生产实际结合的情况。南通中天科技通信产业集团副总裁付小东校友和山东国数发展股份有限公司总经理姜健校友分别结合行业背景介绍了他们企业在智能制造升级方面的工作经验和成效。山东大学计算机学院副院长于东晓教授介绍了计算机学院当前学科整体发展情况和产学研合作的实例。整个交流环节紧凑而热烈。

大家对本次活动的开展都给予了高度评价。其间，活动的组织者和发起人之一、软件学院 2008 级张蔚校友对我说："因为疫情防控需要，所以对本次活动的线下人数进行了一定限制，还有很多校友没能来到现场，算是唯一的遗憾。"张蔚校友在大三期间就创办了南湖梦科技公司，毕业后从济南发展到苏州，他的创业发展中蕴含着浓厚的山大基因。看到他今天仍怀着巨大的热情来支持学校的活动，我倍感欣慰。

本次活动从筹备发起到顺利举办，让我感受到广大校友对于山东大学这一共同身份符号的真挚情感和强烈的社会责任感。见到他们的热情参与，我心中感到无比高兴和自豪：有了这些勇于担当社会责任的校友们，学校的社会影响力才能够得到更广泛的延续和发扬。

从本次智能制造行业校友会的成立可以看出，校友会组织的成立运转正在从地域、院系、专业等横向属性分类设置逐渐延伸到企业家群体、行业产业群体等纵向垂直领域的聚集与细分，山东大学的校友组织也正在顺应时代的发展变化，逐步构建起一个纵横交错的网络平台。在这一逐渐成型的网络中，每一个节点变得越来越有活力，每个节点与节点之间的连接变得越来越多，产生的价值越来越大。同时，我也相信通过广大热心校友们的长期坚持不懈和共同努力，以本次行业校友会的成立为契机，学校校友会的工作一定会再上一个新的台阶。

作者：计算机科学与技术学院党委副书记　张四化

8月27日　星期六　晴

社区义诊参加者·苗靖榆

昨日，我参加了山东大学临床医学院研究生党支部和中心党支部联合举行的义诊活动。活动在洪家楼街道办事处社区卫生服务中心举办，来自社区的医务人员、志愿者以及支部成员参加了这次有意义且富有成效的义诊活动。

本次活动有义诊和宣讲两个环节，包括肿瘤疾病（肺癌、胃癌、肠癌、乳腺癌），精神心理疾病（抑郁症、多动症、孤独症），口腔疾病等的义诊，以及对街道社区居民开展的面对面宣讲。由于我们平常的工作和科研时间多在医院和学校的实验室，面对的通常是医学仪器和化学物品，这种走进基层面对面的服务方式对我们来说还是第一次。

整个义诊服务现场，居民们看到身穿白大褂的义诊服务医生，都会主动地问询。我感受到了前来咨询的社区居民的热情，也很自然地融入其中。虽然大家都是第一次见面，但因为所谈及的都是居民们最为关心的健康情况，所以我们在交流的时候并不感到陌生。我努力调动所学知识，希望提供给社区居民一个综合性的正确引导。

义诊过程进行了一上午，丰富且充实。义诊过程中，我观察到精神卫生中心的同学面前问诊居民是最多的，甚至有几个社区服务人员也前来咨询问诊。这让我明白，大家面临的社会环境压力、心理压力不容小觑，非常需要专业医生的疏导。除此之外，一些社区居民对全面体检有所顾虑。对于这部分居民，我们会劝说其早诊早治，对于慢性病来说，提前预防十分关键。

随后的宣讲过程中，社区居民们听得十分认真。我们也及时回答了现场居民的问题，最大化普及相关医学知识，大家对于我们的精心准备表示感谢。

7 年的学生生涯，从学生到实习医生，再到第一次社区义诊，从接受医学知识到传授医学知识，我也反思了作为一名医生真正的意义。通过本次义诊，我进一步思考了怎样才能用所学知识最大限度地去帮助那些需要帮助的人，而这一过程也让我获得了帮助他人的幸福感。

作者：临床医学院 2020 级硕士研究生　苗靖榆

8 月 28 日　星期日　雨

全国高校档案学专业大学生课外科技作品展优秀作品团队队长·程佩璇

成都的八月，暑气未消，蝉声阵阵。比巴蜀夏天更火热的，是全国高校第四届档案学专业大学生课外科技作品展。本次作品展由教育部高等学校档案学专业教学指导委员会主办，四川大学承办。来自全国各地的高校参赛代表团、档案学者、档案工作者如约而至，齐聚线上，共赴盛会。

此次作品展示会，共有来自 13 所高校的 15 支队伍脱颖而出。而我也极其荣幸，作为 15 支入选队伍之一，代表山大团队展现山大档案学子的风采。作为第一支展示的队伍，我不免有些紧张。我们的作品“谍报风云之金陵暗战：基于众筹模式的历史档案解谜游戏创意开发”融合历史、档案、情报学等学科知识，结合文化产业、信息技术、众筹等手段进行研发，是一款“档案知识＋推理解谜”的游戏。展示结束后，中国档案学会副理事长兼秘书长邓小军先生和南开大学柯坪教授对参赛作品进行点评。他们对我们的作品给予了高度肯定，同时也提出了宝贵的建议。

档案作为连通古今、跨越历史的载体，具有重要的社会价值和意义。中国人民大学一级教授冯惠玲在大会致辞中提出了档案学大文科建设的建议和思考，令我印象最深刻的是她提到的理念——学生们要打破思维的边界，挑战自己的极限，让大脑成为无限。我们此次参赛作品的设计理念和冯教授提出的理念极为相似。在接触档案学专业以前，我对于档案的认知还停留在很浅显的阶段。在学习过程中，我们团队成员深刻感受到档案在社会中的重要性和档案知识科普力度不足之间的矛盾。因此，以喜闻乐见的方式科普档案知识、开发历史档案资源，是我们策划产品的初衷，也是我们需要长期奋斗的目标。

回想和团队成员们一起筹备的日子，忙碌且充实。从无到有，我们各司其职，团结协作，为了一个共同的目标而奋斗努力。看着山顶越来越近，仿佛脚下陡峭的山路也别有一番风景。当然，我们的入选也离不开指导教师陈建的帮助和付出。他为我们提供专业的指导和建议，大到整体构架，小到一个专有名词，他都要求做到严谨细致。我想这份荣誉属于陈老师，属于我们团队的每一位成员，也属于山大。

我们游戏的结尾有这样一句话："面对浩如烟海的历史档案，档案工作者对它们的开发从未止步。"盛会落下帷幕，但是档案学子建设档案专业、服务社会大众的探索不会停止。这份荣誉是对过往的肯定，也是走向未来的动力。我们将会贯彻习近平总书记对于新时代档案工作的重要指示精神，秉承山大"学无止境，气有浩然"的校训精神，以自己的专业知识，为发展新时代档案工作贡献一份力量。

作者：文学院 2021 级本科生　程佩璇

8 月 29 日　星期一　阴

经济学院"兴农"乡村振兴调研团济南分队成员 · 周瑞萱

雨后的济南空气清新，带着一丝久违的清凉。我们经济学院"兴农"乡村振兴调研团乘坐公交车来到了济南市槐荫区美里湖街道的新沙王庄村，进一步挖掘济南郊区各大典型乡村的致富之路。

通过对前任村委主任王长顺和现任村委主任王寿轲两个小时的采访，我对新沙王庄百年来的发展历程、20 世纪九十年代以来的现代化建设有了细致的了解。王寿轲主任的一句话让我尤为印象深刻："这里是新沙？

不，这里是焕然一新的新沙。”

十几年前，生活在这里的人们有一个梦想：什么时候不再走“晴天一身土，雨天一身泥”的羊肠土路，而是像城里人一样走纵横交错的宽敞柏油马路；什么时候不再住低矮的土坯房，而是像城里人一样住在高楼鳞次栉比的居民小区里，有绿地、有鲜花、有广场……十几年过去，经历了土地租赁开发，新沙村有了翻天覆地的变化，集体经济发展了，村民生活富裕了，居住环境改善了，生活质量提高了，新沙人当年的梦想终于照进了现实。

走在新沙村的街道上，看到的是绿树成荫的道路，错落有致的楼房以及街道两边一家挨一家的商店。也许你会有些疑惑——这里还是农村吗？这里的人还是农民吗？新沙村村民王乃润自豪地告诉我们，她还是农民。王乃润今年58岁，是土生土长的新沙人。走进她的家，你会发现房子是三室两厅，有130多平方米，家具家电样样齐全，干净整洁。像这样的房子，她家有3套。这是旧村改造建设的楼房，是她家拆掉老房子以后，根据村委的安置政策分到的房子，住起来比以前的老房子宽敞多了。

我们了解到，多年来，新沙村始终把发展集体经济、提高村民收入作为重点来抓，他们探索集体土地使用权入股、租赁办法，与其他所有制经济合作，开发建设二、三产用房，增加了村级集体经济收入，既稳固，又长效。

此次走访让我们意识到，乡村振兴的道路并不是单一僵化的，而是多元开放的，也正是各大村庄的积极创新不断推进了济南周边乡村的现代化进程。

作者：经济学院2020级本科生　周瑞萱

8 月 30 日　星期二　阴

“鲁疆兴农”调研团成员・米妮热・图尔荪

今天，我所在的鲁疆兴农调研团前往新疆且末县扎滚鲁克村进行了调研走访，采访了当地驻村工作队第一书记、工作队队长以及两委干部。

采访中，我与驻村工作队队员就乡村振兴、政策落实和脱贫攻坚战等相关问题进行了深入讨论，将采访的焦点集中于国家热点政策。我深深感受到党和国家领导下乡村所发生的翻天覆地的变化。

驻村工作队第一书记说到，人才是社会干事创业的第一资源，大学生则是人才当中最主要的力量。大学生都是受过高等教育的人，其素质和能力还是值得信赖的。书记叮嘱道：“近年来，不少地方对于大学生越来越重视。很多农村地区没有发展起来，其关键原因还是人才不足，因此基层需要像你们这样优秀的人才，未来是你们的！”

同时，我也采访了扎滚鲁克村的工作队队员和村两委干部。通过长达两个小时的交流，我深深地体会到了基层工作的辛苦。工作队平时经常入户走访以便及时了解村民的困难诉求，慰问困难群众，并与村民建立良好关系。在疫情防控形势严峻的当下，他们更要争当疫情防控“战斗员”“宣传员”“守门员”“服务员”，用实际行动践行初心使命、书写为民情怀，真正做到“有呼必应，有难必解”。

经过此次采访和调研，我对基层驻村工作队有了进一步认识，深深感受到了工作队队员的工作多么伟大，也让自己的思想得到了进一步升华。身为山大学子，也是新时代的青年，我进一步认识到应该运用我们所学的知识为国家、为乡村振兴和发展做一些自己力所能及的事，助力乡村发展、乡村富裕、国家强盛。

作者：经济学院 2020 级本科生　米妮热・图尔荪

8月31日　星期三　晴

“赴贵粤豫冀”家乡文化调研团赫章站成员·谭重阳

今天，山东大学控制科学与工程学院“赴贵粤豫冀”家乡文化调研团的成员们来到贵州省赫章县，继续完成家乡寻访活动。

秋日渐深，贵州暑气早退，天气愈发阴冷。但阴雨并没有中断我们的行程，我们将继续用脚步丈量家乡的土地。

黔地多山，绵延不绝，喀斯特地貌在这片土地上与山民共生共存千百年。今天第一站，我们来到有“贵州屋脊”之称的赫章韭菜坪。凌晨5点半，我们便乘车到达了韭菜坪山顶。那时四处还少有光亮，只能依稀分辨出依山脉远去的发电风车。因海拔较高，气温只有5℃左右，扑面还有不断的山风和雾气。但我们相信，红日高出，阳光定会扫走云雾，照亮这广阔的山脉。

功夫不负有心人，当太阳东升，最远处的金光便穿破朦朦晨雾，一片江山弘景就在眼前。如杜甫登泰山般“会当凌绝顶，一览众山小”，黔西北的山脉被我们尽收眼底。城市的高楼阻挡了我们的视线，也只有经一番风雨，才能真正看到家乡最广阔的天地。山脉逐渐遮不住太阳，这时不论是峰顶环绕的柔柔云海，还是山间遍野的草木风光，全部清晰地出现在游人眼下。云贵高原的土地，支撑了壮阔的山河。这也是我们的乡土，是远行的山大学子难以割舍的乡土，支撑我们不断努力向前。

看过家乡的高山，我们接下来走访建设家乡的人民。此行第二站，我们来到赫章县金银山街道。

队员们到达时已是下午，但这里的新气象给我们带来了更足的动力。金银山街道是一个易地扶贫搬迁地，是党和政府为了之前生活在大山里的人民能够过上新生活而建设的。队员们走遍街道的角落时，能看到民众们对新家园生活的满意——孩子们欢笑玩闹，大人们平静生活。这都是家乡扶贫事业的伟大成果，是一代代扶贫工作者的努力。

最后，我们来到工作半月之余的金银山少儿活动中心。团队队员曾在这里支教，用热忱为孩子们增添光亮。再看到少儿活动中心里满墙的书本，许多还夹有我们写下的寄语；还有教室书桌前俯首阅读的孩子，我们不禁想起曾相处的点滴；那方长桌，仿佛还留有我们为了工作而努力的身影。当我们再次来到这里时，这里逐渐换了新的样子，但始终有我们对家乡的一片深情，有山大学子奉献自我的一片真心。

结束了今天的家乡寻访活动，队员们再次用行动去记录乡土。我们不忘家乡，更会牢记山大的精神，用行动展现山大学子的风采。

作者：控制科学与工程学院2021级本科生　谭重阳

9月1日　星期四　晴

“说文解字”社会实践团队成员·廖依纯

“大美汉字，美在形体，美在结构，更美在文化，美在智慧。”这是山东大学文学院徐超老师在《大美汉字》正文中所写的第一句话。《大美汉字》一书是我们团队本次选题的基础，每位成员都需要翻阅。初次品读这句话时，我只是一知半解，但是在参观古汉字展览后，我有了更深层次的感悟。

作为团队中古汉字调查小组的一员，我参观了山东博物馆二楼9号展厅的甲骨文化展——“片刻千载”。细细品味“片刻千载”这四个字，发现有着极其丰富的意蕴：其一，在甲骨片上刻留的符号，承载着千年时光中的文化；其二，千百年光景也不过片刻之间，转瞬即逝，唯有这甲骨上的符号作为中华文化的载体超越时空，留存千载而不灭。

或许在大多数人的心中，甲骨文自带“高冷”气质，展馆内的人并不多。相较于对面精品玉器展的“门庭若市”，这里显得冷清许多，但是我想这种程度的冷清远不及它们沉睡于地下千万年的孤寂。这里有百余件珍贵的文物，甲片、器皿上的符号，让我直观地感受到了甲骨文的形体之美、结构之美；甲骨占卜，令人不禁感叹其背后蕴含的智慧；先民在农业、气象方面的符号记载以及当今学者对甲骨文的研究，让人在身临其境中重温商代文明，在探寻华夏文明之根的过程中，将中华文化古今相连——“美在文化”大致如此吧。在众多藏品中让人眼前一亮的是出口处“姓氏墙”的设计，一个方块上一个汉字，一面是现代简体，另一面是甲骨文字体，每一块木板均可上下翻转，颇有创意的设计让人乐于体验，在体验中不知不觉地了解其中的知识。

我在展馆中参观了约一个小时，欣赏了每一块甲片，细读了每一句介绍。参观结束后坐在公交车上，我望着窗外的山东博物馆渐渐远离直到消失，陷入了思考。如果没有这次社会实践，我可能永远没有机会参观这样的甲骨文展。虽然最初来参观甲骨文展的目的仅仅是团队里需要记录实践过程，具有一定功利性，但是当我真正置身其中时，才发现自己早已被它吸引和折服。甲骨文不是陈列在藏馆里冷冰冰的文物，可望而不可及，它们因人的创造而产生，也因人的创造而再次迸发活力。甲骨文也有温度，它们就在这里，千百年来没有变，需要变的是人们的印象和态度。

目前，古汉字传播视频现状调查报告和动画视频策划方案已经整理完毕，“你好！古汉字”社会实践活动也接近尾声，但是我对古汉字的关注不会因此结束。希望越来越多的青年可以尝试着参与到这样的活动中来，了解古汉字，让中华优秀传统文化得到更好的传播与发展。

作者：新闻传播学院 2020 级本科生　廖依纯

9月2日　星期五　晴

“冰雪点翠，绿色征程”宣讲调研队成员 · 张睿坤

带有凉意的风已经开始在城市中穿梭，暑期即将结束，我们的实践活动也接近尾声。今天，我在张家口市为孩子们开展了一场主题为“回忆冬奥，崭新征程”的宣讲。

作为一场世界级的冰雪盛会，“绿色办奥”理念是2022年北京冬奥会的亮点之一，借此主题，我精心准备了冬奥回忆、生活中的环保常识、垃圾分类相关知识三个部分的宣讲内容。

在播放了有关本届冬奥会的影像之后，孩子们都十分激动，纷纷讨论冬奥期间自己喜欢的运动员、自己最关注的比赛项目以及可爱的吉祥物。看到孩子们那份最纯粹的热爱，我也更加感受到中国承办这场世界级赛事的意义。一场冬奥会带动一个民族对于冰雪运动的热情，这对于中国体育事业的发展也意义非凡。

随后，我向小朋友们介绍了生活中的环保常识，并详细讲述了垃圾分类相关知识，通过动画、问答的形式让小朋友们参与其中，让小朋友们在娱乐的过程中学会垃圾分类的方法。此外，我也通过与孩子们的交流了解到，有关垃圾分类的知识已经纳入了小学课本中，孩子们教育中的环保主题正在不断增多。有的小朋友主动分享了自己知道的环保知识，并且表示在日常生活中也会监督自己的家长做好垃圾分类。得知他们已经开始用接受到的环保知识影响自己的家庭时，我为孩子们的热情真诚感到十分惊喜，也为孩子们强烈的环保意识感到欣慰。

在本次宣讲中，我切身感受到了来自孩子们的热情，他们年龄虽小，却有着自己独特的想法，也有着最纯粹的期望。我也真切期待通过宣讲，有更多的人可以共同铺就通往未来的绿色征程。

作者：基础医学院2021级本科生　张睿坤

9月3日　星期六　晴

文学院“萤火虫”暑期社会实践团队长·王远润

今天，我们团队结束了为期三周在青岛书城、青岛市市北区新华书店的童书绘本讲读项目实践。通过在青岛市文化企业对儿童文学的实地考察调研，我对青少年的语文核心素养培养情况有了更深入直接的了解。

在开始线下实践之前，我和队员针对青岛的儿童文学市场现状进行了问卷调研与访谈。座谈中，一位三年级的小学生已能流畅复述《昆虫记》的主要内容，他如数家珍的描述和对文学的热爱深深感染了我，赢得了我和其他队员的掌声。

讲读中，我选择了一本在第25届北京国际图书博览会上获奖的儿童文学作品——《企鹅冰书：哪里才是我的家?》。这本书反映的是关于环境恶化、全球变暖的内容，它的创新之处在于，书本采用了印刷色彩感应技术，随着温度的变化，书的色彩也会产生变化。在我和小朋友的翻读朗诵中，随着体感温度的传递，书本逐渐褪色，直至最后完全褪成白色。这种现象激起了在座孩子们的好奇与兴趣，他们便开始反复翻看研究，并自发地形成了讨论。在这一兴趣点的激发下，在别样的阅读体验中，我和孩子们交流了有关维持生态平衡、环境保护、生物化学反应等领域的有趣知识，讲读结束，我亦收获满满。阅读兴趣的培养需从娃娃抓起，好的阅读能够影响人的一生。当下，国家高度重视青少年儿童的国学素养，而我们作为中文系的学生，更要以实际行动引领儿童热爱阅读、正确阅读，这是我们义不容辞的责任。这场活动使我深刻地体会到何谓教学相长、余音绕梁。

通过此次暑期社会实践活动，我随团队深入童书阅读现场，全方位感受到儿童文学阅读在数字化时代下呈现出的新面貌。这份经历也将启发我持续关注青少年读物的发行阅读情况，为童书市场向好发展尽一份力。

作者：文学院2021级硕士研究生　王远润

9月4日　星期日　晴

新聘教职工·徐一丹

时间过得很快，转眼已经是我作为教职工在党委教师工作部工作的第13天。5天前，伴随着旋律激昂、令人心潮澎湃的校歌，2022年新教工入职培训拉开了序幕。这几天，我以教工部工作人员和新入职教职工的双重身份参加了此次培训活动，获得了双重视角的特殊体验。

培训课程安排得很充实、全面，囊括了文化认同、师德师风、专业素养、合作交流、责任纪律5大主题，共19场报告。培训的形式除了校领导和各职能部门的讲座外，还有交流研讨、实地参观等，为我们一校三地432名新职工带来了丰富的体验和极大的启发。作为新聘教职工，短短几天里，无论是山大“为国育贤”的初心使命，还是山大人穿越百廿年的优良学风和独特风骨，或是文理医工各学科取得的科研成就，都让我感动、骄傲。记得史永志老师关于校史的深情讲述，他对学校发展史如数家珍，讲来娓娓动人。提到抗日战争时期，当时国立山东大学工学院土木工程系教授、系主任张倬甫先生为国牺牲，在校庆日化作了星辰的故事，他更是潸然泪下，令人动容。老一辈的光辉事迹让我们更明白了身为山大人必须具备的家国情怀和担当精神，也更深刻地理解了李术才校长在“第一课”中对我们的教诲和叮嘱：“要把自己的一生贡献给事业和国家，每时每刻都要不懈奋斗。”

作为教工部的一个普通“新兵”，在参与筹备此次培训的过程中，我也看到了这样一场活动背后，领导和同事们所付出的努力和汗水。每一场讲座、每一次参观、每一个议程安排、每一处微不足道的细节，都需要周全考虑和协调确认。虽然我只参加了十几天的工作，但教工部的其他领导和同事已经筹备了整整一个暑假。从确定参与授课的职能部门相关负责人、协调沟通各方时间、确保一校三地四个会场的培训有序开展，到推敲课程内容设计，保证山大历史、山大元素的全程体现；从精心准备新聘教职工入职大礼包，做到教育性、实用性和纪念性兼备，再到筹备防疫物资、考察用餐地点等后勤保障工作落实到位……大家与各部门紧密合作，排除万难，每个环节都经过了无数次讨论和琢磨，精益求精，力求完美。特别是筹备大礼包时，为了让新同事既能感受到温情、关怀，又能持续学习进步、尽快适应工作，除了一些实用的纪念品，我们对于书籍也精挑细选，最终确定了《习近平总书记教育重要论述讲义》《山东省城试办大学堂暂行章程》《师德手册》《高校青年教师成长启示录》4 本，帮助大家从政策了解、历史发展、师德师风、职业规划方面尽快适应学校的发展步伐和节奏。

和同事们走出明德楼的每一个深夜，在会议室的每一次讨论，都让我对这次教职工培训产生更深刻的认识，也让我意识到教师工作部乃至管理岗位的职能就是要围绕师生提供服务，为学校的教学科研和人才培养等各项工作提供支撑和保障。很多工作说起来容易，但是想要真正落实下去，做得好、做得巧，还需要我在未来的工作中扎实学习、勤于思考、反省总结，全方面提升自己的协调沟通能力、统筹规划能力和文字表达能力，这样才能实现自我的不断进步，才能适应工作提出的更高要求。

作者：党委教师工作部工作人员　徐一丹

9 月 5 日　星期一　晴

机械工程学院无人机实践团队成员 · 陈智宪

历经一个暑假，我所在的无人机实践团队的社会实践也接近尾声。我们团队主要是希望优化改进上学期工程训练的实践项目——无人机的科创实践，设计出一款具有创新性的四旋翼无人机，在满足基础飞行体验的同时兼具良好的避震性。对于从未将知识投入科技创造的我而言，这是一件非常困难的事情，但正是由于困难和挑战，才能够让自己有所提升，为以后适应机械行业打下基础。

科技是国家强盛之基，创新是民族进步之魂。当今时代，无人机的用途极其广泛，制作飞行器是以前的我想都不敢想的事情，但随着自己考入大学，我逐步了解了机械行业的发展，了解到飞行器制造部分是在机械的基础上发展起来的，也逐步认识到这个行业对于时代发展的重要性。

我们整个项目的整体运行并非一帆风顺，最初搭建模型时，我们考虑到，当下市场上无人机有四旋翼和六旋翼等类型，要体现科创产品的创新性。减震架的设计是团队的主要创新点。一开始，团队对于控制部分异常苦恼，后来发现可以借鉴现有的控制程序，由此大大减少了工作量；同时，对于控制程序的认知也加深了自己对于专业领域的熟悉度。虽然因为疫情原因，实物组装环节被搁置，但随着情况向好，开学后团队成员会顺利组装出实物。

我最近封控在家，每天都有志愿者进行核酸检测，我的心态已经由一开始的恐慌逐渐变得平和。期待疫情结束，一切无恙，我们与团队队员早日再见。

作者：机械工程学院 2020 级本科生　陈智宪

9月6日　星期二　晴

“鄃城缘起，寻文探旅”文化旅游调研团队成员·张丽雯

踏上文旅探索之路，经过炎夏里的种种努力，我们的实践小队开展了一系列在夏津县的实地走访活动。经过热烈讨论后，我们在丹桂飘香的金秋时节，终于完成了对山东省德州市夏津县旅游景区调研的调研报告。今天，我们再次整理与总结材料，使得报告的内容更加完善。

初次认识夏津的旅游景点，是桑树成荫的颐寿园。我和同行的同学在林间穿梭，一棵棵苍劲的古树便映入眼帘。光滑的树干被岁月雕刻出了一道道刀疤似的痕迹，1500 年的等待终于迎来与我们的相遇。这一刻，我们不只是与古树相遇，更是与历史的长河相遇。当时恰逢桑葚刚过季，我们没能见到苍翠之间一颗颗调皮的紫色或白色椹果探头探脑的样子。如今已进入了秋季，颐寿园暂时关园，以期明年旺季的到来。

我们第二个前去的地方是德百旅游小镇。当地同样以桑葚文化闻名，但与颐寿园不同的是，旅游小镇在保留古镇特色的基础上，建设了一系列现代化景点，并设置了多种表演节目。由于旅游小镇背后有德百集团的资金和资源支持，其旅游建设更加系统、全面、规范。在导游的引领下，我们依次经过多宝楼、将军府、游乐园，还有古桑博物馆。这些建筑美轮美奂的内外部构造让我不禁发出赞叹。

我们将调研报告分成背景目的、方法、现状与问题、解决方法及调查结论五部分进行写作。夏津县拥有独特的自然资源优势，有平原地区最大的黄河故道森林园区，也有丰富的椹果资源，其正在利用这一优势，打造“生态夏津、绿色夏津”。受疫情影响，目前夏津县的旅游业正面临着不小的挑战，同时也有着巨大的发展机遇。我和同学们在以上的调研分析之后，针对景区存在的经营权不统一、配套设施落后等问题，从管理、服务

和政策等方面提出建议，以期为夏津县旅游业的发展献出一份微薄的力量。

读万卷书，行万里路。我希望自己以后能继续将所学的知识投诸实践，实地走访了解更多的旅游资源，丰富自己的见闻。

作者：管理学院2020级本科生　张丽雯

9月7日　星期三　晴

“锦时筑梦　爱伴沂蒙”希望小屋团队队长·李竹音

捧着一颗真挚的心，传递一段奉献的情。过去的这个暑假，我和团队成员与沂南县湖头镇38名孤困儿童共同度过，不知不觉间，相伴的故事已到尾声。

回想这段筑梦同行路，延续寒假相识相伴之缘，我在暑假带领团队继续开展“一对一”特色帮扶活动，针对孩子们的各类问题与性格特点，为孩子们制订学习计划，帮助他们插上腾飞的翅膀。其中一个孩子给我留下的印象最深，因为家庭变故和父亲重病，她辍学半年，落下了一大截课程。初次交流时，我看到眼泪在她眼里打转，看到她将希望寄托在我身上的信任感，我心里泛起涟漪，也暗下决心一定要竭尽所能地帮助她。从心理疏导到学习方法，从学习课程推荐到感悟交流，千里网络一线牵，我倾囊以授，相信她的梦想终将成真。

作为队长，我还负责对接当地志愿者组织，于是也进一步了解了孤困儿童，了解了孤困儿童帮扶“临沂模式”。这些孤困儿童大多都是孤儿或者“事实孤儿”，缺少父母的监护和关爱，有的甚至成为不良少年。但是在“临沂模式”下，越来越多的志愿者成为守护这些孩子成长的“爸爸妈妈”，帮助孩子们渡过难关。我看到孩子们求知若渴的眼神，看到他们对美好生活的向往，看到他们不肯向命运妥协的倔强，真心祝愿这些孩子能在爱意之中顺利成长。

多维并行、五育并举也是我们这次帮扶活动的侧重点，我们围绕红色精神、普法、“非遗”传承、大学生活等开展活动。我们精心设计交流会，让孩子们在具体的互动和实例中接受普法教育，保护他们远离校园霸凌、网络诈骗等，增强法治观念；在临沂这片英雄的土地上，我们向孩子们讲述党史中的青年人物，描绘近现代一百多年来国家发展变化的壮丽图景，让孩子们赓续红色基因，传承精神血脉；结合临沂当地优秀非物质文化遗产，我们介绍了木旋玩具、锔艺和平邑灯谜，让孩子们更多地了解本土文化，珍惜并重视文化的传承与发扬；我们宣扬山大精神，培养“小山大人”，从自身成长的例子激发孩子们用功读书的上进心，树立远大理想……看到团队成员用心打磨的讲稿、深入浅出又饱含情感的讲解，我深深地感受到了山大学子的责任与担当。

从寒假到暑假，我相信我们与这些孤困儿童的故事仍然会延续；从相识到相知，我们希望自己的奉献能够给孩子们插上翅膀，帮助孩子们翱翔。

作者：管理学院2020级本科生　李竹音

9月8日　星期四　晴

“医学大家面对面”讲座聆听者·胡佳敏

昨天，我参加了齐鲁医学院的特色品牌学术活动“医学大家面对面”。

这次活动由我们学院承办，齐鲁医学院副院长马春红教授主持活动，李士雪教授、薛付忠教授、孙强教授、席波教授为我们作了一系列别开生面的讲座。

疫情时刻牵动着我们的心。讲座中，国家卫生健康委卫生经济与政策研究重点实验室主任李士雪教授为我们介绍了坚持“动态清零”的重要性。他提出，我们国家的“动态清零”政策是对全国人民的生命安全负责。目前病毒已经变异成为传播能力更强、传播速度更快的毒株，并且它们的免疫逃逸能力也更强了。面对如此狡猾的病毒，我们还是要坚持做好个人防护，以免不小心“中招”后给身体带来不小的损害。

在之前的科研经历中，我就已经对“医学数据”这门学科产生了非常浓厚的兴趣，虽然也主动去学习这方面的知识，但与专业人士相比，我还是欠缺很多。公共卫生学院副院长、健康医疗大数据研究院院长薛付忠教授从研究背景、专业定位、专业部署、专业支撑条件、毕业去向等方面详细地为我们介绍了这个听起来有些神秘的学科。在得知学校有专门的课程可以选修时，我真的非常开心能有机会系统地学习这门课，也非常感谢学校提供这样一个机会。

通过疫情，我们认识到我国乃至全世界公共卫生事业的发展仍存在很大不足，我们在面对这种突发的公共卫生事件时仍然很无助。学校杰出中青年学者孙强教授告诉我们，当前国家已经出台了建设高水平公共卫生学院的相关政策，我们更应该抓住这个机遇，努力学好专业知识，改变国家当前的困境。

最后，国家自然科学优秀青年基金获得者席波教授列出详细的数据，为我们分析了当前我国心脑血管疾病的现状。这一疾病已经成为当前我国死亡率最高的疾病，并且因为我国目前的医疗技术有限，对该病的控制率极低。这不禁让我想起父母年事已高，也很有可能面临相关疾病。从席波教授的分享中，我了解到超重肥胖、高血压、血脂异常、糖尿病、不健康的饮食结构、吸烟、缺乏运动等多种疾病或不良习惯都会引起心脑血管疾病，我决心在今后的生活中，自己和家人都应该多注意避免这些不良习惯，养成健康的生活方式。

会后，同学们踊跃发言，围绕就业前景、研究热点、课程选择、未来相关领域的发展政策等问题提出了自己的疑问，四位教授用通俗易懂的语言逐一进行了耐心解答，并告诉我们未来的就业可选择的范围很宽广，只要我们扎扎实实地学好专业知识，培养专业技能，完全不用担心找不到适合的好工作。

“医学大家面对面”是我在新学期参加的第一个学术讲座，这个活动提供了一个很好的平台，让我们和不同领域的专家面对面交流，使我对所学专业有了更充分的认识与了解，也对未来的科研道路更加坚定。

作者：公共卫生学院2022级博士研究生　胡佳敏

9月9日　星期五　晴

“山东大学优秀教师”荣誉获得者·张存生

在第38个教师节来临之际，我有幸参加了山东大学庆祝2022年教师节暨优秀教师表彰大会。站上颁奖台接过荣誉证书的那一刻，我心中满怀欣喜，但更多的则是感恩和责任。

时光荏苒，今年是我到山东大学任教的第15个年头。回首往昔，在学校和学院搭建的良好工作平台下，我始终以习近平新时代中国特色社会主义思想为指导，坚守为党育人、为国育才的初心使命，传承弘扬山东大学“为天下储人才，为国家图富强”的办学宗旨，心怀“国之大者”，聚焦立德树人根本任务，坚持以“四有好老师”“四个引路人”和“四个相统一”的标准严格要求自己，努力将自己锻造成为新时代的合格教育者。

做新时代教育者，要敢于坚守教育初心。无论是授课教师还是本科生班主任，抑或是研究生指导教师，对于我来说改变的只是角色，不变的是德才同育、教学同频、知行同步的教学初心与理念。将自己的知识与热情融入编写的教材讲义，融入互动交流的课堂，融入丰富的社会实践，这何尝不让人感到幸福？当看到学生毕业时取得的优异成绩以及纷纷向我发来的祝福信息，这又何尝不让人感到骄傲？苏霍姆林斯基曾说过：“教育者的关注和爱护在学生的心灵上会留下不可磨灭的印象。”作为教师的我，更应该用我的初心和力量去感染每一位学生，关注学生身心健康，为培养具有“家国情怀、担当精神、崇实品格、创新素养”的德智体美劳全面发展的社会主义建设者和接班人而付出。

做新时代教育者，要勇于开拓创新。2018 年山东大学塑性成形工艺与模具技术党支部书记工作室入选首批全国高校“双带头人”教师党支部书记工作室。作为党支部书记，我深刻理解党建工作在人才培养中发挥的重要引领作用。近年来，我们创建“五个规范”“四项创新”“三个结合”的“5＋4＋3”党建工作法，建立师生支部共建机制，提升了学生思想政治工作实效；创造性提出“三重、三同”工作法，构建“团队—导师—辅导员—班主任四位一体”协同育人体系，有效提高了学生综合素质；打造“锻造·未来”师生学术沙龙品牌，建立“校企一体、产教融合”的特色培养模式，突出科研育人，培养了一批担当民族复兴大任的材料科学与工程领军人才。

今日，面对鲜花和掌声，我知道这份荣誉不仅仅属于我自己，它属于曾给予我知识和关爱的每一位恩师，属于给予我包容与动力的每一位学生，属于为学校及学院工作默默奉献的每一位同事。

“你不仅是教课的教师，也是学生的教育者，生活的导师和道德的引路人。”今后，我将秉承这种信念，在教书育人的道路上尽我所能，争做教育强国的建设者和奉献者、走在时代前列的奋进者和开拓者。最后，我衷心祝福所有坚守在校内校外疫情防控、教学科研一线的老师：教师节快乐，中秋节快乐！

作者：材料科学与工程学院教师　张存生

9月10日　星期六　晴

“山东大学先进教育工作者”荣誉获得者·吕　宁

金风送爽佳节临，红花硕果暖人心。今天是第38个教师节。而我在昨天也提前收到了祝福，感受到了作为一名教师的幸福。

上午，刚到办公室，同学们准备的教师节贺卡已经早早地摆在了我的桌上，霎时一阵暖意涌上心头。不一会儿，接到了一个去年毕业学生的电话：“老师，祝您教师节快乐！非常感谢您在我研究生毕业后还能不厌其烦地帮我整理毕业求职的文件，无论我问您什么问题，您总是很耐心地回答。我想送您束花，但进不去学校，您能来学校北门拿一下吗？”这一刻我明白了，好的教育大概就是情感的双向付出。只有把学生的件件小事当作大事去做，只有心中有学生，学生才会把你放在心里。

下午，我有幸参加了学校“2022年度获奖教师代表座谈会”和“庆祝2022年教师节暨优秀教师表彰大会”，心情格外激动。当我坐在庄重又不失温馨的会场时，心里却又多了几分忐忑。能够获得“山东大学先进教育工作者”这份殊荣，我倍感荣幸，心中除了喜悦，更多的是感受到责任在肩、使命光荣。这不仅是对我过去工作的认可和赞誉，更是对我未来工作的激励与期待。

回顾十一年辅导员工作的点点滴滴，怀着尊敬和感慨，带着激励和决心，我秉承着初心，努力成为照亮学生的一束微光。面对各种突发情况，我始终在第一时间站出来，努力为同学们解答疑难问题、化解矛盾危机，做同学们的贴心人、守护人与引路人。每每回想到此前应疫情防控要求，学校实行封闭管理，学生们为我送来的急需生活用品，与学生们一同隔离转运时互相鼓励的话语，毕业后学生发来汇报近况的邮件短信……这些不经意的一件件小事温暖着我的心，让我更加坚定地热爱着我的事业，无悔于自己的选择，无怨于自己的付出。我们彼此成就，共同成长。我很幸福能够有机会陪伴那么多青春的生命，见证那么多美好的瞬间，感谢这个职业所赋予我的获得感和幸福感，使我成为最接近幸福的人。

表彰大会上，看着同台领奖德高望重的前辈们，聆听着受表彰老师们的先进事迹，我深刻地认识到自己需要学习和提高的地方还有许多。作为一名高校辅导员，立德树人不是随便说说的，而是要树立甘为人梯、奉献终身的理想信念，培养坚守初心、立德育人的道德情操，提升学高身正、勇于突破的过硬本领，拥有春风化雨、润物无声的仁爱之心，真正做好学生知心友、成长引路人。

时光眷顾奋楫者，山海不负敬业人。我将继续坚守教育初心、矢志立德树人，用真心去感召学生、用真爱去温暖学生、用真情去凝聚学生、用行动去引导学生，在他们拔节孕穗的关键时期，在他们根下埋下真善美的种子，为他们扣好人生的第一粒扣子。我也将不负学校期望，用我的青春和奋进，践行一名辅导员的青春与梦想、情怀与担当，用我对学生工作的热爱与坚守，在实现山东大学“由大到强”历史性转变中续写一名高校辅导员的使命担当。

作者：经济学院辅导员　吕　宁

9月11日　星期日　晴

新聘教职工·李　响

又是一年金秋时，校园处处桂花香。9月9日下午，山东大学庆祝2022年教师节暨优秀教师表彰大会在中心校区隆重举行。在第38个教师节来临之际，我十分荣幸地作为新聘教职工代表向优秀教师代表献花，接过他们为我佩戴的山东大学校徽，同优秀前辈们一起开启践行“为党育人、为国育才”的光荣使命之旅。

“我感恩并振奋成为山大人。”优秀教师代表王芬教授在大会上的发言使我感同身受。回首往昔，六年前的秋天，我紧握着本科生录取通知书，来到了山东大学。六年后的秋天，我又一次得到认可，成为一名新聘管理岗位的教职工。作为一名山大人，从本科到硕士，从学生到老师，我感恩母校遮风挡雨，感恩母校一路栽培。也正是这六年，作为一名山大人，我与母校同呼吸、共命运，振奋于学校“双一流”建设的快速发展，见证了学校“由大到强”历史性转变的新阶段，我为我是山大人而感到无比骄傲与自豪！

李术才校长强调，广大老师要坚定理想信念，涵养道德情操，丰富扎实学识，心怀一颗仁心，把自己的一生奉献给事业和国家。作为一名管理岗位的“新兵”，我深感责任重大，使命光荣，我将始终坚持以习近平新时代中国特色社会主义思想为指导，保持“崇实求新”的作风待人接物，谨记“学无止境，气有浩然”的校训，不断学习，心怀“国之大者”，甘为“孺子牛”“老黄牛”，在自己的本职岗位上落实立德树人根本任务，追求卓越，只争朝夕，以实际行动展现山大人“百廿山大，强校兴国”的时代担当，为迎接党的二十大胜利召开奉献自己的力量。

由于疫情形势的变化，本次表彰大会的举办受到了影响，但筹备大会的工作人员迎难而上，及时调整大会流程与规模；众多老师坚守在校内校外疫情防控、教学科研一线，守护着整个校园的平安。我们心往一处想，劲往一处使，保证了本次大会的圆满召开，这正是我们山大人担当精神的最好体现。

作者：党委学生工作部、武装部工作人员　李　响

9 月 12 日　星期一　晴

“山东大学优秀共产党员”荣誉获得者 · 张清和

今年获评“山东大学优秀共产党员”，回想今年的教师节暨优秀教师表彰大会，我至今仍记忆犹新，同时深感光荣，责任重大。

2003 年，我光荣地加入了中国共产党。19 年来，在党的教育、培养和关怀下，我从一名懵懵懂懂的本科生成长为一名高等教育工作者，成为山东大学的一名教师。“教育是国之大计、党之大计”，能够与学校的诸多同仁一道坚守“为党育人、为国育才”初心使命，落实立德树人根本任务，为国家培养社会主义建设者和接班人、实现高水平科技自立自强贡献力量，我何其幸运。看着培养的学生获得山东省优秀博士论文、子午工程十大科学与应用成果、亚洲大洋洲地球物理年会最佳展板论文奖等荣誉和奖励，在各自的岗位上履职尽责，成长为对国家、社会和人民的有用之人，也让我更加明白当好学生引路人的价值与意义。

这些年来，作为一名青年科研工作者，我可以说是与学生一起成长。得益于学校提供的体制机制和广阔平台，我有幸牵头组建了电离层—磁层耦合研究和学科交叉团队，和团队成员一道，深刻把握服务“国之大者”要求，面向国家空间探测战略需求，建立山东大学威海地磁台和胶东半岛

电离层监测网，参与国家重大基础科技设施子午工程II期项目，自主研制适用于微小卫星的针型朗缪尔探针载荷，团队已在*Nature physics*、*Nature Communications*、*PNAS*等刊物上发表学术论文100余篇，承担国家和山东省自然科学基金等项目30余项，总经费超过1600万元。

去年，在学校和学院的信任与支持下，我又有了两个“新”身份，一个是空间科学与物理学院副院长，一个是教工第二党支部书记。学院在今年获得了“山东大学先进集体”称号，教工第二党支部获得了“山东大学先进基层党组织”称号，两份沉甸甸的荣誉令我倍感荣幸；与此同时，作为一名“新人”，这更是鞭策和激励。我深刻地认识到，唯有更加努力地投入工作，方能不负师生期待，不负初心使命。

过去的两个月里，我度过了一个忙碌而又充实的暑期，参与组织了空间科学与物理学院未来研究生暑期夏令营、“太阳风—磁层—电离层耦合过程”研究生暑期学校暨高端学术论坛、“空天科技”全国博士后学术论坛、国家重大基础科技设施子午工程二期威海文登站揭牌等活动。在学校和校区的坚强领导、职能机关的大力支持下，学院全体师生充分发挥“全院一盘棋”的工作优势，集中力量办大事，彰显了勇担使命、敢啃“硬骨头”的奋进势头，让我深切感受到了学校“由大到强”历史性转变的步伐之坚定。

新学期伊始，学校隆重召开秋季学期工作会议，展开了秋季学期工作的新篇章，我也以这次会议为契机，系统梳理了前期工作的成效与不足，确定了接下来的工作重点。古人云：“天下难事，必作于易；天下大事，必作于细。”在山东大学开启新一轮“双一流”建设的新征程中，作为山大的一份子，我会时刻牢记“国之大者”，将精耕细作精神融入教学、科研、行政管理和党支部工作各个方面，与班子成员一道，带领全院师生踔厉奋发，走好“强院之路”，以优异成绩向党的二十大献礼。

作者：空间科学与物理学院副院长　张清和

9月13日 星期二 晴

第二医院重症医学科主任医师·马承恩

前几天，我参加了山东省学习宣传贯彻习近平总书记给“中国好人”李培生、胡晓春重要回信精神座谈会，受邀作为“中国好医生”代表在会上发言，感触颇深。

最近这段时间，我反复认真学习了习近平总书记的重要回信精神，感到非常激动、非常振奋。习近平总书记的回信是对所有“中国好人”的充分肯定和赞扬，也是对所有在平凡的工作岗位上爱岗敬业、默默奉献的每一位普通劳动者的肯定和赞美。我想，只要我们每一个普通人把自己每天的工作做好，努力在平凡的岗位上干出不平凡的业绩，就能汇聚起中华民族伟大复兴的磅礴力量。

作为一名医生，我的职责是全心全意为患者服务。从医35年来，这一点我始终牢记在心，时刻不敢懈怠。记得2005年我们医院重症医学科刚建科时，科里只有2名医生，面对人员严重缺少、新的仪器设备都不熟悉、危重患者病情复杂的局面，我时常24小时吃住在科室，守护在患者床前，边学习危重病知识，边观察病情，随时调节仪器设备参数，经常饭顾不上吃、觉不敢睡。那时，我还24小时负责科室听班和全院危重患者的会诊，不论白天黑夜，随叫随到，有时刚到家，就会因会诊或者患者病情变化又回到病房，三更半夜到病房救治患者是常有的事。回老家看望生病的父母，来回300多公里的路程，24小时内一定会赶回医院。大家评价我说：你姓马属牛，工作起来，就像一头不知疲倦的老黄牛！其实不是我不知疲倦，而是我顾不上疲倦：作为一名重症医学科的医生，每天要面临很多个关系到患者生死的关键时刻。可能我注定不能做一个好儿子、好丈夫、好父亲，但我必须要成为让患者放心的守护者。随着科室发展壮大，年轻医师渐渐多了，我经常对大家说，选择了危重病事业，就是选择了责任和奉献。我们必须尽全力救治好每一位患者，要对得起患者和家属对我们的信任。

2020年初，新冠肺炎疫情形势严峻，党中央发出了驰援武汉的号召。我是一名中共党员，是我们医院临床综合党总支部书记。那时候我已经58岁了，眼看就到退休的年龄，但我觉得，医生就该到病人最需要的地方去。我第一时间报名援鄂，但是医院考虑到我患有多种慢性病，没有同意我的请求。后来我又三次请缨，并写了请战书。说实话那时候大家对这个病毒都不了解，作为一名医生，我深知这种未知病毒的风险，所以我在请战书中写道：即使付出生命的代价，也在所不辞！最终，医院同意了我的请求，任命我为医疗队队长兼临时党支部书记，带领130名医疗队员逆行武汉。在武汉期间，我们接管的是重症病区，患者病情变化有时候非常快，工作强度很高，有好多次我累得需要年轻同志扶着才能站起来，但是我们131个人都坚持了下来，一共救治重症患者94例、危重患者19例。回头想想，是挽救生命的信念支撑着我们坚持了下来。

作为一名普通医生，能够在国家和患者需要的时候，尽自己最大的努力，做我应该做的事，我感到无比欣慰和自豪！

这些年，在组织的关怀下，我获得了“全国优秀共产党员”“全国抗击新冠肺炎疫情先进个人”“中国好人”及“中国好医生、中国好护士”抗疫特别人物等荣誉。通过学习习近平总书记的回信，我感到这些荣誉不仅是组织和人民对我的信任，更是一份沉甸甸的责任。我一定将习近平总书记的嘱托牢记在心，发挥好一名老医务工作者传帮带的作用，为年轻医生作出表率，让医者仁心、奉献担当的精神发扬光大，争做人民的好医生，为保护人民群众健康贡献自己最大的力量。

作者：山东大学第二医院重症医学科主任医师　马承恩

9月14日　星期三　晴

山东省大学生职业生涯规划邀请赛一等奖获得者·王尚文

山东省大学生职业生涯规划邀请赛获奖名单正式公布，当得知自己获得大赛一等奖时，我的眼眶湿润了。两个多月以来，深夜打磨材料、一次次训练的情景仍历历在目，我第一时间与指导我的王迎春老师和张婷婷老师分享了心中的激动与喜悦。

今年三月，接到大赛通知后，我精心准备并提交了校内初赛材料。经过评选，我获得了参加复赛的资格。复赛的重头戏是职业生涯规划书，还需要熟悉且科学使用MBTI职业性格测评、霍兰德职业兴趣测评等一系列职业生涯发展理论及测评工具。王老师引导我深入思考自己的成长历程及目标职业属性，并把我引荐给多位资深职场前辈开展生涯人物访谈。在隔离转运期间，张老师也都每晚与我视频连线，不断打磨我的规划书。此后我每天鏖战到后半夜，将规划书改了二三十稿；每次稿件被老师打回时，里面都标满了他们的修改建议。提交截止日期前夜，由于学生会换届和期末考察周双双临近，看到还有多处需要调整，我心里不禁五味杂陈。两位老师一边耐心安抚我的情绪，一边指导我修改规划书，也正是那时我才明白，比赛的结果并不重要，重要的是自己为之奋力拼搏的过程。

五月中旬，城市复赛结果公布，我以第一名的成绩晋级全省决赛，随即便投入到紧张的赛前冲刺阶段。决赛分为VCR展示、主题陈述、情景模拟和现场答辩四个环节。第一次主题陈述演练的时候，我走进报告厅，心里不由得紧张了起来，脑子里一片空白。然而，老师们将我每一次的演练都录了下来，带我复盘每一句话、每一个动作、每一个眼神……此后每当我走下演讲台、走出排练厅，头顶虽是如火的骄阳，心中却清爽舒畅，因为我知道，自己又向成熟更进了一步。决赛当天，我稳步走进比赛大厅，将自己的梦想和追梦故事从容不迫地分享给在座的评委和观众。掌声响起的那一刻，我的脑海中浮现了和老师们并肩奋斗的一个个夜晚。那一刻，我为自己的努力感到开心，为自己没有因挫折而放弃感到庆幸，为自己展现了山大学子的昂扬风采感到自豪！

在备赛过程中，我对中国特色大国外交理念、中拉双边合作有了更加清晰的了解，但同时也认识到自己要想更快更好地做好外交工作，在业务能力、行政素养等方面还要继续提升。在学校就业指导中心的支持下，我有幸在暑假前往四川大凉山党政机关实习，并系统学习了习近平总书记关于中国特色大国外交的重要论述，更深刻地了解了“一带一路”倡议等政策方针，进一步增强了投身外交事业的底气与信念。

比赛告一段落，梦想永无止境。回首自己的参赛历程，我的每一点进步都离不开老师们的关心与指导，离不开学校就业指导中心提供的职业生涯教育平台。这次比赛助我擘画了未来的梦想蓝图、笃定了人生的航向，让我对自己的专业更加热爱，对外交青年的使命担当更加了解。这段宝贵的经历将不断激励我在逐梦外交的道路上奋力奔跑，捍卫祖国的利益与荣光。

作者：外国语学院2019级本科生　王尚文

9月15日　星期四　小雨

微电子学院本科新生·苏章杰

今天，我从家里来山大报到，一路上下着小雨。

早上8点，天空灰蒙蒙的，雨点淅淅沥沥地落着。我从家里出发，在忐忑与期待中，最后再看一眼故乡的山和水，草和树，红瓦和绿砖……在烟雨迷蒙中，故乡送走了我。雨依旧在下，时断时续，我能顺利报到吗？以后也会顺利吗？在噼里啪啦的雨声中，我陷入了沉思。

近了，近了，山大离我越来越近了……终于到了，刚好雨也停了，乌云散去，天空露出一丝湛蓝。我一下车，立刻有志愿者迎了上来，帮忙搬行李，指引登记，专车送到学院的报到点，检查程序也一丝不苟。此时的我既紧张又激动，志愿者和工作人员的热情让我心中生起一股暖意。

报到现场井然有序，在学长的热心引导下，我很快完成了报到。出乎我意料的是，刚完成报到手续的我，转身遇见了学校党委书记郭新立老师，他和蔼可亲地与我进行了交流。我们聊了很多，他问起了我的旅程、我的家人、我的家乡，还鼓励我在山大努力学习，与山大共成长。春风化雨的交流让我感觉就像回到家与父母交谈一样，一解我旅途的劳顿，让我在抵达山大的第一天就充满了动力和信心。彼时彼刻，犹如一阵和煦的风吹过，万里无云，我的内心亦洗去阴霾。

山大，初看你在山巅，再看你在山腰，看久了发现其实你就在我的身旁。为我遮雨，予我甘霖，伴我成长，这是我走进山大的第一天，而我亦期待与山大共进的每一天。

作者：微电子学院 2022 级本科生　苏章杰

9 月 16 日　星期五　阴

能源与动力工程学院本科生 · 史甲昌

昨天，当我正式踏上返校旅途，我经历了令我暖心的事情。

从济南西站出来后，我跟着队伍完成核酸采集，只觉得有些迷茫。突然，我看到了山大的接站老师，举着醒目的牌子。我连忙上前询问，他用温柔和善的声音对我说："新生，老生，各个校区，都在这边！"虽然他戴着口罩，但透过眼睛，我可以感受到他在微笑，眼睛也是会笑的。我跟着山大同学浩浩荡荡的队伍走向注册处，在老师们的指引下完成各项注册流程。我拿出身份证进行身份登记，扫描二维码注册……并收到了返校后来自山大的第一份礼物——N95 口罩。

换上 N95 口罩，我将原来的口罩丢进垃圾桶，怀着激动的心情坐上了前往兴隆山校区的校车。车子发动了，距离学校越来越近了，我闭上眼睛憧憬着新学期的美好，期待着全新的体验。就在这时，我突然想起来什么，摸了一下口袋，没有，另一个口袋，也没有。我反应过来，我的身份证不见了。我开始努力回想刚刚发生的一切，天哪，一定是扔旧口罩时被我顺手丢进垃圾桶里了。

这可怎么办，我急坏了。要不跟接站的老师说一下吧？我这样想。于是我怀着忐忑的心情拨通了接站处秦老师的电话，他并没有批评我，而是安抚我的情绪，并给了我报到处现场刘老师的电话。我拨过去，没人接。我紧张极了，发现原来是拨错了号码，于是我又重新拨了过去。

终于接通了，我将发生的一切叙述给了刘老师。他在报到处检查了一下，没有发现我所说的垃圾桶，不过还是在努力帮我想办法。我想这下完了，于是在感谢后挂掉了电话，开始在网上查询异地重办身份证的信息。突然，电话响了，是刘老师。我连忙接起……他找到了我的身份证！刘老师说是学校本科生院的申树欣副院长和报到处的老师一起帮我翻出来的。听到这里，我一时不知该如何表达自己的感激之情，只能一个劲地说"谢谢，谢谢"，并让自己努力从紧张中平静下来。根据帮我送回身份证的同学和刘老师的描述，当时申老师和报到处的老师在垃圾桶里翻了好久。那一刻，我的情绪很复杂，汇成一句话，那就是："在山大，真好！"

特别感谢申老师以及山大所有的老师们！是你们为我们的顺利返校提供了保障。原谅我拙劣的文笔无法表达我的感激之情，但我真的感到深深的感动。学校的细致入微让我们感受到了家的温暖，就像校友之歌里唱的一样，“我的山大我的家”。

此外，在返校前期的准备中，山大老师的辛勤付出也让我印象很深。辅导员老师总是从早到晚坚守在岗位上，从志愿者筹备到新老生返校，精准把控每一个细节，让我们能够顺利回到熟悉的校园。报到处的老师迎来一批又一批的学子，却始终保持微笑。正是这样的坚守与关注，让我们铭记在心。

作者：能源与动力工程学院 2020 级本科生　史甲昌

9 月 17 日　星期六　晴

新生家长·王雪健

今天是孩子入校第三天，看着孩子终于踏入心目中理想的校园，不禁思绪万千，往事一幕幕涌上心头。

其实，孩子与山大外国语学院的故事，从初中就开始了。

那是孩子初二的一天，学校请了一位家长给孩子们作学习经验交流，这位家长的女儿就毕业于山大外国语学院，后来进入联合国的机构工作。那时的山大外国语学院在孩子的心中是朦胧的，也是神圣的。

转眼五六年过去了，勤奋的耕耘换来了优秀的高考成绩。填报志愿时，山大外国语学院自然成了孩子的心头之选。出于父亲的理性，我把一些录取位次接近、其他比较好的“985”院校外语类专业也挑选出来，逐一查询反复比较，最后，山大外国语学院以过硬的学科实力和专业特色成了我们家的一致选择。尤其难忘的是，在填报志愿咨询过程中，负责招生工作的刘洪东副院长不厌其烦、条理清晰地耐心解答，体现出了山大人踏实的作风和优秀的素质，更让我们坚信自己的选择。

接到录取通知书的那一刻，孩子又想起了那个山大外国语学院的姐姐，她问道："我会跟那个姐姐一样优秀吗？"我笑着告诉她："山大一定会有你想要的，你要思考怎么才能得到它。"

来校前，辅导员赵婧婧老师就成立了学生群、家长群，及时将学校的政策和信息传达给每一位学生和家长。解答学生和家长大量的咨询，让赵老师的工作量骤然增加了几倍，即便隔着网络也能感受到她忙得不可开交的样子。

经过学院各位老师的周密准备，最重要的分流宣讲通过线上方式如期展开。在各位老师的精心讲解下，学院丰富的班型设置、深厚的专业实力逐一呈现。当老师详细讲解梁实秋实验班的时候，孩子眼前一亮，喊道："这就是我想去的班级！"我问她："真去了你不怕难吗？还有淘汰制度。"她认真地回答："做我自己真正喜欢的事情就不怕难了！"那一瞬间，我感觉她成熟了、长大了，山大外国语学院应该是她理想的最好的栖身之所吧！

在这过程中，我们深深感受到学校同时做好疫情防控和入校开学工作的一片苦心。得到开学报到的消息后，我们很快整理好行囊，但我和孩子的妈妈因为防疫原因没能同去，孩子要独自入校报到了。看着孩子柔弱的身体和沉重的行囊，担忧孩子从未独自出过远门，忐忑的心情不由涌上心头。幸运的是，本市有山大同学院的新伙伴一起出发，有其他家长一路的悉心照顾，让我们的心情得到了莫大的宽慰！山大同学之间、家长之间的互助友爱之情，未入校园就已感受到了。看着孩子安然抵达心心念念的山大外国语学院，梦想终成现实！

学无止境，气有浩然。孜孜不倦的精神和巍巍君子的正气是每个山大学子的独特气质。古朴的洪家楼校区曾经承载过那么多先辈们的骄傲，相信未来也必将刻画上属于你们的骄傲。

作者：外国语学院新生家长　王雪健

9 月 18 日　星期日　晴

迎新志愿者 · 李京阳

每一年的开学季都是最热闹的，很快，学校又将迎来一批新同学和返校的老同学。新生老生共同返校，老生们相互寒暄，新生们东望西瞧，到处朝气蓬勃，眼中充满对新鲜事物的憧憬和想象。而入学最先面对的任务就是完成注册报到手续，志愿者在迎新过程中忙碌地工作着：报到登记、搬运行李、指引路线以及发放防疫物资等，各项工作都十分重要且有意义。

在志愿者招募刚刚开始的时候，我就主动报名，希望与学弟学妹们尽早见面，体现山东人的好客之情。在疫情防控形势下，为保障师生们的安全，学校选择使用分批次入学的方式错峰开学。同时，我们的志愿服务工作也并未停滞下来。在这里要十分感谢青志协的各位同学，每每看到志愿者们的剪影宣传以及推文介绍，我都十分感动，这些都体现了志愿者无私奉献和热情互助的精神，让人心头涌入一股暖流。在线下志愿服务不断推进的同时，我们的线上工作也火热开展着。

我们在线上负责为新生答疑和完成各项报到工作，各司其职，任务明确。在学生会中最明显的感受就是，无论来自天南海北，大家都在为同学们服务，大家也都在用自己的力量认认真真地作着贡献。我身边的同学，有的为了新生报到工作从白天忙碌到半夜，任劳任怨也无怨无悔，因为每一滴汗水都是对自己的承诺，也是对责任的回应；也有小伙伴在线上编辑了上万字的新生开学注意事项，把自己在学校经历的点点滴滴以及心得体会毫无保留地与新同学们分享，也帮助不少新生避开了“雷区”，诚意满满，让人赞叹。而我也在线上为新生们答疑解惑，三天里服务了 30 多位新生。每位新生都有着自己的小疑惑，也充满着好奇，同时也都很开朗活泼。在与他们的交流中，我深深感受到了新时代青年的朝气。

在志愿服务活动中，我也体会到工作的不容易。无论是准备措辞，还是查询资料以及确认信息，都没有我想象的那么简单，要周到且全面地传达准确的信息，为他们的到来保驾护航。尽管工作体量较小，但参与到志愿服务当中，足以让我们开心与自豪。

无论是志愿服务还是社会实践，都有着服务他人、助人为乐的魅力，就像是暑假中我参与的“郓城缘起怀恩赴企”小微企业调研活动一样，我与团队帮助小微企业整理创业建议和创新思路，我们相互探讨，共同进步，分享人生经历以及创业故事，交流不同企业的“金点子”，这些都是难忘的回忆。还有前一轮的秋季迎新和春季抗疫志愿活动，也都在大家的团结下顺利完成，这便是传承与合作的力量。

此时此刻的我们与新生，彼时彼刻的企业家与我们，都是前辈与后辈之间的沟通与帮助，这是一种传承，更是一种温暖。愿你我都沐浴在温暖的阳光中，愿你我的明天都会更好，也希望大家可以踊跃参与到志愿服务和社会实践中来，用自己的星星之火点亮美好未来。

作者：管理学院 2021 级本科生　李京阳

9 月 19 日　星期一　晴

骨干管理人员能力提升培训班学员・王琴瑶

2022 年骨干管理人员能力提升培训第一阶段的学习暂时告一段落，为期两天的培训内容满满都是干货，令我深深感觉到自己之前对于“管理”的认识过于浅薄。

在第一天的团队拓展训练中，管理学院姜秀丽老师通过模拟四家博物馆竞拍艺术画的方式，让大家挖掘自身潜能，身临其境地感受管理团队中不同角色所需的能力和素质，这种形式比言语更能让学员自己去体会和感悟。我们团队成员在每一轮竞拍中都轮换了职务，尽可能地去体验不同的角色。在扮演馆长角色的过程中，我感受到作为领导者需要有沟通协调能力；在扮演拍卖师角色的过程中，我感受到管理者需要有极强的洞察力以及果断的决策能力；在扮演财务角色的过程中，我又感受到强大的信息收集能力和数据敏感性的重要性。模拟拍卖行业对我们大多数学员来说是非常陌生的，刚开始大家对规则并不熟悉，在一轮又一轮的模拟中，我们慢慢掌握了游戏规则，开始能够自主分析游戏逻辑，并对其他团队的策略作出预判。这就好比现代社会是瞬息万变的，在面临许多不确定性因素的时候，强大的学习能力可以帮助我们对行业有较高的熟悉度，对行业发展有一定的预判能力，从而使自己在工作中掌握主动性。

管理学院武常岐院长在“加强创新管理——推动建设中国特色世界一流大学”的讲座中，以幽默风趣的讲解方式使我们在一个轻松愉快的氛围中，感受到创新管理给个人、组织、社会带来的翻天覆地的变化。作为高校管理者，我们要打开视野、提升格局，善于在工作中发现问题，并结合实际改革创新，不断提高创新能力和解决问题的能力。

孙涛教授和方政教授结合发生在我们身边的小事，分别介绍了项目管理和目标管理等管理理念，讲解得深入浅出，重塑了我们对管理的认识。其中，方教授提到的“管理的基本前提是，团队负责人是善意的，且指令和目标是正确的”观念，让我印象颇深。作为行政管理者，要善于激发自己和大家的善意，不断转变自己的意识，不要故步自封，要重视提高工作效益，而不仅是单纯的效率。

这两天的培训除了专家们精彩的讲座，还有小组展示、每日晨读、总结汇报等内容，充分展示了我们的个人风采，让我们彼此建立了友谊，加深了对不同岗位工作的了解。这次培训与之前参加过的学校培训形式有很大的不同，感谢学校人事部为管理人员提供多元化、长时段、全方位的培训，全面提升管理人员的综合素质。作为一名山大人，我也希望能在今后的工作中能够逐步深化对“管理”的理解，开阔眼界，提升格局，做好实际工作，讲好山大故事。

作者：人事部工作人员　王琴瑶

9月20日　星期二　晴

艺术学院本科新生·周帅宇

今天，我终于到达了山东大学。在经历了高考前的紧张、填报志愿时的憧憬、拿到录取通知书时的激动、等待开学的期盼后，我怀着忐忑的心情迈进了这所百年名校。

刚进入校园，我就按照学长学姐的引导来到了艺术学院的迎新服务点。沿途熙熙攘攘的人流、错落有致的教学楼、干净美丽的校园都在告诉我——我已是山大一员了！

当我办理完新生报到的手续后，正准备前往宿舍收拾一下，忽然被人叫住了。“同学，你是哪个专业的新生呀？”我寻声回过头答道：“艺术学院音乐系小号专业的。”这时我才发现问我的是一位和蔼的长者。从其他人的话语里，我才意识到这就是山大的李术才校长。我有些不知所措，呆呆地站在那里。

“还是一名小号手呢！不错，不错！将来要成为一位音乐演奏家，让世界听听中国人的嘹亮号角！”李校长笑道。这时我才回过神来，忙说：“我一定努力！请李校长放心！”

随后，李校长把为新生准备的迎新礼包发给了我们，又分别询问了我们几个新生的基本情况。最后，他叮嘱我们：“大学是人生的重要阶段，也是人生成长的关键时期，一定要在这个阶段学习本领，将来报效祖国。”他还告诉我们，作为艺术系的学生，一定要树立“人民艺术为人民”的基本立场，将满足人民对美好艺术作品的向往当作自己毕生追求的艺术理想。直到李校长向后面的迎新服务点走去，我还在回想最后这句话。

作为一名山大学子，第一天就能亲耳聆听李校长的教诲，这是多么幸运呀！回想自己学习小号的这么多年，似乎始终没有悟透的一个问题就是艺术的目的是什么，这也是我在听到李校长的教诲后感触最大的一点。艺术从其本质来说，属于人类精神层面的追求，可以异彩纷呈；但对于从事艺术创作、表演的人来说，自己的立场则是自己的选择。习近平总书记在文艺座谈会上的重要讲话中指出：“文艺是时代前进的号角，最能代表一个时代的风貌，最能引领一个时代的风气。”对文艺工作者来说，这既是鞭策，更是要求。

当我打开迎新礼包时，发现了一张“通向未来的车票”。上面将起点站设在了山大，将终点站设在了未来，使我又回忆起来今天的种种见闻。在接下来的四年，我一定加倍努力，不负韶华，未来不负山大的期许。

作者：艺术学院 2022 级本科生　周帅宇

9 月 21 日　星期三　晴

高等医学研究院硕士新生・刘雪松

济南已然入秋，天气也愈发凉了起来。汽车在柏油马路上奔跑，不远处是山脚下的连绵楼宇。山东大学渐渐在晨雾中近了。“齐鲁医学院”五个大字刻在门匾上，添了几分庄严。

虽然早已见过校园景致，但当报到的日子终于到来时，我的内心依旧怀有几分紧张与期待。整个流程进行得很快。入口处支着一个红色的帐篷，进门之后，入眼便是给新生的欢迎条幅。已经接近正午，工作人员却还在忙碌，他们的额前出现了细密的汗珠。路边有负责接行李的摆渡车，不停地在校园往返。当我的行李被工作人员和志愿者接走的瞬间，身上的劳累便缓解了大半。报到后，也许是被录取那一刻的不真实感落了地，整个人突然感到无比轻松与自在。缓步走在绿荫下，百余年的校园青瓦层叠，四方的屋脊下是庄严的楼宇，绿植紧紧地攀附在墙上，举着绿意，融化在浓浓的暖阳里。道路两侧种着参天的槐树，枝叶俯瞰着号院，教学楼外墙爬山虎的藤茎若毛笔毫尖，点沾着砚台般的墙体，仿若下一瞬便有笔走龙蛇。绿色的枝叶层叠着，穿过人群，越过屋脊，在风与云的喧嚣中撒下荫凉。

走在路上，我回想起第一次来校那天，一切都是陌生的。暑假期间，我提前来校做实验。那时，我还曾站在教学楼间迷茫，对未来的一切充满期待，却又驻足不前，感到彷徨。教学楼与餐厅只相隔几十米，彼时的我却不认得去餐厅的路，在校园里行走只得求助于导航的力量。那时有些许害怕，害怕一个人在陌生的地方手足无措，害怕因我的不善言辞弄巧成拙。但好在我遇见的是无限的温情与宽容，遇见了博学且严谨的导师、温和的辅导员以及可爱的师兄师姐们。师兄师姐们或许是看出了我的拘谨，主动与我交谈，带我一起去食堂吃饭，耐心地教我做实验……所以后来的一切都变得好像没有想象中的那么难，仿佛又回到了以前和朋友们一起并肩努力的日子。大家聚集在一起吃饭、工作，偶尔分享美食，偶尔能看见师兄师姐们三三两两地互相讨论几句，忙碌的时候大家互相帮忙，从不会手忙脚乱，有欢乐更有温情。

接受现在所拥有的，去接受更多的新知识，这应该是我入学以来体会最深的，我想这应该也是踏上新征程所需要的。新的生活要继续努力，因为大家都在努力奔跑。正如鲁迅先生所言，不要怕，不怕的人面前才有路。在路上才能看到更美的风景，所以我不再害怕未知的挑战，也不再担心自己不够聪明，而是去经历、去感受。瞻前顾后、畏首畏尾只会让自己不快乐，而跑起来才会有风。

少年何妨梦摘星，敢挽桑弓射玉衡。春天花香四溢，夏天绿树成荫，秋天层林尽染，冬天雪花飞扬。梦想着，有一天我能熟悉更多的知识，也能像师兄师姐一样侃侃而谈。祝你我都能拥有一个有故事可以说的新学期。

作者：高等医学研究院2022级硕士研究生　刘雪松

9月22日　星期四　晴

环境科学与工程学院本科生·万　瑜

近来读《毛泽东选集》，感触颇深，其中《论持久战》这篇给我留下尤其深刻的印象。尽管这篇文章已过去84年，然而当我在彷徨时仍然能从里面得到“柳暗花明又一村”的豁然开朗之感。

自从确立研究课题，我进入实验室进行独立研究已经有大半年了。犹记得当初在选择研究题目的时候，导师就曾说过，这个题目不好做：虽然有相关研究成功的先例，但是换了实验对象和实验方法，成功与否还未可知。也许是我“初生牛犊不怕虎”，或者是“诺奖技术”的光环颇吸引人，总之，我选择了“CRISPR-Cas9基因编辑技术改进”作为研究的大方向，在学习之余，一头扎进了繁忙的实验室生活。

独立实验的大半年里，有成功也有失败。除了一开始简单构建的成功之外，越到实验后期，我越发觉果然如导师所说，失败才是做实验的常态。我开始被一次次的实验失败打击，再加上分子生物实验周期性长的特点，让我身心俱疲，斗志也逐渐减退。然而，如果把做科研比作一场战役，我在读《论持久战》的时候突然感到二者有异曲同工之妙。

《论持久战》提到了抗日战争中的两种论调：一个是只看到敌强我弱，悲观失望；另一个是一叶障目，盲目乐观。前者片面夸大了武器强弱的矛盾，被一时或一地的失败所迷惑，从而产生了悲观心态；而后者则没有勇气承认军事力量上敌强我弱这一客观事实，只看到偶尔的成功，便期待一蹴而就地取得抗战的胜利，从而忍受不了一时的挫折与失败。

回想我在做科研时的心路历程，也可以总结出不同的阶段：一开始，尽管导师也提醒过实验的难度，但是我被初期实验的短暂成功所迷惑，产生了急功近利的心态，认为实验成功是一件简单的事情。在实验刚开始遭遇失败的时候，我还乐观地觉得不过是一时挫折；然而当接下来的两个月里都遭遇失败却找不到原因时，我便迅速转为了“失败心态”，尽管每天都在按计划做实验，但心中已经由之前的踌躇满志转变为无奈。这些心态产生的根本原因都是我没能客观地认识到，实验是一个持久曲折的过程，要做好长期的心理准备；同时对于实验失败或成功的原因，都应该从自身的知识掌握程度、做实验的认真程度以及实验成功的可能性多方面理性分析，并作出调整和改进，而不能抱有盲目乐观或者悲观心态。

与困难奋斗，同样也是其乐无穷之事。科研路漫漫，但我愿一往无前！

作者：环境科学与工程学院2020级本科生　万　瑜

9 月 23 日　星期五　晴

全球环境学科高峰论坛线上参加者 · 陆佳兴

阳光明媚，风和日丽，今天的青岛一扫之前的阴霾，透出一股暖洋洋的气息。下午做完实验准备去食堂吃饭时，偶然看到了学院门口公告栏里全球环境学科高峰论坛第七期的宣传海报，本期内容是由北京工业大学彭永臻院士主讲“城市污水处理生物脱氮除磷新技术与发展”学术报告。彭永臻院士是我们环境领域的权威学者，能有幸听到他的报告，必定有助于科研眼界的提升。我匆忙赶往食堂，决定吃完晚饭后认真聆听彭永臻院士的报告。

回到宿舍，我登录直播网站，准备好纸笔，在电脑前等待。晚上 7 点半，彭永臻院士的报告准时开始。彭永臻院士首先阐述了污水生物处理中脱氮除磷的基本原理与新方法、新工艺、新技术，并着重介绍了城市污水部分厌氧氨氧化处理的原理与方法。在彭永臻院士的讲解下，我对这些晦涩难懂的知识有了一定的认识与了解。之后，彭永臻院士对 9 项“城镇污水深度处理与资源化利用技术”的中试项目进行了展示，令我印象深刻的是他介绍的青岛城阳污水处理厂应用厌氧氨氧化的情况。我在之前做实验的时候去青岛城阳污水处理厂取过污泥，当时就听说污水厂在运行过程中出现了耗能大、成本高的问题。然而彭永臻院士利用厌氧氨氧化不仅能降低曝气能耗，而且不用投加碳源，大幅降低了运行成本，让我为之叹服。时间过得很快，报告结束了，我还意犹未尽，不禁感叹权威学者果然走在科技的最前沿，同时他们注重成果转化，切实让科技造福人民。

从事生态环境方面的研究，必须实时关注国家对环境方面的政策走向，紧跟国家脚步，保持“功成不必在我，功成必定有我”的胸襟，为生态强国建设作出自己的贡献。当前，我国生态文明正处于以降碳为重点战略方向、推动减污降碳协同增效的新阶段，面临着诸多挑战。因此，我们在环境处理过程中不仅要考虑污染物的削减，还要考虑处理过程中的资源利用以及成本控制，为实现我国碳达峰碳中和的目标砥砺前行。作为一名山大环境人，我也会继续刻苦学习，久久为功，在环境治理方面作出一己贡献。

作者：环境科学与工程学院2019级硕士研究生　陆佳兴

9月24日　星期六　晴

暑期社会实践推优答辩参加者·秦玉瑶

今天晚上，我参加了学院暑期社会实践的推优答辩。经过一周的沉淀与准备，终于到了要展示自己实践成果的时候了。

答辩之前，我一遍遍地翻看答辩PPT，一字字地斟酌答辩稿，反复练习，直到生动流畅。答辩开始以后，我仔细聆听其他优秀同学的答辩，从中学习其他队伍社会实践的思路和形式。今年我们环境学子奔赴全国各地，开展形式多样的线上线下相结合的社会实践：理论宣讲、科研创新、返乡调研、岗位实习、疫情防控、乡村支教……在祖国的大地上，环境学子踏着坚定的步伐，留下一个个投身实践的青春身影。面对评委老师的问题，每一句从容不迫的回答，背后都是在社会实践中的沉淀和积累。

很快就轮到我答辩展示了，虽然刚开始时我略显紧张，说话有些磕磕绊绊，但讲到实践内容的时候便已放松了许多。在大二学年，我积极参加了6项社会实践活动。作为一名环境学子，社会实践的内容更加体现专业特色。我体会和感悟最深刻的便是青鸟计划——“返家乡”2022暑期公益实习活动。今年暑假，我有幸来到家乡潍坊市生态环境局昌乐分局大气生态环境科开展为期一个月的实习。实习期间，我认真学习了许多有关大气方面的国家标准、大气环境数据分析的基础知识和潍坊市环境空气质量监测管理平台等系统使用。我的工作是跟随空气质量管控巡查小组的同事开展日常巡查工作，主要负责拍照记录巡查问题。烈日炎炎，我们“环保蓝”依然奋战在大气污染防控的第一线。

答辩结束，评委老师针对我的实习提出问题，我根据实习的过程作出了详细回答，我的答辩也顺利结束。

不登高山，不知天之高；不临深溪，不知地之厚。我愿躬身实践，投身祖国的绿水青山事业，以奉献之姿、劳动之姿、创新之姿，用踏实奋进勾勒出新时代山大人的责任与担当。

作者：环境科学与工程学院 2020 级本科生　秦玉瑶

9 月 25 日　星期日　晴

外国语学院硕士新生 · 王雅慧

清晨，走在前往外国语学院的路上，入院时经过了“入外院门，做山大人，启世界窗”的立牌，立牌上是外国语学院独有的色彩——静谧紫。在习习秋风的吹拂下，今天的外国语学院比前几天更显凉快。

今天，导师与我们大家线下见面。组会在上午 9 点开始，学姐们汇报了最新完成的论文，演练了即将要做的会议报告，还分享了曾经投稿过的期刊，总结了期刊投稿过程中的改稿经验。在短短一年到两年的学习中，每位学姐都发表过 1 至 2 篇 SSCI 期刊论文。学姐们笑着回忆起她们在首次接到论文修改意见时，因为没有修改论文的思路和经验，在老师办公室里一边哭一边寻求老师帮助的经历，也感慨自己从事事都要请求老师帮助，到现在可以独立完成项目的统筹规划，并自信地规划第 3 篇、第 4 篇论文投稿的成长历程。听了学姐们的汇报后，我惊讶于学姐们的进步之迅速，也深感她们现在学术成果的来之不易。

此次组会刷新了我对研究生生活的认识。组会前，我想象的研究生学习是什么样子呢？是依旧延续大学学习模式——认真听课，完成老师布置的任务，即完成阶段性的目标；在学习方式上依靠自主学习，摸着石头过河，找到自己的研究方向。而组会上老师的一番话完全颠覆了我对研究生学习方式的认知。老师强调，科研“小白”应该转变被动学习者的身份，我们要将“接受输入、达成阶段性成果”的学习模式转变为“持续输出、勇于突破创新”的学习模式，通过总结与写作倒逼自己思考。但在学习过程中，我们并非单枪匹马上路：老师是我们的引路人，从每周一次的学习汇报开始，手把手带我们踏实前行；学姐学长是我们的榜样，无私地分享学习经验，缓解我们的学习焦虑，为我们排忧解难。

从学院出来已是午后，阳光也变得温柔了些。我的面前有几条路，但我不再迷茫。我现在已经开始期待自己在下一次组会中的发言了。

作者：外国语学院 2022 级硕士研究生　王雅慧

9 月 26 日　星期一　晴

新聘管理人员岗位专项培训班学员·项传龙

2022 年新聘管理人员岗位专项培训顺利落下帷幕。此次培训是新聘管理人员岗位培训的初级阶段，采取集中培训的方式，为各位新聘管理人员提供了一个宝贵的学习契机和切实的交流平台。通过此次培训，我们坚定了信念和信心，掌握了知识和技能，同时还收获了友谊。

在开班仪式上，吴臻副校长勉励大家要提高政治站位，将所学知识应用到工作中，在工作中锻炼和提升自我，加强理论联系实际的能力。这些要求和期许让我们每一名新聘管理人员找到了自我提升的具体目标和努力方向。管理学院孟庆春书记在致辞中说，山东大学能力提升计划项目已发展到 2.0 阶段，打造出了具有山大特色的高校教职工能力培养品牌。他表示，管理学院会积极发挥学科优势，为学校培养管理人才和团队建设提供保障。人事部刘健部长作为主持人，对我们表示了欢迎，并表达了学校对于加强教师队伍建设的重视，期望大家的能力可以不断适应学校的发展，为学校建设作出更多贡献。

第一天拓展训练中，我们一起完成了团队棒球、共绘蓝图、创意合影等项目。在棒球场上，我们认真研究比赛规则，制订战术，比赛时奋勇拼搏，勇于争先。在以“喜迎党的二十大”为主题绘制画布时，我们分工协作，积极配合，鼓足干劲，为画布增添色彩，保质保量地完成了任务。在创意合影环节，我们发挥才智和创意，设计队形站位和口号，展现了山大人的昂扬风貌。通过素质拓展训练，我们熟悉了彼此，建立了深厚的战斗友谊。最后，我们围坐在画布周围，伴着齐声喊出的“我爱山大”，顺利完成了此次拓展训练。

培训会上，我们有幸聆听了王学典教授关于全民阅读的主题讲座。在讲座中，王学典教授强调了终身阅读的重要性，倡导我们一定要不带任何功利地去阅读，要坚持阅读出于兴趣、阅读出于情怀，用阅读来砥砺品性、提升修养、开阔胸襟、锻造德行。讲座结束后，我们为自己制订了下一阶段的阅读书单。在师德师风建设与立德树人讲座中，孟庆春书记为我们梳理了新时代师德师风建设的内涵和要求，让我们坚持立德树人的根本任务，以更高的标准要求自己，努力成为先进思想文化的传播者、党执政的坚定支持者，为建设担当中华民族伟大复兴大任的世界一流大学贡献力量。在管理人员职业定位和发展规划讲座上，郭春晓老师结合个人成长和工作经历，勉励我们培养时刻不停的学习习惯和高效精准的执行能力，在合作中成长和进步。此外，王欣老师从组织培养的角度，带我们重温了习近平总书记给年轻干部提出的六个要求，激励我们以更加严格的标准要求自己，树立更高的目标和追求。朱伟老师结合自身的管理工作经验和辅导员经历，鼓励我们要努力提升调研能力、沟通能力、书面表达能力、危机处理能力、团队协作能力等，并要时刻保持政治清醒和自觉，培养个人的格局和境界，努力成为栋梁之材。

在方政老师的“管理实践探讨”主题讲座上，我们结合在素质拓展中遇到的管理学问题，跟老师进行了探讨。方政老师用深入浅出的方式讲授管理学理论知识，帮助大家建立起了管理学的思维方式，引导大家从明确组织目标、设计合理的组织结构、建立精准的激励措施等角度，寻找有效的组织模式和管理方法。张晓峰老师结合儒家经典思想理论，与我们讨论了管理中的基本逻辑和思维方式，引发了我对中国传统文化在具体管理实践中应用的思考。许多西方现代的管理学理论，也许都能从中国的传统文化经典中找到对应；我们也应更加坚定文化自信，持续推动中国元素走向世界。在梅强老师的公文写作培训课程上，我们收获了满满的“干货”。梅强老师以六“态”（端正心态、调整状态、明确时态、把握形态、用准语态、着力常态）为核心贯穿公文写作训练，把“高大上”的公文写作拆解为一个个具体的问题，让我们更直观地掌握了公文写作中的各个元素。梅老师还结合真实的公文写作范例，为大家展现了公文写作的具体流程。

结业仪式上，石岩老师总结说，管理的本质是实践。是的，这三天的培训让我们在思想认识、知识技能和团队协作方面都有了明显提升。未来我们更要立足自身岗位，将所学知识用到实际的工作中，做到学以致用、用以促学，并以饱满的热情迎接党的二十大胜利召开。

作者：学科建设与发展规划部工作人员　项传龙

9月27日　星期二　晴

第一临床学院硕士新生·朱逸清

趵突泉畔，银杏叶旁，迎着初秋的朝阳，身着山大文化衫，我早早来到齐鲁医院海棠厅，开始了第一临床学院2022级研究生开学典礼暨新生入院大会的志愿服务工作。

我们6名志愿者分工合作，帮助老师挂上海报和条幅，协助搬运桌椅，调试音响，放好签到码。布置好会场后，一名名新生陆续到来。我们分别站在不同入口，引导新生们扫码签到，并在签名板上签字留念，有秩序地进入会场。

作为一名研究生新生，我也全程参与了大会。“传承齐鲁百年医学精神，争做堪当民族复兴重任的时代新人”，山东大学齐鲁医院党委书记侯俊平在大会上的发言让我感同身受。回首往昔，五年前高考结束的盛夏，我怀着对医学无限的憧憬，选择报考了山东大学临床医学5+3专业。背起行囊，踏上列车，我来到山东大学，牢记“健康所系，性命相托”的医学生誓言，走近“博施济众，广智求真”的齐鲁医学。如今，在校园沉淀五年知识基础的我迈入新的阶段，成为一名真正的管床大夫，要有角色和心态的转变。我要不断锻炼自己的操作技术，不仅要不断学习医学知识，也要在医院这个小社会体味人间百态。既然选择，我便不顾风雨兼程，常携律己之心，努力去做一名温柔且坚定、有水平、有温度的医生。

老师们在学位申请、评奖评优、职业规划等许多方面进行了详细的讲解，还有优秀同学分享经验、答疑解惑，每位学子都收益颇丰。我们还为获奖同学发放了学院定制纪念品。会议结束后，看着签名板上一个个闪耀的名字，我仿佛看到了一个个光明的未来。杏林聚星火，医路共芳华。这次大会是我们的研究生生涯很好的开始，为我们研究生乃至将来的道路指明方向。我想对踏上征程的少年说，愿你始终有肯定自己的达观和否定自己的勇气，愿你始终有顺应世界的坚韧和改变世界的雄心，愿你始终有独自上路的努力和抵抗孤独的不屈。

“青春不是年华，而是心境。青春不是粉面、丹唇、柔膝，而是坚定的意志、恢宏的想象和炽热的感情。”弦歌未止，初心不辍，漫漫医途，我将永怀一腔热忱，我将永远拥抱青春。

作者：第一临床学院2022级硕士研究生　朱逸清

9月28日　星期三　晴

青岛校区五支部联合主题党日活动参加者·程　旭

天朗气清，惠风和畅。昨天，我所在的环境科学与工程学院硕士研究生第三党支部联合校区其他4个支部，共同开展了“砥砺奋斗守初心　青春献礼新时代”主题党日活动。下午两点多，我早早地打开电脑，准备聆听榜样的故事。

第一位主讲者是山东大学第22届研究生支教团成员李子麟，他以“做传承燃灯者精神的‘山岩’”为主题，讲述了他在山西石楼县“燃灯扶智，义无反顾”的支教故事。他从支教地简介、做好做实本职教学工作、开展“四点半课堂”志愿服务活动等方面展开讲述，并为我们介绍了英模法官邹碧华的先进事迹。听完他的讲述，我的感触颇深。邹碧华的故事生动诠释了共产党员对党和人民事业的忠诚。正是一代代像邹碧华前辈这样奉献自己、照亮他人的共产党员们发挥先锋模范作用，经过全党全国各族人民接续奋斗，才有了今天全面建成小康社会的历史性成就，才得以实现中华民族的共同梦想和夙愿。

第二位主讲者是山东大学 2021 年度（第五届）研究生道德风尚奖获得者郑涵。他以“不要丢了精神”为主题，围绕如何做好山大故事的讲述人、红色基因的传承人与优秀传统文化的传播人展开讲述。他“立言、立功、立行”的信念尤其令我印象深刻，他带领小组同学找寻红色足迹，整理总结青岛市和山大的红色历史血脉，献礼建校百廿和建党百年的故事也令人敬佩。

聆听了榜样们的故事，我深深感受到榜样的精神力量，坚定了向榜样看齐、做合格党员的决心。在今后的学习、工作、生活中，我将以榜样为标杆，始终坚定理想信念，努力学习科学文化知识，练就过硬本领，不断提升自己的思想认识与道德情操，把对榜样的学习内化于心，外化于行，学以致用，争取在推动国家生态文明建设，构建五位一体的发展格局方面贡献自己的一份力量。

作者：环境科学与工程学院 2021 级硕士研究生　程　旭

9 月 29 日　星期四　晴

军训教官 · 宋　暖

9 月末，威海的天空湛蓝如洗，青山环绕的训练场上，红色的连旗迎风招展。分列式队伍身着海洋蓝迷彩服，喊着嘹亮的口号踏乐而来。看着这一列列英姿豪迈的队伍，我骄傲且自豪。我已经完全适应了我的新身份——威海校区 2022 级军训自训教官、学生军训团四营三十五连连长。

作为保资辅导员，今年是我正式入职的第一年。上学期，我报名参加了自训教官的培训选拔，9 月的军训对我是双重的训练：我是 2020 级计算机系学生的辅导员，又是 2022 级计算机系的军训教官；既是训练新生的教官，也是辅导员岗位上的自训者。阳光下的汗水和夜色中的训练，见证了我和学生共同的进步和成长。午休时间和晚训结束后，我会在办公室里处理工作，在方队训练的间隙抽空回复学生的信息。凌晨 1 点是我的入睡时间，而当早晨 5 点半的闹钟响起，我又用最短的时间整理完毕穿戴整齐前往训练场。一路上遇到的新生们热情地冲我喊："教官好!"我很快就恢复了精神饱满的状态投入到军训中。

时光易逝，初心长存。我作为军训教官的经历精彩而新奇：军训团里我的上级、四营营长刘晓奇，也是我带的 2020 级计算机系的学生。很多身边人好奇地问我是怎么适应这种身份转换的，其实很简单，把优秀的人当作榜样。刘晓奇是 2020 年退役复学的大学生，复学以来，他先后三次担任校区自训教官，在疫情防控工作中主动组织自训教官承担学校志愿服务工作，让教官骨干成为学生心中可以信赖的一股先锋力量，也吸引了更多优秀的学生干部加入其中，包括当时还是大四学生的我。军训团里，他是我最熟悉的人，也是我成为自训教官的引路人。我们一起以军人的标准严格要求自己，只为锤炼出一支纪律严明、服从指挥、团结奋进、所向披靡的队伍。

军训工作接近尾声，我的心中感慨万千，其中最浓厚的感情是不舍，舍不得那些日渐成长、进步飞快的小朋友们，舍不得朝夕相处、志同道合的教官战友，舍不得这段美好热烈的青春时光。换下这身戎装，我又回到了日常生活，可只要一声令下，哪里需要我，哪里就有我。在接下来的工作生活中，我依旧会不断尝试无限可能，努力为我所热爱的山大奉献青春力量。

作者：机电与信息工程学院保资辅导员　宋　暖

9 月 30 日　星期五　晴

军训汇演参加者 · 党承烨

灿烂的秋日高悬天空，阳光普照在身着迷彩服的青年们身上。在国庆节的前一天，中心校区 2022 级本科新生为祖国和学校送上一场精彩汇演，军训活动也迎来完美收官。作为山大马克思主义学院的一名本科新生，我有幸参与这件盛事。

“初秋尚苦暑”，天气热，太阳毒，却抵挡不住全体教官与学生的热情。经过一周的训练，我们付出的努力，终于在金秋里结出了累累硕果。国旗护卫队以铿锵有力的步伐迈过主席台，各排以方阵形式依次亮相，军体拳、战术展示等吸引了全场的目光。当我作为方阵一员经过主席台，接受长官与老师们的检阅时，我心中的自豪与激动油然而生，并化为一种庄严和平静。

军训是大学生活的第一课。在此期间，我们共担炎热和劳累，我们共享认可和掌声，我们铭记团结、拼搏和坚持。马克思主义学院的院训是“厚重朴实，明理求真”，沉稳的军姿定住浮躁的内心，有力的踏步压下未脱的稚气，军训自然是厚重朴实，所以才会为日后的“明理求真”奠定基础。在未来四年，在山东大学，在马克思主义学院，我、我们，亦必拿出团结进取的精神、自强奋斗的信念，勇攀学术高峰，奉献国家和社会。

分别总是不舍，无论是其他院系的同学，还是朝夕为伴的教官；无论是天高云淡的秋日，还是微凉快意的晚风，都已经牢牢记在我的心里。这些回忆，都将成为我人生中一笔宝贵的财富，永远支持我前行。还记得汇演时的一句致辞，“欣逢盛世，更应把青春献给祖国与社会”。是的，军训虽然结束了，但这并不是结局，而是下一场征程的开始。我坚信，我一定会把军训所带给我的优秀品格与可贵气质贯彻发扬在今后的大学学习生活中，为马克思主义学院的发展尽心尽力，为美丽山大的建设添砖加瓦，为美好祖国的明天倾尽一生。

作者：马克思主义学院2022级本科生　党承烨

10月1日　星期六　雨

升国旗主题团日活动工作者·李　齐

今天，是祖国母亲的七十三岁华诞。大成广场上，我和我挚爱着的山大青年们一起，为祖国母亲华诞送上最真挚的祝福。在嘹亮悠扬的国歌声中，我深情地注视那抹永恒的红色，仿佛刹那间染红了祖国的天空，也染红了我的山大心。

今年，是我负责组织升国旗主题团日活动的第五年。作为此次升国旗主题团日活动的工作人员，我和同事们精心把控每一个环节、每一处细节，只为确保升旗活动顺利进行，期待着能够为祖国华诞送上最美的献礼。

当国旗护卫队铿锵有力的脚步声渐渐清晰，那抹熟悉的中国红终于走进了我们的视野，在这样阴雨绵绵的秋日显得那样明艳。雨渐渐下得大了起来，但当国旗被托举着走向旗台的那一刻，在场的同学们仍情不自禁地摘下了雨衣帽子，当庄严嘹亮的国歌响起，我有些期待地转头看向台上台下，淅淅沥沥的雨拍打着一张张年轻的脸庞，他们都坚毅地向着五星红旗深情凝望。

国旗下，孩子们青春洋溢地讲述着他们入队、入团、入党的人生三部曲，我不禁回想起自己在校园里的青葱岁月。我也经历了从少先队员、共青团员到共产党员，在新时代的春风中、在与山大共同的奋进中，愈加坚信和热爱共青团事业。

如今，每当我看到图书馆和实验室里闪烁着“上下求索”的灯光，每当我在校园看到一个个志愿服务的“红马甲”，每当我看到校史馆里“为国育贤”的牌匾，我都会为山大青年们的奋进担当感到欣慰，更为山大在不断奋进中的初心如磐感到骄傲。回顾百廿校史，“家国情怀、担当精神、崇实品格、创新素养”是我们最深厚精神的积淀，是山大赋予每位山大青年最深刻的基因，也渐渐成为我在山大共青团工作中最执着的信念与追求。

山大伴我成长进步，我伴山大发展崛起。作为一名学生工作者，我会以“精耕细作开新局”的态度和方法，用精进、精细、精准的作风，耕耘好学生思想引领工作的责任田；用细心、细致、细腻的服务，奏响服务青年师生的新乐章。未来，我会继续做好青年的引路人、知心人、热心人，赓续山大精神，担承青年责任，贡献个人力量，以实际行动献礼党的二十大！

作者：校团委工作人员　李　齐

10 月 2 日　星期日　雨

“喜迎华诞，共贺国庆”素质拓展活动
参加者 · 高玉婷

筑梦灯火，盛世泱泱，同庆华诞，锦绣河山。为了加强对同学们的爱国思想教育，让同学们接受爱国文化熏陶、明确大学生肩负的时代使命，拓展同学们的身心素质，增强同学们的凝聚力，一多书院策划了“喜迎华

诞，共贺国庆”素质拓展活动。作为组织者与参与者之一的我，深深感受到了一多书院的同学们对于祖国的热爱和对于参加素质拓展活动的热情。

我们首先在欢呼声中跟随音响伴奏诵唱了《我和我的祖国》和《我的山大我的家》。两曲歌罢，我们正式开展了今天的素质拓展活动。老鹰抓小鸡、隔空取物、两人三足、你画我猜……随着一项项活动如火如荼地展开，同学们之间也越来越有默契，心灵与心灵之间的距离也一步步拉近。在活动的进行过程中，我感受到了队友之间的信任有多么重要。在规定的情景下，唯有信任与被信任，团队才能“共渡难关”。

活动结束后，我们围坐一圈，开始了心理健康谈心环节。我们以朋辈的方式逐个解决同学们的心理矛盾、冲突和困扰，大家用一种轻松的方式诉说压力并释放压力，各自在便签上写下了自己对未来的期望和对祖国及学校的祝福。活动最后，我们用击鼓传花的形式念出了写在便签上的内容，并祝福彼此实现许下的心愿。希望同学们以后都能像今天一样洋溢着笑容，保持着阳光健康的心态！

愿祖国海晏河清，盼山大再创辉煌，祝同学前程似锦！

作者：信息科学与工程学院2020级本科生　高玉婷

10月3日　星期一　大雨

医学融合与实践中心辅导员·仇予童

写完了新生入院教育工作总结的最后一笔，听着办公室窗外时紧时松的雨声，我回忆着一个月以来担任辅导员的经历。新生入院教育系列活动，是我入职以来参与组织的第一项工作。面对新鲜的工作环境、紧凑的工作节奏、特殊的医学专业特点，以及医学融合与实践中心的实际情况，我有些诚惶诚恐地跟着前辈老师一起进入了工作状态。参与制订活动流程、独立负责会务安排、与教学医院沟通、与主讲老师对接、完成总结初稿……每一步都是初体验，虽忐忑但兴奋。

最难忘的是工作启动会上的“头脑风暴”。那天，全体辅导员围坐一堂，各抒己见，一起学习学校和齐鲁医学院的工作要求，一起讨论在学生分批次来校且直接到各医院报到的安排下采取哪种形式最稳妥有效，一起分析各教学医院的情况以充分发挥其积极主动作用，一起研究本次新生入院教育所涉及的10余个培养单位和职能部门如何分工才能完成协同……听着这一个又一个问题，我逐渐感受到，原来我所入职的医融中心学工办，涉及面如此广泛。

“头脑风暴”时，每位辅导员都很投入。有的老师驻医院工作10余年，对医院的模式和特点非常了解；有的老师从学生需求和工作实效出发，探讨了以教学医院为主体开展学生的职业道德教育和职业精神培养；有的老师讲到线上线下结合开展疫情防控；也有的老师说到了怎么通知、怎么督导、怎么总结等具体落实的问题……听着老师们的热烈发言，我深深感受到，虽然医融中心学工办涉及的常规工作常常需要专门讨论，具体问题具体分析，但每一个人都在积极努力地全身心投入，这种“心往一处想，劲往一处使”的氛围，让我深受触动。

学生工作负责人曲珊娜老师说，我们带的这批新生是医融中心成立以来迎接的第一批新生，新单位、新学生、新模式、新开始，意味着“一切都要创新”，更意味着“一切皆有可能”。入院教育实施方案，乃至后期的每一份工作方案，都将是学工团队集体智慧的结晶。所以，虽然是新人，我也“初生牛犊不怕虎”地谈了自己的想法，也承接下了全部的会务工作。现在想来，正是当时老师们看向我的那种认真又鼓励的目光，给了我独立完成工作的勇气和信心，这份信心也支持着我顺利完成了一个月以来的各项工作任务，让我在学工团队中找到了自己的位置，真正成为这个团队的一份子。

“头脑风暴”的成效，是一系列顺利开展的新生入院教育活动，包含“校史院史”“职业精神”“规章制度”等 3 个主要篇章，涉及 2 个职能部门和 10 家教学医院，持续近 1 个月，共组织 86 场报告和培训。虽然没有尽善尽美，但在我的心里，它真的不失为一份漂亮的成绩单。“直将云梦吞如芥，不信君山铲不平”，这是我此时此刻的内心所感，也是对待未来每一项工作的信心和决心。我相信，这段经历将带给我一种可遇而不可求的挑战和成长。我期待并将为之不断努力。

作者：医学融合与实践中心辅导员　仇予童

10 月 4 日　星期二　多云

齐鲁交通学院硕士研究生·蔡　恒

为期三个月的工程科研实践如白驹过隙般度过了，但回望整个实践过程依然是忙碌而充实的。依稀记得出发的那天早上，我与同门邱廷麟迎着夏日清晨的阳光，开始了我们的“南下”实践之行。

我们作为山东大学齐鲁交通学院岩土工程专业的研究生，也切实感受到学科亟须培养服务于国家重大工程和“新基建”的创新实践人才。第一次外出实践，我们内心更多的是兴奋，期待着一切新鲜事物，渴望把从课堂上的所学应用到实践中，在实践中检验理论。

此次实践之行的目的是与安徽理工大学、淮南矿业集团合作开展煤厚异常区揭煤诱导煤与瓦斯突出模拟试验研究。煤与瓦斯突出机理与防控，是世界采矿界亟待突破的重大科学问题和工程技术难题。煤与瓦斯突出具有巨大危害，而模拟试验作为一种可靠的手段，对工程有着指导意义，我们也期待着此次试验有所收获。

本次试验结合典型突出案例，包含了试验方案制订、气密性测试、物理模型构建、突出管网组建与物理信息检测等过程。在此期间，我们每日两点一线地往返于住处与试验地，虽然较学校生活相比略显枯燥，但大家依然干劲满满。此次试验由导师王汉鹏教授指导、张冰老师带队，我们白天推进试验进度，晚上回到住处翻阅相关论文，生活过得充实且愉快。

任何科学研究都不是一帆风顺的。试验前期，为了得到相似度更高、更贴合实际案例的材料，我们真的体会到了废寝忘食的感觉：一次次制作试件、测试强度，纵使多次试验结果不满意，但也没有丝毫动摇我们制出高适配度相似材料的决心。在数不清的测试和复盘中，不知压碎了多少试块。当得到最佳适配比时，我们像发现了新大陆似的，小心将压碎的试块装入样品袋中贴上标签，瞬间对这包碎试块有了一种特殊的感情，心中默默地兴奋并感激着。

试验中期，传感器调试阶段也遇到了不小的困难，温度传感器的直径不及一根头发丝的粗细，埋设及调试都必须十二分小心。其间不知遇到多少问题，但作为山大学子，最不缺的就是敢于直面问题的勇气和解决问题的能力。我们深知无论身处何时何地，都应该对得起国家和学校对我们的栽培。这样的信念支持着我们，最终获得试验的圆满成功。

此次实践，让我真正地体会了科学研究的魅力所在。深入分析试验数据并总结指导实际工程的理论，在实际工程中发挥其应有的价值，在我看来是一件严谨并且很酷的事情。这让我回忆起在校时学的地质力学模型试验原理与方法这门课，课上老师讲到的相似理论作为模型试验的核心，指导着我们试验中的各个阶段，而此次试验的成功也得益于试验中各相似比的合理设计及高相似度的材料。

此外，此次试验的成功极大促进了地质构造带煤与瓦斯突出发生机理与规律的科学研究工作，得到了国家自然科学基金委地球科学部王岐东副主任、袁亮院士、张来斌院士、葛世荣院士等专家的高度评价，展现了山大实力。

毛泽东在《实践论》中有一个经典的论述：“通过实践而发现真理，又通过实践而证实真理和发展真理。”作为岩土工程专业研究生，理论与实践并重的重要性不言而喻。在专业研究生培养模式里面，工程实践举足轻重。在理论课程学习结束后，我们将奔赴各个工程项目继续实践学习，逢山开隧，遇水架桥，真正地将论文写在祖国的大美河山上。导师王汉鹏教授很早就提出了土木工程创新型研究生“科研反哺教学、实践引领创新”的四位一体培养模式，旨在打通科研与教学、实践与创新之间的壁垒，以工程实践激发研究生创新热情、融入研究生培养过程、提升研究生教育质量。有幸作为教育改革受益者，收获的不只是加深了对理论知识的理解，更加强了理论与实践相结合的能力。

作者：齐鲁交通学院 2021 级硕士研究生　蔡　恒

10 月 5 日　星期三　晴

团中央“云支教”优秀志愿者·平佳璐

“姐姐，我好幸运遇见你，谢谢你的陪伴，我学到了很多，欢迎你到我这里玩。”当我收到这样的消息，心里充满感动与不舍。为期一个多月的暑期“云支教”活动结束，我也获评支教“优秀志愿者”“先进个人”等荣誉，但对我来说，经历远比荣誉更重要。何其幸运，感恩相遇，“云支教”成为了我宝贵的记忆。

7 月初，我看到学校发布的“云支教”通知。这个活动是让大学生通过网络给山区小朋友提供一对一陪伴和授课，助力乡村孩子的成长。作为一名从大山里走出来的大学生，我小时候的支教老师带我认识了更大的世界，在我心中种下了梦想的种子。尽管我没有辅导学生的经历，有些胆怯和惶恐，但想起以前的支教老师带给我的温暖，我还是愿意试一试，希望我发出的“微光”也能照亮别人。

我的第一个任务是与家长和支教的小朋友取得联系。十分“社恐”又不善言辞的我，犹豫着、胆怯地拨通了女孩家长的电话，声音都有些颤抖，但电话那边是满怀激动的声音和充满感激的话语：“我知道大学生暑期都很忙，谢谢你花费宝贵的暑期时间陪伴我的孩子。”阿姨诚恳的话语让我不再紧张和不安，我也更加坚定了做好“云支教”的决心和信心。

“云支教”的过程，是两颗心慢慢靠近的过程，是真心与真心交换的过程，也是一起努力成长的过程。那个小朋友是初中生，和她相处，我仿佛看到了曾经的自己，她和曾经的我有类似的成长困惑。她的妈妈说，她有些叛逆、喜欢追星，学习不够认真。在跟她相处的过程中，我发现她并不是叛逆、不认真，而是不自信，认为自己不适合学习。我慢慢成为她和她妈妈沟通的桥梁。我告诉她的妈妈，追星并不可怕，她只要不盲目、有追求，也可以从优秀的偶像身上汲取正能量。我慢慢引导她、鼓励她，让她以那些优秀的明星为榜样，永远要对自己有信心；我还与她分享了好多以前“逆袭”的同学故事，告诉她要相信自己，努力学习，同时也要勇于尝试；我传授给她我以前的考试经验、学习方法，她也很认真地听我说。虽然隔着一方屏幕，但我们都足够认真、足够真诚。我们互相督促，完成任务，“云支教”慢慢步入正轨。

对我来说，“云支教”不是一个任务，而是我主动选择的一件很有意义的事情。在红色寻访活动中，我们一起探寻红色故事，被爱国精神深深感动；在“云阅读”活动中，我们一起读书学习、增长见识；我们在互相督促锻炼中养成好的运动习惯，又在“云课堂”中汲取知识……也许我不能为这个小朋友带来太多知识和见识，但我们隔着屏幕也能一起陪伴、一起学习，互相加油。

“也谢谢你如此配合，希望你继续保持暑期养成的好习惯。你可以把我当成大姐姐，以后有什么问题都可以和我说，我一直都在。”我给小朋友回了这样一句话，希望这也是她珍视的经历吧。希望她心里追求梦想的种子慢慢长大、茁壮成长。

作者：翻译学院2020级本科生　平佳璐

10月6日　星期四　多云

环境科学与工程学院硕士研究生·于泽晨

郁郁葱葱的树苗被刮得东倒西歪，寒潮来得猝不及防。校园里的人们裹紧了外套，脚步似乎比往日更急了一些。趁着天亮，我收拾好大大小小的工具，背起实验器材，和同学一起开始了新一次的滨海公园定期采样。

骑车上路，多亏了车上的挡风披，让我不至于在这个清晨瑟瑟发抖。我很快就到了海边。记得上次来这里，海滩上还是穿着泳装或带着渔具熙熙攘攘的露营人群，如今偌大的海滩上，只剩几个带着孩子的老人。老人不断地提醒着孩子海水凉，别在水里跑。海水裹挟着沙石和贝壳，一阵阵涌向岸边。我安装好大气采样装置，又下到水中采了几罐海水。这时旁边的一个小男孩好奇地跑过来，盯着我手中的采样瓶问：“姐姐，你是在抓鱼吗?”“不是呀，姐姐在接海水，回去研究里面有什么。”“哦!”小男孩似乎有些沮丧地跑开了。是呀，可能在他看来，捉水中的鱼远比研究水有意思得多。想到自己读研已经一年多了，在无数个实验的日夜，我又何尝不曾感受到枯燥呢？但是相比起来，那个取得突破、获得新发现的时刻，似乎更让我兴奋和满足，这大概就是科研让我感受到的魅力。

两个小时的采样时间很快就过去了。返程前，我从旁边的餐吧买了一杯温热的咖啡。路两旁的建筑队开始施工，叮叮当当却不让人觉得吵闹，更像是战胜疫情的鼓声。学校门口有一对夫妻和一位老奶奶，拜托我们帮忙给拍张合影，他们家的孩子是山大的大一新生。我找了好几个角度，终于拍到了满意的效果。照片中，奶奶露着慈祥的笑容，夫妻俩脸上是掩饰不住的骄傲与喜悦。国庆刚过，重阳也就在前天，这个假期对每一个人而言都是喜庆欢畅、感恩敬老的。跟心中的热情相比，这点寒潮就显得不值一提了。

道谢之后，夫妻俩搀扶着老人乘车离开了。我也回到实验室，继续处理采集的样品，准备后续的实验。不知是不是那杯热咖啡的作用，我心里很暖，窗外的几棵树仍旧那么挺拔，充满了生命力。

作者：环境科学与工程学院 2021 级硕士研究生　于泽晨

10 月 7 日　星期五　晴

有机实验课助教 · 王业凯

秋天的清晨，已有丝丝凉意。我走出宿舍楼，柔和温暖的太阳照在脸上，轻柔的秋风如同母亲的手轻轻抚摸我的脸庞，让人心旷神怡。看着路上匆忙赶往教室或实验室的同学们，我也加快了脚步。

这是我第二年担任导师的有机实验课助教，为了实验课的顺利进行和同学们的安全，前几天我已经检查了实验室的通风橱、实验设备、实验药品和医疗箱等；认真学习了实验原理和实验步骤，并在开课前全部自己操作了一遍；提前了解了实验过程中的难点和需要注意的安全问题，以便在上课时协助同学们顺利完成实验。

今天迎来了本学期的第一节实验课，实验内容是蒸馏和分馏。我早早来到实验室开门，复查了一遍实验设备和药品等，老师和同学们陆续来到实验室。上课过程中，老师先给同学们讲解实验原理、步骤和需要注意的地方，接下来，同学们回到自己的实验台开始实验。在搭建蒸馏体系的过程中，有些同学因为第一次做实验，存在操作不当等问题，我会帮助同学们纠正；在实验完成后，有些同学的实验数据和理论相差较大，陷入自我否定，我和老师就会帮助同学们总结实验，分析实验过程中哪个环节导致了误差，下次操作如何避免出现这种问题。

结束了一天的课程后，虽然我稍感疲惫，但是想到能用自己所学向本科的学弟学妹们传授经验，给予帮助，我的内心感受到前所未有的满足。同时，我也能切身体会到导师日常对于我们“传道授业解惑”的爱心、耐心和责任心，导师孜孜不倦地向我们传授各种知识的同时还向我们讲解更多的人生道理，不求回报，只希望我们能认真学习，丰富自己，以后成为一个对社会有价值的人。

迎着夕阳，看到学校沐浴在彩霞的余晖中，同学们三三两两地在学校里漫步，晚风徐徐送来一阵阵花的清香，感觉夕阳无限好。

作者：环境科学与工程学院2020级硕士研究生　王业凯

10月8日　星期六　晴

山东大学人体科学馆宣讲团宣讲员·宁一粟

为提高同学们的医学科学素养，继承齐鲁医学“博施济众，广智求真”的优良传统，10 月 8 日，山东大学人体科学馆宣讲团 5 名宣讲员在趵突泉校区人体科学馆为同学们开展宣讲活动。

上午 10 时，参观活动正式开始。我和陆嘉怡向同学们介绍了展馆的展厅分布和参观须知。人体科学馆展品集解剖学技术之大成，采用传统解剖学技术和塑化、透明、铸型、断层等特殊技术方法，从不同角度将复杂的人体结构展示出来。随后，我们带领同学们参观了胚胎发育和胚胎畸形展馆，将小生命如何从一个受精卵，一步步长成一个完整的胎儿的过程，以肉眼可见的方式向大家展示。

解剖馆由焦睿杰同学讲解，他将运动系统、神经系统、内分泌系统、泌尿系统、淋巴系统等人体各个系统向大家娓娓道来。在讲解过程中，他充分结合馆内的标本和生活常识，将一些复杂的知识简单易懂地讲解给同学们。同学们也听得十分投入，纷纷根据标本产生了思考，并提前熟悉了标本，为解剖课程学习提供了参考。

病理馆由宣讲员居锐杰带领同学参观，他向大家介绍了人体冠状切面。他还带领大家从孕妇冠状切面，仔细观察了胎儿体位发展。随后，他向大家介绍了乳腺癌、动脉粥样硬化、肝癌三部曲（肝炎—肝硬化—肝癌）、肺癌、胃癌等各种疾病的病因、病理状态以及预后情况。齐鲁医学堂同学针对感兴趣的内容进行了积极提问。

参观人体科学馆不仅仅拓展了同学们的知识，也是我们齐鲁医学堂的同学们的“医学第一课”。

守护生命教育，传承医疗精神，山东大学人体科学馆学生宣讲团，永远在路上。

作者：基础医学院 2021 级本科生　宁一粟

10 月 9 日　星期日　晴

“添翼工程”成果展参加者・王欣然

秋光绚丽，金风送爽。伴随着秋天凉爽的天气，本学期的“添翼工程”作品成果展顺利举行。从活动举办前的物资置办、人员安排到游戏策划、推文设计……“添翼工程”学生运营团队的每个成员都在精心筹备，力求为全校同学带来一场奇妙又有趣的活动。

“添翼工程”作为山东大学为提高家庭经济困难学生综合素质，助力学生全面发展、成长成才而全力打造的综合素质提升培训项目，始终坚持为学生们开办一系列的精品培训。我是本学期新加入“添翼工程”学生运营团队的一名成员，也参加了此次成果展。活动开始前，我们早早地就去现场布置，准备桌椅和物资，贴照片、海报，装点游戏现场，每个人都对活动充满热情，积极主动地投入其中。我们很快就布置好了展台，静候同学们的到来。

与“添翼工程”开展的培训相对应，我们设计了很多具有“中国味”的小游戏，包括投壶、沙包、剪纸、华容道、套圈等。这些小游戏和“添翼工程”中华传统文化系列课程相结合，让同学们在玩游戏的过程中充分感受传统文化的魅力。做完 4 个游戏之后，参与者还可以参加抽奖。我们通过精心设置充分调动了参与者的积极性，我也真切地感受到同学们体验活动的喜悦。无论是对于活动的参与者还是我们组织者来说，这次活动都是一次记忆深刻的美好回忆。

这次活动使我认识了许多优秀的朋友，也锻炼了我的组织协调能力，开阔了我的眼界和视野，丰富了我的课余生活。与此同时，我深深地感受到了“添翼工程”学生运营团队大家庭的温暖及团队服务于学生成长成才的初心。我们各位成员其乐融融地相处，一丝不苟地工作，共同为有需要的同学们送去帮助。我们在工作中收获温暖、收获友情、收获成长。一个人可能走得快，但一群人才能走得远。感谢“添翼工程”团队，使我成为这一群人中的一份子，希望今后能与伙伴们一起帮助更多的同学，共同创造更多的精彩。

作者：文学院2021级本科生　王欣然

10月10日　星期一　天气晴

环境科学与工程学院硕士研究生 · 魏彦浩

就在昨天，我的文章经历两次修改后终于被接收了！从最开始的查阅文献、合成产品，再到拿到产品后的表征、应用，整理实验数据，撰写文章，投稿，修改，一直到文章被接收，持续了将近9个月的时间。在这段时间里，每一个环节都十分关键。我明白了科研没有成功的捷径或万能的公式、秘诀，我们只能不断地细化每一个过程，脚踏实地，一步一个脚印地往前走。

我投稿的文章写的是荧光小分子在检测重金属方面的应用。在最开始的立题和查阅文献阶段，我还是一个科研“小白”，在导师的辅助和指导下结合自己的兴趣和现实情况确定了研究方向。在实验阶段，我一遍又一遍地摸索实验条件，过程十分艰辛，但是看到最终合成的白色产品在阳光的照射下泛出的浅蓝色光芒，我便感觉所有的辛苦都是值得的。随即到了材料的表征环节，有些表征手段对我来说是完全陌生的，因此我在网上搜集各种资料以学习相关知识，接触新知所产生的征服感令我乐此不疲。在研究材料的高荧光性能是否可以检测重金属的实验中，我看到不同重金属可以不同程度地猝灭材料的荧光性能，不禁感叹化学世界之奇妙。整理完实验数据，到了文章撰写阶段，我阅读大量文献，开始着手写作英语文章。历时多日，我终于在老师的指导下完成了初稿。看到完成的论文，我感觉那就像自己的孩子，历尽挫折后终于长大成人了。

第一次投稿的时候，我满怀期待地等待了几个星期后收到了编辑老师的回信，很可惜没有被接收。看完回信，我心情有点低落，但是编辑在信中提出了很多中肯的意见，让我增长了眼界，还改变了自己的思考方式。我根据审稿老师的建议，重新修改后改投了另一个期刊。这次收到的邮件中，审稿老师给我提出了一些小的修改意见，我认真修改后选择再次投稿。终于，我收到了稿件被接收的通知。200 多个日夜兼程的努力，终于有了好的结果。想起自己刚进山大的日子，我忍不住思绪万千。

化学这门课程需要以实验结果为理论基础，很多时候一两个月都得不到想要的实验数据；而做科研是一个细致且极需耐心的过程，需要时时复盘，分析这些操作对实验结果带来的影响。回顾整个实验过程，我告诉自己一定要沉着、努力，稳扎稳打。

在硕博期间，很多科研人员付出了大量的时间和精力，经历过一次次的失败。对于广大的科研工作者而言，文章的发表，意味着科研成果得到认可，能够发挥它的作用，这是对科研工作者辛勤劳动最大的奖励。我们需要做的是遵从本心，踏踏实实地继续探索。

作者：环境科学与工程学院 2020 级硕士研究生　魏彦浩

10 月 11 日　星期二　晴

山大附中“家长一日进校园”活动参加者·杨尚阳

昨天，作为山大附中初一新生家长，我有幸参加了学校的“家长一日进校园”活动。

在一整天的校园活动中，我全程参与了学校的教学听课和日常管理，深入了解了山大附中的教学和管理模式，校园环境给我的总体感受是实实在在的“教师发展的沃土，学生成长的乐园”。我对“做有信仰的教育”有了更深刻的认识，对秉承“共享生命成长”的办学理念有了更深入的理解，对践行“养心育德、养根育能”的教育策略有了更深切的感受。

早上 7 点 10 分，我按照入校要求早早进入了校园，此时，校门口一片繁忙有序的景象，执勤老师和执勤家长都已到岗，用心地观察周围的通行车辆，挥动着小彩旗指挥交通，为上学的孩子们保驾护航。7 点 20 分，我进入七年级四班教室，大部分同学已经就座，井然有序地交作业、晨读。伴随着映入教室的晨光，朗朗的读书声响起。10 点，升旗仪式举行，学生们整齐地站在国旗前，《义勇军进行曲》响起，孩子们声音洪亮地唱起国歌，庄严而肃穆。中午，我与老师和学生们一起共进美味的午餐。午餐后，学生们竟主动邀请我打羽毛球，轮番挑战我的技能，运动场上充满了欢声笑语。午休时间，学生们在教室熟睡，看到一张张青春的脸庞，我似乎看到了祖国未来花朵绽放的模样。

让我耳目一新的是课堂上老师们不同风格的授课模式和活跃的课堂氛围：课程设计基于学生兴趣，激发学生潜能，让学生享受学习过程；学生思想活跃，积极参与、善于表达、敢于挑战、规范有序。数学杨老师思路清晰，关注学生个体差异，熟练运用启发式和参与式教学方法，板书令人赏心悦目；语文赵老师巧妙地将课程思政元素融入教学，注重立德树人；英语田老师发音标准，能游刃有余地调节课堂气氛；道德与法治戴老师经验丰富，讲话抑扬顿挫，教学风格干练；生物李老师专业功底深厚，引入生物学发展前沿知识，理论联系实际，培养和激发学生的分析解决问题能力和创新能力。

给我感触很深的，是山大附中老师们传递的教育幸福感和责任感。每一位老师都要面对上百个孩子的学习困惑，有的老师除了教学还要兼顾管理工作，几乎没有一刻闲暇时间。我分别在午休时间的办公室和晚上7点20分的校门口抓拍到了年级主任李帅老师。李老师一早就到校安排执勤，课堂上要精神饱满地授课，课间要管理好这些活泼好动的少年。中午，李老师利用短暂的午休时间批改作业。晚上放学后，李老师站好最后一班岗，送走执勤家长，又匆忙一路小跑，回教学楼查看是否还有未离校的学生。李老师是附中许多老师的缩影，他们一心想着学生，传道授业解惑，乐在其中。

纸短情长。今天的入校体验，看到的太多，感动的太多，想说的太多。我被山大附中老师们这种乐在教学中的态度和育人精神深深打动，作为家长，我为山大附中点赞。经历即成长，加油吧孩子们！

作者：山大附中新生家长　杨尚阳

10月12日　星期三　晴

医学融合与实践中心硕士研究生・孙晨曦

晚饭时，辅导员老师给我发来一张截图，是一封来自兄弟学院的感谢信。辅导员随即打来电话，对我提出表扬。我顿时感到心里暖暖的，思绪再次回到那个夜晚。

记得那天凌晨 1 点，我起床去洗手间时，瞬间被盥洗室的景象惊呆了：两侧的洗手池都有大量呕吐物，还能听到洗手间隔间有同学在呕吐。我问道："同学，你还好吗？需不需要肠胃药啊？""需要，谢谢你。"她的声音虚弱而痛苦。我赶紧返回宿舍拿肠胃药，想着她也许还经历着腹痛，便同时拿上了布洛芬。她已从隔间出来，虚弱无力地撑在洗手池前，这时我才发现她脸色苍白、眼窝下陷，已经虚弱到无力说话和行动。

要送她去医院吗？我往外看了一眼，外面漆黑一片，门缝里微微吹来的凉风让我不禁打颤。已经凌晨 1 点半了，大家都在熟睡，在我发现她之前，她可能已经吐了很久，现在看起来已经是中度缺水状态，不能进食药物。如果不进行干预，呕吐能不能自行停止、何时停止都是未知数，这意味着她会继续脱水。看到她瘫坐在墙角的凳子上，艰难维持着坐着的姿态，我脑海中出现了坚定的答案：非去不可！于是我对她说："我们去医院，你在这里等我一下，我回宿舍拿些东西。""可是我走不过去了。""没关系，我可以背你。"我给她宽心，"我可以的，我们必须要去医院。"

到齐鲁医院挂了急诊，我先让她去量血压，然后我用她的健康码挂号并垫付了费用。我艰难地扶她到一个座位上，让她先坐下休息，没想到她竟一下子瘫倒在地上。我赶忙呼喊医生查看，所幸经过医生的及时救治，她的情况有所好转。这时她的辅导员老师也赶到医院，我瞬间感觉紧绷的神经得以放松了。此时已是凌晨 3 点半，在与辅导员老师做好交接后，我便返回了宿舍。

后来再见到这位美丽的小妹妹，她已经恢复了健康，坚持送我零食大礼包作为感谢。经历了这件事，让刚入学报到的我对"博施济众，广智求真"的齐鲁医学精神产生了更深的理解。在他人危难之时能够被需要、能够尽一份力，也让我体会到了助人为乐的喜悦和身为医学生的责任使命。在那之后不久，我的导师刘树伟教授为我们讲解了齐鲁医学文化和精神，鼓励我们成为优秀的研究生，更让我加深了作为一名山东大学齐鲁医学院学生的归属感。我走出了刚入学时的迷茫，变得更有自信和更有方向感。我相信，我将会在可敬的老师们的带领下，与可爱的同学们一起在山大开启精彩的研究生生涯。

作者：医学融合与实践中心2022级硕士研究生　孙晨曦

10月13日　星期四　晴

威海校区青年骨干能力提升班学员·王　路

一年好景君须记，最是橙黄橘绿时。周二下午，伴着秋日温暖和煦的阳光，穿着统一的“山大红”上衣，我怀着激动与自豪的心情，参加了威海校区青年骨干能力提升班开班仪式暨首场报告会，现场聆听了校区党工委书记尹作升所作的开班报告。尹书记结合多年工作经验，通过鲜活的实例、亲身的感悟、殷切的教诲，旁征博引、娓娓道来，给所有学员上了内涵丰富、生动精彩的一堂课，对我们当前和今后工作的顺利开展以及人生的进步成长，都具有很强的针对性和指导意义。

听完了首场报告，我感觉受益匪浅，总结起来有以下三点感悟和心得：正心、勤身、笃行。

吾辈青年当正心明道，怀德自重。习近平总书记在2022年春季学期中央党校（国家行政学院）中青年干部培训班开班式上的重要讲话中提道：“正心明道、怀德自重，勤掸‘思想尘’、多思‘贪欲害’、常破‘心中贼’，以内无妄思保证外无妄动。”作为青年干部，要胸怀“国之大者”，坚定拥护“两个确立”，始终做到“两个维护”，时刻牢记初心使命，自觉加强党性修养，带头坚定理想信念，不断补足精神之“钙”、筑牢信仰之

“魂”、提升思想之“境”，把握正确人生方向。

吾辈青年当勤身锐虑，矢志奋斗。尹书记在报告中提到，当前，在世界之变、时代之变、历史之变的百年未有之大变局下，我们应勤于学习、勤于观察、勤于思考，运用新媒介更多地学习相关的理论知识，充实自己的业务水平，提高对世情、国情、教情、校情的熟知与认识。我们需做到以学促知、以知促行、以行促实，永葆“闯”的精神、“创”的劲头、“干”的作风，在新时代新征程上留下无悔的奋斗足迹。

吾辈青年当笃行致远，精耕细作。“练好内功、提升修养、增强本领”是习近平总书记对广大青年干部的要求和期望。让我印象尤为深刻的是本次报告中提到防疫期间的生动事例，学校真正践行了“致广大而尽精微”，以精益求精的态度、求真较真的精神，把每一个细节都做扎实、做到位、做到最优。山东大学“由大到强”历史性转变其时已至、其势已成，学校发展已经进入全面求强、大踏步向一流大学迈进的新阶段，威海校区也处于推进一体发展、结构调整转型的关键时期。这更加要求我们树立大局意识，勇于担当作为，聚焦工作中的“重点、难点、薄弱点、风险点”，不断提高精细化、科学化管理水平，增强谋事干事成事的真本领，努力成为可堪大用、能担重任的栋梁之材。

听过尹书记的精彩报告，同组的兄弟学院、职能部门学员纷纷表示学有所得、学有所获，对后续将要开展的专业技能培训、实践创新拓展、分组交流研讨等安排充满了期待。本次提升班由校区党工委组织部、人事处具体组织实施，在开班的前期阶段，我感受到校区领导和工作人员对活动高度重视、筹划完善、准备充分。我很荣幸能够参与其中，这对我而言是一次难得、宝贵的学习与提升的经历，让我们对未来的踔厉奋发、接续奋斗更加充满信心。

作者：澳国立联合理学院工作人员　王　路

10 月 14 日　星期五　天气晴

央视《党课开讲啦》节目参加者 · 王　朔

10 月 14 日晚，由中共中央组织部策划，联合中央广播电视总台制作的习近平新时代中国特色社会主义思想《党课开讲啦》系列节目第二期上线播出，我有幸参与了此期节目的录制。

本期节目以习近平外交思想为主题，邀请外交部党委委员、部长助理、外交部发言人华春莹担任主讲人，以“学习贯彻习近平外交思想　塑造新时代大国外交风范”为题，从“回答时代之问　彰显思想伟力”“植根人民情怀　心系天下大同”“精彩冬奥外交　尽显大国风范”三个方面，展现了新时代中国特色大国外交风范。就在前段时间，就读于国际政治—英语双学位班的我，有幸参与到节目的“云”端录制当中，并向华春莹提问。

在不到一个小时的时间里，华春莹从意义深邃的宏观视角出发，辅以细致入微的外交故事，让我充分认识和了解到习近平外交思想的思想伟力和实践故事。无数“文装解放军”在习近平新时代中国特色社会主义思想的指引下，紧密团结在以习近平同志为核心的党中央周围，奋进在中国特色大国外交事业的各条战线上，守土有责、守土尽责，以实际行动推动了中国特色社会主义伟大事业发展。身为一名学生党员，我深感震撼，倍感鼓舞。

“近年来外交部在讲好中国故事，提升中国国际话语权方面做了许多努力，作为‘Z 世代’年轻人，甚至是‘00 后’的我们，该如何为中国大国外交事业贡献自己的青春力量呢?”终于，我得到了难得的提问机会。“如果将中国故事比作一部宏伟的交响乐，那么每一个中国人都是其中跳跃的音符”，“每一位中国人，不仅是中国伟大故事的创作者、见证者，同时也是讲述者、传播者”。华春莹的回答发人深省。是的，每一位中国青年，都应该讲，并且也能讲好中国故事。

听了华春莹的回答，我更加深刻地感受到了青年一代的责任。我们生在红旗下，长在春风里，生逢其时，也必将有所作为。奋斗是青春的底色，我们应当时刻保持初心如磐，不忘使命在肩，强国有我。

作者：政治学与公共管理学院 2018 级本科生　王　朔

10 月 15 日　星期六　晴

文学院本科生 · 马艺荣

今天是山东大学建校 121 周年校庆纪念日。一大早，朋友圈里就出现了老师、同学以及众多校友庆祝学校建校 121 周年的祝福和推文，分享了自己关于山大的独特体验。

其中一期的采访视频中，大家对于山大的历史与成就如数家珍，一张张笑脸，一句句祝福，都充满着对山大的热爱与肯定。大家在线上举行了丰富多彩的庆祝活动，我参与了线上抽奖，在公众号推文中看到了各个校区的美景，并且再次回顾了山大 121 年来的峥嵘岁月。透过一段段文字，我仿佛触摸到了那段厚重的历史。看着看着，我也想到了自己的山大经历。

在山大学习生活一年多的时间里，在与老师们的交流探讨中，在向前辈校友的请教学习中，从自身在学校广场、图书馆、操场的见闻中，我深刻体会到了什么叫作“学无止境，气有浩然”，什么叫作“为天下储人才，为国家图富强”。有一次，我向文学概论课的授课老师请教问题，老师因为某个词的意思细致地向我进行讲解，并纠正我观念上的小错误。老师们严谨踏实的治学理念，让我在日常的学习生活中也变得更加仔细认真。

作为山大日记栏目的一名学生编辑，我去年参与了百廿校庆作品征集活动。当时，临近百廿校庆还有1个多月的时间，来自全校师生医务员工以及全国校友的稿件纷至沓来，有刚刚考入山大的大一新生，有已经在山大工作了30年的老教授，有刚刚考入北大医学部的研究生校友，有已经在自己领域小有成绩的校友……有人用文字倾情描绘着他心中的山大，有人用老照片记录自己与山大的故事，也有人用画笔绘出各校区的精彩与特色……越是临近校庆日，稿件就越多。那时的我，也是个刚刚与山大接触的新同学，却幸运地看到了许许多多人眼中独特的山东大学。此外，我还参加了120周年校庆相关庆典活动，庆典上各方代表的发言，让我至今回想起来仍然会热血沸腾。还有齐园餐厅特地准备的校庆餐，那美味让我至今难忘。

在今天的最后，还是要道出这句最朴实又最真诚的祝福：“山东大学，121岁生日快乐！”明天是党的二十大开幕的重要日子，由衷地祝愿祖国更加繁荣富强！

作者：文学院2021级本科生　马艺荣

10月16日　星期日　晴

党的二十大开幕会观看者、101岁老党员·成皓然

期盼了很久，党的二十大在终于今天开幕了。把党的二十大报告全部收听完之后，我感到很振奋。这不仅是中国的一件大事情，也是世界的一件大事情，全世界都在关注中国将发出什么样的声音。中国从过去的贫穷落后不断走向富强，实力一直在稳步提升。比如，现在的疫情还在全世界

蔓延，中国的局势却稳定下来了；特别是中国的脱贫攻坚工作很突出，而贫困问题在全世界范围内还没有得到解决，中国很了不起！全世界都想了解，中国为什么能做到这样？这就是中国共产党领导的结果。现在党的二十大又给我们的未来发展指出了新的方向，我相信，中国的未来将有更大的发展。

我今年 101 岁了，和党诞生于同一年，经历了从军阀混战、抗日战争、解放战争到中华人民共和国成立、改革开放和现代化建设等各个时期。就我个人来讲，我知道党走过的 100 年不容易，所以我对孩子们的家庭教育就是不忘过去、不忘历史。想想过去，再看看现在，要知道我们国家从落后走到富强，是中国共产党领导的结果。习近平总书记提出“坚持人民至上”，把老百姓放在第一位，这就是中国共产党的伟大。

我在 1985 年离休，现在还在不断地参加活动，关心下一代，继续工作。我把毕生所有的精力用于为党作贡献，现在还觉得我在上班，这就是我的心态。我是搞教育的，离休前担任原山东工学院教务处副处长。1946 年，我参加革命工作，1950 年来到刚刚建院的山东工学院，也在这一年加入中国共产党。我一直做办公室的秘书工作，担任了几任书记、院长的助手。后来我又接到了筹建中学的任务，一手参与创办了原山东工学院附属中学，兼任了校长一职。在教务处十年的工作里，我曾经七次下乡。我是从农村出来的，对农村人比较熟悉，工作虽然累，但是哪里需要就到哪里去。

习近平总书记一直强调要全面推进中华民族伟大复兴，我就在想，我这个年龄还能为社会做点什么？我从工作岗位退下来后就参加关心下一代的工作，给学生们讲革命史；我给老家提供了不少历史资料，帮助农村搞建设；我还研究退休老人的健康问题，带动周边的老年朋友一起过健康的生活。我曾给老同事们分享了我总结的心理健康八要素——厚道、善良、诚信、宽容、正直、谦虚、诚实、执着。要正思、正言、正行，心底无私天地宽。希望大家都有好的心态，健健康康地生活。

生活需要有毅力。我现在身体也有不少小毛病，但是我从不把身体的毛病当成负担。平时我在家一天要走 2000 步，上午走 1000 步，下午走 1000 步。我 80 多岁开始学计算机，学会了收发电子邮件，现在眼睛看得不太清楚了，我就用放大镜来看书、读报纸。我家订了三份报纸，平时也听新闻，儿子还教我用智能手机。活到老，学到老，我到现在还在学习。

我的父亲是一名革命烈士，在抗日战争中牺牲时年仅 35 岁，被国家收录到“第二批著名抗日英烈和英雄群体名录”。父亲是我一生的精神引领。想到当年有许多革命先烈把生命献给了国家和人民，今天的生活来之不易，青年人不要忘记历史，要把国家强盛作为追求。

孩子们，你们正生活在最美好的时代，太好了，将来你们还要看到更好的时代！

（编者注：本文为成皓然老先生口述，刘占芬整理）

作者：离退休处老党员　成皓然

10 月 17 日　星期一　晴

老科学家学术成长资料采集工程小组成员·杨惠茹

我们如何定义年轻与年老？如何评价宏大与渺小？又该如何看待过去如此久远、未来何等绵长？看见数学学院袁益让教授，一切疑问都有了解答。

踏进邵逸夫科学馆三楼的办公室，看到木板凳和搪瓷缸、有些发黄的校历、几株长势良好的植物，剩下的空间被大大小小的文件盒和书卷期刊挤满了——一个穿着蓝色衣服、精神矍铄的老先生正在等候着我们。

袁老师如传说中那样低调谦逊，讲话带点苏北口音，脸上常有温和的笑意。随着访谈深入，他谈到自己的青年时代，谈到党和国家，谈到当年匮乏的物质、发光的知识，谈到“别国有我国无”的技术。讲到动情处，他用手急促敲击桌面，思绪回到了积贫积弱的旧中国。所以彼时国家需要什么，他就把自己塑造成什么样的人才。这样的情怀驱动他在风华正茂的时候去学艰苦的基础学科，去做一线工程，放弃了美国高薪的教职，一字一句地翻译、手写先进的外文教材，再将它们带回祖国的课堂上来，应用到新中国的工程实践中。但在他看来，这惊心动魄的一切似乎都十分自然。我明白，正是深厚的爱国情怀让他克服了艰苦的现实条件，并立志要以初心滋润信仰。有此等精神支撑的人，他的信仰永不崩塌。

看着已经 80 多岁的袁老师，我想，他真的年老了吗？他正是与中华民族精神血脉同频共振的一类人：经历只会使岁月在我身上更加馥郁，苦难加之于我不过是涅槃之火。正是因为有这样的人，中国一路风风雨雨，也坚定地走到今天——党的二十大胜利召开，崭新的蓝图展开了。所以我们难以定义年轻与衰老，党和国家风华正茂，为她努力拼搏的人也不曾老去。

冀以尘雾之微补益山海，荧烛末光增辉日月。在袁老师心中，“自我”很小，“国家”很大。爱伟大的党和国家，为此奉献一个人渺小的终生，最终他也将成为伟大的一部分。

走出袁老师的办公室，我感慨不已。一批像袁老师一样的老科学家求真务实、无私奉献，参与了共和国建设，他们是新中国科技发展历史的亲历者和见证者。从他们的学术成长历史，我们看到了新中国科技发展历史，也通过记录深刻感受和弘扬了新时代科学家精神，这正是老科学家学术成长资料采集工程的意义所在。真正的爱原是如此纯粹。过去万千气象，前路万丈霞光，怀揣炽热的初心，走在奋斗的路上，就不怕岁月悠长。

作者：哲学与社会发展学院 2021 级硕士研究生　杨惠茹

10 月 18 日　星期二　晴

变废为宝创意大赛参加者·谢铠蔚

人尽其才，物尽其用，两全其美。近期，政治学与公共管理学院举办了天生我“材”必有用——变废为宝创意大赛。今天上午没课，我环顾四周，发现自己身边的“废物”还真不少，有饮料瓶、快递盒……可哪些可以变为“宝”呢？什么样子的“宝”才能既美观又“硬核”呢？

正当没有头绪的时候，我想起了纪录片中的“功臣号”坦克，正好可以用快递盒中的瓦楞纸做一个坦克模型呀！说干就干。我找来了剪刀、黑笔、胶带，一幅坦克的展开平面图在我脑海中构思，闪现。

第一步需要剪出一块长方形纸板作为坦克的底部。我先用尺子量好尺寸，宽 13 厘米，长 35 厘米。画完轮廓后，我开始剪出所需的长方形底板。第二步需要剪出两块梯形纸板，作为坦克的侧板。侧板和底板的固定不容易，用胶带很难固定好，于是我问室友借了热熔胶来黏合。之后我又用方纸板做了一个小正方体当作“炮塔”，一辆坦克基本成型了。

接着做炮筒。我找来自己之前打印的材料，发现 A4 纸只用了一面，真是太浪费了！于是我将它翻过来卷成一个炮筒，在炮塔上掏了一个洞，刚好可以放入炮筒，一辆坦克已经基本成型了。这时，我看到自己吃水果捞时剩下的木签，又想到可以做一面旗子，以木签为旗杆。原来变废为宝是个“上瘾”的过程，真的停不下来呀。全部做好后，我用绿色荧光笔给它涂上一层军绿色，看着更像“功臣号”了。

变废为宝体现了一种环保的理念。节约资源、变废为宝听起来是件挺难的事，不过只要我们肯花心思，从身边做起，生活会因此变得更美好。变废为宝也让我们的生活充满了意义和创意。

作者：政治学与公共管理学院 2021 级本科生　谢铠蔚

10 月 19 日　星期三　晴

山大附中“家长一日进校园”活动参加者 · 刘晓蒙

藕丝长、秋色深的季节里，走进校园，参天的杨树已连接起两个世纪。英语老师王峰早早地在校门口迎接。得知王峰老师昨晚值了一个夜班，今天又来执勤，山大附中的孩子们勤奋，老师们也更是辛苦。

来到教学楼，体现天圆地方理念的拱门内，孩子们远远地就朝我喊起了“阿姨”。班主任王鹏老师安排两位学生领读上午即将学到的地理知识。在此期间，课代表、小组长们安静有序地收作业，其他学生专注读书。看来，老师们在培养孩子专注力方面，确实是下足了功夫。接着孩子们开始早读——《从百草园到三味书屋》，王老师让大家暂停一下，提醒大家这么有感情的文章，语调要缓和。在春风化雨中，孩子们的速度放缓下来，每个人都进入了自己心中的百草园和三味书屋，这给孩子们后续理解这篇课文提供了充分的发酵机会。不得不说，此时，慢即是快。老师根据自己前几年带毕业生的经验，提醒孩子们其中的易考易错点，同时又提醒大家预习的要点。学习就像是中国古老的卯榫建筑工艺，环环相扣。

沉浸在 20 世纪的文字里还没回过神来，时光通道把课堂带进了 sofa、TV、bread 等工业文明的驿站。英语老师标准的男中音，流畅的全英文表达，叫人如沐春风。在背诵环节，老师早早备好了思维导图式的板书，孩子们根据导图轻松掌握内容。令人感到温暖的是鼓励环节。有孩子成功回答完较难的题目时，老师和同学们都会为他加油鼓掌。这鼓掌，不像表扬一样齁甜，不是敷衍式的“你真棒”，而更像是春华秋实般的认可，那掌声并不张扬，似乎在说：“嗨，你通过自己的努力完成了这个项目，祝贺你!”若用一种植物来形容那种感觉，我觉得棉花最合适，就是淡泊、质朴、坚韧。课上小组讨论环节较多，自主、默契、团结而高效。对于个别声音小的孩子，老师耐心听他说了什么，并鼓励他下次声音大一点。老师对孩子那颗敏感自尊心的呵护可谓用心良苦。“当年若不登高望，谁信东流海洋深?”愿孩子们在老师的带领下能逐梦圆梦。

下一节是我当年一直不及格的地理课，我昨晚特意往包里放了一本书做准备，怕听不进去。随着老师的到来，我心中的忐忑云消雨散。原来先前只是我的假想而已，整堂课我都没有走神。各小组制作的地理模型吸引了我，老师把山脊、山谷、山峰等知识点全部融入这小小的模型中，别说是孩子们了，就是我这个中年人，都忍不住想捏一捏那治愈系的橡皮泥，真诚地去完成这项作业。而在制作过程中，孩子们不只是掌握了知识点，更对自然万物有了更多的好奇和敬畏。当老师讲到千佛山的时候，那些冷冰冰的等高线等数字全都活了起来。千佛山，那太熟悉了。原来，课本上的那些知识点竟是这样与我休戚相关，真是万物一体。随后，老师引导孩子们总结规律，并尝试用图表等方式来快速记录。

课间看到不同班级的孩子们扛着数学模型送到校园里展览，我的心澎湃起来。快速全面收集信息、挑出关键、探讨方案、解决问题，孩子们就是在这样的环境里接受着科学与人文的熏陶。

跑操时间，班级集合的位置正好在山大桥的桥身处，特别好识别。王鹏老师跟班跑步，随时叮嘱队伍要对齐，提醒孩子们注意仪容仪表。口号声穿过青绿犹在的叶片，直抵云霄。当看到金秋的阳光照拂在孩子们的秀发肩颈时，十分秋色，九分给了孩子们，一分给了比孩子们大不了多少年岁的老师们，那一分，是老师们辛勤付出极力维护的良好秩序和文明校园。“一”变换出多姿多彩的“九”，才有了鸣凤在竹、白驹食场。

秋风悄悄溜进课堂，也吹醒了课堂里的《从百草园到三味书屋》。这位敢于为民请命的大文豪笔下的文章，是笔，更是刀，老师该怎么给这帮总角豆蔻之年的学生们去分享呢?

王鹏老师紧紧抓住题目、关键词等明线，带领孩子们沉浸式解读，让每一个孩子化身成小鲁迅，用心感知百草园里的自然世界与纯净童心。在他的循循善诱下，孩子们充分打开视觉、听觉、触觉，似乎慢慢懂了那百草园之所以为乐园之乐。课间时分，王老师提醒孩子们到三号楼后面的草丛里、大树旁去找百草园的影子。小小的课堂一下子山长水阔、陡然屋外。当讲到黄蜂伏在菜叶上时，老师让同学们做了一个趴的动作，还做了一个伏的动作，引导同学们亲身体会鲁迅为何用“伏”这个字，用这个字有什么精妙之处。这个细节令同学们感同身受，他们发出了惊喜的感叹，自己得出了问题的答案。原来用“伏”才轻盈、灵动，还有的同学开玩笑地说黄蜂是一个灵活的胖子。

课上老师的提问看似轻松洒脱，连起来一看，着实让人一步步走进作者笔下和心中的精神世界。不禁想起俞平伯的话：“我们与一切外物相遇，不可着意，着意则滞；不可绝缘，绝缘则离。”这样的课堂令家长释然、心动，也令家长放心、安心。

点点滴滴，聪明有了正确的引导，就变成了智慧。做眼操时，老师引导孩子们正衣冠、端坐姿，这正是我们中华文明的中正之道。而讲到三味书屋中“布衣暖、菜根香、读书滋味长”时，老师趁机点睛，说我们的吃穿问题已经解决，关注点就放在“读书滋味长”上。老师们把文化融化在了教育中，又把它落实到了点点滴滴的教学育人中。

这次进课堂，我真真切切地听到了庖丁解牛的声音，看到了启蒙养正的力量，感受到了薪火相传的赤诚，更触摸到了阳光自信团结向上的青春。感谢老师们，感恩我们的班级，愿我们的二班奋楫扬帆、勇立潮头！

作者：山大附中学生家长　刘晓蒙

10 月 20 日　星期四　晴

环境科学与工程学院博士研究生・韩宇飞

今日秋高气爽，晴空万里。近几日的阳光一扫半月前连绵阴雨所带来的寂寥，人也变得干劲十足。昨天，导师建议我查阅文献并设计一个掩蔽实验，以此来验证我对催化体系中机理的推测。因此，我今天一早就来到实验室，准备开始一天的实验工作。

配药剂、定容、仪器预热……准备工作一切就绪，开始实验。我向反应体系中加入了提前制好的掩蔽剂，随后开始取样测试。一个点、两个点、三个点……随着一个又一个样品被仪器检测完毕，我的心情跌落到了谷底。冷冰冰的实验数据告诉我一个事实：我之前对这项工作所作出的假设与推论，可能完全是错误的。我呆若木鸡地坐在仪器室，脑子中一片空白。如果我的假设与推论是错误的，那这项工作的绝大部分实验都要推倒重来。

当我为实验的失败感到手足无措时，我的导师恰好路过我身旁。她似乎看出了我的失落，便问我："怎么了，实验有什么不顺利的地方吗？"我看了看导师，将实验失败的消息告诉了她。导师笑了笑，对我说："这太正常了，以我这么多年从事科研的工作经历来看，失败占据多数，而成功的时候只占很少数。这听起来可能很残忍，但做科研就是这样。如果每项假设、每项推测都是正确的，那做科研的意义在哪呢？在无数错误、失败的实验现象和结论中寻找正确的结论，这就和沙中淘金一样，难道不是一件很有成就感、很令人愉快的事情吗？"听完导师的话，我幡然醒悟。是呀，做科研就和淘金一样，绝大部分时间都是失败的，但绝不能因为失败就自怨自艾，甚至停滞不前。说不定，下一次就能发现正确的、有意义的结果了。实验所获得的成就感，不就来自从一次次失败中发现的成功吗？

我更进一步地想，不仅仅是科研，可能在我们的整个人生中，也是失败占据了大多数。足球解说员贺炜曾经说过一段令我印象深刻的话："人生当中成功只是一时的，失败却是主旋律。但是如何面对失败，却把人分成了不同的样子。有的人会被失败击垮，有的人能够不断地爬起来继续向前。"作为一名博士研究生，在科研的道路上遇到失败并不可怕，可怕的是被失败击垮。我想，读博的意义不仅仅在于培养我们的科研技能，更在于培养我们坚毅卓绝的品质。

追求完美，但也勇敢地直面失败与缺憾，我想这才是人生路上的英雄主义。

作者：环境科学与工程学院2021级博士研究生　韩宇飞

10月21日　星期五　晴

全国第八届"互联网+"创新创业大赛参赛者·刘姝杉

时间如白驹过隙，从我加入"为罕而创"项目团队到备战国赛，已经过去了大半年。国赛备赛紧锣密鼓拉开帷幕，整理项目宣传资料时，我的思绪也回到了几个月前……

项目初期，在项目指导老师张洪英副教授的带领下，我和团队成员们开始接触罕见病社会服务工作，对项目的流程和服务罕见病病友的过程逐渐熟悉。我对罕见病最初的印象来自"冰桶挑战"，当时很多名人通过录制冰桶挑战的视频吸引更多人去关注"渐冻人"群体，而"渐冻人"——肌萎缩侧索硬化症只是2000多个罕见病病种中的一个。我观看了很多罕见病病友的影像资料，从最初的视觉冲击，到后来共情这些在病痛中挣扎的生命，我开始思考自己可以为他们做些什么？这也是我们“为罕而创”团队10余年来的责任，利用专业知识帮助解决罕见病患者面临的问题，搭建罕见病社会工作综合服务模式。通过线上—线下综合服务中心和“慈善+”保障平台，为罕见病患者解决“诊疗难”“用药难”“康复难”“保障难”“社会参与难”的五大难题。

令我印象最深刻的，是省赛初赛日期截止前通宵达旦的日子。省赛初审以PPT和项目书为考核依据，其中PPT较为生动直接地展示项目内容，是备赛的重中之重。制作PPT的过程远比我想象的艰难，开会讨论、分工合作、推翻重来、熬夜重做……在老师和参赛同伴一遍一遍地修改、校订后，我们的PPT逻辑更通顺了，对项目内容的呈现也更完整了。记得省赛初审通过的消息传来的下午，我们所有参赛成员都笑了，心里一块沉重的石头也终于落了地。

暑假的金银奖赛、排位赛以及后续的国赛培训接踵而至，熬夜成了常态。当然，团队成员之间也越来越默契，开会、讨论和分工，每个环节的效率都有了提升。努力永远不会被辜负，希望我们的项目可以越战越勇，在即将到来的国赛中取得更好的成绩。

作者：哲学与社会发展学院2021级硕士研究生　刘姝杉

10月22日　星期六　晴

校史馆讲解志愿者·卜钰鑫

迈着轻快的步伐，感受着中午山大的寂静，怀揣着即将讲解校史的热情与一丝惴惴不安，我来到校史馆。今天就是检验我成果的日子。

回想起曾经在校史馆培训的日子，充实而有效。礼仪训练告诉我，要以微笑和礼貌对待来访者；演讲训练使我的讲述更加抑扬顿挫；讲解训练使我对校史的理解更上一层……

“要勇敢地迈出第一步”，我这样告诉自己。讲解前，一遍又一遍地在脑海中复刻内容。老师和伙伴鼓励我并让我放轻松，同时他们还提醒我要保持校史馆志愿者的严谨性与专业性。我深吸一口气，终于站在了这里，作为山东大学校史馆志愿者，为2022级体育学院新生进行校史校情教育，讲解山东大学121年来的发展历程和办学特色。

开始时，难免有些紧张。但当那121年的历史图卷在我的眼前缓缓铺开，当那无数前辈的英雄事迹跃动在我的脑海中，那一刻，所有的紧张与不安沉寂了，脑海中只剩下一个念头——一定要讲好山东大学校史，帮助每一位新生了解山大校史。我带领新生依次走过“图强而生　立为国育贤初心”“汇揽英才　开文理合办先河”“鼎新革故　扬优势学科美誉”“砥砺前行　守坚韧崇实品格”“改革创新　拓快速发展格局”“强强联合　谱世纪跨越华章”六个单元的校史展和“今日山大”展。每一次讲解，都是对我心灵的一次洗礼。作为一名山大学子，我身处其中而深感其伟。

讲解结束后，我不自觉地回想起在讲解过程中，那一双双求知的眼睛，逐渐由迷茫变得欣喜而坚定。在感到满足与幸福的同时，我想，这大概就是作为校史馆志愿者带领新生参观、与校史对话的意义吧！

岁月如歌，121年来，我们历经风雨，饱受沧桑，但仍然不忘“为国育贤”的初心，秉承“为天下储人才，为国家图富强”的办学宗旨，践行“学无止境，气有浩然”的校训，将“山大基因”融入血脉，一代代山大人始终走在国家建设、时代发展的最前列，与时代同呼吸共命运。而今，我们身为新一代的山大人，更应勇担重担，宣扬山大文化，传承山大基因，将山大精神传递下去。

感念历史，我们歌咏历史上的英雄人物、奋斗先驱；展望未来，我们更要带着浩然之气迈向人生新征程，迈向山大新时代。

作者：经济学院2021级本科生　卜钰鑫

10月23日　星期日　晴

党的二十大精神专题学习会参加者·何　淼

周五下午，秋日的校园晴朗澄明，我有幸参加了马克思主义学院党委理论学习中心组与学院习近平新时代中国特色社会主义思想概论教研室党支部联合举办的党的二十大精神专题学习会。学习会以“坚定信仰，积极传播，忠实践行”为主题，校党委副书记张永兵、马院党委书记马晓琳、马院院长张士海等领导以及教研室的老师们围绕党的二十大报告展开了深入的研讨。我从中受益匪浅，感受颇深。

党的二十大是一件举世瞩目的盛事。数日前，学院便安排大家及时收看大会直播、撰写学习心得。10月16日那天，山东大学世界政党研究中心主任王韶兴教授与我们党建学科的博士后、博士生一起收看了党的二十大开幕会直播。会后，王韶兴教授不仅从学理上分析了党的二十大报告的深刻内涵和重要意义，更深情回忆了自己在山大读书、工作期间收看收听党的历次全国代表大会的深刻记忆，认为师生聚在一起收看大会直播，切实感受新时代的伟大成就与变革，颇具纪念意义。

此次专题学习会更是精彩纷呈。与会的领导老师们结合各自的思想认识和教学、科研等工作实际，从不同角度分享了干货满满的学习心得。可以说，深入学习、贯彻、研究、阐释、宣讲党的二十大精神，是马院人的使命。而将党的二十大精神及时融入思政课教学，引导青年学子明晰使命、勇于担当，是思政课教师的责任。张永兵副书记也勉励大家：深度学习报告文本，深入研究报告内容，创新教学方法，培育青年学子，发挥专业优势，重视对外宣传。

新时代不仅是客观的时间概念，也是与我们这代人息息相关的共同记忆。何其有幸，生逢盛世，我也见证了中国共产党成立 100 周年、中国特色社会主义进入新时代、实现第一个百年奋斗目标这三件大事。事业发展的前行脚步串联成伟大时代的进阶之路，人民生活的点滴变化汇聚成历史发展的滚滚洪流。

新时代的十年，也是我与山大相识相伴的十年。十年前的秋天，我还是一名追梦山大的青涩学子；十年后的今天，我已在山大修完硕士、博士学位，并正在努力完成博士后的目标。十年来，我始终铭记赵明义老先生“学科社、信科社、干科社”的信仰与坚守，始终感恩导师王韶兴教授、张士海教授的关怀与教诲。在导师和学院的培育下，我对党史党建的理解愈发深入，对成为立德树人的思政课教师和守正创新的党建学者，也有了更多动力和努力。

正如习近平总书记所言：“新时代的伟大成就是党和人民一道拼出来、干出来、奋斗出来的！”社会主义现代化国家的建成以及第二个百年奋斗目标的实现，离不开每一个人的努力。作为马院的青年教师，我们更应自信自强、守正创新，踔厉奋发、勇毅前行，将党的二十大精神内化于心，外化于行，融入科研、教学与实践；还要发挥实干精神，将个人梦、山大梦与中国梦相结合，与党和国家的事业同频共振、同向同行。

作者：马克思主义学院青年教师　何　森

10 月 24 日　星期一　晴

山东大学学生石榴籽爱心社成立大会
参加者·姚　倩

昨晚，窗外的夜格外寂静，月色流光皎洁。作为石榴籽爱心社的成员和团支书，我十分期待这一场准备已久的山东大学学生石榴籽爱心社成立大会。从发起社团到筹备成立大会，我们不断探索交流，最终成立了山东大学学生石榴籽爱心社。在成立大会正式开始前，我曾想，自己是否有能力和资历，站在台上主持这场成立大会，保证它的顺利进行呢？我不知道，也无法确定，但我坚信：作为社团的一名团支书，我有这个责任和义务，更期待着大会的顺利召开。

会议采取“线上＋线下”相结合的方式进行，还特别邀请了小树林支教团第十三届团长李一男同学、演讲协会负责人李佳禾同学、季棠汉服社和中外文化交流协会负责人卢勃文同学、社工协会副会长佟姜缘同学参加本次会议。在这个过程中，大家给我最深的感受就是温暖。社团指导教师张老师对我们社团今后的发展满怀期待，激励我们团结一心，共同为社团发展贡献力量。在爱心社社长于永岐同学和财务负责人哈特同学的发言中，他们都提到了一个共同的内容——感谢！感谢为社团的成立辛勤付出的所有人，其中也提到了感谢我。但我想，我担不起这一份“特别的感谢”，因为为这个社团所做的一切努力与付出，都源于我对民族文化传承的热爱，让我想为社团做些什么，亦甘于为它付出。正如李一男学长所说：“我们相聚在这里参与社团成立大会，都是因为对社团的每一份热爱……”每一位小伙伴的发言，都加深了我对石榴籽“热爱”的感悟与理解。他们精心的准备、精彩的演说、倾情的吐露，让这一场大会更充满温情与感动。

暖黄的灯光下，一张张笑脸定格住这一刻的美好，表达着对石榴籽爱心社的无限美好与祝愿。成立大会在大家的笑语中结束了，但属于石榴籽爱心社的未来，才刚刚开始。它如初升的太阳，朝气蓬勃而充满力量。作为社团的团支书，我深知自己要为它的发展壮大贡献我的绵薄之力。石榴筑梦，籽籽同心，这微小的石榴籽力量，将汇聚成星星之火，照亮前路。我期待，期待从这里启程的新起点，期待石榴籽爱心社在薪火相传中迸发力量，期待石榴籽爱心社更美好的未来！

作者：国际教育学院 2022 级本科生　姚　倩

10 月 25 日　星期二　晴

年轻干部警示教育专题报告会参加者 · 郭　超

“广大青年要坚定不移听党话、跟党走，怀抱梦想又脚踏实地，敢想敢为又善作善成，立志做有理想、敢担当、能吃苦、肯奋斗的新时代好青年，让青春在全面建设社会主义现代化国家的火热实践中绽放绚丽之花。”习近平总书记在党的二十大报告中对新时代青年的寄语言犹在耳。在认真听完山东大学年轻干部警示教育专题报告会的几天中，我也一直不断地思考，对新时代青年的使命与担当有了更加深刻的认识。

年轻干部本应该是人民公仆中忠诚干净担当的中坚力量，但在集中观看的《失守的青春——年轻干部严重违纪违法案件警示录》专题片中，几个案例中的年轻干部从迷失初心到信念垮塌，再到身陷囹圄，一步错步步错，令人痛惜，更发人深省。一幕幕画面警醒着我们要勤掸“思想尘”，以案为鉴、以案为戒，不断强化党性修养，增强宗旨意识，扣好廉洁“第一粒扣子”，拧紧理想信念的“总开关”，始终把纪律和规矩挺在前面，严格遵守党纪法规，做讲政治、守纪律、懂规矩的明白人，做到“任何时候都稳得住心神、管得住行为、守得住清白”。

在10月20日的警示教育专题报告会上，校党委副书记、纪委书记，国家监委驻山东大学监察专员陈向阳以“深入学习宣传贯彻党的二十大精神、展现新时代年轻干部新气象新作为”为主题作报告。他强调，“年轻干部要切实增强纪律规矩意识，多一分敬畏之心，少一分侥幸之心，时刻严守纪法底线”。作为一名财务工作者，我深深感受到这句话的分量，也深切感受到肩上的责任和使命。我从学院到职能部门，特别是从事财务工作以来，工作场域发生了变化，经受的考验也更多。在不断提升能力、练就过硬本领、勇于担当作为的同时，更加需要筑牢“忠诚干净担当”的思想堤坝，时刻保持“打铁必须自身硬”的思想和行动自觉，切实把勤政和廉政统一起来。财务工作的职责是管好学校的“钱袋子”，这一岗位是各单位资金使用的审核者、把关者、监督者，在工作中更是提高素质的实践考场。必须用纪律准绳管好财，用能力理好财、用好财，规范化、专业化、精细化地做好财务管理工作，切实把每一分钱管好、用好、花好。

“新征程是充满光荣和梦想的远征。”党的二十大擘画了以中国式现代化推进中华民族伟大复兴的宏伟蓝图，发出了为全面建设社会主义现代化国家、全面推进中华民族伟大复兴而团结奋斗的伟大号召。越是关键时刻，越要保持一往无前的战斗姿态，接过艰苦奋斗的接力棒，守好用好艰苦奋斗的传家宝，在新时代新征程中留下无悔的奋斗足迹。作为“财务铁军”中的一员，我将坚持高线要求，始终把忠诚放在首位，把学习贯彻习近平新时代中国特色社会主义思想作为修身、做事、育人的必修课和解决事业难题的“金钥匙”，淬炼过硬的“七种能力”，加强做好财务工作的主动性和自觉性，坚守财务“匠心精神”，精耕细作开展财务服务，与学校事业发展同频共振，为学校事业发展提供坚实、精准的财务支撑，书写无愧于时代的新答卷。

作者：山东大学财务部副部长　郭　超

10 月 26 日　星期三　晴

机械工程学院心理辅导员 · 张柏寒

非常有幸能在自己从事大学生心理健康教育工作的第五个年头，参加学生心理健康教育与咨询中心精心组织的心理辅导员职业技能培训合格证书颁发仪式暨学习经验分享会。十分感谢心理中心提供的学习机会，能让我和各个学院的同事们一起交流心得。通过培训，我们学习到了心理健康教育的专业知识，相信未来一定会更好地帮助我们开展实践工作。

交流环节中，来自文理工医各学科的 5 名心理辅导员老师代表分享了自己的学习心得和日常工作经验，谈到要坚持学生利益最大化，做好倾听者的角色，做学生信任、家长信赖的知心朋友；一个个鲜活的心理案例展示了不同专业学科大学生的不同心理特点。范蕊主任最后总结，虽然心理问题受专业差别、个体差异、社会环境等复杂因素的影响，但对学生付出耐心、细心和爱心是辅导员开展大学生心理工作的基础。

听着大家的发言，我恍然感到，自己已经从一个刚入职时对心理健康教育的认识仍停留在关心关爱个体、帮助学生解决困难的“新手”，成长为一名已积累些许经验和方法的“老同志”，能敏锐关注到心理危机动态并采取应急措施，关注到大学生群体性心理问题，并通过一系列工作努力帮助大学生提升心理健康品质。不敢妄言工作能力有多大提升，但我对心理健康教育的认识确实深入了许多，这离不开学校、心理中心、学院老师们的支持、鼓励和帮助。一路走来，我愈发能感受到心理健康教育的重要性，也更能与山大老一辈心理教育工作者们深深共情，这也是使我不断前行的动力。

心理健康程度是动态变化的，特别是处在青春期的大学生，情况更加复杂；大学生心理健康会受到多种因素的影响，如原生家庭、成长环境、学业压力、情绪管理、人际关系、抗挫折能力等，因此开展好大学生心理健康教育工作并不容易，对心理问题的判断也更需谨慎。五年来，我总结了30个典型心理案例，初步摸索了一些常见心理问题的规律，这也让我感受到除了关心关爱个体外，培养大学生积极心态的紧迫性和重要性。作为辅导员，虽然无法改变学生过往的成长经历，但我们有能力去营造更为良好的心理健康氛围，让学生更加乐观、阳光、有活力，同时也让少数出现心理困惑的学生能被融入、被接纳、被爱所沐浴、被乐观坚强所萦绕。每当往届学生打来电话，诉说他们的生活近况与喜怒哀乐，我都非常欣慰，为他们心理的成熟而高兴，也为我的工作真的起到了作用而感到责任重大。

2021年，在学校心理中心的大力支持指导下，机械工程学院二级心理辅导站“向阳工作室”正式成立。正如“向阳工作室”标语所说的那样——“机会无限、向阳花开”，这里是温暖、贴心、自由和轻松的“家”，让你有敞开心灵交流的机会，更会有花开向阳的那一天。工作室建立了心理委员朋辈帮扶和心理导师帮扶制度，设置了“小葵有话说”心理留言板和“小葵”邮箱，先后开展了趣味运动会、电影音乐欣赏、舞动疗愈、艺术工作坊、3D打印“ME小葵”涂色等活动，还有每周定期的辅导员一对一心理咨询，致力于大学生群体性心理健康品质的提升，已逐渐成为同学们的心理疏解园、宣泄场、提升地。在这个过程中，我努力探索将心理健康教育从谈话疏导方式为主，向融入艺术疗愈为辅助的体系化去发展。在艺术感受中培养大学生发现美、欣赏美、创造美的能力，也是提升心理健康品质的关键之一，希望通过我们的努力，让感受“美”、懂得“爱”、注重“行”贯穿学生的人生始终。

培养身心健康、专业本领过硬的山大学子是我们的责任，我越来越确定，通过全校的共同努力，山大学子必能以更加健康的心理、强大的体魄，投入到社会主义现代化强国建设的新征程中。

作者：机械工程学院辅导员　张柏寒

10 月 27 日　星期四　晴

高等医学研究院教师 · 栗桂玲

中国共产党第二十次全国代表大会在京胜利闭幕，全国各地迅速掀起了学习宣传贯彻党的二十大精神的热潮。本周，我参加了高等医学研究院领导小组关于党的二十大报告的专题学习会，大家深入交流心得体会，我从中受益匪浅，感触颇深。

学习会上，常务副院长孙金鹏教授首先发言，他对习近平总书记在党的二十大报告中强调的“坚决打赢关键核心技术攻坚战”体会很深，深有感触地说：“高等医学研究院的定位是以国家重大健康问题为导向，面向转化医学研究前沿，布局战略研究方向。我们要深入学习和领会党的二十大精神实质和丰富内涵，守正创新，踔厉奋发，用党的二十大精神审视和指导工作，深入研判明确高校目前面临的新形势和新任务，厘清发展新思路、抢抓发展新机遇。要立足高等医学研究院的优势，致力于服务国家发展战略，推动党的二十大精神落地生根、开花结果，全面准确贯彻落实到各项工作当中。”我作为一名党员和科研工作者，很受鼓舞和振奋，决心在接下来的学习和工作中着力深入学习贯彻党的二十大精神，将其付诸行动，撸起袖子加油干。

党的二十大报告明确提出，提升国家创新体系整体效能，以及必须做到“六个坚持”。对此，刘招舰副院长也结合自身体会谈到，要准确把握党的二十大报告核心要义和精神实质，围绕党的二十大精神强化理论研究，推动实践基础上的创新，立足岗位，履职尽责，不断创新，推动高等教育高质量发展。彭军副院长在补充发言中说，我们要深入领会党的创新理论的道理学理哲理，做到习近平总书记强调的“知其言更知其义、知其然更知其所以然”，切实将党的二十大精神和创新理论落实到平时的科研生活中。听完两位资深教授的发言，作为一名年轻教师，我感觉信心满满，深刻认识到一定要坚定不移听党话、跟党走，立足科研岗位，既要怀抱梦想又要脚踏实地。

在随后的交流中，转化医学平台主任刘尚明教授、国家优秀青年基金获得者杨帆教授，以及学院各部门负责人李雪梅老师、王昊老师和于洋老师等也积极发言，结合各自工作，表示接下来要全面深刻地学习和领会党的二十大精神，在新的伟大征程上始终紧跟国家发展的基本方略，为全面建设社会主义现代化国家添砖加瓦。

蓝图已然展开，使命催人奋进。作为一名党员和科研工作者，我深刻地认识到要时刻坚守初心使命，在自己的教学科研岗位上发挥先锋模范作用，勇毅前行，奋发有为，做党的二十大精神的实践者和示范者。

作者：高等医学研究院副教授　栗桂玲

10 月 28 日　星期五　晴

新入职辅导员培训参加者·尚文月

“老师您好，请问辅导员是什么呀？”

这是开学前新生们问得最多的问题，也是我在正式入职后的这些日子里不断思考的问题。“我是谁？我的职责是什么？我要怎么做？”10 月 25 日至 26 日，我有幸参加了学工部组织的新进辅导员强化培训，两天时间里的 11 场讲座和 1 场沙龙活动让我心中的答案愈发明晰。

如何讲好思政课、如何做好日常教育管理、如何写好一篇文稿……本次培训的内容具有极强的针对性、教育性、启发性，让我听来如沐春风、如享盛宴，使我充分认识到辅导员工作任重道远。“一个中心、两重身份、三全育人、四为服务、五育并举”，在这几个数字里，我渐渐勾勒出了“辅导员”的画像。辅导员坚守着立德树人的根本任务，具有教师与管理人员的双重身份，是全员、全方位、全过程育人环节中的重要一环，同时要注重五育并举，培养德智体美劳全面发展的社会主义建设者和接班人。这份职业分量很重，关乎着近200个学生以及家庭，责任是沉甸甸的；这份职业又很微小，需要我们具体到方方面面，例如奖助勤贷、宿舍关系、心态情绪等，心思必须细致入微。

如何既能做学生们的引路人，又能成为学生们的知心朋友呢？“对待学生，要严管厚爱”，在昨晚沙龙中，前辈的一句话点醒了我。在今后的工作中，我会以各位优秀的辅导员为榜样，扎实做好辅导员工作，瞄准靶、铆足劲、上紧弦、拉满弓，满怀信心地去迎接接下来的各种奇妙际遇，为学生在平凡中增一丝温暖，在困难中送一盏明灯，在实际工作中因事而化、因时而进、因势而新，为学生成长成才营造良好的氛围，做青年朋友的知心人、青年工作的热心人、青年群众的引路人。

或许现在的我对于“辅导员是什么”的回答还是浅薄的，但我相信，只要怀抱梦想又脚踏实地、敢想敢做又善作善成，“辅导员”的画像会越来越完善，我也会一直在路上。

作者：文学院辅导员　尚文月

10月29日　星期六　多云

学生心理协会成员・张程潇

出于对心理学的兴趣和热情，我选择加入了刚刚成立的学生心理协会。星期四，我参加了第一次部门负责人见面会。

会议在轻松愉悦的氛围中开始，心理中心副主任许晓梅老师开场时与大家分享了关于心理协会大家庭建立的初衷，以及对于未来发展的展望。她说，有的同学则是在上学期作为心理志愿者和心理中心结下缘分，有的同学是因为对心理学有深刻的理解并从中受益，有的同学是为弥补山大没有心理学专业的遗憾而来。虽然原因不同，但是小小的力量可以汇聚成为无限的能量，希望大家一起努力建设社团。

听到许老师充满力量的发言，我不由地回想起协会第一次全体会员见面会时的情景。那天恰逢校庆日，我和其他会员们一起坐在心理中心宽阔明亮的团体辅导室里，大家互相认识了解，其乐融融。这个以“自知知人、自助助人、自爱爱人”为宗旨的社团，用自己的方式为山大庆贺华诞。

“大家好，我是山东大学学生心理协会的负责人陈欢迪，很高兴能在山大的最后一年里接触这样一个年轻且有无限可能的‘心’团体。”会长陈欢迪的自我介绍又将我拉回当下。在她的主持下，每一位小伙伴都敞开心扉、畅所欲言，分享了自己加入心理协会的原因和对未来发展的构想。社团指导教师李晓含告诉大家，心理协会一路走来成果丰硕，希望能与有心的大家共创美好的未来。小伙伴们的眼里闪着光，我们都想把这件事做好。我们的社团包容接纳，我们的活动丰富多彩，我们的知识由浅入深，我们的梦想是为每个山大人营造一个充满爱的校园氛围。我们想在这样一个社团里收获双赢，每个人都可以是自己的主人、自己的构建者。我们是心理协会，我们来了！

我们笑称自己是“头脑特工队”，这是一部很有爱的心理电影的名字。我的山大我的家，心理协会就像这个大家庭里的一个小家，作为负责人团队，我们想把这个社团做好，让它能够温暖每个山大人的四季。

作者：化学与化工学院 2021 级本科生　张程潇

10 月 30 日　星期日　阴

第二临床学院硕士研究生·韩　松

庄子曾言："人生天地之间，若白驹之过隙，忽然而已。"然而总有一些经历不会随着时间而流逝，而是如美酒一般，在我们的记忆里随着时光变迁而变得醇香怡人。

提笔写下这篇文字的时候，我突然意识到，自己踏入医学殿堂已有 6 年之久，在临床的生活也已过去 3 年。每日除磨炼专业技能外，更多的还是在临床与患者打交道，而在临床上总有许多的事情让我反思。我们作为医学生和将来的医务工作者，究竟应该做些什么、应该怎样去做？

记得刚来山大二院的时候，我带着大学毕业的朝气来到新的起点，对未来满怀热情与希望。之后的生活按照教学规划进行，学习、轮转，日子一天一天地过去，我作为规培医生逐渐承担起临床工作，这与见习、实习的心态是完全不同的。我会去和病人沟通、谈话，渐渐地，我在工作中也开始对各种各样的病人有所了解。我可以清楚地感受到病人内心不同的感受，有焦急、有恐惧、有慌张，更多的是对疾病的迷茫。

在心内科轮转期间，主要的病种还是冠心病、高血压等常见病。有一间病房里有两位患者：其中一位是老刘，年纪偏大，高血压病史十余年。作为心内科的老病号，他坚持服用降压药物，每年会定期住院检查高血压并发症。老刘住院后，我去询问他的病史，他很熟悉心内科里的医生，对于治疗方案和相关检查也了解得相当充分。我当时就感慨："您这也算是半个高血压专家了啊。"老刘笑笑说："小伙子，久病成医，如果可以，我倒是不想这么了解啊。"与他同病房的另一位患者是小王，新发高血压患者。小王最初检查出高血压后，服药不规律，自己说没有什么症状，而且血压也不是一直都高，所以并未重视；现在出现不适才过来住院。住院前几天，他完善了相关检查，排除心血管方面其他致病因素后，仍存在阵发性高血压表现。在主任的指导下，我们另外完善儿茶酚胺、肾上腺 MR 等检查，查房的时候看了结果。主任提到可能存在“嗜铬细胞瘤”，小王眼里露出了不解与担忧的神情，我赶紧上前安慰说：“现在对于这个疾病的治疗已经很成熟了，您不用担心。”等查完房后，我折回病房，跟小王简单作了一些关于疾病的科普，听完后小王也不再紧张了。老刘对小王说：“大夫说得挺明白了，你也不用担心，既然现在治疗方案这么完善，你就听医生的话按时吃药。你看我这十几年的病了，现在不也好好的？”

后来，老刘出院了，小王也打算前往其他医院继续治疗。在小王离开科室之前，他来办公室找我，说：“多亏了您和我说这么多，我才不再害怕。”能够帮到患者，我的内心感觉甜甜的，不仅是因为辛苦学习的知识成果得到了肯定，更多的是感到我能够尽力为患者做些事情。

有时去治愈，常常去帮助，总是去安慰。如果患者对于疾病已经有了深刻了解，依从性较好，能积极配合治疗，我们作为医生，可以予以治疗方案引导，作为朋友去指导他们用药。若患者本身对疾病的危重程度和治疗方案认识不足，我们作为医生，更应该肩负起用知识消除患者焦虑的责任，让患者知道我们应该怎么去战胜疾病，他们又应该怎么去配合医生。用知识构建医患的桥梁，用耐心解决患者的困难，这样临床工作或许会更加顺畅。

作者：第二临床学院 2021 级硕士研究生　韩　松

10 月 31 日　星期一　晴

第十八届中国模拟联合国大会志愿者·吴　双

“我宣布，第十八届中国模拟联合国大会正式闭幕。”主持人话音落下，响起一阵热烈的掌声。我很荣幸，作为志愿者见证了这场为期三天的盛会，并有幸参与了会场布置、会议辅助以及闭幕式的准备工作。

会期最后一天，我们 18 位志愿者被分成了 6 组，分别负责大会的 6 个委员会。为了保障大会第四次会议正常进行，我们提前一小时到达会场，按照会前培训的内容做好了一系列准备工作，静候会议的开始。

我和同组的另外两位小伙伴是大会中“工业发展组织”的会务志愿者，主要负责维持线上会场秩序。会议前，我们落实考勤制度，完成了与会代表的考勤签到工作，提醒没有及时打开摄像头或者画面不稳定的参会代表作出调整，保障每一位与会代表都出现在画面中，且尽可能地让他们参与到学术讨论中来。我时刻关注着会议的进展，准备好及时应对会议中出现的特殊情况。

中午 12 点，会议正式结束，我的会务工作也告一段落。吃过午饭，我们又投入到了闭幕式的准备工作之中，一直到大会顺利闭幕。从早上 8 点到下午 5 点，这期间的工作我不敢有一丝懈怠，虽然辛苦，但是很有收获。会议中，各位参会代表出色的表现激励着我，聆听评委和大使的点评让我很受启发，也深感振奋。作为大会志愿者，我不仅体会到了志愿服务的乐趣和“奉献、友爱”的志愿精神，也深刻认识到了本次模拟联合国大会承办的目标与意义，即“踔厉奋发，勇毅前行，为推动构建人类命运共同体贡献青年力量”。

感谢学校承办本次活动，让我能够有机会作为志愿者参与到这场学术盛会之中。希望终有一天，我能够通过自己的不懈努力，为构建人类命运共同体贡献出中国青年的智慧和力量。

作者：政治学与公共管理学院 2021 级本科生　吴　双

11月1日　星期二　晴

威海校区宣传统战部工作人员·滕丹丹

秋季的校园，走在上班的路上，阳光和煦，时有微风拂过。金黄的树叶自空中盘旋落下，远处的天空湛蓝而高远，让人在心情愉悦的同时，眼界也随之开阔起来。我不禁想起刘禹锡那一句——“我言秋日胜春朝”。

秋天是丰收、喜悦的季节。金秋十月，党的二十大胜利召开，令人振奋，催人奋进。我想，这也是我们每一名共产党员在这个秋天最重要、最自豪的收获。

对我个人来说，这个秋天也是收获满满。党的二十大胜利召开之后，我们宣传统战部党支部立刻行动起来，通过个人自学和线上讨论展开了学习研讨活动。今天，党支部又举行了专题学习会议。会上，我结合参加威海校区青年骨干能力提升班和学校联合中央社会主义学院举办的学习贯彻党的二十大精神专题师资线上培训班的学习体会，和党支部成员进行了交流。

校区青年骨干能力提升班的学习既有专题讲座，又有分组讨论和实地调研。小组讨论中，我们对党的二十大报告展开了热烈的学习和研讨。在一次次思想碰撞中，我愈觉精神振奋，充满力量。作为一名高校教育工作者和宣传统战部工作人员，我深知精神引领的重要性——只有深刻学习领会党的二十大精神，才能确保自己的工作目标与建设中国特色社会主义现代化强国的总目标同向同行。

在参加学习贯彻党的二十大精神专题师资线上培训班时，我聆听了北京师范大学哲学学院教授、博士生导师沈湘平老师题为“增强以中国式现代化全面推进中华民族伟大复兴的精神力量”的专题辅导报告，更觉精神力量的重要性。沈老师讲解了党的二十大报告中贯穿的现代化精神动力的气韵和理论，告诉我们为什么要增强精神力量、如何增强，以及着重从哪些方面来增强，听完后我深受启发。大到国家民族，小到日常工作，时刻都离不开正确思想的指引，离不开伟大精神力量的推动。如今，我们正处于实现中华民族伟大复兴的关键时期，国家强盛、民族复兴需要物质文明的积累，更需要精神文明的建设。只有牢牢把握好习近平新时代中国特色社会主义思想的世界观和方法论，坚持好、运用好贯穿其中的立场观点方法，才能切实用以武装头脑、指导实践、推动工作。

今后，我决心继续深入学习和践行党的二十大精神，牢记“三个务必”，努力提升自己，做好工作，如此方不负自己共产党员的身份，不负这个伟大的时代。

作者：威海校区宣传统战部工作人员　滕丹丹

11 月 2 日　星期三　晴

中央宣讲团党的二十大精神报告会聆听者·王　娟

今天下午，中央宣讲团成员、中央财经委员会办公室分管日常工作的副主任韩文秀同志在山东大学趵突泉校区梦迪音乐厅进行了主题为“学习贯彻党的二十大精神”的宣讲报告会。我有幸作为学生代表，同时作为口腔医学院学生代表负责人参与了这场盛大的报告会。

下午 1 点 40 分，我结束了口腔医学院“榜样的力量”答辩，便赶到了宣讲会现场。确认本学院的学生代表全部到齐后，我们有序进场入座。两点半，报告会正式开始。在一个半小时的报告中，韩主任向师生详细传达了党的二十大报告提出的一系列新观点、新论断、新思想，其中包括党的二十大的主要成果，过去五年党和国家所经历的重要时刻以及新时代十年党和国家面对复杂多变国际局势所采取的有力措施等。同时，韩主任还介绍了马克思主义中国化时代化的新境界，阐述了中国式现代化的具体内容。

让我印象深刻的是，在介绍关于全面建设社会主义现代化国家、全面推进中华民族伟大复兴的目标任务时，韩主任重点强调了科教兴国、人才强国、创新驱动发展等战略要求，勉励我们要立志做有理想、敢担当、能吃苦、肯奋斗的新时代好青年。在整个宣讲过程中，我精神高度集中，紧跟报告记着笔记。会场中的教师代表、学生代表都非常认真地聆听了报告。

在热烈的掌声中，我们结束了这场难得而盛大的报告会。走出会场，我再一次深深感受到祖国的强大以及党和政府对人民幸福生活的关心和努力。

青年兴则国家兴，青年强则国家强。作为新时代的新青年，我们要牢记习近平总书记嘱托，有理想，敢担当，能吃苦，肯奋斗，在自己的专业领域做到问心无愧，努力为国家发展贡献自己的一份力量。

作者：口腔医学院2021级本科生　王　娟

11月3日　星期四　阴

威海校区学生创新创业育人成果展参观者·李　晨

进入秋冬交替时节，凉爽的风吹过校园，却吹不散热烈的学习气氛。全校上下迅速掀起了学习宣传贯彻党的二十大精神的热潮，我有幸与威海校区青年骨干能力提升班的小组成员们一起，在充满艺术气息的湖西楼展厅，参观了由威海校区团工委主办的学生创新创业育人成果展。

一进入展厅，迎面而来的是庄重又不失热情的“山大红”主色调。家国情怀篇、自立自强篇和时代先锋篇等五个篇章次第布陈，向我们展示了近年来山大青年师生聚焦国家重大发展战略，围绕科技创新取得的丰硕成果和典型经验。在志愿者讲述中，我才知道原来“挑战杯”有三个赛道，知道了近几年威海校区学子在“挑战杯”和“互联网+”等“双创”赛事中获得国家特等奖 3 项、国家一等奖 60 项的优异成绩，也了解了“青苗计划”“双创朋辈导师团”和以“四个创新”为驱动力的双创人才培养模式。

党的二十大报告第一次将教育、科技和人才放在专门章节集中阐述、统筹部署，较之以往更加突出了教育在现代化建设全局中的基础性、战略性地位。这次难得的参观机会，对于我们立足教育工作实际，更加深刻地领悟党的二十大报告中关于教育、科技和人才的新观点与新论断，可谓正当其时。

这次观展，我看到了山大作为“双一流”高校“为天下储人才，为国家图富强”的博大胸怀。巍巍上庠，国运所系，职责所在，使命所然。在新时代的新征程中，吾辈求实崇新的山大人当以“办好人民满意的教育”为己任。

我看到了山大学子独立思考、善于质疑、勇于创新的探索精神和敢闯会创的意志品格。一个个鲜活的事例，一个个绝妙的创意，正是对山大学子们“科创报国”之志的最好诠释。

我还看到了创新创业导师们在平凡的教育工作岗位上始终如一的热忱与赤诚。展厅里展示了同学们开展科创活动的大量图片，从许多照片里能看到导师们忙碌的身影。荣誉的背后是一次次的训练与实践，更离不开导师们耐心细致的指导陪伴。是年复一年初心不改、孜孜不倦的付出与坚守，打造了高水平的创新创业教育平台，厚植了山大人才引育的沃土。

这次观展带给我的有振奋、有自豪，更有对自身工作的感悟与反思。在探索教育、科技和人才培养有机结合的道路上，朋辈山大同仁们是如此态度坚定、目标明确，不断推陈出新、攻坚克难。作为一名山大人，我与有荣焉。作为一名审计工作人员，我也应当在工作中胸怀“国之大者”，聚焦主责主业，在勤学和实践中厚积薄发，以更加饱满的工作热情和奋发有为的工作态度，履行好审计监督的服务保障职责。

作者：威海校区纪监审办公室工作人员　李　晨

11月4日　星期五　晴

纪委、监察专员办公室工作人员·唐晓曼

党的二十大站在民族复兴和百年变局的制高点，承前启后、继往开来、谋篇布局，为全党守正创新、团结奋斗、开创未来指明了前进方向，确立了行动指南。这几天反复学习党的二十大报告，我深受鼓舞、感触颇深，对党和国家过去五年的工作和新时代十年的伟大变革、伟大成就感到震撼，对全面建设社会主义现代化国家充满期望，对实现中华民族伟大复兴充满信心。

今年九月，我有幸来到教育部机关纪委学习锻炼，在这里我进一步学习监督执纪业务知识，强化实战本领。近期司里陆续召开支部党员大会、青年理论学习小组会，专题学习党的二十大精神，通过集体学习和自学，结合近两年的工作，我对“全面从严治党”有了更加深刻的认识。

回顾过去，党的十八大以来，以习近平同志为核心的党中央以“十年磨一剑”的定力推进全面从严治党，以“得罪千百人，不负十四亿”的使命担当推进史无前例的反腐败斗争，打出一套自我革命的“组合拳”，反腐败斗争形势从“腐败和反腐败呈胶着状态”，到“反腐败斗争压倒性态势已经形成”，再到“反腐败斗争取得压倒性胜利并全面巩固”，管党治党宽松软状况得到根本扭转，风清气正的党内政治生态不断形成和发展。对

于这些成就和变化，我们有目共睹。

展望未来，党的二十大报告对坚定不移全面从严治党、深入推进新时代党的建设新的伟大工程作出部署，指出："我们党作为世界上最大的马克思主义执政党，要始终赢得人民拥护、巩固长期执政地位，必须时刻保持解决大党独有难题的清醒和坚定……全面从严治党永远在路上，党的自我革命永远在路上，决不能有松劲歇脚、疲劳厌战的情绪，必须持之以恒推进全面从严治党，深入推进新时代党的建设新的伟大工程，以党的自我革命引领社会革命。""坚持以严的基调强化正风肃纪……锲而不舍落实中央八项规定精神，抓住'关键少数'以上率下，持续深化纠治'四风'。"这些要求都向我们传递出党中央从严治党、惩治腐败、正风肃纪的强烈信号和坚强决心。

面对新形势新任务，作为纪检监察干部，我感到责任重大、使命光荣，深刻认识到必须发扬自我革命精神，忠诚履职、勇担使命，自觉围绕中心、服务大局，更好地发挥监督保障执行、促进完善发展的作用。在接下来的学习和工作中，要进一步提高政治站位，深入学习贯彻党的二十大精神，自觉把思想和行动统一到党的二十大精神上来，忠诚捍卫"两个确立"，坚决做到"两个维护"，始终牢记"三个务必"，努力当好党和人民的忠诚卫士。要认真履职尽责，围绕党的二十大报告中关于教育、党建、全面从严治党等一系列重要部署，加强监督检查，推进政治监督具体化、精准化、常态化，做实做细日常监督，坚持"不敢腐、不能腐、不想腐"一体推进，加强规范化、法治化、正规化建设，以纪检监察工作高质量发展为教育事业高质量发展提供坚强保障。要坚持严于律己、艰苦奋斗。习近平总书记在党的二十大报告中对青年提出了殷切期望，作为青年干部，要切实增强纪律规矩意识，时刻做到警钟长鸣、防微杜渐，不断坚定理想信念，提高斗争精神和斗争本领，在新时代新征程踔厉奋发、勇毅前行，为教育领域全面从严治党取得新成效贡献力量。

作者：纪委、监察专员办公室工作人员　唐晓曼

11 月 5 日　星期六　晴

电气工程学院“共听一堂讲座”组织者·张永祥

“用一年不长的时间，做一件终生难忘的事。”这是山东大学研究生支教团的口号，也是我始终不能忘怀的一句话。

昨晚，电气工程学院“健康相伴，E 路同行”健康与急救知识主题讲座举办。与以往不同的是，本次讲座不仅邀请电气工程学院研究生来线下倾听，同时也通过腾讯会议直播的形式为 500 多公里之外的山西省灵丘县下关九年制学校的孩子们送去专业的健康知识科普。

讲座中，来自齐鲁医院的韩广芸老师和来自护理与康复学院的王九瑞、尤思梦、杜中艳同学为大家讲解了创伤救护、海姆立克急救法、新冠疫情防控知识、心肺复苏术基础知识和互动演示四大部分内容。作为一名组织者，举办健康讲座的初心就是让同学们了解更多健康与急救知识，希望大家在遇到紧急情况时有能力及时自保或对他人施以援手。正如活动结束后小欢讲到的一样：“通过观看此次直播，我学到了许多，我希望大家都能平平安安。”

2020 年 8 月至 2021 年 7 月，我作为山东大学第 22 届研究生支教团的一员，赴山西省灵丘县下关九年制学校开展了为期一年的支教生活，那里的一草一木、一山一水都给予了我无限的馈赠。当地村民对支教老师的无限支持与包容，支教学校领导和老师对我们的大力帮助和指导，最重要的是孩子们纯净的眼眸、心灵与真挚情感的吐露，支撑着我迈过一个又一个艰难的时刻，勇毅前行。支教过程中我发现，当地孩子们专业健康方面的知识相对匮乏，孩子们也很渴望与外界接触，所以我心中一直埋着一颗想让当地与外界沟通的种子。

教育就是一棵树摇动另一棵树，一朵云推动另一朵云，一个灵魂召唤另一个灵魂。此次健康讲座实现了我的愿望，接下来的时间里我也将尽己所能，在服务好电气工程学院同学们的同时，努力为远方的孩子们带来更多的专业讲座。

作者：电气工程学院2021级硕士研究生　张永祥

11月6日　星期日　阴

威海校区青年骨干能力提升班学员·蔡青希

威海校区青年骨干能力提升班第六组前两天组织了小组实践，对学校泰园食堂进行了参观学习。这不仅是了解组内其他学员工作环境的有效途径，更是了解学校食品安全情况、后勤管理措施的有效途径。

我们在后勤管理处饮食管理服务中心主任谢军红的指引下，按照食堂饭餐的出餐流程对后勤工作环境进行了参观学习。从冷链食品的验收区、提货区到动物类原料取货区；从食品化验室到出厂三证值班室；从食品留样柜到仓库，再到粗加工间、切配间、烹调间、备菜间、出餐台……一个步骤接着一个步骤，一个流程接着一个流程，干净整洁，井然有序。看到的一幕幕场景，让我对于学校食品的安全卫生更多了一份安心与放心。

参观学习中，我仔细观察周围人员、设施与布置，更能感受到学校后勤饮食管理的认真与严格。每一位工作人员都规范着装，戴着防护帽与手套，让我感受到后勤管理的规范化；物流部、供货商等多家单位的健康证公示让我感受到后勤工作的公开化、透明化；检测仪对蔬菜农药是否残留、肉品中是否添加瘦肉精、菜板碗筷是否清洗干净、自来水是否进行消毒等各个方面进行检测，让我体会到后勤工作的精细化、科学化；《食品进货查验记录制度》《餐厨废弃物处置管理制度》《餐厅管理制度》《食品安全突发事件应急处置方案》等一份份制度文件，更是让我体会到后勤工作的制度化、标准化……

干净、整洁、有序，是我在此次参观学习后对于食堂环境与后勤管理的总体感受。整洁明亮的工作环境、穿戴专业的工作人员、分门别类的物品摆放以及严格规范的操作流程，让我对学校食堂食品卫生安全有了更大的放心、更深的安心与更强的信心。

当然，和谐、卫生、安全的校园环境还需要全体师生的全力配合和共同努力，如进食堂要扫码佩戴口罩、买饭排队要井然有序、出食堂要及时收拾碗筷等。最后还是要感谢默默劳动、辛勤付出的后勤工作者们，感谢经他们之手创建的舒适卫生美好的校园环境！

作者：马克思主义学院（威海）党务秘书　蔡青希

11 月 7 日　星期一　阴

空间科学与物理学院博士研究生·尹承翔

近日，我和团队成员陈剑、曹海军、毛文硕、张聆汐、陈文羲、潘辰安等，在付晓辉副研究员和凌宗成教授的指导下申报了“中国科协 2022 年度研究生科普能力提升项目”，并且很荣幸成功入选了最终的资助名单。

我们团队申请的项目名称为“月球样品的‘奥秘’”，初衷是将嫦娥五号月壤样品的细节和蕴含的故事展现给公众，同时锻炼自己的实践和创新能力，希望通过我们的活动传播月球和行星科学知识，展示我国月球及深空探测工程的伟大成就。习近平总书记在 2016 年首个中国航天日上谈道：“探索浩瀚宇宙，发展航天事业，建设航天强国，是我们不懈追求的航天梦。”得益于科学技术的飞速发展，儿时便听说的“嫦娥奔月”的神话故事将在我们这个时代实现。自 2007 年 10 月嫦娥一号卫星顺利升空以来，我国探月工程按照“绕、落、回”三步战略顺利实施，六战六捷。嫦娥一号和嫦娥二号这两颗绕月探测卫星成功获取了全月球影像和地形数据，为后续探月任务打下基础；嫦娥三号成功实施我国第一次月面软着陆并开展首次地外巡视探测；嫦娥四号实现人类首次月球背面软着陆，意义重大、影响深远；嫦娥五号更是自 1976 年前苏联月球 24 号探测器以来首次实现月球样品返回任务。这些成果无不体现了中国航天工程水平和能力发展之快速，极大地促进了科学发展和技术进步，更是综合国力的集中体现。

山东大学行星科学团队深入参与了“嫦娥工程”、火星探测等国家重大深空探测任务。团队成员以行星遥感与光谱学为主要研究方向，以行星表面/次表面物质组成和地质演化为主题，采用国内外行星探测尤其是我国自主返回的遥感和就位探测数据，解译行星物质成分分布和地质演化规律，利用各种高精尖实验设备分析陨石和返回样品，取得了一系列原创性成果。目前，山东大学已成功获批第二批、第五批月壤样品，正在开展对 1200 毫克月壤粉末样、3 个岩石光片样的实验室研究工作。作为行星科学团队的一员，能参与到嫦娥五号月壤的研究工作中，我感到十分荣幸。

由于月球样品极为珍贵，保存时要严格避免污染，研究和处理时要力争做到无损，闻天南楼新建了月球样品实验室，以达到国家万级洁净室标准，并配备有超级净化手套箱等设备用于月球样品存储。月壤样品粒径极小，有很强的吸附性。为了最小化样品损耗，我们首先使用模拟月壤演练各种处理方法，试验了不同材质的器皿（玻璃质、石英质等），最终确定特制石英器皿来放置和转移月壤样品、铝箔。在实验室研究中，我们实行轮班制，以尽快完成实验数据的采集、降低月壤污染和损耗的风险。由于样品研究时间紧迫、排班比较密集，有时甚至需要通宵达旦，但没有一个人喊苦喊累，大家都精神抖擞、斗志昂扬。在获得月球样品的光谱等实验数据后，我们又集中精力分析数据、讨论科学问题和撰写论文。在一年的研究周期里，课题组已经有4篇月球样品相关论文被 *Nature Astronomy*、*Geophysical Research Letters*、*Icarus*、《中国科学》等期刊接收和发表。通过这次月壤研究，我更深切地体会到“千淘万漉虽辛苦，吹尽黄沙始到金”，做科研要有一丝不苟的态度和不怕吃苦的精神。

我本科和研究生都是在空间科学与物理学院就读。学院“知识服务大众，科学引导人生”的教育理念，我一直铭记于心。作为一名新时代的青年，我将以“只争朝夕、不负韶华”的劲头投身于月球及深空探测等国家重大项目中，在实践中锤炼和提升自己；同时还要将自己的所学所得回馈社会，吸引更多大学生投身到月球和行星科学领域中。

作者：空间科学与物理学院2022级博士研究生　尹承翔

11月8日　星期二　晴

校园记者·裴银璐

今年是我在山大的第五年，也是在山大视点记者团的第四年。像往常一样，起床后我依次查看视点的各个群聊信息，以防漏掉什么消息，忽然，一句话勾起了我的思绪：“11月8日是记者节哎！”转眼间，这已经是我作为学生记者过的第四个记者节了。我对自己过的第一个记者节印象已经很模糊了，但我没忘记为什么一直留在这里。很幸运，我仍作为一名学生记者和山大视点在一起。

记得中学时，我被一本本讲述记者经历的书籍吸引，此后又从每年《南方周末》的新年献词里感悟新闻记者的分量，在许多讲述记者故事的影视作品里明晰了记者的责任，我对记者职业变得愈加向往。终于，我在大二那年如愿以偿，成为自己想要成为的学生记者，加入了山大视点学生记者团。随后，我在这里结识了敬业、专业、可爱的老师们，遇到了带领我进步的学长学姐们，拥有了携手乘风破浪的伙伴们。那些在会场上与老师同学们一起并肩作战和努力踮起脚拍下的一张张照片，那些采访时眼前一个个有理想有担当的山大榜样和我为他们写就的稿件，那些每天准时在山大日记栏目遇见的山大人的每日惊喜，那些在编辑后台对图文一遍又一遍的修改和审校，还有那些在深夜里迸发的创意和灵感、明德楼 A443 常亮的灯光……这些都成为我们共同实践、进步的见证，也成为我自我建构的力量。

作为学生记者的四年里，我在其中学习、感悟、创造；这是我美好的过去，也是我不断前行、迈向未来的底气。在某个夜里修图或者改稿的晚上，我偶尔也会感到累，想着“要不就这样吧”，但下一瞬间，“不行，这是在为我们的山大发声，我的作品还可以更好”的念头就会跳进头脑，给我力量清除我的疲惫，于是，我便再次投入了进去。去年，记者团新开辟了视频内容，在得知视频团队的创建之后，我立马选择了加入。像四年里的每一次一样，我不断加入新的组别，尝试新的内容，我始终相信——在这里，我可以变得更好。为山大宣传的内驱力和作为学生记者的责任感激励我不断精益求精，我像一块海绵，不停地“吸收”新技能，从一个什么都不懂的“小白”到接过记者团负责人的接力棒，逐渐成长，直至独当一面。

今天在记者团群里祝大家记者节快乐时，我说：“过去的一年里我们一起成长，未来我们一起加油。”这是对大家的鼓舞，也是对我自己的要求。我将继续把我所学、所得、所感带给更多同学，像当初带领我的学长学姐一样，也成为记者团成员们的一盏灯。我将继续把我眼里温暖、包容、向上的山大展现给更多人，用心讲述山大故事、传播山大声音，为我们的山大创作出更好的作品。

诸位校园记者朋友们，请继续在成为优秀学生记者的路上前进吧，祝大家记者节快乐呀！

作者：历史文化学院2022级硕士研究生　裴银璐

11月9日　星期三　阴

“119”消防宣传日活动参加者·王思怡

今天是全国消防宣传日，学校在食堂前举行了一系列宣传活动。

一开始，我是被“答题可以领小奖品，还可以录素拓”的话语吸引过去的。我信心满满地抽出一张题卡来，然后就傻眼了，不会！也许是看我僵在那里太久，志愿者小姐姐说如果实在不会，可以重新抽一道题。于是我又抽了一张出来，还是不会。终于，下一次在小姐姐的提示下，我总算答了出来，并领到了小奖品——一支笔。相较于普通的笔，这支笔还有特殊功能。它的笔身有一个可以拉出的小铁片，拉出后是一些关于消防安全的知识；笔帽上还有一个凹槽，可以用来做手机支架，兼具了使用和宣传知识的功能，可见活动组织者的用心。

就在我准备离开的时候，我的视线又被右边的宣传品吸引了。从上到下的三排图片，满满当当的都是这几年的火灾案例。上两排是各高校的火灾案例，第三排则是校内曾发生过的例子，有充电宝无故自燃、乱丢烟头引燃纸箱、电动车因使用不合规电池而在充电时爆炸、实验室操作不当起火等，一一看过去，真是令人触目惊心。

随后，我又体验了模拟灭火和模拟烟雾逃生。模拟烟雾逃生体验馆里黑得伸手不见五指，我一边摸索着墙一边往前走。里面并不大，很快我绕着墙就走完了一圈，然而从头到尾都没有摸到可以出去的地方。不知道在黑暗中摸了多久，我才终于在荧光绿色的“安全出口”标识下方摸到了一个半人高、必须弯腰驼背才能钻过去的出口。

重见光明的那一瞬间，我很不理解这个设计，谁会把出口弄得那么低？然而过了好一会儿，我逐渐回味过来。我们其实曾经学过，在火场，特别是有浓烟的时候，是要弯腰捂住口鼻前行的。体验馆虽然只是在模拟，却考虑到了最真实的情况，只有弯腰，才能找到出口并逃出火场。我们却因为只是在模拟，竟忘掉了曾经学过的逃生知识。

总而言之，今天早上的经历真是不虚此行。安全无小事，希望每一位同学都能重视起消防安全问题，莫要粗心大意，不要等到真正出事时才悔悟。

作者：文学院 2019 级本科生　王思怡

11 月 10 日　星期四　阴

党的二十大精神宣讲报告会聆听者 · 孙巍峰

11 月 10 日下午，山东大学举行了学习贯彻党的二十大精神宣讲报告会，党的二十大代表、校党委书记郭新立介绍了参加党的二十大的情况，从理论和实践两个层面深刻解读了党的二十大报告的主题，并聚焦党的二十大对教育科技人才等一系列重大部署，结合学校实际谈了学习贯彻党的二十大精神的思考和体会。作为威海校区教师代表和青年骨干能力提升班学员，我在视频分会场聆听了郭新立书记的宣讲，聆听了这堂新时代的“大思政课”。

整场宣讲报告用心、用情，讲得透、讲得活，既启发思想又催人奋进，在春风化雨中给人以启迪和力量。聆听本次宣讲，我更深刻领悟了“两个确立”的决定性意义，加深了对习近平新时代中国特色社会主义思想的学习领会，加深了对马克思主义中国化时代化和中国式现代化等时代课题的理解把握，加深了对国情、校情的了解，指引着我对本职岗位如何开创工作新局面进行更深入的思考。

党的二十大报告指出：“加快建设教育强国、科技强国、人才强国，坚持为党育人、为国育才，全面提高人才自主培养质量，着力造就拔尖创新人才，聚天下英才而用之。”以科教兴国战略助力中国式现代化，明确了高校教学科研工作的方向，我也进一步明晰了目前正在从事的实验室管理服务工作方向，那就是将自己的思想和行动统一到党的二十大确定的宏伟蓝图、目标任务、前进方向上来，坚守初心使命，深学细悟“六个必须坚持”，不断增强建设担当中华民族复兴大任世界一流大学的自信和自觉，努力建设符合学校“双一流”目标要求的高水平实验室，为人才培养、科学研究、学科建设、创新转化、社会服务提供实验平台支撑。

在本次宣讲报告中，郭新立书记深入阐述了学习贯彻党的二十大精神“五个牢牢把握”、深学细悟“六个必须坚持”的相关要求，这对我们下一步全面系统地强化理论武装，把党的二十大精神学习成效转化为本职岗位、部门工作的扎实成果指明了路径。那就是以党的二十大精神为指引，切实提高政治站位，通过“党员先锋岗”等平台，把思想政治工作贯穿实验室管理服务工作各方面、全过程；以社会主义核心价值观为引领，更加注重实验室文化建设，从精神、制度、行为方式等层面构建不同学科特色鲜明的实验室文化，以文化人，以文育人，将实验室打造成为“三全育人”的重要平台；坚持系统思维，突出问题导向，找准实验室建设和管理服务中的难点堵点卡点，深入思考“实验平台资源如何可持续满足人才队伍的需要”“制约实验室工作新突破的短板弱项在哪里”等实际问题，增强自身服务师生的思想自觉和行动自觉，降低重心，强化支撑，精耕细作，追求卓越，“功成不必在我，功成必定有我”，于平凡之处积累“尺寸之功”。

新起点再起航，目标在前，重任在肩，更需砥砺奋进。作为校区机关职能部门的一名党员和基层服务人员，胸前是闪耀的党徽，心中是无限的豪情，脚下是实干的力量。为党育人、为国育才，是最光荣的初心使命；“润物无声，风化于成”，是最美丽的教育信仰。我将通过全面深入系统的学习，推动党的二十大精神入脑入心入行，聚焦主责主业，坚持服务学校、校区教学科研需求，细化工作方案，优化工作流程，对标国内外一流实验室，用实验平台卓越和行政卓越来支撑学术卓越，以“山大红”对接“中国红”，为校区涌现出更多的“新亮点”和“学科高峰”，为学校建设成为重要人才中心和创新高地作出“实验室人”的更大贡献。

作者：威海校区资产与实验室管理处工作人员　孙巍峰

11 月 11 日　星期五　阴

第七届齐鲁青年论坛计算机科学与人工智能分论坛组织者 · 成秀珍

又是一年金秋时，又是一年收获季。今年是我参与组织山东大学齐鲁青年论坛计算机科学与人工智能分论坛的第五年。担任计算机科学与技术学院的院长以来，我充分认识到人才引育是学院发展的引擎，并致力于为学院汇聚领军人才和高水平青年人才。

11 月 11 日，山东大学第七届齐鲁青年论坛成功举办。通过参加上午的主论坛，我感受到山东省政府高度重视人才工作，实行更加积极、更加开放、更加有效的人才政策，全省人才事业发展蓬勃向好。李术才校长在致辞中表示，山东大学始终坚守“为天下储人才，为国家图富强”的初心使命，真心爱才、悉心育才、倾心引才、精心用才，彰显了山大汇聚天下英才的真心诚意。今年学院邀请了来自英国、以色列等国家和地区的优秀青年学者参加论坛，涉及生物信息学、机器人、机器学习基础理论等多个前沿科研领域。在下午的计算机科学与人工智能分论坛上，我首先从学院历史、学院近年发展、学科规划及学院人才支持政策等方面介绍了学院各方面的情况。随后，参加论坛的青年学者分享了各自最新的学术成果，并与学院师生进行了热烈的研讨。

自2016年以来，学院已成功举办七届计算机科学与人工智能分论坛，共邀请了来自全球20多个国家和地区的40余名优秀青年学者前来参加，多位教师通过齐鲁青年论坛了解山大、走进山大，其中包括一位国家级四青人才。齐鲁青年论坛已成为学院延揽人才的优质平台。学院获评2021年度“山东大学人才工作先进单位”，人才工作得到了学校的充分认可。在学校的大力支持和这些优秀中青年教师的努力下，学院发展进入快车道，国家级人才数量实现翻番式增长，科技创新成果不断涌现，先后获CCF科技进步奖、山东省科技进步奖等多项奖励，并获批建设山东省数链融合技术创新中心、数链融合技术教育部工程研究中心，实现了学院搬迁到青岛校区后奖励和平台的双突破。

筑巢引凤，积厚成势；厚积薄发，强院兴校。计算机学院不断完善人才“引、育、留、用”体制机制，提升人才引进质效。我相信，这批优秀的中青年人才正在为学院长远发展积蓄力量。在不远的将来，学院定将依托他们迎来“爆发期”。我将秉承学院确立的“不跟跑、不陪跑、创赛道、争领跑”的学科发展理念，同这些优秀的人才一道，不断开辟发展新领域新赛道，塑造学院发展新动能新优势。

作者：计算机科学与技术学院院长　成秀珍

11 月 12 日　星期六　小雨

经济学院"薛暮桥班"荣誉顾问 · 薛小和

今天，我非常荣幸参加了山东大学"薛暮桥班"的命名揭牌仪式。非常感谢山东大学经济学院还记得我的老父亲薛暮桥，并成立"薛暮桥班"，我想这对于传承精神、赓续血脉是非常有意义的。

党的十八大召开后，我曾陪同时任国务院发展研究中心副主任刘世锦到山东大学宣讲党的十八大精神。趁着刘主任宣讲时，我去经济系看了看，因为校领导告诉我，经济系的走廊墙上挂着我父亲的照片，果真看见了照片，心中非常喜悦和激动。

我父亲从 1943 年到 1947 年曾在山东解放区工作了 4 年多，母亲罗琼在延安开完党的七大后，也于 1945 年秋抵达山东，工作了两年。在山东工作期间，他们都曾在临沂山东大学任教。1945 年 8 月，山东省人民政府决定在临沂成立山东大学，并设立临沂山东大学管理委员会，我父亲担任管理委员会委员。1946 年 1 月 5 日，临沂山东大学举行开学典礼。我的母亲罗琼受山东省实业厅所托，主持和开办了合作干部训练班，我的父亲则担任山东大学教授。同年 4 月 5 日，山东省政府决定山东大学与华中建设大学的部分系科合并，仍定名山东大学。我父亲担任了经济系主任，合作专修科则由我母亲担任主任。父亲在山东大学讲授"思想方法与学习方法"课程，这个教材后整理成书由山东新华书店出版。

山东，是我父亲人生中的一个转折点。在这里，他从理论研究、干部教育转向经济实际工作，走向领导经济运行的决策岗位。他做理论研究最大的特点是理论联系实际，而这个特点就是从山东开始形成的。晚年他曾回忆说："在山东的经济工作实践中，我对经济科学的一些基本问题，特别是货币、物价问题，逐渐形成了自己的理论观点；我提出的关于抗币的

‘物资本位’理论，关于纸币流通条件下物价与货币发行同步变化的规律，关于纸币流通中不是‘劣币驱逐良币’而是‘良币驱逐劣币’的规律，以及通过控制纸币发行进行宏观调控的政策等，都是在实践中形成，又反过来对实践起到了指导作用。”

我的父母在山东工作期间，生下了我的二姐姐，取名薛小沂，沂水的“沂”。他们一直把山东当作他们的第二故乡。1976 年秋，我父亲到山东开展调查研究，了解当时国民经济的情况。2005 年 3 月，我父亲以全票荣获第一届中国经济学杰出贡献奖，他和我母亲决定把奖金用于建立一所希望小学，此时他首先想到的，也是山东，最终在沂水县高庄镇建立了一所“薛暮桥希望小学”。现在，山东大学经济学院成立了“薛暮桥班”，更加深了我父亲在山东的轨迹。

我的父亲比现在正在求学的学生们大了接近 100 岁，他和学生们除了都曾在山东这片土地上工作和学习，几乎没有交集之处，学生们在“薛暮桥班”学习有什么特殊意义呢？我想，除了传承精神和赓续血脉，“薛暮桥班”的成立，更是让学生们在学习上有了一个坐标，也有了更多真实的场景。当学到货币经济学时，会想到约 80 年前有一个薛暮桥，他在山东根据地，在战争环境下领导了一场对敌货币战并取得了成功；当学到宏观经济学时，可以在《薛暮桥回忆录》里寻到他的足迹，了解中华人民共和国成立初期四次参与抑制通货膨胀的斗争，知道当时作为斗争中心的上海是何场景；当学习调查研究时，会想到薛暮桥，他怎么跟随陈翰笙学习农村调查，翻阅一下他 1943 年 7 月在山东写的《怎样改进调查研究工作》，看看他自接手山东省调查研究室工作后，如何改进了调研室原来的工作方法，新的调研方法又如何改进了征粮办法，促进了减租减息工作的开展，发挥了农民种粮的积极性。这些坐标和场景会使学生们的学习不再停留在白纸上的黑字，而获得一种更为身临其境的感受，我相信这会进一步加深学生们对理论的学习与理解。

最后，再次感谢山东大学经济学院成立“薛暮桥班”！希望山东大学的学子们，能够立足中国实践，开拓创新，更好地传承山大精神，在未来的学业路上学有所成，为建设伟大祖国作出自己的贡献。

作者：经济学院“薛暮桥班”荣誉顾问　薛小和

11 月 13 日　星期日　晴

山东省药师协会药师成长奖学金获得者·宋佳轩

今天上午，山东省药师成长奖学专项基金表彰奖励大会暨药师成长奖励计划启动仪式举行。我有幸作为山东大学药学院获奖新生和发言学生代表参加了此次活动。

党的二十大报告提出，推进健康中国建设，把保障人民健康放在优先发展的战略位置。在“健康中国”的背后，始终有着执业药师这一不可或缺的群体在默默奉献。山东省药师奖学专项基金作为全国首个针对高校药师人才队伍建设设立的奖学金，无疑是对执业药师，乃至全体药学学生和从业人员的认可与支持。

上午 8 点，我和学院另外 7 名获奖学生代表早早抵达了会议现场，参会的还有山东中医药大学和山东第一医科大学的 16 位同学。作为发言学生代表，我内心激动而忐忑。在领导致辞、启动仪式与捐赠仪式结束后，很快到了学生代表发言环节。上台、发言、下台，全程不过 3 分钟，自己并没有想象中那么紧张。此时的我才真正放下心去仔细感受这次会议，去聆听接下来杜冠华院士的学术讲座。此刻我也真正意识到，这次活动不仅仅是一场简单的仪式，我们获得的奖学基金也不仅仅是一份简单的奖励；这同时是重要的一课，让我明白省药师协会以及各位药学界前辈对我们的殷殷期望和谆谆教诲——接过接力棒，为“健康中国”建设奉献自己的青春力量。

凡医者莫不离药，人民的生命健康离不开每一个药学人的奋斗。在大可有为的年纪与大有可为的药学相遇，是我们药学学子的幸运。从神农遍尝百草的传说到嫦娥窃药走人间的神话，从李时珍游遍大江南北、历二十七载终成《本草纲目》到屠呦呦以身试药、经 190 次失败终发现青蒿素，正是有了无数药学前辈的奉献付出，那“遥知母老相思子，没药医治尽白头”的悲凉才终于不再上演。在中国走向社会主义强国的道路上，国内药学亦随之攻克前沿，不断勇攀高峰，而我们作为新时代中国药学的接班人，深感荣幸，亦感重任在肩。

推进健康中国建设，把保障人民健康放在优先发展的战略位置，这是党和国家对药学人提出的神圣使命。药学是一门实践性很强的学科，需要我们药学生掌握足够的专业知识，更要做到学以致用、知行合一，将知识应用于实践，更好地提升自己的药学素养。

百年波澜壮阔史，别有天地换人间。在新时代的伟大征程中，我们药学青年当励志以青春之我守护健康之中国。回首过去，步履铿锵，药学沃土培育英才；展望未来，坚定信念，奔赴药学大好前程。下一步，我们将矢志不渝，笃行不怠，追求真理，严谨求是，力争成为我国药学事业、药学科技创新的有用人才，促进药学传承发展，为守护国民健康贡献自己的智慧力量。

感谢山东省药师协会药师成长奖学专项基金的设立，我们定当携着这份信任与支持，努力钻研专业知识，为建设“健康中国”贡献自己的力量。

作者：药学院 2022 级本科生　宋佳轩

11 月 14 日　星期一　晴

第七届齐鲁青年论坛参会学者 · 王菊琼

与山东大学初识在五年前一个满地金黄的秋日，彼时还是博士新生的我有缘在中心校区度过半日闲暇。犹记得校门口镌刻着“为天下储人才，为国家图富强”的办学宗旨，彰显山大先贤们心系山河天下的家国情怀；“学无止境，气有浩然”的校训也让我领悟到为人求学需达到的境界。小树林里，秋日午后温暖的阳光透过枝杈洒在或朗读或沉思的学子身上，给我留下深深的印象。

一定是特别的缘分，让我从江城来到泉城与山大重逢。今年我有幸受邀参加山东大学第七届齐鲁青年论坛主论坛和基础医学分论坛。齐鲁青年论坛不仅是一个我们年轻学者学术交流和思维碰撞的平台，还为我们职业发展提供了重要的机会。主论坛上，我有幸聆听了李术才校长对山东大学悠久办学历史和新时代学校发展的介绍，了解了山大是如何创办和发展，并最终形成现在文理并重、学科齐全、一校三地的办学格局。在 121 年的办学历史中，山东大学成绩斐然，为国家和社会输送了大批优秀人才；新时代以来学校快速发展，整体实力和国际影响力明显增强。党的二十大报告提出要深入实施人才强国战略，山大也将人才引进和人才培养作为工作重点。济南、威海以及青岛三地也为青年人才的发展创造、提供了优厚的条件。

基础医学分论坛在趵突泉校区举行。刚踏入校友门，我便被古朴典雅的校园环境深深吸引，心中暗叹齐鲁医学果然颜值与实力并重。若在此间，何其有幸！论坛上，学院领导首先欢迎我们的到来，并简要介绍了基础医学院的教学和科研情况。随后我和 6 位来自海内外的参会青年学者通过线上、线下形式汇报了自己的研究领域和科研成果，与参会老师们进行了深入探讨。在思维的碰撞和交流中，我收获良多，不仅拓宽了自己的学术视野，也收获了众多资深学者的指导和建议，明确了自己今后的研究思路和具体方案。

论坛期间，我对济南的城市和人文环境也有了初体验。灵动的泉水、古街静谧的小河和湖旁的垂柳，都在诉说济南的秀美。比这更打动人的是口罩遮不住的真诚笑脸，和初冬寒峭抵不过的好客热情、开放胸襟。愉快的光阴总是过得飞快，到了该说再见的时候。是的，期待我们再见！

作者：武汉大学博士后　王菊琼

11月15日　星期二　晴

第七届齐鲁青年论坛线上参会学者·任华英

旅居海外数年，十分想念济南的秋天，想念南部山区的红叶。作为一名博士后，我一直非常关注山东大学的齐鲁青年论坛，尤其是近两年齐鲁青年论坛越办越好，已经成为山大引才的靓丽名片。在看到第七届齐鲁青年论坛报名通知的时候，我第一时间就向本专业联系人报了名。不久，我便收到了诚挚的欢迎邮件，并非常荣幸地获得了在分论坛上作学术报告的宝贵机会。

虽然不能到达现场，但线上参加论坛也非常清晰便捷。主论坛上，李术才校长对山大进行了全方位的介绍，从悠久的办学历史讲到一代又一代为国家建设作出突出贡献的山大人，今日的山大更是向着“双一流”的目标积极建设，努力开创中国特色世界一流大学建设新局面。人事部刘健部长介绍了山大的人才政策，在青年人才工作环境建设和工作待遇改善方面格外突出，提供了较为优渥的条件，可以使踌躇满志的青年人将时间精力充分投入工作，安心科研、悉心教学，更好地为祖国建设、为学校科研及人才培育作出贡献。更值得一提的是，线上的直播还设有评论区，一些青年学者观众在评论区提出疑问，很快就有相关专业管理人事的老师在线答疑，并留了联系方式，给参会人员带来了很大的便利，让人感到贴心、暖心、安心。

由于专业的细分，我参加了后续的“化学与化工分论坛”第一分会。贾春江副院长首先简要介绍了化学与化工学院学科的发展情况和学院的仪器设备、科研平台，并详细介绍了招聘政策以及各类人才的待遇。通过贾院长的介绍，我了解到山大已经建成了具有球差电镜、冷冻电镜等高端仪器的结构成分与物性测量平台。这一个个高端研究平台的建成，标志着山大在物质表征的实力上已达到国际领先水平，已具有尖端科学研究的前提和设备保证，而这些也印证了山东大学近年来的蓬勃发展。这与各位科研人员以及支撑人员的辛勤努力是分不开的。这样先进的研究环境，让我为母校倍感自豪，也对回归山大工作有了前所未有的渴望。

在“化学与化工分论坛”的报告环节，各位青年学者的报告让我收获良多。各位参会者都是学科中的佼佼者，研究领域交叉融合，每位学者的报告都展现了很高的专业性，研究工作硕果累累，研究思路让人眼前一亮。几个小时下来，我收获满满，拓宽了研究工作的视野。同时我也为山东大学齐鲁青年论坛的号召力感到敬佩，古有稷下学宫汇天下之士于齐都，今有齐鲁青年论坛聚全球才俊于山大。

再次感谢山东大学齐鲁青年论坛和山东大学化学与化工学院的各位领导、老师给我这次报告和交流的机会，感谢各位老师对我的支持和帮助。在此也特别感谢化学与化工院季老师热情、耐心地答疑解惑和在参会流程上给予的支持与帮助。

作者：加州大学洛杉矶分校博士后　任华英

11 月 16 日　星期三　晴

学代会、研代会代表·白薪阳

上周日，我很荣幸作为研究生代表参加了山东大学第三十八次学生代表大会、第二十次研究生代表大会。

在众多山大人的共同努力下，大会以一校三地的形式顺利召开。早上7点半，我和环境学院其他研究生代表们一同来到青岛校区分会场——华岗苑报告厅，参加了大会的预备会议。9点整，开幕式上奏唱国歌后，我们聆听了校学生会和研究生会的工作报告，更加深入地了解了学生组织一直秉持的“全心全意为同学服务”的宗旨，并且更有信心能够在今后的研究生工作中，认真履行自己的责任和义务，不忘初心，砥砺前行。

下午两点，我们前往振声苑参加分团会议，针对各学院提交的提案及学生权益方面的议题进行讨论。作为一名2021级的硕士研究生，我已经与山东大学青岛校区一起走过了五个春秋，并开启了第六个学年。在这里成长的同时，我也见证了校区的蓬勃发展。几年的校园生活使我深刻认识到提案对于维护学生权益、促进校园建设的重要意义，更切身体会到了“聚焦同学所盼，服务同学所需”为学生带来的种种便利。因此，在成为研究生代表后，我积极征求同学们关于生活服务、教育教学、成长成才等各方面的意见建议，形成了相关提案。在分团会议上，各个学院代表在针对自己学院所交提案发言的同时，也听取了其他学院从不同角度、不同切入点提出的提案，并进行了充分的交流。

第二次全体会议结束后，大会在恢弘的山大校歌声中闭幕，而我的内心却久久不能平静。散场后，我在展板前驻足，看到合影的学子们脸上都洋溢着笑容，我想这笑容里有大会顺利召开的喜悦，还有身为一名山大学子的骄傲与自豪。

作为青岛校区研代会代表团的副团长之一，我有幸参与并见证了同学们通力合作、互帮互助的过程，从前期的筹备工作到会议当天的各项安排都有序进行，最大程度确保了大会的顺利召开。也正在这时，我的脑海中响起了每个山大人都熟悉的旋律：“凡我在处，便是山大；有你在时，那便是家。”感谢山大，感恩相遇！

作者：环境科学与工程学院 2021 级硕士研究生　白薪阳

11 月 17 日　星期四　阴

第八届“互联网＋”全国金奖团队队长·闫匡奇

完成第八届“互联网＋”大学生创新创业大赛金奖争夺赛的路演答辩后，回想起备赛的点点滴滴，我心中百感交集。

“壳笼万污”这个项目立足于山东丰富的海产养殖背景，起源于“海洋资源高值化利用”这一美好的想法。在指导老师陈景帝教授的帮助下，我们从申请立项到实验研发再到深入调研，一路经历了许多。我们想做的，就是为齐鲁大地贡献山大学子的一份力量，真正做到化壳为宝、点壳成金。

从校赛、省赛一路走到国赛，我们跌跌撞撞，但是百折不挠。从最开始校赛银奖顺位推荐至省赛，到参加校区团工委举办的冬令营凝练项目亮点，我们不断地改进完善项目，再到进入省赛。一幕幕仿佛还在昨天。我作为团队负责人，和团队成员们在假期积极备赛，直到省赛最后成绩公布的那一刻。之前的一次次辛苦培训，计划书、PPT、答辩稿的一次次认真修改，还有连轴转的备赛日子，随着那一刻的到来，都变得值得而满足。伴随着喜悦和短暂的放松，我又开始紧张期待着即将到来的国赛。

记忆最深刻的，还是金奖争夺战的现场。我们项目所在的组别是本科生创意组唯一一个11项目的小组，而我们也抽到了最后路演的11号。从早晨7点半开始验证身份一直到晚上6点半进入项目，我们又对路演进行了一次次排练，一再准备问题，直到最后完成答辩，心中的石头才真正落地。校区团工委的张文学老师和科技创新中心的同学们就这样陪伴帮助了我们一整天。到最终成绩公布的那一刻，我不由得大声欢呼了起来，我们做到了！我们没有辜负自己的努力、老师的帮助和学校的期待！

从校银奖到全国金奖，我们一路走来，不仅认识了很多志同道合优秀的前辈和同学，也得到了很多优秀老师的点拨和帮助。备赛过程虽然艰辛，但是在学校、学院以及指导老师的一路陪伴下，我们一次次地打磨提升，直到最后一刻完美发挥。学校、指导老师以及团队成员都为此付出了大量时间和精力，最终我们的“互联网+”之旅也画上了圆满句号。

最后，我也希望身为山大人的我们，一直以崇实的品格和不断追求创新的精神风貌作为自身要求。不仅是在国赛的道路上，在未来，我也会秉持这一优良作风不断创新，继续进步。

作者：海洋学院2019级本科生　闫匡奇

11月18日　星期五　晴

研究生支教团河南队成员·万永琦

2022年11月18日，距离在山大附中实习恰好一年，我站在河南确山县老臧庄的操场上思绪万千。

尔来五千余载，豫州总为国之胸膛。风云变幻看惯，俗氛何碍天行有常。有淮河育万年谷，哺育中原而庇佑四方。有英灵不为朽壤，鞠躬尽瘁荷重任无量。

天中名庠，名老臧庄；序列名师，龙盘虎藏；弱龄百何，东碰西撞，踢天弄井，神采飞扬。稷下学子，授课一晌；舞文弄墨，贻笑大方；智勇相斗，没齿难忘。立根确山，走街访巷，欲寻真理，实为狂妄。扎根三尺，冬雪秋霜，送尔清辉，朗陵月光。

阶段一，空叹意义不如介入现实。我曾在支教申请中写到，隔岸观火的人永远无法明白起火的原因，与其冷眼旁观悬浮自我，不如撸起袖子介入现实。从脱贫攻坚到乡村振兴，我们一路见证十年来的伟大成就。但不亲自扎到水里去呛呛，怎么能知道这汤是咸是淡？于是我幻想着“驾驭青春驰骋在生命的原野上，任他风雨雷电”。

月如钩，上层楼，坠千斤愁。

阶段二，介入现实并非揠苗助长。我苦心孤诣地设计课堂，想一气儿把肚里的墨水全灌给他们。但孩子们却并不买账，一如既往地漫不经心，此时的我空有一腔热情无处安放。直到有一天孩子们称我为“恐怖老奶奶”，那一瞬间，我意识到自己有些操之过急、急功近利。

花开有期。但我却心切地想告诉孩子们，人生绝不是一场拼成绩、论出身的无聊游戏，而关键在于你能否成为薪火相传链条中的一环；想告诉你们外面的天空如此广阔，一览众山小的美景等着你们，任何踌躇都是对光阴的无情浪费。这一年的时间我一秒都不想虚耗，我想同你们与确山一道托起太阳。

但看着他们那完全没有被生活泥潭拖住的澄莹眼神，是啊，何必把轻盈的生命套上自以为是的枷锁。铸魂养根，百年才可树人。不管以后你们心向何方，都不影响此刻我们固本浚源，共赴远山。

月如弦，秋雨绵，候惊鸿缘。

阶段三：因势利导必须扎根三尺。西风几度来，我也不再于焦虑中惶惶。扎根三尺去了解他们想什么，才能引导他们做什么。孩子们的成长环境大相径庭，对学习的态度迥异。于是我逐渐和他们“打成一片”，为孩子们“开小灶”，并逐渐提高自己的教学水平，学习授课技巧。

仲尼厄而作春秋，成长于此的你们，出生便具备着赋离骚、修兵法的天然优势。当被生活消磨的浪漫以一颗百炼成钢的心归来时，扎根土壤的青春之花定会绚丽绽放。

月如环，清辉灿，赛夜后晗。

游莫羡天池鹏，归莫问辽东鹤。既来此支教，就更须于基层寻根溯源，探访真理。生活的真相在基层，生命的轨迹在基层。

山东大学驻老臧庄社区第一书记宋尧玉时常讲到：你们要有情怀、有担当，有思考、有成长，做胸怀祖国的追梦人。因此他常常带领我们走村串户，调研实际情况；参观扶贫企业，思考乡村的致富方向；处理琐碎的社区工作，培养耐心而高超的沟通技巧。在宋书记的带领下，我们看到了社区的泥泞变坦途，见证了饮用水接入农家户，感受到了宁劳形、不庸碌。这些一线工作的宝贵经验和切身感受是无法从书本上学到的，只有把脚踏进泥土里，才能看到种子的生长轨迹、知悉祖国最微小细胞的运作原理。

山群巍巍的远方，鸟鹊时来的宿舍，未寝同游的挚友都是予人滋味的盐。虽时常浮现家乡的沙起雪落，但此心安处亦吾乡。

归有光看到“今已亭亭如盖矣”的枇杷树，难免移情于物、悲恸感怀。别后数年，若回确山，插在秀山上的那几枝柳条是否已能荫蔽一方？撒在老臧庄的那几粒种子是否已然成长茁壮？

某日子时，同天雨回宿舍，惊觉朗陵月光正温柔地流淌。回想起来，是它目睹了我内心的波涛，治愈了我的焦躁，浇灌了我的成长。我便斗胆写一封信，放漂流瓶于月海上，化作一缕清辉，陪伴着、见证着我们彼此的成长。

月盈复朔，万木必春。

作者：研究生支教团河南队成员　万永琦

11 月 19 日　星期六　晴

退休教授 · 徐松德

我是山东大学医学院生物化学研究所的退休教师，现隶属于学校离退休党委第二总支第十四支部。最近，我应离退休党委之邀参加了部分退休老教师与医学八年制学生一起开展的“青老漫谈　薪火相传　‘医’起向未来”活动，交流分享党的二十大报告学习体会。在离退休党委副书记刘冰搭建的师生融合平台上，我这个退休 20 多年的老人，很高兴又能与年轻学生们交流互动，真希望这样的活动能常态化。

先谈谈我 86 年的人生路。我兄弟姐妹 9 人，小时候每到开学，父母都要为筹备学费发愁。为减轻父母压力，我 11 岁时报考了乡村师范，学习一年后，校领导和老师觉得我年纪太小，劝我回去继续读完初中。1952 年，我初中毕业，分配到护士学校。14 岁的我只身从江南水乡来到举目无亲的北方——山东济南护校。读护校两年，毕业时又被推荐上大学。那是 1954 年 9 月 4 日，我乘坐一辆三轮车来到山东医学院。我在山医大院内生活了 70 个年头，见证了齐鲁医学的发展与变迁：学校由白求恩医学院与齐鲁大学医学院合并成山东医学院，到山东医科大学，再到山东大学医学院；食堂从 8 人一桌一盆菜，到现在几十样饭菜打卡就餐；宿舍从六排平房无暖气、公用厕所，到现在的学生公寓大楼……

回忆起来，在山医就读是我最幸福快乐的时光。在大一时，因我没学过对数不会查对数表，但不会查对数表怎么学习分析化学？没学过三角怎么学好大学物理课呢？只能恶补。最后，我大一课程（全部口试）门门满分，获甲等优秀生称号，并获 50 元奖学金，得以回家一次，见到了三年未见到的爹娘和兄弟姐妹。我全靠助学金完成了五年的本科学习，其间年年都被评为三好学生。在本科毕业前夕，1959 年，我光荣加入了中国共产党，决心好好学习，努力工作，不辜负党的培养，永远跟党走。

本科毕业之际，我很幸运被推荐读研究生，全校仅生化、生理、耳鼻喉专业招收研究生，共招收不到10人。当时没有研究生部或处等管理机构，由方春望院长直接管理，我们学习前苏联体系，攻读的是副博士学位，相当于现在的硕士。在我临毕业前夕，高教部通知研究生必须英语过关。我于1963年毕业后留校任教，直到2000年65岁退休。

同学们！你们生活在向着第二个百年奋斗目标进军的重要时刻，这是我们中华民族的千秋伟业，你们责任重大，使命光荣。希望你们珍惜医生这个光荣神圣的职业，做一名全心全意为人民服务的优秀医务工作者。最后允许我唱几句“老校歌”，也是对青年医学生的寄语——“我们是革命的医务工作者，我们是白求恩的学生，白求恩的精神鼓舞我们工作。”

作者：离退休党委退休教授　徐松德

11月20日　星期日　阴

威海校区青年骨干能力提升班学员·林娇艳

周五上午，我作为校区青年骨干能力提升班的一员，聆听学习了中国教育科学研究院副院长马陆亭研究员题为“全面落实大学的战略支撑地位和人才引领驱动作用”的专题辅导报告。随后，我们第六学习小组趁热打铁开展了团队实践拓展活动——赴校区图书馆参观学习。

在参观学习的过程中，图书馆邹莉莉老师向我们系统介绍了图书馆近年来硬件建设、软件建设方面的新举措、新成效，我们很多人都对图书馆在提质增效、服务师生方面取得的成绩感到惊喜和赞叹。

硬件建设方面，图书馆近年来借用信息化手段不断提升硬件条件，提高服务水平。图书馆引进了自助借还系统，实现了图书自助借还，延长了图书借还时间，节省了人力成本；引进了图书馆 RFID 智能系统，实现了图书检索可视化、图书盘点上架自动化管理等功能。这让我联想到自身的工作，校区的公房管理也借助信息化手段实现了楼盘电子地图可视化管理，同时我也意识到，管理服务提质增效必须充分利用好信息化手段。此外，图书馆开展了“捷阅通”服务和一校三地异地借还书服务，对于图书馆没有的藏书和不在本馆的藏书，师生可以零成本荐书、购书、借书，满足了师生教学科研和自主研究的个性化需求。

软件建设方面，图书馆通过不断丰富文化建设为师生提供更多增值服务。图书馆通过优化空间布局，增设了学者交流研讨区、教师阅览专区、新书阅览区、党建专区、威海地方文献展区等，丰富了服务内容。利用三层中厅，图书馆还开设了各类展览。参观时正逢刘胜民老师的校园鸟类摄影作品展，展现了宜学宜居的校园环境，让师生在学习工作之余领略校园之美。

除了不定期的展览外，图书馆还定期举行各类读书文化活动，如“一院一书”“行走中的阅读”等活动，丰富的阅读文化活动让我们在参观过程中真切感受到了阅读的魅力。

经过此次团队实践拓展活动，我们小组成员增进了交流沟通，加深了对兄弟单位业务的了解，同时也开阔了视野格局，丰富了知识结构。感谢学校提供的学习机会，期待下一次的学习实践活动。

作者：威海校区资产与实验室管理处工作人员　林娇艳

11月21日　星期一　雨

公共卫生学院赴济南市高新区疾控中心志愿者·季芝强

11月17日，学院通知招募一批志愿者赴济南市各区疾控中心参与流调工作。看到此消息后，我积极报了名，成为44名志愿者中的一份子，并于11月18日下午赴济南市高新区协助疾控中心工作人员开展流调工作。我知道，这是我身为山大公卫人应有的素养，是身为一名共产党员、党支部副书记的担当，同时也是我找寻专业价值与自我价值的一次契机。

11月18日下午，我们乘坐大巴到达高新区疾控中心。放下行李后，我们就匆匆投入到工作中。在联合办公场所，我被分配到信息组，经过工作人员的培训，我负责各种信息的整理汇总，录入部分数据，同时还需通过电话随访对相关人员进行信息核实。11月19日晚上，我被安排值夜班，从凌晨0点到早上8点未曾睡觉，熬夜所带来的不适使我深深体会到基层疫情防控人员的付出与艰辛。联合办公场所的老师每天晚上基本都到12点才离开，第二天一大早又投入到新的工作中。在联合办公场所，所见所闻都使我意识到公卫人的平凡与伟大。

古人云“纸上得来终觉浅，绝知此事要躬行”，这是亘古不变的朴实道理，也是我一直以来信奉的至理名言。记得2018年12月，我参加了公卫学院的转专业面试，顺利成为一名医学生，圆梦齐鲁医学。2019年年底突发的新冠疫情，让从前默默无名的公共卫生专业走进大众的视野，也使我开始感受到公卫事业的重要性。在经过四年的专业学习后，我更深刻地感受到公卫事业对实现“健康中国”目标的巨大推动作用。但是，真正使我感受到公卫事业巨大价值与意义的，莫过于本次流调志愿者的亲身体验。通过亲身参与流调工作，我深刻感受到疾控工作的繁杂与辛苦，也深深认同了我们的专业价值。

预防医学是医学的重要组成部分，它以人群为研究对象，以预防为主为指导思想，通过制订一系列政策与措施，最终达到促进健康与预防疾病的目的。它是我们实现《“健康中国 2030”规划纲要》的一把钥匙，是把我国建成富强、民主、文明、和谐、美丽的社会主义现代化强国不可或缺的工具。通过实践，我找寻到了自我价值。“能做事的做事，能发声的发声，有一分热，发一分光。”既然选择了公卫事业，纵使前路漫漫，征途坎坷，我也将不忘初心、牢记使命，勇担时代重任。我坚信，疫情的阴霾终将过去，胜利的曙光必将到来！

作者：公共卫生学院 2018 级本科生　季芝强

11 月 22 日　星期二　雨

青岛校区核酸检测志愿者 · 郑子叶

遍地都是落叶的痕迹，秋天好像还不想离开。今天是雨天，带着点淡淡的忧郁，也带着点淡淡的安静。现在山东疫情形势严峻，作为一名中共党员，我希望自己能够为抗击疫情做些力所能及的事情，这样才对得住入党时的铮铮誓言。在今天的校内全员核酸检测工作中，我主动联系负责人，报名核酸志愿服务活动的志愿者，在下午 2 点到 7 点于核酸信息录入岗位上提供志愿服务。

工作人员们全副武装，在风雨中各司其职；老师和同学们高度配合，自觉有序地参与核酸采样。5 个小时下来，身体上虽然有些疲惫，但精神上还是很愉快的。细雨中一份份信任和感动默默传递，在这个过程中，我也收到了很多声“谢谢”，在这个阴雨天感受到了互相带来的感动和温暖。

志愿服务结束后，回到宿舍，我看着窗外的雨，捧一杯热茶，一个人静静沉思，内心温暖又充实。雨水洗去了心灵上的杂尘，茶入口，苦涩继而回甘，让人心旷神怡。

志愿始于心，奉献在于行。未必光芒万丈，但始终温暖有光。我觉得做志愿服务不仅仅是工作本身，还是自己心灵的一次成长。我渐渐不在乎工作时长、劳累与否，而更加关注自己在做志愿服务时碰到什么人和什么事情，这些对于我才是更有益的事情。疫情防控一日不可松懈，只有每个人紧紧团结在一起，才能汇聚成击退疫情的磅礴力量，而志愿者可以说是联结工作人员与参检人员的绳索。今后我也愿意继续投身于疫情防控的志愿服务工作中，为疫情防控阻击战的胜利贡献绵薄之力。

季节轮换，总有新的故事值得期盼。愿山河无恙，人间皆安。我相信前路光明，阴霾终会散去，我们定同舟共济，风雨共度，不负青春，不留遗憾。

作者：环境科学与工程学院2022级硕士研究生　郑子叶

11月23日　星期三　晴

电气工程学院研究生辅导员·谭文惠

天渐冷，我暂时放下手头的工作望向窗外，对面的千佛山不知什么时候已经染上了一片金黄。转眼之间我在辅导员的岗位上已经三个月了，回顾这期间的工作生活，我感慨万千。

几天前，学校部署校区疫情防控相关工作，电气工程学院第一时间启动应急响应机制。作为一名保资辅导员，我凌晨到岗，在学院领导、老师的带领下有条不紊地进行人数统计、志愿者召集、召开学生会议传达信息等工作。在此期间，学院教师志愿者们将主战场从教学一线转移到宿舍区，协同学生志愿服务队，在防疫一线化身送餐“大白”，每日三餐，从舜园北门将700余份盒饭装车，再护送至学院定点宿舍楼下并分发完毕。送餐间隙，我再一次深切地体会到了身份的转换。几个月前，我还是一名本科生，恰好经历了上半年中心校区的万人转运。在方舱隔离的半个月里，每餐都由志愿者送到门前，下午还有点心与牛奶。学校也积极倾听我们的诉求，及时解决急需药品、特殊饮食、日用品等需求。而现在的我从被送餐的学生变为了送餐的志愿者，在一次次的需求统计、部门对接中，我体会到了志愿者的奉献精神与学校、学院对学生深切的关心关爱。

看着朋友圈里学生们纷纷晒出自己的“山大外卖”，我好像回到了不久前的时光，与舍友津津有味地讨论中午的盒饭有几个种类。在一次送餐结束后，有一位学生在微信上和我说：“谭老师辛苦了，谢谢你们志愿者为我们送的一日三餐。”那一刻，我感受到了来自山大人的接力与传承。我的身份也许变了，但我对学生工作的热爱却没有变。

入职之前，我内心十分忐忑，自己是否能做好同龄人的辅导员？他们大多数人与我是同年出生，我该如何与他们相处？我想这三个月的工作生活已经给了我答案：保持为学生服务、为集体奉献的初心，用真心换真心。

病毒藏起热闹，但藏不起爱。在这段时间里我感受到自己的责任重大、使命光荣，我也会不忘初心，继续做一名想学生之所想、急学生之所急的辅导员。风雨总会过去，我们终将战胜疫情，愿山河无恙，人间皆安。

作者：电气工程学院辅导员　谭文惠

11 月 24 日　星期四　晴

研究生校长奖评选工作志愿者·梁家敏

又是一周的周四，我走在去明德楼的路上。虽然早晨有些冷，但回想起一周前，我怀着无比期待而又激动的心情，作为志愿者连续几天全程参加了“山东大学优秀研究生菁英荟”活动，心里不禁泛起一阵阵暖意。

在我没参与奖助志愿者工作之前，我觉得评优评奖是一件很简单的事情。但是当我参与其中之后，才知道这是一项烦琐又事无巨细的工作，校长奖作为山大在校学生的最高荣誉，更是如此。从拟定发布前期相关文件通知、审核汇总材料、公示参评学生申报材料、准备评审活动，再到邀请学部专家评委、制作表决选票、布置评审现场、展示候选人风采、采访获奖学生等，这些工作有大有小，工作流程紧密相接、环环相扣。在领导的悉心指导与高老师的辛勤筹备和认真带领下，我们奖助工作志愿者一起加班作战，最终顺利完成了这项工作。

此前，研究生校长奖的评审分别在一校三地进行，而此次校长奖评审采取的是一校三地线上线下相结合的大评审，这是研究生校长奖评审的“首创”之举。正是通过这次活动，我了解到了一校三地优秀学子的风采，感受到“学无止境，气有浩然”对于山大人的鼓舞与激励，也使我以榜样的力量不断激励自己，做一个自强不息的山大人。

我还参与了校长奖参评同学的宣传工作。在评审答辩环节后，我们会对参评学生进行一个简短的采访，之后会在学校各大公众号和网站进行宣传。参与校长奖评审的同学本身在各学院都是非常优秀的人才，能否获得荣誉只是由于名额数量有限制，并不是评价一个人优秀与否的标准。因此，本次校长奖的评审以“山东大学优秀研究生菁英荟”为主题，目的是充分展现各学院、学科优秀研究生风采，促进各学院优秀学子之间的学术交流与探讨，引导学生树立正确的荣誉观。从医学学部、人文学部，到社科学部、工学学部，再到信息学部和最后一场的理学学部，我全程参与了校长奖六场六个学部奖学金的评审工作，感受到了山大学子的脚踏实地、勇于进取。他们躬耕于学术的田地中，将“把论文写在祖国大地上”的光荣使命展现得淋漓尽致。

在校长奖的评审过程中，我最大的感悟便是评审流程的公平、公正与透明。为确保整个评审流程的规范，我们统一要求参评学生的学术成果必须要在10月31日之前在期刊上发表并有刊号，并且一一核对，汇总后进行公示。在联系评审评委时，我们采取“导师回避制”，每场评审结果也在研究生院官网公示。作为志愿者，在整个评审工作流程中，我们以严格的纪律要求自己，努力做到善始善终，为校长奖评审工作的公平公正开展保驾护航。

从这场活动中，我学习和收获了很多。我想借用习近平总书记在党的二十大报告中的话与大家共勉，广大青年要“立志做有理想、敢担当、能吃苦、肯奋斗的新时代好青年，让青春在全面建设社会主义现代化国家的火热实践中绽放绚丽之花”。

作者：马克思主义学院2021级硕士研究生　梁家敏

11月25日　星期五　晴

威海校区学习宣传贯彻党的二十大精神专题讲座组织者·刘　萍

虽然已经进入冬季，但是今天风和日丽，户外暖融融的，让人恍若置身秋季，一如我所身处的活动现场热烈的氛围。

为深入学习宣传贯彻党的二十大精神，激励学生党员弘扬伟大建党精神，踔厉奋发、勇毅前行，同时深入推进“青春心向党　建功新时代”学生党员教育实践专题活动，威海校区特举办学习宣传贯彻党的二十大精神专题讲座暨第十期“初心讲堂”活动。作为活动组织者，从活动的前期筹备到活动正式举办，我全程参与其中。

本次活动邀请到马克思主义学院（威海）常务副院长、党委副书记，教授、博士生导师郝书翠担任主讲嘉宾，作题为“坚定历史自信　增强历史主动”的专题讲座。她的报告从“历史自觉、历史自信、历史主动”“贯穿百年党史的历史主动精神”“坚定历史自信、增强历史主动，走好新的赶考之路”等三个方面展开。她结合习近平总书记的相关论述，阐明了历史自觉、历史自信、历史主动三者之间的关系，以及历史自觉、历史自信与文化自信的关系；深刻分析总结了中国共产党“把握发展大势的历史自觉”“勇担责任使命的历史担当”“聚焦主要矛盾的历史创造”“敢于自我革命的历史自信”；从“理论上，坚持两个结合开辟马克思主义中国化新境界”“实践上，以中国式现代化全面推进中华民族伟大复兴”“影响力上，充分彰显人类文明新形态的世界意义”等三个方面详细说明了新时代中国特色社会主义的重大历史意义。讲座内容翔实，深入浅出，参与现场活动的学生党员代表纷纷表示受益良多，我也感到收获满满。

习近平总书记在党的二十大报告中指出：“青年强，则国家强。”“全党要把青年工作作为战略性工作来抓，用党的科学理论武装青年，用党的初心使命感召青年，做青年朋友的知心人、青年工作的热心人、青年群众的引路人。”自党的二十大胜利闭幕以来，校区党工委学生工作部积极落实上级党委的要求，多措并举，线上线下有机结合，组织全体学生认真学习宣传贯彻党的二十大精神。线上，以学工部微信公众号“山东大学威海校区学生在线”为载体，通过专栏对党的二十大精神进行集中宣传；开设专栏，选树优秀学子典型进行先进事迹宣介，充分发挥同辈的示范引领作用。线下，以“青春心向党　建功新时代”学生党员教育实践专题活动为抓手，以“初心讲堂”活动为载体，举办党的二十大精神宣讲活动。后续，我们还会通过学习沙龙、主题作品征集等活动，深入学习宣传贯彻党的二十大精神。

作为一名学生工作者，在今后的工作中，我将紧紧围绕立德树人的根本任务，牢记为党育人、为国育才的初心使命，以党的二十大精神为指引，加强学生思想引领，充分运用新技术、新手段，进一步提升思想政治教育的实效性，为培养德智体美劳全面发展的社会主义建设者和接班人贡献自己的力量。

作者：威海校区党工委学生工作部工作人员　刘　萍

11 月 26 日　星期六　晴

洪家楼校区疫情防控志愿者·刘一敏

冬雨带来一丝凉意，雨水打湿了满地的黄叶，浓浓的雾气朦胧了整个校园。“请大家戴好口罩，保持一米距离”，响亮的声音打破了初冬的寂凉。济南市疫情形势逐渐严峻，山东大学洪家楼校区紧急开设食堂外卖点，我第一时间联系洪家楼校区疫情防控指挥部的负责老师，选择加入志愿者的行列，每天在中午 11 点半到 12 点半之间于 12 号宿舍楼前食堂外卖点处提供志愿服务。校园里那一抹鲜艳的“志愿红”身影，在这个微凉的冬日温暖了大家的心。

午饭前，食堂工作人员与志愿者们早早到位，摆放餐食，整理物资。中午 12 点，是同学们购买午餐的高峰时段，此时需要志愿者在队列里穿插游走，提醒大家注意排队间隔，维持排队秩序，同时还要时时观察站点餐食是否充足、有哪些已售罄，协助食堂工作人员搬运、拿取餐食。志愿者和食堂工作人员配合默契、效率高，工作过程十分愉快。在志愿的过程中，同学们积极配合我们的工作，与食堂工作人员融洽沟通，尽显山大学子的优良素质。

在志愿服务的这几天里，几乎每天中午都会遇到熟悉的同学，同学们热情地与志愿者、食堂工作人员打招呼，由衷地对我们展露笑颜，这样的小举动温暖了我们疲惫的心灵。一次结束志愿工作去食堂买饭，食堂阿姨笑着对我说："你是志愿者呀，阿姨多给你两块肉！你们辛苦了！"来不及婉拒，阿姨就已经将饭菜装好。原本有些疲惫的精神被阿姨的话语所治愈，心里暖洋洋的，有种说不出的幸福感。

在我看来，志愿服务不仅是想要为学校抗疫工作贡献一份自己的力量，更是希望自己能够对得起山东大学研究生支教团成员的身份。这是作为一名支教团成员、一名艺术学院学生应有的责任与担当。雾尽风暖，雨过天晴，奔走的"志愿红"成为校园抗疫期间的亮丽色彩，我们坚守在校园里，迎接新光。

作者：艺术学院 2019 级本科生　刘一敏

11 月 27 日　星期日　晴

齐园餐厅送餐志愿者・岳真名

"因为有你，我们更用心。愿你有元气满满的一天！山大饮食为你加油！"

这是齐园餐厅为在宿舍的同学们准备的早餐中所附纸条上的内容。在今天早上志愿服务结束后的工作餐中发现它后，我有些触动。

这是我成为送餐志愿者的第二个早上。志愿者们每天早上 6 点 10 分集合，之后被分为四到五个小组去往各个工作点送餐。我昨天负责为七号楼的同学们送餐，而今天早上被分配到餐厅南门工作。

当我被袭来的寒风吹得还有些迟疑时，身边干劲十足的同学鼓舞了我。他们逐一向前传递着餐盒，接力完成这项工作，效率很高。令我印象最深刻的是一位高个子女生，虽然看起来很瘦，但她总是主动拿很多餐盒，而且做事也冲在前面。最后发现还有几大包餐盒没有配送完时，她主动选择留下来，二话不说提着食物就往七号楼走。

发现等待三轮车运餐速度较慢后，我们选择用人力送盒饭。我被身边的“红马甲”们簇拥着，双手分别提着两大袋盒饭，从餐厅门口走到七号楼门口，一段不远的距离，每个人都步履匆匆，身影都很坚定。

在送餐时，我望向堆成小山的餐盒，望向把餐盒递给我们的餐厅工作人员，想到他们每天需要起得很早来准备这些食物；望向身边青志联的同学与志愿者们，每个人都想为学校贡献自己的力量。疫情之下，每个人都在努力散发着自己的光和热，“冀以尘雾之微，补益山海；荧烛末光，增辉日月”。每个人虽然渺小普通，但汇聚起来的力量却不平凡。

再次望向那张纸条，我想说，疫情面前，每一位山大人都如同钻石的每一个切面，都闪耀着自己独特的光芒。

我很珍惜能够成为志愿者的机会，不久前我也被选拔进了山东大学春晖社寒假支教团，成为赴德州夏津支教队的队员。曾经因为受到帮助而感动，于是也想着帮助他人。不论是出于内心的召唤，还是对爱和善良之力量的坚信，希望有越来越多的人当志愿者，传递志愿服务的暖流。

作者：化学与化工学院 2021 级本科生　岳真名

11 月 28 日　星期一　小雨

研究生校长奖获得者·杨胜祥

我是一个不太善于表达感情的人。当确定自己在博士期间有幸获评山东大学 2022 年度研究生校长奖时，我的心情难以言状。参评过程的点点滴滴，山大求学的日日夜夜，那些隐藏在心灵深处的感动，一起奔涌而至。

我曾在硕士期间获评校长奖，因此能清晰感受到今年校长奖的评审与往年不同。往年校长奖的评审，是济南校本部、威海校区、青岛校区各自组织，今年则改为一校三地统一组织评审。今年还在评审期间同时组织“山东大学优秀研究生菁英荟”交流活动，增加了风采展示、采访等环节，并在“山大研究生”微信公众号同步推送新闻，在全校师生的共同见证下开展。这不仅增加了一校三地的凝聚力，促进了学科交叉融合，还使评审更为公平和透明。通过线上线下的交流、阅览公示材料和“菁英荟”的风采展示等途径，我领略到了候选者们的优秀，也看到了百廿山大的蓬勃生机。

为全面贯彻国家教育方针，加强拔尖创新人才培养，充分调动学生的科研积极性，激发学生创新活力，进一步提高学生培养质量，山大的奖助体系及有关规定在不断改进和完善。改善与实施的背后，是学校各部门及有关工作人员的默默付出。这次校长奖评审的变化、候选人数量的增加、相关环节的加入，特别是疫情带来的不确定性，都给工作人员带来不小的压力。在去明德楼递交材料时、在微信群里咨询问题时，我们都能看出工作人员及志愿者们的忙碌和紧张，好在一切都在他们的协调与努力之下平稳有序地推进。

11 月 15 日至 18 日，所有候选人要按学科分为 6 个学部进行评审。我所在的人文学部的评审时间是 15 日下午，需要提前到场查验证件、拷贝

PPT，然后按照先前在微信群里确定好的抽签顺序依次答辩。个人陈述、评委提问、评委评审、名单公示，所有环节有条不紊地进行。而我的心情在略显紧张的同时，也有一丝丝暖意。评委提问的最后，有一位评委老师对我表示勉励："你硕士来参评，我见过你。"另一位老师感慨："已经三年了呀！"我与评委老师素不相识，而老师们一路见证并能记住我的进步，我感受到莫大的鼓舞。答辩结束后有一段简单采访，询问候选人参评校长奖的想法。我想，用一个"与有荣焉"来形容殆不为过。

我来山大已经10年了，目之所及，皆是感念。自习室、图书馆、浴室、宿舍，山大的条件一直在改善。济南的夏天很热，宿舍的钢架床都摸着烫手，后来安上了空调。冬雪时降，知新楼前的地砖踩上去如履薄冰，很快有了防滑处理。人们说济南是个没有春天的城市，而我在学校的关怀中感受到了四季如春。我从药学院考入尼山学堂，实现了专业与兴趣的统一，后来跟着导师杜泽逊教授在儒学院读硕士、读博士，在杜老师的带领下参加国家项目。一路走来，因为学校提供的平台和资源，我在老师们的指导和帮助下，得到了很好的基础培养和学术训练，逐步走上了学术研究道路。

校长奖，是山东大学授予在校学生的最高荣誉。我相信很多来参评的同学跟我的想法不谋而合。于我而言，参评校长奖，不仅仅是为了获奖，更是为了向学校报告我的近况，让老师们知道学校的付出没有白费，很有意义。

作者：儒学高等研究院2020级博士生　杨胜祥

11月29日　星期二　多云

第一临床学院硕士研究生·张先雷

临近中午，午餐配送工作人员将上百份盒饭送至15号楼，我们的辅导员魏廷义老师在现场协调工作，安排分发盒饭。作为洪家楼校区志愿服务队的一名成员，我主动参与到分发工作中，协助核实各宿舍人数，维持领取盒饭的队伍秩序。看到分发工作高效进行，队伍井然有序，我感受到了志愿服务工作的意义。虽然今天气温骤降，但是我参与志愿服务的心却格外火热。

我不禁回忆起之前的多次志愿服务工作——学校要建立学生志愿服务队时，我踊跃报名，顺利加入志愿服务的大队伍，成为一名志愿者。身为第一临床学院的医学生，我深知在疫情防控常态化和疫情反复时期，志愿服务工作的重要性和必要性，也想要获得为老师和同学们服务的机会。我曾多次参加维护食堂秩序的志愿服务工作，参加过洪家楼“校园守护计划”志愿服务工作，参加过新生报到的迎新工作，参加过防疫物资的运送、管理、分发工作。在这些宝贵的经历中，我看到了山大学子的通力合作和无私奉献，深切感受到了志愿服务工作所带来的责任感和成就感，也在这个过程中有所成长。

我会在志愿服务的这条路上一直走下去，因为我知道有一种精神叫奉献，有一种职责叫志愿。中华民族拥有五千年的悠久历史和灿烂文化，从“不以善小而不为”的千年古训到“助人为乐”的雷锋精神，都传递出一种互助、奉献的志愿精神。把自我的“快乐”融入服务过程中，是很有意义和价值的。

如今疫情形势依然严峻，作为山东大学的一份子，在做好个人防护的前提下，我们要配合好学校的防疫工作安排。每个人也许有不同的需求，但是在疫情防控的大形势下，要将个人融入集体，将小我融入大我，这也是我们不可推卸的责任。我相信在山大人的共同努力下，冰雪终会消融，疫情终将散去。

作者：第一临床学院 2022 级硕士研究生　张先雷

11 月 30 日　星期三　多云

青岛校区机关微党课比赛一等奖获得者·丁　璇

今天青岛气温骤降，寒风凛冽，天空中还时而飘着几朵雪花，但我的心中却充满温暖和力量。

下午，我参加了青岛校区机关党委组织的“学习党的二十大　砥砺奋进新征程”专题微党课比赛。校区机关各支部的党员选手围绕学习宣传贯彻党的二十大精神这条主线，结合个人工作实际和岗位职责，分享了自己的心得体会和思路举措。

10 月 16 日党的二十大开幕会当天，在聆听习近平总书记所作的党的二十大报告有关 10 年伟大变革的部分时，我就在想，如果将新时代这 10 年聚焦到每个人的身上，都会发生哪些变化呢？突然发现，原来，我在山大已经整整 10 年了。由此，我想借这次微党课的机会，梳理回顾一下自己在山大的 10 年成长。

准备比赛的过程中，翻看着这些年来珍藏的照片和文字，我的心中充满感恩和感动。2012 年的夏天，大一新生报到，步入古朴温润的洪家楼校区，我与山大的故事正式开始。机缘巧合，我成为学校党委宣传部的一名学生记者，有幸参与到各类活动的宣传报道当中。从 2015 年第 22 届国际历史科学大会的开幕式现场，到 2016 年青岛校区迎来首批新生的期待盼望；从2017年李克强总理在山大考察时的热烈景象，到2018年学校第十四次党代会“追求卓越，只争朝夕”的强音奏响；从每年迎新现场的朝气蓬勃，到毕业典礼上的热泪盈眶。我亲历和见证着学校发展的一个个历史性时刻，深刻感受着山大人的情怀与担当，也在努力通过自己的笔触和镜头去呈现校园中的美好。当自己的名字出现在学校网站上，当自己的身影也成为别人镜头里的风景时，我倍感骄傲。2020年，我在青岛校区完成了硕士学业，但我与山大的缘分并未终止。同年通过招聘如愿入职，我再次成为一名“新”山大人。

回顾这10年，学生时期，宣传工作带给我的更多的是一种与有荣焉的兴奋感、参与感；成为一名教工之后，我感觉身上更多了一份讲好山大故事的使命感和责任感。在这个身份转换的过程中，我对于学校、校区建设发展的理解更加深刻，对于宣传思想工作重要性的认识也不断加深。

党的二十大报告中谈到，“加快构建中国话语和中国叙事体系，讲好中国故事、传播好中国声音，展现可信、可爱、可敬的中国形象”。聚焦到学校和校区来说，作为宣传工作者的使命任务就是讲好山大故事，传递好校区声音。

在今后的工作中，我们将以党的二十大精神为指引，按照习近平总书记对于宣传工作者提出的要求，不断锤炼提升脚力、眼力、脑力、笔力，用脚步丈量校园、发现亮点，用思想把牢方向、书写华章，努力成为一名政治过硬、本领高强、求实创新、能打硬仗的宣传思想工作者，始终心怀“国之大者”，牢记“立德树人”根本任务，真正做到以铁肩担使命，以丹心著文章，讲好山大故事，传递好校区声音。

期待与山大相伴的下一个10年，继续把我眼中的故事讲给你听……

作者：青岛校区组织宣传统战部工作人员　丁　璇

12 月 1 日　星期四　晴

威海校区青年骨干能力提升班学员 · 段兴立

苟日新，日日新，又日新。威海校区青年骨干能力提升班的学习已至后半程，理论熏陶、知识学习、技能提升、小组研讨各部分安排周密，节奏紧凑，环环相扣，氛围浓厚，为年末的工作学习生活增添了更多色彩。总在期盼，时间过得慢一点，课程再多一点，与小组同事们的交流再多几次。虽然每周大家集体学习交流的时间很短，但每次研讨都有思想火花迸发，讨论热烈。特别是聚焦党的二十大报告中教育科技人才“三位一体”的战略部署，我们站在自身岗位实际，坚持精耕细作、精致服务，就如何把本部门具体工作实现项目化、清单化、时限化管理，谈体会、谈想法、谈做法。

不经意间，小组已经成为学员们学业上互学互促、工作上互帮互助的“学习队”和“业务组”。小组研讨中，校区党工委宣传统战部（教师工作办公室）的王晶老师带领大家深入学习了校党委书记郭新立宣讲党的二十大精神的专题报告，分享了自己对坚定不移落实立德树人根本任务、突出“立德”鲜明导向的心得体会，加深了学员们对教师工作尤其是师德师风建设极端重要性的理解；国际合作与交流处的陈超老师分享了自己参加国际科研合作、国际化团队建设与管理等专题学习的收获，使大家对坚持系统思维、做好科学管理有了全新认识。

青年骨干能力提升班培训于我而言是一次宝贵的学习经历。我从事的校地合作工作具有服务对象多、业务面广的特点，要求对“政产学研金服用”各领域的政策条件、发展资源、创新要素都要有相当程度的了解。实际工作中，我感到自身对党和国家的战略部署、省市有关政策文件以及学校服务地方发展的策略和路径的把握还存在不足。参加青年骨干能力提升班的系统学习，使我对学校在新发展阶段发挥科技、人才、创新的重要结合点作用，坚定不移深化服务山东战略，构建校地融合发展新格局的紧迫性重要性有了进一步认识。补短板、强弱项、长技能、提素养，在青年骨干能力提升班学习的全程充满了获得感、满足感、幸福感。

作为能力提升班的一员、校区校地合作与服务山东工作的一线工作人员，我将继续加强对党的二十大精神的学习，将党的二十大精神贯彻到服务师生、促进校地合作发展工作中。接下来，我将努力结合服务山东现代化强省建设以及威海“精致城市”发展需要，在凝练校区社会服务典型案例与服务社会重点项目以及谋划建设校地融合发展项目等具体业务工作中，强化系统思维，突出重点、打造品牌，注重细节、优化服务，讲求实效、提高效率，为校区社会服务工作新亮点建设贡献应有力量，努力成为“功成不必在我，功成必定有我”理念的实践者和行动派。

作者：威海校区校地合作与校友工作办公室工作人员　段兴立

12月2日　星期五　晴

化学与化工学院本科生·季宏甜

“寒潮来袭，安全第一，我省将出现强降温。”山东省应急管理厅信息中预报的寒潮“变现”了，气温降至零下，冷到让人脚趾发颤，可是身后的“大化院”用行动把温度拉满。

昨天收到学校短信的那一刻，作为化学院疫情应急预备小组的成员，我“解锁”了四号宿舍楼二层层长的新身份，第一时间联系辅导员张老师：“老师，我在四号楼，已经醒了，随时待命！”张老师秒回的消息让我感到心安，因为我知道老师们这一夜一定已默默做了周全的准备待我们醒来。

窗外的天还未破晓，走道上错乱的脚步声略显匆忙慌张。我佩戴好N95口罩，去走道开窗通风，稳住大家情绪，再三嘱托大家暂返宿舍、静待安排。

“用心用情，做实做细。”从统计楼层成员信息，不落一人一寝；到统计早中晚饭供餐需求，根据大家需要配送清真餐与常规餐；再到统计大家所需紧急物资，收集大家留在自习室的书本的具体位置……疫情应急预备小组的同学，闻令而动，有条不紊，用心用情解决同学所需所盼。

“见行动，办实事。”在四号楼急需人手的关键时刻，2022级辅导员李雪祺老师二话不说拎包入住四号楼：“我来！”了解到需要采购并传递紧急物资，2019级党员张晨曦走在前：“我来！”物资传递需要同学协助从各个自习室将物品打包送至院团委办公室，2021级化学强基计划班的男生迎难而上：“我来！”为保证全楼层的同学尽快拿到急需物资并吃上热乎饭，入党积极分子们凝聚共识冲锋在前：“我来！”爱、责任、力量与精神，就这样手手传递、奔腾不息……是他们，让我们愈发坚信，总有山大人，山高路远，不辞千辛万苦，为我们而来！

“有你在时，那便是家。”随着车辆的行驶，山大校门渐渐融入夜色、难寻踪影的那一刹，离家般不舍的情绪涌上心头。脑海中突然思绪翻涌，是从什么时候开始，我想起山大就如同想起了家？是看到楼道里为我们奔波忙碌的那抹白色背影的那一刻，是看清厚重防护服下那张熟悉面庞的那一刻，是点开微信群里“大白”那条“宝贝们辛苦了，我们与你们同在”语音的那一刻，是通话中传来辅导员虽带沙哑却难掩温柔安抚的那一刻，是临行前“大白”说出“孩子们，别害怕，我等你们平安归来”的那一刻……温暖的山大人，总是在用各自独一无二的方式守护着自己的山大。一觉醒来，班主任的微信消息把手机屏幕塞得满满当当。“宏甜，现在情况怎么样了？”“大家状态还好吗？”我刚回复了消息放下手机，老师的微信电话就打了过来，还没等我开口问好，老师就抛出了一连串的问题：

“住得怎么样？昨晚睡得好吗？累坏了吧？那边冷不冷啊？用不用加床被子？给我发个定位吧？……”“妈妈式的关怀”是山大独有的温暖。

“句句有回音，件件有着落。”在平阴方舱的第一天，因为转移时间紧急、准备不够充分，大家遇到了很多的生活困难和问题。缺少饮用水、需要日用必需品、热水器漏水等大小问题不断，带队老师一边安抚我们一边竭力协调。一上午的时间，全员的大桶饮用水供应到位，到了下午，丰富多样的“山大防疫大礼包”也来敲门，让我们再次感受到山大温度、山大速度与山大力度。

上下同心，师生偕行。不论前方有怎样的波折与考验，我们知道并且坚信，“我们有时间，有力量，有信念”，胜利是属于我们唯一、光明且必然的结局。

作者：化学与化工学院2021级本科生　季宏甜

12月3日　星期六　晴

山大二院医生·王红娟

今天，伴随着寒潮来袭，我们消化内科的医生又迎来了病房换班的日子。所谓的换班，是特殊时期医院防控疫情的新对策。

最近十几天，全国和济南疫情形势严峻复杂，山大二院坚持“两手抓”，一手抓疫情防控，一手抓医疗生产，遵循“疫情就是命令　防控就是责任”的宗旨，认真贯彻落实中央优化防控工作的二十条措施，统筹疫情防控和安全生产，坚持超前谋划、超前预判、超前行动，形成了具有自身特色的防疫抗疫二院方案、二院模式。医院采取的特色模式就是模块化管理，各个区域医护人员分别排班管理，在各部门的工作区域内执行各种临床或者行政工作，最大限度减少人员流动，减少疫情传播风险，在防控疫情的同时保障老百姓的就医需求，更好为患者服务。

在模块化管理制度下，消化内科郭建强主任带领医护人员分为三组：门诊组、内镜组、病房组，三组医生进行排班管理，在保存医护工作者力量的同时严格防控疫情出现。在病房封控期间，医护人员也严格遵守模块化管理的规定，限制工作范围，减少人员之间的流动和相互影响。在病房闭环管理期间，医护人员在临床工作之余不忘抓教学及专业学习，利用线上方式和在不同住所静默的人员开展住培讲座及带教活动，保持学习热情和劲头。

在病房闭环管理的医生们除了保证正常的教学活动，科研学习也没有放松。在模块化管理模式下，在医院上班的同事们不能回家，以免在上班途中增加疫情感染的风险，这种模式也很难得地让我们有了自己安静下来的时间，去学习专业知识，打磨自己的标书。医院科研处的同事们也在各个科研群里提醒大家各种基金的提交时间、注意事项，并联系医学院的教授给予指导。疫情虽然让我们的活动受限，但是并没有束缚我们的思维和学习能力！

告别了家人，不知不觉到了病区，我的心忽然就静了下来，熟悉病人，到病人床边查体，完成病房工作，接下来就是利用工作之余的休息时间好好打磨标书啦。我也要为医院更好的明天尽一份力！

医院疫情防控和安全生产会议曾强调，全院党员干部要心往一处想，劲儿往一处使，用二院方案、经验和模式战胜疫情，共渡难关，推动医院化危为机、逆势飞扬！冬天已经到来，春天不会太远！

作者：第二医院医生　王红娟

12 月 4 日　星期日　晴

学生心理协会会长·陈欢迪

“你好！我们是山东大学学生心理协会！箱子里有我们会员写的明信片和糖果，喜欢的话可以拿一些！”

“哇，谢谢你们，真是太温暖了！”

作为一个在今年九月刚刚成立的社团，心理协会始终在努力探索着自己的方向。我通过和社员们的交流讨论，发现大家不仅对于心理学知识感兴趣，也非常希望向校园里的人们传递来自朋辈的善意。于是，我们一同设计了“玩偶送祝福”活动，由装扮成玩偶的社员在校园中发放祝福明信片传递温暖。

十一月是活动的准备阶段，我们邀请社员前往心理中心，在事先准备好的精美明信片上留下祝福，将善意化作爱的笔迹。十二月，当身边的同学们开始诉说压力和烦恼，当校园里的人们陷入了紧张和疲惫的状态，我们便决定让这一份来自心理协会的温暖洒满校园。

一张小小的明信片，一个来自玩偶的热情拥抱——我们把温暖送给即将面临考研、期末考试的同学，鼓励每一个年轻的梦想，祝愿他们永远心怀热爱、心怀理想；我们把温暖送给依旧坚守一线的教职员工，致敬他们的坚守和不轻易吐露难处的坚毅，也让他们相信每一份付出都将被我们铭记。

温暖的传递总是相互的。有的收到明信片的陌生人感激我们的善意，也祝愿我们心想事成；有的激动地和玩偶合影，久久地挥手不愿离去；有的大为赞赏我们的设想，期待我们把这个活动一直开展下去。

短短的一个多小时，我们便将事先准备的 60 多张明信片和糖果发放完了。大家呼着热气温暖着自己冻僵的手，兴奋地交流着今天的收获，感慨着人与人之间那永远美好、永远紧密的“心”连接。

很幸运也很幸福能成为心理协会的第一任社长，看着年轻的它一点点摸索，一点点收获认可和感动，我想，不管今后我们走向多大的平台，我们都不会忘记当初的点滴成长。在这里，我们努力成为更好的自己，努力为山大增添那一抹温暖的“心”力量！

作者：文学院 2019 级本科生　陈欢迪

12 月 5 日　星期一　晴

档案学专业创建 40 周年大会学生发言代表·胡晓烨

卌年时光，倏忽而过，何其有幸，躬逢盛会。昨天，山东大学档案学专业创建 40 周年大会召开，我们档案学专业全体师生、社会各界嘉宾和海内外校友齐聚云端。会上，我有幸作为在校生代表发言。当我在会上终于亲口道出那在心底激烈涌动的感恩和祝福时，忍不住热泪盈眶。

40 年前，在国家政策的指引下，在山东省档案局的支持下，在老一辈山大档案人的坚持和不懈努力下，山东大学档案学专业在 1982 年成功创办，成为山东省唯一的图书情报与档案管理类特色专业。40 年后，硕果初成，学系已成为教育部高等学校档案学专业教学指导委员会委员单位之一，并于 2022 年入选国家级一流本科专业建设点，培养了千余名优秀学生，为党和国家建设持续不断输送人才。

借此盛会，我想对系友们说：各位系友，请允许我叫你们一声学长学姐。或许你们还记得，那入学第一天的场景、那黑板上整齐的板书、那赶课时的匆匆脚步、那食堂飘出的喷香的味道、那晚间散步时与好友的谈笑。或许你们还记得，老师上课时的谆谆教导，将一个要点重复了一遍又一遍；同学们课余间的热烈讨论，你来我往，酣畅淋漓；图书馆里成架的书籍，自习室里成摞的文献，电脑里看不完的资料。或许你们还记得，每一个早起晨读的清晨，每一个挑灯夜战的深夜，第一次默默记下“学无止境，气有浩然”的校训，第一次上课时的兴奋，第一次回答问题时的紧张，第一次参加校园活动时的欢愉，第一次取得理想成绩时的喜悦。或许你们还记得，最后一堂课的内容，毕业时与好友许下的“还会再见”的诺言，临别时老师们的深情祝福，最后唱响“我的山大我的家”的场景。亲爱的学长学姐们，你们是我们的榜样，我们以你们为荣，欢迎你们常回家看看！

借此盛会，我想对老师们说：各位老师，感谢你们的辛勤付出和悉心教导。高山仰止，景行行止，难忘老师们在专业创办和发展的过程中的卓越贡献。作为一名所有专业课业已结课的大四学生，我时常会回味与怀念课堂时光的点点滴滴：在陈建老师的档案学概论课堂上初探学科的期待与憧憬，在王云庆老师的档案管理学课堂上进行新闻分享前的一次次排练，在谭必勇老师的信息管理导论课程中的畅所欲言和思维碰撞，在刘旭光老师的秘书学与应用写作课程中拓宽看世界的格局，在毕牧老师的电子文件管理课程中观档案事业在电子文件时代的转型，在闫静老师的档案学专业英语课程中一次次挑战自己、勇于发言，在许晓彤老师的信息组织与检索课程中将知识应用于实践，在霍艳芳老师的档案保护技术学课程中将物化生知识与档案管理巧妙结合，在曲春梅老师的外国档案管理学课程中与大家一道“云参观”其他国家的档案馆……我也期待着能有机会听一节刚刚入职的王宁老师的好课。当然，还有那些我未曾谋面但深深钦佩着的学系老教师们，身为学系的开拓者和筑基人，是你们将学系建设成了现在的模样。我代表档案学系在校生向所有老师们道一句：谢谢老师，你们辛苦了！

借此盛会，我想对在校的同学们说：各位同学，在最灿烂的青春里，我们徜徉书海，我们投身实践。我们学习先行者的档案理论与思想，我们也关注档案学在信息时代的机遇与挑战。我们有幸见证山大档案学专业创建卅年之盛事，也自当不辜负各位领导、老师、系友的厚望，踏实学习，加倍努力，乐于自省，砥砺前进。

岁月不居，未来可期。衷心祝愿山大档案学系卅年生日快乐，继往开来，再创辉煌；祝愿各位系友工作顺利，生活愉快；祝愿各位老师身体健康，桃李成蹊；祝愿各位同学日有收获，学习进步！

作者：历史文化学院 2019 级本科生　胡晓烨

12 月 6 日　星期二　晴

“轻骑兵”党的二十大宣讲团成员·刘一苏

昨天收到了“轻骑兵”党的二十大宣讲团导师团给我的宣讲稿的审阅与修改意见，宣讲主题是“学习好领悟好运用好‘六个必须坚持’，做新时代好青年”。导师团评价：宣讲稿以青年视角解读“六个必须坚持”，视角独特，内容新颖，而且贴近青年人实际。但是作为党的二十大精神的宣讲，首先要讲清楚党的二十大报告中“六个必须坚持”的原义和本义，在理解、把握含义的基础上，再谈青年的理解。导师们建议我在宣讲每一部分对各个“坚持”的原义先作阐释。

导师团的意见使我豁然开朗——宣讲不是名词解释，不要照本宣科，不能空洞说教，不可长篇大论，既要讲清楚真问题，又要有足够的吸引力。记得初步撰写宣讲稿时，我总担心有没有对“六个必须坚持”充分理解并作解释，不知道宣讲能不能让大家有所收获。但是在仔细体会导师团的修改意见并修改稿件之后，我发现宣讲的逻辑更加紧密了，并且宣讲的内容也更加贴合党的二十大精神。

修改完宣讲稿，下一步是制作 PPT。PPT 既要讲清讲明宣讲内容，又要生动有趣，更重要的是要贴近青年。我搜索了各种资料，以视频、图片、数字等素材助力宣讲。在此期间，我对党的二十大精神也有了更新、更深的理解，我想这也是党的二十大青年宣讲团的题中之义。

“青年宣讲团跟其他宣讲团相比，最大的特点就在于‘青年’二字——由青年来讲，讲给青年听，用青年化的方式来讲，让青年听得进去，最后要讲到青年的心坎上。”老师的话萦绕在我耳边。我也将继续细致打磨宣讲稿与 PPT，不断感悟思想伟力、丰富宣讲内容、创新宣讲形式，进一步做好“翻译”转化，在针对性、精细化上下功夫，真正做到讲出青年味道、回应青年关切。

作者：信息科学与工程学院 2020 级本科生　刘一苏

12 月 7 日　星期三　晴

第一临床学院硕士研究生·杨焕宁

今天，我参加了学院举办的“高举思想旗帜，奋进逐梦工程”主题第四期专题活动。在本次活动中，何中华教授以“马克思与孔夫子：一个跨时代的相遇”为题，为我们从另外一个不同的角度解读了马克思主义中国化的科学依据，让我们对马克思主义中国化的实质有了更加深刻的理解与感悟，使我们受益匪浅。

我们以往对于马克思主义中国化的学习，主要强调马克思主义中国化就是将马克思主义基本原理同中国具体实际相结合。这种结合不仅是同中国革命实践相结合，更具体地说，还要把马克思主义基本原理更进一步地同中国历史、中国文化结合起来，使马克思主义在中国实现具体化。其中很容易让人忽略的是，马克思主义该怎样跟中国文化结合？该跟怎样的中国文化结合？在本次专题讲座中，何教授幽默风趣地给我们讲述了一段“故事”。何教授以马克思与孔夫子的思想自晚清特别是“五四”新文化运动以来在中国的相遇为主线，通过特定历史语境的还原和追溯，从哲学观念、文化原型、精神气质等层面，多维度地揭示这种相遇的内在可能性及其学理依据，深层次、多角度地诠释马克思主义中国化的实质。

何教授在讲座中指出，马克思主义与儒学虽然在自觉的层面更多地表现为冲突，但在无意识层面却更多地表现为融会贯通。何教授还从运思方式、历史观、自由观、实践观、真理观等多个方面，从历史本真性的彰显、对人与自然关系的洞见、对人性超越性的指认、对未来理想社会的追求等不同维度，探寻了马克思主义与儒学相会通的内在理由。我觉得最有创新点的是，何教授全面缜密地考察了马克思主义与儒学会通的历史文化条件和契机：前现代的儒学与后现代的马克思主义，有其否定之否定意义上相遇的机缘；中国文化与欧洲大陆文化之间的亲和性，也为马克思主义与儒学的会通提供了有利条件；中国传统文化在与西方近代文化碰撞后的严重受挫，“一战”所暴露出来的西方文明的局限，使中国人对东西方文化产生了双重失望，这是马克思主义作为第三种可能性被中国人选择的重要历史原因。

何教授生动形象地为我们讲述了革命先烈们在那个内忧外患、国际关系错综复杂的年代，是如何手握“实事求是”这一克敌制胜的重要法宝，创新性地提出马克思主义中国化伟大成就的历程，系统地为我们分析了马克思主义中国化的科学依据以及可能性。本次专题讲座不仅使我对于马克思主义中国化有了更全面的理解，更让我在日常的工作学习中对于“实事求是”这一制胜法宝有了更深刻的感悟。

作者：第一临床学院2022级硕士研究生　杨焕宁

12 月 8 日　星期四　晴

威海校区疫情防控、送站服务志愿者·贾贺栋

“各位老师，校区第一批次送站服务今天圆满结束，这几天大家都辛苦了!”晚上 9 点，完成威海港 6 名学生的送站服务回到宿舍后，我感到前所未有的身体疲惫和大脑混沌。但看到微信群中弹出的消息，回想起近些天发生的种种，我的嘴角竟不自觉上扬，心中充满着无法言说的欣慰。现在也终于有时间可以写点东西，聊以记录、聊以纪念、聊以致敬。

防疫进行时，做挺身而出的担当者。记得 11 月 30 日清晨 7 点 30 分，我像往常一样起床上班，两个未接电话和群聊消息让我一下清醒起来，“支教团成员马上到核酸现场协助维持秩序”。我才意识到，威海疫情防控形势十分严峻。迎着威海的初雪，我立刻赶赴现场、投入工作。维持秩序、核酸扫码看似简单，同样的话语、同样的动作每天需要重复上千遍，连续 6 天下来，嗓子变得沙哑，胳膊开始酸痛。工作的确很累，可一想到有学校的保驾护航、有老师的悉心关怀、有同事的并肩作战、有同学的积极配合，更有不时被自己学生认出的惊喜，都让我发自内心地感到，能为疫情防控贡献自己青春力量的感觉很值得。

暖心山大里，做服务同学的奉献者。12 月 5 日中午，刚刚结束工作、脱下防护用具的我，收到紧急通知，“请各学院负责送站服务的老师尽快到达现场”。片刻过后，我连忙前往送站服务现场。作为跟车老师，我们需要清点人数、核验绿码，需要提醒同学们做好防护、系好安全带、带好随身物品……送站途中，我们会齐唱歌曲，我们会比剪刀手合影；到站之前，我也会叮嘱大家珍惜居家网课时光，祝福大家一路顺风平安到家……6 日、7 日、8 日的送站服务中，我见过凌晨 5 点的校园，到过夜晚 10 点的机场码头，常常在室外临时搭建的帐篷里办公……每个时段，不论人数多寡，送站现场目光所及之处都井然有序，尽力安排得周到周全。我再次

庆幸自己能够学习在山大、生活在山大、成长在山大。

多重身份肩负多重使命担当。刚加入研究生支教团时，老师就曾强调，“山大人是奉献中的奉献”，我始终牢记心头；做辅导员工作之初，老师嘱托需要服务好学生成长成才，更需要做好暖心工作；入党宣誓时，我更加坚定理想信念，明确责任在肩需冲锋在前、急难险重需勇挑重担。

“士不可以不弘毅，任重而道远。”这些日子我见过不同风景、经历不同体验、感受无数温暖，从老师们身上学到很多，也明白自己还有很长的路要走。我会一如既往用实际行动彰显学生党员的先锋本色、擦亮研究生支教团成员的奉献底色，争做一名热血担当的山大人。

谨以此篇记录过去 10 天的点点滴滴，纪念这段艰难而又充实的时光，致敬我们可爱的志愿者、敬爱的老师、最美的医务工作者和暖心的后勤保障人员。

作者：海洋学院辅导员　贾贺栋

12 月 9 日　星期五　多云

Dr. Cats 合唱团主创成员 · 朱康明

“没问题了吧？”

“没问题了。”

“发吧。”

视频发布成功，名为“猫咖”的工作群里气氛轻松了起来。历时 11 天的视频项目顺利结束。而这个温暖的故事，要从上个月开始说起。

Dr. Cats 合唱团是一支以医学生为主体的合唱团，受疫情影响，本学期纳新后仅举行了两次排练。疫情将团员们分隔在两个校区，也阻挡了我们线下排练的步伐。于是，我们计划录制《我歌唱的理由有很多》演唱视频，意在体现合唱团“合医者之声，唱天籁之音”的精神，鼓舞新老成员。

彼时，疫情形势还很严峻，我们在遵守防疫规定的前提下，加紧展开工作。向寅瑞同学执导，四位老声部长及部分趵突泉校区的成员参与了录制。从录音录像到剪辑发布，每一位同学都全力以赴：兼做音频处理的马凯成同学在录制当晚改出三版音频，全体参与同学不惧寒冷拍摄数小时，我与剪辑、导演在楼梯间讨论细节到凌晨两点……直到今晚，凝聚着我们心血的作品终于问世，朋友，请看吧：

视频开始，一条“晚上一起去合唱团排练吧”的消息提示突然弹出来，令人会心一笑。歌曲前半部分由四位老声部长演唱，在我们亮相之后，镜头给到了排练厅的照片墙。合唱团 9 年的历史在一张张青春的面庞中渐次展开，配上“我唱那渔火秋川，离合聚散，甘苦辛酸”的乐句，总能引动你最幽微的心绪。歌曲渐入佳境，声部间的和声与呼应，将情绪进一步推进，使你忘却冬寒。其间又插入数个画面，如“Dr. Cats 等你回来”的牌子和旁边某大一团员落下的水杯，再如我站在空无一人的排练厅里指挥，无一不勾起大家对一起歌唱时光的怀念与期待。

最后一段由大家一起完成。在不断闪过的排练剪影之中，我们用浑融的乐音缓缓道出“我歌唱的理由，总是我”。嘤鸣相召，无须多言，因为同一个理由，我们相聚于此；纵使关山远隔，也无法阻挡心灵的同频共振。

视频一经发布，就在合唱团成员之间迅速传播，一小时之内冲上了 B 站搜索页前列。无论是刚刚加入的新成员，还是毕业许久的老成员，都在其中收获了属于自己的感动。

作为主创成员之一，我感慨万千。我自 2019 年加入 Dr. Cats 合唱团，至今已有 3 年。3 年前，我们为抗疫一线的老师录制云合唱《致老师书》；

3 年后，我们录制《我歌唱的理由有很多》。我从小“萌新”成长为合唱团团长，见证了成员们的成长与更替，也见证了合唱团的发展与探索。3 年来，疫情对我们文艺活动造成了很大的影响，但“猫医生”们对医学与艺术的热爱愈挫愈韧，“合医者之声，唱天籁之音”的团魂历久弥新。

所爱隔山海，山海亦可平。我们怀揣火种走过长夜，点亮黎明。如今，疫情形势持续向好，待明年相会，春暖花开，踏歌而来！

作者：基础医学院 2020 级本科生　朱康明

12 月 10 日　星期六　晴

新闻传播学院本科生 · 朱梦洁

丁零零……“考试时间到，请考生停止答题。”

铃声响起，又一次四六级考试落下帷幕，我跟随大部队离开考场。室外温度极低，寒风萧瑟，迎面吹来犹如刀割。做完了整张卷子可能是这次最大的进步，然而我没有太多时间去忧伤六级考试，因为还有一个重要的任务等着我去完成。

此前，我们小组已经在小组作业上花费了数个周末，这周末也不例外；但唯一不同的是，这是最后一个周末。按照惯例，我们小组成员再次聚在一起商讨，完善最终的文本和设计。每次讨论的过程都是一场头脑风暴，大家畅所欲言，各抒己见，偶有观点相悖的时候也会针锋相对，但在讨论完成后又会重归于好。正因为有良好的小组讨论氛围，我们的小组作业进展得十分顺畅，今天也接近了小组作业的尾声。在这最后一次的讨论中，我们敲定了最终的作业方案，包括文案、脚本、设计思路和分工。

完成设计分工后，大家四散而去，各自完成自己的部分。我负责的是比较重要的制图部分，需要用到 PS 等软件，还需要筛选素材，并将前期收集到的数据利用相关工具制作成不同类型的图表，最后将各部分内容整合起来，完成最后的设计图。制作图表比较耗费心神，需要导入相关数据，根据要求修改字体、颜色、格式等，是一项考验耐心和细心的任务。整合环节最重要的则是排版，需要不断调整各种素材和图标的位置，达到最好的观赏和传达信息的效果。进行这部分工作时，我发现电脑已经热得烫手。庆幸我的电脑在同时打开多个大型软件和网页的情况下还能撑完全场。

整个制作过程从下午持续到了凌晨，好在最后成果让人满意，不出意外的话应该还会修改一版、二版、三版、四版……直到达到最好的效果。

有时候不禁感慨，一次小组作业就像是一个项目，大家为了完成同一个项目共同努力，你来我往地交流、讨论、争鸣、学习。想来人生也是如此，按部就班地走，细致认真地做，最后的成果总不会太差。六级已考，小组作业也已完成，前路光明、未来可期呀！

作者：新闻传播学院 2020 级本科生　朱梦洁

12 月 11 日　星期日　晴

“悦动杏林”跳绳打卡活动参加者·杨　晴

二十四节气中的大雪已经过去数日，不见“千里冰封，万里雪飘”的景观，也不见“雪花飞舞，漫天银色”的图画，草已枯，落叶黄，冬日里的寒风愈发强劲，吹到脸上还有些许刺痛感，阳光似乎也失去了原有的灼热。

为了让同学们强健体魄，增强身体免疫力，以饱满的精神状态抗击疫情，快乐学习工作，成为全面发展的新时代医学生，齐鲁医学院团工委举办“悦动杏林”跳绳打卡活动，今天是我参与活动的第 11 天。

三年来，我们对线上学习模式习以为常，每天面对电子屏幕的时间都很久。如今疫情形势下，大家居家学习，外出时间减少，户外锻炼的机会更是少之又少。在这种情形下，跳绳锻炼以绝对优势脱颖而出，它不受场地、时间、天气的限制，不需要特殊设备，又能够协调全身运动，且锻炼强度可以自由掌握。参与活动的第一天，我在前两分钟跳得还算轻松，后面开始有些吃力，接着有些咽痛伴呼吸困难。最终，我在 5 分半时间里跳了 400 个，跳完之后感觉眼前发黑、腿软、嘴里有腥味，甚至胸前区有隐痛的感觉。通过逐渐摸索，我的跳绳动作变得更加规范，大臂靠近身体保持不动，让手腕甩动绳子，跳跃时轻轻踮起脚尖，一组动作重复至力竭，休息一分钟后再开启新一组训练。

日复一日，经过这段时间的锻炼，我感觉自己的耐力、协调性、灵敏度、弹跳力较以前有很大的提高。每天的运动量增加一点点，身体素质提高一点点。我逐渐掌握了跳绳的节奏感，直到今天能够坚持练习 40 分钟，完成了 4000 多个跳绳，跳完之后感觉身体轻松、神清气爽、精力旺盛。

当前新冠病毒奥密克戎变异株传播性很强，我们要积极响应“预防新冠，做自己健康第一责任人”十项倡议，加强体育锻炼，保持健康心态，提高自身免疫力，增强身体素质，才能更加愉快地生活和高效地学习。

作者：第一临床学院 2022 级硕士研究生　杨　晴

12 月 12 日　星期一　晴

威海校区财务处工作人员·王　倩

年底将至，财务处也迎来了紧张忙碌的 12 月。为了保证财务决算工作顺利进行，也为了能加快年末集中报销高峰期的单据处理速度，财务处各科室的同事们都主动留下来加班，用实际行动坚守在各自岗位。今天，核算科的几位老师下班接完孩子之后，一边进办公室一边说："年末工作繁忙，但是大家一起就做得快了。"我深深感受到老师们对于岗位职责的坚守，以及"想师生之所想"的服务意识；也为共同努力解决问题的团队力量所感动。

年末财务决算需要清理各类往来账款与票据，及时结清本年收支，涉及方方面面的工作。无论是不同项目的执行情况，还是各类科研经费、学宿费、创收收入等的及时确认，抑或财务单据的入账付款，都能看到财务处老师们忙碌的身影。我也备受鼓舞，积极投身于工作之中。月初，在疫情影响下，我和同事们选择主动留在学校，将各类涉及师生切身利益的事项提前想、提前做；在需要人手时，我与身边的老师也及时顶上，进而保证校区防疫工作的完成。

在学校综合预算改革、新一轮"双一流"建设和实施"强院兴校"行动的大背景下，威海校区财务处也在积极作为，书写推动院校发展的财务答卷。为了进一步推进智慧财务建设，让"数据多跑路，师生少跑腿"，即使在繁忙的年末，核算科仍在积极推动会计凭证影像化的落地。为了进一步提升工作人员工作本领，财务处各科室开展了年末决算培训，并在日常工作留出固定时间，由徐伟老师带领核算科室对疑难问题进行集中学习。我非常感谢这些培训学习，让我能够加深对于业务的理解、增强对于财务系统的熟悉，也让我在繁忙的年底工作中能够提升工作效率。

财务工作在新时期也面临着新的要求，为了更好地服务校区建设发展，需要以精耕细作的态度持续推进财务工作方法、方式、举措的创新与完善；需要以“精准、精细、精进”的匠心精神坚守工作职责。精耕方能图强，细作方能致远。我们将努力以更为完善的制度体系、精进的业务水平、智能的财务服务，为学校“双一流”建设添砖加瓦。

作者：威海校区财务处工作人员　王　倩

12 月 13 日　星期二　晴

国家公祭仪式收看者 · 秦　朔

2022 年 12 月 13 日，是第九个南京大屠杀死难者国家公祭日。《左传》有言：“国之大事，在祀与戎。”上午 10 点，我认真收看了在侵华日军南京大屠杀遇难同胞纪念馆举行的国家公祭仪式，谨以此沉痛悼念南京大屠杀遇难同胞和其他所有在日本帝国主义侵华战争期间惨遭日本侵略者杀戮的死难同胞，缅怀为抗日战争胜利献出宝贵生命的革命先烈。

透过屏幕，我看到来自社会各界的代表身着深色衣服，胸前佩戴白花，静静肃立。嘹亮的国歌声响起，我的心仿佛也与现场肃穆的人群相通。每一个革命先烈都是我们民族的精神坐标，在漫漫长夜中照亮了古老民族前进的道路。他们自己却如屈原所写的那样，“首身离兮心不惩”。

2022 年以来，又有 7 位南京大屠杀幸存者相继离世，登记在册的幸存者仅剩 54 位。冰冷数字变化的背后，是这段惨痛历史见证者的消逝。然而时至今日，却仍然有人妄图篡改历史，否认南京大屠杀铁一般的事实。我们悼念同胞不是为了宣扬仇恨，而是为了和平与未来。每一个有良知的中国人都应铭记历史，勿忘国耻，与企图颠覆历史的小丑斗争到底。

作为历史文化学院的学子，我更觉历史学的光荣使命与肩上沉甸甸的责任。无耻小丑美化侵略战争的丑恶行径，更加促使着我们多方找寻与分析当年日本帝国主义迫害中国人民的史料以及革命先烈奋起抗争的史料，用铁一般的事实粉碎其美化甚至否定侵华战争的企图。多难兴邦，我们的国家饱受磨难而浴火重生。希望我们能运用所学向公众普及相关历史知识，筑牢中华民族的精神支柱，让世界看到真实的历史，以史为鉴，面向未来。

作者：历史文化学院2022级硕士研究生　秦　朔

12月14日　星期三　晴

第一临床学院博士研究生·续晓倩

今天，作为一名预备党员，我参加了学院举办的以“高举思想旗帜，奋进逐梦征程”为主题的第四期专题党课。在此次党课中，马克思主义学院的郑敬斌教授以“感悟新思想，筑梦新征程”为题，用幽默风趣的语言，对党的二十大报告进行了精准解读，并从“伟大成就催人奋进”“科学理论照亮前行”“中心任务标定方向”“战略谋划擘画未来”“伟大使命寄于青年”五个方面为我们阐释了党的二十大精神的重要内涵。

郑教授带领我们重温了大会的主题，为我们详细地分析了大会召开的重要意义。郑教授提出，中国共产党的旗帜与思想是要高举中国特色社会主义伟大旗帜，全面贯彻习近平新时代中国特色社会主义思想；中国共产党的血脉与基因是要弘扬伟大建党精神；中国共产党的态度和姿态是要自信自强、守正创新，踔厉奋发、勇毅前行；中国共产党的使命与任务是要全面建设社会主义现代化国家；中国共产党要团结奋斗在全面推进中华民族伟大复兴的进程当中。

郑教授在党课中谈到，民族复兴是一场接力赛，希望大家能成为合格的建设者和接班人。要用党的初心使命去感召青年，做青年同志的热心人、领路人和知心朋友，凝聚民族复兴梦想实践过程当中的青春力量，让广大青年成为脚踏实地、敢想敢做、有理想敢担当、能吃苦肯奋斗的新时代好青年，从而在建设社会主义现代化强国的实践当中，绽放绚丽的青春之花。将涓涓细流汇成汪洋大海而迸发出磅礴伟力，就能够真真正正地使我们的民族复兴号行稳致远，并能应对前进道路中的惊涛骇浪。

郑教授的党课引人深思。历史征程，风云激荡。中国共产党人正是在正确思想指导下，才带领着亿万人民百折不挠，突破千难万阻，成就了如今百年大党的恢宏气象。在这个百年接续的关键时刻，希望我们青年同志们坚定理想信念，脚踏实地，踔厉奋发，不负青春。

作者：第一临床学院 2021 级博士研究生　续晓倩

12 月 15 日　星期四　晴

全国高校抗疫大讲堂聆听者 · 陈现鑫

今天，全国抗疫大讲堂邀请到钟南山院士为全国高校学生开展了一堂科学防疫大课。作为一名大学生，我认真学习了本堂课程，也从中受益颇多。钟南山院士从专业角度向大家讲解了近三年疫情防控举措，回答了当今互联网上诸多问题，并多次强调当今疫苗接种的重要性。

自 2019 年底新冠疫情暴发以来，我国始终坚持人民至上、生命至上的策略，在中国共产党的坚强领导下打赢疫情防控阻击战，争取了充足的时间研制出疫苗。截至 2022 年 12 月 13 日，新冠疫苗接种覆盖人数和全程接种人数分别占全国总人口的92.73%和90.37%。钟南山院士讲到：最近流行的奥密克戎毒株的变异速度相较于贝塔、伽马、德尔塔毒株要快得多，而且在SARS-CoV-2刺突蛋白的受体结合结构域（RBD）位点上突变幅度大，疫苗对其效果减弱，传播能力大幅提高。但相较之下，奥密克戎的致病性和毒性逐渐降低，病死率已经与流感相差无几，后遗症也大幅度减少。

经过不断变异，当今奥密克戎已不再可怕，其毒性已接近普通季节性流感。国家把重点从防控感染转向防控重症，但防控仍在继续。钟南山院士提出了个人防护和青年应对新冠的几点建议，强调感染了奥密克戎并不可怕，同时预防感染和个人防护仍然重要，也强烈呼吁加速疫苗（尤其是特种疫苗）的加强接种。

在当前形势下，我们每个人都要重视疫情的防控，应以坚决不“躺平”的心理认真对待疫情。学校是人员密集的地方，是重要场所。作为一名大学生，首先要做好自身的防护，应自觉地履行疫情期间应尽的防疫责任，加强疫苗接种的意识，做到勤洗手、戴口罩、少聚集，及时关注最新的疫情进展，掌握疫情的发展动态，相信我们一定可以从疫情的阴霾中走出来。

作者：机械工程学院2022级本科生　陈现鑫

12月16日　星期五　晴

ACM中国国际并行计算挑战赛获奖团队成员·赵天成

今年暑假，我们同学四人组成软件学院高性能计算实验室的本科生队伍，参加了2022年ACM中国国际并行计算挑战赛。在实验室奋战一个月后，初赛成绩位列全国前 16 名，进入总决赛。决赛随 HPC China 学术年会同期举办，我们与来自清华大学、上海交通大学、浙江大学、中国科学技术大学、华中科技大学、中科院深圳先进技术研究院、中科院计算机网络信息中心等高校的同学同场竞技。在刚刚结束的决赛中，我们获得了决赛二等奖（全国第二名）的优异成绩。

这届比赛的激烈程度是空前的。九月，决赛赛题发布后，我们四人便开始了优化的工作。前后一共迭代了 50 多个版本，直到决赛代码提交的前一天，我们依旧在尽力提升任务的并行力度。结果证明我们持续不懈的努力是有回报的，我们最终取得了全国决赛第二名的好成绩，惜败中科院网络中心的研究生队伍。我们与第一名的差距不大，相对第三名有显著优势，但是四到八名的队伍竞争极其激烈，速度相近处的差距不足半毫秒。最终就看谁对于任务分析得更到位，同时可以最大限度地发挥硬件的功能。

这次比赛也帮助我们叩开了未来学习研究方向的大门，让我们对于高性能计算以及体系结构的认识得到了进一步的提升。回想一年前，我们选修了刘卫国教授的“多核平台上的并行计算”这门课，随后进入高性能计算学科组学习。对程序性能的追求如同奥运会的百米短跑，没有最快，只有更快，永远令人心潮澎湃、热血沸腾。上课时，我们在刘老师的讲解中感受到高性能计算之美以及发展国产超级计算机的重要性与必要性；同时学科组也为我们本科同学提供了参加高水平专业比赛的机会。老师、学长给予我们细致耐心的指导，在临近提交决赛方案的最后几天，我们的殷泽坤师兄，同时也是我们的指导教师，即使在家隔离也每天和我们沟通进度，提出意见，推动我们稳步前进。

希望这次比赛是我们学习研究生涯的一个开端，让我们可以通过实际行动践行学校“为天下储人才，为国家图富强”的办学宗旨，在未来为中国超算事业贡献自己的青春力量。

作者：软件学院 2019 级本科生　赵天成

12 月 17 日　星期六　晴

第四届山东省高校社会工作案例大赛 获奖成员・牟绍宁

“本科生组一等奖，山东大学‘山与童行’团队……”随着大赛负责人微笑着念出我们的名字，团队微信群开始疯狂闪烁。这一刻，我们共同分享着激动与欣喜。

本次报告的案例，是我们团队与历下区未成年人保护中心合作搭建的儿童资产账户项目。我们以建设“儿童友好城市”为契机，力图构建一套对儿童身心健康有积极效应的系统，通过积分记录儿童能力资产，鼓励支持历下区未成年人参与志愿服务活动、引导志愿服务项目，为未成年人创造良好的成长环境。

今年 7 月，我们查阅了大量文献资料及具体案例，了解资产类账户的学术可行性以及相关专业知识，查找政策资料并借鉴相关经验，初步搭建起儿童志愿积分体系。8 月中旬，我们“山与童行”团队与历下区未成年人保护中心共同推出“儿童暑期自习营”作为试点项目。我和四位队员提前回到济南开展前期调研工作。在此期间，我们不仅通过小组工作开展女童保护等项目，也通过访谈及调查问卷等形式，为积分计算方案调整及项目正式开展积累数据和经验。随后，我们将“模拟法庭”作为儿童资产账户项目的正式系列活动推出，并计划在 2023 年上半年进入社区进行试点推广。

这是我第二次参加案例大赛，当我再一次身着正装回答专家评委们的提问时，我清晰地感受到自己一年来的成长和项目专业性、创新性的不断提升。感谢孙艳艳老师的悉心指导，作为青少年社会工作领域的专家，她总能一针见血地为我们提出宝贵的意见，指明理论方向；同时也要感谢历下区未成年人保护中心工作人员们的支持和鼓励，是她们无私地分享一线工作经历，在讨论评估中促进工作不断完善。最后，也要感谢团队的每一名成员，是团结、友爱、坚持让我们合作克服困难，而对社会工作专业的追求、对社会的爱是我们聚集在一起的原因。

本次获奖是对团队成员将社会工作专业理论与实践育人结合的肯定和鼓励。未来，我们会继续努力将专业理论和方法切实应用到实践中，不断向成为服务社会、奉献社会、改善社会福祉的社会工作专业人才而努力。

作者：哲学与社会发展学院 2020 级本科生　牟绍宁

12 月 18 日　星期日　晴

送餐服务活动志愿者·骆昱彤

随着校园管理措施的实行，学校里开展了送餐志愿服务活动。我积极参与了本次送餐志愿服务活动，成为一名志愿者。

我们送餐共有三个时间点：早上 6 点 45 分、上午 10 点 40 分和下午 5 点 10 分。我的工作是组织和服务志愿者，所以在送餐的早晨我要比其他志愿者们起得更早，提前准备好红马甲、手套、N95 口罩等物资，再提前到集合地点等着志愿者们到来。签到点名结束后，我就带着自己的小组前往所负责的地点开始送餐工作。我们把餐盒从齐园餐厅搬到车上，然后再从车上卸到宿舍楼门口，在整个过程中，我能够强烈地感受到志愿者们的积极主动，以及对工作认真负责的态度。及时高效地完成负责老师分配给我们的任务后，我会回收志愿者们的红马甲，集中处理废弃手套和口罩，及时消杀并分发新的口罩，以确保志愿者们的安全。最后我给志愿者们分发工作餐并签字，这样我的任务才算完成。

中午的送餐活动结束后，我便及时在群里发布招募第二天送餐志愿者的公告；等到下午送餐结束后，我会在傍晚发布问卷，开始真正的招募工作。我需要及时查看问卷填写情况，按照问卷提交的先后顺序依次录取第二天的志愿者，人数不够的话还要及时发信息补充人员。招募到足够的志愿者后，我会及时整理名单公布到大群里，让他们加入第二天的送餐小群，再在小群里发送具体通知。为了确保每位志愿者都能进入小群，我要及时查明入群情况并打电话提醒。最后还要统计今天志愿者们的志愿时长，并提前做好问卷、建群，确保第二天送餐招募能够顺利进行。

通过这段时间的工作，我意识到要开展志愿活动、组织服务好志愿者并非一件容易的事。虽然过程有些不易，但这项工作充分锻炼了我处理突发情况的能力，让我感到忙碌充实并快乐幸福着。尤其是当我收到同学们由衷的感谢时，我感觉一切的付出、一切的努力都是值得的。

作者：公共卫生学院 2022 级本科生　骆昱彤

12 月 19 日　星期一　晴

“科技引领未来”学术高峰论坛参加者·陈　璐

12 月 16 日至 12 月 18 日，由山东大学第二医院院长、山东省医学会副会长冯世庆教授组织的山东大学“科技引领未来”学术高峰论坛暨山东省医学会“学术提升工程”骨科基础新进展学术研讨会举行，在寒冷的冬日为我们临床医生和医学生带来了一场学术盛宴。

会议由山东省医学会和山东大学科学技术研究院主办，以推进新时代医学高质量发展为主题，聚焦创新、融合，邀请到了 15 位院士和 60 余位国内外顶尖知名专家共襄盛会，为大家解读医学前沿的新进展和新动态，分享医学发展的新技术和新成果，探讨医学交叉融合的新思路和新范式，以期助力健康中国建设和人类健康共同体的发展。

在两天半的学术会议中，我不仅在学术知识上收获颇丰，也被许多团队数十年如一日攻克一个科学难题的精神所折服。其中印象最深刻的是高天明院士带来的报告。高院士团队以抑郁症的发病基础、关键致病基因为出发点，基于其团队前期的研究成果，精耕细作，自主设计并合成了治疗抑郁症的新的靶向药物，并将其逐步推向临床应用。着眼于临床问题是医学科研工作的必要前提，我们也应当像高天明院士一样，以继往开来的决心，解决每一个临床实践过程中出现的难题。

除此以外，温州医科大学肖健教授带来的关于“药食同源”的报告也令我印象颇深。肖健教授首先就药食同源的渊源进行了介绍，然后引用了所在团队的多项研究作了生动的示例。药食同源是我国中医学自古以来就有的理论，在科学技术的不断进步下，它们的神秘面纱正在被逐渐揭开，并且不断造福于后世。

这次学术会议让我们深受启迪。祝愿齐鲁医学蓬勃发展，也期待山东大学骨科研究中心在冯世庆教授的带领下乘着齐鲁医学的东风扬帆起航。

作者：第一临床学院 2020 级博士研究生　陈　璐

12 月 20 日　星期二　晴

护理与康复学院本科生 · 李小未

“青年如初春，如朝日，如百卉之萌动，如利刃之新发于硎，人生最可宝贵之时期也。”最近重温了电影《觉醒年代》，我再一次感受到了发自内心的震撼与感动。

这部剧将书本中的一个个名字还原为有血有肉的个体，在保留他们革命家、政治家身份和特点的同时，从细节入手刻画他们作为普通人的形象。陈独秀和蔡元培的阁楼相望，令风雪交加的寒冬有了温度，志同道合之人相见的热切可以消融飞雪。还有李大钊与妻子儿女相处的温情、陈独秀父子之间真挚的关心……这些具有烟火气的细节让我感受到穿越时空的力量。通过电影的刻画，历史书上的人物不再高高在上，而是可敬可爱、更具亲和力的普通人。

在仁人志士抛头颅洒热血的时候，他们不知道何时会胜利，何时会天亮，他们不知道历史的车轮将往何处去，但他们依然握住了缰绳，正所谓“道之所在，虽千万人吾往矣”。其实仔细思考一下，我们是站在后人的角度来看先辈们，之所以认为他们伟大，是因为我们知道他们奋斗的结果通向了成功，但他们并不知道自己的牺牲对中国的胜利有多大的意义，因此我认为他们远比我们想象的更加伟大。

新征程上，作为新时代的学生，我们应努力奋斗，将个人价值和国家利益相结合。青年有追求，追求真理，追求梦想；青年有理想，任意翱翔，不负担当。我们这一辈的青年，生逢盛世，必当有所作为。

在看评论时，看到有人问：“有续集吗？”下面的回答是：“你现在的美好生活就是续集。”

作者：护理与康复学院2022级本科生　李小未

12 月 21 日　星期三　晴

老英雄张富清同志缅怀者 · 孙丙月

今天，我从新闻上得知，敬爱的战斗英雄、“共和国勋章”获得者张富清因病医治无效在湖北武汉去世，享年 97 岁。我感到十分悲痛，点开新闻，看到老人和蔼的照片，追思起英雄的本色人生。

“诚既勇兮又以武，终刚强兮不可凌。身既死兮神以灵，魂魄毅兮为鬼雄。”我了解到张富清在解放战争时期是原西北野战军的一名战士，战功卓著，荣立一等功三次、二等功一次，被西北野战军记“特等功”，两次获得“战斗英雄”荣誉称号。1955 年，张富清退役转业，主动选择到湖北省最偏远的来凤县工作，扎根贫困山区，继续为人民作贡献。60 多年来，张富清刻意尘封功绩，秉持着艰苦朴素的革命精神。直到 2018 年，在退役军人信息采集中，张富清的事迹才为人知晓。我们今日的美好生活离不开革命先辈们的英勇牺牲，也离不开在基层默默奉献的和平时代英雄。老英雄张富清正是这样不忘初心、忠诚于党的人，他将过去深埋心底，从不居功，忠于信仰、大公无私就是英雄最好的写照。

我感触最深的是老英雄在耄耋之年接受了截肢手术，并靠着自己坚定的意志重新站了起来。直面截肢的噩耗、坚持日复一日的康复锻炼对常人来说已是十分艰巨的挑战，我无法想象一位耄耋老人仍怀揣着对未来的希望，克服种种磨难站起来，无法想象他比常人多付出了多少艰辛。老英雄经受住了战火的淬炼，经受住了时代的考验，最后也经受住了病痛的挑战。平凡之处方见英雄本色，张富清老人不向厄运低头，始终保持着对美好生活的希望，更难能可贵。

我从新闻上得知，张富清当年战斗的英雄部队新疆军区某红军团曾派人看望过老英雄，如今新时代的年轻官兵有了新的责任与担当。番号仍在，初心永存，这种跨时代的传承让我深受震撼。岁月如梭而忠诚不变，英雄千古！今日我辈，当以英雄的无私奉献、一心为民为标杆，以英雄的克己奉公、淡泊名利为镜，继续奋斗新时代，迈向新征程。

作者：环境科学与工程学院2021级硕士研究生　孙丙月

12月22日　星期四　晴

“山岩云打卡计划”参加者·林心宇

不知不觉间，为期14天的“山岩打卡计划”已进入倒数第二天。回首这段时间，我的居家生活充实而丰富。

12月初，我回到了阔别已久的家乡。欣喜之余，我也意识到家中舒适的生活对于学习意志的动摇。为避免过上“摆烂”的居家生活，我踊跃报名参与了“山岩云打卡计划”中的所有打卡活动。

清晨，远方的小山仍云雾迷蒙，洒进屋内的晨曦温暖着我所安坐的一隅。有美景相伴，眼前的早餐仿佛也更加可口。待将早餐一扫而空，我便安然入座，开始专心致志地练字。横竖撇捺，一笔一画，皆倾注着我的耐心。一面字帖初成，我紧接着投入到每日阅读中。在史书典籍字字珠玑的内容中，我感受到了千百年前史官群体“申以劝诫，树之风声”，感受到他们殚精竭虑追求历史真实的精神。每每感怀，我不禁奋笔疾书，记录下自己的所思所感。

紧张的阅读与学习过后，我来到阳台，练习体育课上老师传授的二十四式太极拳。以神走，以气化，以腰领，以意去，内外一体，心神合一。在招式的比划间，我的心情总会由先前阅读学习时的慷慨激昂变得平和。

白天的学习与忙碌之后，夜色抹去了最后一抹残阳。我与往日一样，穿戴整齐后出门跑步。街道蜿蜒在婆娑树影间，星星点点的街灯点缀着这寂静的夜晚，对我而言，这一切是如此熟悉而和谐。

“历览前贤国与家，成由勤俭破由奢”。“山岩云打卡计划”为我提供了一个自律的平台。数十天的居家生活，我坚持每日早睡早起，按时就餐；每日光盘，节约粮食；每日学习阅读，提升自我；每日练字，修身养性；每日练习太极，磨炼品性；每日运动，强身健体……参与打卡活动增强了我自律的勇气与恒心。虽然打卡计划进入倒计时，但我也会继续坚持这十来天养成的好习惯，怀抱梦想，脚踏实地，在自律中塑造一个更加美好的青春！

作者：历史文化学院 2022 级本科生　林心宇

12 月 23 日　星期五　晴

国教学院援助陕西省镇巴县教师普通话教学活动小组成员·程思雯

今天早早洗漱好准备休息时，手机提示来了一则微信消息：“思雯，你家那边疫情如何了？”是陕西省镇巴县的冯老师发来的信息，我的思绪被此条微信消息拉回到一年前和冯老师相识的时候。

去年十一月初，我加入了国际教育学院援助陕西省镇巴县教师普通话教学的活动小组。在这里，我们的身份从普通学生变成了教当地老师们普通话的教师。这并不是国际教育学院第一次组织这样的活动，在这之前的一年，学院对新疆地区的老师们也开展了普通话教学援助，成效显著。陕西省镇巴县是一个较为偏远的地方，那里的老师们受地区方言的影响，普通话水平无法达到国家要求，于是我们便开展了统一教学。

我的5位学员都是有着几十年丰富教学经验的老教师了，记得我刚上课时，紧张得连设备都要反复确认三次，提前一个小时就开始准备授课事宜。老师们的时间也非常紧，既要兼顾自己的教学任务，又要处理家中事务，还要在晚上9点准时进入腾讯会议来参加普通话学习，这令我十分敬佩。我也决心要努力钻研学习，力争实现高效教学。

老师们的普通话基础水平各有不同，每个人的发音问题也不一样，授课中就必须做到因人而异、因材施教。我在授课过程中也慢慢摸清了他们的方言发音规律，对大家都会出现的问题进行了系统化的总结。伴随着三个月的共同学习和相处，我们都慢慢地更加了解彼此，我也在教学的过程中收获了很多有趣的经历。老实说，我参加这次活动的初心是想用自己不多的长处去帮助别人，但在活动过程中，我也发现并改善了自己的很多问题。

发信息的这位冯老师是让我印象非常深刻的学员，她年近五十，受方言的影响很深，但她经常积极主动告诉我她的疑惑所在，让我指导她朗诵自己喜欢的书籍选段，发给我语音去逐字纠正。活动结束时，她的进步是最大也是最让我欣喜的。没想到一年过去了她还记得我，于是我很感激地回复并且问候了她，希望她和她的家人一切安好。

思绪至此，一股暖流涌上心头。转眼间我已是大三的学生了，无论是在校期间还是毕业后走上医疗工作岗位，都要始终秉持初心帮助更多的人啊！

作者：护理与康复学院2020级本科生　程思雯

12 月 24 日　星期六　晴

小米特等奖学金获得者·朱叶青

“道阻且长，行则将至。我是答辩人朱叶青，我仍在路上。”这是 12 月 15 日我答辩小米特等奖学金时的结束语。在得知自己有幸获奖后，我的心情久久不能平复。激动和欣喜之余，这句话总是萦绕在我的脑海里。它让我回忆起在山大一路走来的成长，从最初入学时的懵懂迷茫，到如今的自信坚定，这是我对自己过去和现在的概括，也是对未来的期许。

今年是山东大学首次开展小米特等奖学金的评选，经过各个学院的选拔推荐，一共有 32 位候选人进行同台竞技，最终将通过答辩产生 6 名获奖学生。这极其宝贵的名额让我对于自己能否脱颖而出并没有充足的信心，但接到通知后我还是立即着手准备资料，一字一句反复斟酌，甚至每张照片、每个动画都仔细考量，重复修改，因为我知道与我一同竞争的是来自一校三地各个学院最出色的同学。在整理资料的过程中，回想那些数字和照片背后的经历，曾经努力奋斗的日日夜夜就像是放电影一般浮现在我的眼前。我看到学业成绩背后那些埋头苦读的日子，每一本被我标注得密密麻麻的参考书和解决一个思考良久的问题时的快乐；我看到科研历程中一次次的挫折、一遍遍的尝试和取得新进展时难以言状的激动；我还看到开展学生工作时的忙碌和满足、参加实践活动时的收获以及文体活动带来的身心愉悦，看到那些泪水、欢笑、疲倦、骄傲、磨砺和蜕变。虽然只有短短的 3 分钟，却凝结了自己 3 年的点点滴滴。

评审会采取线上的方式进行，同学们按照抽签顺序依次进行答辩展示。虽然是线上答辩，但整个流程都有条不紊地进行着，答辩会的工作人员在群中时刻更新答辩进度，提醒即将答辩的同学提前进入等候室等待。正式答辩时虽然有些紧张，但我还是努力呈现了自己最好的状态。这是属于我的故事，属于我和山大的故事，我应该自信地把它讲述出来。

这份荣誉不仅属于我一个人，它同样属于那些指引我和教诲我的老师们，那些给予我鼓励和帮助的同学们，还有那些在背后默默支持我的亲人们。这是一份沉甸甸的奖励，它并不只是对我大学三年努力的肯定，还带给了我深深的感动。是微电子学院给了我在更大的平台上展现自己的机会；是山东大学的广阔舞台让我得到了锻炼和成长，收获了自信和力量；是小米公益基金会让我有了这样一次宝贵的经历，让我更加深刻地认识到自己所肩负的责任和使命。

小米公益基金会设立该奖项，是为支持国内高校的建设与发展，鼓励培养科技人才。作为一名集成电路领域的学生，我更加深刻地认识到设立这份奖励的意义。我会继续以实际行动诠释“学无止境，气有浩然”的校训精神，夯实专业基础，树立远大理想，努力回报学校、回馈社会，致力为解决中国芯“卡脖子”难题贡献力量，为我国集成电路行业发展添砖加瓦。

作者：微电子学院 2019 级本科生　朱叶青

12 月 25 日　星期日　晴

澳国立联合理学院本科生・杜一恒

两个半球，两种传统，挡不住一位游子的浓浓思乡之情。

当家乡逐渐被白雪覆盖，澳大利亚也逐渐走入夏天。之前在山东大学学习生活时，我从来没有对节日有这么深的感触。当时节日于我而言不过是和亲戚朋友相聚，一起吃个饭而已。但是来到澳大利亚之后，每到当地过节的日子，我仿佛是一个局外人，没有庆祝节日的那种喜悦感，只是充满了远离家乡的思念之情。

今天中午，我们宿舍楼举行了圣诞节午餐活动。在活动室里，香肠烤得滋滋冒油，旁边的炸土豆芳香四溢，来自世界各地的同学们欢声笑语。虽然我在热闹的人群里，端着午餐与他人热情地打着招呼，但总感觉内心空落落的，仿佛自己和他们隔着一层薄薄的面纱。当烤肠在嘴里爆开，浓浓香味的肉汁带来的幸福感却远远比不上吃饺子时手边的一盘醋；而烤制的面包也远没有家乡馒头那么松软。平时对祖国的思念在这一天被无限地放大，悄悄蔓延。

我身边的朋友来自世界各地，我们有着不一样的肤色，说着不一样的语言，有时甚至为了开玩笑说几句他们当地的语言。但是这和谐的氛围下，我们似乎都在刻意将自己对家乡的思念隐藏在内心的最深处，谁也不肯触及那份最脆弱的情感。但是在其他人隆重地庆祝节日时，这份隐藏的情感如决堤的洪水一般涌上心头，最终在自己独自一人时慢慢被消化。

现在我已经在澳大利亚国立大学度过了第一个学期，学习了很多知识，也体会到了不一样的风土人情，但心里始终感觉缺少一种归属感。现在，我更加坚定了在这边完成学习任务后归国的信念。出国不是目的，目的是学到相关知识，开阔自己的视野，最终一定要落实到回国后为自己的祖国作贡献。

当家乡逐渐银装素裹，这边早已烈日炎炎，在这个考研的最后一天里，也祝国内的朋友考研顺利，都能考上自己心仪的院校。

作者：澳国立联合理学院 2019 级本科生　杜一恒

12 月 26 日　星期一　晴

全国硕士研究生招生考试监考员·巩　飞

2022 年的 12 月份，注定是不平凡的。随着防疫工作的逐步推进，国家优化疫情防控“新十条”的发布，封闭管理的方式逐步撤出历史，很快就会回到三年前的样子。前段时间被疫情推迟的“国考”曾经引发过遐想，有人猜测全国硕士研究生招生考试会不会推迟，答案很快揭晓。新的疫情防控形势下，今年的研究生招生考试如期举行。

看到开始招募监考员的通知时，我刚刚结束校内值守工作。我们管理学院考研的学生不少，而且因为我们的 MBA、EMBA 专业还是很有品牌影响力的，许多已经工作的在职人员会选择非全日制的方式进修学习，考生数量就特别大。所以参与研考服务工作，也算自己职责所在吧，我也就自然而然报名了。

然而事情远没有这么简单。20 日前后，我听说学校招募的监考员里，每天感染的人数都在增加。而且为了最大限度保障师生生命安全，让所有考生，哪怕已经感染的考生都有机会在研究生入学之路上拼力“一搏”，今年开通了大量特殊考场。这些考场，就是接纳正处于感染状态中的考生的。那么谁为这些考生做服务保障呢？这天晚上，我给学院副书记留了个言：我志愿报名，去特殊考场做监考员。

12 月 23 日，学校召开了特殊考场的工作会议。因为是线上举行，我不知道“队友们”都是什么样的人。医护老师认真教大家穿防护服，反复强调手消的重要性，并安抚大家做好防护，被感染的风险其实非常低。研究生院的老师们声音也都带着沙哑，不时咳嗽一阵，给我们详细介绍了各种紧急情况下的预案，而且还特别为我们这些监考员开辟了考试中场的休息区、就餐区。我很开心，能够在这样一个特殊的时间点上，做一点特殊的事，为学校、为学生们尽点力。

到了考试开考的日子。研究生入学考试的监考工作原本也辛苦一些，寒冬腊月天亮得就晚，一般 7 点多就要赶到考场，加上还要留出穿防护套装的时间，所以 6 点多就要顶着夜色赶往兴隆山校区了。我不太敢吃饭喝水，怕穿上防护服不方便。忙碌布置完考场标识、贴标签等，就等候考生到来了。其实“特殊”考生们状态还好，不过确实满场是咳嗽声，和普通考场的寂静形成鲜明对比。全程身穿防护服，我也是着实体验到了“大白”们的辛苦，的确笨重，蹲起转身的动作不好做，数卷子的手也是拙拙的。从早七点到晚六点，从一开始的新奇，到最后不断克服自身的各种不适，我的意志力也得到了新的锻炼。

等考试结束，大家纷纷脱下防护服的时候，我才看到不只有年轻老师，还有一些头发花白的老师也在这支特殊队伍里，我的心中满是敬佩。

最艰难的时光过去了，希望学校的老师们都健康，希望考生们如愿，希望来年的生活顺利。

作者：管理学院工作人员　巩　飞

12 月 27 日　星期二　晴

全国硕士研究生招生考试工作人员 · 杜亚楠

2023 年全国硕士研究生招生考试（初试）已经落下帷幕，在全校师生的共同努力下实现了“如期考试、应考尽考、平安研考”的目标。这是我第四次参与组织研考工作，这是最复杂最艰难的一次，也是令我最感动最难忘的一次。

疫情形势快速变化是今年研考面临的最大挑战。12 月初组织异地借考，研究生院紧急组织人员统计借考考生信息、调配自命题试卷并及时完成试题转运，确保借考考生按时参加考试。考前一周，身边的同事们开始陆续发烧，但大家都顶着身体的不适坚守在工作岗位上日夜加班，完成一项又一项工作任务。12月22日凌晨，依据考生核酸检测结果，按照“一类一策”的组考模式，我们连夜重新编排考场，调整组考防疫方案，在4个校区7个考点共设置212个普通考场、81个特殊考场和59个应急隔离考场。12月23日考前一天，研究生院全员齐上阵，根据新编排的考场信息，重新装考务袋、梳理考务箱，分头去各考点布置考务办，再按考点重新整理试题。凌晨回去休息的路上，同事们还在讨论工作，怕遗漏了什么细节。

12月24日早上6点，我先到保密室看着试题组老师们出发，再和同事一起前往考区。与往年不同的是，今年公教楼和董明珠楼安排的都是特殊考场，所有考务人员、监考员和联络员都穿着防护服。我快速换上防护服开始工作，按考场分试题和考务袋、张贴监考名单、提醒考务老师们发题注意事项，再组织监考老师有序领题。在走廊里等着吹开场哨是紧张的，耳边传来考生此起彼伏的咳嗽声和擤鼻涕声，让我再一次意识到今年考生的不易。

8点半准时吹哨，考试正式开始。在考区内，我看到了很多可能只有今年才有的场景：考生在考场贴着退烧贴答题，文具袋里放着布洛芬；检查组老师们的防护服背后写着“检查”字样和每个人的姓氏；考务组老师们戴着手套笨拙又认真地数试题份数，也不敢喝水，怕去洗手间穿脱防护服影响工作进度；考场外的联络员担心在考场穿着防护服走路声音太大影响考生答题，在室外站岗完成了楼层联络员的各项工作任务……

这是一场艰苦卓绝的战斗。因为人手紧张，特殊考场的监考员、考务人员还有核酸检测阴性的工作人员，在第一天考试结束后就有人不幸中招，发烧请假了。有人退出，就有人顶上，大家前赴后继，那是学校最美的逆行人，也是研招战线的英雄。星光不负赶路人，祝所有考生所得皆如愿，也祝参加此次考试的所有工作人员健康平安！

作者：研究生院、研工部工作人员　杜亚楠

12 月 28 日　星期三　晴

“学习强国打卡”活动参加者 · 黄　达

不知不觉间，为期 21 天的“诚信状——学习强国打卡”活动已落下帷幕。回首这次活动，我收获颇丰。

为深入学习宣传贯彻习近平新时代中国特色社会主义思想和党的二十大精神，丰富疫情形势下同学们的学习生活，我们学院的学生会社团部举办了此次“学习强国打卡”活动。我一直积极向党组织靠拢，于是踊跃报名参加了这次活动。

伴着清晨的朝阳，我打开“学习强国”软件，开启了今天的学习。即便现在打卡活动已经结束，但我的参与热情依旧不减，它已然成为一种习惯，融入了我的生活。“学习强国”软件中有许多学习专栏，让我受益匪浅：在“强国之声”中，我聆听了习近平总书记谈治国理政之道；在“第一频道”中，我学习了党中央重要会议的精神；在“每日金句”里，我聆听到习近平总书记的语言之妙。“我们正意气风发迈上全面建设社会主义现代化国家新征程，向第二个百年奋斗目标进军，以中国式现代化全面推进中华民族伟大复兴。”我在本子上将今天学到的这句良言摘抄下来，为日后努力成为入党积极分子做好理论准备。

今天学习的最后环节，是每日答题挑战。系列问题回答下来，我既了解了国际国内时事，还丰富了自己的知识，同时提高了自己的政治水平。学习结束后，我来到微信小程序完成了今天的学习打卡，并和圈子里的同学们一起分享学到的金句，共同讨论进步。

学习活动不仅提升了我的综合能力，锻炼了我的党性修养，更让我明白了善于学习就是善于进步。打卡活动虽然结束，但“学习强国”只有进行时，没有完成时。作为有志于成为中共党员的青年学生，我仍会坚持每天打卡学习理论知识，紧跟新时代前进步伐，努力向党组织靠拢。

作者：机械工程学院 2022 级本科生　黄　达

12 月 29 日　星期四　晴

第九届山东省科技创新大赛一等奖团队成员・牛万一

看着在比赛群里公示的获奖信息，我的思绪飘回到参与省科技创新大赛决赛的时刻，心中涌起一股暖流。

我们团队的“墨客行——国际学生古代文学一站式启蒙平台”是山东大学唯一一个入围决赛的文化创意项目。带着这个初具雏形的对外教育与文化传播项目，同时也是科技类竞赛的“萌新”项目闯入决赛，我们“墨客文学”团队在激动之余也有些许惶恐。11 月 21 日上午 9 点，比赛正式开始，我穿好提前准备的正装坐在了电脑前。我在前一天确诊感染新冠病毒，但难以临时协商答辩换人，所以尽管高烧未退，我还是以共同答辩人的身份参与了比赛。队员们得知了我的情况，一直在为我加油打气，并安慰我不必在意结果，尽力而为即可。

虽然这不是我第一次参与答辩，但是因为身体状况，我的心里一直暗暗紧张。上午10点半，经历一个半小时的等待，终于轮到我们进入会议室进行答辩。队伍的另一位小伙伴从容顺利地进行了PPT展示，这让我悬着的心放下不少。问答环节也一切如常，我认真仔细地回答了评委老师们提出的问题。我们的项目内容是以古代文学名篇、历史名人为线索开发数字资源，如《墨客行》教育游戏、“墨客文学”系列微课、墨客文学讲练结合平台等。这些数字资源面向国际汉语学习者，借助多样形式解读经典作品、创新引领文学体验、开展文化传播。在现场打分中，我们获得了93.86分的成绩，排到当时的第二位。经过一整日的紧张等待，我们的位次停留在了第三名，锁定了本科生文化创意组一等奖。我心里的大石头终于落地了，同组内的小伙伴们尽情分享着胜利的喜悦。

从校赛到省赛的过程中，我们反复修改项目材料，按照老师的指导进行审核与申报，一步一个脚印努力做到最好。我们的队伍成员也在比赛中获得了成长，项目也日趋完善。感谢备赛过程中为我们提供指导的老师们，感谢比赛中认真负责的同学们，是你们的支持让我们能够顺利完成比赛。同时感谢团队的成员——杨子洁、于光宇、刘铁锐，是你们的安慰让我能够在这种情况下保持良好心态，顺利完成比赛。这并不是我参加的第一场比赛，也一定不会是最后一场，当然也不是最激动人心的一场，但是因为有你们的鼓励，这一定是我终生难忘的一次比赛，一定是我每次想起都会温暖好久的一次比赛。

比赛落下帷幕，这份荣誉是对我们此前努力的肯定，也是我们未来发展的动力。山大学子科技兴文、致力于文化传承创新的探索永远不会停止，而我也将带着比赛中最珍贵的温暖一直走下去。

作者：国际教育学院2021级本科生　牛万一

12 月 30 日　星期五　晴

高铁救助老人医学生・梁晋梓

12 月 26 日，在疫情肆虐的背景下，我和同在济南就读的表弟二人终于结束了考研的磨炼，踏上回乡的旅程。

阔别一年，临近回家不免有些近乡情怯。正当我思考着回家之后该怎么面对久别的故土，列车的广播里传来了乘务员焦急的声音："七号车厢有人突发疾病！请问有医务人员在列车上吗?"第一次听到求助广播，我一时间没有反应过来，直到列车员第二次播报，我才站起身："不管怎样，先去看看。"

虽然作为一名医学生，心肺复苏的理论和步骤我已牢记在心，但是在课上练习的经历并不能给我泰然自若的底气。广播仍在播报，还没有找到医务人员吗？难道真的要我这个医学生顶上去？我一边快步向七号车厢走去，一边在脑海中回忆心肺复苏的步骤。进入七号车厢的时候，我看到一位老人无意识地坐在座椅上，他的儿子在旁边打着电话，心急如焚。

打眼一看，我就明白了情况的紧急。患者半张着的口里是苍白的颊粘膜，提示着周围循环的衰竭，意识的消失和扩大的瞳孔更是向我们揭露了老人大脑缺氧的紧急状况。周围目前还没有别的医务人员，但心肺复苏必须马上开展！

我将老人平放在地上，跪在座椅间隙准备开始进行 CPR。捋顺老人的肢体，解开一层层冬衣，我触摸到他逐渐丧失温度的瘦弱胸膛。交叉的手按在胸骨下段，我感受不到老人的心跳。开始向下按压，一下、两下，一直到三十下做完，老人都没有给外界一点点反馈。我带的口罩太碍事，我就把它连着眼镜一起扯下来，用嘴包着老人枯瘦的嘴唇开始人工呼吸。一口气下去，胸膛升了上来。就这样，每按压三十下进行两次人工呼吸，我做了五到六组。

但是老人依旧没有自主的呼吸和心跳。每一次按压，我都能听到残存的气体从老人的喉咙里溜出来。我没有力气了。“还有谁会 CPR?”我向周围吼着，但是没有人回应。这时候，同行的表弟表示自己在大学接受过相关训练，于是我们展开了生命的接力，开始轮流进行胸外按压。

列车到站了。我们赶紧把老人带到站台上，继续做 CPR。又是两轮胸外按压和人工呼吸，列车要开动了。我们一直把心肺复苏进行到乘务员劝我们上车离开。看着那个老人的儿子伏在他身上哭泣，我不知道他们的最终命运如何。

过了两天，我才知道有人将我和表弟在列车上做 CPR 的一幕拍下来发到了网上，我们也因此获得了很多关注和称赞。每天挣扎着的和逝去的生命何其之多？致力于挽救生命而拼搏在一线的医务工作者也不计其数，我们小小的一次急救，实际上不值得这么多的关注。生命易逝，我们应该尽更大努力去关心周围人的生命健康，尽力去挽救逝去的流光。

作者：第二临床学院 2018 级本科生　梁晋梓

12 月 31 日　星期六　阴

第六届山东大学道德风尚奖学金获得者 · 田晓康

2022 年进入最后一天。这一年让我印象最深的是，作为重庆特大山火的一线志愿者，在现场工作的日日夜夜。

今年 8 月，重庆经历了自 1961 年以来最极端的连晴高温天气，多处爆发了特大山火，其中重庆北碚情况最为危急。8 月 22 日晚上，我看到相关报道后，没敢告诉父母，悄悄买了去重庆主城的火车票。23 日一早，我就出发赶往重庆主城。赶了 4 个多小时的火车，经过 300 多公里的路程到达重庆北，然后驱车几十公里到达山火一线。我在一线和消防员还有解放军一块奋战，我也是当时所在的那支队伍里面唯一一个在读学生。敢为人先、英勇冲锋，让大家对我竖起了大拇指。我在一线一共奋战了 5 天 4 夜，辗转 3 个地方，平均每天睡眠时间只有 2 至 3 个小时，决战那天一宿没合眼。《重庆日报》《重庆天天 630》等多家官方媒体对此作了相关采访和报道。今年 10 月，我获得了一枚重庆山火救援志愿者纪念勋章。此外，我还将灭火时用的物件（灭火器、当时穿的装备等）无偿捐给了重庆北碚博物馆和建川博物馆。

在一线的五天四夜，发生了太多让我记忆深刻的人和事。我忘不了一位大姐振臂一呼，无数人积极响应，还有人喊出“我是党员我先上”的场景。我忘不了在奔赴一线途中，那位因为劳累过度突然倒地，却仍然尝试着站起来继续前进的年轻小伙。我忘不了那位因为中暑害怕自己死去的小妹妹。我忘不了众人合力从山顶将一位解放军战士抬到山下的场景，要知道山顶到山下步行要 1 个半小时左右的时间，更何况还要抬上一个大个子。我忘不了那群平时看起来放纵不羁，却在此次大火中发挥了巨大作用的摩托“骑士”。我忘不了决战那天晚上，当大火终于被扑灭时大家手舞足蹈的那份喜悦。我忘不了在下山途中一位中年大哥说：“火灭了，我也该回去上班了，今年行情不好，还要养家糊口呢。”那一刻，我真的觉得鼻子酸酸的。是啊，他们好多都是要养家糊口的，他们参与这次灭火没有一分钱的好处费，可就是这么一群人，在大灾大难面前，一往无前。哪有什么岁月静好，只是有人在替我们负重前行。哪有什么钢铁侠，只是一群人穿上了“铠甲”。哪有什么从天而降的英雄，只有挺身而出的凡人！

我是一名 SDUer，凡我在处，便是山大。有人说我是大英雄，我想说：“我并不是什么大英雄，我只是众多有情怀、有责任、有担当、有血性的中华儿女中的一份子。只要国家有需要，民族有需要，社会有需要，我们年轻人就应该站出来，哪怕赴汤蹈火，也在所不辞！”

作者：政治学与公共管理学院 2020 级硕士研究生　田晓康

后　记

这是与读者见面的第十本《山大日记》。翻开每一年的《山大日记》，它带着山大人平淡日常的浅吟低唱与青春理想的满心期许，也带着山大百廿风华的砥砺奋进与历久弥新的灼灼精神，向每一位山大人剖白。

2022年是闪亮的一年——山大人为党的二十大召开心潮澎湃，后辈毅然接过前辈传递的接力棒，大步迈上充满光荣与梦想的远征；山大人团结一致抗击疫情，在各条战线上诠释担当奉献，共同谱就逆境中的温暖弦章；还有许许多多的山大人在平凡的日子里展现出了山大人独有的信念：他们走向西部、他们心系家国、他们埋首科研、他们投身实践，他们始终不忘少年志、山大魂。日记里的每一个字都由辛勤灌溉，每一步都由信念指引——“为天下储人才，为国家图富强”。日记里，有成功登峰的开怀大笑，有并肩作战的和衷共济，有挑战自我的一往无前，有困顿之时的深入思考，正是有泪有笑，才更显真实珍贵。365个山大人记录的365个故事，讲述了一个共同的主题——学无止境，气有浩然。

山大人手执画笔，为“中国红”遇上“冰雪白”的重要时刻添上一抹“青春彩”。

遇见是最浪漫的事，而这是一场别样的相逢。北京冬奥会上，欢度春节的“中国红”遇到激情澎湃的“冰雪白”，这是一场文化与体育的碰撞、一次传统与现代的相遇，不仅给世界各个国家和地区的奥运健儿留下美好记忆，也见证了山大人对体育事业的火热奉献。

在第二十四届冬季奥林匹克运动会开幕式上，公共卫生学院的博士研究生宋超作为全国抗击新冠肺炎疫情先进个人，与100多位来自全国各行各业的楷模代表和56个民族代表一起共同传递国旗，燃起同一个梦想。当国旗传到宋超手中时，他不禁饱含热泪："我感到传递的是对冬奥会成功举办的祝愿，对伟大祖国的祝福；更是在传递一种责任和担当，传递人民对国旗、对祖国的热爱。"而在冬奥会的幕后，数学学院本科生于绪泽参与了奥组委对外联络部翻译参加开、闭幕式外国友人信函的工作。他谈起这段经历非常珍惜："一个人的价值不在于他拥有多少，而是他被多少人需要。北京冬奥会中，成千上万的人在参与保障这项活动，我所做的微不足道，与其说我为冬奥会做了什么，倒不如说我在冬奥会中收获了什么。"冬奥会结束后，本科生张睿坤在暑假的宣讲活动中向小朋友宣传"绿色冬奥"的精神内涵，在他看来，"看到孩子们那份最纯粹的热爱，我也更加感受到中国承办这场世界级赛事的意义。一场冬奥会带动一个民族对于冰雪运动的热情，这对于中国体育事业的发展也意义非凡"。

山大人脚踏实地，为谱写新时代中国特色社会主义绚丽华章贡献力量。

2022年10月16日，万众瞩目的中国共产党第二十次全国代表大会在北京隆重开幕，它担负着全党的重托和人民的期待，在党和国家的历史上具有重大而深远的意义。101岁的老党员成皓然全程收看开幕会后感到无比激动与振奋，用朴实的话语回忆自己百年来与党共同经历的一切："我今年101岁了，和党诞生于同一年，经历了从军阀混战、抗日战争、解放战争到中华人民共和国成立、改革开放和现代化建设等各个时期。就我个人来讲，我知道党走过的100年不容易……"他在日记中动容地说："孩子们，你们正生活在最美好的时代，太好了，将来你们还要看到更好的时代！”

在中华民族伟大复兴的道路上，山大人始终精神如炬、信念如磐，努力为新征程的美好明天贡献自己的力量。“轻骑兵”党的二十大宣讲团成员刘一苏在准备宣讲的过程中受到老师指导，很有启发：“青年宣讲团跟其他宣讲团相比，最大的特点就在于‘青年’二字——由青年来讲，讲给青年听，用青年化的方式来讲，让青年听得进去，最后要讲到青年的心坎上。”马克思主义学院青年教师何淼在参加了马克思主义学院党委理论学习中心组与学院习近平新时代中国特色社会主义思想概论教研室党支部联合举办的党的二十大精神专题学习会后备受鼓舞，更加坚定了自己为中国梦贡献青春力量的信念。高等医学研究院副教授栗桂玲在高等医学研究院领导小组关于党的二十大报告的专题学习会中受益匪浅：“我作为一名党员和科研工作者，很受鼓舞和振奋，决心在接下来的学习和工作中着力深入学习贯彻党的二十大精神，将其付诸行动，撸起袖子加油干。”

山大人心手相牵，以担当和奉献为抗击疫情筑起守望相助的钢铁长城。

2022 年，面对来势汹汹的疫情，每一个平凡的山大人，都化身抗疫战场上的勇者。中心校区万人转运隔离归来后，校区近 260 名教职工共同作为志愿者，保障 1 万余名学生的就餐、饮水、基本物资购置等生活需求。管理学院工作人员康宁记录了一幕幕暖心场景：“教工志愿者齐上阵，从郭新立书记、樊丽明校长到学院院长，都出现在这支志愿送餐队伍当中，并肩作战，共克时艰，将热乎乎的饭送到了刚刚回家的师生手中。”艺术学院美术系主任邢小震记录下了作为“红马甲”的服务经历：“上百次的一接一递已然有了节奏，一位‘红马甲’笑着说：‘肌肉有了记忆，闭着眼都传不错。’”

除了疫情期间的生活保障，学校对于同学们的精神状态与学习状态十分关注。文学院党委副书记王萌记录了学院为纾解学生疫情期间焦虑和困惑情绪而建立“师生互助小组”的实践，这项由杜泽逊院长提出的理念得到院内师生的热烈回应。线上教学中，外国语学院教师邵春燕借助多年课程资源建设所积累的丰富的资料，布置了形式多样、注重合作创新的项目式作业。更让人动容的是经济研究院工作人员李欣泽作为疫情防控志愿者与她的爱人胡成在方舱举办的云端婚礼：“昨天的婚礼没有婚纱礼服，但漫天的祝福汇成了一片灿烂的花海。”青岛校区疫情防控党员突击队成员赵启鹏回顾坚守校区的日子：“有这样一群坚守者、逆行者，默默擎起一把无形的伞，一定能够守护好这一方校园。”

山大人不仅全心致力于校内师生的抗疫行动，同时也不忘在其他地区遭遇困境时伸出援手。山东大学第二医院重症医学科主任医师马承恩在参加山东省学习宣传贯彻习近平总书记给“中国好人”李培生、胡晓春重要回信精神座谈会后回忆了自己在2020年初申请支援武汉的三次请缨。时年59岁的他在请战书中写道：即使付出生命的代价，也在所不辞！口腔医学院口内二支部书记吴峻岭讲述了自己报名成为社区疫情防控志愿者的一天：“汗水模糊了面屏、湿透了衣衫，但是大家没有抱怨、没有退缩，唯有护佑人民群众生命健康的信念愈加坚定。”齐鲁医院副主任医师秦伟栋作为队长带领另外35名齐鲁医院援沪医疗队队员驰援上海执行抗疫任务，在67天中全力抗疫，用实际行动诠释了“博施济众，广智求真”的齐鲁医学精神和“敬佑生命、救死扶伤、甘于奉献、大爱无疆”的医者誓言。每个普通人都灿若星辰，微小但释放着自己的光芒，共同交织成战胜疫情的灿烂烟火。

山大人眼中有光，为人生价值的求索作出了多样而精彩的回答。

有一种付出，叫做责任。春节期间驻守新疆项目一线的齐鲁交通学院工作人员吴民睿在大年初一的日记中记录了与值班同事在工地度过的别样春节：“当除夕夜跨年钟声敲响的时候，我们吃着热气腾腾的饺子，互道一声‘虎虎生威，虎年大吉’，对酒高歌、把手言欢，将新疆冬日的寒风萧瑟、戈壁冷清一扫而光，幸福满满。”山东大学妇女工作先进个人左凌燕回忆起自己30年的工作经历，感慨地说：“妇女工作从来不是轰轰烈烈，而是用我们的温暖去滋润世界。”72岁的“银龄计划”支教教师王书鹤在讲述去西部支教的原因时说：“年轻的时候我有个心愿，当时国家有号召，到边疆去、到艰苦的地方去、到祖国最需要的地方去建功立业，退休之前我这个心愿没有实现。退休的时候我还有一个强烈的愿望，就是要继续站在讲台上。”面临着疫情感染高峰期的艰难挑战，2023年全国硕士研究生招生考试（初试）在全校师生的共同努力下实现了“如期考试、应考尽考、平安研考”目标。研究生院、党委研究生工作部工作人员杜亚楠回顾了这场“艰苦卓绝的战斗”：“有人退出，就有人顶上，大家前赴后继，那是学校最美的逆行人，也是研招战线的英雄。”

有一种精神，叫做无畏。央视《新闻直播间》报道了山东大学在云南省滇中引水工程中的校企协同攻关工作，在滇中引水工程挂职的齐鲁交通学院交通系党支部书记蒋红光说起现场调研场景仍历历在目：“在昏暗的隧洞里，水流过膝、头顶四下渗水，一步步走向隧洞深处时，我真切体会到了这份任务的艰险。看着常年在这险境中奋斗的建设者和科研人员，一种超越生死的敬佩之情油然而生。”第六届山东大学道德风尚奖学金获得者田晓康是一名参与扑救重庆特大山火的一线志愿者，回忆起当时的种种，他动容地说：“只要国家有需要，民族有需要，社会有需要，我们年轻人就应该站出来，哪怕赴汤蹈火，也在所不辞！”疫情之下，第二临床学院本科生梁晋梓在返乡的高铁上遇到突发疾病晕倒的老人，他没有丝毫犹豫地摘掉口罩实施急救和人工呼吸，为生命续航。他的想法很朴实：“生命易逝，我们应该尽更大努力去关心周围人的生命健康，尽力去挽救逝去的流光。”

有一种实践，心系社会。第八届“互联网＋”大学生创新创业大赛全国金奖团队队长闫匡奇回想起团队带着“壳笼万污”项目一路晋级国赛的点点滴滴，心中感慨万千："希望身为山大人的我们，一直以崇实的品格和不断追求创新的精神风貌作为自身要求。"管理学院硕士研究生刘志学跟随导师来到央企革命老区重点扶贫项目、中广核内蒙古自治区兴安盟100万千瓦风电项目现场提供项目管理服务，逐渐消失的手机信号，草原上粗犷的风以及蜿蜒曲折、崎岖不平的道路让他感到在草原开展项目的不易，但让他感触更深的是，"工人介绍项目的价值时流露出的自豪和幸福让我难忘"。药学院本科生吕凯歌在手绘年画博物馆开展"青鸟计划"实践活动，感受到传统文化的魅力："如果国家博物馆是民族的祠堂，那么这座手绘年画博物馆就是我们当地的祠堂，是用来留住乡愁和传承艺术的。"暑期社会实践推优答辩参加者、环境学院本科生秦玉瑶在答辩后动情地说："我愿躬身实践，投身祖国的绿水青山事业，以奉献之姿、劳动之姿、创新之姿，用踏实奋进勾勒出新时代山大人的责任与担当。"

有一种视野，放眼全球。澳国立联合理学院副院长常晓梅是Coffee Time院长读书会活动的组织者，读书会致力于加强山东大学和澳大利亚国立大学两校师生之间的交流与互动，增进同学们对海外文化与留学生活的认知与理解。她与同学们分享了自己翻译并由外语教学与研究出版社出版的世界文学名著及英国访学的经历。国际教育学院对外汉语教师甘甜担任美国大学预修课程的班主任，在与大洋彼岸的学生一起讨论汉服文化、云游齐鲁、云体验"复兴号"高铁，她深切地感受到，"中华文化一直在凭借其独有的魅力吸引着来自全世界的爱好者们"。环境科学与工程学院本科生暴林云参加了亚洲校园线上冬令营活动，在学习中、日、韩语言文化的过程中感到，"我们之间虽然有一些差异，但也有很多共同之处"。文化传播学院2018级本科生余海鹏申请攻读剑桥大学研究生并被顺利录取，他对未来有着坚定的规划："希望在硕士以及博士毕业后，我能够继承剑桥大学优秀的政治学研究传统，结合在山大期间培养的人文情怀，深刻认知现代政治秩序及其建构，为人类的政治文明作出贡献，为我所关注的国际和平、安全与发展作出自己的努力。”

这一年里，不同师生在山大日记记录着自己难忘的一天，《山大日记》也一直陪伴着山大人，见证了一年中山大人的成长与收获、奋斗与思考，记叙了别样的山大校史，写下了独特的山大记忆。借用山东大学首届“校友招生宣传大使”徐玉芹校友的一句话：“许多山大故事，正在被讲述。也有越来越多的人通过这些故事，了解山大。让我们一起把山大故事讲给更多人听。”

编 者

2022 年 12 月

图书在版编目（CIP）数据

山大日记．2022/桑晓旻主编．—济南：山东大学出版社，2023.3

ISBN 978-7-5607-7811-2

Ⅰ．①山…　Ⅱ．①桑…　Ⅲ．①新闻—作品集—中国—当代　Ⅳ．①I253

中国国家版本馆 CIP 数据核字（2023）第 049491 号

责任编辑　刘森文
文案编辑　孟希亚
封面设计　杜　婕　王秋忆

山大日记 2022
SHANDA RIJI 2022

出版发行　山东大学出版社
社　　址　山东省济南市山大南路 20 号
邮政编码　250100
发行热线　（0531）88363008
经　　销　新华书店
印　　刷　东港股份有限公司
规　　格　720 毫米×1000 毫米　1/16
　　　　　37 印张　4 插页　530 千字
版　　次　2023 年 3 月第 1 版
印　　次　2023 年 3 月第 1 次印刷
定　　价　99.00 元